BÜCHER VON TINA FOLSOM

DER CLUB DER EWIGEN JUNGGESELLEN

BAND 1 - 3

TINA FOLSOM

BEGLEITERIN FÜR EINE NACHT

BAND 1

1

Daniel Sinclair lehnte sich gemütlich in den bequemen Ledersitz seiner Limousine zurück, die ihn für seinen Flug nach San Francisco zum John F. Kennedy Airport bringen würde.

„Wir dürften in fünfundvierzig Minuten am Flughafen sein, Sir", teilte ihm sein Fahrer Maurice mit.

„Vielen Dank."

Anstatt einen Privat-Jet zu chartern, wie er es oft bei Inlandsreisen tat, hatte er sich entschieden, bei einer kommerziellen Fluggesellschaft erster Klasse zu fliegen. Da sowohl sein Anwalt als auch seine Freundin erst am nächsten Tag an die Westküste fliegen würden, um ihn dort zu treffen, anstatt gemeinsam mit ihm zu reisen, hatte es keinen Grund gegeben, nur wegen eines einzigen Passagiers einen Flieger zu chartern.

Audrey, die seit fast einem Jahr seine Freundin war, musste eine wichtige Wohltätigkeitsveranstaltung besuchen und hatte versprochen, den ersten Flug am nächsten Morgen zu nehmen, während sein Anwalt Judd Baum noch an letzten Vertragsrevisionen arbeiten musste und es für klüger hielt, diese in New York zu vollenden, wo ihn seine Mitarbeiter unterstützen konnten.

Seit fast einem Jahr arbeitete Daniel an der Übernahme einer in San Francisco ansässigen Finanzdienstleistungsgesellschaft. Trotz der Tatsache, dass die meisten Einzelheiten von seinen Anwälten und seinen Geschäftsführern bearbeitet wurden, zog er es vor, sich selbst ausführlich um jeden Erwerb seiner Firma zu kümmern, besonders wenn es um die letzten Details der Abwicklung ging.

Er bestand immer darauf, mit der Gegenseite am Tisch zu sitzen, wenn die endgültigen Unterschriften ausgetauscht wurden, anstatt den Handel aus der Ferne abzuschließen. Außerdem war ein erneuter Besuch in San Francisco genau das, was er brauchte.

Diese Reise würde ihm die Möglichkeit geben, sich zu entspannen und seinen Freund Tim zu treffen, um wieder auf den neusten Stand zu kommen. Tim war vor fünf Jahren aus New York geflüchtet, weil ihm klar geworden war, dass ein Leben außerhalb Kaliforniens nichts für ihn war. Der gebürtige Kalifornier hatte versucht, sich dem Leben an der Ostküste anzupassen, hatte sich dort aber nie wirklich zuhause gefühlt. Daniel konnte ihm das nicht verübeln.

Das Leben in New York war hektisch.

Daniels Hintergedanke für den Besuch in San Francisco war jedoch, Tim mit Audrey bekannt zu machen, denn dieser besaß ausgezeichnete Menschenkenntnis. In den letzten Monaten war seine Beziehung zu Audrey etwas ins Wanken geraten, weil er sie vernachlässigt hatte. Nun fragte sich , in welche Richtung er die Beziehung lenken sollte. Die Wahrheit war, er brauchte den Rat seines alten Studienfreundes, ob Audrey die Richtige für ihn war.

Da er noch nie einfach nur ruhig dasitzen hatte können, öffnete Daniel seinen Aktenkoffer und fing an, ein paar der Geschäftsdokumente noch einmal durchzusehen. Als er durch die Akten blätterte, stieß er einen unterdrückten Fluch aus. Eine der Akten, die seine Assistentin für ihn zusammengestellt hatte, fehlte. Er erinnerte sich, dass er sie am Vorabend aus dem Aktenkoffer genommen hatte.

Er hatte Audrey von ihrem Apartment abgeholt, aber wie üblich war sie noch nicht soweit gewesen und er hatte warten müssen, bis sie fertig angezogen war. Da Audrey sich dabei wie gewöhnlich Zeit gelassen hatte, hatte er angefangen, die Akte durchzusehen, und diese dann dort prompt vergessen. Und da er Audrey nach dem Abendessen lediglich abgesetzt hatte, anstatt die Nacht mit ihr zu verbringen, hatte er seine Vergesslichkeit nicht einmal bemerkt.

Als er an den vorherigen Abend dachte, hatte er Schwierigkeiten sich zu erinnern, wann er das letzte Mal bei Audrey übernachtet hatte. Das musste vor mehr als ein paar Wochen gewesen sein. Und aus diesem Grund musste es auch schon eine Weile her sein, seit er mit ihr geschlafen hatte. Seltsamerweise war ihm dies nicht einmal aufgefallen. Seine Arbeit war daran schuld.

„Maurice", rief er seinem Fahrer zu.

„Ja, Sir?"

„Fahren Sie bitte bei Miss Hawkins vorbei! Ich habe dort gestern Abend ein paar Dokumente vergessen."

„Gewiss, Sir."

Es wäre kein großer Umweg. Maurice kämpfte sich immer noch durch den Innenstadtverkehr, und Audreys Wohnung war nur ein paar Blocks entfernt. Daniel blickte auf seine Uhr. Sie war mittlerweile schon auf ihrer Wohltätigkeitsveranstaltung, aber er hatte einen Schlüssel und konnte sich selbst hineinlassen. Der Portier kannte ihn gut und würde keine Einwände haben, ihn zu ihrem Apartment hinaufgehen zu lassen.

Minuten später parkte Maurice in zweiter Reihe vor dem Gebäude, und Daniel stieg aus dem Wagen. Audreys Apartment war im obersten Stock eines exklusiven Wohnkomplexes, der um die Jahrhundertwende gebaut worden war. Ungeduldig klopfte er mit dem Fuß auf den Boden, während die mit Holz verkleidete Kabine des ziemlich altmodischen Fahrstuhls langsam Stockwerk für Stockwerk nach oben fuhr.

Es gab nur drei Wohnungen im obersten Stock. Zielsicher ging er auf Audreys zu. Als er den Schlüssel im Schloss umdrehte und sich hineinließ, kam es ihm so vor, als hörte er etwas.

Auf dem Weg zum Schlafzimmer fragte er sich, ob die Haushälterin da war. Er stellte sich darauf ein, Betty einen Schreck einzujagen. Er mochte die ältere Frau, die immer ein Lächeln für ihn bereithielt, wenn er zu Besuch kam, und sie mochte ihn.

Daniel lauschte. Das Geräusch kam definitiv aus dem Schlafzimmer. Wahrscheinlich lief der Fernseher, während Betty aufräumte. Grinsend stellte er sich bereits deren erschrecktes Gesicht vor. Er griff nach der Türklinke, drückte sie langsam nach unten und riss die Tür auf.

„Buh!" Er erstickte fast, als er nicht das sah, was er erwartet hatte. Das war definitiv nicht Betty, die das Apartment sauber machte.

„Daniel!"

Offensichtlich hatte sich Audrey entschieden, doch nicht auf die Wohltätigkeitsveranstaltung zu gehen. Nackt, mit zerzausten Haaren und einem verschwitzten Körper, der auf einem nackten Männerkörper aufgespießt war, wäre sie nie rechtzeitig fertig geworden. Außerdem schien Wohltätigkeit das Letzte zu sein, woran sie dachte. Die Position, in der sie sich gerade befand, deutete auf alles Andere hin. Natürlich könnte sich Daniel auch irren. Vielleicht fickte Audrey seinen Anwalt ja aus einem wohltätigen Grund.

„Judd! Audrey!"

Audreys lange rote Haare fielen in Wellen über ihre Brüste herab, einzelne Strähnen davon klebten an ihrer glänzenden Haut. Offensichtlich hatte es sie ziemlich ins Schwitzen gebracht, ihn zu reiten. Und die zerwühlten Bettlaken und der Geruch von Sex, der in der Luft lag, ließen vermuten, dass dies eine Zugabe war.

Klar schien auch zu sein, dass Judd gar nicht so sehr mit der Vertragsrevision beschäftigt war, wie er behauptet hatte. Wie sollte er auch sonst die Zeit gefunden haben, die Freundin seines Chefs zu vögeln? Dass er sich damit ins eigene Fleisch schnitt, war ihm offensichtlich noch nicht bewusst geworden.

Merkwürdigerweise fühlte Daniel sich irgendwie distanziert, als er die Szene betrachtete. Und auf seltsame Weise erleichtert. Audreys schockierter Gesichtsausdruck war die erste echte Emotion, die er seit langem von ihr gesehen hatte.

„Ich kann das erklären." Judd machte einen kläglichen Versuch, sich von Audrey loszulösen, die immer noch mit gespreizten Beinen auf ihm saß. Zumindest hatte sie den Anstand, damit aufzuhören, sich auf seinem Schwanz auf und ab zu bewegen, eine Handlung, die sie zweifellos wieder aufnehmen würde, sobald Daniel verschwunden war.

Daniel hob seine Hand. „Spar es dir!" Die Situation erklärte sich von seinem Standpunkt aus gesehen von selbst.

„Audrey, für dich gibt es keinen Grund mehr, nach Kalifornien zu fliegen. Hier ist dein Schlüssel. Mit uns ist es aus."

Er legte den Wohnungsschlüssel auf die Kommode und nahm seine Akte.

„Daniel, wir müssen darüber reden!"

Er schüttelte den Kopf. Er war niemand, der eine Szene machte. Er war noch nie so emotional wie Andere gewesen. Tim zog ihn immer damit auf, dass er nicht glaubte, dass Daniels italienische Mutter wirklich seine Mutter war, denn mit dem Mangel an Gefühlen, den er an den Tag legte, konnte er keinesfalls Halbitaliener sein.

Als er an der Tür war, drehte er sich noch einmal um. „Und Judd. Du bist gefeuert. Ich schließe den Deal selbst ab."

„Aber du kannst mich nicht feuern. Du brauchst mich ..."

Obwohl Judd ihm eigentlich einen Gefallen getan hatte, indem er ihm Audrey abgenommen hatte, konnte er nicht weiter mit jemandem zusammenarbeiten, der ihn hintergangen hatte, besonders nicht mit einem Anwalt, dem er zu hundert Prozent vertrauen können musste.

„Du bist ersetzbar. Finde dich damit ab!" Sein Seitenhieb auf Judd bezog sich nicht auf den Job, den dieser gerade verloren hatte, sondern auf die Frau in seinen Armen. Sie würde ihn bald durch jemand Anderen ersetzen. Was für ein Idiot!

Zwei Minuten später verließ Daniel das Gebäude und war aus Audreys Leben verschwunden – für alle Zeiten. Als er zum Auto ging, fühlte es sich an, als wären seine Schritte leichter als zuvor, als ob eine Last von seinen Schultern genommen worden war. Er erkannte, dass der Verlust eines guten Anwalts ihn härter traf als der Verlust von Audrey. Er musste Judd unverzüglich ersetzen. Ohne einen Anwalt an seiner Seite, um die Übernahme abzuschließen, könnte ihm die Sache um die Ohren fliegen.

Daniel zog sein Handy heraus und drückte die Kurzwahltaste,

während er in den Wagen stieg und seinem Fahrer befahl, zum Flughafen weiterzufahren.

Es klingelte nur zweimal, bis der Anruf beantwortet wurde. „Tim, ich bin's Daniel."

„Oh verdammt, hab' ich deine Ankunftszeit verpeilt?" entfuhr es Tim.

„Nein, natürlich nicht. Ich bin noch in New York." Er hörte Tim aufatmen, hörbar erleichtert. „Hör zu, du musst mir einen Gefallen tun. Ich brauche die beste Anwaltskanzlei bei euch, um den Deal zu übernehmen.

„Was, sind euch in New York die Anwälte ausgegangen?"

„Ich habe Judd vor fünf Minuten gefeuert." Er wollte nicht ins Detail gehen. Sobald er in San Francisco war, würde er genug Zeit haben, die Geschichte nochmals durchzukauen.

„Ist gut, ich mach mich dran. Ich werde jemanden für dich haben, wenn du ankommst. Ich kann's gar nicht erwarten, dich zu sehen und endlich Audrey kennenzulernen. Ich habe eine Reservierung fürs Abendessen gemacht. Wir können –"

Daniel unterbrach ihn. „Ja, bezüglich Audrey –"

„Was ist mit ihr?"

„Sie kommt nicht. Es ist aus." Er gab seinem Freund nicht einmal die Möglichkeit, etwas zu erwidern. „Was mich zu einem anderen Thema bringt. Ich muss morgen Abend wegen der geplanten Übernahme an so einem verdammten Empfang teilnehmen. Ich hatte geplant Audrey dabeizuhaben, um diese aufdringlichen Junggesellinnen abzuwehren, die man mir gewöhnlich bei solchen Veranstaltungen immer auf den Hals hetzt. Ich brauche also eine Vertretung."

Er war nicht daran interessiert, die Annäherungsversuche aller Frauen unter Vierzig abwehren zu müssen, die sich ihm an den Hals warfen, nur weil er reich und unverheiratet war.

„Eine Vertretung?", hallte Tims skeptische Stimme durch das Handy.

„Ja, etwas fürs Auge."

„Ich kann dir ein Blind Date besorgen", schlug Tim eifrig vor und hatte offensichtlich schon jemanden im Auge. „Das ist sogar perfektes Timing. Die Mitbewohnerin einer guten Freundin ist –"

Daniel konnte förmlich sehen, wie Tim sich die Hände rieb. „Vergiss es! Ich will eine Professionelle. Keine romantischen Verwicklungen, keine Blind Dates." Ja wirklich, das brauchte er genauso dringend wie ein Loch im Kopf, ein Blind Date!

„Eine Professionelle?"

„Ja, wie nennt man die? Escort-Damen oder Hostessen." Das war's. Das war die Lösung. Anstatt einer Freundin brauchte er eine Begleitdame, eine, die allen anderen Frauen zeigte, dass er nicht mehr frei war. Das würde all seine Probleme lösen. Und es wäre viel einfacher, eine Begleitdame zufriedenzustellen als eine Freundin oder ein Date. Eine Begleitdame zufriedenzustellen bedeutete nur, ihr genug zu bezahlen.

„Besorg mir so eine! Nicht zu hübsch, aber gut aussehend. Und mit ein bisschen was im Kopf, damit sie mich bei dem Empfang nicht blamiert."

„Du scherzt!"

„Es ist mir todernst. Also mach eine Reservierung! Ich vermute, die nehmen Kreditkarten?" Immerhin war Daniel praktisch veranlagt. Deshalb war er auch so ein ausgezeichneter Geschäftsmann.

„Woher soll ich das wissen? Sehe ich so aus, als würde ich mit Begleitdamen rumhängen?" Tim klang immer weniger beleidigt und immer mehr amüsiert. Daniel konnte sogar etwas hören, das sich wie ein unterdrücktes Lachen anhörte.

„Komm schon, tu das für mich, und ich erzähl dir auch, warum ich mit Audrey Schluss gemacht habe."

„Jedes schmutzige Detail?" handelte Tim schnell aus.

„Schmutziger als das geht's gar nicht."

„Abgemacht. Irgendwelche Vorlieben? Brünett, blond, rothaarig? Große Brüste? Lange Beine?"

Daniel schüttelte den Kopf und grinste. Es war ja nicht so, dass er mit der Begleitdame schlafen wollte; er wollte nur, dass sie ihn zu diesem langweiligen Empfang begleitete. Es war ihm auch völlig egal, wie sie aussah, solange sie nicht hässlich war und als seine Freundin auftreten konnte.

„Warum überraschst du mich nicht? Wir sehen uns!" Er wollte schon auflegen, überlegte es sich dann aber anders. „Und danke Tim, für alles."

„Na klar."

Daniel machte es sich in dem bequemen Erste-Klasse-Sitz gemütlich und ging die letzten offenen Punkte des Deals noch einmal durch. Er würde seine Assistentin veranlassen, alle aktuellen Vertragsdaten an seine neuen Anwälte zu mailen, die dann da weitermachen könnten, wo Judd aufgehört hatte. Im schlimmsten Fall würde das den Geschäftsabschluss eine Woche verzögern. Aber das machte ihm jetzt auch nichts mehr aus.

Vielleicht könnte er die Wartezeit nutzen, um ins Weingebiet zu fahren und ein paar Tage auszuspannen. Er würde Tim fragen, ob er ihm etwas empfehlen könnte. Als Wein-Snob kannte Tim die besten Örtlichkeiten in der Gegend. Er würde sich mit einer guten Flasche Wein in der einen Hand und einem Buch in der anderen entspannen.

Wem machte er da etwas vor? Seit wann wusste er, wie man sich entspannte? Während des letzten Jahres hatte er sich keinen einzigen Tag frei genommen. Selbst sonntags hatte er gearbeitet, um noch mehr Deals an Land zu ziehen, selbst wenn Audrey ihn angefleht hatte, übers Wochenende mit ihr wegzufahren. Er konnte es ihr wirklich nicht vorwerfen, dass sie Trost in Judds Armen gesucht hatte. Er war nicht gerade der aufmerksamste Freund gewesen. Oder der romantischste. Er war einfach nicht der Typ dafür.

Daniel bedauerte schon die Frau, die sich eines Tages in ihn verliebte. Viel Glück bei dem Versuch, ihn von seiner Arbeit wegzuziehen! Audrey hatte es nicht geschafft, und sie war außerordentlich schön und verführerisch. Aber seine Priorität war schon immer seine Arbeit gewesen. Und das würde sich auch nicht ändern.

Er war nicht so weit gekommen – und das alles ohne Geld von seinem Vater anzunehmen – um seine Ambitionen dann von einer Frau abwürgen zu lassen und sich Schuldgefühle einreden zu lassen, weil er nicht genug Zeit mit ihr verbrachte. Das war der Weg, den andere Männer einschlugen, nicht seiner. Er brauchte die Herausforderung, die Eroberung, die Schlachten – und nicht eine Frau, die zu Hause saß und jammerte, dass er nicht genug Zeit für sie hatte.

Er hatte es schon fast aufgegeben, die richtige Frau zu finden, da er davon überzeugt war, dass die Frau, die es mit ihm aushalten könnte, noch nicht geboren war. Es war nicht so, als hätte er es nicht versucht, aber die Frauen, die er am Ende anzog, waren wie Audrey: teuer im Unterhalt, verwöhnt, egoistisch und letztendlich nur hinter seinem Geld her. Nein danke!

Wann hatte er sich aus dem Spaß liebenden jungen Studenten in den arbeitswütigen Geschäftsmann verwandelt? Frauen hatten sich immer um ihn geschart, hauptsächlich wegen seines guten Aussehens. Er hatte also nie hart dafür arbeiten müssen und hatte es als selbstverständlich angesehen.

Sicherlich war Sex ein Teil seines Lebens, aber kein wichtiger. Er hatte oft spätabendliche Geschäftsmeetings dem Sex mit Audrey vorgezogen. Und es schien so, als ob es ihr nichts ausgemacht hatte, solange er mit ihr zu wichtigen gesellschaftlichen Veranstaltungen gegangen war. Diese Veranstaltungen waren sporadisch gewesen, da sie ihn langweilten.

Daniel tauchte nur selten in den Klatschspalten auf, was Audrey nervte, da sie es liebte, über sich selbst in der Zeitung zu lesen. Er dagegen schätzte seine Privatsphäre und war nicht so aufs Rampenlicht aus, wie sie es gerne gehabt hätte. Rückblickend wusste er jetzt nicht einmal mehr, warum er überhaupt angefangen hatte, sie zu daten. Sie hatten eigentlich ganz und gar nicht zusammengepasst.

2

___

Wenn Sabrina Palmer nur die andere Stelle, die ihr angeboten worden war, angenommen hätte und nicht diese hier in der Anwaltskanzlei von Brand, Freeman & Merriweather, dann würde sie jetzt sicher nicht aus ihrer Haut fahren wollen. Dann würde sie jetzt mit einem relativ aussichtslosen Job in einem klimatisierten Büro in Stockton sitzen, anstatt dass ihr nun einer der Seniorpartner über die Schulter schaute. Er gab vor, das Dokument auf dem Monitor zu lesen, aber sie wusste, dass er ihr in den Ausschnitt lugte.

Aber nein! Sabrina hatte sich die Stelle bei der renommiertesten Kanzlei in San Francisco aussuchen müssen, in der Hoffnung, die Art von Berufserfahrung als Anwältin zu sammeln, die sie brauchte, um ihre Karriere voranzutreiben. Sie hatte ihre Anwaltszulassungsprüfung mit Leichtigkeit bestanden und gedacht, dass ihr die Welt zu Füßen lag, bis sie mit einem uralten Problem konfrontiert worden war: Sie war eine Frau in einer Männerwelt.

Und nun, anstatt an einem der interessanten Fälle, mit denen die *männlichen* Juniorpartner beauftragt worden waren, arbeiten zu dürfen, war sie zu alltäglichem Gesellschaftsrecht verdonnert worden, während Jon Hannigan, oder der schleimige Jonny, wie ihn die Sekretärinnen hinter seinem Rücken nannten, ihren Busen anglotzte.

Nicht, dass ihre Brüste übermäßig ausgeprägt waren, aber für ihre zierliche Statur hatte sie einen sehr schön proportionierten Vorbau und eine ziemlich kurvige Figur. Sie war nicht so schlank wie ein Modell und auch nicht besonders groß. Doch sie wäre gerne wenigstens ein paar Zentimeter größer gewesen, damit nicht jeder Mann automatisch in der Lage wäre, bis zu ihrem Bauchnabel hinunterzusehen, wenn sie etwas mit einem tiefen Ausschnitt trug. Aber sie konnte ihre Gene nicht ändern.

Sabrina trug ihre Haare kürzer als während des Jurastudiums. Vor kurzem hatte sie sich ihr Haar so schneiden lassen, dass es jetzt kaum ihre Schultern streifte. Ihr enthusiastischer Friseur bezeichnete ihre Haarfarbe als dunkelstes Braun. Er flehte sie ständig an, es mit ein paar Highlights aufhellen zu dürfen, aber sie weigerte sich immer und hatte ihm nur erlaubt, es stufig zu schneiden, sodass ihr Gesicht sanft umrahmt wurde.

„Sie müssen diesen Absatz umformulieren", schlug Hannigan vor, als er sich noch näher über sie beugte, um mit dem Finger auf den Bildschirm zu deuten. „Sie müssen Absicht unterstellen."

„Ich verstehe."

Sie wusste über Absichten Bescheid. Seine Absichten. An dem Tag, als sie Jon Hannigan vorgestellt worden war, war ihr sofort klar geworden, dass er Ärger bedeutete. Die schmierigen Blicke, die er ihr zugeworfen hatte, hatten ihr alles mitgeteilt, was sie wissen musste: auf jeden Fall wachsam sein. Er hatte ihre Hand viel zu lange mit seinen Wurstfingern gedrückt gehalten, und Sabrina hatte ruhig bleiben müssen, um ihre Hand nicht loszureißen und dadurch eine peinliche Situation zu verursachen.

Sein bleiches Gesicht wurde durch eine oft etwas rötliche Nase akzentuiert, die entweder auf zu viel Sonne oder zu viel Alkoholkonsum schließen ließ. Sie vermutete letzteres. Hannigan war nicht gut aussehend, war aber auch nicht besonders hässlich, obwohl seine Persönlichkeit ihn von innen heraus hässlich machte.

Wenn sie ihn jemandem hätte beschreiben müssen, hätte sie ihn als gewöhnlich beschrieben: ein ganz gewöhnliches Arschloch.

„Sabrina, ich weihe Sie in ein Geheimnis ein. Wenn Sie hier nach oben wollen, halten Sie sich einfach an mich.“

Sabrina lief ein kalter Schauer den Rücken hinab. Nach oben war nicht das, woran er dachte, da war sie sich sicher. Eher nach unten, seinen Körper nach unten. Sie hatte genug von den Sekretärinnen gehört, die von ihm belästigt worden waren. Durch die bloße Erinnerung an das, was sie über ihn gehört hatte, stellten sich ihr die Nackenhaare auf. Der Mann war ein Schwein.

„Ich kann das Schriftstück morgen früh gleich als Erstes überarbeiten. Es wird auf Ihrem Schreibtisch liegen, wenn Sie kommen.“

„Wie wär’s, wenn *Sie* morgen früh als Erstes auf meinem Schreibtisch liegen?“

Sabrina stockte kurz der Atem. Ja, sie hatte richtig gehört. Hannigan wurde immer dreister. Sie musste hier weg, sofort!

„Ich mache dann besser Schluss für heute“, sagte sie vorsichtig und fuhr ihren Computer herunter. Hannigan bewegte sich nicht, sondern blieb hinter ihrem Stuhl stehen und hinderte sie so daran, diesen zurückzuschieben.

Sie drehte ihren Kopf leicht in seine Richtung und machte einen erneuten Versuch. „Entschuldigung, bitte.“

Er ging nur einen Schritt zurück, genug, damit sie aufstehen konnte. Aber das brachte sie viel zu nahe an seinen Körper heran. Sie hielt die Luft an und versuchte, sich an ihm vorbei zu quetschen. Er hatte ein krankes Grinsen im Gesicht. Dachte er wirklich, er würde auf diese Weise verführerisch aussehen? Der Obdachlose an der Bushaltestelle hatte bessere Chancen, sie rumzukriegen, als Hannigan.

„Warum so in Eile?“

„Arzttermin. Entschuldigung.“

Mit einem weiteren auffälligen Blick auf ihre Brüste trat er zur Seite und ließ sie vorbei. Sabrina wurde von der Mischung aus seinem Aftershave und seinem Körpergeruch übel. Ohne sich umzudrehen, schnappte sie sich ihre Handtasche vom Tisch und eilte in Richtung Tür.

„Bis morgen, Sabrina!"

Seine Stimme so nah hinter sich zu hören ließ sie schneller werden. Sie musste hier raus.

Obwohl es erst vier Uhr nachmittags war und sie normalerweise mindestens bis sechs arbeitete, hielt sie es nicht mehr aus. Der Arzttermin war eine Ausrede gewesen, um vor Hannigan zu flüchten. Noch eine Minute in seiner Gegenwart – und sie hätte sich übergeben oder wäre ohnmächtig geworden.

Sie wusste nicht, wie sie diesen Job mit ihm im Nacken, oder besser gesagt, mit Hannigan in ihrem Dekolleté, noch mindestens ein Jahr durchstehen sollte.

„Schon Schluss für heute?", fragte Caroline, die Empfangsdame, als Sabrina durch die Lobby ging.

Sabrina antwortete mit einem Blick, der mehr sagte, als sie in einem zehnminütigen Gespräch hätte ausdrücken können.

„Hannigan schon wieder?"

Sie nickte und lehnte sich über den Empfangstisch, um Caroline zuzuflüstern: „Ich weiß nicht, wie lange ich das noch aushalten werde."

„Du weißt, was mit Amy passiert ist. Wenn du dich beschwerst, finden sie einfach einen Grund, dich loszuwerden." Die Empfangsdame warf ihr einen mitleidsvollen Blick zu. Es war die Wahrheit. Offensichtlich schätzten die Partner Hannigans Erfolge so sehr, dass sie über seine Indiskretionen hinwegsahen.

Typisch Altherrenriege! Als ob sie gegen den Strom schwimmen könnte. Die Frage war, wie lange sie noch weiterkämpfen würde, bevor sie den Ring verließ und aufgab.

„Was bleibt mir dann noch übrig? Bis morgen."

Obwohl es ein warmer Sommertag war, fand Sabrina die Luft erfrischend, als sie das Gebäude verließ. Sie hatte in ihrem Büro überhaupt nicht atmen können – nicht in Hannigans Anwesenheit.

Das Komische war, dass die Sekretärinnen glücklich gewesen waren, dass die Firma endlich eine weibliche Anwältin eingestellt hatte. Jetzt wusste Sabrina auch warum: Hannigan belästigte die

Sekretärinnen nun nicht mehr. Sabrina war zum Blitzableiter geworden. So sehr sie auch mit den Sekretärinnen Mitgefühl hatte, musste sie jedoch auf sich selbst schauen und sich entscheiden, was sie tun sollte. Könnte sie es riskieren, eine offizielle Beschwerde einzureichen? Wie würde sich das auf ihre Karriere auswirken?

Als Sabrina an den fast leeren Kühlschrank zu Hause dachte, entschied sie sich, die extra Zeit zu nutzen, um auf dem Heimweg Lebensmittel einzukaufen. Der Supermarkt war ziemlich überlaufen; und nur eine der Kassen war besetzt. Offenbar hatte ein Computerfehler die übrigen Kassen lahmgelegt.

Nachdem sie sichergestellt hatte, dass sie ihren Platz in der Warteschlange nicht verlieren würde, eilte sie zurück zur Tiefkühlabteilung und holte noch einen großen Becher Eiscreme. Sie hoffte, dass Holly, ihre Mitbewohnerin und Freundin seit Kindheitstagen, zu Hause war. Dann könnten sie zusammen den Becher *Ben and Jerry's* verschlingen und über Männer generell und Hannigan im Besonderen lästern.

3

As Sabrina endlich nach Hause in die gemeinsame Wohnung kam, war es bereits nach sechs, die Zeit, zu der sie auch für gewöhnlich nach Hause kam.

„Holly, bist du da?", rief sie und ging in Richtung Küche, wo sie ihre Einkäufe auf die Küchenablage stellte. Bevor das Eis schmelzen konnte, packte sie es in den Gefrierschrank. Sie drehte sich um, als sie ein Geräusch aus dem Bad am Ende des Flurs kommen hörte.

„Holly, alles okay?"

Die Badezimmertür stand halb offen. Holly kniete vor der Toilette. Sie trug ihren rosa Bademantel und übergab sich.

„Was ist los, Süße? Hast du etwas Falsches gegessen?"

Sabrina hockte sich hin und nahm die langen blonden Haare ihrer Freundin nach hinten. Holly war kreidebleich.

„Ich weiß nicht. Vor ein paar Stunden ging es mir noch gut, aber dann ..."

Holly drehte ihren Kopf schnell wieder Richtung Kloschüssel, und sie verlor noch mehr von ihrem Mageninhalt. Sabrina erhob sich, nahm einen Waschlappen aus dem Handtuchschrank und tränkte ihn in kaltem Wasser, bevor sie sich wieder neben ihre Freundin setzte.

„Hier, Süße." Sie presste den kalten Lappen an Hollys Nacken, während sie weiter die Haare ihrer Freundin nach hinten hielt. „Lass alles raus."

„Du siehst gestresst aus. Schlechter Tag?"

Sabrina lächelte sanft. „Aber anscheinend nicht so schlecht wie deiner."

„Hannigan schon wieder?" Holly warf ihr einen verständnisvollen Blick zu, während sie ihren Bauch umklammerte und ihren Kopf über die Schüssel hielt.

„Nicht schlimmer als normal", log Sabrina. Doch es wurde schlimmer. Hannigan hatte angefangen, unmissverständliche sexuelle Andeutungen zu machen, und ihr gingen langsam die Entschuldigungen aus, um ihm aus dem Weg zu gehen. Aber sie wollte Holly damit jetzt nicht belasten.

„Du solltest wirklich etwas dagegen tun", forderte Holly.

„Gut, aber erst einmal kümmern wir uns um dich, bevor wir planen, was wir mit Hannigan machen. Einverstanden?"

Sie half Holly auf und bemerkte, wie wackelig diese auf den Beinen war. Sabrina stützte sie, während Holly ihr Gesicht wusch und sich den Mund mit Mundwasser ausspülte.

„Willst du dich auf die Couch oder in dein Bett legen?"

„Auf die Couch bitte."

Während Sabrina ihr ins Wohnzimmer half, klingelte das Telefon.

„Lass den Anrufbeantworter rangehen. Ich kann mir schon denken, wer das ist."

Sabrina zog eine Augenbraue hoch, fragte aber nicht weiter nach. Da sie selbst kaum Anrufe auf dem Festnetz bekam, war sie sich ziemlich sicher, dass es sowieso für Holly war.

Nach dem Signalton hörte sie eine gereizte Stimme aus dem Anrufbeantworter kommen. „Holly, ich bin's, Misty. Ich weiß, dass du da bist, also hebe verdammt noch mal ab! Hörst du mich? Wenn du denkst, du kannst mir einfach eine Nachricht hinterlassen, dass du die Buchung heute Abend nicht wahrnimmst, bekommst du Ärger. Nach dem, was letzte Woche mit dem japanischen Kunden passiert ist, habe ich keine Geduld mehr mit dir!"

Sabrina sah Holly fragend an, aber diese blickte nur finster drein und zuckte mit den Schultern.

„Alle anderen Mädchen sind ausgebucht, also habe ich niemanden, um dich zu ersetzen. Du wirst heute Abend arbeiten, egal wie krank du bist, oder du arbeitest gar nicht mehr für mich. Hast du mich verstanden? Und ich werde dafür sorgen, dass dich hier in der Stadt niemand mehr anstellt. Ich hoffe, wir verstehen uns! Du bist heute Abend um sieben Uhr im Mark Hopkins Intercontinental, Zimmer 2307, oder du bist gefeuert!"

Der Anruf endete.

„Alte Hexe!", krächzte Holly, ihre Stimme heiser vom Übergeben.

„Was war denn da mit dem japanischen Kunden?" fragte Sabrina.

„Perverser Typ." Erst hatte es den Anschein, als ob Holly nicht mehr herausrücken wollte. Aber Sabrina kannte ihre Freundin gut genug und wusste, dass sie ihr schließlich doch alles erzählen würde, was sie wissen wollte. Holly konnte einfach keine Geheimnisse für sich behalten.

„Also, wir waren in seinem Hotelzimmer, und ich denke mir, er will nur das, was die meisten dieser Typen wollen. Aber nein, der Typ musste richtig abartig werden. Er hatte diese kleinen Stahlkugeln an einer Kette dabei. Und du willst wirklich nicht wissen, was ich damit tun sollte ..."

Sabrina sah sie angewidert an, um ihrer Freundin mitzuteilen, dass keine Details nötig waren. Sie hatte schon mehr Informationen erhalten, als sie haben wollte.

„Ich habe mich aus dem Staub gemacht, und als Misty das herausfand, setzte sie mich praktisch auf Bewährung. Sie sagte, dass sie mir den Arsch aufreißt, wenn ich nochmals einen Kunden sitzen lasse. Entschuldige die Wortwahl!"

Hollys Ausdrucksweise war noch nie das Problem gewesen. Tatsächlich mochten ihre Kunden sogar ihre schmutzige Wortwahl und auch alles Andere, was sie mit ihrem Mund anstellen konnte. Sabrina schüttelte den Kopf und lachte.

„Ich mache dir einen Kamillentee."

Während sie in der großen Essküche beschäftigt war und versuchte, ein paar trockene Kekse zum Tee zu finden, fragte sich Sabrina, ob ihre Kollegen es seltsam finden würden, wenn sie wüssten, dass sie sich die Wohnung mit einer professionellen Escort-Dame teilte.

Sie und Holly waren zusammen in einer kleinen Stadt an der *East Bay* aufgewachsen. Damals waren sie beste Freundinnen gewesen und waren wieder in Kontakt getreten, als sie herausgefunden hatten, dass sie beide nach San Francisco gezogen waren. Nichts war näherliegend gewesen, als sich zusammen eine Wohnung zu nehmen.

Während Sabrina Jura studiert hatte, hatte sich Holly von einem Job zum nächsten gehangelt, bis ihr klar geworden war, dass es einen einfacheren Weg gab, Geld zu verdienen.

Blond und mit strahlend blauen Augen war sie eine ausgesprochene Schönheit. In den richtigen Klamotten war sie eine Wucht. Also warum sollte sie mit Männern ausgehen, die sie nur zum Abendessen einladen würden und dann erwarteten, dass sie mit ihnen schlief, wenn sie sich ja für das, was sie sowieso machen würde, auch bezahlen lassen könnte?

Sicherlich gab es Kunden wie den Japaner von letzter Woche. Aber Holly zufolge waren die meisten dieser Typen normale Männer, meistens auswärtige Geschäftsleute, die sich einsam fühlten.

Anfänglich war Sabrina von Hollys Entscheidung, eine Escort-Dame zu werden, schockiert gewesen. Aber als sie sah, dass Holly Spaß an ihrer Arbeit hatte, zumindest meistens, und dass sie immer noch dieselbe Person wie vor ihrer seltsamen Karrierewahl geblieben war, hatte sie aufgehört zu versuchen, ihre Freundin zu ändern.

Auf jeden Fall war Hollys beträchtliches Einkommen sehr gelegen gekommen, als Sabrina im letzten Studienjahr ihrem Teilzeitjob als Kellnerin aufgrund des Lernaufwands nicht mehr nachgehen hatte können. Holly hatte die ganze Wohnungsmiete übernommen und dafür gesorgt, dass der Kühlschrank immer gefüllt war.

Ihre Freundin hatte sie nie etwas zurückzahlen lassen, nicht einmal jetzt, wo Sabrina eine gut bezahlte Arbeitsstelle hatte und jeden Monat ein paar hundert Dollar auf die Seite bringen konnte. Wofür waren Freunde da, hatte Holly gemeint. Sie war mehr eine Schwester für sie als eine Freundin, und sie wusste, dass Holly genauso fühlte.

Holly war immer noch so blass wie Schneewittchen, als Sabrina ihr den Tee brachte und ihn ihr einflößte. Holly lehnte sich an die Kissen im Rücken.

„Du kannst keinesfalls heute Abend arbeiten. Misty muss das verstehen."

Holly runzelte die Stirn. „Das habe ich ihr auch gesagt, aber du hast ja gehört, was sie gesagt hat. Wenn ich meinen Arsch nicht dorthin bewege, feuert sie mich. Und dieses Mal ist es ihr Ernst."

Holly versuchte, sich aufrecht hinzusetzen, fiel aber sofort wieder zurück in die Kissen. „Verdammt, mir ist so schwindlig."

„Du kannst nicht gehen. Ich werde sie anrufen und es ihr erklären." Sabrina erhob sich, wurde aber sofort von Hollys Hand zurückgehalten.

„Du bist nicht meine Mutter, also tu das nicht! Es hat keinen Sinn. Sie ist in etwa genauso verständnisvoll wie Dagobert Duck."

„Kannst du niemanden finden, der für dich einspringt?" Es gab sicherlich andere Mädchen, die die Buchung für sie übernehmen könnten. Im Moment waren keine großen Tagungen in der Stadt, also sollte das Geschäft eigentlich ruhig laufen.

„Ich bin keine Lehrerin, Sabrina. Ich arbeite für einen Escortservice. Wir haben keine zentrale Anlaufstelle, die wir anrufen, wenn wir eine Vertretung brauchen."

„Es muss doch auch *Unabhängige* geben. Kennst du denn niemanden?" Sie würde es keinesfalls zulassen, dass Holly heute Abend arbeitete. Holly musste sich ausruhen, damit sie sich von was immer sie sich eingefangen hatte erholte. Was, wenn sie eine Salmonellenvergiftung hatte? Nein, sie würde es nicht zulassen, dass Holly sich heute anstrengte.

„Was? Willst du es etwa machen?" Holly lachte und starrte sie an.

„Komm schon, ich würde nicht wissen, was ich da tun sollte", winkte Sabrina sofort ab. Sie und Sex waren momentan nicht gut aufeinander zu sprechen. Sie hatte in den letzten Jahren ja kaum Verabredungen gehabt, geschweige denn ... Es war einfach keine Option. Hollys Geschichten über ihre Kunden anzuhören, war das, was in den letzten drei Jahren Sex am nächsten gekommen war.

„Es wäre perfekt. Sieh es einfach als eine Art Date an!"

„Kommt ja gar nicht in Frage!" War Holly komplett verrückt? Wahrscheinlich hatte sie Fieber. Sabrina sollte ein Thermometer holen und Hollys Temperatur überprüfen. Oder besser, sie ins Krankenhaus fahren, um sicherzustellen, dass sie nicht halluzinierte. Sie legte eine Hand auf Hollys Stirn, um zu sehen, ob sie sich heiß anfühlte.

„Was machst du da?"

„Ich schaue, ob du fiebrig bist."

„Bin ich nicht. Hör zu, du musst vielleicht gar nicht mit ihm schlafen. Manche dieser Typen wollen nur Gesellschaft."

„Als ob die so viel Geld zahlen würden, nur um mit jemandem zu reden, bitteeh!", grollte Sabrina entrüstet. Nicht einmal *sie* war so naiv. Sie wusste genau, was von einer professionellen Begleiterin erwartet wurde. Zumindest wusste sie durch die Geschichten, die ihr Holly erzählt hatte, genug. Sie musste das nicht auch noch am eigenen Leib erfahren.

„Und abgesehen davon habe ich genug Ärger damit, mir Hannigan jeden Tag vom Hals zu halten."

„Naja, der Typ ist ein Penner", merkte Holly an. „Ich weiß nicht, warum du ihm noch nicht in die Eier getreten bist. Ich übernehme das gerne für dich, wenn du mich lässt." Hollys Grinsen sah wirklich bösartig aus. Sabrina wusste, ihre Freundin würde sich durchaus darüber freuen, Hannigan zu Brei zu schlagen.

„Vielleicht lasse ich dich das irgendwann doch noch machen. Aber im Moment brauche ich meinen Job noch." Sabrina versuchte, nicht daran zu denken, in was für einem Dilemma sie steckte. Sie wollte Karriere machen, aber nicht auf Kosten ihrer Integrität. Hannigan nachzugeben würde bedeuten, interessanten Traumfällen zugeteilt zu werden. Aber nichts ekelte sie mehr als der Gedanke, von Hannigan betatscht zu werden. Da hätte sie lieber Blutegel auf ihrer Haut kleben!

„Und ich brauche meinen. Wir sitzen im selben Boot." Holly klang resigniert.

Sabrina sah sie lange an. „Ich kann nicht einfach mit einem Mann schlafen, den ich nicht kenne."

Holly nahm ihre Hand. „Wann hattest du das letzte Mal Sex?"

„Du meinst Sex mit etwas Anderem als einem batteriebetriebenen Gerät aus China?

„Ja, Sex mit einem Kerl."

„Das weißt du genauso gut wie ich. Also, was hat das mit dieser Sache zu tun?"

„Wann?" Obwohl Hollys Stimme immer noch schwach war, gab sie nicht auf.

„Im ersten Jahr an der Uni. Als ob du die Geschichte nicht kennen würdest – verdammt, jeder, der YouTube kennt, hat einen ausgiebigen Blick auf meinen Hintern werfen können." Sabrina schauderte bei dem Gedanken daran. Ohne ihr Wissen hatte Brian sie beim Sex gefilmt und das Video dann auf YouTube gepostet, wo es alle sehen konnten.

„Das war ziemlich doof, das gebe ich zu. Trotzdem solltest du dich nicht von einer schlechten Erfahrung bremsen lassen. Du musst loslassen, vorgeben, jemand Anderer zu sein, und dich einfach gehen lassen. Du kannst nicht weiter in schlechten Erinnerungen schwelgen und Angst haben, was der nächste Kerl machen wird. Du musst dein Leben in die Hand nehmen. Wenn du dich in deinem Sexleben behauptest, bekommst du alles, was du willst. Also sitz nicht rum wie ein Mauerblümchen! Du bist hübsch, du bist charmant, und du bist intelligent. Du könntest alles sein. Und du könntest jeden Kerl bekommen, den du willst!"

Sabrina sah ihre Freundin an. Hatte Holly den Verstand verloren? Sie könnte nie tun, was Holly vorschlug. „Ich könnte das niemals durchziehen." Sie könnte mit hundert Gründen aufwarten, warum sie das nicht tun könnte. „Ich bin nicht wie du, Holly. Ich steige mit den Kerlen nicht beim ersten Date ins Bett. Verdammt, ich küsse sie ja normalerweise nicht einmal beim ersten Date. Ich bin keine Kandidatin für so was."

„Schwachsinn! Du hast auf dem College einen Schauspielkurs belegt. Erzähl mir nicht, dass du dich nicht auch ein bisschen verstellen kannst. Gib einfach vor du wärst ich! Naja, das musst du eigentlich sowieso machen, damit uns das Ganze nicht um die Ohren fliegt. Du gehst einfach hin und sagst ihm, dass du Holly Foster bist. Und dann benimmst du dich wie Holly Foster. Stell dir einfach vor, du gehst zu einem Blind Date!"

Komischerweise, je mehr Holly die Idee vermarktete, umso weniger unsinnig klang sie.

„Ein Blind Date? Er lädt mich zum Essen ein und erwartet dann, dass ich mit ihm schlafe. So in etwa?" In ihren Ohren hörte es sich immer noch seltsam an. „Lächerlich. Dafür bin ich nicht der Typ. Du kennst mich schon mein ganzes Leben. Was aus meiner Vergangenheit lässt dich denken, dass ich das durchziehen könnte? Der Typ wird mich sofort durchschauen."

„Sei nicht so paranoid. Alles, was er sehen wird, ist dein hübsches Gesicht. Und nichts Anderes wird von Bedeutung sein. Es wird wie eine Verabredung sein, nur dass er im Voraus dafür bezahlt hat. Du weißt genau, was auf dich zukommen wird. Also hast du die Zügel in der Hand. Die meisten Kerle lassen mich die Initiative ergreifen. Sie wollen verführt werden. Da bekommst du wenigstens etwas Übung. Glaub mir, die kannst du brauchen!"

Dieser Seitenhieb tat weh. Sabrina hatte sich nach dem Fiasko mit ihrem Kommilitonen Brian zurückgezogen. Er hatte offensichtlich nur sehen wollen, ob er sie ins Bett bekommen konnte, damit er ein Sexvideo ins Internet stellen konnte. So eine Erniedrigung wollte sie nie wieder erfahren.

Nach dem Vorfall hatte sie sich in ihr Studium vergraben und nur noch selten an den sozialen Aktivitäten ihrer Schule teilgenommen, um ihn nicht öfter zu sehen, als sie unbedingt musste.

„Du musst darüber hinwegkommen. Und wie ginge das besser, als wenn du genau weißt, was auf dich zukommt? Es ist nur für eine Nacht. Er ist nicht von hier. Du wirst ihn nie wieder sehen. Das ist deine Chance, etwas Verrücktes zu tun, Spaß zu haben, großartigen Sex zu haben, dich wohlzufühlen, loszulassen."

Holly biss behutsam in einen Keks, während sie Sabrina anblickte.

Sabrina war hin- und hergerissen. Sie wollte ihrer Freundin aus der Klemme helfen. Holly hatte ihr in den letzten paar Jahren schon so oft geholfen, und dafür schuldete sie ihr wirklich etwas. Aber das? Wie könnte sie zustimmen, vorzugeben eine Escort-Dame zu sein und zu einem fremden Mann aufs Hotelzimmer zu gehen, um mit ihm zu schlafen?

Wenn ihre Eltern das jemals herausfinden würden, wären sie empört und würden aus Scham über ihre Tochter im Boden versinken. Trotz allem hatte eine Sache, die Holly gesagt hatte, sie tief getroffen. Sie *hatte* tatsächlich in ihren schlechten Erinnerungen geschwelgt und hatte deswegen niemanden an sich herangelassen. Sie hatte Angst, wieder verletzt zu werden und hatte deshalb auf Sex verzichtet.

Vielleicht wäre es auch wirklich nicht schlimmer als ein Blind Date. Zwei Fremde, ein Abendessen, ein bisschen Sex. War das nicht genau das, was die meisten Männer sowieso erwarteten, wenn sie mit einer Frau ausgingen? Nur, dass sie mit einem läppischen Essen billiger davonkamen. Wieso sollte sie sich nicht teurer verkaufen, eher für so viel, wie sie wirklich wert war?

Und abgesehen davon hatte sie angefangen, Sex und die Berührungen eines Mannes zu vermissen. Mit einem Vibrator konnte man nicht kuscheln. Aber ihre Angst, wieder verletzt zu werden, hielt sie von Verabredungen ab. Sie hatte gedacht, dass sobald sie den richtigen Kerl kennenlernte, sich alles wieder einrenken würde. Aber das war nicht geschehen. Sie hatte niemanden kennengelernt, und sie war noch genauso einsam wie nach dem Debakel während des Jurastudiums.

Vielleicht hatte Holly recht, und es wurde Zeit, loszulassen und eine wilde Nacht mit einem Fremden zu verbringen. Nur eine Nacht. Ohne Reue, ohne den Kerl jemals wiedersehen zu müssen. So konnten keine Peinlichkeiten und kein Schmerz entstehen. Er würde nicht einmal wissen, wer sie war. Anonymität war ein guter Schutzmantel.

„Muss ich vorher Geld von ihm verlangen?"

Holly lächelte. „Nein. Alles ist schon übers Büro bezahlt worden. Keine chaotischen Bargeldgeschäfte. Es wird wie ein Date sein."

Sabrina nickte langsam. Jetzt gab es kein Zurück mehr. Sie musste tapfer sein, um ihrer Freundin zu helfen – und damit gleichzeitig sich selbst.

„Okay. Ich mache es. Für heute Abend bin ich Holly Foster."

4

In dem Moment, als Daniel die Tür seines Hotelzimmers öffnete, verstand er, warum ihm der Escortservice eine so exorbitante Summe dafür berechnet hatte, heute Abend das Vergnügen zu haben, von dieser schwarzhaarigen Frau begleitet zu werden. Sie sah aus, als ob sie einem Märchen entsprungen wäre.

Ihre atemberaubenden grünen Augen blickten ihn voller Überraschung und mit einer lautlosen Frage an. Hatte sie an der falschen Tür geklopft? Hoffentlich nicht.

Wenn das wirklich die Hostess war, die sie ihm geschickt hatten, dann ärgerte er sich jetzt schon darüber, dass er keine Details erfragt hatte, was diese Bezahlung beinhaltete. War sie nur eine reine Begleitung für den Empfang oder würde sie ihm später auch für andere, persönlichere Dienste zur Verfügung stehen?

Unfähig zu sprechen, übernahmen seine Augen das Reden für ihn. Er ließ sie über die weichen Konturen ihres Gesichtes schweifen, über ihren grazilen Hals und die atemberaubenden Kurven, die von ihrem leichten Sommerkleid akzentuiert wurden. Dieses war kurz genug, um ihre wohlgeformten Beine bis hinab zu ihren eleganten Knöcheln zu zeigen. Er bemerkte, wie sich ihre Brust mit jedem Atemzug hob.

Ihre Brüste hatten die perfekte Größe für seine Hände und waren auch ohne Büstenhalter fest. Das verführerische Sommerkleid mit seinen Spaghettiträgern erlaubte keinen BH.

Wie lange er sie angestarrt hatte, konnte Daniel wirklich nicht sagen. Vielleicht eine Sekunde, oder vielleicht auch fünf Minuten. Aber er wusste, warum es ihm plötzlich die Sprache verschlagen hatte. Es war ein klarer Fall von Verlangen. Von überwältigendem Verlangen. Von unkontrollierbarem Verlangen. Da er befürchtete, dass ihm etwas analog zu *ich will jetzt mit dir schlafen* herausrutschen würde, krampfte er seinen Kiefer zusammen und blickte weiterhin auf ihre Lippen. Sie waren rot, voll und leicht geöffnet, so als ob sie auf seine Berührung warteten. Wunschdenken!

Sein Vorstellungsvermögen führte ihn auf eine wilde Fahrt. Er konnte sich bildlich vorstellen, wie er dieser hinreißenden Frau die Kleider vom Leib riss und sie wie ein Raubtier verschlang. Ihr sanfter Körper würde sich unter seinem winden, und er würde sich so lange in ihr vergraben, bis sie seinen Namen ausrief.

Oh Gott, was sie ihm alleine mit diesen Lippen antun könnte! Jetzt. Sofort. Er war schon mit vielen Frauen ausgegangen und mit vielen von ihnen ins Bett gegangen, aber die Frau, die vor ihm stand, war schöner als jede andere, der er je begegnet war. Sie sah aus, als wäre sie für die Liebe gemacht.

Und dann sprach sie. Wie das sanfte Rieseln einer Bergquelle perlte ihre Stimme von ihren Lippen.

„Ich bin Holly, Holly Foster. Die Agentur hat mich geschickt." Immer noch lag etwas Unsicherheit in ihren Augen. Sie war sich offensichtlich nicht sicher, ob sie beim richtigen Zimmer angekommen war.

„Hi Holly, Holly Foster", begrüßte er sie und ließ ihren Namen von seiner Zunge rollen. „Ich bin Daniel, Daniel Sinclair."

Sie streckte die Hand aus, und er ergriff sie mit seiner. „Hi Daniel, Daniel Sinclair", antwortete sie und kicherte nervös. Das Kichern ging ihm durch Mark und Bein und führte dazu, dass er sich wieder wie ein junger Student fühlte. War sie wirklich seine Verabredung für den Abend? Wann genau war er gestorben und im Himmel gelandet? War der Flieger abgestürzt?

„Bitte, komm herein! Ich hole nur schnell mein Jackett und dann können wir gehen." Daniel lud sie in seine Suite ein. Dieser verdammte Empfang! Er konnte sich schönere Dinge vorstellen, als sie zu einer langweiligen Geschäftsveranstaltung zu schleifen. Es war ihm mehr danach, sie zu seinem Bett zu schleifen.

ALS DANIEL NEBENAN IM Schlafzimmer verschwand, nutzte Sabrina die Zeit, um sich zu beruhigen. Sie hatte die erste Hürde überwunden. Als er sie angestarrt hatte, während sie an seiner Tür gewartet hatte, war sie sich nicht sicher gewesen, ob sie das richtige Zimmer erwischt hatte. Wieso sollte ein Mann, der so gut aussah wie Adonis, eine Hostess brauchen?

Zu seiner imposanten Statur, die in einer dunklen Hose und einem weißen Anzughemd steckte, kam noch seine Ausstrahlung; er sprühte geradezu vor Bildung und Selbstsicherheit. Allein auf diesem Stockwerk hätten wohl mehr als ein Dutzend Frauen wahnsinnig gern ihre Hände durch sein dichtes dunkles Haar gestrichen und sich auf ihn geworfen – oder unter ihn. Warum er eine professionelle Begleiterin anheuern musste, wenn er sicher alles, was er wollte, auch umsonst bekommen könnte, war ihr schleierhaft.

Plötzlich war der Gedanke daran, mit einem Fremden zu schlafen, gar nicht mehr so abschreckend. Sie würde jederzeit mit ihm ins Bett gehen. Ach Gott, sie klang in ihren eigenen Ohren wie ein Flittchen! Was war mit der reservierten und vorsichtigen Frau passiert, die sie normalerweise war? Hatte sie sich schon ganz in Holly verwandelt?

Sabrina war immer noch in Gedanken versunken, als Daniel aus dem Schlafzimmer zurückkam und nun auch ein passendes Jackett trug, das ihn aussehen ließ, als wäre er gerade von einem Mode-Fotoshooting gekommen.

„Ich werde dir auf dem Weg alles erklären." Daniel nahm sie am Arm und führte sie zur Tür. Seine Hand auf ihrer nackten Haut zu spüren, schickte ein warmes Kribbeln durch ihren Körper.

„Wohin gehen wir?"

„Zu einem Empfang im Fairmont."

Während sie sich zum Fairmont Hotel begaben, dem berühmten Hotel, das das große Erdbeben von 1906 überstanden hatte und das genau gegenüber des Mark Hopkins Hotels lag, gab er ihr weitere Informationen.

„Du wirst mich auf einen wichtigen Geschäftsempfang begleiten. Ich werde dich als meine Freundin vorstellen." Er blickte sie an und lächelte. Als sie so neben ihm ging, sog sie seinen maskulinen Duft ein. Er roch berauschend.

„Werden die Leute das denn glauben? Sicherlich wissen sie doch, ob du eine Freundin hast oder nicht." Ihre Frage nach einer etwaigen Freundin hatte nichts damit zu tun, dass sie skeptisch bezüglich seines Vorhabens war. Stattdessen war es Neugierde, die sie fragen ließ.

„Keine Angst. Niemand weiß etwas über mein Privatleben. Das sind alles nur Geschäftsbekanntschaften. Deine Aufgabe für heute Abend ist die: Bleib an meiner Seite, flirte mit mir und wenn wir wirklich getrennt werden und du mich mit einer Frau unter fünfzig reden siehst, rette mich!"

„Dich retten?" Sabrina schaute ihn überrascht von der Seite an. Oh Gott, sein Profil war überwältigend!

Daniel lachte leise. „Ja, und das ist deine wichtigste Aufgabe für heute Abend. Ich will nicht, dass irgendeine dieser heiratswütigen Frauen ihre Krallen in mich bohrt und denkt sie kann ..." Er unterbrach sich. „Naja, jedenfalls, wenn mir eine davon zu nahe kommt, musst du dazwischengehen und deinen Anspruch geltend machen. Sorg dafür, dass sie wissen, dass es dir ernst ist!"

Sabrina lachte. „Irgendwelche Vorlieben, wie ich meinen Anspruch geltend machen soll?"

Daniel warf ihr einen glühend heißen Blick zu. Oder war sie komplett verrückt geworden und projizierte das, was sie sehen wollte, auf ihn? „Eine innige Berührung wirkt immer Wunder, glaub mir. Und wenn du ein paar angemessene Kosenamen verlauten lässt, passt das auch."

„Ich bin sicher, mir fällt etwas ein."

Ihre Blicke trafen sich. „Daran zweifle ich nicht."

An der Tür zur Halle, in der der Empfang stattfand, hielten sie an. „Ich sollte deine Hand halten, wenn wir da reingehen."

Sie schluckte. „Natürlich."

Als er ihre Hand nahm und seine Finger mit ihren verschränkte, schoss ein Blitz durch ihren Körper. Noch nie hatte eine einfache Berührung eines Mannes eine so tiefgreifende Wirkung auf sie gehabt.

Die Halle war gerammelt voll. Sabrina schätzte, dass über hundert gut angezogene Leute anwesend waren. Kellner servierten Kanapees und Champagner. Obwohl auch eine Menge Frauen anwesend waren, gab es eine Überzahl von Männern in dunklen Anzügen. Manche sahen gelangweilter aus als andere. Sicherlich Anwälte. Sie erkannte diese Gattung.

Daniel zog sie hinter sich her, während sie sich ihren Weg durch die Menschenmenge zum anderen Ende des Raumes bahnten. Er strahlte Sicherheit und Bestimmtheit aus, als ob dies sein Wohnzimmer wäre.

„Ah, da sind Sie ja. Wir haben uns schon gefragt, wo Sie bleiben." Ein vornehmer Gentleman Ende Fünfzig hielt sie auf.

„Martin. Schön, Sie zu sehen." Daniel streckte seine Hand aus und schüttelte Martins.

„Darf ich Ihnen meine Frau vorstellen? Nancy, das ist Daniel Sinclair, der Mann, der uns aufkauft."

Die zierliche Frau an Martins Seite lächelte übers ganze Gesicht und schüttelte Daniels ausgestreckte Hand. „Es ist so eine Freude, Sie endlich kennenzulernen", piepste sie, während sie Sabrina ansah.

„Gleichfalls. Ich denke, Sie werden Martin dann wohl viel öfter sehen, sobald das Geschäft abgeschlossen ist."

Nancy stupste ihrem Mann in die Rippen und verdrehte die Augen. „Sagen Sie das nicht! Er wird mich verrückt machen, wenn er so viel Zeit zuhause verbringt."

Ihr Ehemann schenkte ihr ein liebevolles Lächeln. „Sie scherzt nur. In Wirklichkeit kann sie es gar nicht erwarten, dass ich mehr Zeit mit ihr verbringe. Aber genug von uns." Martins Augen ruhten auf Sabrina. „Daniel, würden Sie uns Ihrer Begleitung vorstellen?"

„Entschuldigung. Martin, Nancy, das ist Holly, meine Verlobte."

In dem Moment, als die Worte aus Daniels Mund heraus waren, sah ihn Sabrina überrascht an, wandte sich aber sofort wieder ihren Gastgebern zu und warf ihnen ein charmantes Lächeln zu. Warum war er nicht bei seinem ursprünglichen Plan geblieben? Warum hatte er sie plötzlich zu seiner Verlobten befördert?

Nachdem sie sich die Hände geschüttelt und sich begrüßt hatten, fingen sie an, Small Talk zu betreiben.

„Holly, Sie klingen nicht so, als ob sie aus New York wären", bemerkte Nancy.

„Ich bin aus der Bay Area."

Martin warf Daniel einen verschwörerischen Blick zu. „Jetzt verstehe ich. Meine Firma ist also nicht die einzige Errungenschaft, die sie in San Francisco machen."

Daniel grinste und führte Sabrinas Hand zu seinem Mund, um diese zu küssen. „Schuldig im Sinne der Anklage."

Der Kuss war unerwartet und ließ Sabrinas Herz schneller schlagen. Sie lächelte ihn kurz an, aber der Kuss hatte ihn scheinbar überhaupt nicht berührt. Es sah so aus, als ob er gewohnt war, Dinge vorzugeben, die nicht wahr waren.

„Was machen Sie beruflich, Holly?", fragte Nancy.

ALS DANIEL NANCYS FRAGE HÖRTE, zuckte er zusammen. Verdammt, sie hatten überhaupt keine Hintergrundgeschichte besprochen. Er sah Holly an und versuchte, aus ihren Augen abzulesen, ob sie improvisieren konnte, aber da fing sie auch schon an zu reden.

„Ich bin Anwältin", bot sie an.

Daniel schloss für eine Sekunde die Augen, da er erwartete, dass gleich eine Bombe hochging. Verdammt, mit dieser Aussage hatte sie sich selbst ein Bein gestellt. In diesem Raum waren mehr Anwälte anwesend als auf einem Anwaltskongress in Las Vegas. Er hätte sie vor dem Eintreffen instruieren sollen. Nun stand ihnen ein Desaster bevor.

„Lass uns nicht von der Arbeit reden, okay?", fiel er ihr ins Wort, in dem Versuch die Situation zu retten. „Champagner, Liebling?" Er hielt einen Kellner an, nahm zwei Gläser von dessen Tablett und gab ihr eines. Zu spät.

Nancy hatte schon einen Mann zu ihnen hergewinkt. Daniel erkannte ihn sofort. Er war einer der Anwälte, die an der Übernahme arbeiteten.

„Bob, Daniel kennst du ja schon, aber lass mich dir seine Verlobte vorstellen, Holly Foster, sie ist auch Anwältin."

Verdammt! Daniel verschluckte sich fast an seinem Champagner. Wie würde seine hübsche Escort-Dame das handhaben? Bob war kein Typ, der Small Talk machte. Alles worüber dieser schmächtige Anwalt sprach, war seine Arbeit.

„Nett, Sie kennenzulernen, Holly. Auf welcher Uni waren Sie denn?" Wie Daniel vorhergesagt hatte, redete Bob sogleich über die Arbeit.

„Hastings", antwortete sie ohne Zögern.

„Wow, welch ein Zufall. Abschlussjahrgang '99. Unterrichtet Bunburry noch?"

Bob war in seinem Element.

Perfekt, die ganze Charade würde ihm innerhalb der nächsten zwei Minuten um die Ohren fliegen, dessen war Daniel sich sicher. Hätte sie nicht wenigstens eine kleine unbedeutende Universität irgendwo in der Provinz wählen können, anstatt die Jurafakultät von Hastings, von der selbst er als Ortsfremder wusste, dass sie in San Francisco war? Wahrscheinlich kannte sie keine andere Jurafakultät. Jetzt saß er wirklich in der Scheiße.

„Er hat sich letztes Jahr endlich zur Ruhe gesetzt", antwortete Sabrina selbstsicher.

Bob nickte verständnisvoll. „Das wurde auch Zeit."

Gut geraten, vermutete Daniel.

Bevor Daniel die Konversation unterbrechen und in eine andere Richtung lenken konnte, unterbrach ihn Martin, um ihm eine schöne rothaarige Frau vorzustellen.

„Sie müssen Grace Anderson kennenlernen. Sie sitzt im Vorstand von so gut wie allen Wohltätigkeitsorganisationen der Stadt. Grace, meine Liebe, das ist Daniel Sinclair."

Grace hauchte einen Kuss in Martins Richtung und peilte sofort Daniel an. Er kannte diesen Blick gut. Er wurde von Kopf bis Fuß von einer Frau gemustert, die genau wusste, was sie suchte: einen wohlhabenden Ehemann. Aus dem Augenwinkel sah er, dass seine Schein-Verlobte in ein Gespräch mit Bob vertieft war. Schlechtes Timing.

„Nett, Sie kennenzulernen, Miss Anderson.“

Daniel schüttelte ihr die Hand und ließ sie so schnell er konnte wieder los.

„Warum so formell? Bitte nennen Sie mich Grace.“

Ihr zuckersüßes Lächeln war ekelerregend. Genau diese Situation hatte er versucht zu vermeiden. Er fühlte sich wie ein eingesperrter Tiger, nur etwas weniger zahm. Ihr zweideutiges Lächeln sagte ihm unmissverständlich, dass sie ihn anbaggern würde, sobald er unachtsam war.

„Bei welchen Wohltätigkeitsorganisationen sind Sie involviert?“ fragte er, obwohl er keinerlei Interesse hatte, mit dieser Frau zu reden. Sie war eine exakte Kopie von Audrey: oberflächlich, protzig und nur darauf aus, einen reichen Ehemann zu ködern. Komischerweise konnte er jetzt, wo er mit Audrey Schluss gemacht hatte, genau sehen, wie sie wirklich war.

Daniel hörte kaum auf das Gerede der Frau und versuchte indes, etwas von dem Gespräch zwischen Holly und Bob mitzubekommen. Aber sie waren zu weit von ihm entfernt, sodass er aufgrund der dröhnenden Stimmen im Raum nicht einmal Fetzen ihrer Unterhaltung aufschnappen konnte.

Er bemerkte, dass Grace aufgehört hatte zu reden und etwas gefragt hatte, als er plötzlich ihre Hand auf seinem Unterarm spürte.

„Denken Sie nicht auch so?“

Er lächelte unverbindlich und fragte sich, wie er nur ihren Fängen entkommen könnte.

„Liebling!“ Endlich! Die Rettung war da. Er drehte sich dankbar um, als er Hollys Hand auf seinem Rücken spürte. „Bob hat mir gerade die lustigste Geschichte seines Jurastudiums erzählt. Ich glaube, du wirst dich köstlich darüber amüsieren, besonders wo du doch Baseball liebst." Sabrina warf Grace einen schroffen Blick zu und schaute dann dorthin, wo deren Hand lag. „Entschuldigen Sie uns. Ich muss meinen Verlobten kurz entführen."

Grace zog ihre Hand unverzüglich zurück, als hätte sie sich verbrannt.

Sabrina zog ihn außer Hörreichweite der Frau. „War das so richtig?"

Daniel kam einen Schritt näher. „Perfekt", sagte er und küsste sie kurz auf die Wange. „Das war knapp. Ich weiß nicht, wie diese Frauen sich innerhalb von Sekunden so auf Junggesellen fixieren können. Sie stand kurz davor, ihre Klauen in mich zu schlagen."

„Eine ihrer Klauen hatte sie schon an dir dran." Holly kicherte leise. „Du magst Frauen wohl nicht besonders, oder?"

„Nein, so ist das nicht. Ich mag nur keine Goldgräberinnen. Also, wie hast du es geschafft, Bob zu überleben?"

„Ganz einfach. Mach dir keine Sorgen um mich! Mit Bob kann ich umgehen."

Er blickte sie bewundernd an. Sie konnte mit Bob bewiesenermaßen umgehen. Er vermutete, dass sie auch mit vielen anderen Dingen umgehen konnte, vielleicht sogar mit ihm. Vielleicht bekam er ja heute Abend noch einen Vorgeschmack darauf, *wie* genau sie mit ihm umgehen würde.

„Komm! Wir müssen uns noch ein bisschen unters Volk mischen, bevor wir aus diesem Zirkus abhauen können." Er nahm wieder ihre Hand, nicht dass es notwendig wäre, sondern weil er es wollte. Er mochte es einfach, sie zu berühren.

5

S abrina genoss den Abend. Daniel stellte sie vielen Leuten vor, deren Namen sie sofort wieder vergaß, sobald sie zu den nächsten weiterzogen, die ihre Bekanntschaft machen wollten. Aus all dem Geplauder hatte sie sich zusammengereimt, dass Daniel in der Stadt war, um eine Firmenübernahme abzuschließen. Und angesichts der vielen schönen jungen Frauen, die ihn kennenlernen wollten, begriff sie, dass er einer der begehrtesten Junggesellen war, die sich momentan in der Stadt aufhielten. Kein Wunder, dass er jemanden als Schutzschild brauchte. Sie tat ihr Bestes, um wie von ihm gewünscht alle Frauen zu verscheuchen.

Obwohl dies ihre Pflicht für den Abend war, genoss sie das, was sie tun musste. Sie liebte es, ihn zu berühren, seine Hand zu nehmen, ihn Liebling zu nennen. Er hatte sie nur dieses einzige Mal auf die Wange geküsst, und sie fragte sich, ob er es nochmals tun würde. Seine Lippen hatten sich so warm und zärtlich angefühlt, und sie fing an sich vorzustellen, wie sich seine Lippen auf anderen Teilen ihres Körpers anfühlen würden. Der Gedanke daran machte sie heiß.

Da er sie offensichtlich gebucht hatte, damit sie vorgab, seine Freundin zu sein, und obwohl er sie unerklärlicherweise zu seiner Verlobten befördert hatte, um die anderen Frauen abzuwehren, sah sie wenig Chancen, dass er mit ihr schlafen wollte. Er kam ihr wie ein Mann vor, der seine Sexualpartnerinnen sorgfältig auswählte, und nicht wie einer, der mit einer Hostess ins Bett steigen würde, nicht einmal mit einer Schein-Hostess.

Na gut, immerhin verbrachte sie einen schönen Abend mit einem charmanten und attraktiven Mann. Die neidischen Blicke, die ihr viele der jungen Frauen während des ganzen Abends zuwarfen, bestätigten, dass sie nicht die einzige war, die Daniel zum Anbeißen fand.

Merkwürdigerweise schien ihm die Aufmerksamkeit, die ihm diese Frauen zollten, nicht zu gefallen. Die meisten seiner Unterhaltungen führte er mit einigen der Männer im Raum, und diese Gespräche waren hauptsächlich geschäftlicher Art. Immer wenn er einer Frau vorgestellt wurde, besonders einer Alleinstehenden, entzog er sich so schnell wie möglich dem Gespräch.

Meistens benutzte er sie als Ausrede.

„Holly, Liebling, kann ich dir noch etwas zu trinken bringen?", sagte er lächelnd, als eine weitere junge Frau versuchte, ihn in ein Gespräch zu verwickeln.

Sabrina reichte ihm ihr leeres Glas, und während er es nahm, führte er ihre Hand zu seinem Mund und küsste ihre Fingerspitzen, sodass es die andere Frau sehen musste, die daraufhin sofort verschwand.

„Du bist schrecklich!", züchtigte Sabrina ihn lachend, wohl wissend, dass er absichtlich Zuneigung vorgespielt hatte, um die andere Frau loszuwerden.

„Ich kann nichts dafür." Daniel zwinkerte ihr zu. Was auch immer er damit meinte, fragte sie nicht nach.

„Schon einmal von Selbstkontrolle gehört?", neckte sie ihn.

„Das ist in Anwesenheit einer schönen Frau einfach unmöglich zu schaffen."

„Welcher denn?"

Er antwortete nicht, sondern schleifte sie weiter, um sie noch mehr Leuten vorzustellen.

Etwas später standen sie und Daniel an einem Ende des Raumes neben einem wunderschönen Arrangement von farbenfrohen Blumen.

Als ein Kellner vorbeiging, schnappte sich Sabrina noch ein Kanapee von seinem Servierteller und verschlang es. Sie hatte aufgehört zu zählen, und es war ihr auch egal, wie viele dieser leckeren kleinen Häppchen sie schon verschlungen hatte. Was machte es schon aus, wenn sie noch ein Pfund zunahm? Es war ja nicht so, als ob jemand sie in nächster Zeit nackt sehen würde.

Daniel lächelte kurz und führte seine Unterhaltung mit Martin fort, während dessen Frau ihr erzählte, welche Reisen sie und ihr Mann für die Zeit nach dem Geschäftsabschluss geplant hatten.

Sabrina hörte höflich zu und stellte Fragen, wann immer sich die Gelegenheit bot, bis plötzlich ihre Nase unangenehm zu jucken anfing. Sie versuchte, ein Niesen zurückzuhalten, aber es war zu spät.

„Gesundheit!", sagten alle drei gleichzeitig.

„Allergie", antwortete Sabrina entschuldigend und zeigte auf die Blumen, während sie in ihrer Handtasche nach einem Taschentuch kramte. Sie ging nie ohne eines außer Haus. Als sie es herauszog, um sich die Nase zu putzen, fiel etwas kleines Quadratisches heraus und landete auf dem Tisch, auf dem das Blumenbouquet stand.

Sie blickte darauf, genauso wie ihre Gastgeber und Daniel.

Oh nein! Das Kondom, das sie in ihre Handtasche gesteckt hatte, hatte sich im Taschentuch verheddert und war herausgefallen. Unverzüglich schnappte sich Daniel das Durex und steckte es in seine Jackentasche, so, als ob er lediglich ein Bonbonpapier aufhob.

Sabrina erhaschte seinen Blick. Oh Gott, sie hatte ihn blamiert! Er sah aufgewühlt aus. Seine Wangen waren rot. Oh nein, er war wütend!

„Ich glaube, es ist schon spät. Holly und ich sollten gehen. Wir haben einen anstrengenden Tag vor uns", sagte Daniel abrupt zu Martin.

Ja, sie hatte ihn blamiert, und jetzt wollte er gehen. Sowohl Martin als auch Nancy hatten das Kondom gesehen und waren so höflich gewesen, so zu tun, als hätten sie es nicht bemerkt. Sabrina hoffte, dass sich der Boden vor ihr auftun würde, damit sie darin verschwinden könnte. Aber stattdessen fühlte sie Daniels Hand an ihrem Rücken.

„Sollen wir, Liebling?" Seine Stimme war immer noch so süß wie zu

Beginn. Offensichtlich hatte er genug Selbstbeherrschung und konnte seine Wut in Gegenwart ihrer Gastgeber unterdrücken.

Sie war wie benommen, als sie sich verabschiedeten und Daniel sie aus der Halle in Richtung des Mark Hopkins Hotels führte.

Sabrina fühlte sich schrecklich. Sie hatte alles komplett vermasselt. Misty würde es erfahren, und dann wäre Holly in Schwierigkeiten. Anstatt ihr aus der Patsche zu helfen, hatte sie es geschafft, sie noch weiter hineinzureiten. Holly zuliebe musste sie versuchen zu retten, was zu retten war.

„Es tut mir leid", fing sie an.

Daniel sah sie überrascht an, als er sie durch das Foyer des Mark Hopkins führte, das sie gerade betreten hatten. „Es tut dir leid?"

„Ich hatte nicht vor, dich zu blamieren. Es war ein Versehen", flehte sie ihn an und hoffte, dass er die Aufrichtigkeit in ihrer Stimme hören konnte. Er musste ihre Entschuldigung annehmen. Sie hatte es nicht absichtlich gemacht.

„Mich blamieren?" Er klang plötzlich verwirrt, als er auf den Knopf für den Fahrstuhl drückte.

„Ja, es tut mir leid. Ich wollte das wirklich nicht. Ich hätte vorsichtiger sein sollen", schweifte sie aus. Sie war nicht für diese Arbeit geschaffen. Etwas musste ja zwangsläufig schiefgehen, und das war es auch.

Der Fahrstuhl war leer, als sie ihn betraten. Nachdem sich die Tür geschlossen hatte, drehte sich Daniel wieder zu ihr. „Du hast mich nicht blamiert. Im Gegenteil."

Sabrina sah ihn verwundert an. „Aber warum sind wir dann so plötzlich gegangen?"

Er ließ seinen Blick über ihren Körper wandern. „Weil ich mir für den Rest des Abends etwas Schöneres vorstellen kann, als mich auf diesem langweiligen Empfang aufzuhalten."

Daniel trat einen Schritt auf sie zu und stützte sich mit der Handfläche an der Wand hinter ihr ab. Sein Kopf war nur Zentimeter von ihrem entfernt, seine Augen auf ihre fixiert. Sie konnte seinen maskulinen Duft, eine schwache Mischung aus Rasierwasser und Mann, riechen. Ihr Magen verkrampfte sich zu lauter kleinen Knoten.

„Oh." Sie konnte nichts sagen, als Erkenntnis sich in ihr breitmachte. Die Nähe seines Körpers verwandelte ihr Gehirn zu Brei.

„Du musst mir aushelfen, Holly. Ich war noch nie mit einer Escort-Dame zusammen, also bin ich mir nicht sicher, was hier das Protokoll ist." Sie fühlte seinen Atem auf ihrem Gesicht, als er mit leiser Stimme zu ihr sprach.

„Protokoll?", fragte sie atemlos. Ihr war bewusst, dass sein Körper ihren fast berührte. Sie war an die Wand gedrückt und konnte nicht mehr aus.

„Ja. Ich weiß nicht, aber … küsst du?" Seine Augen waren jetzt auf ihre Lippen gerichtet. Wären sie Laser gewesen, wären sie innerhalb von Sekunden zu Asche verbrannt.

„J-ja", stotterte sie hilflos.

Er hob seine Hand, um ihre Wange zu umschließen, und streichelte sie langsam mit seinem Daumen. Seine Berührung war elektrisierend. Instinktiv befeuchtete sie ihre Lippen mit ihrer Zunge. Als hätte er auf ein Zeichen gewartet, drückte Daniel sanft seine Lippen auf ihre, und ein leiser Seufzer entfloh ihrem Mund. Er eroberte ihren Mund völlig und forderte ihre Kapitulation.

Mit seinen Lippen zupfte er an ihren, saugte an ihrer Unterlippe und zog sie in seinen Mund, wo er mit seiner feuchten Zunge darüberstrich. Er knabberte behutsam an ihr, bis sie ihre Lippen öffnete und seine suchende Zunge hineinbat.

Sie legte ihre Hand an seinen Nacken, um ihn näher heranzuziehen, obwohl er schon so nah wie möglich war. Er drückte ihren Körper gegen die Wand des Fahrstuhls und ließ ihr kaum Platz zum Atmen. Aber Sabrina war es egal. Wer brauchte schon Sauerstoff, wenn sie stattdessen seinen Duft einatmen konnte?

Daniel schmeckte wie ein kühler Schauer mitten im Regenwald, waldig, lebendig, und gleichzeitig so dunkel, mit vielen Schichten von verborgenen Schätzen, die alle aufeinandergestapelt waren. Und mit jeder Bewegung seiner Zunge setzte er eine neue Geschmacksrichtung frei. Und das ließ sie sich danach sehnen, seine Zunge einzufangen und mit ihrer gefangen zu halten.

DANIEL KONNTE NICHT GLAUBEN, was er gerade machte. Er küsste eine Hostess, eine Prostituierte! Er hatte vermutlich seinen Verstand verloren – und er wusste genau, wann es passiert war: Als versehentlich das Kondom aus ihrer Tasche gefallen war und er kapiert hatte, dass das, wofür er bezahlt hatte, nicht nur eine Schein-Freundin für den Empfang war. Ihr war offensichtlich von ihrer Agentur gesagt worden, dass sie mit Sex zu rechnen hatte.

Und warum sollte er sie enttäuschen?

Der Geschmack ihres Mundes berauschte ihn. Er vertiefte seinen Kuss, plünderte ihren Mund und spielte mit ihrer empfänglichen Zunge. Jedes Mal wenn sie stöhnte, hallte der Ton in seiner Brust wider und füllte ihn mit ungeduldiger Erwartung darauf, was als Nächstes kommen würde.

Holly konnte ihn so erregen, wie es noch nie eine andere Frau zuvor geschafft hatte. Er war ein sexueller Typ, das stimmte schon, aber für gewöhnlich waren mehr als zwei Sekunden Küssen nötig, um ihn zu erregen. Sie hatte es geschafft, ihn schon mit dem einen Blick zu erregen, den sie ihm zugeworfen hatte, bevor er seine Lippen auf ihre gelegt hatte.

Sie war sich bestimmt bewusst, was sie machte. Immerhin war sie eine Professionelle. Es war ihr Job, Männer zu erregen und zu befriedigen. Er konnte sich hundert Arten vorstellen, wie sie ihn befriedigen könnte, aber keine davon war für einen Hotelfahrstuhl angebracht.

Als die Türen aufgingen, führte Daniel sie heraus. Er bemerkte, dass ihre Wangen rot und ihre Lippen voller als zuvor waren. Er musste sich unbedingt in ein paar Sekunden wieder diesen Lippen widmen. Aber erst musste er sie in sein Zimmer bringen, weg von neugierigen Blicken.

Es erschien ihm wie eine Ewigkeit, bis sie das Zimmer erreichten. Keiner von ihnen sprach, als ob es nichts zu sagen gäbe. Jedenfalls nichts, das für die Öffentlichkeit geeignet war.

Sofort als Daniel die Tür hinter sich zuschlug, zog er sie wieder in seine Arme und machte da weiter, wo sie im Aufzug aufgehört hatten. Diese sinnlichen Lippen benötigten mehr Aufmerksamkeit, und er war nur allzu bereit, sie ihnen zu widmen. Er legte die Gedanken daran, dass sie eine Hostess war, beiseite. In diesem Moment war es ihm egal. Sie war eine Frau, die ihn mehr erregte als je eine Frau zuvor, und dabei küssten sie sich doch nur.

Er hatte noch nicht einmal ihre nackte Haut berührt. Er hatte ihre Brüste noch nicht geküsst. Und trotzdem war er schon so hart wie ein Stahlrohr und verzehrte sich nach Erlösung. Wenn eine Frau das bei ihm auslösen konnte, war es ihm egal, ob sie ein Callgirl war oder nicht. Zum Teufel mit den Konventionen!

Daniel nahm ihre Handgelenke und umfasste sie mit seinen Händen. Er zog ihre Arme an beiden Seiten ihres Kopfes hoch und presste sie gegen die Wand hinter ihr. Diese Frau weckte seinen Urinstinkt. Er drückte ihren Körper eng an die Wand. Sie sah irgendwie verletzlich aus, und trotzdem waren ihre Augen mit Hunger und Verlangen gefüllt.

Daniel rieb seine Hüften gegen sie und machte sie dadurch auf sein Bedürfnis aufmerksam. Ihre Antwort war ein unterdrücktes Stöhnen, als ob sie nicht zugeben wollte, dass sie ihn durch den dünnen Stoff ihres Kleides spüren konnte.

Stattdessen bewegte sie ihren Kopf in seine Richtung und flehte nach einem weiteren Kuss. Und er gab nach. Wie könnte er ihr auch widerstehen? Holly war entflammt, und er hatte nichts, womit er das Feuer in ihr löschen konnte, sondern nur seinen eigenen Treibstoff, um die Flammen noch weiter zu schüren.

Daniel taumelte mit ihr zum Sofa und zog sie mit sich, während er sich hinabließ, sodass sie auf ihm saß, als er sich ausstreckte. Zu keiner Zeit verließen seine Lippen die ihren. Er könnte sich an ihrem Geschmack betrinken. Ernsthaft betrinken. Ihr Kuss war pure Sünde. Für einen Moment ließ er von ihr ab.

„Küsst du jeden Mann so? Nein. Beantworte das nicht!" Nein, er wollte nicht daran denken, dass sie ihren Lebensunterhalt damit verdiente, Fremde zu küssen und mit ihnen zu schlafen. Kein Wunder, dass sie so gut war. Sie hatte jede Menge Erfahrung.

„Ist das okay?", fragte Holly plötzlich.

„Okay? Ich glaube, ich kann danach nie wieder eine Amateurin küssen."

„Amateurin?"

„Im Gegensatz zu einem Profi wie dir. Hat dir noch nie jemand gesagt, dass deine Küsse einen Mann dazu bringen können, jede Sünde der Welt zu begehen?" Er lachte leise.

„Und ist das etwas Gutes?" Sie klang unsicher und ihre grünen Augen suchten nach einer Antwort.

„Oh ja, das ist etwas Gutes."

Ihre Lippen bogen sich zu einem Lächeln hoch, und er konnte nicht anders, als es wegzuküssen und ihre Lippen mit seinem Mund zu erdrücken. Sein Kuss wurde immer verlangender, während er ihren Mund immer gieriger brandmarkte. Er ließ seine Hände zu den weichen Kurven ihrer Hüften gleiten und ihren Hintern umfassen, wobei er sie noch stärker an seine ausgewachsene Erektion presste.

6

Durch den dünnen Stoff ihres Kleides spürte Sabrina deutlich die Umrisse von Daniels Körper, einschließlich seiner gewaltigen Erektion. Sie wunderte sich, wie ein so gut aussehender Mann wie er so schnell von ihr erregt werden konnte. Sie hatte sich nie als Verführerin gesehen. Sie wusste, dass sie hübsch war und eine gute Figur hatte, aber sie war sicherlich keine solche Wucht wie Holly.

Aber dieser Mann ließ sie sich wie die begehrenswerteste Frau der Welt fühlen. Sollte es nicht anders herum sein? Sollte *sie* als Callgirl nicht das Verführen übernehmen? Stattdessen sah es so aus, als ob *er* versuchte, *sie* zu verführen. Vielleicht hätte sie detailliertere Anweisungen von Holly einholen sollen. Sie könnte die ganze Sache wirklich vermasseln.

Und das war etwas, das sie nicht vermasseln wollte, nicht nur Hollys wegen, sondern auch ihrer selbst wegen. Von Daniels Armen gefangen gehalten zu werden und seine Lippen auf ihren zu spüren war das Beste, was ihr seit langem passiert war.

Dieser Mann konnte küssen und wusste, wie und wo er eine Frau berühren musste, um sie unter seinen Fingern schmelzen zu lassen. Trotz des Hungers, den sie in ihm spürte, gab es keine Hast, keine übereilten Bewegungen. Er erlaubte ihr, seine Berührungen und Küsse zu genießen, so, als ob er sich selbst in ihnen verlor.

„Daniel", murmelte sie. Mit Augen dunkel vor Leidenschaft sah er sie an.

„Hmm?", antwortete er, während er an ihrer Lippe knabberte.

„Küsst du jede Frau so?", neckte sie ihn.

„Du meinst so?", fragte er und küsste sie, als ob er sie brandmarken wollte, bevor er sie wenige Minuten später wieder freiließ.

"Mhm."

„Was war die Frage?"

„Ob du jede –"

Er unterbrach sie, indem er wieder ihren Mund erfasste und seine Zunge über ihre Lippen gleiten ließ. „Ich kann jetzt keine Fragen beantworten. Ich bin beschäftigt. Oder wäre es dir lieber, wenn wir stattdessen reden?"

„Nein!"

DANIEL LACHTE, und sie errötete wie ein Schulmädchen. Er hatte keine Ahnung gehabt, dass Hostessen wirklich Vergnügen an ihrer Arbeit haben konnten. Aber es war offensichtlich, dass Holly das genoss, was sie miteinander taten. Sie konnte unmöglich vortäuschen, wie ihr Körper auf seine Berührung reagierte. Und dann war da dieses leise, kaum vernehmbare Stöhnen, das sie von sich gab. Fast unhörbar, als ob es unbeabsichtigt war. Hätte sie ihm Vergnügen vortäuschen wollen, hätte sie eine lautere Version gewählt. Nein, ihre Reaktion war echt, und dieses Wissen schürte sein Verlangen noch mehr.

Sie sah ihn verwundert an. „Was?"

„Du bist wunderschön."

Da, sie errötete schon wieder. Das konnte sie doch unmöglich vortäuschen!

„Ich will dich berühren."

Sie richtete sich auf, sodass sie gegrätscht über ihm saß. Langsam verschwanden ihre Hände hinter ihrem Rücken, um den Reißverschluss ihres Kleides zu öffnen, aber er stoppte sie.

„Darf ich das tun?"

Sie senkte ihre Arme und nickte zustimmend. Daniel setzte sich auf. Dabei berührten sich ihre Körper. Während seine Hände auf ihren Rücken wanderten, um den Reißverschluss zu öffnen, waren seine Lippen nicht untätig. Sanft glitten sie ihren schlanken Hals entlang, und seine Zunge strich über ihre Haut. Mit seinen Zähnen kniff er ihre Haut und knabberte leicht daran. Sie erzitterte unter seiner Liebkosung.

Daniel arbeitete sich ihre Schultern entlang und schob die Spaghettiträger über ihre Arme hinunter. Sie rutschten leicht, jetzt, da er den Reißverschluss ihres Kleides etwas heruntergezogen hatte. Noch ein Ruck am Reißverschluss, und das Kleid fiel bis zu ihren Hüften herab. Er wich ein paar Zentimeter zurück, um ihre nackten Brüste zu bewundern.

Perfekt. Sie waren rund und fest und brauchten keinen BH. Ihre dunkelrosa Brustwarzen waren hart. Er wollte herausfinden, wie sie sich anfühlten, und strich mit seiner Hand darüber. Sie zuckte zusammen, so als ob sie seine Berührung nicht erwartet hätte. So erregbar. So empfänglich. Er brauchte eine Kostprobe.

Langsam senkte Daniel seinen Kopf, bis sein Mund über ihrer Brustwarze schwebte. Seine Zunge glitt in einer sanften Bewegung darüber, bevor seine Lippen ihre harte Brustwarze umschlossen und behutsam daran saugten.

Ihre Atmung wurde augenblicklich schwerer, schneller, und er wusste, dass sie genauso erregt war wie er. Ihre Hände fuhren durch seine Haare, und sie hielt ihn an ihren Körper gepresst, so als ob sie nicht wollte, dass er aufhörte. Das würde er auch nicht. Er wollte all das in Empfang nehmen, was sie ihm heute Abend bereitwillig anbot. Er würde so weit gehen, wie sie es ihm erlaubte, und dann um mehr bitten.

Daniel fühlte, wie sich seine Erektion gegen den Reißverschluss seiner Hose drängte und wusste nicht, wie lange er sich noch zurückhalten konnte. Aber er wollte nicht, dass alles zu schnell vorbei war. Er wusste ja nicht, ob er nur ein einziges Mal mit ihr Sex haben durfte. Was, wenn sie nach dem ersten Mal sofort verschwand? Nein, er musste sich Zeit lassen.

Daniel wünschte sich, er hätte Tim mehr Fragen gestellt, nachdem dieser ihm die Details der Buchung gegeben hatte. Aber dazu war es jetzt zu spät. Er musste jetzt einfach mitspielen und hoffen, er würde bekommen, was er wollte. Und alles, was er wollte, war Holly, unter ihm, auf ihm, vor ihm, auf jede mögliche Art und Weise. Noch nie zuvor hatte er eine Frau in so einem Ausmaß begehrt.

Daniel massierte ihre vernachlässigte Brust, während er weiter an der anderen saugte und sie sanft biss, bevor er die andere derselben süßen Folter unterzog. Holly unterdrückte ihr Stöhnen nicht, und er genoss es, wie ihr Körper auf ihn reagierte.

„Oh Daniel, das ist so ..." Sie beendete ihren Satz nicht, entweder weil sie außer Atem war oder weil ihr Gehirn genau wie seines zu Brei geworden war. Er konnte an nichts Anderes denken, als sie zu küssen, sie zu berühren, mit ihr zusammen zu sein. All seine rationalen Gedanken waren in dem Moment zum Fenster hinaus geflogen, als sie das Kondom fallen gelassen hatte.

„Holly, sag mir, was du willst."

Ihre Augen öffneten sich weit. „Was ich will?"

Was hatte ihn veranlasst, das zu fragen? Sie war eine Hostess. Er sollte sie nicht fragen, was sie wollte. Es war nicht seine Aufgabe, ihr Vergnügen zu bereiten, sondern andersherum. Trotzdem wollte er sie zufriedenstellen. „Ja, ich will wissen, was du magst."

„Du verwandelst mich ja schon ohne Anleitungen zu Wachs in deinen Händen."

„Ja, aber stell dir vor, was ich tun könnte, wenn du mir erzählst, was du *wirklich* magst." Er lächelte sie an.

Holly musterte ihn verwirrt. Bevor er seine Lippen zurück auf ihre Brüste senken konnte, umfasste sie sein Gesicht und zog seinen Kopf hoch. „Warum?"

„Warum was?", fragte er.

„Warum willst du wissen, was mir gefällt?"

„Weil ich denke, dass wir heute Nacht viel mehr Spaß haben

werden, wenn wir beide Befriedigung finden. Glaubst du das nicht auch?" Ihre Blicke trafen sich. „Und außerdem, welcher Mann würde nicht gerne als der beste Liebhaber bezeichnet werden, den eine Frau je hatte? Also vielleicht willst du mir hierbei behilflich sein?"

Holly lachte.

„Ist das ein ‚ja'?"

Sie nickte. „Denkst du, wir könnten ins ..." Sie deutete mit ihrem Kopf in Richtung Schlafzimmer.

„Wie du wünschst."

Sekunden später hob Daniel sie hoch und trug sie ins Schlafzimmer. Nun würde der richtige Spaß losgehen, das langsame Ausziehen, das Reizen, die Verführung. Nicht, dass er es nicht genossen hatte, Holly zu küssen. Aber nun lag sie auf seinem Bett, und es gab kein Zurück mehr.

Ihre nackten Brüste und ihre harten Brustwarzen waren seinem hungrigen Blick ausgeliefert. Unter ihren langen dunklen Wimpern, die ihre verführerischen grünen Augen schützten, sah sie zu ihm hoch. Er fühlte sich wie ein Wolf, der das Lamm verschlingen wollte, das außergewöhnlich willige Lamm.

Langsam zog Daniel sein Jackett aus und warf es auf einen Stuhl in der Nähe. Es kümmerte ihn nicht, dass es morgen verknittert sein würde. Einen Knopf nach dem anderen öffnete er langsam sein Hemd, während sie ihm stumm zusah, als wäre sie einfach davon fasziniert, wie ein Mann sich auszog. Als er sein Hemd auf den Boden fielen ließ, ertappte er sie, wie sie mit ihrer Zunge ihre Lippen leckte.

Er schleuderte seine Schuhe von sich, ließ sich auf das Bett sinken und bedeckte ihren Körper mit seinem.

„Hast du mich vermisst?"

„Ich habe deine Lippen vermisst", gestand sie.

Er wusste nicht, warum er verrückte Dinge zu ihr sagte, aber er mochte die Art, wie sie antwortete. Es schien alles so einfach mit ihr zu sein, schwarz und weiß, unkompliziert. Keine Kinkerlitzchen, nur eine unverfälschte Frau. Es sprach seine Männlichkeit an, seine dunkle, animalische Seite, seine wahre Leidenschaft. Es weckte die Seite in ihm, die meistens nur schlummerte. Die Seite, die für die Jagd lebte, seine Fleischeslust zu befriedigen. Sein Verlangen, eine Frau ganz und gar zu besitzen. Das Verlangen, dass auch sie von ihm Besitz ergreifen würde, und das war etwas, das er noch nie einer Frau erlaubt hatte, weil er immer davor zurückgewichen war, alles von sich zu geben.

Alles, was er dieses Mal wollte, war, diese Frau zu nehmen, sie völlig zu besitzen und sich ihr vollkommen hinzugeben, ohne sich zurückzuhalten. Es war das erste Mal, dass er sich in Sicherheit wiegen würde: in Sicherheit vor all den Gefühlen, die daraus resultieren könnten, und sicher vor allen zukünftigen Konsequenzen. Weil sie am nächsten Tag weg sein würde, und er sie nie wiedersehen würde. Aus diesem Grund konnte er ihr alles geben, was in ihm verborgen lag.

„Vergiss, wer und was du bist! Heute Nacht bist du nur eine Frau und ich nur ein Mann. Das ist das einzig Wichtige."

In ihren Augen funkelte etwas, das wie Zustimmung aussah. Als sie seine Lippen suchte, wusste er, sie war für alles bereit. Sie streichelte seinen Rücken und seine heiße Haut. Überall, wo sie ihn berührte, fühlte Daniel, als würde sie eine Spur heißer Lava zurücklassen.

Er rollte sie mit sich zur Seite, um sie von seinem Gewicht zu entlasten und seine Hände über ihren Körper gleiten zu lassen. Dann schob er den Stoff ihres Kleides hinunter und ließ seine Hände darunter gleiten, um die Kurven ihres perfekt geformten Hinterns zu finden. Der Slip, den sie trug, war aus einfacher Baumwolle, keine Spitze, keine Rüschen. Und trotzdem so einladend.

Ein sanftes Stöhnen entkam ihren Lippen, als er ihren Slip die paar Zentimeter bis zum Ansatz ihrer Oberschenkel hinunter schob, um damit die beiden Erhebungen offenzulegen. Er strich mit seinen Händen darüber, um die Weichheit ihrer Haut, die sich wie Samt anfühlte, zu spüren.

Er würde langsam machen und sich Zeit nehmen, um jeden Zentimeter ihres göttlichen Köpers zu erforschen, bevor er sie vernaschen würde. Daniel trennte seine Lippen von ihren und spürte, wie sie dies nur widerwillig zuließ, doch sobald seine Lippen tiefer wanderten, um sich stattdessen ihren Brüsten zu widmen, stieß sie ein erneutes Seufzen aus. Mit seinen Zähnen zog er an ihrer Brustwarze und fühlte, wie sie unter ihm erbebte, bevor er die empfindliche Stelle mit seiner Zunge besänftigte.

Er wusste, wie man eine Frau sanft folterte, wie man lustvolle Reaktionen hervorrief, wie man ihr mit Vergnügen den Atem raubte. Daniel saugte gierig an ihrer Brust und trotzdem wölbte Holly ihren Rücken, um mehr zu fordern, indem sie ihre Brust in seinen Mund drängte und verlangte, dass er fester daran saugte.

„Oh, bitte, ja!"

Sie flehte ihn buchstäblich an, indem sie ihre Finger in seine Schultern grub, um ihn an sich zu pressen. Er hatte sie gefragt, was sie mochte und anscheinend hatte sie die richtigen Worte gefunden, es ihm mitzuteilen. Daniel ignorierte ihre Wünsche nicht und widmete der anderen Brust dieselbe Aufmerksamkeit.

Er ignorierte seine schmerzende Erektion, die danach flehte, aus der Gefangenschaft seiner Hose entlassen zu werden. Er wusste, dass wenn er nachgab, es zu schnell vorbei sein würde. Es gab zu viel, was er mit ihr machen wollte, also unterdrückte er sein Verlangen. Es würde noch besser sein, sie zu nehmen, wenn er noch länger wartete.

Was er jedoch nicht länger ignorieren konnte, war das Aroma ihrer Erregung. Er senkte seine Lippen auf ihren Bauch und sog den verführerischen Duft ein. Es war etwas Urtümliches in ihrem Duft, etwas Unverdorbenes und Reines. Pure Frau, keine Geziertheit.

Er ergriff ihr Kleid, zog es über ihre Hüften hinunter und entblößte damit ihren Körper vollständig. Nur der Bereich zwischen ihren Beinen war noch mit einem kleinen Fleckchen Stoff bedeckt. Mit seinen Zähnen zog er an ihrem Slip und zerrte ihn nach unten, um ihre dunklen Locken darunter offenzulegen. Dann benutzte er seine Hände, um ihr Höschen vollständig loszuwerden.

Bereitwillig ließ sie ihn fortfahren.

„Oh Gott, Holly, du bist wunderschön." Es blickte zu ihr auf. Ihre Augen waren halb geschlossen und ihre Lippen leicht geöffnet. „Ich muss dich kosten." Es war keine Frage oder Forderung, nicht einmal eine Bitte. Es war nur eine Aussage, um die unvermeidbare Handlung anzukündigen, die er durchführen musste, so würde er von einer höheren Macht dazu gezwungen. In dem Augenblick, als er seinen

Kopf zu ihrem Geschlecht senkte und ihr verführerisches Aroma einatmete, wusste er, dass er keine Chance hatte, ihr zu widerstehen.

Seine Zunge traf auf ihr warmes, glänzendes Fleisch und leckte die Feuchtigkeit auf, die aus ihr herausquoll. Erwartungsvoll spreizte sie die Beine für ihn, um ihm einen besseren Zugang zu gewähren, und keuchte, als er die zärtliche Liebkosung wiederholte. Mit den Fingern spreizte er sie, während er gierig seine Aufgabe weiterführte, jeden Winkel und jede Spalte mit seiner Zunge zu erforschen.

Holly wand sich unter seinem Mund, und er schob seine Hände unter ihren Po, um sie noch fester an sich zu drücken. Nein, sie würde ihm nicht entkommen. Heute Nacht gehörte sie ihm.

„Meins, alles meins", flüsterte er in ihr Fleisch, bevor er seine Zunge in ihre einladende Muschi tauchte. Er badete in der Hitze, die aus ihrer Mitte strömte, trank von ihren Säften und inhalierte ihren Duft.

Als er seine Zunge aus ihrem Zentrum zurückzog, wusste er, dass es noch eine andere Stelle gab, die er kosten wollte. Er hatte sich das Beste für den Schluss aufgehoben. Seine Zunge wanderte nach oben zu dem kleinen, prall angeschwollenen Lustknopf, der am Fuße ihrer Locken versteckt war. In Zeitlupe graste er die Stelle ab und fühlte sofort, wie sie erzitterte.

Sie war sensibler als ein Seismograf. Daniels Lippen formten sich zu einem Lächeln. Wenn er mit ihr fertig war, würde sie ein Erdbeben der Stärke 9,5 hinter sich haben, das konnte er fast garantieren. Und er konnte auch gravierende Nachbeben garantieren, die sie erschüttern würden. Und sein eigener Körper würde jedes dieser Erdbeben miterleben.

„Baby, halte dich lieber fest!"

7

was hatte Daniel mit ihr vor? Sabrina hatte so etwas noch nie verspürt. Dieser Mann, der praktisch ein Fremder war, unterzog sie der köstlichsten Folter, die sie je erlebt hatte. Sie hatte keine Ahnung gehabt, dass Sex so gut sein konnte und dabei war er noch halb angezogen und noch nicht einmal in sie eingedrungen.

Die Tatsache, dass sie völlig nackt in den Armen eines gut aussehenden Fremden lag, der sich scheinbar in den Kopf gesetzt hatte, ihr jedes erdenkliche Vergnügen zu bereiten, wirkte surreal. Aber es war echt, so echt wie sein heißer Atem, der ihre Klitoris liebkoste, bevor seine Zunge immer wieder in einem Rhythmus so alt wie die Zeit selbst darüber streichelte.

Sie wusste, was er machte, und wäre er irgendein anderer Mann gewesen, hätte sie sich ihm bei der Intimität dieser Handlung sofort entzogen. Doch weil er ein Fremder war und sie vorgab, jemand Anderer zu sein, ließ sie sich gehen und gab sich seiner zärtlichen Liebkosung hin. Sie erlaubte sich, ihren Gefühlen zu folgen, nicht ihrem Verstand.

Daniels Zunge war unermüdlich, aber als er anfing, sie mit seinen Fingern zu erforschen und behutsam in sie eindrang, wollte sie bei der intensiven Empfindung beinahe vom Bett springen. Sie hatte so lange keinen Mann mehr in sich gespürt. Wenn sein Finger schon solche Gefühle bei ihr hervorrufen konnte, konnte sie nur ahnen, was passieren würde, wenn sie endlich seinen Schwanz in sich spüren würde. Sabrina erbebte instinktiv.

Daniel glitt sanft mit seinem Finger in ihre feuchte Scheide und dann wieder heraus. Mit jeder Bewegung sammelte sich mehr Feuchtigkeit in ihrem Zentrum und mehr Hitze staute sich in ihr auf. Sie fühlte sich wie ein Vulkan, der kurz vor dem Ausbruch stand.

Obwohl sie sich vollkommen und gänzlich verletzlich fühlte, machte es ihr nichts aus. Er würde ihr nicht wehtun. Nach heute Nacht würde sie ihn nie wieder sehen. Es würde keine Peinlichkeiten geben, keine Gelegenheit, dass er ihr wehtun konnte. Er würde niemals ihren Namen erfahren.

„Komm für mich, Baby", hörte sie ihn flüstern.

Daniels Finger bearbeiteten sie unermüdlich. Seine Zunge spielte mit ihrer Klitoris, und er wusste genau, mit welchem Rhythmus er sie an den Rand der Ekstase treiben konnte. Sie fühlte, wie sich ihre Erregung aufbaute, ihre Atmung unkontrollierter wurde. Es war Zeit, die Kontrolle an ihn abzugeben, ihm nachzugeben und das zu tun, was er verlangte.

Als seine Zunge über ihre Klitoris strich und sein Finger gleichzeitig tief in sie eindrang, gab es kein Zurück mehr. Wie ein Tsunami, der sich draußen auf dem Ozean bildete, begann sich ein schwaches Prickeln in ihrem Bauch zu bilden und sich weiter auszubreiten, bis es zu einer riesigen Welle wurde. Diese schwall zu einem gewaltigen Höhepunkt an, der in der Mitte ihres Körpers explodierte. Welle um Welle floss nach außen, und die Wogen wollten nicht mehr aufhören.

Benebelt spürte sie, wie Daniel nach oben wanderte und sie an seine Brust drückte, bis ihr Körper sich wieder beruhigt hatte. Als Sabrina ihre Augen öffnete, blickte sie in das lächelnde Gesicht ihres Liebhabers.

„Oh. Mein. Gott."

„Ich bin froh, dass du die Vorspeise mochtest. Wie wäre es, wenn wir zum Hauptgericht übergingen?" Er strahlte sie ungeniert an.

Sie schüttelte langsam den Kopf. „Nicht bevor du *deine* Vorspeise probiert hast." Sabrina zog an seiner Hose. „Ich will dich nackt sehen, jetzt sofort."

Ob Daniel es mochte, von einer Frau herumkommandiert zu werden, wusste sie nicht. Doch sie hatte noch nie einen Mann gesehen, der sich so schnell seiner Hose und seiner Boxershorts entledigte.

Bevor er sich wieder aufs Bett legen konnte, stoppte sie ihn. Er stand genau vor dem Bett und seine Erektion ragte stolz nach vorne. Sein Körper war perfekt. Sein breiter Oberkörper war haarlos bis hinab zu seinem Nabel, wo ein Pfad aus dunklen Haaren anfing und zu dem Nest von Locken führte, das sein Glied umgab.

Sein Bauch war flach. Obwohl er keinen Sixpack hatte, war er schlank und muskulös, als ob er seinen Körper gut pflegte. Sie würde heute Nacht diejenige sein, die sich dieses Körpers annahm.

„Wunderschön." Sabrina bewunderte ihn und streckte ihre Hand aus, um ihn zu berühren. Obwohl er hart war, war seine Haut weich und der Kopf seines großen Schafts fühlte sich wie Samt an. Er stöhnte auf, als sie ihn zum ersten Mal mit ihren Fingern berührte. Sie kniete sich vor ihm aufs Bett und brachte ihren Kopf genau auf die richtige Höhe für das, was sie vorhatte.

Sie blickte kurz zu seinem Gesicht hoch, um sich zu vergewissern, dass er wusste, was auf ihn zukam. Der hungrige Blick in seinen Augen bestätigte ihr, dass er nicht nur genau wusste, was ihn erwartete, sondern dass er es kaum noch erwarten konnte.

Wie ein griechischer Gott stand er vor ihr. Und sie würde ihn nur mit Hilfe ihrer Zunge und ihres Mundes dazu bringen, sich ihr zu ergeben. Langsam und verführerisch bewegte sie sich auf ihn zu, bis seine Erektion nur noch einen Zentimeter von ihren Lippen entfernt war. Ihre Zunge stellte den ersten Kontakt her, indem sie liebevoll gegen die Spitze seines Schafts leckte und dann daran hinunterglitt.

Daniel atmete scharf aus und brachte sie dadurch zum Lächeln. Ja, sie würde ihn zu Wachs in ihren Händen machen, genauso, wie er es mit ihr getan hatte. Und nichts konnte sie davon abhalten. Und sie würde ihn dazu bringen, dass er sie anflehte. Sie wollte nichts mehr, als ihn betteln zu hören, dass sie ihn in ihrem Mund begrub.

„Mehr?", fragte Sabrina ihn.

„Oh, Gott, ja!" Seine Stimme war heiser und klang gar nicht wie die Stimme, mit der er sich auf dem Empfang unterhalten hatte.

Aber er hatte immer noch nicht gebettelt. „Mehr?"

„Ja, bitte, Holly, erlöse mich von meinem Elend!"

Sofort leckte sie ihn von der Spitze bis zum Ansatz und wieder zurück. Dann nahm sie ihn in ihren Mund und bewegte sich an seinem Schwanz hoch und hinunter. Sie fühlte ihn erbeben. Er schmeckte einen Hauch salzig, und es war ein eigentümlich männlicher Geschmack, den sie nicht beschreiben konnte. Dies war nicht das erste Mal, dass Sabrina einem Mann einen blies, aber bisher hatte sie es nie wirklich genossen. Dies hier war anders.

Zu wissen, dass sie ihn mit der Liebkosung ihrer Zunge und dem sanften Saugen ihrer Lippen in die Knie zwingen konnte, ließ sie sich nicht nur mächtig fühlen, es erregte sie gleichzeitig. Bald würde sein Schwanz in ihrem Inneren pulsieren und ihr bodenloses Vergnügen bereiten. Ihre Muskeln würden sich um ihn klammern, um ihn zu melken, bis er nichts mehr zu geben hatte. Aber im Moment gab sie sich damit zufrieden, ihn soweit zu bringen, dass er nicht mehr klar denken konnte.

DANIEL LEGTE seine Hände auf ihre Schultern und hielt sich daran fest, um die Balance zu halten, während er im Gleichklang mit ihrem Rhythmus vor und zurück wippte. Mit geschlossenen Augen und zurückgeworfenem Kopf ließ er sich gehen. Sie machte es ihm einfach, nur das zu fühlen, was ihm sein Körper vorschrieb. Er vergaß seinen Verstand, vergaß seine Arbeit, seine Ziele und konzentrierte sich nur darauf, dass er ein Mann in den Händen einer schönen Frau war.

Ihr Mund um seinen harten Schwanz war warm und feucht. Ihre Zunge spielte mit seiner Haut, kitzelte und reizte ihn. Sie gab ihm keinen mechanischen Blowjob wie seine Ex-Freundinnen vor ihr. Nein, dies war völlig anders. Dies war der Mund einer Frau, die mit jeder Faser ihres Körpers mitmachte.

Holly machte nichts automatisch. Die Art, wie sie ihn blies, ihn sanft leckte, ließ ihn wissen, dass sie ihm den besten Blowjob geben wollte, den er je gehabt hatte. Und sie hatte Erfolg. Als sie stärker zog und ihn tiefer in ihren Mund saugte, wusste er, dass er nicht viel länger durchhalten konnte. Es war einfach zu gut.

Daniel wollte nicht in ihrem Mund kommen, zumindest nicht beim ersten Mal. Er musste in ihr sein und spüren, wie ihre Muskeln sich um ihn verengten, wenn er kam. Und er musste in ihre Augen schauen, wenn das passierte. Er musste sich in diesen wunderschönen grünen Augen verlieren.

Die Art, wie sie seinen Schwanz leckte, machte ihn verrückt, und er spürte, wie er nahe daran war, die Kontrolle zu verlieren. Bevor es zu spät war, zog er sich aus ihrem Mund und hielt sie von sich weg.

„Ich war noch nicht fertig", beschwerte sie sich und schmollte. Süß.

„Baby, du machst mich fertig." Er zog sie zu sich hoch und küsste ihre vollen Lippen. „Ich will in dir drinnen sein."

Sie zog ihn mit sich aufs Bett hinab, doch er hielt mitten in seiner Bewegung inne.

„Warte!"

Sie blickte ihn fragend an.

„Kondom." Er schnappte sich sein Jackett vom Stuhl und zog das Kondom aus der Tasche, bevor er ihr aufs Bett folgte.

„Darf ich?", fragte sie und zeigte auf das Kondom.

Er schüttelte den Kopf. Als ob er noch eine weitere ihrer Berührungen überleben würde! „Ich werde nicht durchhalten, wenn du mich jetzt berührst."

Er wandelte auf einem Drahtseil. Jede Sekunde könnte er die Kontrolle verlieren und der Erlösung nachgeben, der er so nahe war. Er musste sie haben, und er konnte keine Sekunde länger warten. Daniel streifte sich das Kondom über und zog sie wieder in seine Arme.

Ihr Körper schmiegte sich perfekt an seinen, als ob sie für ihn gemacht wäre. Seine Erektion drängte gegen den Eingang ihres Körpers, während er ihr tief in die Augen blickte. Als er langsam

Zentimeter für Zentimeter in sie hineinglitt, verlor er sich in der Tiefe ihrer Augen. Er musste sie ansehen, während er in sie eindrang, und ihre Reaktion sehen, sehen, was sie fühlte.

Was er in ihren Augen sah, war Vergnügen, Begierde und Leidenschaft. Niemand konnte das vorspielen. Er fing ihre Lippen mit seinen ein und stieß gleichzeitig bis zum Ansatz in sie hinein. Holly war enger, als er erwartet hatte. Wie sie ihre Muskeln so eng um seinen Schwanz geschlossen halten konnte, überraschte ihn. Sie fühlte sich so eng wie eine Jungfrau an, nicht wie die professionelle Begleiterin, die sie war.

Daniel blieb für einige lange Sekunden in ihr vergraben, unfähig sich zu bewegen, aus Angst, dass er sofort kommen würde. Doch endlich kehrte seine Stärke zurück, und er konnte sich in ihr bewegen. Feuchtes Fleisch traf auf feuchtes Fleisch, während ihre Körper sich im Gleichklang bewegten. Er zog sich fast komplett wieder aus ihr heraus, bevor er eine Sekunde später wieder in sie hineinstieß, als sie ihm entgegenkam und damit die Empfindung nur noch intensivierte.

In ihr zu sein war, als ob er in einen glatten, feuchtwarmen Handschuh hineinglitt, der um eine Nummer zu klein war und so seine Größe mit außergewöhnlich enger Passgenauigkeit aufnahm. Als ob sie für ihn geschaffen wäre, und nur für ihn. Jedes Mal, wenn er seinen Schwanz so weit herauszog, dass nur noch die Spitze in ihrer Hitze versunken war, flehte sie ihn an, sie wieder zu füllen. Und jedes Mal kam er ihrer Bitte nach.

Plötzlich benutzte sie sein Gewicht gegen ihn, indem sie ein Bein hinter ihm verhakte und ihn auf den Rücken rollte. Als sie sich aufsetzte, während seine Erektion immer noch tief in ihr vergraben war, lächelte sie ihn mit Lust in ihren Augen funkelnd an.

Der Anblick ihres nackten Körpers während sie ihn ritt und ihre Brüste mit jeder Bewegung auf und ab hüpften, strapazierte seine schon angegriffene Beherrschung. Jedes Mal, wenn sie sich nach unten bewegte, drückte er seine Hüften nach oben, um ihr entgegenzukommen und dabei kraftvoller in sie zu stoßen als es seine Position sonst erlauben würde. Es reichte nicht. Er hatte die Grenze seiner Beherrschung erreicht und brauchte mehr.

„Oh, Baby."

Daniel rollte sie beide herum und drehte sie wieder auf ihren Rücken. „Bitte, komm mit mir!"

Seine Hand wanderte zwischen ihre Körper, um ihren Lustknopf zu finden, mit dem er jetzt schon so vertraut war. Er streichelte diesen, während er immer wieder in sie eindrang und sich dem Rhythmus ihrer Herzschläge und ihrer angestrengten Atemzüge anpasste, bis er endlich fühlte, wie sich ihre Muskeln um seinen Schwanz verkrampften. Es war perfekt. Ihre Zuckungen heizten seinen eigenen Orgasmus an, und er explodierte wie ein ausbrechender Vulkan.

Langsam klang sein Höhepunkt ab, und sein Körper beruhigte sich. Schwer atmend sah er sie an.

„Du bist erstaunlich", konnte er trotz der wenigen Energie, die er noch hatte, murmeln.

„Ebenso", krächzte sie.

Und dann küsste er sie, sanft, zärtlich, ohne ein Ende in Sicht. Seine Zunge erforschte ihren Mund, als ob sie noch nie zuvor in ihn eingedrungen wäre und tanzte dabei den schüchternen Tanz zweier High-School-Schüler. Ihre Zungen verflochten sich miteinander, als ob sie einen neuen Gordischen Knoten bilden wollten.

In seinem Kuss lag keine Forderung, keine Absicht, dass es zu etwas Weiterem führen würde. Er war Mittel und Zweck zugleich. Ein Kuss. Ein Kuss voller Zärtlichkeit und Wertschätzung, voller Bewunderung und Respekt. Eine endlose Liebkosung.

Nur widerwillig entließ er sie aus seinem Kuss.

„Oh, mein Gott, was war das?", flüsterte sie atemlos, während sie tief in seine Augen blickte.

Daniel lächelte. „Die Nachspeise."

8

Es war nach Mitternacht und Holly hatte sich angezogen. Während sie im Badezimmer war, holte Daniel seine Brieftasche und nahm mehrere hundert Dollarscheine heraus. Er hatte die Agentur schon bezahlt, aber er hatte das Gefühl, dass es nicht genug war. Was Holly ihm heute Nacht geschenkt hatte, war weitaus mehr, als er je erwartet hatte. Nie zuvor hatte er sich so in jemandem verlieren können wie in ihr. Und nie zuvor hatte er sich einer Frau so völlig hingegeben.

Daniel blickte zurück auf die zerwühlten Laken auf dem Bett, die Zeugen ihrer leidenschaftlichen Begegnung geworden waren. Holly hatte in ihm das erweckt, was es bedeutete, lebendig zu sein. Sein Leben war von Arbeit überschattet gewesen. Er hatte vergessen, Spaß zu haben, sich zu entspannen und zu lieben. Holly hatte ihm gezeigt, dass es mehr im Leben gab als Arbeit.

Er legte das Geld zusammen mit einer kurzen Notiz in einen Briefumschlag, versiegelte ihn und schob ihn in ihre Handtasche, da er ihre letzten Minuten nicht durch den Austausch von Geld verderben wollte.

Holly kam aus dem Badezimmer und war bereit zu gehen. Ihre gemeinsame Liebesnacht war wie auf ihren Körper tätowiert. Sie schien zu leuchten. Stumm legte er seinen Arm um ihre Taille und führte sie zur Tür. Dann drehte er sie zu sich und zog sie nochmals an sich.

Ohne ein Wort suchte er ihre Lippen und fand, wie sie seinen Kuss begierig akzeptierte. Ein letztes Mal streifte seine Zunge durch ihren Mund und besuchte die Plätze, die er jetzt auf so intime Weise kannte. Er spürte ihre Hände in seinen Haaren und liebte das Gefühl. Es fühlte sich zu gut an, um aufzuhören.

Widerwillig entließ er sie aus seiner Umarmung und blickte in die grünen Augen, die nach ihrer Liebesnacht so viel dunkler erschienen.

„Du solltest lieber gehen, bevor ich dich wieder ins Bett ziehe und mit dir mache, was ich will." Seine Stimme war heiser und dunkel von Verlangen. Er war ein Idiot, sie gehen zu lassen, und er wusste es.

„Ich dachte, ich habe mit dir gemacht, was ich wollte", neckte sie ihn.

„Läuft aufs Gleiche hinaus."

Als sich die Tür hinter ihr geschlossen hatte, ließ sich Daniel dagegen fallen und atmete tief aus. Holly war weg, doch sie hatte ihn mit der Erkenntnis zurückgelassen, dass er nicht so kalt und gefühllos war, wie ihn einige seiner Ex-Freundinnen hingestellt hatten. Er konnte eindeutig das Feuer in seinem Bauch spüren, das sie entzündet hatte.

Sabrina torkelte in Richtung Aufzug. Ihre Beine zitterten immer noch aufgrund des intensiven Austausches mit Daniel. Sie hatte versucht, im Bad ihre Fassung wiederzuerlangen – ohne Erfolg. Sie war durcheinander, und die Anzeichen von Sex standen ihr überall auf den Körper geschrieben: zerzauste Haare, gerötetes Gesicht, die Knutschflecke, die er auf ihrer Haut hinterlassen hatte, das angenehme Summen zwischen ihren Beinen, Daniels Geruch auf ihrer Haut.

Sie war sich sicher, dass jeder, dem sie auf dem Nachhauseweg begegnen würde, sofort wissen würde, dass sie gerade den atemberaubendsten Sex ihres Lebens erlebt hatte. Sie war erleichtert, dass der Aufzug leer war, aber ihr graute vor dem Moment, wenn sie durch die Lobby gehen musste, wo die Hotelangestellten sicher erraten konnten, dass sie im Zimmer eines Gastes gewesen war, um Sex zu haben.

Schweißperlen bildeten sich auf ihrer Stirn. Sabrina öffnete ihre Handtasche, um ein Taschentuch herauszunehmen und sich trocken zu tupfen, und bemerkte sofort, dass sich ein unbekannter Gegenstand darin befand. Sie zog den Umschlag heraus, von dem sie wusste, dass er vorher nicht da gewesen war.

Neugierig öffnete sie ihn. Es waren einige hundert Dollarscheine und eine handgeschriebene Notiz darin.

Danke für die wundervolle Nacht. Daniel.

Sabrina wusste, dass sie das Geld nicht annehmen konnte. Sie konnte kein Geld für etwas annehmen, das ihr geholfen hatte, sich wieder wie eine echte Frau zu fühlen. Kein Mann hatte ihr in ihrem Leben so viel Vergnügen bereitet, und sie wollte dieses Gefühl nicht verunglimpfen, indem sie sein Geld nahm. Ja, er hatte die Agentur bezahlt, aber sie würde Holly sagen, dass sie das Geld behalten sollte. Sabrina wollte keinen Cent davon.

Was sie Daniel heute Nacht gegeben hatte, hatte sie ihm aus freiem Willen gegeben. Und was sie im Gegenzug von ihm bekommen hatte, war mehr, als sie je erwartet hatte von einem Mann zu bekommen. Geschweige denn, von einem, der dachte, sie wäre ein Callgirl.

Seine Zärtlichkeit, seine Leidenschaft und seine Selbstlosigkeit, sie zu befriedigen, waren alles Dinge, die sie bei den Männern, mit denen sie ausgegangen war, nie gesehen hatte. Warum ein Mann, der glaubte, sie sei eine Hostess, sie so gut behandelte, konnte sie nicht einmal ansatzweise verstehen.

Im Foyer schrieb sie eine Nachricht an Daniel, schob sie in einen neuen Umschlag, den sie vom Empfangstisch genommen hatte, und legte das Geld hinein, bevor sie ihn versiegelte. Dabei achtete sie darauf, dass die Empfangsangestellten nicht sahen, was sie in den Umschlag steckte.

„Könnten Sie das bitte morgen früh Mr. Sinclair in Zimmer 2307 geben?"

„Sicherlich, Madam", antwortete der Angestellte und nahm ihr den

Umschlag ab. Er sah sie von oben bis unten an, und sie fragte sich, ob er dachte, dass sie eine Frau war, die ihren Gigolo bezahlte. Weit davon entfernt.

Sabrina verließ schnell die Lobby und stieg in ein wartendes Taxi.

Holly wartete auf sie, als sie nach Hause kam. In dem Moment, als Sabrina die Tür aufsperrte, hörte sie Holly schon aus dem Wohnzimmer rufen.

„Sabrina, ist alles in Ordnung?

Sie ging in Richtung Wohnzimmer und stoppte an der Tür. Holly lag auf der Couch, einen trockenen Keks in einer Hand und eine Tasse Tee auf dem Beistelltisch.

„Geht es dir schon besser?"

Holly winkte ab. „Viel besser. Jetzt erzähl mir schon, was passiert ist. Ich habe nicht erwartet, dass du so lange weg bleibst.

Sabrina lächelte verschämt. „Er war sehr nett."

„Was? Sehr nett? Du denkst, du kannst mich mit *sehr nett* abspeisen? Ich will die ganze Geschichte hören."

Holly klopfte auf den freien Platz neben sich auf der Couch und signalisierte Sabrina damit, sich zu setzen.

„Ich bin wirklich müde. Ich sollte ins Bett gehen." Ihr Widerstand wurde von Holly mit einem ernsten Blick erwidert.

„Nein, das wirst du nicht. Nicht bevor du mir alle schmutzigen Einzelheiten erzählt hast."

Sabrina merkte, wie ihre Wangen heiß wurden. Ihre Freundin konnte eine echte Nervensäge sein, wenn sie etwas wissen wollte.

„Du hattest Sex mit ihm", stellte Holly das Offensichtliche fest. „Nein warte! Du hattest fabelhaften Sex mit ihm!"

Sabrina konnte ihr Lächeln nicht unterdrücken.

„Oh mein Gott! Setz dich hin und erzähl mir alles!"

Sie erzählte Holly nur das absolut Nötigste und verschwieg die intimen Details ihrer Nacht mit Daniel. Sie wollte diese Dinge für sich behalten, weil sie wusste, dass dies alles war, was sie bekommen würde: eine einzige fabelhafte Nacht mit einem erstaunlichen Mann. Sie wollte diese Erfahrung mit niemandem teilen, nicht einmal mit ihrer besten Freundin.

Sie war sich sicher, dass Holly bemerkte, dass sie ihr Dinge verheimlichte, aber nach einer halben Stunde bohrte diese nicht weiter nach.

DANIEL ERWACHTE von dem besten Schlaf, den er seit Jahren gehabt hatte. Die Sonne schien ins Zimmer, da er die Nacht zuvor vergessen hatte, die Vorhänge zuzuziehen. Anstatt wie normalerweise sofort nach dem Aufwachen aus dem Bett zu springen, verschränkte er die Arme hinter seinem Kopf und starrte zur Decke hoch. Dann blickte er sich im Zimmer um.

Seine Kleidung war auf dem ganzen Boden verstreut. Hollys Duft war immer noch überall, auf seiner Haut, auf seinen Lippen, in den Bettlaken. Er würde in den nächsten Wochen von den Erinnerungen an diese Nacht zehren, bis er das Geschäft abgeschlossen hatte, und dann sein Leben umstellen. Seit sie gegangen war, hatte er viel nachgedacht.

Sie hatte ihn daran erinnert, dass er ein leidenschaftlicher Mann war und dass er eine leidenschaftliche Frau brauchte. Er hatte mehr als nur seine Olivenhaut von seiner Mutter geerbt. Er hatte auch ihre Leidenschaft geerbt. Er erinnerte sich an die hitzigen Wortgefechte, die sie und sein Vater von Zeit zu Zeit hatten. Als Teenager war Daniel immer erschaudert, wenn er sie sah, wie sie danach in ihr Schlafzimmer gerannt waren und die Tür hinter sich verschlossen hatten. Ihre Liebesspiele waren genauso leidenschaftlich gewesen wie ihre Auseinandersetzungen.

Erst jetzt verstand er, was sie durchgemacht hatten. Er hatte dieselbe Leidenschaft in sich selbst gespürt.

Sobald er zurück in New York war, würde er versuchen, eine Frau zu finden, um sein Leben zu vervollständigen. Vielleicht könnte er seiner Mutter dann doch einen ihrer Wünsche erfüllen: *Bambini*. Aber jetzt musste er sich erst auf das Geschäft konzentrieren.

Nach einer langen Dusche zog sich Daniel an und machte sich auf den Weg zur Lobby, um zu seinem ersten Termin zu kommen. Bevor er den Türsteher bitten konnte, ihm ein Taxi zu rufen, sprach ein Hotelangestellter ihn an.

„Mr. Sinclair. Das wurde gestern Nacht für Sie abgegeben." Der Mann reichte ihm einen Umschlag. Sein Name stand handschriftlich darauf. Der Brief fühlte sich beim Anfassen ziemlich dick an.

„Vielen Dank." Neugierig öffnete er den Umschlag und fand darin Bargeld zusammen mit einer Notiz vor. Er las sie und blieb stehen.

Daniel. Du hast mir schon viel zu viel gegeben.

Der Brief war nicht unterschrieben. Holly! Sie hatte sein Geschenk abgelehnt! Er verstand nicht warum, doch er hatte im Moment keine Zeit, darüber nachzudenken. Er musste zu seinem Meeting gehen.

Den ganzen Morgen hatte er keine einzige Minute Zeit, um über Hollys Nachricht nachzudenken. Einige neue Themen bezüglich einer Klausel im Vertrag, die noch nicht erfüllt worden war, waren aufgeworfen worden, und er musste sich auf dieses Problem konzentrieren. Alles könnte zerplatzen, wenn er jetzt nicht vorsichtig war. Zu viele Dinge hingen von diesem Geschäft ab.

Daniel war froh, als die Mittagszeit heranrückte. Er hatte mit Tim ausgemacht, sich mit ihm in einem Restaurant in der Innenstadt zu treffen. Sie hatten sich am Abend seiner Ankunft schon getroffen und sich über alle Neuigkeiten unterhalten, insbesondere darüber, warum Daniel mit Audrey Schluss gemacht hatte.

„Du siehst erschöpft aus, Danny." Abgesehen von seinen Eltern war Tim der Einzige, der ihn Danny nannte. Mit seinen zotteligen blonden Haaren war Tim das Ebenbild eines Surfers und sah kein bisschen wie das Finanzgenie aus, das er eigentlich war.

„Hab' nicht viel Schlaf bekommen." Ein Grinsen stahl sich auf seine Lippen.

Tim biss sofort an. „Du Hundesohn! Du hast die Hostess gefickt. Wer hätte das gedacht!"

Er zuckte nur mit den Schultern. „Mach nicht so viel Wind drum! Sie war süß." Sie war mehr als nur süß gewesen, aber er würde nicht einmal seinem besten Freund mehr über sie erzählen.

„Also los, erzähl mal!"

„Hol dir deinen Nervenkitzel von jemand Anderem, Tim! Ich teile mein Liebesleben nicht."

„Du hast ein Liebesleben mit einer Hostess?"

„Thema abgeschlossen." Er wechselte das Thema. „Danke, dass du mir die Anwälte besorgt hast. Ich werde sie morgen früh treffen. Das ist gutes Timing, denn wir haben ein Problem wegen einer der Kontingenz-Klauseln."

„Irgendwas Ernsteres?" Tim hatte einen genauso scharfen Geschäftssinn wie Daniel und war immer bereit, Probleme durchzusprechen.

„Nichts, was die Anwälte nicht managen können. Aber ich muss wahrscheinlich etwas länger bleiben als erwartet."

„Hört sich gut an. Hey, ein paar Kumpel und ich wollen uns heute Abend eine Show ansehen. Ich bin sicher, wir können eine zusätzliche Karte für dich besorgen. Das Ensemble ist aus London –"

„Tut mir leid, aber ich kann nicht. Ich habe schon Pläne."

Er hatte keine, doch er hatte vor, Pläne zu machen. Die Nachricht, die Holly ihm hinterlassen hatte, hatte ihn neugierig gemacht. Sie war ein Callgirl. Sie arbeitete für Geld, also warum hatte sie das Trinkgeld nicht angenommen? Welches Callgirl, das bei klarem Verstand war, würde zusätzliches Geld ablehnen?

9

A ls Sabrina nach Hause kam wartete Holly schon ungeduldig auf sie.

„Wurde auch Zeit!"

Sabrina schaute sie verblüfft an. Es war erst sechs Uhr, die übliche Zeit, zu der sie auch sonst von der Arbeit kam. Sie war sofort in Alarmbereitschaft. „Was ist los?"

„Er hat dich wieder verlangt."

Ihr Herz setzte kurz aus. Sie musste nicht fragen, wer *er* war.

„Für heute Abend. Du musst dich sofort fertig machen." Holly war ganz aus dem Häuschen und hüpfte buchstäblich in die Luft.

„Aber ich kann nicht. Das war eine einmalige Sache. Ich kann das nicht weiter machen." So sehr sie die Nacht mit ihm auch genossen hatte, sie konnte nicht weiter vorgeben, Holly zu sein.

„Süße, du musst aber. Wenn ich statt dir da auftauche, wird er die Agentur anrufen und Misty wird alles herausfinden. Bitte! Ich bin sicher, das wird das letzte Mal sein. Er ist aus New York. Er wird in ein paar Tagen wieder heimreisen", flehte Holly sie an. „Habe ich dich jemals schon mal um was gebeten?"

Sie hatte recht. Holly hatte sie nie um irgendeinen Gefallen gebeten, außer dem der vorherigen Nacht und jetzt diesem. Eigentlich war es nur ein Gefallen, der sich auf zwei Nächte ausdehnte.

Sabrina fühlte sich hin- und hergerissen. Ein Teil von ihr wollte Daniel wiedersehen und da weitermachen, wo sie aufgehört hatten, der andere hatte Angst vor den Konsequenzen. Sie konnte doch nichts mit ihm anfangen, nicht mit einem Mann, der mit Callgirls schlief, okay, mit Schein-Callgirls.

„Holly, bitte. Das wird nicht klappen."

„Du hast ihn doch gemocht. Und du hast gesagt, der Sex war gut. Also bitte mach das für mich. Nur heute Abend."

Wider besseres Wissen wurde ihr bewusst, dass sie nickte. „Aber das ist das letzte Mal!"

„Versprochen."

Eine Stunde später traf Sabrina Daniel in der Hotellobby. Er trug schwarze Jeans und ein legeres Hemd und sah noch besser aus als in der Nacht zuvor. Er blickte hinter seiner Zeitung hervor, als sie die Eingangshalle betrat, und sprang sofort auf.

Mit ein paar Schritten war er bei ihr, um sie zu begrüßen. Er nahm ihre Hand in seine.

„Hi."

„Hi", echote sie.

„Ich hoffe, du bist hungrig. Wir gehen in der Nähe von Telegraph Hill zum Abendessen."

Sabrina sah ihn überrascht an. „Wir gehen aus? Spiele ich wieder deine Verlobte?"

Daniel schüttelte den Kopf. „Heute gehen wir beide alleine aus." Er ließ seine Augen über ihren Körper wandern, bevor er sie wieder auf ihre Lippen richtete. „Und nachher kommen wir hierher zurück."

Der lodernde Blick in seinen Augen war ein Versprechen, an das sie ihn binden würde.

Ein Taxi brachte sie an ihr Ziel, und während der ganzen Fahrt hielt Daniel ihre Hand. Als er ihr aus dem Auto half, streifte sein Körper an ihren, und sie erzitterte leicht. Ihre Brustwarzen wurden sofort hart.

„Hast du mich vermisst?", flüsterte er ihr ins Ohr, wartete aber nicht auf eine Antwort. „Komm!"

Daniel führte sie hinein. Es war nicht das, was sie erwartet hatte. Es war kein Restaurant, das sie betraten, sondern eine große Küche. Mehrere andere Pärchen waren anwesend, ebenso drei Köche, die zunftgemäß gekleidet waren.

„Willkommen bei Tante Maries Kochschule."

Sabrina warf ihm einen erstaunten Blick zu und sah ihn grinsen. „Ich wollte das schon immer mal versuchen", flüsterte er ihr zu. „Das wird Spaß machen."

TIM HATTE IHM ERZÄHLT, dass diese Kochschule Abendkochkurse für Pärchen anbot. Das war so weit von dem entfernt, was Daniel normalerweise während eines Dates tat, dass es für seine Zwecke perfekt war. Er wollte etwas Ungewöhnliches machen und dabei Holly besser kennenlernen und verstehen, warum sie sein Geld nicht angenommen hatte. Er glaubte, dass die entspannte Atmosphäre bei einem Kochkurs dabei helfen würde.

Das Menü für den Abend war einfach: Salat, hausgemachte Pizza und Tiramisu. Viel Wein, sowohl während des Kochens als auch beim Abendessen. Genug, um jedem die Zunge zu lösen.

Der Chefkoch demonstrierte zuerst die Zubereitung der Gerichte und wies dann den verschiedenen Pärchen ihre Aufgaben zu, bevor sie auf ihre Arbeit losgelassen wurden. Holly und er hatten die Aufgabe, den Pizzateig zu machen. Sie befolgten das Rezept haargenau, maßen alle Zutaten ab, vermischten sie mit einem Löffel in einer großen Schüssel und gaben sie dann auf ein großes Holzbrett.

„Willst du kneten oder soll ich?", fragte sie ihn.

„Warum fängst du nicht an und wenn deine Hände müde werden, übernehme ich." Daniel stand neben ihr und beobachtete all ihre Bewegungen. Beide trugen sie Kochschürzen, die ihnen die Schule gestellt hatte.

Hollys elegante Hände arbeiteten sich durch den Teig, und er schaute ihr fasziniert zu. Leise stellte er sich hinter sie und schmiegte seinen Körper an ihren. Er spürte ihre Überraschung, aber sie versuchte nicht, ihm auszuweichen.

Sie passte perfekt an seine Brust, und er wusste instinktiv, dass er besser als je zuvor in seinem Leben schlafen würde, wenn er sich von hinten an sie schmiegen und seinen Kopf in ihre Halsbeuge legen würde. Das war es, was er wollte: dass sie die ganze Nacht bei ihm verbrachte und er mit ihr in seinen Armen einschlief. Später, wenn sie wieder im Hotel waren, würde er sie bitten, bis zum Morgen zu bleiben.

Er streckte seine Hände nach vorne, legte sie auf ihre und half ihr, den Teig zu kneten, während er seine Wange an ihre schmiegte.

„Warum hast du mein Geld letzte Nacht nicht angenommen?"

Sie versteifte sich.

„Du hast es verdient", versicherte er ihr und knetete mit seinen Händen weiter zusammen mit ihren durch den Teig.

„Du musstest mir nichts geben."

„Warum?"

„Es war mehr als genug."

„Was war mehr als genug?"

„Was du mir letzte Nacht gegeben hast."

„Das Geld, das ich der Agentur gezahlt habe?"

„Nein, das meinte ich nicht."

„Bitte, Holly. Was hast du gemeint?"

„Niemand hat mich jemals dazu gebracht, mich so gut zu fühlen."

Seine Hände stoppten. „Aber—"

„Niemand", wiederholte sie und drehte ihren Kopf, um ihn anzusehen. „Ich hatte noch nie einen so guten Liebhaber wie dich."

Er blickte in ihre grünen Augen und glaubte ihr. Sein Mund fand ihren ohne nachzudenken. Er verlor sich in einem tiefen Kuss. Hungrig verschlang er sie fast und verlor jedes Gefühl für Zeit und Raum.

Sabrina war sich nicht sicher, ob sie ihm dies gestehen hatte dürfen, aber er war so hartnäckig gewesen, und was würde es jetzt schon ausmachen, ihm die Wahrheit zu sagen? Und die Wahrheit war, dass er der beste Liebhaber war, den sie je gehabt hatte. Nicht, dass sie so viele gehabt hatte.

Als sie seine fordernden Lippen auf ihren spürte, wünschte sie sich, sie wären wieder in seinem Hotel, wo sie ihm die Kleider vom Leib reißen könnte. Sein Kuss erregte sie, und sie spürte, wie sich ihr Höschen mit der warmen Feuchtigkeit tränkte, die aus ihrem Inneren floss.

„Hey, ihr Turteltäubchen, bekommen wir den Pizzateig irgendwann noch?", riss sie eine Stimme aus ihrer Umarmung. Das Pärchen, das den Belag für die Pizza vorbereiten sollte, grinste sie an.

Daniel schmunzelte. „Pizzateig kommt sofort." Und dann blickte er sie noch einmal mit brennendem Verlangen in den Augen an und flüsterte ihr zu, sodass nur sie es hörte: „Damit machen wir später weiter."

Sabrina wollte sich unbedingt hinsetzen, um zu vermeiden, dass ihre Knie zitterten. Wie dieser Mann sie mit nur einem Kuss so schwach machen konnte, konnte sie sich nicht erklären. Daniel sah sie an. Oh ja, er wusste genau, welche Wirkung er auf sie hatte. Vielleicht war es doch eine schlechte Idee gewesen, ihm zu gestehen, dass er ihr bester Liebhaber war. Als ob er noch mehr Ermutigung bräuchte!

Das Essen war besser als jedes, das sie in einem Fünf-Sterne-Restaurant hätten essen können. Sie saßen mit den anderen Pärchen an einem langen Gemeinschaftstisch zusammen, unterhielten sich, tranken und machten sich gegenseitig Komplimente über ihre Kochkünste.

Sie unterhielten sich mit dem Pärchen, das sich als Kim und Marcus vorgestellt hatte und ihnen gegenüber saß.

„Ihr zwei seid entweder frisch verheiratet oder kurz davor zu heiraten, habe ich recht?", fragte Kim neugierig.

Ihr Ehemann stieß sie in die Rippen.

„Sei nicht so neugierig, Schatz!"

„Das geht schon in Ordnung", antwortete Daniel. „Wieso glauben Sie das, Kim?"

„Nichts für ungut, aber ihr könnt offensichtlich eure Hände nicht voneinander lassen. So waren wir am Anfang auch. Erinnerst du dich, Schatz?" Kim sah ihren Mann verschmitzt an.

„Sicher doch", antwortete er und gab ihr einen feuchten Kuss auf den Hals.

Sie lachte laut auf. „Entschuldigen Sie, aber Marcus wandert offensichtlich wieder in diese Zeit zurück."

Er grummelte scherzhaft. „Wie habt ihr euch kennengelernt?

„Party eines Freundes."

„Internet", sagte Daniel fast gleichzeitig mit ihr.

Sabrina warf Daniel einen nervösen Blick zu.

„Ich meinte, ich hatte vor, mich auf einer Internet-Dating-Seite anzumelden", log Daniel.

„Aber dann schmiss meine Freundin eine Party für alle ihre unverheirateten Freunde", half Sabrina ihm.

„Und wir sollten alle unsere Profilinfos auf der Party zusammenschreiben", fuhr Daniel fort. „So wie wir uns auf der Dating-Seite beschreiben wollten. Und Holly half mir, mein Profil zu schreiben und eins führte zum anderen."

Gut gerettet. Sie lächelte ihn an und er lächelte zurück.

„Das ist urkomisch", rief Kim aus. „Ich bin neugierig. Wie haben Sie ihn beschrieben?"

Sabrina musste etwas improvisieren. Aber das war einfacher, als sie dachte.

„Gut aussehender Adonis sucht griechische Liebesgöttin, der er im Austausch für unsterbliche Liebe und Hingabe jegliche Sinnesfreuden spenden wird." Die Worte rollten ganz einfach von ihren Lippen und überraschten sie selbst.

Sie bemerkte Daniels erstaunten Blick.

„Wow!", ertönte Kims Stimme von der anderen Seite des Tisches.

„Und da erkannte ich, dass meine Liebesgöttin schon neben mir saß. Also verließen wir die Party, ohne uns auf der Dating-Seite anzumelden", fügte Daniel hinzu und schaute Sabrina wieder hungrig an.

Nachdem das Dessert serviert worden war, wurde es ruhiger; sie verließen die Schule und flohen in die frische Abendluft.

„Danke", sagte Sabrina zu ihm. „Das hat viel Spaß gemacht. Komm, jetzt will ich dir etwas zeigen."

Er zog eine Augenbraue hoch. „Was willst du mir zeigen?"

„Einen unglaublichen Ausblick über die Bucht. Und der ist nur ein paar Blocks von hier entfernt." Sie kannte eine Treppe, die versteckt an der Green Street lag und zwischen einigen Wohnhäusern hindurch zu einer Aussichtsplattform führte, von der aus man einen atemberaubenden Blick über die Bucht hatte. Sie gingen die steile Straße hinauf und hielten auf halbem Wege an.

Die Treppe war links von ihnen, aber zu Sabrinas Erstaunen war dort ein eisernes Tor, das den Eingang versperrte.

„Oh, nein, es ist abgeschlossen." Sie war enttäuscht. Es wäre romantisch gewesen, von hier über die Stadt und die Bucht zu blicken. Sie drehte sich um. „Das ist aber schade."

DANIEL SAH ihren enttäuschten Blick und zog sie zu sich. Heute Abend würde es keine Enttäuschungen geben. „Was hältst du von Hausfriedensbruch?"

„Hausfriedensbruch? Das würdest du nicht tun!"

„Warum nicht?" Er fühlte sich wie ein Lausbub und grinste schelmisch.

„Wir könnten festgenommen werden!"

„So lange sie uns in dieselbe Zelle sperren, ist mir das egal. Komm, zieh deine Schuhe aus, und ich heb dich über das Tor!"

Daniel würde ein ‚Nein' nicht gelten lassen. Er beugte sich hinab und zog einen Schuh von ihrem Fuß. Dann drängte er sie, das andere Bein anzuheben, um sie von dem zweiten Schuh zu befreien. Da er schon bei ihren Füßen war, dachte er sich nichts dabei, die Gelegenheit zu nutzen, seine Zunge von ihrem Knöchel bis zu ihrem Knie wandern zu lassen.

Sie atmete schwer, und er blickte sie vielsagend an. Er liebte es, sie ganz nervös und zittrig zu machen. „Also, willst du, dass ich dir übers

Tor helfe, oder willst du, dass ich hier vor allen Passanten jeden Zentimeter deines Körpers küsse?"

„Übers Tor", meinte sie schnell.

Innerhalb von Sekunden hatte er ihr über das anderthalb Meter hohe Tor geholfen und ihr die Schuhe hinübergereicht, bevor er sich selbst darüber hievte.

Die etwa fünfzig Stufen führten zu einer kleinen Plattform, die an drei Seiten von einem Holzgeländer und an der vierten Seite von einer Böschungsmauer umgeben war. Es gab auch eine Parkbank als Sitzgelegenheit.

Daniel gefiel die Aussicht auf Alcatraz, die Bay Bridge und die Lichter auf der anderen Seite der Bucht gut, aber was ihm noch mehr gefiel war Hollys Körper, wie sie so vor ihm stand und sich an das Geländer stützte. Seine Hände fanden von hinten ihren Weg um ihre Hüften und zogen sie an sich.

Hollys Konturen passten perfekt an seine Brust. „Wie viele andere Leute denkst du begehen hier heute Abend noch Hausfriedensbruch?"

„Ich glaube, niemand ist so verrückt wie du!"

„Gut. Das bedeutet, wir haben hier etwas Privatsphäre." Er wusste, dass sie verstand, wozu er Privatsphäre brauchte, denn eine Sekunde später wanderte seine Hand zu ihrer Brust, um diese zu umfassen. Mit seinem Mund erfasste er einen Träger ihres Kleides und zog ihn über ihre Schulter. Der Stoff, der ihre Brüste bedeckt hatte, fiel herunter und er streichelte nun ihre nackte Haut.

Während er mit seinen Fingern mit ihrer Brustwarze spielte und diese hart machte, wanderte seine andere Hand unter ihren Rock.

„Warum ziehst du dein Höschen nicht aus?" Seine Stimme klang rau, und er drückte seine wachsende Erektion an sie. Daniel wusste, dass das, was sie gerade machten, verrückt war, aber sie hielt ihn nicht auf. Im Freien mit ihr zu sein und sie so intim zu berühren, machte ihn geiler als einen sechzehnjährigen Schüler, der gerade ein Playboy-Magazin gefunden hatte.

Als Holly aus ihrem Höschen gestiegen war, griff er es sich und steckte es in seine Jeanstasche „Das bekommst du im Hotel wieder." Vielleicht.

„Wir sollten das hier nicht machen!" Ihr Protest war bestenfalls schwach und er ignorierte ihn einfach.

Er stand immer noch hinter ihr. „Dieses Mal bitte leise sein", warnte er sie. Nicht, dass er ihr ungezügeltes Stöhnen in der vorherigen Nacht nicht genossen hatte. Es war roh und ungezähmt gewesen. Voll von Leben, voll von Leidenschaft.

Daniel fiel hinter ihr auf die Knie und hob ihr Kleid an, um den süßesten Hintern zu bewundern, den er je berührt hatte. Er streichelte sanft über ihre weiche Haut. Innerhalb von Sekunden spürte er, wie sie Gänsehaut bekam und ein sanftes Seufzen ihren Lippen entwich.

Er streifte mit seinen Lippen über ihre Haut und leckte mit seiner Zunge über ihre Pobacken, während er sie sanft mit seinen Händen knetete.

„Oh, Daniel."

„Ja, Baby?"

„Du bist verrückt."

Eine Hand wanderte zwischen ihre Oberschenkel und bewegte sich in Richtung ihres warmen Zentrums. Seine Finger glitten die wohlbekannten Falten aus feuchter Haut entlang, bis sie ihren einladenden Eingang fanden. Zu ungeduldig, um länger zu warten, tauchte er einen Finger in sie.

„*Das* hier nicht zu tun wäre verrückt", korrigierte Daniel sie.

Bei der Kraft, mit der er eindrang, rang sie nach Luft. Er widmete sich ihrem Po mit unzähligen Küssen, während er seinen Finger weiterhin vor und zurück bewegte, hinein und hinaus aus ihrem feuchten Fleisch. Dann fügte er einen weiteren Finger hinzu und intensivierte somit das Gefühl, während er damit weitermachte, seine Finger hinein und hinaus gleiten zu lassen.

Seine Erektion hatte kaum mehr Platz in seiner Hose, und der Reißverschluss biss schmerzhaft in sein hartes Fleisch. Holly hatte ihn heute Abend geiler gemacht, als er seit langer Zeit gewesen war, und er konnte es kaum erwarten, in sie einzudringen. Der Duft ihrer Erregung, der Geschmack ihres süßen Hinterns an seinen Lippen und seiner Zunge, ihr Stöhnen, all das hatte ihn heiß gemacht. Zu viele Empfindungen, denen kein Mann widerstehen konnte.

Daniel stand hinter ihr auf und ließ seine Finger aus ihr gleiten. Er machte den Knopf seiner Jeans auf und öffnete den Reißverschluss, während er seine Hose bis zu seinen Oberschenkeln hinunter schob. Seine Boxershorts folgten. Dann zog er ein Kondom aus seiner Tasche und zog es sich schnell über.

„Ich kann nicht länger warten, Baby." Er beugte sie nach vorne und brachte seinen Schaft in eine Linie mit ihrer Muschi. „Ich muss dich jetzt haben."

Ein kräftiger Stoß und er war in sie eingedrungen.

„Oh, ja", hörte er sie flüstern. Gut, er hatte sie mit seiner Ungeduld nicht verletzt.

„Ich hätte dich gerne auf den Küchentisch geworfen und den Pizzateig mit deinem Körper ausgewalzt."

„Ich glaube, dann hätten die uns rausgeworfen."

„Mmm, hmm." Daniel zog sich heraus und tauchte wieder in sie ein. Und wieder. Mit kraftvollen Stößen drang er immer wieder in sie ein, während er sie an ihren Hüften festhielt, um sie davon abzuhalten, sich wegzubewegen. Sie stützte sich an das Geländer, um ihn aufzunehmen, ohne zusammenzubrechen.

Daniel beobachtete, wie sein Schwanz zwischen ihren Beinen vor- und zurückglitt. Die Wärme ihres Körpers und die Feuchtigkeit ihres Fleisches umschlossen ihn.

„Baby, ich kann nicht aufhören!"

„Dann tu es nicht!"

Ihre seidene Stimme in seinen Ohren verstärkte seine Erregung. Er war im Freien, unter den Sternen und stieß in die erotischste Frau ein, die er je getroffen hatte. Nichts könnte noch besser sein. Daniel war es egal, ob jemand sie sah. Wenn das der Fall wäre, würde derjenige eifersüchtig auf ihn sein, weil er eine so schöne Frau sein Eigen nennen durfte.

Ihr Körper passte so perfekt zu seinem, und die Art und Weise, wie ihre Muskeln ihn in ihr drückten, machte ihn verrückt vor Vergnügen. Seine Hand wanderte zu ihrem perfekten Hintern und streichelte sie.

„Daniel."

Sie seinen Namen flüstern zu hören, gab ihm den Rest. Er konnte seinen Höhepunkt nicht länger zurückhalten. Er war zu lange am Rand der Klippe gestanden, doch jetzt trat er darüber, oder besser gesagt: Er sprang. Er stürzte in den Abgrund, und es gab kein schöneres Gefühl, als sich fallenzulassen. Sein Körper versteifte sich, und sein Höhepunkt fuhr wie ein starker Stromstoß, der jede Zelle seines Körpers in Brand setzte, durch ihn hindurch, während sein Samen aus ihm schoss.

Schwer atmend schloss Daniel sie fest in seine Arme. Er wollte ihren Körper nicht verlassen, der sich wie ein Zufluchtsort für ihn anfühlte.

„Es tut mir leid, Holly. Es tut mir so leid." Er wusste, sie war nicht gekommen, aber er war nicht in der Lage gewesen, noch länger durchzuhalten. Er war über sich selbst verärgert.

„Was tut dir leid?" Sie schien nicht zu verstehen, was ihn quälte.

Er zog sich aus ihr heraus, streifte das Kondom ab und zog schnell seine Boxershorts und seine Jeans hoch, bevor er sie zu sich drehte und zurück in seine Arme zog.

„Ich war selbstsüchtig!"

Daniel hob sie hoch und trug sie zur Parkbank. Als er sich hinsetzte, behielt er sie auf seinem Schoß. „Jetzt bist du dran." Seine Hand wanderte unter ihr Kleid und streichelte die Innenseite ihres Oberschenkels.

SABRINA STOPPTE SEINE HAND, bevor diese weiter an ihrem Oberschenkel hochwandern konnte.

„Du musst das nicht machen." Sie war seine Hostess, nicht seine Freundin. Er musste sie nicht sexuell befriedigen.

Er schaute sie ernst an. „Okay, Holly. Spuck es aus! Warum willst du nicht, dass ich dich befriedige? Ich dachte, du magst es."

Daniel sah so aus, als hätte sie ihn verärgert. Oh verdammt! Sie vermasselte es schon wieder. „Du hast mich gebucht, damit ich dich befriedige, nicht andersrum."

„Gibt es eine Regel, die mir nicht erlaubt, dich zu befriedigen?

Schreibt dir die Agentur vor, keinen Spaß dabei zu haben?" Seine Augen durchbohrten sie förmlich.

„Nein, aber –"

„Ich habe für deine Zeit mit mir bezahlt. Aber das bedeutet auch, dass ich sage, was wir tun. Und wenn ich entscheide, dass ich diese Zeit dafür verwende, dich zu befriedigen, dann tue ich das auch. Und wenn ich dir einen Orgasmus nach dem anderen schenken will und das alles ist, was ich will, wirst du mich dann davon abhalten?"

„Aber –"

„Aber was? Magst du es nicht, berührt zu werden? Magst du meine Hände nicht auf dir?"

Sabrina wusste, er provozierte sie, und es funktionierte. „Doch, ich mag es."

„Was dann?"

„Du machst mich zu Brei. Ich kann nicht klar denken, wenn du mich berührst." Gab sie zu viel preis? Vielleicht hätte sie ihren Mund halten sollen. Sie machte sich verwundbar.

„Dann denke einfach nicht! Fühle! Das ist alles, was ich von dir will. Weißt du, wie sehr es einen Mann anmacht, wenn er weiß, dass er eine Frau zur Ekstase bringen kann? Glaub mir, jedes Mal, wenn ich dich berühre, komme ich fast. Und jetzt im Moment bin ich geiler, als ich es je zuvor in meinem Leben war."

Sie ließ seine Hand, die sie an ihrem Oberschenkel festgehalten hatte, los. „Ich will dich."

„Gut, denn das ist genau das, was du bekommst. Und wir gehen hier nicht eher weg, bevor du vollkommen befriedigt bist. Und ich entscheide, wann du vollkommen befriedigt bist." Dann fuhr seine Hand auf dem Weg fort, den sie zuvor so unsanft unterbrochen hatte.

10

Sie waren nicht alleine im Aufzug, als sie nach oben fuhren. Daniel stand hinter Sabrina. Sie schaute auf das ältere Pärchen, das mit dem Rücken zu ihnen starr auf die Fahrstuhltür blickte, als sie Daniels Kopf nah an ihrem Ohr spürte.

„Willst du wissen, wie hart ich bin, weil ich weiß, dass du kein Höschen trägst?", flüsterte er ihr ins Ohr, bevor er ihren empfindlichen Nacken küsste.

Sie musste ihr Taschentuch aus ihrer Tasche nehmen und vorgeben, sich die Nase zu putzen, um ihr Lachen zu unterdrücken. Nicht nur versuchte Daniel, ihr die Fassung zu rauben und sie vor dem anderen Pärchen in Verlegenheit zu bringen, sondern er hatte auch die Dreistigkeit, seine Hand auf ihren Po gleiten zu lassen und sie verführerisch durch den Stoff ihres Kleides zu streicheln. Ohne ihr Höschen fühlte es sich an, als streichelte er ihre nackte Haut.

Aber das war offensichtlich nicht genug für ihn. Sabrina bemerkte, wie er den Stoff ihres Kleides ergriff und langsam hochzog. Ein kalter Luftzug streifte ihren nackten Po, bevor sie fühlte, wie er seinen Unterleib an sie presste. Es war unmöglich, seine Erektion zu ignorieren.

Jeden Augenblick würde sie jetzt unkontrollierbar stöhnen und sich in dem Loch verkriechen, das sich vor ihr auftun würde. Sie wurde nur dadurch gerettet, dass der Aufzug in dem Stockwerk hielt, bei dem das andere Pärchen ausstieg. Als sich die Tür hinter ihnen geschlossen hatte, drehte sie sich zu ihm um.

„Was zum Teufel machst du da?"

Daniel lachte laut. „Ich necke dich doch nur, Baby. Und ich wollte dir beweisen, dass ich nicht gelogen habe."

Er nahm ihre Hand und legte sie auf seine Erektion, die gegen den Reißverschluss seiner Jeans drückte. Begierig ließ sie ihre Finger seine ganze Länge entlanggleiten – seine sehr eindrucksvolle Länge entlang.

„Darf ich das kosten?", fragte sie anzüglich und klimperte ihm mit ihren langen Wimpern zu, während sie mit ihrer Hand stärker gegen seine Erektion drückte.

Er stöhnte laut. „Oh, Gott, ja."

Je mehr Zeit sie mit ihm verbrachte, desto verwegener wurde sie – als ob es sie süchtig machte. Der Gedanke, dass sie jemals in einem Fahrstuhl einem Mann vorschlagen würde, ihm einen zu blasen, hätte sie vor zwei Tagen entsetzt. Sicher, sie hatte schon zuvor Blowjobs gegeben, aber so etwas außerhalb des Schlafzimmers vorzuschlagen, war etwas komplett Anderes. Es war etwas, das sie normalerweise nie sagen, geschweige denn tun würde.

Aber ihn mit schmutzigen Worten zu erregen, machte sie geil.

„Ich kann es kaum erwarten, meine Lippen um dich zu legen und dich zu lecken und an dir zu saugen bis du kommst." Oh mein Gott, sie hatte sich in Holly verwandelt, oder wer war diese lüsterne Kreatur, die ihren Körper und ihren Geist übernommen hatte? „Und ich werde dich in meinem Mund behalten bis du völlig erschöpft bist und um Gnade flehst."

Daniel stieß sie gegen die Wand und presste seinen Körper an ihren. „Wenn du nicht sofort zu reden aufhörst, nehme ich dich gleich hier und schere mich nicht darum, ob uns jemand sieht." Seine Augen waren dunkel vor Verlangen und kaum im Zaum gehaltener Kontrolle.

Sabrina blickte ihn an und leckte erwartungsvoll ihre Lippen. Wenn er sie hier im Aufzug nehmen würde, würde sie nicht widersprechen. „Nur zu. Tu es!"

„Gott, Holly, du bringst mich um."

Er senkte seine Lippen auf ihre und ließ sie erst los, als das Klingeln des Aufzugs ertönte, als dieser auf ihrem Stockwerk anhielt. Sekunden später öffnete er die Tür zu seinem Zimmer, stieß sie hinein und ließ die Tür hinter sich ins Schloss fallen.

Ohne Worte drückte er sie an die Wand und ließ sich zu Boden fallen, während er ihr Kleid hochhob. Weniger als eine Sekunde später drückte er seinen Mund zwischen ihre Beine, und seine Zunge leckte ihre Muschi, wobei er die Feuchtigkeit aufschleckte, die aus ihr tropfte. Er leckte sie, als ob er am Verhungern war und stöhnte in ihren Körper.

„Daniel, wie kommt's, dass du so etwas nie mit mir machst?", riss eine weibliche Stimme Sabrina aus ihrem Glück. Daniel ließ sie unverzüglich los und schnellte hoch. Beide gafften die schöne Rothaarige an, die in der Tür zum Schlafzimmer stand und ein freizügiges Negligé trug. Sie lehnte verführerisch am Türrahmen.

„Audrey, was zum T –" Daniel war wütend.

Eine Erkenntnis schoss sofort durch Sabrina hindurch. Er kannte diese Person! Seine Frau? Verlobte? Freundin? Warum hatte sie angenommen, er wäre ungebunden? Das konnte einfach nicht wahr sein! Was sich gerade vor ihr abspielte, war ihr schlimmster Alptraum.

„Das könnte ich auch sagen. Ich lasse dich für ein paar Tage alleine, und sieh dir an, was passiert!" Ihre Stimme klang zuckersüß.

„Audrey, wie bist du hier rein gekommen?"

„Du vergisst wohl, dass mein Name auf der Reservierung stand. Ich bin gekommen, um mit dir zu reden."

„Wir haben nichts zu bereden." Mit jedem Wort wurde seine Stimme wütender und aufbrausender, als ob er kaum noch in der Lage wäre, seinen Zorn zu zügeln.

Sabrina wich zurück und griff nach der Türklinke. „Ich gehe lieber."

Sie dachte erst, niemand hätte sie gehört und drückte den Türgriff hinunter, aber Daniel machte einen Satz auf sie zu.

„Nein Holly, du bleibst! Audrey verschwindet!" Seine Stimme klang befehlend.

„Ich kann nicht." Sabrina drückte sich vorbei und rannte aus der Tür.

„Holly. Komm zurück!", brüllte Daniel hinter ihr her, aber sie lief Richtung Aufzug, dessen Türen sich wie durch ein Wunder sofort öffneten. Sie schlossen sich, bevor Daniel sie erreichen konnte.

Als sie durch die Lobby rannte und zum Ausgang hinauseilte, war es ihr egal, dass die Angestellten ihr seltsame Blicke zuwarfen. Sie musste von hier weg. Sie war nicht Holly, und sie war für so etwas nicht geschaffen. Sie hatte sich versprochen, nicht verletzt zu werden, aber sie wusste, dass es trotzdem geschehen war. Sie musste gehen, bevor es noch schlimmer wurde.

Daniel war nur ein Kerl, der seine Frau oder Freundin betrog. Er hatte sie wahrscheinlich angelogen, als er gesagt hatte, er wäre noch nie mit einem Callgirl zusammen gewesen. Wahrscheinlich tat er das auf jeder Geschäftsreise.

Wie hatte sie nur ihren Schutzwall fallen lassen und ihm ihren Körper anvertrauen können? Von Anfang an waren ihre Emotionen mit im Spiel gewesen. Sie hätte nie einwilligen dürfen, Holly zu vertreten. Das war nicht ihre Welt, und jetzt hatte sie die Kampfwunden als Beweis.

Als Sabrina ihre Wohnung erreichte, rannte sie in ihr Zimmer und schloss die Tür, bevor sie ihren Tränen erlaubte, ihre Wangen hinunter zu kullern. Holly kannte sie gut genug, um sie alleine zu lassen, bis sie bereit war zu reden. Doch dieses Mal würde Sabrina nichts erzählen. Sie konnte niemandem von der Scham, die sie fühlte erzählen, oder von dem Schmerz in ihrem Herzen.

Warum hatte sie das geschehen lassen? Sie hätte aufhören sollen, solange es noch möglich gewesen war. Nach der ersten Nacht mit ihm hätte sie nie zurückkommen dürfen. Sie fühlte sich wie ein Spieler in Las Vegas, der in der ersten Nacht den großen Gewinn gemacht hatte, und am nächsten Abend alle Chips auf den Tisch gelegt und alles verloren hatte.

Sie hatte ihre Schutzmauer fallen lassen und ihm erlaubt, ihr nahe zu kommen, nicht nur sexuell, sondern auch emotional. Vielleicht würde es dieses Mal keine Peinlichkeiten geben, weil sie ihn nie wiedersehen musste, aber das verringerte den Schmerz, den sie fühlte, nicht. Dies tat mehr weh als das, was ihr während des Jurastudiums passiert war.

Es war eine Erleichterung, als der Schlaf sie endlich holte und ihren Kopf vom Nachdenken abhielt.

———

DANIELS NACHT WAR NOCH NICHT GANZ vorbei. Audrey war hysterisch. Als sie endlich verstand, dass ihre Verführungsversuche nicht fruchteten, versuchte sie es, indem sie auf die Tränendrüse drückte. Doch dieses Mal würde das bei ihm nicht funktionieren. Sie könnte genauso gut eine Steinstatue anflehen.

„Ich höre mir das nicht mehr an! Es ist Zeit, dass du verschwindest." Er hatte genug von ihr. Sie hatte seinen perfekten Abend mit Holly zerstört und diese veranlasst wegzurennen. Er wollte mit Audrey einfach nichts mehr zu tun haben.

„Was hat diese kleine Schlampe, was ich nicht habe?", provozierte sie ihn.

Daniel warf ihr einen wütenden Blick zu. „Sie ist keine Schlampe!"

„Das muss sie aber sein. Das ist deine dritte Nacht hier, und sie schläft schon mit dir. Nur eine Nutte würde das machen!"

„Wer zum Teufel bist du, sie eine Nutte zu nennen? Bist du denn besser? Nein, dein Preis ist nur höher. Aber du machst deine Beine genauso schnell für einen Mann breit, wenn er genug Geld oder genug Ansehen hat, und du denkst, du kannst ihn dazu bringen, dich zu heiraten. Denk nur nicht, du kannst auf deinem hohen Ross sitzen und auf andere Frauen herabschauen!"

Der schockierte Ausdruck in ihrem Gesicht sagte ihm, dass sie diese Reaktion nicht von ihm erwartet hatte.

„Also nenn sie nicht Nutte! Sie hat mehr Aufrichtigkeit in ihrem kleinen Finger, als du in deinem ganzen Körper finden kannst. Und ja, ich habe mit ihr geschlafen. Und ich habe in meinem ganzen Leben noch nie besseren Sex gehabt. Und ich gehe wieder zu ihr zurück. Das zwischen dir und mir war in der Minute aus, in der du mit Judd ins Bett gestiegen bist. Geh wieder zu ihm zurück und schau, ob er dich glücklich machen kann! Denn ich bin nicht mehr interessiert."

Mittlerweile qualmte er vor Wut. Sie hatte nicht nur fast einen Treffer gelandet, als sie Holly Nutte genannt hatte, sondern in dem Moment hatte er auch erkannt, dass es ihm egal war, ob Holly eine Nutte war oder nicht. Er wollte sie nur wieder in seinen Armen halten. Zumindest verkaufte sich Holly ehrlich, was mehr war, als er von diesen Society-Nutten sagen konnte, die vorgaben, edel und erhaben zu sein, sich aber für eine ganz andere Währung verkauften: Macht, Ansehen und einen reichen Ehemann.

„Raus!"

Daniel rastete aus, und Audrey schien endlich die Wut in ihm wahrzunehmen. Ja, sie sollte ihn fürchten, denn wenn sie ihn noch länger von Holly fernhalten würde, würde er seine gute Erziehung vergessen und sie mit nichts mehr auf dem Leibe als dem Negligé, das sie trug, aus dem Zimmer werfen.

Weniger als eine Minute später schnappte Audrey ihren Koffer, warf sich einen Mantel über ihr Negligé und stampfte durch die Tür, die er ihr aufhielt. Er hatte sie noch nie so schnell handeln sehen.

„Du wirst es bedauern und mich anflehen, dass ich zu dir zurückkehre", zischte sie.

Daniel schüttelte den Kopf. „Halte lieber nicht die Luft an! Ich garantiere dir, dass du ersticken wirst."

Er ließ die Tür hinter ihr zuschlagen. Es war das schönste Geräusch, das er in der letzten halben Stunde gehört hatte.

Auf seinem Handy suchte er die Nummer der Agentur heraus und wählte sie. Er musste mit Holly in Kontakt treten.

Eine weibliche Stimme antwortete. „Guten Abend." Kein Name.

„Ja, ich versuche, eine Ihrer Angestellten zu kontaktieren. Wir wurden heute Abend aus Versehen getrennt, und ich muss ... ich muss sie erreichen, um ihr zu sagen, wo ich mich befinde." Er hoffte, er klang glaubwürdig.

„Es tut mir leid, Sir, aber es widerspricht den Firmenrichtlinien, die Kontaktinformationen unserer Angestellten herauszugeben. Es dient deren Sicherheit. Ich bin sicher, Sie können das verstehen." Sie war zwar freundlich, aber direkt.

„Aber das ist wirklich ein Notfall. Wie gesagt, wir wurden getrennt, und unser Abend ist noch nicht um."

Er musste sie sehen.

„Es tut mir leid, Sir", wiederholte sie im selben Tonfall. „Ich kann eine Nachricht aufnehmen und sie ihr morgen früh zukommen lassen."

„Morgen früh?" Unakzeptabel. Zu spät.

„Ja, Sir. Wir kontaktieren unsere Angestellten nach Mitternacht nicht mehr."

„Vergessen Sie es."

Er legte auf. Verdammte Audrey! Er könnte jetzt mit Holly im Bett sein und den besten Sex seines Lebens haben. Stattdessen stand er da, wütend, frustriert und ohne eine Möglichkeit, sie zu finden.

Gut aussehender Adonis sucht griechische Liebesgöttin.

Wo war sie, seine Liebesgöttin? Warum war sie weggerannt? Vielleicht war es eine Firmenrichtlinie, Auseinandersetzungen mit den Frauen oder Freundinnen von Klienten aus dem Weg zu gehen. Oder es war vielleicht ein Überlebensinstinkt von Callgirls, nicht zwischen einen Klienten und seine wütende bessere Hälfte zu geraten.

Verdammt, wenn er nur wüsste, wie er sie erreichen könnte, dann könnten sie dort weitermachen, wo sie unterbrochen worden waren. Sein Körper verlangte nach ihr. Ihr Geschmack lag immer noch auf seiner Zunge, und er hatte noch nicht annähernd genug von ihr. Er konnte es sich selbst nicht erklären, und er wollte es nicht analysieren, aber er wusste, er wollte sie. Und bei Gott, er würde sie bekommen!

Die Art, wie sie sich in seinen Armen angefühlt hatte, als er sie auf der Bank zum Orgasmus gebracht hatte, und wie sie ihn danach geküsst hatte, war nichts, was irgendjemand kaufen konnte. Nein, was sie ihm gegeben hatte, stand nicht zum Verkauf. Sie hatte ihn nicht so geküsst, weil er dafür bezahlte. Davon war er überzeugt. Holly wollte ihn genauso sehr wie er sie. Das musste einfach so sein.

11

Sabrina fiel es schwer, aufzustehen. Sie hätte sich gerne krank gemeldet, aber dann wäre sie den ganzen Tag nur traurig durch die Wohnung gelaufen und hätte noch mehr geweint. Sie wusste, es war besser, sich nicht noch tiefer in ihren Sorgen zu vergraben, sondern sich hochzuziehen. Sie musste vorgeben, dass alles in Ordnung war, auch wenn es das nicht war.

Obwohl sie sich versprochen hatte, nicht verletzt zu werden, war es trotzdem geschehen. Sie hatte sich in Daniel verliebt. Wann es passiert war, wusste sie nicht genau. Vielleicht während des Kochkurses, als sie den Teig zusammen geknetet hatten, oder vielleicht als er sich wie ein Lausbub benommen und Hausfriedensbruch begangen hatte. Es war egal, wann es passiert war. Aber es war passiert.

Doch er war diese Gefühle nicht wert. Daniel war ein betrügender, lügender Bastard und nicht besser als der Typ, mit dem sie während des Jurastudiums geschlafen hatte. Wie konnte er nur? Und die ganze Zeit war er so nett zu ihr gewesen, so fürsorglich. Es machte ihn nur noch mehr zu einem Schuft.

Nein, sie musste ihn vergessen. Er war es nicht wert. Sie musste darüber hinwegkommen. Und niemand durfte davon wissen, nicht einmal Holly. Wenn Holly herausfinden würde, dass sie sich in ihn verliebt hatte, würde sie sich nur Vorwürfe machen. Und es war nicht Hollys Schuld. Es war ihre eigene.

Sabrina schenkte sich eine Tasse Kaffee ein und trank sie stehend in der Küche. Sie wollte ihrer Mitbewohnerin aus dem Weg und früh zur Arbeit gehen, aber sie hatte kein Glück. Holly hatte sie offensichtlich gehört und war aufgestanden, obwohl es für sie viel zu früh war. Holly stand sonst nie vor zehn Uhr morgens auf.

„Was ist letzte Nacht passiert?" Holly kam immer gleich zur Sache, wenn sie etwas auf den Grund gehen wollte.

Sabrina wich ihrem Blick aus. „Nichts. Alles ist in Ordnung. Ich muss früh in der Arbeit sein. Großer Fall."

Sie stellte ihre Kaffeetasse auf die Theke und schnappte sich ihren Aktenkoffer.

„Sabrina, bitte", beharrte Holly.

„Alles ist okay." Sie eilte hinaus und ließ die Tür hinter sich zufallen.

Sie musste an keinem großen Fall arbeiten. Nichts wirklich Wichtiges erwartete sie im Büro. Aber zumindest konnte sie sich beschäftigen, und der Tag würde so schneller vergehen. Als sie in der Firma ankam, schwirrten alle bereits wie in einem Bienenstock herum.

„Was ist los, Caroline?", fragte sie die Empfangsdame. „Warum sind alle schon so früh da?"

„Hast du denn noch nichts davon gehört? Wir haben einen wirklich großen Klienten von der Ostküste bekommen. Er kommt in einer Stunde wegen eines Meetings."

Sabrina zuckte mit den Schultern. Niemand erzählte ihr jemals etwas, und wahrscheinlich würde sie sowieso nicht an dem Fall des neuen Kunden mitarbeiten dürfen, vor allem nicht, wenn es sich um einen wirklich großen Klienten handelte, wie Caroline es ausgerückt hatte. Niemand gab ihr jemals irgendwelche wichtigen Aufgaben.

Sie öffnete die Tür zu ihrem kleinen Büro und vergrub sich in langweiligen Zeugenaussagen, die einer Überprüfung bedurften. Jeder ließ sie in Ruhe. Es sah so aus, als wären alle – nur nicht sie – dem neuen Klienten zugeteilt worden. Perfekt. Ihr Liebesleben war ein Durcheinander, und ihre Karriere führte in eine Sackgasse.

Ihre Sprechanlage summte. „Hannigan will eine Kopie der Zeugenaussagen im Fall Fleming. Hast du die, Sabrina?", ertönte Carolines Stimme.

„Ich bin gerade mit der Durchsicht fertig geworden. Du kannst sie abholen und für ihn kopieren."

„Tut mir leid, ich kann nicht. Ich darf den Empfangsbereich heute nicht verlassen."

„Dann lass es Helen machen!"

„Helen arbeitet an etwas für den neuen Klienten. Tut mir leid, aber keiner hat Zeit, jetzt etwas zu kopieren. Und Hannigan will die Sachen sofort."

Sabrina seufzte. „Gut, ich mach es selbst." Jetzt war sie sogar schon zu Sekretariatsaufgaben abgestiegen. Großartig! Der Tag wurde immer besser. Was würde noch schieflaufen?

Auf ihrem Weg zum Kopierraum ging sie am Konferenzraum vorbei. Der Konferenzraum war an einem Ende ihres Stockwerks und hatte Glaswände. Als das Büro umgebaut worden war, hatten die Partner auf etwas Großartigem bestanden, um die Klienten zu beeindrucken. Der Konferenzraum überblickte die Stadt und die Glaswand zwischen dem Raum und dem Foyer trug zu diesem beeindruckenden Anblick bei.

Alle Partner, mehrere Kollegen und andere Männer, die Sabrina nicht kannte, waren um den Konferenztisch herum versammelt, unterhielten sich laut und tauschten Dokumente untereinander aus. Ein Haufen Anzüge. Im Endeffekt sahen sie alle gleich aus. Keine einzige Frau war darunter.

Sie betrat den Kopierraum und tippte ihren Code ein, um mit dem Kopieren der Zeugenaussagen anzufangen. Die Maschine machte ein lautes, summendes Geräusch, als sie mit dem Kopierauftrag anfing. Gelangweilt trommelte Sabrina mit ihren Fingern auf das Kontrollfeld.

„Warten Sie auf etwas?", schreckte sie eine Stimme an der Tür auf.

Sie drehte sich blitzschnell um und sah, wie Hannigan die Tür hinter sich schloss und von innen verriegelte. Sofort brach sie in kaltem Schweiß aus. Oh Gott, er hatte sie reingelegt. Er hatte ihr einen Kopierauftrag gegeben, weil er wusste, dass keine der

Sekretärinnen verfügbar war und er sie so hier in die Falle locken konnte.

Sabrinas Magen drehte sich um, und Übelkeit stieg in ihr hoch.

„Ich bin hier fast fertig. Ich kann die Dokumente gleich in Ihr Büro bringen." Sie versuchte, ruhig zu bleiben und vorzugeben, nicht zu wissen, was er vorhatte.

„Das wird nicht nötig sein." Seine ekelhafte Zunge schnellte heraus und er leckte sich die Lippen.

Sie fühlte ihre Galle hochkommen. Es gab nur einen Ausgang aus diesem Raum, und Hannigan blockierte ihn.

„Es ist sowieso viel gemütlicher hier. Meinen Sie nicht auch, Sabrina?"

Er ging einen Schritt auf sie zu, und sie schreckte zurück.

„Mr. Hannigan, ich werde die Dokumente in Ihr Büro bringen." Sie versuchte, so formell wie möglich zu bleiben, um ihm klarzumachen, dass er nicht willkommen war.

„Komm schon, Sabrina, ich bin mir sicher, unter diesem kalten Äußeren liegt sehr viel Leidenschaft begraben."

Er hatte schon recht, aber die Leidenschaft in ihr war nicht für ihn bestimmt, nicht einmal, wenn er der letzte Mann auf Erden wäre und die Zukunft der Welt davon abhinge, dass sie sich fortpflanzten.

„Mr. Hannigan, ich muss Sie bitten, mich durchzulassen. Ich muss arbeiten." Sie versuchte, das Beben in ihrer Stimme unter Kontrolle zu bringen. Sie durfte ihm nicht zeigen, wie viel Angst sie hatte.

„Ich sage dir, wo deine Arbeit ist. Sie ist genau hier." Er fasste sich in den Schritt.

„Mr. Hannigan, ich muss Sie bitten, damit aufzuhören, oder ich werde –"

„Oder du wirst was? Es den Partnern erzählen?" Er lachte. „Die werden mich nicht anrühren, glaub mir!"

Er ging noch einen Schritt auf sie zu. Sabrina wich zurück und prallte gegen einen Stapel Papier. Zu ihrer Linken war der Kopierer, der zu sperrig war, um daran vorbeizukommen, und zu ihrer Rechten waren mehrere Schachteln mit Papier, die nur etwa einen halben Meter hoch aufgestapelt waren. Es wäre einfach, darüber zu steigen.

„Sabrina, ich kann dir die Arbeit hier leicht oder schwer machen. Es ist deine Entscheidung."

Sie hatte das Gefühl, dass er nicht hier war, ihr eine Wahl zu geben. Er war hier, um ihr *seine* Entscheidung aufzuzwingen. Das war aus ihrer Position ziemlich klar zu erkennen. Entweder gab sie seinen Forderungen nach, oder er würde sich ihr aufzwingen. Nein, sie konnte das nicht zulassen! Sie musste hier raus, bevor er auch nur einen Finger an sie legte.

Sabrina schätzte die Situation schnell ein. Um hinter ihn zu kommen und die Tür aufzuschließen, musste sie ihn näher an sich heranlassen. Es war riskant und nicht nur das: Der Gedanke, sich ihm zu nähern, war ekelerregend und schürte den Wunsch in ihr, sich zu übergeben.

Aber sie musste es machen. Die Tür hinter ihm im Auge behaltend, zwang sie ein Lächeln auf ihre Lippen. Hoffentlich hatte sie genug von Holly gelernt, um ihm vormachen zu können, dass er das von ihr bekommen würde, was er wollte. Sie sah, wie er sich entspannte, als er ihr Lächeln bemerkte. Langsam machte Hannigan einen Schritt auf sie zu.

Jetzt war es Zeit zu handeln.

12

Daniel starrte aus dem Fenster des Konferenzraumes der Anwaltskanzlei von Brand, Freeman & Merriweather. Hinter ihm diskutierten die Anwälte die besten Möglichkeiten, wie sie mit der Kontingenz-Klausel umgehen sollten, die das Geschäft verzögerte. Er hatte das Interesse an der Diskussion schon eine halbe Stunde zuvor verloren, denn seine Gedanken waren wieder zu Holly zurückgeschweift. Bevor er ihr begegnet war, hatte er nie Schwierigkeiten gehabt, sich auf die Arbeit zu konzentrieren. Dieses Mal war es anders.

Er hatte plötzlich kein Interesse mehr an dem Geschäft, an dem er schon mehr als ein Jahr lang arbeitete. Die Vorstellung, in den nächsten Tagen noch unzählige dieser Meetings durchstehen zu müssen, machte ihn plötzlich müde.

„Mr. Sinclair, wie wäre es, wenn wir von der anderen Partei eine Ein-Million-Dollar Bürgschaft verlangen, die nur wieder zurückerstattet wird, wenn die Kontingenz bis zu unserem erweiterten Stichtag erfüllt wird?", schlug Mr. Merriweather vor.

Daniel drehte sich um, um den Vorschlag zu überdenken, und erstarrte, als seine Augen in Richtung des Empfangsbereichs schweiften. Holly – *seine Holly!* – betrat von einer der Bürotüren das

Foyer und durchquerte es hastig. Sie sah anders aus. Sie trug einen Hosenanzug, aber ihre Haare waren zerzaust, und der Kragen ihrer Bluse war verrutscht. Als sie durch eine andere Tür verschwand, wurde sein Blick plötzlich wieder auf die Tür gezogen, durch die sie gekommen war. Als sich diese Tür noch einmal öffnete, kam ein Mann Mitte Vierzig heraus. Er schaute sich in alle Richtungen um, als ob er sichergehen wollte, dass er nicht beobachtet wurde, während er seine Krawatte wieder zurücksteckte und sein Jackett gerade richtete. Sein Gesicht sah gerötet aus.

Verdammt! Oh, Gott, nein! Das durfte nicht wahr sein! Holly war hier, um einen anderen Kunden zu betreuen.

„Mr. Sinclair?", erinnerte Merriweather ihn, dass er ihm immer noch eine Antwort schuldete.

„Sicher, lassen Sie uns das so machen. Ich überlasse es Ihnen, die Details auszuarbeiten. Sie kennen meine Ansichten. Meine Herren, Sie wissen, was Sie zu tun haben", entschuldigte er sich.

Daniel eilte aus dem Raum, darauf erpicht, Holly einzuholen. Der Gedanke, dass sie mit einem anderen Mann zusammen gewesen war, fühlte sich genauso gut an, als ob ihm ein Kleiderbügel langsam durch die Eingeweide geschoben wurde. Verdammt noch mal; er würde keinem anderen Mann erlauben, sie anzufassen!

Seine Suche nach Holly stellte sich als ergebnislos heraus. Die Tür, durch die Holly verschwunden war, führte ins Treppenhaus. Bis er das Erdgeschoss erreicht hatte und hinausgegangen war, gab es weit und breit keine Spur mehr von ihr. Sie wusste offensichtlich, wie man schnell abhaute, nicht, dass sie ihn gesehen hatte, aber sie wusste wahrscheinlich, wie man ungesehen verschwand, für den Fall, dass die Büroangestellten etwas mitbekommen hätten.

Seine Hände ballten sich zu Fäusten, als er sich an das Gesicht des Mannes erinnerte, der nach ihr aus dem Zimmer gekommen war. Der Gedanke, dass dieses Schwein sie mit seinen Händen berührt hatte, schürte den Drang in ihm, jemanden zu treten, vorzugsweise dieses Schwein. Er musste all seine Selbstbeherrschung aufbieten, um nicht wieder hoch ins Büro zu gehen und das Gesicht dieses

Schweinehundes mit seinen Fäusten zu bearbeiten, bis es nur noch blutiger Brei war.

Daniel zog sein Handy heraus und wählte.

„Guten Morgen", zirpte eine freundliche Frauenstimme.

"Miss Snyder, bitte! Daniel Sinclair."

Er wurde sofort verbunden. „Mr. Sinclair, wie kann ich Ihnen helfen?"

„Ich möchte Holly buchen."

„Sicherlich. Für wann?"

„Exklusiv, von heute bis Ende nächster Woche. Sie darf außer mir keine anderen Kunden haben", bellte er ins Telefon.

„Mr. Sinclair. Das ist höchst ungewöhnlich. Ich glaube, es wäre besser, wenn wir das in meinem Büro besprechen würden."

„Gut."

„Ich kann sie um 14.00 Uhr empfangen. Meine Assistentin wird Ihnen eine Wegbeschreibung geben."

Ms. Snyder verband ihn wieder mit der Assistentin, die den Anruf angenommen hatte. Nachdem sie ihm die Adresse gegeben hatte, unterbrach er sie.

„Ich weiß, wo das ist."

Daniel war es egal, dass er unfreundlich klang. Er war nicht in der Stimmung, höflich zu sein. Er wusste genau, was das Gefühl in seinem Magen war, aber er wollte es sich nicht eingestehen. Es war besser, nicht daran zu denken.

Er ging in die nächstbeste Bar und bestellte einen starken Drink. Er musste mehr als zwei Stunden totschlagen, und obwohl Tim bestimmt mit ihm zu Mittag gegessen hätte, war er sich nicht sicher, ob er seinem allzu scharfsinnigen Freund im Moment gegenübertreten wollte. Tim würde ihn sofort durchschauen und ihn zur Rede stellen. Und was dann? Dann müsste er sich selbst eingestehen, was passiert war. Nein, dazu war er noch nicht bereit.

Es war einfacher, ein paar Drinks in einer Bar hinunterzukippen und vorzugeben, auf dem über der Theke hängenden Fernseher Sport zu schauen. Im Moment wollte er einfach nur die einfachen Dinge tun. Schwieriger würde es früh genug noch werden.

Der Barkeeper sah ihn an, als ob er wüsste, was in Daniels Kopf vorging. „Wollen sie ein paar Nüsse dazu?"

„Gern."

Als ihm der Barkeeper die Schüssel Nüsse hinschob, nickte Daniel nur.

„Man kann nicht mit ihnen leben, aber auch nicht ohne sie", sagte der Barkeeper plötzlich.

„Hmm." Mehr hatte Daniel nicht zu sagen, und der Barkeeper wandte sich schweigend seiner Arbeit zu.

Nachdem er den Drink geleert hatte, schlenderte durch die Straßen, bis es Zeit war, sich mit Miss Snyder, der Besitzerin des Escortservices – oder besser gesagt der Madame – zu treffen. Als er das elegante, aber karge Büro betrat, wusste er, dass sie ein strenges Regiment führte. Die Empfangsdame trug einen konservativen Hosenanzug und minimales Make-up. Es gab einen Wartebereich und mehrere private Büros.

Nichts deutete darauf hin, dass dies die Büros eines Escortservices waren. Es hatte nichts Verräterisches an sich. Wer ihn im Wartebereich sehen würde, würde denken, er wäre hier, um seinen Finanzberater zu treffen.

Offen gesagt hatte er etwas Anderes erwartet: ein paar Rüschen, etwas Außergewöhnliches, nicht das peinlich saubere Büro, in dem er nun ungeduldig wartete.

„Mr. Sinclair", begrüßte ihn eine Frau mittleren Alters und schüttelte ihm die Hand. Sie hatte einen ähnlich langweiligen Hosenanzug wie ihre Empfangsdame an und trug die Haare zu einem losen Dutt gesteckt. Sie war attraktiv und lächelte ihn charmant an.

„Ms. Snyder."

„Eva, bring Holly ins Konferenzzimmer, sobald sie eintrifft!", instruierte sie ihre Empfangsdame, bevor sie ihn zu einer der Türen geleitete. „Bitte."

„Holly kommt hierher?", fragte Daniel, als sich die Tür hinter ihm schloss.

„Ja, ich halte es für angebracht, lange Buchungen mit meinen

Angestellten zu besprechen. Wir wollen nicht, dass es später irgendwelche Missverständnisse gibt." Sie schaute ihn ernst an.

„Das ist sehr klug."

„Besonders da Sie um Exklusivität gebeten haben, denke ich, dass Holly allen Punkten zustimmen muss. Finden Sie nicht auch?"

Daniel konnte erkennen, dass sie neugierig war, warum er Exklusivität verlangte, aber er würde nicht mehr erzählen, als unbedingt notwendig war, um den Vertrag abzuschließen. Er war ein erfahrener Verhandlungspartner und wusste, wie wichtig es war, sich nicht in die Karten schauen zu lassen. „Dem stimme ich zu."

„Sie werden verstehen, dass der Tagessatz für eine solche Buchung viel höher ist als das, was Sie für ihre Abende bezahlt haben. Da wir bei dieser Buchung nicht die Möglichkeit haben, Holly während des Tages anderweitig einzuteilen, müssen wir das miteinberechnen."

Misty war eine gerissene Geschäftsfrau, das konnte er sofort sehen. Sie positionierte sich schon so, dass sie den höchsten Preis von ihm verlangen konnte. Wenn sie nur wüsste, dass wenn es um Holly ging, Geld keine Rolle spielte.

Die Wahrheit war, dass es ihm egal war, ob sie ihm das Fünffache des Tarifs in Rechnung stellte, solang damit garantiert war, dass er mit Holly zusammen sein konnte und kein anderer Mann Hand an sie legte. Und je eher das passierte, desto besser.

„Und selbstverständlich wird es eine Stornierungsgebühr geben, sollten Sie sich entscheiden, das Ganze frühzeitig zu beenden." Misty suchte sein Gesicht nach irgendwelchen Einwänden gegen ihren Vorschlag ab. Es würde keine frühzeitige Beendigung geben. Am Ende der Woche würde er Holly genau da haben, wo er sie haben wollte und –

Als sich plötzlich die Tür öffnete und eine junge blonde Frau hereinkam, wurde er schlagartig aus seinen Gedanken gerissen.

„Entschuldigung, Eva sagte, ich sollte gleich hereinkommen."

Misty winkte sie herein und deutete auf einen Stuhl. „Setz dich, Holly. Ich gehe nur die allgemeinen Geschäftsbedingungen mit Mr. Sinclair durch."

Holly? Daniel zuckte zusammen und starrte die Frau an. Das war nicht Holly! Das musste eine Verwechslung sein. Das war nicht *seine* Holly!

Die blonde Frau schaute ihn direkt an, so als ob sie ihm etwas mitteilen wollte, sagte jedoch kein Wort.

Da ihm klar wurde, dass hier etwas nicht mit rechten Dingen zuging, wandte er sich an die Madame. „Ms. Snyder, hätten Sie etwas dagegen, wenn ich ein paar Minuten allein mit Holly sprechen würde?"

Misty zog die Augenbrauen nach oben und sah so aus, als ob sie nachdächte, ob es sicher wäre, sie alleine zu lassen.

„Ich warte vor der Tür."

„Vielen Dank."

Nachdem sich die Tür hinter ihr geschlossen hatte, drehte sich Daniel wieder zu der blonden Frau um.

„Wer zum Teufel sind Sie, und wo ist die richtige Holly?"

„Ich bin die richtige Holly", behauptete sie.

„Hören Sie zu, ich weiß nicht, was das für eine Bauernfängerei sein soll, aber halten Sie mich nicht zum Narren! Ich habe die letzten zwei Nächte mit Holly verbracht, und das ist die Holly, die ich will", verlangte er entschlossen. Wenn sie ihn hier reinlegen wollten, würde er dafür sorgen, dass sie es bereuten.

Die Blondine sah ihn nervös an. „Oh Gott, ich wusste nicht, dass das passieren würde. Ich war in der Nacht krank, in der Sie mich gebucht hatten, also ließ ich jemanden für mich einspringen. Misty weiß davon nichts."

Ein Hauch Erleichterung durchfloss ihn. „Kein Problem. Sagen Sie mir nur den Namen Ihrer Vertreterin und ich buche sie stattdessen. Nichts für ungut." Er würde sich daran gewöhnen müssen, sie mit einem anderen Namen anzusprechen, aber das wäre das geringste seiner Probleme.

„Aber das ist genau das Problem."

„Das ist kein Problem. Ich sage Ihrer Chefin, ich hätte es mir anders überlegt und buche dann Ihre Kollegin."

Holly rutschte unbehaglich auf ihrem Stuhl herum. Nervös warf sie eine Haarsträhne über ihre Schulter. „Sie ist keine Kollegin."

„Sie meinen, sie arbeitet bei einer anderen Agentur?" Daniel wurde ungeduldig. Er wollte seine Zeit hier nicht vergeuden. Jede Minute, die er von *seiner* Holly getrennt war, bedeutete, dass irgendein schleimiger Kerl sie anfassen konnte.

„Wer ist sie? Wollen Sie, dass ich Ms. Snyder hereinrufe?" Wenn er ihr drohen musste, würde er das tun.

Holly hob ihre Hand, um ihn davon abzuhalten. „Tut mir leid, ich kann es Ihnen nicht sagen."

Daniel stand auf. „Ich diskutiere das besser mit Ihrer Chefin."

„Sie ist meine Mitbewohnerin. Sie ist kein Callgirl", stoppte ihn Holly.

Die eigentliche Bedeutung ihrer Worte drang nicht sofort zu ihm durch. *Ihre Mitbewohnerin. Kein Callgirl.* Er fiel zurück in seinen Stuhl.

„Halt! Was haben Sie gesagt?"

„Sie ist meine Mitbewohnerin."

„Nein. Nicht das."

„Sie ist kein Callgirl."

„Aber ..." Er hielt inne. „Aber sie war die letzten zwei Nächte mit mir zusammen."

„Weil ich krank war", erklärte Holly. „Misty hätte mich gefeuert, wenn ich die Buchung nicht angenommen hätte. Also habe ich sie überredet."

Gott, seine Holly war kein Callgirl. „Sie ist kein Callgirl. Sie ist eine richtige Person?"

„Vielen Dank!"

„Entschuldigung, so habe ich das nicht gemeint. Sie ist kein Callgirl. Sie ist ... Wie heißt sie wirklich?"

„Sabrina."

„Sabrina." Er ließ den Namen über seine Zunge rollen und wusste sofort, dass er besser zu ihr passte. Dann erinnerte er sich plötzlich wieder an den Vorfall in der Kanzlei.

„Wenn sie kein Callgirl ist, was zum Teufel hat sie dann mit diesem Arschloch im Büro gemacht?" Wut stieg in Daniel auf, als er nur daran dachte.

„Welches Arschloch in welchem Büro?"

„Brand, Freeman & Merriweather. Sie war heute Morgen dort und kam ganz zerzaust aus einem der Büros." Er sah Holly fragend an.

„Das Arschloch, von dem Sie reden, ist Hannigan. Er belästigt sie schon, seit sie dort zu arbeiten angefangen hat."

Der Zorn in seinem Magen kochte fast über, und Daniel schlug mit seiner Faust auf den Tisch. „Ich prügle die Scheiße aus diesem Schweinehund heraus."

„Hinten anstellen. Ich habe mir das Arschloch schon reserviert."

Daniel lehnte sich wieder in seinen Stuhl zurück. Es gefiel ihm, dass Sabrina eine Freundin hatte, die sich für sie schlagen würde. Er lächelte sie an. „Sie arbeitet dort?"

Holly nickte. „Sie ist Anwältin."

Nun dämmerte es ihm. Bei dem Geschäftsempfang hatte sie lediglich sich selbst gespielt. Kein Wunder, dass sie mit Bob so gut umgegangen war.

„Sie hat bei Hastings Recht studiert?"

„Woher wissen Sie das?"

„Sie erwähnte es auf dem Empfang, zu dem ich sie mitgenommen hatte. Ich dachte, sie würde sich damit ein Bein stellen. Ich hätte mich wohl nicht sorgen müssen." Er machte eine Pause und wurde wieder ernst. „Holly, erzählen Sie mir, was los ist! Ich verstehe nicht, warum sie das gemacht hat."

„Warum? Ich kann sehr überzeugend sein. Sie wusste, was für mich auf dem Spiel stand. Ich wünschte nur, ich hätte sie nie darum gebeten." Sie schaute ihn ebenfalls ernst an.

„Was meinen Sie? Sie war doch nicht mit noch jemandem außer mir zusammen, oder? Hat sie das schon mal gemacht?" Wut stieg wieder in ihm auf. Wenn sie jemand Anderer angefasst hatte, wäre er bereit, dem Typen den Kragen umzudrehen.

„Nein! Es waren nur Sie. Aber jetzt erzählen *Sie* mir mal etwas. Warum zum Teufel hat sie sich gestern Abend die Augen aus dem Kopf geheult? Was haben Sie ihr angetan?" Holly beugte sich vor, um zu unterstreichen, dass sie auf einer Antwort bestand.

„Sie hat geweint? Oh Gott, ich bin so ein Idiot." Daniel fuhr sich mit der Hand durchs Haar.

„Hey, ich bin die Erste, die Ihnen da zustimmt, wenn Sie mir erst mal mehr Einzelheiten geben." Holly lehnte sich zurück und machte sich offensichtlich auf eine pikante Geschichte gefasst.

„Gestern Abend tauchte meine Ex-Freundin im Hotel auf", erklärte Daniel.

„Oh, Mann. Das fängt nicht gut an."

„Es ist auch nicht gut ausgegangen. Ich glaube, Holly ... ich meine Sabrina dachte, ich betrüge meine Freundin mit ihr. Sie wusste nicht, dass Audrey meine Ex ist. Audrey tauchte einfach unerwartet auf und dachte, sie könnte mich zurückbekommen." Er zuckte bei dem Gedanken angewidert zusammen. Jetzt verstand er, warum Sabrina weggerannt war. Es war keine Firmenregel gewesen, sich aus der Schusslinie zwischen einem Pärchen zu entziehen. Sie war geflohen, weil sie sich von ihm betrogen fühlte.

„Und nehmen Sie sie zurück?", wollte Holly wissen.

„Audrey? Nicht in einer Million Jahre. Die Frau ist völlig oberflächlich und ichbezogen. Leider schaffte sie es, Sabrina einzureden, dass sie noch mit mir zusammen ist. Deswegen rannte sie weg. Und ich konnte seitdem nicht mehr mit ihr in Kontakt treten. Ich habe die Agentur gestern Nacht angerufen, nachdem Sabrina weg war, aber die wollten mir keine Informationen geben." Er pausierte und sah Holly direkt an. „Sie müssen mir helfen."

„Ihnen womit helfen?"

„Ich will Sabrina zurück." Es war ganz einfach.

„Entschuldigung, aber haben Sie nicht gehört, was ich vorhin gesagt habe? Sie ist *kein* Callgirl."

Daniel ergriff Hollys Unterarm und brachte sie dazu, dass sie ihn direkt ansah. „Holly, ich will Sabrina zurück. Ich brauche sie."

„Sind Sie verrückt? Sie ist nicht zu kaufen. Sie können sie nicht einfach buchen." Holly schüttelte den Kopf und entzog sich seinem Griff. „Was zum Teufel wollen Sie von ihr?"

Er konnte diese Frage nicht beantworten, nicht, wenn er sich nicht selbst gegenüber eingestehen wollte, warum er sie wollte und warum er jedes Mal wütend wurde, wenn er daran dachte, dass ein anderer Mann sie berührte.

„Ich muss ihr die Wahrheit über Audrey erzählen. Ich will nicht, dass sie denkt, ich sei ein fremdgehendes Arschloch. Bitte, Sie müssen mir sagen, wo ich sie finden kann."

„Und ihr sagen, dass Sie wissen, dass sie kein Callgirl ist?"

„Wie bitte? Ja sicher. Ich werde alles mit ihr ins Reine bringen."

„Den Teufel werden Sie tun!"

War diese Frau verrückt? Welchen Grund könnte sie haben, ihn davon abzuhalten, Sabrina die Wahrheit zu sagen?

„Wenn sie herausfindet, dass Sie wissen, dass sie kein Callgirl ist, wird sie entsetzt sein."

„Entsetzt?" Er konnte nicht verstehen, was Holly meinte.

„Sie vertraut Männern nicht, weil zu viele Arschlöcher sie schlecht behandelt haben. Vor Ihnen hatte sie seit drei Jahren keinen Sex. Jetzt bekomme ich sie endlich dazu, ihre Hemmungen fallenzulassen und dann wollen Sie alles zerstören, weil Sie ihr sagen wollen, dass Sie wissen, dass sie kein Callgirl ist. Fabelhaft!", schnaubte Holly empört.

„Warum würde das alles zerstören?"

„Weil sie nur mit Ihnen geschlafen hat, weil sie dachte, sie würde Sie nie wiedersehen. Also könnten Sie sie nicht verletzen. Und abgesehen davon, fühlte sie sich sicher, weil sie vorgeben konnte, eine Andere zu sein. Sie konnte sich einreden, dass nicht *sie* mit einem Fremden schlief. Sie konnte sich vormachen, *ich* wäre es."

Dann dämmerte es ihm plötzlich. „Sie haben das geplant?" Verwundert schaute er sie an.

„Es hat auch lange genug gedauert. Ich musste auf den richtigen Mann für sie warten."

Ihr Geständnis schockierte ihn. Wer würde seine Freundin wissentlich in die Höhle des Löwen schicken?

„Sie konnten doch nicht wissen, dass ich der richtige Mann bin. Sie könnten sie zu irgendeinem Perversen geschickt haben. Sind Sie verrückt?" Daniel kochte vor Wut.

Holly seufzte ungeduldig. „Denken Sie wirklich, wir sind Amateure? Wir bekommen Biografien und detaillierte Hintergrundinfos über jeden, der uns bucht. Glauben Sie mir, wir wissen, mit wem wir es zu tun haben. Warum glauben Sie, zahlen Sie solche Wucherpreise für unsere Zeit? All diese Hintergrundarbeit muss irgendwie bezahlt werden."

„Sie wussten, wer ich war?"

Sie nickte. „Bilder, Geburtsdatum, Sozialversicherungsnummer, Muttermale, Familiengeschichte, Geschwätz, Arbeit, Investitionen. Als ich Ihr Bild sah, wusste ich, dass Sie ihr gefallen würden. Verdammt, ich hätte es gerne selbst mit Ihnen gemacht, aber –"

„– Sie waren ja in jener Nacht krank", beendete er sarkastisch ihren Satz.

„Nein. Ich habe die Konstitution eines Pferdes. Ich habe etwas eingenommen, um mich zu übergeben, damit es überzeugend wirkte. Andernfalls hätte sie den Braten gerochen. Also werden Sie ihr keinesfalls erzählen, dass Sie wissen, dass sie kein Callgirl ist. Sie ist dafür noch nicht bereit."

Holly verschränkte die Arme vor der Brust als sicheres Zeichen dafür, dass sie sich nicht umstimmen lassen würde.

„Gut. Vorerst. Aber ich werde sie nicht weiterhin denken lassen, dass ich sie bezüglich Audrey belogen habe. Ich werde das ins Reine bringen. Und Sie, Holly, werden mir dabei helfen. Ich werde Holly für die nächste Woche buchen, und *Sie* werden dafür sorgen, dass *Sabrina* die Buchung wahrnimmt."

„Das ist nicht Ihr Ernst!"

„Das ist mein vollkommener Ernst. Sie werden ihr heute sagen, dass sie ab morgen früh bei mir ist."

„Da wird sie niemals mitmachen. Sie denkt, Sie hätten sie belogen. Sie ist verletzt."

Er würde sich nicht abbringen lassen. „Deswegen geben Sie ihr meine Handynummer und sorgen dafür, dass sie mich heute Abend anruft." Er schrieb seine Nummer auf eine Karte und gab sie ihr. „Sagen Sie ihr, was auch immer Sie wollen. Sagen Sie ihr, dass, wenn sie die Buchung nicht annehmen will, sie mich überzeugen muss, dass ich bei Ihrer Chefin storniere, da Sie sonst gefeuert werden. Ich muss mit ihr sprechen."

Widerwillig steckte Holly die Karte in ihre Tasche. „Hätte ich gewusst, wie stur Sie sind, hätte ich Sabrina nie gebeten, das zu tun."

„Wissen Sie was, Holly? Wenn Sie es an jenem Abend gewesen wären, hätte ich nie Sex mit Ihnen gehabt. Nichts für ungut, Sie sind eine schöne Frau, aber ich habe in jener Nacht nicht nach Sex gesucht. Ich habe nur jemanden gebraucht, um die ledigen Frauen auf dem Empfang abzuwehren. Aber als ich Sabrina sah, hat sich alles geändert. Und ich werde sie nicht einfach gehen lassen."

„Erinnern Sie mich noch einmal, warum ich Ihnen helfe."

„Weil Sie Ihre Freundin lieben", antwortete er einfach. „Und weil ich immer noch dafür sorgen könnte, dass Sie gefeuert werden, wenn ich es Ihrer Chefin erzähle."

Daniel stand auf. „Ich werde das gesamte exorbitante Honorar bezahlen, dass Ihre Chefin verlangt, da wir nicht wollen, dass jemand den Braten riecht. Ob Sie das Geld Sabrina geben oder nicht, ist mir egal."

„Sie hat das Geld für die ersten zwei Nächte auch nicht genommen. Sie hat es strikt abgelehnt", gab Holly zu.

Er lächelte und entspannte sich. „So etwas dachte ich mir schon." Sie hatte sein Trinkgeld auch nicht angenommen, und der Gedanke gefiel ihm, jetzt, wo er wusste, wer sie war. Wenn Sabrina vorgeben musste, ein Callgirl zu sein, um mit ihm zusammen zu sein, würde er mitspielen – vorerst. Bis er es schaffte, dass sie ihm genug vertraute, um mit ihm zusammen zu sein, weil sie es wollte und nicht, weil er dafür bezahlte.

„Hey, Kumpel. Noch was: Wenn Sie ihr wehtun, werde ich Sie finden und Sie grün und blau schlagen." Holly sah ihn unerschütterlich an.

Daniel nickte. „Ich würde nichts Anderes erwarten."

13

„Nein, ich mache das nicht noch einmal", kündigte Sabrina wütend an. „Ich habe genug. Du gehst einfach zu Misty und erklärst es ihr." Sie stürmte in ihr Zimmer und schlug die Tür hinter sich zu. Sekunden später öffnete sich die Tür wieder.

„Das kann ich nicht. Sie wird mich feuern", erwiderte Holly, als sie ins Zimmer trat. „Die einzige Weise, wie wir aus diesem Schlamassel herauskommen, ist, wenn du es schaffst, dass er die Buchung von sich aus storniert."

„Und wie soll ich das machen?"

Holly reichte ihr eine Karte mit einer Nummer. „Ruf ihn an und sag ihm, dass du es nicht tun kannst. Sag ihm, dass du ihn ekelhaft findest! Sag, was auch immer du willst, nur damit er absagt."

„Ich will nicht mit ihm reden!"

„Ich befürchte, dass du das aber musst, sonst wird es nicht klappen."

Sabrina starrte ihre Freundin an. Sie verstand nicht, warum Holly sie nicht mehr unterstützte. Immerhin hatte Sabrina ihr aus einer Notlage geholfen. Zumindest könnte Holly verständnisvoller bezüglich ihrer Weigerung, Daniel wiederzusehen, sein. Sie könnte sich eine Ausrede für Misty einfallen lassen, um aus der Buchung herausgelassen zu werden. Aber Holly weigerte sich strikt, diesbezüglich einen Finger zu rühren.

Stattdessen bestand Holly darauf, dass Daniel derjenige war, der die Sache absagte, damit sie keinen Ärger bekam. Das war ja unglaublich!

Sabrina wusste nicht, warum Daniel sie immer noch sehen wollte. War seine Frau oder Freundin nicht gestern Abend zurückgekommen? Wie hatte er es geschafft, sie so schnell wieder loszuwerden? Er war einfach ein lügender, betrügender Bastard!

Am liebsten würde sie wegen dem, was sie die Nacht zuvor getan hatten, im Boden versinken. Sie hatte sich von ihm benutzen lassen. Dieser Schweinehund! Welche Unverfrorenheit, sie für eine Langzeitbuchung anzufordern, nach allem, was er ihr angetan hatte. So ein Schuft!

Jetzt war sie gerade in der richtigen Stimmung, ihm zu sagen, was sie von ihm hielt! Selbstgerechter Aufreißer!

Sabrina hob den Telefonhörer hoch und funkelte ihre Freundin an. „Kann ich hier etwas Privatsphäre bekommen?", bellte sie.

Holly verschwand schnell aus dem Zimmer.

Der Anruf wurde sofort angenommen.

„Hier spricht Daniel." Seine Stimme war so sanft wie in der Nacht zuvor.

„Hier spricht S ... Holly."

„Ich bin froh, dass du anrufst."

„Ich rufe nur an, um dir zu sagen, dass ich die Buchung nicht wahrnehmen kann." Sie hielt ihre Stimme in Zaum. „Also wenn du bitte Ms. Snyder anrufen könntest, um abzusagen, würde ich das begrüßen."

„Darüber sollten wir reden."

„Es gibt nichts zu bereden."

„Doch. Warum bist du gestern weggerannt?"

Sabrina schnaubte lautstark. „Warum? Ich komme nicht zwischen ein Pärchen. Ich bin vielleicht ein Callgirl, aber ich habe meine Prinzipien."

„Ich bin nicht mehr mit Audrey zusammen."

„Vielleicht nicht im Moment, aber du bist mit ihr zusammen. Das hat sie ziemlich deutlich gemacht."

„Holly, Audrey und ich hatten bereits Schluss gemacht, bevor ich aus New York weg bin. Sie wollte es nur nicht wahrhaben. Bitte lass mich dir alles erklären! Bitte! Triff dich heute Abend mit mir und ich werde dir alles erklären. Und wenn du dann immer noch willst, dass ich die Buchung absage, dann tue ich das."

„So dumm bin ich nicht. Sobald ich in deinem Zimmer bin, wirst du mich in Richtung Bett ziehen und dann wird es kein Gespräch geben. Nein danke."

„Triff mich in einem Café! Bitte! Ich verspreche, wenn du nach unserem Treffen willst, dass ich absage, werde ich es tun."

Sabrina war hin- und hergerissen. Sie wusste, dass nichts Gutes dabei herauskommen würde, wenn sie sich mit ihm traf, aber sie erkannte auch die Beharrlichkeit in seiner Stimme. Er würde einer Stornierung nicht zustimmen, wenn er keine Chance bekam, seine Sicht der Dinge zu erklären.

„In Ordnung."

Sie gab ihm eine Wegbeschreibung zu einem Café in ihrem Viertel und legte auf. Sie sollte dafür ausgepeitscht werden, dass sie zustimmte, sich mit ihm zu treffen.

Sabrina hatte ein Café um die Ecke gewählt, weil es dort immer sehr zuging. Dort gab es keine Möglichkeit, dass er sie in die Ecke drängen konnte. Und es war ganz bestimmt kein intimer Ort. Es gab keine Versteckmöglichkeiten, keine dunklen Ecken oder Nischen, wo er sie mit seinem Charme verwirren konnte.

Sie würde früher als geplant dort erscheinen, um den am wenigsten abgeschiedenen Sitzplatz im Café zu ergattern. Sie wollte diese Sache nicht angenehm für ihn machen. Wenn er dachte, er könnte ihr mit seinem sexy Körper den Kopf verdrehen, dann hatte er sich aber getäuscht.

Leider gehörte zu seinem sexy Körper ein extrem scharfer Verstand, der bereits ihre Absicht vorausgesehen hatte, denn als sie zehn Minuten vor dem vereinbarten Zeitpunkt im Café ankam, erblickte sie ihn bereits. Daniel hatte es geschafft, die einzige Couch im Lokal zu ergattern. Wie er das gemacht hatte, war ihr ein Rätsel, weil die Couch ständig von irgendjemandem belagert war.

Er stand auf und winkte ihr. Widerwillig ging sie auf ihn zu.

„Ich sehe, du bist auch früh dran." Er lächelte wissend und zeigte auf den Platz neben sich auf dem Zweisitzer. Als sie sich setzten, war ihr sein Körper und sein männlicher Duft, der die Luft durchdrang, nur allzu bewusst.

„Danke, dass du gekommen bist." Er blickte sie ernst an. „Es tut mir leid, was gestern Abend passiert ist."

„Welcher Teil?", schoss sie zurück.

„Nur der Teil, als Audrey auftauchte. Alles andere war perfekt."

„Oh, das kann ich mir denken!"

„Würdest du mich bitte erklären lassen? Audrey und ich waren ein paar Monate zusammen, aber das führte nirgends hin. Ich war nicht gerade der aufmerksamste oder romantischste Freund. Ich glaube, sie fühlte sich einsam, und dann erwischte ich sie diese Woche im Bett mit meinem Anwalt. Also habe ich mit ihr Schluss gemacht."

„Weiß sie, dass du mit ihr Schluss gemacht hast? Für mich sah es nicht so aus", warf Sabrina bissig ein.

„Sie weiß es. Sie will der Wahrheit nur nicht ins Auge sehen. Sie dachte, sie könnte mich zurückbekommen, wenn sie nur lange genug schmollte."

„Und, hat sie lange genug geschmollt?" Sabrina wagte es nicht ihn anzusehen, während sie ihre Frage stellte. Aus den Augenwinkeln sah sie, wie er seinen Kopf langsam schüttelte.

„Alles Schmollen der Welt wird mich nicht dazu veranlassen, wieder zu ihr zurückzugehen." Gänzlich unerwartet nahm Daniel ihre Hand in seine. „Du stellst dich nicht zwischen ein Pärchen. Ich bin ungebunden. Ich bin in keiner Beziehung, und ich bin frei zu tun, was ich will." Er zwang sie, sich zu ihm zuzuwenden.

„Warum ich? Warum kannst du nicht eine Andere buchen? Die Agentur hat viele nette Frauen zur Auswahl."

Er rückte näher heran, während Sabrina in ihre Ecke der Couch zurückwich. Sie versuchte, ihre Hand wegzuziehen, aber er ließ sie nicht los. „Ich fühle mich mit dir wohl. Ich würde gerne mehr Zeit mit dir verbringen."

„Ich glaube nicht, dass das eine gute Idee ist. Misty will nicht, dass wir uns so an einen bestimmten Kunden gewöhnen", log Sabrina.

„Misty sah nicht so aus, als hätte sie ein Problem damit, als ich das heute Nachmittag mit ihr ausgehandelt habe." Daniel zog ihre Hand zu seinem Mund und küsste sie zärtlich.

Sein Kuss löste eine Hitzewelle in ihrem Körper aus. „Ich kann das nicht tun. Tut mir leid. Such dir jemand Anderen aus. Es gibt genug Frauen, die sich darum reißen würden, mit dir zu schlafen. Aber ich gehöre nicht dazu."

„Du bist nicht mehr daran interessiert, mit mir zu schlafen?" Seine Augen verengten sich.

„Nein, bin ich nicht." Sie konnte sich nicht daran erinnern, dass ihr jemals eine größere Lüge über die Lippen gekommen war.

Er schaute sie lange an. „Gut."

Gut, sie hatte ihn endlich überzeugt, dass sie nichts mehr mit ihm zu tun haben wollte. Nun musste er nur noch die Buchung stornieren, und sie und Holly wären frei und aus diesem Schlamassel heraus.

Sabrina bewegte sich auf der Couch, um aufzustehen, aber er zog sie zurück, bevor sie eine Chance bekam, sich aufzurichten.

„Ich sagte, gut, kein Sex. Aber ich sagte nicht, dass du aus der Buchung herauskommst."

Sie starrte ihn schockiert an. Wenn er keinen Sex wollte, warum würde er dann ein Callgirl buchen? Hatte der Mann nicht alle Tassen im Schrank? „Wie bitte?"

„Du hast mich gehört. Du bestimmst, wenn es um Sex geht. Wenn du nicht mit mir schlafen willst, werde ich dich nicht zwingen. Aber du fährst mit mir übers Wochenende ins Weingebiet. Ich habe uns für morgen Nacht ein kleines Bed-and-Breakfast gebucht. Wir schlafen im selben Bett. Und ich darf dich küssen."

Sie war so am Arsch. Wie sollte sie *nicht* Sex mit ihm haben wollen, wenn er darauf bestand, dass sie sich das Bett teilten?

„Du bist verrückt."

„Nenne es, wie du willst. Das ist mein Kompromiss. Du verbringst das Wochenende mit mir, ebenso die Abende und die Nächte, wenn wir wieder in der Stadt sind, und du schläfst in meinem Bett. Ich werde dich nicht zum Sex zwingen, außer du möchtest es."

Daniel schien es mit seinem Vorschlag ernst zu sein. Doch sie verstand ihn nicht. „Warum buchst du ein Callgirl, wenn du weißt, dass sie nicht mit dir schlafen will? Das ist die bekloppteste Idee, die ich je gehört habe."

Daniel zuckte mit den Schultern. „Ich mag deine Gesellschaft, mit oder ohne Sex." Er bewegte seinen Kopf näher zu ihrem und schaute verführerisch auf ihre Lippen. „Vielleicht solltest du jetzt *ja* sagen, bevor ich andere Mittel benutze, um dich zu überzeugen. Mittel, die vielleicht nicht für ein Café in der Nachbarschaft angebracht sind."

Sabrina warf ihm einen schockierten Blick zu. „Das würdest du nicht tun!" Würde er sie wirklich beide blamieren und mitten im Café mit ihr rumknutschen, wo ihnen jeder zusehen konnte? Er konnte doch unmöglich vorhaben, sie so zu berühren, wie er es getan hatte, als sie alleine waren.

Als sie das verruchte Glitzern in seinen Augen sah, wurde ihr klar, dass er keine Skrupel hatte. Und da er von auswärts war, war es ihm wahrscheinlich egal, ob er sie beide blamierte. *Er* musste ja nicht jeden Tag hierher zurückkommen, um seinen Kaffee zu holen. *Sie* aber.

„Baby, du hast keine Ahnung, zu was ich allem fähig bin."

Seine Lippen strichen in einem kaum vorhandenen Kuss leicht über ihre.

Sabrina rang sofort nach Luft. „Ok. Aber du musst deinen Teil des Handels einhalten. Kein Sex."

„Solange du deinen einhältst. Du teilst mein Bett und ich darf dich küssen."

Sekunden verstrichen, bis sie schließlich zustimmend nickte, und Daniel sich zurücklehnte und lächelte. „Ich bin froh, dass wir uns endlich einig sind. Obwohl das sicher Spaß gemacht hätte."

Sie zuckte zusammen, als sie sein verruchtes Lächeln sah, bevor er in ein herzliches Gelächter ausbrach.

„Komm, ich begleite dich nach Hause, damit ich weiß, wo ich dich morgen früh abholen muss."

„Nein, das ist nicht notwendig." Es war besser, wenn er nicht wusste, wo sie wohnte. „Und abgesehen davon ist das gegen die Firmenregeln."

„Ms. Snyder hat es genehmigt, da wir morgen aus der Stadt wegfahren."

Er nahm ihren Arm und geleitete sie aus dem Café.

Als sie bei dem Mietshaus ankamen, in dem sie wohnte, nahm er wieder ihre Hand. „Nimm legere Kleidung mit, weil wir eine Tour durch die Weingärten in Sonoma machen werden. Und einen Badeanzug. Es gibt einen Pool in der Pension. Ich hole dich um 9 Uhr ab."

Er küsste ihre Handfläche und ließ ihre Hand los.

„Daniel", fing sie an.

Er sah ihr in die Augen. „Was?"

Sie schüttelte langsam ihren Kopf. Nein, sie konnte ihm nicht die Wahrheit sagen. „Nichts. Ich sehe dich morgen."

„Gute Nacht."

Als sie ihre Wohnung erreichte und die Tür öffnete, wartete Holly schon auf sie.

„Und? Wird er stornieren?", fragte sie sofort.

Sabrina schüttelte den Kopf. „Nein, er holt mich morgen früh ab, um übers Wochenende mit mir ins Weingebiet zu fahren."

„Bist du damit einverstanden?", fragte Holly leise.

„Besorge lieber einen Vorrat Eiscreme, weil ich Essen für die Seele brauchen werde, sobald er abreist und zu seinem normalen Leben in New York zurückkehrt. Viel Essen für die Seele. Holly, ich stecke wirklich tief in der Scheiße."

Ihre Freundin legte sofort ihre Arme um sie und zog sie in eine feste Umarmung. „Ist er so schlimm?"

Sabrina schluchzte unkontrollierbar an der Schulter ihrer Freundin. „Nein, er ist so gut."

Holly streichelte sanft ihre Haare. „Oh Süße, versuche einfach die Zeit, die du mit ihm hast zu genießen, und vielleicht wird ja doch noch alles gut."

DANIEL HATTE IN BETRACHT GEZOGEN, den Abend mit Sabrina zu verbringen, aber er wollte sie nicht drängen. Er musste jetzt vorsichtig vorgehen. Er musste ihr Vertrauen gewinnen, und das würde ein langwieriger Prozess werden.

Sie sofort wieder ins Bett zu schleifen, würde nicht funktionieren, so sehr er genau das tun wollte. Deshalb hatte er ihr auch vorgeschlagen, dass Sex von ihr ausgehen müsste. Vielleicht würde ihr das die Sicherheit geben, die sie brauchte. Und er war bereit, seinen Teil des Handels einzuhalten, so schwer es ihm auch fiel.

Er musste an einer langsamen Verführung arbeiten, ohne dass sie überhaupt bemerkte, was er vorhatte. Holly hatte recht, Sabrina könnte schnell wieder verschreckt werden, wenn sie zu früh herausfand, dass ihre ganze Charade schon längst aufgeflogen war. Sie fühlte sich jetzt sicher, weil sie vorgab, jemand Anderer zu sein. Aber wie würde sie reagieren, wenn sie wüsste, dass sie schon enttarnt war? Sie würde sich erst sicher fühlen, wenn die Tarnung mit Vertrauen ersetzt wurde.

Daniel saß Tim während des Abendessens in einem kleinen Restaurant in einer ruhigen Wohngegend gegenüber.

„Lass mich das klarstellen. Du willst eine romantische Beziehung mit einem Callgirl?" Tim grinste von einem Ohr zum anderen.

„Wie schon gesagt, sie ist kein wirkliches Callgirl", korrigierte er seinen Freund.

„Auslegungssache. Nichtsdestotrotz hat sie für Geld mit dir geschlafen." Tim hatte sichtlich Spaß daran, ihn zu sticheln und würde weitermachen, solange er damit durchkommen konnte.

„Sie hat das Geld nicht genommen, sondern ihrer Freundin gegeben."

„Also hat sie mit dir geschlafen, weil …? Hilf mir aus, Danny."

Daniel schaute verärgert drein. „Was? Du denkst, ich kann keine Frau an Land ziehen, ohne mit Geld um mich zu werfen? Vielleicht hat sie mich attraktiv gefunden. Ist das so weit hergeholt?" Er war sich dessen bewusst, dass Tim versuchte, ihn zu hänseln.

„Beruhige dich. Ich mache nur Spaß. Natürlich fand sie dich

attraktiv. Verdammt, ich finde dich attraktiv." Tims Stimme war ein bisschen zu laut für das kleine Restaurant, und einige Köpfe drehten sich schon in ihre Richtung.

Daniel verdrehte die Augen, doch Tim schmunzelte nur. „Entspann dich! Wir sind in San Francisco. Niemanden interessiert das."

„Du redest dich leicht, da du aus Kalifornien bist. Ich bin aus New York, schon vergessen?"

„Wie könnte ich das jemals vergessen? Vielleicht solltest du hierher ziehen. Das Leben ist viel entspannter. Ich wette, sogar du würdest hier nicht so verklemmt sein."

„Ich bin nicht verklemmt", bellte Daniel empört. Höchstens ein kleines bisschen.

„Natürlich bist du das. Aber ich denke, die Luft in San Francisco hat bereits einen guten Einfluss auf dich. Kaum bist du ein paar Tage in der Stadt, schon gehst du mit einem Callgirl aus. Wenn das nicht befreiend ist, weiß ich auch nicht." Tim nippte von seinem Wein.

„Würdest du bitte aufhören, sie als Callgirl zu bezeichnen? Sie heißt Sabrina."

„Wie willst du sie Mama und Papa vorstellen?" Tim liebte es, von Daniels Eltern zu sprechen, als ob sie seine eigenen wären.

Daniels Mund klappte auf.

„Schau mich nicht so an, als ob du darüber noch nicht nachgedacht hättest. Ich kenne dich zu gut."

„Wovon zum Teufel sprichst du jetzt?" Daniel starrte ihn frustriert an.

„Wann hast du dir das letzte Mal ein paar Tage frei genommen, um einen Wochenendurlaub zu genießen?"

Daniel öffnete den Mund, aber Tim stoppte ihn.

„Beantworte das nicht, weil ich die Antwort kenne. Du weißt nicht mehr wann. Komisch. Während der ganzen Zeit, in der du mit Audrey zusammen warst, hast du nicht ein einziges faules Wochenende irgendwo zusammen mit ihr verbracht. Und auf einmal nimmst du dir ein Wochenende frei, um mit der heißen kleinen Sabrina ins Weingebiet zu fahren. Ohne Geschäftstreffen weit und breit. Also warum ist das so? Komm schon, du kannst das beantworten."

Daniel schüttelte den Kopf. „Ich würde lieber deine Theorie hören."

„Na gut. Weil der hochnäsige *Ich-will-keine-chaotischen-Beziehungen-Daniel* sich endlich in eine richtige Frau verliebt hat. Keine Plastikfreundinnen wie Audrey und Co mehr. Glückwunsch, mein Freund, ich hoffe, ihr geht's genauso."

Tim erhob sein Glas, um anzustoßen, doch Daniel saß nur verstört da. Er hatte es tief drinnen gewusst, war aber nicht bereit gewesen, es zu akzeptieren, weil es so unmöglich erschien. Die eifersüchtige Wut, die er gefühlt hatte, als er Hannigan gesehen und gedacht hatte, er wäre einer ihrer *Klienten*, war ein klares Indiz für seine Gefühle für Sabrina gewesen. Aber er hatte versucht, diese Gefühle zu ignorieren.

Er, Daniel Sinclair, verliebte sich nicht in nur zwei Tagen in eine Frau, vor allem nicht in eine, von der er gedacht hatte, dass sie eine Prostituierte sei. Trotzdem bestätigte ihm die Tatsache, dass er sie von Anfang an mehr wie ein Date und nicht wie ein Callgirl behandelt hatte, dass von Anfang an etwas Besonderes zwischen ihnen gewesen war – von dem Moment an, als sie an der Tür seines Hotelzimmers gestanden hatte.

„Tim, ich glaube, ich brauche Hilfe." Daniel schaute seinen Freund ernst an. „Ich kann es mir nicht leisten, das zu vermasseln. Und ich befinde mich schon auf Glatteis."

Tim rieb sich die Hände. „In diesem Fall müssen wir uns einen kleinen Plan ausdenken." Er schaute auf seine Uhr. „Wir haben vierzehn Stunden, genug Zeit, um ein paar Dinge vorzubereiten. Komm, iss auf, wir dürfen nicht herumtrödeln!"

14

Als es um neun Uhr an der Tür klingelte, wusste Sabrina gleich, wer es war. Sie nahm ihre kleine Reisetasche und warf einen Blick zurück auf Holly, die in der Tür ihres Schlafzimmers stand und sich den Schlaf aus den Augen rieb.

„Atme!" Holly lächelte sie ermutigend an. „Du schaffst das!"

Ohne ein weiteres Wort verließ Sabrina die Wohnung, um Daniel unten zu treffen. Er sah in seinen Shorts und seinem Polohemd recht erholt aus, während er leger an der Motorhaube eines roten Cabrios lehnte. Ein Lächeln breitete sich auf seinem Gesicht aus, als sie sich ihm näherte.

Obwohl seine Augen hinter einer Sonnenbrille versteckt waren, hatte Sabrina das Gefühl, dass diese sie von Kopf bis Fuß verschlangen. Sie hatte sich für eine kurze Hose und ein Tank-Top sowie flache Sandalen entschieden. Der Wetterbericht hatte selbst für San Francisco ein brennend heißes Wochenende vorhergesagt, was ungewöhnlich war. Oben in Sonoma County, wohin sie fuhren, würde es noch gute zehn Grad wärmer sein.

Daniel begrüßte sie mit einem freundlichen Kuss auf die Wange. „Du siehst großartig aus."

Nachdem er ihr Gepäck im Kofferraum verstaut hatte, hielt er ihr die Tür zum Beifahrersitz auf und schloss diese, nachdem sie eingestiegen war.

Minuten später bahnten sie sich ihren Weg durch leichten Verkehr in Richtung Golden Gate Brücke. Es stellte sich heraus, dass es eine gute Idee gewesen war, früh aufzubrechen. Da es ein nebelfreier Tag sein würde, würden die Einheimischen die Gelegenheit nutzen, den Sonnenschein an den zahlreichen Stränden der Bucht sowie am Ozean aufzusaugen. Und deswegen würde es auf allen Straßen, die aus der Stadt heraus führten, später zu erheblichen Verkehrsstaus kommen.

Während der ganzen Fahrt machte Daniel leichte Konversation, in der er ihr von seiner Familie zuhause an der Ostküste, seiner temperamentvollen italienischen Mutter und seinem amerikanischen Vater erzählte.

„Nein, ich bin leider ein Einzelkind. Ich habe immer auf einen kleinen Bruder oder eine kleine Schwester gehofft, aber das ist leider nicht passiert. Sie haben es aber versucht, regelmäßig." Er schaute sie verschmitzt von der Seite an.

Sabrina lachte. „Willst du damit sagen, dass du deine Eltern beim Sex belauscht hast? Das ist ja eklig!"

„Es war kaum zu vermeiden. Meine Mutter ist eine sehr lautstarke Frau. Als ich es nicht mehr aushielt, habe ich sie endlich dazu gebracht, mein Zimmer auf die andere Seite des Hauses zu verlegen. Das war vielleicht eine Erleichterung. So sehr ich meine Eltern auch liebe, ich brauchte das mentale Bild von ihnen zusammen im Bett nicht. Das kann ein Kind wirklich fertigmachen."

„Hast du irgendwelche Züge deiner Mutter geerbt?" Nachdem Sabrina die Frage gestellt hatte, wurde ihr sofort klar, dass die Bedeutung komplett missverstanden werden konnte. Und das wurde sie auch. Nichts entging Daniel.

„Sag du es mir doch!"

Ihre Wangen brannten, und sie wusste, dass sie bis zum Haaransatz errötete. Natürlich musste er die sexuelle Bedeutung aufgreifen.

„Ich meine ihr Temperament und ihre körperliche Erscheinung." Sabrina versuchte, die Unterhaltung wieder in die richtigen Bahnen zu lenken.

„Ich bin nicht gerade eine ein Meter fünfundfünfzig große, kurvige Frau", begann er und grinste von einem Ohr zum anderen, „aber ich habe ihren dunklen Teint, ihre Augen und ihr Haar geerbt. Meine Statur habe ich von meinem Dad. Er ist ziemlich athletisch. Er spielt hervorragend Tennis und schwimmt täglich. Mama versucht so gut es geht, mit ihm mitzuhalten."

Sabrina sah ihn von der Seite an und konnte sich instinktiv vorstellen, wie er in dreißig Jahren aussehen würde. Immer noch derselbe makellose Körper, aber mit etwas Grau an seinen Schläfen, ein paar Falten mehr im Gesicht, um den Mund und um die Augen herum, und immer noch dasselbe verruchte Lächeln.

„Es ist schön, Eltern zu haben, die immer noch zusammen sind und sich lieben", sinnierte sie.

„Sind deine das nicht? Noch zusammen, meine ich?", fragte Daniel etwas überrascht.

Sie schüttelte den Kopf. „Sie haben sich scheiden lassen, als ich vierzehn war, aber zumindest blieben sie in derselben Stadt. Unter der Woche war ich bei Mom und am Wochenende bei Dad."

„Warst du zwischen ihnen hin- und hergerissen?"

„Manchmal. Aber offen gestanden habe ich gelernt, sie gegeneinander auszuspielen."

Daniel zog eine Augenbraue hoch. „Du meinst, sie zu manipulieren?" Ein Lächeln entsprang seinen Lippen.

„Das klingt krass. Ich wusste nur, wie ich das Beste aus beiden Welten bekam. Daran ist nichts falsch, besonders nicht, weil ich mitten drin steckte."

„Also, wie gut bist du bei deinen manipulativen Spielchen?"

Sabrina lachte. „Als Geschäftsmann solltest du wissen, dass man nie all seine Karten auf den Tisch legt. Das ist wie beim Poker spielen."

„Das einzige Pokerspiel, das ich mit dir spielen möchte, ist Stripp-Poker", erwiderte er schnell, behielt aber seine Augen auf der Straße.

Das musste sie ihm lassen. Egal, über welches Thema sie auch sprachen, er schaffte es jedes Mal, auf Sex zurückzukommen. Er hatte ihr vielleicht versprochen, sie nicht zu zwingen, mit ihm zu schlafen, und sie glaubte ihm, dass er sein Versprechen halten würde, aber das bedeutete anscheinend nicht, dass er das Thema nicht doch zur Sprache brachte.

Sie würde vorsichtig sein müssen, von ihm nicht ausgetrickst zu werden. Wenn sie dieses Wochenende nicht wachsam war, würde sie im Nu in seinen Armen landen. Sie konnte sich nicht erlauben, ihr Schutzschild abzunehmen, und ihm nochmals die Gelegenheit geben, sie zu verletzen. Der Schaden, den er verursacht hatte, war bereits groß genug.

Obwohl sie ihm die Erklärung über seine Ex-Freundin Audrey abgekauft hatte, war sie nicht vollkommen überzeugt, dass er ehrlich mit ihr war. Kein Mann würde Tausende Dollar für ein paar Tage mit einem Callgirl ausgeben, ohne Sex von ihr zu erwarten. Er hatte etwas vor, und sie war entschlossen, der Sache auf den Grund zu gehen.

Nachdem sie die Autobahn verlassen hatten, um die Abzweigung zu finden, die sie zu der Pension, die er für sie reserviert hatte, führen sollte, verfuhren sie sich. Sie war überrascht, als Daniel anhielt, um einen vorbeikommenden Bauern nach dem Weg zu fragen. Sie kannte genug Männer, die lieber im Kreis gefahren wären, als zuzugeben, dass sie sich verfahren hatten.

Er lächelte sie an, als ob er wüsste, was sie dachte. „Wir dürften in ein paar Minuten dort sein."

Die Unterkunft, die er ausgewählt hatte, war ein Traum. Sie waren an einem aktiven Weingut angekommen, das nebenbei ein Bed-and-Breakfast betrieb. Aber ganz anders als bei anderen Frühstückspensionen hatte diese mehrere Cottages auf einem großen Gelände verteilt. Eines davon würde ihres sein.

Daniel stellte ihre Taschen im Wohnzimmer ab, als sie in das Haus eintraten, nachdem sie den Schlüssel im Haupthaus abgeholt hatten. Links von ihnen gab es eine kleine Küche. Sie würde ausreichen, um morgens Kaffee zu machen.

Sabrina ging ins Schlafzimmer. Es war mit einem Doppelbett, Nachttischen und einer Kommode sowie gemütlichen Sesseln möbliert. Das zimmereigene Bad hatte sowohl eine Badewanne als auch eine Dusche. Doppeltüren aus Glas führten vom Schlafzimmer aus auf eine großzügige Terrasse, die sich über die gesamte Breite des Cottages erstreckte.

Die Aussicht war etwas ganz besonderes. Als Sabrina die Türen öffnete und hinausging, war sie fasziniert. Von dem Hügel aus, auf dem das Cottage lag, konnte sie sehen, wie sich das Weingut bis ins Tal hinunter erstreckte. Die sanft ansteigenden Hänge auf beiden Seiten waren mit unzähligen Reihen von Weinreben bepflanzt.

„Es ist wunderschön", flüsterte sie.

„Atemberaubend", erklang seine Stimme hinter ihr, wobei sein Atem ihren Nacken liebkoste. „Denkst du, du wirst es genießen, hier das Wochenende zu verbringen? Selbst wenn du es mit mir aushalten musst?"

Sie drehte ihren Kopf und lächelte ihn sanft an. „Selbst wenn ich es mit dir aushalten muss."

Seine Augen liebkosten sie, aber er machte keine Anstalten, sie zu berühren oder zu küssen, was sie verwunderte. „Komm, lass uns im Weingut spazieren gehen!"

Daniel bot ihr seine Hand an, und sie nahm sie ohne Zögern, und so verließen sie das Cottage und wanderten gemeinsam den Pfad hinunter, der durch die vielen Reihen von Rebstöcken führte. Die Sonne schien bereits heiß und berührte angenehm ihre Haut, während sie mit ihm den Trampelpfad entlangschlenderte, ihre Finger mit seinen verschränkt.

Es war eine zwanglose Berührung, nicht die rein sexuelle Berührung, die sie sonst von ihm gewohnt war. Sie fragte sich, was diesen Wandel verursacht haben könnte. Sogar als sie sich am Abend zuvor in dem Café getroffen hatten, war er voll von kaum kontrollierbarem Verlangen gewesen. Doch abgesehen von den vereinzelten sexuellen Anspielungen, die er im Auto gemacht hatte, hatte er keine Anzeichen gemacht, dass er sie verführen wollte.

Es kam ihr so vor, als ob er seine verführerische Seite hinter sich gelassen hätte, je weiter sie sich von San Francisco entfernt hatten. Sein gelassenes Auftreten entspannte sie, und sie fühlte sich, als ob die Anspannung der letzten Tage endlich ihren Körper verlassen hätte.

Sogar die unangenehme und gefährliche Situation mit Hannigan verschwamm mit der Entfernung in ihrer Erinnerung.

Daniel half ihr einen steilen Pfad hinauf, und plötzlich standen sie auf einem grasbedeckten Plateau. Mehrere Bäume spendeten Schatten. Die Dreihundertsechzig-Grad-Aussicht war überwältigend: die hügelige Landschaft, die Bäume, die Weinreben, ein kleiner Bach in der Ferne. Die gesamte Szenerie wirkte wie aus einem Werbeprospekt für Touristen entnommen.

Als Sabrina das Plateau genauer erkundete, bemerkte sie eine große Decke mit einem Korb unter einem der Bäume. Er folgte ihrem Blick.

„Ich hoffe, du bist hungrig. Ich habe uns einen kleinen Picknickkorb zusammenstellen lassen."

Als Antwort auf ihren überraschten Gesichtsausdruck lächelte Daniel nur.

„Wow!"

Daniel nahm das Essen aus dem Korb: Brot, Käse, Oliven, Brotaufstriche, Aufschnitt und natürlich eine Flasche Wein. Im Weingebiet wäre ein Picknick ohne Wein nicht komplett!

Sabrina ließ sich verwöhnen. Es war sehr aufmerksam von ihm, vorauszuplanen und das Mittagessen für sie zu organisieren. Sie hatte nicht von ihm erwartet, dass er so viel Planung in dieses Wochenende stecken würde.

Daniel schenkte den Wein ein und gab ihr ein Glas.

„Auf ein wundervolles Wochenende!", prostete er ihr zu.

„Auf ein wundervolles Wochenende!"

Bevor sie die Gelegenheit hatte, von ihrem Wein zu kosten, beugte er sich nach vorne und presste seine Lippen sanft auf ihre. Es dauerte nur eine Sekunde, bevor er wieder zurückwich und dann von seinem Glas trank. Sabrina nahm schnell einen Schluck, um die Tatsache zu verschleiern, dass die einfache Berührung seiner Lippen sie völlig durcheinandergebracht hatte. Sein Kuss hatte sofort den Wunsch nach einer tieferen Verbindung hervorgerufen, und nicht nur nach der leichten, kaum spürbaren Berührung, mit der er sie gereizt hatte.

„Ich bin froh, dass du dich entschieden hast, mich zu begleiten."

„Du hast mir wirklich keine Wahl gelassen." Sabrina nahm eine Olive und steckte sie schnell in ihren Mund.

„Manche Leute brauchen einfach ein bisschen Überredung." Daniels Lächeln war warm und herzlich. Aber sie ließ sich nicht so leicht täuschen. Unter dem süßen Äußeren lauerte das Raubtier. Der Mann, der sie im Bett praktisch verschlungen hatte, war immer noch da. Er war nicht einfach verschwunden.

„Sag mal, was hast du sonst noch so alles geplant?"

„Geplant?" Er schaute sie fragend von der Seite an.

„Für das Wochenende. Es sieht so aus, als hättest du einen Plan. Dieses Picknick ist nicht einfach aus dem Nichts aufgetaucht. Welchen Trumpf hast du noch im Ärmel stecken? Du versuchst mich weich zu machen, oder?"

„Wenn ich das vorhätte, glaubst du wirklich, dass ich dir dann erzählen würde, was noch auf dich zukommt? Damit würde ich doch meine Karten aufdecken." Er wechselte das Thema. „Käse?"

Sie nahm sein Angebot an, und beide begannen zu essen.

15

Daniel lächelte in sich hinein. Sabrina war klug, und es gab nur wenig, das er ihr verheimlichen könnte. Sie musste ihm scheinbar zeigen, dass sie ihm auf der Spur war, sein kleines Schein-Callgirl. Natürlich hatte er einen Plan fürs Wochenende, aber er würde sie niemals wissen lassen, was für Sachen er geplant hatte, um sie in seine Arme zu locken.

Mit Tims Hilfe war er auf allerlei Ideen gekommen, und er würde so viele wie möglich davon umsetzen. Wenn sie am Ende des Wochenendes nicht genauso verrückt nach ihm war wie er nach ihr, würde er in der nächsten Woche einfach stärkere Geschütze auffahren. Versagen war keine Option.

Als er den Rest des Weins in ihr Glas einschenkte, bemerkte er, dass sie locker mithalten konnte. Während des Essens plauderten sie über Wein, Essen und Urlaub. Nachdem er seinen letzten Schluck Wein getrunken hatte, legte sich Daniel zurück auf die Decke. Der Schlafmangel forderte seinen Tribut.

Die Planung und Vorbereitung des perfekten Wochenendes mit Sabrina hatten sogar mit Tims Hilfe fast die ganze Nacht gedauert. Er hatte kaum zwei Stunden Schlaf abbekommen, und der Wein hatte ihm den Rest gegeben. Sein Körper konnte sich gegen die Müdigkeit nicht länger wehren.

Am Morgen hatte er seinen neuen Anwälten eine Nachricht hinterlassen, wo sie ihn in absoluten Notfällen erreichen konnten, aber sie darauf hingewiesen, dass er nicht gestört werden wollte. Er hatte sogar sein Handy ausgeschaltet, was er noch nie zuvor getan hatte.

„Hast du etwas dagegen, wenn ich meine Augen ein paar Minuten schließe?", fragte er sie.

„Nur zu. Es ist schön hier. Ich döse vielleicht auch ein bisschen. Der Wein hat mich ein wenig schläfrig gemacht."

Daniel sah ihr Lächeln, bevor er die Augen schloss. Sekunden später bemerke er, wie sie sich auf der Decke bewegte und wusste, dass sie sich neben ihn gelegt hatte. Während ihn eine sanfte Brise streichelte, entschwand er schnell in den Schlaf. Die Bäume spendeten genug Schatten, damit es trotz der warmen Sonne relativ kühl blieb.

Er fiel in einen leichten Traum, in dem er sich vorstellte, Sabrina würde ihn umarmen, während ihr Kopf auf seiner Brust lag und ihr gleichmäßiges Atmen ihn beruhigte. Er konnte sich zusammen mit ihr sehen und nicht nur im Bett. Er konnte sie an seiner Seite sehen, während sie die verschiedensten Dinge wie ganz normale Pärchen taten. Aber hauptsächlich konnte er sie in seinen Armen sehen.

Als er mit Plastikfrauen, wie Tim sie nannte, ausgegangen war, war er nie sehr demonstrativ mit seinen Gefühlen umgegangen. Abgesehen davon, einer Frau seinen Arm anzubieten, um sie zu einem Tisch zu geleiten oder ihr aus dem Auto zu helfen, war er nicht der Typ dafür, in der Öffentlichkeit Händchen zu halten, geschweige denn vor aller Augen seine Partnerin zu küssen. Seine Freundinnen hatten das immer verstanden.

Mit Sabrina wollte er aller Welt zeigen, dass sie zu ihm gehörte. Er wollte, dass alle sahen, dass er derjenige war, der ihre Hand hielt, dass er der Einzige war, der sie küssen durfte. Als er ihr in ihrer ersten gemeinsamen Nacht Knutschflecke hinterlassen hatte, hatte er nicht verstanden, warum. Er war kein Teenager mehr, der solche Dummheiten machte, und er hatte es bei seinen früheren Freundinnen ja auch nicht getan. Aber jetzt, da er sich der Gefühle, die er für sie hegte, bewusst war, wusste er, dass er ihr in der ersten Nacht instinktiv sein Brandzeichen verpasst hatte.

Daniels Brust fühlte sich schwer an, als er endlich aufwachte. Er spürte etwas gegen seine Oberschenkel drücken. Als er die Augen öffnete, erkannte er verwundert, was der Grund für den Druck war, und seine Lippen formten sich zu einem Lächeln.

Sabrina hatte sich an ihn gekuschelt und schlief tief und fest mit ihrem Kopf auf seinem Oberarm ruhend. Ihr Arm lag schwer auf seiner Brust; ein Bein hatte sie über seine Schenkel gelegt. Nur einen Blick auf ihren friedlichen Körper zu werfen und ihre nackten Beine zu spüren, die die bloße Haut seiner Schenkel berührten, war genug, um seinen Körper in Wallung zu bringen.

Plötzlich reichte weder der Schatten der Bäume aus, um ihn abzukühlen, noch konnte die kühle Brise seine Körpertemperatur senken.

Er saß tief in der Klemme. Wieso hatte er geglaubt, dass er die Nacht mit ihr zusammen im Bett verbringen könnte, ohne sie zu berühren? Selbst jetzt konnte er sich kaum zurückhalten, sie zu berühren und sie noch näher heranzuziehen oder seine Hand unter ihre kurze Hose wandern zu lassen, um die weiche Haut ihres Hinterns zu spüren. Und jetzt war sie noch angezogen. Heute Nacht würde sie nackt sein, oder fast nackt.

Panik erfasste ihn. Er würde seinen Plan nie durchziehen können. Die kälteste Dusche in der Antarktis wäre nicht genug, um seine Gedanken abzukühlen oder seine Erektion unter Kontrolle zu bringen, wenn Sabrina heute Nacht erst einmal in seinem Bett lag.

Wie konnte er nur jemals mit seiner langsamen Verführung weitermachen, damit sie zu ihm kam, wenn er sie bespringen würde, sobald sie wieder im Cottage waren? Wessen brillante Idee war das gewesen? Oh ja, seine eigene. Tim hatte von Anfang an bezweifelt, dass er dieses Vorhaben je durchziehen könnte, und hatte vorgeschlagen, ihr die Wahrheit zu sagen, sobald sie aus der Stadt heraus waren. Eins zu null für Tim.

Tɪᴍ ᴡɪɴᴋᴛᴇ, um Hollys Aufmerksamkeit zu erregen, als er sie an der Tür des Cafés auftauchen sah. Sie nahm ihn unverzüglich war und schlängelte sich an den belebten Tischen vorbei, um sich neben ihn auf die Couch zu setzen. Sie küssten sich auf die Wange.

„Liebling, du hast keine Ahnung, was ich für eine Nacht hatte!", beschwerte sich Tim theatralisch.

„Mach kein Theater, Süßer! Zumindest musstest du nicht damit klar kommen, dass Sabrina sich wieder die Augen ausheulte." Sie atmete langsam aus.

„Ich liebe es, wenn du versaut mit mir redest", neckte er sie.

„Schön wär's, Süßer, schön wär's. Für dich würde ich meinen Job aufgeben, ehrlich."

Tim kniff sie freundschaftlich. „Tut mir leid, Liebling, aber ich kann nicht ändern, was ich bin. Aber wenn ich es könnte, würde ich es für dich unverzüglich tun."

Sie zuckte mit den Schultern. „Ich glaube, du bist mit Bezahlen dran. Ich möchte einen dreifachen –"

Er unterbrach sie sofort. „Schon bestellt. Ich bin dir weit voraus." Hollys Getränk wurde von der Barista ausgerufen, und Tim stand auf, um es für sie zu holen.

Holly nahm einen gierigen Schluck und wischte sich dann den Schaum von den Lippen. „Das habe ich gebraucht. Ich bin viel zu früh aufgestanden, um dafür zu sorgen, dass Sabrina auch wirklich mit ihm fortfährt und es sich nicht in letzter Minute anders überlegt."

„Das ist gar nichts. Danny hielt mich die halbe Nacht wach, um alles für das Wochenende zu organisieren. Okay, also ich habe mich freiwillig gemeldet, ihm zu helfen."

Holly zog eine Augenbraue nach oben.

„Naja. Ich habe ihn überzeugt, dass er sich ein paar Gedanken darüber machen sollte." Tim schaute sie an und grinste. „Ich ließ ihn einen Crashkurs in sinnlicher Massage machen."

„Du hast was gemacht?" Holly verschüttete fast ihren Latte Macchiato.

„Ich habe meine Masseuse angerufen, und sie hat ihm beigebracht, wie man sinnlich massiert. Vertrau mir! Sabrina wird uns später dafür danken. Er hat es schnell gelernt. Und er ist so motiviert."

Holly schüttelte den Kopf. „Denkst du nicht, dass wir doch ein wenig zu weit gehen?"

Tim machte eine abweisende Handbewegung. „Nach allem, was du mir während der letzten Jahre von Sabrina erzählt hast, sage ich dir, sie sind wie für einander geschaffen."

„Ich habe da meine Zweifel. Sie wird womöglich wieder verletzt werden. Wir hätten das nie tun sollen. Was zum Teufel haben wir uns nur gedacht?" Tim hörte Besorgnis in Hollys Stimme.

Verschmitzt schaute er sie an. „Habe ich dir noch nicht erzählt, dass er sich in sie verliebt hat?"

Holly fiel die Kinnlade herunter. „Bist du dir sicher?"

Er warf ihr einen beleidigten Blick zu. „Kenne ich Danny oder kenne ich Danny nicht?"

„Hat er dir das gesagt?"

„Nein, ich habe es ihm gesagt. Er hat eine kleine Starthilfe gebraucht. Aber jetzt ist er angesprungen. Ich habe es in seinen Augen gesehen, mit allem Drum und Dran. Es hat ihn etwas durcheinandergebracht, aber er wird klarkommen." Er lächelte mit Gewissheit. „Ich bin sicher, alles wird sich einrenken, wenn er ihr erst die Wahrheit sagt."

Holly schüttelte den Kopf. „Und wann denkst du, dass der richtige Zeitpunkt sein wird, um mit der Wahrheit rauszurücken? Sabrina hat so einen Horror davor, wieder verletzt zu werden, dass sie einfach abschalten wird."

„Keine Sorge, er wird das schon hinkriegen. Unsere Arbeit ist getan. Und wir haben gute Arbeit geleistet. Meinst du nicht auch?"

„Das ist noch nicht entschieden. Übrigens, gutes Timing bezüglich des Anrufs. Sabrina hat es sofort geschluckt. Sie hat nichts gemerkt. Wer war das Mädchen?"

„Eine Kellnerin, die ich kenne. Ich habe ihr gesagt, sie soll sich vorstellen, es wäre ein Monolog für ein Vorsprechen."

„Ich wünschte, wir hätten das anders inszenieren können. Sabrina wird so wütend auf mich sein, wenn sie es herausfindet." Holly biss sich auf die Unterlippe.

„Hey, das ist doch nicht deine Schuld. Wir wollten ja, dass die beiden sich auf einem Blind Date kennenlernen, aber er wollte kein Date. Wir konnten uns diese Gelegenheit einfach nicht durch die Lappen gehen lassen. Wer weiß, wie lange wir wieder auf so eine Chance hätten warten müssen. Es war der perfekte Zeitpunkt. Glaub mir, obwohl ich seine Ex-Freundin nie kennengelernt habe, kenne ich den Typ. Keine der Frauen, mit denen er ausgegangen ist, war für ihn die Richtige. Ich liebe ihn wie einen Bruder. Ich will nicht, dass er bei einer geldgeilen Plastikschlampe endet. Er braucht eine richtige Frau mit echten Gefühlen", meinte er überzeugt.

Holly nickte zustimmend. „Gut, hier ist seine Chance. Sabrina hat wirklich ganz echte Gefühle. Ich hoffe nur, dein Freund kommt damit zurecht. Und ich hoffe, er spielt nicht mit ihr."

„Oh, er wird spielen, aber er wird es ernst meinen. Wenn er sich etwas in den Kopf setzt, wird er nicht aufhören, bis er hat, was er will. Und ich sage dir, er will sie. Er wollte sie schon, als er noch glaubte, sie sei ein Callgirl. Tief drinnen scheißt er auf Konventionen. Selbst wenn sie ein Callgirl wäre, würde er sie immer noch wollen. Selbst wenn er seinen Eltern erklären müsste, dass er in eine Prostituierte verliebt ist – obwohl ich um Mamas Willen dankbar bin, dass sie keine ist. Nicht, dass er es ihr jemals sagen würde." Tim kicherte leise, und sie stieß ihm in die Rippen.

„Es ist nichts falsch daran, ein Callgirl zu sein. Und würdest du bitte nicht Prostituierte sagen!", schnaubte sie.

Er umarmte sie. „Du hast absolut recht. Es ist nur eine Frage des Preises."

„Du bist manchmal ein solcher Arsch", erwiderte sie lachend.

„Ich vermute, dass du mich deshalb liebst?" Tim schmunzelte.

„Warum hast du eigentlich nie versucht, mich mit ihm zu verkuppeln?"

Er warf ihr einen ungläubigen Blick zu. „Was? Und damit meine beste Freundin verlieren? Was bin ich denn? Da müsste ich schon komplett selbstlos sein! Kennst du mich denn gar nicht? Und abgesehen davon bist du nicht sein Typ."

Sie seufzte. „Er sagte so etwas Ähnliches, als ich ihn getroffen habe. Gott, er ist in natura sogar noch heißer als auf den Bildern, die du mir gezeigt hast."

„Das weiß ich doch selbst. Und keine Sorge, ich finde jemand Anderen für dich. Aber nicht gleich. Ich bin noch nicht bereit, loszulassen. Wen sonst kann ich um zwei Uhr morgens anrufen, wenn ich deprimiert bin?"

Holly schüttelte den Kopf und lachte. „Selbstsüchtiger Bastard!"

16

Daniel brauchte eine kalte Dusche, und er brauchte sie jetzt sofort. Sie waren in das Cottage zurückgekehrt. Nur auf Sabrinas Beine, die in ihrer kurzen Hose steckten, zu schauen, während er ihr folgte, ließ ihn sich fühlen, als ob er auf einem Bett aus heißen Kohlen ging. Barfuß.

„Entschuldigst du mich bitte für ein paar Minuten?", schaffte er gerade noch herauszubringen, bevor er ins Badezimmer eilte. Er verriegelte die Tür, zog sich aus und sprang unter die Dusche. Sabrina dachte wahrscheinlich, er wäre verrückt, aber es war entweder das, oder er würde sie auf den Boden werfen und ihr die Kleider vom Leib reißen.

Als sie schließlich in seinen Armen aufgewacht war, hatte sie beschämt geschaut, und er hatte es dabei belassen und keine sexuellen Kommentare darüber abgegeben. Aber das bedeutete nicht, dass er vergessen hatte, wie sich ihr Körper angefühlt hatte. Es hatte ihn an all die Dinge erinnert, die sie im Bett und außerhalb des Bettes an den ersten beiden Abenden, die sie miteinander verbracht hatten, angestellt hatten.

Das kalte Wasser lief seinen heißen Körper hinab, tat jedoch nichts, um seine pochende Erektion zu lindern. Wie ein Soldat auf dem

Paradeplatz stand sein Schaft da, aufrecht, hart und unnachgiebig. Wer hatte nur das Gerücht aufgebracht, dass eine kalte Dusche eine Erektion herunterbringen konnte? Das war offensichtlich nur Altweibergeschwätz.

Bei ihm funktionierte das nicht. Verdammt! Er konnte doch nicht hinausgehen und ihr mit diesem Ding unter die Augen treten. Er war wie eine geladene Waffe, die jeden Moment losgehen konnte. Es gab nur einen einzigen sicheren Weg, diese Waffe zu entschärfen.

Daniel nahm seinen Schwanz in die Hand, schloss seine Augen und stellte sich Sabrina mit ihm unter der Dusche vor. Wie ihre Hand ihn berührte. Ihr Mund. Ihre Zunge. Wie ihre Hand sich um seinen Schaft schloss und hoch und hinunter glitt, erst langsam und dann schneller und härter. Bis er keuchte.

Es dauerte nicht lange, bis er Erleichterung fand. Innerhalb weniger Sekunden kam er und schoss seinen Samen gegen die gefliste Duschwand. Daniel hoffte nur, dass diese Erleichterung ihm helfen würde, den restlichen Tag und die Nacht zu überstehen. Aber er hatte seine Zweifel.

Er fing an, die Tiefe seiner Gefühle für Sabrina zu verstehen, und sein Körper verzehrte sich nach einer Vereinigung mit ihr. Er musste sich unter Kontrolle bringen. Auf Grund dessen, was Holly ihm über Sabrina erzählt hatte, wusste er, dass sie sanft umworben werden musste. Sie mit seinem Schwanz zu rammen, war nicht der richtige Weg. Zumindest nicht gleich.

Als er wieder völlig angezogen zurück ins Schlafzimmer trat, schaute er sich nach Sabrina um. Er fand sie auf der Terrasse, wo sie bereits die nächste Überraschung entdeckt hatte, die er für sie geplant hatte.

Die Angestellten der Pension hatten einen professionellen Massagetisch organisiert und draußen aufgestellt. Sabrina sah ihn mit ihren grünen Augen fragend an.

„Was ist das?"

Er war sicher, dass sie schon einmal einen Massagetisch gesehen hatte, aber das schien nicht ihre Frage zu sein. „Es ist genau das, wonach es aussieht. Bist du bereit für eine Massage?"

„Wann kommt die Masseuse?"

Er bemerkte, dass ihr die Idee einer Massage gefiel und lächelte. „Er ist schon da." Sabrina sah ihn an und innerhalb von Sekunden schwappte die Erkenntnis über ihr Gesicht.

„Du?"

Daniel nickte. „Ich habe einen Kurs belegt."

Naja, einen Crashkurs. In der vorherigen Nacht.

Daniel reichte ihr den Bademantel, der auf dem Massagetisch lag.

„Zieh dich aus und leg das an!" Er deutete in Richtung Badezimmer.

„Das ist nicht dein Ernst." Es war ein schwacher Protest.

„Ich habe dich schon öfter nackt gesehen. Es gibt keinen Grund, schüchtern zu sein. Ich verspreche dir, du wirst es genießen."

SABRINA ÜBERLEGTE, ob sie ihm erlauben sollte, sie zu massieren. Die Vorstellung einer entspannenden Massage gefiel ihr, aber sie war sich unsicher über ihre eigene Reaktion, wenn sie erst einmal seine Hände auf ihrer nackten Haut spüren würde. Es war eine außergewöhnlich große Versuchung, und sie fragte sich, ob sie vor ihm sicher war. Den ganzen Tag hatte er sich bisher wie ein Gentleman benommen.

Selbst als sie aufgewacht war und ihr halber Körper seinen bedeckt hatte, hatte er die Situation nicht zu seinem Vorteil ausgenutzt. Sie wusste, dass *sie* sich an *ihn* gekuschelt hatte und nicht umgekehrt. Kurz bevor sie eingeschlafen war, hatte sie den Drang verspürt, nahe bei ihm zu sein, und ihr Gehirn hatte bereits abgeschaltet. Ihre Instinkte hatten die Führung übernommen, und sie war zu ihm gerutscht. Ihr Körper hatte nur gemacht, was er wollte, und sich an seinen geschmiegt.

Er hatte ihr einen sanften Kuss auf ihren Kopf gehaucht, bevor sie sich von seinem Körper gelöst hatte, aber keinen weiteren Versuch gemacht, sie zu berühren. Sicher, ihre Abmachung beinhaltete, dass sie ihm erlaubte, sie zu küssen, aber sie hatte gedacht, er hätte diese wilden, heißen, schwelenden Küsse gemeint, die er ihr während ihrer vorhergegangenen, leidenschaftlichen Nächte gegeben hatte. Nicht diese tugendhaften Küsse.

„Ich bin gleich wieder zurück", kündigte Sabrina an, nahm den Bademantel und ging ins Haus. Weniger als zwei Minuten später war sie zurück und trug den Bademantel – ohne jegliches Stück Stoff darunter.

Es war an der Zeit zu sehen, ob seine Küsse so tugendhaft bleiben würden, wenn er sie massierte. Sie hielt mitten in ihren Gedanken inne. Warum zum Teufel dachte sie überhaupt an so etwas? Sie sollte froh darüber sein, dass er nichts versuchte. Sie sollte keinen weiteren Gedanken mehr darüber verschwenden. Er hatte sie quasi zu diesem Wochenende und dieser Buchung gezwungen, und sie wäre verrückt, wenn sie sich wieder einlullen ließe. Sie musste an sich denken und an die Tatsache, dass er in ein paar Tagen weg sein würde und es ihr elendig gehen würde, weil sie sich in einen Mann verliebt hatte, der sie nur als Spielzeug ansah.

Sabrina ließ ihren Bademantel fallen. Ihr war vollkommen bewusst, dass Daniel sie ansah und schwer schluckte, als sie für nur ein paar Sekunden völlig nackt vor ihm stand, bevor sie sich auf den Bauch legte.

Daniel breitete ein großes weiches Handtuch über ihren gesamten Körper aus.

„Ich hoffe, du magst den Duft von Lavendel." Seine Stimme klang rau.

„Mmm hmm", antwortete sie und entspannte sich auf dem bequemen Massagetisch.

Sie fühlte seine Hände über ihre Schultern streifen, als er das Handtuch zu ihren Hüften hinunterzog. Das Geräusch, wie er seine Hände einölte, folgte, und in Erwartung seiner Berührung versteifte sie sich unwillkürlich.

In dem Moment, als sie seine starken Hände auf ihrem Rücken fühlte, wie sie sich mit langen Strichen von ihren Schultern bis zu ihren Hüften bewegten, wurde ihr sofort klar, dass sie genau dieselben Chancen hätte, ihm zu widerstehen wie ein Schneeball in der Hölle, sollte er die Absicht haben, sie zu verführen. Aber es war zu spät, jetzt noch einen Rückzieher zu machen. Sie war in seinen Händen, in seinen sehr fähigen Händen!

Ein unfreiwilliges Stöhnen entkam ihrem Mund, als Daniels Hände weiter rhythmisch ihren Rücken auf und ab glitten. Sie presste ihren Kiefer zusammen, um weitere hörbare Zeichen von Vergnügen zu unterdrücken. Das war das Letzte, was sie brauchte: ihn wissen zu lassen, dass sie Brei in seinen Händen war.

„Entspann dich, Baby!", flüsterte er. „Du bist so verkrampft."

Wusste er alles, was in ihr vorging? „Warum machst du das?"

„Du meinst die Massage?", fragte er leise.

Der Klang seiner Stimme alleine führte dazu, dass sie schmelzen wollte. Kombiniert mit den zarten, knetenden Bewegungen seiner Hände, stellte sich dies als ein giftiger Cocktail für ihre bereits gequälte Seele heraus.

„Alles, dieses Wochenende, die Massage."

Daniel pausierte, bevor er antwortete, so als ob er keine Antwort hätte. „Ich mag dich, Holly."

Sie musste ihn davon abhalten, solche Sachen zu sagen. Es würde zu nichts führen. Dadurch würde alles nur schwerer werden, wenn sie dann getrennter Wege gehen müssten.

„Daniel, ich bin ein Callgirl. Du scheinst das zu vergessen", log sie, in der Hoffnung, es würde ihn auf den Boden der Tatsachen zurückbringen. Obwohl sie kein Callgirl war, hatte er sie als ein solches gebucht. Also war sie trotz allem ein Callgirl.

Sabrina hörte, wie er tief einatmete. Sekunden vergingen in Stille, während er mit seinen Händen ihre Wirbelsäule entlangfuhr, wobei er mit seinen Daumen genau den richtigen Druck darauf ausübte, um sie vor Vergnügen erzittern zu lassen.

„Mir ist egal, was du bist." Seine Stimme war ungewöhnlich angespannt, als ob er wütend wäre. „Ich kann erkennen, was unter der Schale liegt", fügte er hinzu, wobei seine Stimme etwas sanfter klang als zuvor.

Irgendwie sagte Daniel genau die richtigen Sachen. Wenn sie ihn unter anderen Umständen kennengelernt hätte, wäre er der perfekte Mann. Freundlich und aufmerksam, leidenschaftlich und erfahren, heißblütig und stark. Aber die Umstände waren nicht richtig gewesen. Er hatte ein Callgirl gebucht, weil er gerade mit seiner Freundin Schluss gemacht hatte. Er brauchte eine Ablenkung, und es war klar, dass er nicht nach einer neuen Beziehung suchte. Warum würde er sonst ein Callgirl anheuern? Es garantierte Sex ohne Wenn und Aber.

Sabrina kommentierte nicht, sondern konzentrierte sich stattdessen auf seine Hände. Jedes Mal, wenn seine Hände zu ihren Hüften hinabstrichen, reichten seine Fingerspitzen weiter und liebkosten sanft den oberen Teil ihres Pos. Und jedes Mal wünschte sie sich, er würde weiter hinuntergleiten.

Als ob Daniel wüsste, was sie wollte, verließen seine Hände endlich komplett ihren Rücken und glitten unter das Handtuch, um ihre runden Pobacken zu streicheln. Sofort entwich ein weiteres, lustvolles Stöhnen ihrer Kehle. Nun wurden seine Bewegungen zu Liebkosungen und hatten nichts mehr mit den Massagestrichen zu tun, die er an ihrem Rücken und ihren Schultern angewandt hatte.

Seine Finger entfachten Pfade des Feuers auf ihren Pobacken. Sie wanderten weiter zu ihren Oberschenkeln hinab, bevor seine Hände wieder umkehrten.

Sabrina fühlte, wie Hitze durch ihren Bauch schoss. Innerhalb von Sekunden sammelte sich Feuchtigkeit zwischen ihren Schenkeln. Die Art und Weise, wie dieser Mann sie erregen konnte, sollte illegal sein. Sie musste sich davon abhalten, ihrem Körper zu erlauben, sich seinen Händen entgegen zu drängen.

Wenn er noch ein paar Minuten so weitermachte, wusste sie, dass sie kommen würde, ohne dass er sie intimer anfasste. Ihr Körper erzitterte leicht bei dem Gedanken daran, und sie verspannte sich bei dem Versuch, sich zu beherrschen und nicht aufzuschreien und ihn zu bitten, sie zu nehmen.

„Tut mir leid", sagte Daniel plötzlich und zog seine Hände von ihr weg.

Enttäuschung durchzog sie. Er bedeckte ihren Rücken und ihre Schultern mit dem Handtuch, bevor er es von einem ihrer Beine wegzog. Die sanfte Nachmittagsbrise kühlte ihr heißes Bein jedoch nicht lange.

Nachdem er noch mehr Öl in seinen Handflächen verteilt hatte, legte Daniel seine Hände auf ihr Bein und bewegte sie langsam von ihrem Oberschenkel zu den Spitzen ihrer Zehen hinunter. Dachte er wirklich, dieses Streicheln würde sie davon abhalten, wieder erregt zu werden? Er musste sicher bemerkt haben, was er ausgelöst hatte, als er ihren Po liebkost hatte.

Mit jedem Strich wurde ihre Haut heißer. Als er seine Hände von der Rückseite ihres Knies wieder ihren Oberschenkel hinaufwandern ließ, hielt sie den Atem an. Würde die Hand, die die Innenseite ihres Oberschenkels hinaufglitt, weit genug nach oben wandern, um zu bemerken, wie feucht sie war? Würde er seine Finger hoch genug bewegen, um ihr feuchtes Fleisch zu berühren, vielleicht sogar, um in sie einzudringen?

Zu ihrer Enttäuschung stoppte Daniel, bevor er nur in die Nähe kam, änderte die Richtung und wanderte wieder hinab. Seine Hände fühlten sich wie glühend heiße Eisen auf ihrer Haut an, nur heißer und weicher. Sie wusste, ihr Körper war sehr angespannt, und sie fühlte, wie er die Knoten ihrer Muskeln bearbeitete.

Sabrina wollte sich einfach gehen lassen und an gar nichts mehr denken. Und je mehr sie sich auf seine Hände konzentrierte und alles Andere vergaß, desto mehr fühlte sie, wie sich ihre Muskeln entspannten.

Sie würde sich mit allem Anderen später befassen. Jetzt wollte sie nur in der Wärme seiner Hände baden und die Zärtlichkeit seines Streichelns spüren. Sie wollte nichts hineininterpretieren.

„Du hast wunderbare Hände."

Sie konnte das Lächeln in seinen Worten hören, als er antwortete: „Du hast einen wunderschönen Körper."

„Massierst du oft?" Sie beneidete seine Freundinnen, und bei dem Gedanken, dass er eine andere Frau mit dieser Art von Aufmerksamkeit überschüttete, formte sich ein Knoten in ihrem Magen.

„Das ist das erste Mal."

Sie war erstaunt. „Das erste Mal? Das ist unmöglich. Du bist fantastisch." Sie glaubte ihm nicht. Niemand konnte so talentiert sein.

„Mit einem geschmeidigen Körper wie deinem ist es einfach."
Daniel zog das Handtuch wieder über ihre Beine und bedeckte sie
komplett. „Wie fühlst du dich?"

Enttäuscht, dass es schon vorbei ist, wollte sie sagen, tat es aber nicht.
„Schwach."

Er schmunzelte. „Ich glaube, man nennt das entspannt, nicht
schwach."

Sabrina drehte ihren Kopf, um ihn anzusehen. Seine Lippen trugen
ein sanftes Lächeln, aber seine Augen konnten sein Verlangen nach ihr
nicht verbergen. Einige Sekunden lang sagte sie nichts und sah ihn
nur an.

„Danke dir. Es war wundervoll."

„Gern geschehen." Er sah beinahe gefoltert aus, bevor er sich von
ihr abwandte. „Ruh dich hier so lange aus, wie du willst."

Und mit diesen Worten ging er wieder hinein. Eine Minute später
hörte sie die Dusche. Sie warf ihre Stirn in Falten. Er hatte eine Stunde
zuvor schon geduscht. Obwohl es draußen ziemlich warm war, war es
in der Nachmittagssonne nicht gerade brennend heiß und abgesehen
davon lag die Terrasse im Schatten.

Sabrina drehte ihren Kopf in Richtung des Tals und des Weingutes.
Es war ein schöner Anblick, und das Leben könnte perfekt sein, wenn
nur die Umstände anders wären. Sie seufzte.

17

Seine zweite kalte Dusche des Tages half auch nicht mehr als die erste. Er war ein Idiot. Er hätte der richtigen Holly nie erlauben sollen, ihn dazu zu überreden, mit dieser Charade weiter zu machen. Er hätte auf sein Bauchgefühl hören sollen und Sabrina die Wahrheit sagen sollen, als er das Büro des Escortservices verlassen hatte.

Jetzt wusste er weder ein noch aus. Einerseits wollte er nichts mehr, als mit Sabrina zu schlafen, doch andererseits hatte er ihr versprochen, dass sie diejenige wäre, die Sex initiieren würde. Wenn er mit noch mehr solcher brillanten Ideen daherkam, würde er der nächste Gewinner der Darwin Awards sein, dafür, sich aus dem Genpool ausgelöscht zu haben.

Was hatte ihn glauben lassen, Sabrina würde zu ihm kommen, wenn er sie nur einen Tag lang nicht anbaggern würde? Die Massage hatte ihn äußerst heiß gemacht. Und *er* war derjenige, der sie gegeben hatte, um Himmels willen. Sicher, sie hatte die Massage genossen, aber abgesehen davon hatte er keine Reaktion von ihr bemerkt, die ihm gezeigt hätte, dass sie auf intimere Weise berührt werden wollte.

Als er ihren reizenden Po gestreichelt hatte, hatte sie sich unter seinen Händen verspannt, und er hatte von ihr ablassen müssen, um den Moment nicht komplett zu zerstören. Sie hatte ihn die ganze Zeit abgeblockt. Mit ihrem Kommentar, dass sie ein Callgirl war, hatte sie ihm praktisch zu verstehen gegeben, dass sie keine Beziehung mit ihm wollte. Sie hatte ihn in seine Schranken verwiesen.

Dieser Gedanke war es, der schließlich seine Erektion beruhigte, nicht das kalte Wasser der Dusche. Sabrina wollte ihn nicht. Holly hatte ihm erzählt, dass Sabrina seit drei Jahren keinen Sex und auch keine Beziehung gehabt hatte. Was, wenn sie den Sex mit ihm nur genossen hatte, weil sie so lange keinen gehabt hatte und in Wirklichkeit auch nichts Anderes wollte?

Daniel fühlte sich niedergeschlagen, als er aus der Dusche stieg und sich abtrocknete. Mit einem Badetuch um den Unterleib gewickelt marschierte er zurück in das Schlafzimmer. Immer noch in Gedanken verloren ließ er das Badetuch fallen, schnappte sich frische Klamotten und zog sich langsam an.

Als er sich umdrehte, sah er Sabrina in der Tür zum Wohnzimmer stehen. Ihre Wangen waren rosig. Wie lange war sie bereits dagestanden? Es war egal. Er war nicht prüde, und sie hatte ihn schon zuvor nackt gesehen. Aber ihre rosa Wangen deuteten an, dass es ihr peinlich war.

„Ich sollte auch duschen", sagte sie und huschte an ihm vorbei ins Badezimmer, während sie ihre Augen abwandte.

„Ich habe für sieben Uhr eine Reservierung fürs Abendessen gemacht. Lass dir Zeit."

Daniel sah auf seine Uhr. Er könnte einen Drink vertragen, aber er wusste, dass er sie zum Restaurant fahren würde und auch etwas Wein zum Abendessen wollte. Also konnte er sich jetzt keinen Alkohol erlauben.

Er ließ sich auf die Couch im Wohnzimmer fallen und schaltete den Fernseher ein. Egal was, nur um sich von dem Gedanken abzulenken, dass Sabrina unter der Dusche stand, nackt, während das Wasser von ihrer perfekten Haut abperlte. Hatte dieses Cottage eigentlich eine Klimaanlage? Seine Augen suchten das Zimmer ab. Keine Klimaanlage.

Warum war ihm so heiß? Hatte er heute zu viel Sonne erwischt? Er schüttelte den Kopf. Nein, es war eher so, dass es ihn mit Sabrina erwischt hatte. Es schien so, als ob dies jetzt ein unheilbarer Zustand wäre.

Daniel schaute die Vorabendnachrichten an, hörte aber dem Nachrichtensprecher kaum zu. Aus den Augenwinkeln sah er eine Bewegung und drehte den Kopf zur Seite. Sabrina war schon mit dem Duschen fertig, und durch die offene Tür des Schlafzimmers sah er, dass sie nur mit einem Badetuch bekleidet aus dem Bad gekommen war.

Verdammt, wusste sie nicht, dass die Schlafzimmertür offen stand? Sekunden später keuchte er schwer, als er sah, wie sie das Badetuch fallen ließ und ihre Tasche nach neuer Kleidung durchsuchte. Zum Teufel, wusste sie denn nicht, dass er sie vom Wohnzimmer aus sehen konnte? Sie würde buchstäblich sein Tod sein.

Anstatt ein Gentleman zu sein und in die andere Richtung zu blicken, ließ er seine Augen über ihren nackten Körper schweifen und beobachtete, wie sie sich anzog. Als erstes zog sie das kleine schwarze Höschen hoch und schlüpfte dann in ein dünnes Sommerkleid, ähnlich dem, das sie an dem Abend getragen hatte, als sie zu der Kochschule gegangen waren. Seine Hand wanderte instinktiv an seinen Schritt, wo er die bekannte Wölbung spürte, die zu seinem treuen Begleiter geworden war, seitdem er Sabrina getroffen hatte.

Fuck, konnte diese Frau keinen BH anziehen? Musste sie ohne einen in das Kleid schlüpfen, wissend, dass mit jedem Schritt, den sie heute Abend machen würde, ihre hübschen Brüste verführerisch auf und ab wippen würden?

Als sie sich hinabbeugte, um ihre hochhackigen Sandalen anzuziehen, bewunderte er ihre wohlgeformten Beine und halluzinierte darüber, wie er Sabrina über die Kommode beugen, ihr Höschen herunterreißen und in sie eindringen würde.

Daniel sprang von der Couch auf und eilte Richtung Küche, riss den Gefrierschrank auf und steckte seinen Kopf hinein. Die kalte Luft schmerzte, aber das brauchte er. Langsam wurde seine Atmung wieder normal.

„Was machst du?" Sabrinas Stimme schreckte ihn auf, und als er seinen Kopf herauszog, stieß er sich an der Gefrierschranktür.

„Autsch!" Na großartig, wie würde er das nun wieder erklären? „Nichts. Ich habe nur nachgesehen, ob wir Eiswürfel haben."

Sie zog eine Augenbraue hoch, gab aber keinen Kommentar ab.

Sabrina sah atemberaubend aus. Ihre Haut glühte sowohl von der Sonne, die sie am Nachmittag abbekommen hatte, als auch von dem Öl, das er während der Massage bei ihr benutzt hatte. Der Duft von Lavendel umgab sie immer noch.

Sie trug praktisch kein Make-up. Nicht dass sie es brauchte. Ihr Gesicht war makellos, und ihre Wimpern waren so natürlich dicht, dass kein Mascara nötig war, um ihre ausdruckstarken Augen weiter hervorzuheben.

„Ich habe nicht erwartet, dass du so schnell fertig bist." Keine seiner Freundinnen hatte sich je in weniger als einer Stunde geduscht und angezogen, geschweige denn in unter fünfzehn Minuten.

Sabrina zuckte mit den Schultern. „Tut mir leid, dich zu enttäuschen."

„Komm, wir können genauso gut früher in die Stadt fahren und etwas Sightseeing vor dem Abendessen machen." Egal was, nur um diesem Cottage und der Versuchung, sie nackt auszuziehen, zu entkommen.

Die hübsche Stadt Healdsburg war zentral zwischen Alexander Valley, Chalk Hill und Dry Creek Valley gelegen. Daniel war von dem Restaurant, das Tim ihm empfohlen hatte, nicht enttäuscht, und Sabrinas Appetit nach zu schließen, schmeckte ihr das Essen auch. Während er sie massiert hatte, hatte er bemerkt, dass ihre Kurven fülliger waren als die all seiner Ex-Freundinnen, die kaum mehr als einen kleinen Salat oder etwas Sashimi gegessen hatten, nur aus Angst, ein oder zwei Pfund zuzunehmen.

Ihm gefiel es, die Rundungen von Sabrinas Hüften und die Fülle ihrer Brüste zu spüren, und es erinnerte ihn daran, dass er sie schon viel zu lange nicht mehr berührt hatte. Schwere Entzugserscheinungen machten sich in Form eines unangenehmen Stechens in seinem Unterleib bemerkbar.

Während des Abendessens konzentrierte sich die Unterhaltung auf ihre Beobachtungen im Weinanbaugebiet. Er vermied alles, was irgendwie auf sexuelle Weise ausgelegt werden konnte, und Sabrina schien dasselbe zu tun. Auf dem Rückweg zum Cottage schwiegen sie beide. Er wusste, was in ihrem Kopf vorging, weil es auch seine Gedanken beherrschte: Sie würden sich heute Nacht ein Bett teilen.

18

S abrina hatte die Spannung zwischen ihr und Daniel schon den ganzen Abend über gespürt. Auf dem Rückweg hatte im Auto eine unangenehme Stille zwischen ihnen geherrscht. Als sie im Cottage angekommen waren, hatte Daniel den Fernseher eingeschaltet und es sich auf der Couch bequem gemacht.

Sie ließ sich Zeit im Badezimmer, aber es kam der Punkt, an dem sie es nicht länger hinausschieben konnte und sie mit einem einfachen Baumwollnachthemd ins Schlafzimmer ging. Doch es war immer noch leer. Sie schlüpfte unter die Decke und fragte sich, wann Daniel endlich ins Bett kommen würde.

Sie vermisste seine Berührung und seine Küsse mehr, als sie zugeben wollte. Es führte wirklich kein Weg daran vorbei. Sie wollte ihn, und sie wollte sich seine Nähe nicht länger verweigern. Zum Teufel mit den Konsequenzen! Holly hatte jetzt wahrscheinlich schon den Gefrierschrank mit genug Eiscreme aufgestockt, um ihr durch die schlimmste Zeit zu helfen, sobald Daniel weg war.

Der Fernseher verstummte, und ein paar Sekunden später kam Daniel ins Schlafzimmer und schloss die Tür hinter sich. Er ging direkt ins Badezimmer. Als Sabrina die Dusche wieder hörte, schüttelte sie nur den Kopf. Das müsste aufhören. Und sie würde dafür sorgen, dass das auch geschehen würde.

Daniel hätte nicht noch gequälter aussehen können, wenn ihm die Zähne gezogen worden wären. Und sie wusste, dass sie der Grund dafür war. Sie behandelte ihn nicht fair. Er hatte dafür bezahlt, Zeit mit ihr zu verbringen und sich zu amüsieren, und sie verdarb ihm den Spaß. Und gleichzeitig ihren eigenen.

Die Badezimmertür öffnete sich, und er trat nur mit seinen Boxershorts bekleidet heraus. Mit jedem Schritt, den er in Richtung Bett machte, schlug ihr Herz schneller. Sie hoffte, den Mut zu finden, um zu tun, was sie tun musste.

Die Matratze gab nach, als er sich auf das Bett setzte und gleich darauf unter die Bettdecke schlüpfte. Er griff nach der Lampe auf dem Nachtkästchen und schaltete sie aus.

„Gute Nacht, Holly."

Er machte keinen Versuch, näher zu ihr zu rutschen oder ihr einen Gutenachtkuss zu geben. Ihr Herz schlug bis zu ihrer Kehle, aber sie konnte jetzt nicht mehr zurück.

„Wie helfen dir diese kalten Duschen?"

Sie bemerkte, wie er aufschreckte. Sekunden später ging das Licht wieder an. Er saß aufrecht im Bett und drehte sich zu ihr. Er sah wütend aus. Das war offenbar nicht der richtige Ansatz gewesen.

„Ich glaube, es ist besser, wenn ich auf der Couch schlafe."

Bevor er aus dem Bett steigen konnte, legte Sabrina ihre Hand auf seinen Arm und zog ihn zurück. „Nein."

Er sah sie verwundert an, sagte jedoch nichts.

„Du hast versprochen, dass wir uns das Bett teilen, und du hast mir auch versprochen, mich zu küssen. Hast du vor, beide Versprechen zu brechen?"

Er zog die Augenbrauen hoch, sagte jedoch immer noch nichts.

„Verdammt, Daniel, du hast mich den ganzen Tag nicht geküsst, und du läufst mit einer Miene herum, als hätte dir jemand deinen Lutscher geklaut. Warum zum Teufel nimmst du dir nicht, was du willst? Du hast dafür bezahlt." Nun fühlte sie Wut in sich hochkochen. Wie konnte ein Mann nur so stur sein?

Er schien endlich seine Stimme wiederzufinden. „Ich nehme mir nicht, was mir nicht aus freien Stücken angeboten wird", zischte er.

„Was willst du von mir? Dass ich ein Schild trage, auf dem *fick mich* steht? Das kann ich nicht tun."

„Ich werde nicht so tief sinken, eine Frau zum Sex zu zwingen, wenn sie das offensichtlich nicht will. Egal, ob ich dafür bezahlt habe oder nicht. Du hast mir heute ziemlich deutlich gezeigt, dass du mich nicht willst. Ich hätte dich niemals zu diesem Wochenende überreden sollen."

„Was?" Sie dachte, sie hätte ihm genügend Signale gegeben, dass sie wollte, dass er sie berührte. Hatte er die Massage komplett vergessen, und wie sie unter seiner Berührung erbebt war?

„Spiel nicht mit mir! Jedes Mal wenn ich dich berühre, verspannst du dich."

Oh Gott, er hatte sie komplett missverstanden. Sie würde viel eindeutiger sein müssen, damit er die Botschaft verstand. Sie packte ihren gesamten Mut zusammen und rutschte näher an ihn heran.

„Daniel, bitte." Sabrina blickte ihm in die Augen, aber er schien sie nicht zu verstehen. Sie nahm seine Hand und bewegte sie langsam, bis sie auf ihrer Brust lag. „Schlaf mit mir!"

„Weil ich dafür bezahlt habe?"

Sie schüttelte den Kopf. „Weil ich es möchte. Weil ich dich in mir spüren will."

Seine andere Hand wanderte zu ihrem Gesicht und umfasste es sanft. Daniel suchte ihre Augen ab, als ob er herausfinden wollte, ob sie meinte, was sie gesagt hatte. „Bist du sicher?"

Sie konnte seinen Atem auf ihrem Gesicht spüren. „Küss mich und du wirst es herausfinden!"

In dem Moment, als sie seine Lippen auf ihren spürte, machte ihr Herz einen Sprung, und sie fühlte sich, als ob sie in Ohnmacht fallen würde. Aber seine Lippen hielten sie wach. Sie konnte die Anziehungskraft zwischen ihnen beiden nicht verleugnen. Sein Kuss löste all die aufgestaute Anspannung des Tages auf. Ohne zu zögern, antwortete sie ihm, indem sie verlangte, dass er mit ihrer Zunge spielte und in ihren Mund eindrang.

Sie klammerte sich mit einer Verzweiflung an ihn, die sie nie gekannt hatte, bis sie schließlich fühlte, dass er sich ihr entzog. Erstaunt sah sie ihn an. Hatte sie ihn mit ihrem Benehmen vergrault?

„Wir müssen reden", sagte er mit ernster Stimme.

„Nein. Nicht reden. Ich möchte dich spüren."

Er nahm ihr Handgelenk, bevor sie ihn wieder an ihren Körper ziehen konnte. „Baby, ich will, dass du etwas verstehst."

Nein. Sie wollte nichts wissen. Sie wollte der Realität nicht ins Auge sehen, jedenfalls nicht der Realität, in der sie sich befanden.

„Schau mich an!", drängte er sie. „Wenn wir das heute Nacht machen, wenn wir miteinander schlafen, gehörst du mir. Es wird kein Zurück geben. Ich werde kein nein mehr akzeptieren. Verstehst du das?"

Sabrina nickte. Sie verstand. So lange er in San Francisco war und für die gesamte Zeit, für die er sie gebucht hatte, würde er fordern, dass sie Sex mit ihm hatte. Und er würde keine weiteren Entschuldigungen akzeptieren. Ja, sie verstand das. Und sie würde einwilligen, weil sie ihn wollte.

„Ja."

„Gott, habe ich dich vermisst", sagte Daniel und riss sie zurück in seine Arme. Er lachte leise. „Ich muss dich warnen, diese kalten Duschen haben nicht geholfen, mein Verlangen nach dir abzukühlen."

Sabrina lachte. „Ich weiß nicht, warum du es überhaupt versucht hast. Du hast mich auf dem Massagetisch fast kommen lassen. Du hättest mich schon dort haben können."

Daniel schaute sie überrascht an. „Aber du hast dich verspannt."

„Weil ich etwa sechzig Sekunden von einem Orgasmus entfernt war."

Er küsste sie sanft. „Ich bin so ein Idiot. Wie kann ich das wiedergutmachen?"

„Da weiß ich so ein oder zwei Sachen ... oder drei ... oder vier." Sie schmunzelte.

DANIEL LACHTE LAUT und zog sie in eine enge Umarmung, wobei sein Lachen sich in seinem gesamten Körper ausbreitete. Plötzlich war alles wieder perfekt. Sabrina war zu ihm gekommen und hatte ihm gestanden, dass sie ihn wollte. Und er hatte ihr gestanden, dass er sie für immer wollte, und sie hatte diese Tatsache akzeptiert. Sie würden die Details ihres gemeinsamen Lebens später ausarbeiten. Aber jetzt wollte er einfach nur mit ihr schlafen. Er hatte schon viel zu lang gewartet.

Obwohl er ihre Brüste durch ihr dünnes Nachthemd spüren konnte, trug sie doch noch viel zu viel Stoff. Er würde es zur Regel machen, dass sie von jetzt an nichts mehr im Bett tragen durfte. Niemals.

Sein Mund war gierig, als er ihren einfing, denn es hungerte ihn noch mehr als jemals zuvor nach ihr. Das Wissen, dass er die Frau in seinen Armen liebte, machte jede Berührung und jeden Kuss doppelt so süß. Er hatte ihr seine Liebe noch nicht gestanden, aber er wusste, sie konnte es spüren. Bald würde er es offiziell machen.

Aber heute Nacht würde er nur ihren ersten Schritt, dass sie zu ihm gekommen war, auskosten. Er wusste, sie brauchte mehr Zeit, um alle Auswirkungen zu verstehen, aber sie hatte bereits einen großen Satz vorwärts gemacht, indem sie akzeptiert hatte, dass sie zu ihm gehörte.

Die einzige kleine Hürde, die er noch überspringen musste, war, ihr zu gestehen, dass er wusste, dass sie kein Callgirl war. Aber das war kein Gespräch für heute Nacht. Nach vierundzwanzig Stunden im Bett zusammen mit ihm würde sie bereit für diese Unterhaltung sein, weil sie bis dahin erkannt haben würde, wie sehr er sie liebte. Dafür würde er sorgen.

Nachdem Daniel sie von ihrem Nachthemd befreit hatte und aus seinen Boxershorts geschlüpft war, konnte er Sabrina endlich so spüren, wie er es den ganzen Tag schon gewollt hatte. Nackte Haut auf nackter Haut, die Lippen vereinigt, die Beine verflochten. Besitzergreifend wanderte seine Hand zu den weichen Kurven ihres Pos, um sie näher an sich zu ziehen. Mit einem Seufzer gab sie nach.

„Baby, ich bin noch nie glücklicher gewesen", murmelte er ihr ins

Ohr, während er fortfuhr, die verführerische Biegung ihres Halses bis hinab zu der Einbuchtung an dessen Ansatz zu küssen.

Ihre Hände strichen über seine Brust und erforschten ihn; aber bevor er diese Berührung überhaupt wahrnehmen konnte, wanderten sie weiter nach Süden. Eine Sekunde später schloss Sabrina ihre Hand um seine Erektion. Ein tiefes Stöhnen, das sich in seinem Bauch gebildet hatte, stieg hoch und entwich über seine Lippen.

Mit einer einzigen Berührung konnte ihn diese Frau komplett erobern. *Seine Frau*, korrigierte er sich. Die Macht, die sie über ihn hatte, war furchteinflößend, doch gleichzeitig auch erregend.

„Stopp, Baby, bitte! Oder ich komme sofort."

Als er in ihr Gesicht schaute, sah er, wie sich ein dreistes Lächeln ihre Lippen umspielte. „Sind wir ein bisschen zu empfindlich?"

„Sagt die Frau, die fast auf dem Massagetisch gekommen wäre", scherzte er. „Was mich an etwas erinnert. Was genau hat dich denn da so erregt?"

Bevor sie protestieren konnte, drehte er sie auf den Bauch. „Ich habe das Gefühl, ich sollte das herausfinden, damit ich es für die Zukunft weiß."

„Ich glaube nicht, dass ich solche Geheimnisse preisgeben sollte", neckte sie ihn.

Er kniete sich neben sie und legte seine Hände auf ihren Rücken. „Dann muss ich es wohl selbst herausfinden." Er machte sich an die Arbeit, indem er langsam seine Hände ihren Hals und ihre Schultern entlangwandern ließ, bevor er weiter ihre Wirbelsäule entlangstrich, bis er die Kurven ihres Pos erreichte.

Daniel bemerkte eine Veränderung in ihrer Atmung und wusste genau, in welche Richtung er gehen musste. Er drehte sich auf dem Bett, drückte sein Knie zwischen ihre Schenkel und zwang sie damit, diese zu spreizen, um Platz für sich zu machen. Sie gab mit einem genüsslichen Stöhnen nach.

Seine Erektion wurde härter und größer, als er auf die verführerische Position schaute, die er eingenommen hatte, seine Hände an ihren Hüften und zwischen ihren Schenkeln kniend. Es war genau die Position, in der er sie haben wollte.

Sanft massierten er ihre Pobacken, indem er Kreise auf ihrer Haut zog und nach außen in Richtung ihrer Hüften und dann wieder nach innen und hinab zum Scheitelpunkt ihrer Schenkel wanderte. Sabrina hob ihren Po in Richtung seiner Hände an, um um mehr zu bitten, und er sah den glitzernden Eingang in ihr weibliches Inneres. Feuchtigkeit tropfte aus ihrer prallen rosa Muschi.

Daniel ließ seine Hand hinabgleiten und berührte das feuchtwarme Fleisch. Sofort wurde er mit einem Stöhnen belohnt.

„Ich kann mir denken, was du willst."

Während seine Finger die Außenseite ihrer weiblichen Falten entlangglitten, senkte er seinen Kopf zu ihrem Po hinab und küsste ihre Haut. Bald darauf unterstützte seine Zunge sein Vorhaben und leckte jeden Zentimeter ihrer beiden Hügel genussvoll. Ihre Atmung zeigte ihm an, dass sie auf gutem Wege zu einem sehr zufriedenstellenden Abschluss war. Mit den Zähnen zog er an ihrer Haut und biss dabei sanft in ihr Fleisch.

Als Daniel fühlte, wie sie sich an seine Hand drückte, gab er nach und ließ einen Finger in ihren engen Kanal gleiten.

„Oh, Daniel!" Ihre Stimme war rau und unkontrolliert.

Während er weiter ihren Po biss und küsste, fügte er einen zweiten Finger hinzu und bewegte sich in ihr feuchtes Zentrum hinein und wieder heraus. Ihr Körper wölbte sich unter seiner Berührung und zwang ihn zu schnelleren und stärkeren Bewegungen.

„Bitte!", flehte sie. „Füll mich aus, jetzt!"

Er war mehr als bereit, das zu tun. Aber wo waren diese verdammten Kondome? „Warte, Kondom."

„Nachtkästchen, Schub, meine Seite", stieß Sabrina zwischen dem Keuchen hervor.

Er erhob sich, ohne seine Finger aus ihr zu ziehen, und beugte sich in Richtung Schublade, bis er sie endlich öffnen konnte und ein Kondom herauszog. Mit seinen Zähnen öffnete er die Verpackung.

„Tut mir leid, Baby." Er brauchte beide Hände, um es sich überzustreifen. Es dauerte nur Sekunden, bis es soweit war, und er ihre Hüften erneut zu ihm hochzog.

„Jetzt, Daniel, bitte!"

Seine Erektion stieß an ihr Zentrum und drang mit einer kontinuierlichen, langsamen Bewegung in sie ein, während er es genoss, wie er Zentimeter für Zentimeter tiefer in sie eintauchte. Er zog sich zurück und stieß wieder in sie hinein, aber es war schon genug für sie gewesen. Ihre Muskeln zogen sich um ihn zusammen, als ihr Orgasmus sie blitzartig durchfuhr. Es machte ihn unfähig, seine eigene Beherrschung aufrechtzuhalten. Er kam im Gleichklang mit ihr, und sein Schwanz zuckte unkontrollierbar in ihr.

Daniel spürte ein Hochgefühl, wie er es noch nie empfunden hatte, so als ob er Drogen genommen hätte und über allen Wolken schweben würde. Dies war mehr als nur sexuelle Befriedigung. Physisch mit der Frau verbunden zu sein, die er liebte und die Höhen zu kennen, zu denen sie sich gegenseitig bringen konnten, brachte die Erkenntnis mit sich, dass er gefunden hatte, wonach er sein ganzes Leben lang gesucht hatte: seine zweite Hälfte, die Person, die ihn vervollständigte.

Nachdem die Wellen der Ekstase verebbt waren, rollte er sie zur Seite und kuschelte sich von hinten an sie. Er überschüttete Sabrinas Hals mit Küssen, unfähig damit aufzuhören, ihr seine Zuneigung zu zeigen. Mit einer Hand strich er ihr das Haar aus ihrem Gesicht, um sie anzusehen.

Ihre grünen Augen wirkten dunkler als vorher, und sie strahlte das gewisse Etwas einer Frau aus, die voll und ganz befriedigt war. Was ihn aber nicht davon abhalten würde, sehr bald wieder mit ihr zu schlafen. Diese Nacht würden sie beide keinen Schlaf bekommen, nicht, wenn es nach ihm ginge.

„Übertrifft eine kalte Dusche, hmm?", fragte sie.

Daniel lachte leise. „Übertrifft alles, was ich in meinem ganzen Leben bisher gemacht habe." Bevor Sabrina eine Chance hatte, auf seinen Kommentar zu reagieren, versiegelte er ihre Lippen mit einem leidenschaftlichen Kuss.

KEIN ANDERER MANN hatte es jemals geschafft, sie so zu befriedigen wie Daniel. Sie wusste, sie machte sich etwas vor, wenn sie vorgab, sie könnte ihn nach dieser Woche einfach verlassen und mit ihrem Leben weitermachen wie zuvor.

Sabrina blickte in seine braunen Augen, als er sie aus seinem Kuss entließ und sah einen Ozean der Zärtlichkeit in ihnen. Daniel war ein leidenschaftlicher Mann, und vielleicht führte er all seine Affären so, indem er hundert Prozent gab. Aber das bedeutete nicht, dass es nach dieser Woche irgendetwas Weiteres geben würde.

Sie erinnerte sich daran, wie kalt er seine Ex-Freundin angesehen hatte, und wusste, dass sie niemals diesen speziellen Blick von ihm bekommen wollte. Wenn er mit jemandem durch war, würde seine Leidenschaft zu Eis werden, und es gab nichts, was sie mehr hasste als die Kälte. Sie musste sich dieser Affäre entziehen, bevor er die Möglichkeit hatte, die Eismaschine anzuschalten.

Jetzt natürlich war noch nichts von dem bevorstehenden Schneesturm zu sehen. Im Gegenteil, er war heißer als je zuvor. Seine Hände wanderten schon wieder über ihren Körper, seine Lippen und seine Zunge folgten und hinterließen einen Pfad des Feuers auf ihrer Haut.

Sie musste aufsaugen, was sie bekommen konnte, nehmen, was er bereit war, ihr zu geben. Das Verlangen in ihr nahm gewaltige Ausmaße an, und es erschreckte sie, dass er solche Ur-Emotionen in ihr wecken konnte. Aber sie hatte keine Angst mehr, um das zu bitten, was sie wollte. In einer Woche würde es zu Ende sein, doch jetzt würde sie verlangen, dass er sie immer wieder liebte.

„Ich will dich in mir."

War es ein Hauch von Stolz, den sie in seinen Augen sah? Es war egal, was es war. Was zählte war, dass Daniel so auf sie reagierte, wie sie es wollte.

„Es gibt keinen Ort, wo ich lieber wäre als in dir."

Als er dieses Mal in sie eindrang, war der Sex langsam und bewusst. Daniel war genauso hart wie zuvor, aber jetzt konnte sie mehr von ihm spüren, da er langsam tiefer in sie eindrang und sich dann genauso langsam wieder herauszog, nur um seine Bewegungen eine Sekunde später zu wiederholen. Und keinen einzigen Moment unterbrach er den Augenkontakt mit ihr, als ob er in ihren Augen lesen musste, was sie fühlte, während er sie immer wieder aufspießte.

Mit jedem Stoß seines Schaftes kamen kurze, ruckartige Atemzüge aus ihrem Inneren. Ihr Körper fühlte sich an, als stünde er in Flammen; Flammen, die sich tief aus ihrem Bauch in alle Zellen ihres Körpers ausbreiteten.

Daniel flüsterte ihr etwas auf Italienisch zu, und obwohl sie kein Italienisch sprach, sagte ihr sein Tonfall, dass es Ausdrücke der Zärtlichkeit waren. Dieser Gedanke erwärmte sie umso mehr. Dass er die Sprache benutzte, die ihm seine Mutter gelehrt hatte und die er mit Familie und Liebe assoziierte, ließ sie sich ihm näher fühlen.

Alles, was sie tun musste war, seinen Berührungen nachzugeben, sich von ihm ergreifen und in Höhen tragen zu lassen, die sie nie zuvor erreicht hatte, bis sich ihr Körper so leicht fühlte, als ob sie auf einer Wolke schwebte. Sie ließ die Wellen in sich brechen, als ob sie im Sog eines Sturmes stehen würde, der zu der Stärke eines Hurrikans heranwuchs. Trotzdem verspürte sie keine Angst, sondern nur die Erwartung, dass der Sturm seinen Höhepunkt erreichte und dann mit mehr Energie als der einer Atombombe durch ihren Körper fegte.

Sabrina fühlte Daniel in sich explodieren und konnte in seinen Augen den Moment sehen, als er seinen Höhepunkt erreichte, der genauso stark zu sein schien wie ihrer. Es war mehr, als sie ertragen konnte. Sie fühlte die Feuchtigkeit in ihren Augen, bevor sie verstand, was passierte.

Erst als sie spürte, wie Daniel ihre Augen küsste, wusste sie, dass er ihre Tränen wegküsste. Nie hatte sie sich so verwundbar und gleichzeitig so sicher gefühlt. Wenn sie diesen Moment festhalten und mitnehmen könnte für die Zeit, wenn er weg wäre, dann würde sie trotz allem alles überstehen.

Später kuschelte sie sich an ihn und fühlte, wie seine starken Arme sie umschlossen, so, als ob er sie nie wieder gehen lassen wollte.

„Es ist schade, dass wir morgen wieder nach San Francisco zurück müssen", klagte sie.

Daniel legte seine Hand unter ihr Kinn und zog ihr Gesicht hoch, um sie anzusehen. „Willst du, dass wir länger bleiben?"

„Liebend gerne, aber du musst bestimmt wegen deines Geschäfts wieder zurück in die Stadt."

„Ich kann alles Nötige von hier aus erledigen. Ich sage dem Gastwirt morgen früh, dass wir unseren Aufenthalt verlängern."

Sabrina küsste ihn innig. Sie wusste, dass sie sich krankmelden musste, aber das war ihr egal. Alle waren sowieso mit dem großen neuen Klienten beschäftigt, und keiner nahm sie wahr außer der Person, von der sie es nicht wollte: Hannigan. Ein paar Tage vom Büro weg war genau das, was sie brauchte. Und sie wollte so viel Zeit wie möglich mit Daniel verbringen.

„Danke. Ich liebe es hier."

Er strahlte. „Ich liebe es hier auch", sagte er und ließ seine Finger vielsagend durch das Dreieck ihrer Locken wandern und in ihr feuchtes Zentrum tauchen.

„Denkst du jemals an etwas Anderes?", neckte sie ihn.

„Sicher. Ich denke auch an das." Daniel nahm ihre Brust in seine Hand und knetete sie. „Oder an das." Er senkte den Kopf, um ihre Brustwarze in den Mund zu nehmen und vorsichtig daran zu saugen.

Sie musste lachen und er lachte mit ihr. Er konnte genauso verspielt sein wie er sinnlich war und so leidenschaftlich wie er zärtlich war.

Als das Lachen aufhörte, sah Daniel sie an, als ob er etwas sagen wollte, doch er küsste sie stattdessen. Worte waren unnötig.

19

Daniel erwachte mit Sabrina fest in seine Arme geschlossen. Nach einer langen Liebesnacht waren sie um etwa vier Uhr morgens endlich eingeschlafen. Er war noch nie der Typ gewesen, der morgens im Bett liegen bleiben wollte, und noch weniger der, der am Morgen danach bei einer Frau bleiben wollte. Aber mit Sabrina war es anders.

Er hatte nicht nur besser in ihren Armen geschlafen, als er je alleine geschlafen hatte, sondern er erwachte nach dieser leidenschaftlichen Nacht sogar mit demselben Verlangen, das er am Abend zuvor verspürt hatte. Er war versucht, sie aufzuwecken, gab sich aber stattdessen damit zufrieden, in ihr friedliches Gesicht zu blicken. Ihre Brust hob sich mit jedem Atemzug, den sie machte, und er beobachtete sie einfach nur fasziniert.

Als er an all das dachte, was sie die Nacht zuvor getan hatten, erkannte er, dass sie etwas Ruhe und Erholung brauchte. Er sah auf die Uhr. Es war nach zehn Uhr, und sie würde bestimmt mit einem knurrenden Magen aufwachen. Sie hatten letzte Nacht nicht nur die Laken verbrannt, sondern auch Kalorien – jede Menge Kalorien. Und wenn er wollte, dass ihre verführerischen Kurven so blieben, wie sie waren, musste er ihr definitiv etwas zu essen geben und diese Kalorien wieder auffüllen. Und er wollte absolut, dass diese Kurven so blieben. Er konnte sich nichts Besseres in seinen Händen vorstellen.

Er war kurz davor gewesen, ihr in der Nacht zuvor seine Liebe zu gestehen, hatte sich aber in letzter Minute gestoppt. Nicht weil er sich unsicher war – das war er nicht – sondern weil er wollte, dass alles Andere zwischen ihnen erst geklärt war. Als er an das zurückdachte, was Holly ihm gesagt hatte, fragte er sich, wie er dieses Thema anpacken sollte. Er wollte keinen Fehler machen.

Und mit leerem Magen konnte er sowieso nicht denken. So vorsichtig er konnte, schlüpfte er aus ihren Armen und stand auf. Er duschte kurz, bevor er ins Auto sprang, um das nächste Geschäft zu finden und Morgengebäck und genießbaren Kaffee zu besorgen.

Nach einem kurzen Halt am Haupthaus, um ihren Aufenthalt auf unbestimmte Zeit zu verlängern, kam er zurück und fand das Schlafzimmer leer vor. Er hatte Sabrina mit Frühstück im Bett überraschen wollen, aber sie war bereits aufgestanden. Er hörte die Dusche und freute sich, dass die Tür zum Badezimmer unverschlossen war.

Das war keine Gelegenheit, die er vorbeiziehen lassen konnte. Schnell zog er sich nackt aus und schlich ins Badezimmer. Sabrina stand in ihrer wunderbaren Nacktheit unter der Dusche und hatte ihn nicht hereinkommen sehen. Er ließ seine Augen über ihren sinnlichen Körper schweifen und atmete tief ein. Er würde niemals genug von ihr bekommen.

Leise stieg er in die Dusche und stellte sich hinter Sabrina. Er nahm sie in seine Arme und wusste, dass er sie überrascht hatte, denn sie stieß einen erschrockenen Schrei aus.

„Guten Morgen", flüsterte er in ihr Ohr, während er gleichzeitig an ihrem Ohrläppchen knabberte.

„Du bist zurück", sagte sie, als sie sich in seinen Armen umdrehte und zu ihm hochsah.

„Nichts kann mich lange von dir fernhalten. Aber ich musste uns Frühstück besorgen. Hungrig?"

Sie nickte, und er sah ein Aufflackern von Verlangen in ihren Augen. „Mmm hmm."

Eine deutlichere Einladung brauchte er nicht. „Wie hungrig?"

„Genauso hungrig wie du." Ihr Blick wanderte tiefer und blieb an seiner wachsenden Erektion hängen, die schon gegen ihren Bauch drückte. Sabrina konnte ihn mit einem einzigen Blick in Flammen setzen. Sein Hunger nach Essen war sofort vergessen.

Als sie ihre Arme um seinen Hals schlang, küsste er sie. Zu viele Stunden waren schon vergangen, seit er ihre Lippen auf seinen gespürt und mit ihrer Zunge getanzt hatte. Innerhalb von Sekunden war er vollkommen erregt, und zu seinem Entsetzen bemerkte er, dass er die verdammten Kondome im Schlafzimmer gelassen hatte.

Er hatte noch nie ohne Kondom mit einer Frau geschlafen. Nicht, weil er Angst vor Krankheiten hatte, sondern hauptsächlich, weil er keiner seiner Ex-Freundinnen getraut hatte, dass sie ihn nicht mit einer Schwangerschaft einzufangen versuchten. Bei Sabrina wollte er nichts mehr, als seinen Samen in sie pflanzen und ihn wachsen sehen. Der Gedanke, dass sie einen *Bambino* von ihm haben könnte, war aufregend und überwältigte ihn plötzlich. Er würde heute alles ins Reine bringen. Er konnte unmöglich noch länger warten.

Daniel zog sie näher an sich und drehte sie beide um, um Sabrina gegen die gefliste Wand zu drücken. Als sich ihre Blicke trafen, sah er, dass sie wusste, was er vorhatte. Und dass sie es nicht erwarten konnte.

„Leg deine Beine um mich", hörte er sich selbst wie in Trance sagen. Seine Arme stützten sie, als er sie hochhob und auf eine Linie mit seiner pochenden Erektion ausrichtete. Ihre Beine legten sich erwartungsvoll um ihn und zogen ihn zu ihrem Zentrum.

„*Ti amo*", flüsterte er ihr liebevoll zu, bevor er ihre Lippen erfasste und Sabrina Zentimeter für steinharten Zentimeter auf sich aufspießte.

DIE WORTE BEWIRKTEN etwas in ihr. Obwohl Sabrina kein Italienisch konnte, hatte sie genug Filme gesehen, um deren Bedeutung zu verstehen. Es war unmöglich, dass Daniel sie liebte, trotzdem ließ sie sich davon wegtragen. Sie verstand nicht, warum er kein Kondom benutzte, wo er doch glaubte, dass sie ein professionelles Callgirl wäre. Genauso wenig wusste sie, warum sie ihn nicht stoppte.

Sie nahm die Pille nicht und könnte leicht schwanger werden, aber nicht einmal dieser Gedanke hielt sie auf. Plötzlich wollte sie nichts mehr, als ihn in sich zu spüren und etwas von ihm zu haben, das immer noch da war, selbst wenn er weg war.

Sabrina drängte ihre Hüften an ihn und legte ihre Beine noch fester um ihn und zwang ihn damit, tiefer einzudringen. Als ob er verstand, was sie wollte, stieß er tiefer. Sein Stöhnen wurde unkontrolliert, als sein Körper in ihr bebte. Seine Augen waren geschlossen, als er seinen Kopf zurückwarf, als ob er den Mond anheulen wollte. Seine Hände gruben sich in ihre Hüften, und sein Schaft fuhr mit der Kraft eines Vorschlaghammers in sie hinein.

So gegen die Wand gepresst konnte sie sich kaum bewegen, konnte ihm nicht entkommen. Nicht, dass sie das wollte. Daniel füllte sie so vollständig aus, als ob er der fehlende Teil ihres Lebens war. Die puren Emotionen, die sie fühlte, waren neu für sie, neu und vollkommen ursprünglich.

Ihr Kopf drehte sich mit Bildern von Sternen am Nachthimmel, sich brechenden Meereswellen und der einfachen Schönheit, von ihm berührt zu werden. Ihre Hände wanderten durch sein nasses Haar und zogen ihn zurück zu ihrem Gesicht.

Seine Augen flogen auf, und sie sah Verlangen, Lust und ... Zärtlichkeit in ihnen.

„*Per sempre*", flüsterte er und presste seine Lippen auf ihre, drang dann mit seiner Zunge in ihren Mund ein und plünderte diesen, als wäre er Ali Babas Schatzhöhle. Nie hatte sie einen so besitzergreifenden Kuss verspürt. Ein Brandeisen hätte es nicht klarer ausdrücken können, dass sie ihm gehörte, dass er sicherstellen wollte, dass sie nie wieder einen anderen Mann küssen wollte und nie wieder von irgendjemand Anderem berührt werden wollte.

Jede Zelle ihres Körpers erfüllte sich mit seiner Essenz, seinem Duft, seiner Energie und veränderte auf immer ihr Selbst. Es erweckte alles Weibliche in ihr und verbannte die Gedanken an alles Andere und jeden Anderen. In seinen Händen war sie ganz Frau. Keine

Anwältin, keine Tochter, keine Freundin. Nur Frau, seine Frau. Für heute, für diese Woche.

Und dann trieb er sie zum Höhepunkt und stieß weiter in sie ein, während ihr Orgasmus sie übermannte. Das Beben, das ihren Körper erschütterte, wurde von seinem Höhepunkt, der ihrem innerhalb von Sekunden folgte, nur noch verstärkt. Sie fühlte, wie das warme Austreten seines Samens sie füllte, während ihre Muskeln ihn eng umklammerten, um alles aufzunehmen, was er zu geben hatte. Und sie wollte noch mehr.

Der Klang der Türklingel erschreckte sie und erinnerte sie daran, dass es dort draußen eine Welt gab. Sie sahen einander an.

„Das ist wahrscheinlich das Zimmermädchen. Ich bat sie, uns extra Handtücher für den Pool zu bringen", vermutete Daniel und küsste sie zärtlich. „Ich bin gleich zurück."

„Versprochen?"

Er lächelte. „Denkst du wirklich, ich kann länger als dreißig Sekunden von dir getrennt sein?"

Es klingelte nochmals. Sabrina küsste ihn und nur widerwillig zog er sich aus ihr heraus und setzte sie sanft ab.

„Dreißig Sekunden, maximal", versicherte er ihr. „Gott, bist du schön!" Er küsste sie wieder.

„Ich komme!", rief er dann in Richtung Tür, stieg aus der Dusche und wickelte sich ein großes Handtuch um den Unterleib.

VERDAMMT, was für ein Zeitpunkt, um unterbrochen zu werden. Sobald das Zimmermädchen weg war, würde er sofort zu Sabrina zurückgehen und ihr alles gestehen. Und es könnte keine Minute zu früh passieren. Sie vertraute ihm. Er hatte es in ihren Augen gesehen.

„Mrs. Meyer, danke –" Daniels Stimme blieb ihm im Halse stecken, als er die Tür des Cottages aufmachte und die Person sah, die geklingelt hatte.

Fuck!

Wenn er gedacht hatte, dass Audreys Auftauchen im Hotel schlimm gewesen war, wusste er nicht genau, wie er die jetzige Situation bezeichnen sollte. Die Hölle?

Der Mann, der in dem Geschäftsanzug schwitzte und schwer atmete, hielt eine große Aktenmappe fest und sah so aus, als ob er nochmals klingeln wollte.

„Ah, Mr. Sinclair, es tut mir so leid, Sie an einem Sonntagmorgen zu stören. Jon Hannigan, von Brand, Freeman & Merriweather."

Daniel brauchte die Vorstellung nicht. Wie konnte er diesen Schweinekerl vergessen, der Sabrina belästigt hatte? Er würde ihn überall erkennen.

„Ja?" Er machte keine Anstalten, Hannigan hineinzubitten, sondern blockierte die Tür.

„Wir konnten Sie nicht erreichen. Kein guter Handyempfang hier in Sonoma", versuchte Hannigan Small Talk zu machen.

Daniel antwortete nicht. Sollte er ihn jetzt gleich oder etwas später verprügeln?

Sein Besucher schien die unbehagliche Stille zu spüren. „Mr. Merriweather hat mich geschickt, um eine wichtige Unterschrift zu holen. Die Kontingenzbürgschaft? Er sagte, er hätte es Ihnen gegenüber erwähnt."

„Ja", bellte Daniel zurück. „Wo muss ich unterschreiben?"

„Ich sollte das Dokument zuerst mit Ihnen durchgehen. Deshalb hat es Mr. Merriweather nicht mit einem Kurierdienst geschickt." Hannigan versuchte, einen Schritt vorzugehen, aber Daniel wich nicht von seinem Platz im Türrahmen zurück.

„Das wird nicht nötig sein. Kugelschreiber?"

Nervös griff der Anwalt in seinen Anzug, um einen Stift zu finden, und suchte vergeblich beide Innentaschen ab. „Es tut mir leid. Ich muss ihn verlegt haben. Haben Sie keinen?"

Daniel war kurz vor dem Überkochen. „Warten Sie hier!"

Er ging die zwei Schritte zurück, die er brauchte, um in die Küche zu gelangen, und öffnete ein paar Schubläden, bevor er einen Kugelschreiber fand.

„Daniel, denkst du das Zimmermädchen könnte –", ertönte Sabrinas Stimme von hinter ihm, bevor sie abrupt abbrach.

Daniel wirbelte herum.

„Sabrina?" Hannigan! Er war in das Cottage eingetreten und sah sie nun direkt an, als sie mit einem Badetuch bekleidet im Zimmer stand.

„Oh nein!", kreischte Sabrina.

„Was zum Teufel?" Hannigan blickte von Daniel zu ihr und dann wieder zurück. „Du kleine Schlampe! Du musstest unseren reichsten Klienten ficken, oder?"

Daniel hielt Hannigan sofort davon ab, weiter auf sie zuzugehen. „Sabrina, geh zurück ins Schlafzimmer! Ich regle das mit ihm."

Hannigan wusste leider nicht, wann er seinen Mund halten sollte. „Also macht sie die Beine *doch* breit – für den richtigen Preis."

Bei den gehässigen Worten sah Daniel rot. Niemand hatte das Recht, Sabrina zu beleidigen. „RAUS!", donnerte er. „Raus, solange Sie noch gehen können!" Ein Überschallflugzeug hätte keine so starken Schallwellen erzeugen können wie seine Stimme.

Er eilte auf Hannigan zu, der sofort zurückwich, als er die rohe Brutalität erkannte, die in Daniels Worten versteckt war. Das Versprechen von Gewalt lag in der Luft, als sich Daniels Nasenflügel gefährlich aufblähten. Hannigan wartete nicht darauf, herauszufinden, wozu Daniel fähig war, sondern flüchtete.

Mit der Kraft eines Wirbelsturmes schlug Daniel die Tür zu und drehte sich um. Sabrina hatte die Küche verlassen.

SABRINAS HÄNDE ZITTERTEN HEFTIG, als sie ihre Shorts über die Hüften hochzog und den Reißverschluss zumachte. Das Zittern wollte nicht aufhören, aber sie musste das T-Shirt über ihren Kopf bekommen. Es war egal, dass ihre Haare noch nass waren. Sie musste von hier weg.

Daniel hatte sie *Sabrina* genannt. Er kannte ihren Namen, er wusste, wer sie war! Als Hannigan ihren Namen gerufen hatte, war Daniel nicht überrascht gewesen.

„Sabrina", sagte Daniel, als er ins Schlafzimmer eilte.

Sie streifte schnell ihr T-Shirt über ihren Bauch.

„Wir müssen reden."

Jetzt wollte er reden? Dieser Mann hatte ein Timing! Sie suchte ihre Handtasche.

„Was machst du?" Daniel klang panisch.

„Ich gehe."

„Nein. Sabrina! Du kannst nicht gehen!"

Er hatte kein Recht, ihr vorzuschreiben, was sie tun durfte oder nicht. „Du hast mit mir gespielt. Du wusstest es die ganze Zeit. Hast du es genossen, hinter meinem Rücken über mich zu lachen? Hast du das?"

„Ich habe nie mit dir gespielt. Bitte. Ich wollte heute mit dir reden."

Sie schaute ihn sarkastisch an. „Sicher wolltest du das." Über was reden? Dass er die Wahrheit herausgefunden hatte? Dass er sich entschieden hatte, mit ihr zu spielen um zu sehen, wie weit sie gehen würde? „Wie? Wie hast du es herausgefunden?"

Sie verstand nun, dass *er* der reiche Klient von der Ostküste war, von dem die ganze Kanzlei gesprochen hatte. Deshalb war Hannigan hier, nicht weil er *sie* verfolgt hatte, sondern weil er Daniel gesucht hatte. Hatte Daniel es dadurch herausgefunden? Hatte er sie im Büro gesehen?

„Deine Freundin, Holly."

„Holly?"

„Sie hat es gestanden, als ich die Buchung für dieses Wochenende machte."

Es war ein Schlag, der sie hart traf. Ihre beste Freundin hatte sie hintergangen. Wie konnte sie nur? Sie waren zusammen aufgewachsen, sie hatten sich um einander gekümmert. „Ich habe keine Freundin mehr."

„Sabrina, hör doch zu! Was sollte ich deiner Meinung nach denn machen? Du hast vorgegeben, ein Callgirl zu sein, und ich machte mit. Ich wollte dich nie verletzen. Ich will mit dir zusammen sein. Zwischen uns hat sich etwas Besonderes entwickelt. Ich liebe dich."

Sie ignorierte die drei Worte, die sie nur allzu gern geglaubt hätte. Wie konnte er sie lieben? „Ich war deine Hure! Du hast für meine Dienste bezahlt, und ich habe dir gegeben, wofür du bezahlt hast."

„Ich habe dich nie so behandelt. Du weißt das genauso gut wie ich."

„Nur zu, sag es! Ich war deine Hure. Das ist alles, was ich war. Das ist alles, was ich dir geben kann." Weil, wenn sie ihm mehr gab, er sie nur noch mehr verletzen würde. Sie hatte ihm schon mehr gegeben, als sie je einem anderen Mann gegeben hatte. Und die Gefühle, die er in ihr geweckt hatte, hatte er später zerstört. Sein italienisches Süßholzgeraspel im Bett war Teil der gesamten Show gewesen. Und sie war so dumm gewesen, darauf hereinzufallen, während er sie die ganze Zeit belogen hatte.

„Das ist nicht wahr. Schau mich an! Das ist nicht wahr. Du hast mir so viel mehr gegeben. Du kannst nicht verleugnen, was zwischen uns geschehen ist. Bitte sag mir, dass du es auch fühlst! Ich weiß, das tust du, Sabrina!" Daniel bewegte sich in ihre Richtung und streckte seine Arme aus, aber sie wich zurück.

„Rühr mich nicht an!" Sabrina wusste, dass wenn er seine Arme um sie legte und sie an sich drückte, sie ihren Verstand verlieren und nachgeben würde.

Sie musste dies hier ein für alle Mal zu Ende bringen. Nichts könnte dabei herauskommen. Wie könnte er sie je respektieren, wo er doch wusste, dass sie für Geld mit ihm geschlafen hatte? Wie eine gewöhnliche Prostituierte! Er würde morgen aufwachen, wenn seine Begierde für sie erloschen und er zu Sinnen gekommen war. Aber sie würde nicht warten, bis sich die Verachtung in seinen Augen ausbreitete.

„Du hattest deinen Spaß. Das Spiel ist vorbei. Es wird eine tolle Geschichte hergeben, die du zuhause deinen Kumpels erzählen kannst. Und wenn du nicht genug für dein Geld bekommen hast, werde ich dich entschädigen."

„Wieso stellst du das schäbig hin? Wovor hast du Angst?"

Sabrina warf ihm einen gequälten Blick zu. Sie hatte Angst, dass er ihr Herz brechen würde. „Betrachte die Buchung als beendet."

„Den Teufel werde ich tun! Sabrina, du gehörst zu mir."

Sie funkelte ihn an. „Nein. Ich gehöre nicht zu dir. Niemals! Hannigan hatte schon recht. Selbst ich mache die Beine für den richtigen Preis breit. Und du kannst meinen Preis nicht bezahlen, nicht mehr." Ihr Preis war seine Liebe und sein Respekt, etwas das er ihr nie geben könnte. Welcher Mann würde je eine Frau respektieren, die getan hatte, was sie getan hatte? Sie war besser dran, wenn sie jetzt ihre Verluste minimierte.

Sabrina schnappte ihre Tasche und rannte zur Tür.

„Sabrina!", schrie Daniel ihr nach. „Das ist noch nicht zu Ende. Hörst du mich?"

Es war zu Ende. Alles, was sie verletzt hatte, war sein Stolz. Aber ihr eigener Schmerz ging tiefer. Sie hatte sich in den Mann verliebt, der mit ihr geschlafen hatte, obwohl er gedacht hatte, sie wäre eine Prostituierte. Er konnte keine echten Gefühle für sie haben. Sie war nur ein neues, glänzendes Spielzeug für ihn gewesen, etwas Anderes. Etwas, mit dem er sich amüsieren konnte. Morgen würde er das erkennen und dankbar sein, dass sie ihm einen Ausweg ermöglicht hatte.

20

Die Tochter des Winzers hatte sich erbarmt und Sabrina eine Fahrgelegenheit zurück nach San Francisco angeboten. Sabrina war zu verzweifelt gewesen, um dieses nette Angebot auszuschlagen.

Sabrina schlug die Tür zu ihrer Wohnung hinter sich zu, sodass der Lärm Holly auf ihr frühzeitiges Nachhausekommen aufmerksam machte. Sekunden später kam diese aus der Küche.

„Was machst du so früh zuhause?", begrüßte Holly sie mit einem überraschten Gesichtsausdruck.

„Mit dir rede ich nicht!", schnauzte Sabrina und ging in ihr Zimmer.

Holly zuckte sichtbar zusammen. „Was ist passiert?"

Sie drehte sich in der Tür um. „Warum erzählst du es mir nicht, wenn du doch alles sowieso weißt?"

„Sabrina, bitte –"

Sabrina unterbrach sie. „Nein! Ich will heute keine weiteren Lügen hören. Davon habe ich genug. Von dir hätte ich das als letztes erwartet. Mich so zu betrügen! Wie hast du es ihm nur erzählen können? Ich hasse dich!"

Sie ging in ihr Zimmer und schloss die Tür hinter sich. Nun hatte sie nicht einmal mehr jemanden, bei dem sie sich ausweinen konnte. Dass ihre beste Freundin sie betrogen hatte, war mehr, als sie ertragen konnte.

Auf der Fahrt von Sonoma nach San Francisco hatte sie bereits mehr geweint, als es die Sache wert war. Sie würde keine weitere Träne mehr vergießen, nicht für ihn und auch nicht für ihre beste Freundin.

Sie öffnete die Tür wieder und stürmte in die Küche. Als sie den Gefrierschrank öffnete, sah sie sofort, dass dieser bis auf eine halbe Tüte Waffeln leer war.

„Wo zum Teufel ist mein Eis?", schrie sie verärgert.

Holly fällte die weise Entscheidung, ihr nicht zu antworten.

Sabrina brauchte Essen für die Seele, und sie brauchte es jetzt, bevor sie komplett zusammenbrach. Sie wusste, sie hing nur noch an einem seidenen Faden. Sie schnappte sich einen Zwanzig-Dollarschein aus ihrer Handtasche und rannte zur Tür. Sie könnte es zu dem kleinen Kramerladen an der Ecke und wieder zurück schaffen. Sie musste nur noch ein paar Minuten länger durchhalten.

Nachdem sie die Treppe hinuntergelaufen war, zog sie die Haustür auf und erstarrte. Sie hatte nicht erwartet, dass er ihr folgen würde, zumindest nicht so schnell.

„Sabrina." Daniels Stimme war sanft und bittend. Seine Haare waren zerzaust. Er hatte sie offensichtlich nicht geföhnt, bevor er ins Auto gesprungen war, um ihr zu folgen.

„Lass mich in Ruhe!"

Sie wusste, dass ihr Gesicht die Spuren von Tränen zeigte, und versuchte sich abzuwenden. Aber er war schneller und ergriff ihre Schultern, bevor sie entkommen konnte.

„Es tut mir leid, Baby. Ich wollte dich nicht verletzen. Komm zu mir zurück! Ich brauche dich."

Sabrina kämpfte, um seine Hände abzuschütteln. „Lass mich los!"

„Es tut mir leid, ich hätte es dir schon früher sagen sollen, aber ich hatte Angst, dass du wegrennen würdest, ohne mir eine Chance zu geben. Sabrina, ich habe mich in dich verliebt und ich weiß, du empfindest auch etwas für mich."

Sie sah ihm direkt ins Gesicht und wusste plötzlich, wie sie ihn loswerden konnte. Sie würde lügen müssen, aber welchen Unterschied würde eine weitere Lüge schon machen?

„Ich fühle nichts für dich. Mir ging es nur um den Sex." Sie sah, wie sich sein Gesichtsausdruck verhärtete. „Alles was ich wollte, war ein Abenteuer, und das hast du mir geboten. Ich habe nie mein Herz hineingelegt."

Als sie spürte, wie sich sein Griff löste und seine Hände von ihren Schultern fielen, wusste sie, dass die Nachricht bei ihm angekommen war. Sie war frei. Er würde sie nicht weiter verfolgen.

„Wenn das so ist ..." Er erschien jetzt kalt und unerreichbar.

„Ja, so war es", bestätigte sie. Zwei Sekunden später schlüpfte sie wieder in ihr Wohnhaus und schloss die schwere Tür hinter sich. Aber sie schaffte es nicht weiter als bis zur ersten Treppenflucht, bevor sie zusammenbrach und unkontrollierbar zu schluchzen begann.

In ein paar Monaten würde die Erinnerung an Daniel verblasst sein. Sie würde darüber hinwegkommen müssen. Obwohl er gesagt hatte, dass er sie liebte, war sie sich sicher, dass es nicht wahr sein konnte.

Am nächsten Tag meldete sich Sabrina krank. Einen Tag später konnte sie es immer noch nicht ertragen, irgendjemanden zu sehen und blieb wieder zuhause.

Als es am Nachmittag an der Tür klingelte, trug sie immer noch ihren Bademantel. Holly war aus.

„Wer ist da?", fragte sie vorsichtig an der Gegensprechanlage. Wenn es Daniel war, würde sie nicht aufmachen.

„Lieferung für eine Ms. Sabrina Parker. Ich brauche eine Unterschrift."

Sie drückte den Türöffner, und ein paar Momente später stand der Fahrradkurier vor ihrer Wohnungstür. Sie unterschrieb für den Briefumschlag, den er ihr aushändigte, und ging wieder hinein. Der Absender war ihre Firma. Ihr Herz rutschte in ihre Magengegend. Ein Einschreiben von einem Arbeitgeber war nie ein gutes Zeichen.

... bedauern, Sie zu informieren, dass Ihre Anstellung hiermit fristlos gekündigt ist ...

Sie konnte nicht weiterlesen. Sie hatten sie gefeuert! Einfach so.

Uns das konnten sie auch. Ihre Anstellung war *auf unbestimmte Zeit*. Und abgesehen davon war sie noch in ihrer sechsmonatigen Probezeit. Sie mussten ihr nicht einmal einen Grund nennen. Und das hatten sie auch nicht, was klug von ihnen war. Ohne zu wissen, warum sie sie entlassen hatten, konnte sie nicht dagegen ankämpfen.

Sie sank auf die Couch. Das durfte ihr doch einfach nicht passieren!

DANIEL STAPFTE in die Empfangshalle von Brand, Freeman & Merriweather. Die Empfangsdame begrüßte ihn sofort.

„Mr. Sinclair, guten Tag!" Sie blickte auf den Kalender vor sich. „Ich sehe Ihren Termin hier nicht. Erwartet Sie Mr. Merriweather?"

Er schüttelte den Kopf. Er war nicht hier, um seinen Anwalt zu sehen. Während der letzten drei Tage hatte er über Sabrinas Worte gebrütet. Seine Stimmung war immer schlechter geworden, und er hatte alle geschäftlichen Termine abgesagt, weil es ihm scheißegal war, ob der ganze Deal deswegen zusammenbrach oder nicht.

Er hatte drei Tage gebraucht, um zu dem Schluss zu kommen, dass Sabrina ihn belogen hatte, als sie ihm gesagt hatte, sie hätte keine Gefühle für ihn. Nachdem er immer wieder analysiert hatte, was im Cottage in der Nacht, in der er ihre Tränen weggeküsst hatte, nachdem sie sich geliebt hatten, passiert war, war er sich fast hundertprozentig sicher, dass sie gelogen hatte.

Aber was die absolute Bestätigung gebracht hatte, war Tims unerwartetes Geständnis während des heutigen Mittagessens. Die Enthüllung, dass er und die richtige Holly gute Freunde waren und dass die beiden für ihn ein Blind Date mit Sabrina hatten arrangieren wollen, war eine absolute Überraschung für ihn gewesen. Und dann hatte Tim ihm erzählt, dass Sabrina sich an Hollys Schulter ausgeheult hatte, als sie gedacht hatte, dass er immer noch mit Audrey zusammen war. Positiver Beweis dafür, dass sie Gefühle für ihn hegte.

Sabrina war eine lausige Lügnerin. Sie war von Anfang an mit ihrem Herzen dabei gewesen; er erkannte das jetzt. Sie hätte dem zweiten Abend und dem Wochenende nicht zugestimmt, wenn sie nicht bereits begonnen hätte, etwas für ihn zu empfinden.

Und dann war da noch etwas Anderes. Als sie zusammen im Cottage gewesen waren, hatte er die wenigen Toilettenartikel gesehen, die sie bei sich hatte, und nirgends darunter hatte er Verhütungsmittel bemerkt. Er war sich ziemlich sicher, dass sie die Pille nicht nahm und trotzdem hatte sie ihn ohne Kondom in sich eindringen lassen. Er konnte sich nicht vorstellen, dass eine Frau, die vorgab, dass es ihr nur um Sex ging, ohne dass ihr Herz dabei war, eine Schwangerschaft riskieren würde.

„Ich bin hier, um Sabrina zu sehen", erklärte Daniel der Empfangsdame.

Sie schaute ihn verwundert an. „Sabrina?"

„Ja."

„Mr. Sinclair." Sie räusperte sich und senkte ihre Stimme. „Sabrina arbeitet nicht mehr hier."

„Was?"

„Sie wurde entlassen."

Gefeuert! Es gab keinen Zweifel, wer hinter dieser Entscheidung steckte. Der Schweinekerl hatte sie gefeuert. Hannigan! Jetzt würde er mit diesem Arschloch abrechnen.

„Wo ist Hannigan?" Seine Stimme hatte einen scharfen Ton angenommen.

Die Empfangsdame warf ihm einen erstaunten Blick zu, deutete aber dann gleich auf eine Tür jenseits des Foyers. „Er ist in seinem Büro. Ich nehme an, Sie wollen nicht, dass ich Sie ankündige?" Sie hatte ein unerklärliches Grinsen im Gesicht.

„Das wird nicht nötig sein."

Ohne Zögern überquerte Daniel das Foyer und ging in Richtung Hannigans Büro. Er klopfte erst gar nicht, sondern riss die Tür auf.

Hannigan war am Telefon, aber als er Daniel sah, sprang er von seinem Schreibtisch auf, die Augen vor Schreck geweitet.

„Ich rufe Sie zurück", sagte er ins Telefon und legte hastig auf. Er klang nervös, und es war klar, dass er wusste, dass Daniel nicht geschäftlich hier war. Dies war eine persönliche Angelegenheit.

„Hannigan, Sie Stück Scheiße!" Es war ihm egal, dass seine Stimme wahrscheinlich sogar noch im Foyer zu hören war.

„Raus, oder ich rufe den Sicherheitsdienst!", warnte Hannigan ihn.

Daniel trat noch ein paar Schritte weiter in den Raum, langsame und bedächtige Schritte in Richtung des kleinen Wiesels, auf dessen Stirn sich Schweiß gebildet hatte.

„Denken Sie, ich habe vor dem Sicherheitsdienst Angst?" Daniel lachte, aber es war kein freundliches Lachen. „Wenn ich mit Ihnen fertig bin, brauchen Sie den Sicherheitsdienst nicht mehr, dann brauchen Sie einen Krankenwagen."

Instinktiv wich Hannigan einen Schritt in Richtung Fenster zurück. „Das würden Sie nicht wagen!"

Drei weitere Schritte, und Daniel war bei ihm. „Das ist dafür, dass Sie Sabrina belästigt haben", knurrte er und schleuderte seine Faust so schnell ins Gesicht seines Gegners, dass dieser nicht einmal Zeit hatte, darauf zu reagieren.

Hannigan brach unter dem Schlag zusammen und fiel gegen das Fenster. Daniel ergriff das Revers seiner Jacke und zog ihn wieder zu sich hoch. Er war mit dem Bastard noch nicht fertig.

„Komm schon, wehr dich, du kleiner Widerling!"

Hannigan hob seine Hände, um sein Gesicht zu schützen, und Daniel landete seine Faust in seinem Unterleib.

„Und das ist dafür, dass du sie gefeuert hast!"

Der Haufen Scheiße krümmte sich. „Hilfe! Hilft mir doch jemand!", rief Hannigan in Richtung Tür.

Daniel hörte ein Geräusch an der Tür, drehte sich jedoch nicht um. Als Hannigan kapierte, dass ihm niemand zu Hilfe kam, fing er endlich an, sich zu verteidigen, und landete seine Faust in Daniels Gesicht. Daniels Kopf schnellte zur Seite und dann wieder zurück.

„Danke!" Endlich hatte ihm das Arschloch einen Grund gegeben, ihn zu Brei zu schlagen. Es machte keinen Spaß, einen Mann zu verprügeln, der sich nicht verteidigte.

Fäuste flogen und landeten in Gesichtern, Oberkörpern und Eingeweiden. Hannigan war ein gewichtiger Kerl, aber Daniel machte das durch seine Agilität und Motivation wett. Er verteidigte seine Frau. Welche stärkere Motivation könnte ein Mann wollen?

Gedämpfte Stimmen waren von der Tür aus zu hören. Einige Angestellte waren gekommen, um zu sehen, was der Grund für die Unruhe war.

Daniel landete einen weiteren Haken in Hannigans Gesicht. Dieser schlingerte sofort zu Boden. Daniel stürzte sich auf ihn.

„Was zum Teufel geht hier vor sich?", schnitt eine autoritäre Stimme durch die kichernden Stimmen der Belegschaft.

Daniel drehte seinen Kopf und sah Mr. Merriweather eintreten. Es entging ihm nicht, dass die Sekretärinnen alle grinsten. Es hatte den Anschein, als ob Hannigan bei den weiblichen Angestellten nicht gerade beliebt war.

„Jon! Mr. Sinclair! Ich erwarte eine Erklärung!"

Erwartungsvoll stand er neben der Tür und schaute auf Daniel und Hannigan, als diese vom Boden aufstanden. Bevor einer ein Wort sagen konnte, drehte sich Merriweather zu seinen Angestellten, die sich in das Zimmer drängten, um.

„Haben Sie keine Arbeit, die Sie erledigen müssen?"

Sofort verschwanden die Angestellten, und Merriweather schlug die Tür hinter ihnen zu. „Gentlemen? Was ist der Grund für diese ungebührliche Zurschaustellung von Testosteron?" Er wartete immer noch auf eine Erklärung und schaute beide streng an.

„Er hat mich einfach angegriffen!", biss Hannigan heraus.

Daniel drohte ihm mit einem funkelnden Blick. „Dieses Stück Scheiße hier hat sich an Sabrina gerächt, indem er sie gefeuert hat."

„Mr. Sinclair. Es ist wohl kaum Ihre Angelegenheit, ob wir irgendjemanden aus unserer Belegschaft entlassen oder nicht." Merriweather runzelte die Stirn.

„Es ist meine Angelegenheit. Hannigan hat sie belästigt, seit sie hier zu arbeiten begonnen hat."

„Das ist nicht wahr!", protestierte Hannigan.

Daniel ignorierte ihn. „Und als ihm klar wurde, dass sie seinen Annäherungsversuchen nie nachgeben würde, entschied er sich, sie zu feuern."

„Ich treffe diese Entscheidungen, Mr. Sinclair. Nicht, dass es Sie etwas angeht, aber Sabrina wurde entlassen, weil sie ihre Arbeit vernachlässigte."

„Und wer behauptet das?"

„Mr. Hannigan hier wies mich darauf hin. Er beaufsichtigte ihre Arbeit", teilte Merriweather mit.

Daniel warf Hannigan einen wütenden Blick zu. „Hat Mr. Hannigan Sie auch darüber informiert, dass er mich und Sabrina während unseres Wochenendausflugs in Sonoma überraschte? Hat er Sie darüber informiert, dass er sie als Hure bezeichnet hat, weil sie mit mir geschlafen hat? Hat er das getan?"

Merriweather wurde blass. Es war klar, dass er über keines dieser Details Bescheid wusste.

„Das dachte ich mir."

„Jon? Ist das wahr?", bellte Merriweather, erhielt jedoch keine Antwort. „Verdammt noch mal, Jon. Ich war bereit, über deine Indiskretionen hinwegzusehen, wenn es die Sekretärinnen betraf, aber das geht zu weit!"

Er drehte sich zu Daniel. „Mr. Sinclair. Wir werden das richtigstellen."

„Ich höre", sagte er erwartungsvoll.

„Jon, pack deine persönlichen Sachen und verschwinde! Die Firma hat keine weitere Verwendung für dich." Merriweather war pragmatisch. Es war besser, einen Anwalt zu verlieren, der eine Belastung für die Firma geworden war, als einen lukrativen Klienten.

„Du feuerst mich? Das kannst du nicht machen!" Hannigan war außer sich. „Diese kleine Schlampe! Nur weil sie einen reichen Klienten fickt, hat sie plötzlich freie Bahn, und ich bekomme eins reingewürgt!" Sein Gesicht war so rot wie eine reife Tomate.

Daniel holte zu einem Schlenker aus und landete seine Faust in Hannigans Magen. Hannigan klappte zusammen und fiel auf die Knie, wobei er seinen Bauch hielt, sein Gesicht vor Schmerz verzerrt.

„Sprich nie wieder so über die Frau, die ich liebe. Ist das klar?"

„Jon, wenn du nicht in zehn Minuten weg bist, lasse ich dich vom

Sicherheitsdienst aus dem Gebäude werfen. Mr. Sinclair, bitte begleiten Sie mich in mein Büro."

Als Daniel in Merriweathers privatem Büro war, entspannte er sich endlich. Die entschlossene Handlung seines Anwalts, Hannigan fristlos zu entlassen, hatte ihn etwas beruhigt. Er würde der Firma eine weitere Chance geben, obwohl er bereit gewesen war, die Firma von seinen Angelegenheiten abzuziehen.

„Mr. Sinclair, lassen Sie mich nur im Namen der Firma sagen, dass wenn wir etwas davon gewusst hätten, das sicherlich nicht passiert wäre. Bitte nehmen Sie unsere Entschuldigung an."

Daniel nickte und setzte sich auf die Couch.

„Ich wusste natürlich nicht, dass Sie und Sabrina ... also ich hatte den Eindruck, dass wir Ihnen von einem anderen Klienten empfohlen worden waren, nicht von Sabrina", angelte er nach weiteren Informationen, während er weiterhin stehen blieb.

„Sie waren nicht falsch informiert. Sie wurden mir von einem anderen Klienten empfohlen." Daniel beließ es dabei.

„Wir werden sie auf jeden Fall wieder einstellen, da es jetzt offensichtlich ist, dass Mr. Hannigan mir falsche Informationen bezüglich ihrer Arbeit gegeben hat. Ich hätte mich nicht allein auf seine Informationen verlassen, sondern es selbst überprüfen sollen, aber die Umstände ... Auf jeden Fall werde ich ihr sofort eine persönliche Nachricht zukommen lassen, zusammen mit einer Entschuldigung des Unternehmens." Merriweather sabberte regelrecht.

Daniel winkte ihm zu, sich zu setzen, und Merriweather tat es.

„Ich hatte etwas Anderes im Sinn. Ich möchte Sie bitten, einen Arbeitsvertrag für Sabrina aufzusetzen", fing Daniel an.

„Natürlich. Sicherlich. Wir können unseren Standardvertrag benutzen und jegliche Änderungen einbauen, die Sie vorschlagen." Merriweather schien ihn unbedingt zufriedenstellen zu wollen.

Daniel schüttelte den Kopf. „Ich rede nicht von einem Arbeitsvertrag zwischen ihr und Ihrer Firma, sondern zwischen Sabrina und mir."

Merriweather sah verwundert drein, als er offenbar versuchte, Daniels Worte zu verarbeiten. „Sie wollen Sabrina anstellen?"

Sein Ausdruck ging von Überraschung zu Ungläubigkeit und dann in Schock über, als Daniel die Bedingungen darlegte, die er in den Vertrag aufgenommen haben wollte.

„Sie können doch nicht glauben, dass Sabrina so einen Vertrag unterschreiben würde." Merriweather schluckte schwer.

„Ich weiß genau, was sie tun wird, wenn sie ihn liest", antwortete Daniel. Er hoffte, dass er recht hatte. Dieses eine Mal vertraute er auf sein Bauchgefühl. Er hoffte, dass er damit richtig lag.

21

Die Woche war fast um, und Sabrina hatte ihren Lebenslauf auf den neuesten Stand gebracht und ihn an einige Arbeitsagenturen geschickt. Die Aussichten waren nicht rosig. Es gab spezielle Zeiten, zu denen Kanzleien einstellten, und sie hatte die wichtigste Einstellungsperiode des Jahres um ein paar Wochen verpasst.

Sie hatte in den letzten fünf Tagen einen Eisbecher nach dem anderen verschlungen, wann immer sie deprimiert war und sich selbst bemitleidete – was täglich der Fall war – und hatte dabei mindestens zwei Pfund zugenommen.

Das einzig Gute, das in dieser Woche passiert war, war, dass sie und Holly sich wieder vertragen hatten, nachdem ihr Holly die ganze Wahrheit erzählt hatte.

„Tim und ich haben es nur gut gemeint. Wir dachten, Ihr beide passt so gut zueinander. Tim erzählte mir so viel über Daniel, dass ich absolut sicher war, dass das klappen würde. Wir hätten nur auf einen besseren Zeitpunkt warten und einfach gemütlich Abendessen gehen sollen, nur wir vier. Es war eine dumme Idee. Es tut mir leid." Holly sah sie ernsthaft an.

„Das ist jetzt egal. Es ist aus, und es gibt nichts mehr, was ich tun kann, um das zu ändern." Sabrina versuchte, gleichgültig zu klingen. „Er hat keinen Versuch gemacht, mich zu kontaktieren, nachdem ich ihm gesagt habe, dass ich ihn nicht mehr sehen will. Ich habe Dinge gesagt, die ich jetzt nicht mehr zurücknehmen kann. Er verachtet mich wahrscheinlich."

„Du hast doch seine Nummer. Warum rufst du ihn nicht an?"

Sie schüttelte den Kopf. „Das würde zu nichts führen. Er würde mir nicht glauben, wenn ich ihm jetzt sage, was ich wirklich für ihn empfinde. Es ist zu spät." Sie hatte den Schneesturm gespürt, der ihn umgeben hatte, als sie ihm gesagt hatte, dass sie nichts für ihn empfand. Er würde ihr jetzt nie glauben. Sie hatte ihn zurückgewiesen und selbst wenn sie sein Herz nicht verletzt hatte, so hatte sie doch seinen Stolz verletzt.

Der Anruf aus der Firma kam Freitagmorgen.

„Sabrina, ich bin's, Caroline." Sabrina war überrascht, die Stimme der Empfangsdame zu hören. Obwohl sie und Caroline sich im Büro gut miteinander verstanden hatten, waren sie keine Freundinnen. Es gab keinen Grund, weswegen sie sie zuhause anrufen würde, vor allem nicht jetzt, da sie nicht mehr dort arbeitete.

„Hi."

„Hannigan wurde gefeuert", kündigte Caroline an.

Sabrina fiel die Kinnlade herunter. „Wie ist das passiert?"

„Mr. Merriweather fand heraus, dass Hannigan dich belästigt hatte und dass er einfach erfunden hatte, dass deine Arbeit nicht zufriedenstellend war. Also hat er ihm fristlos gekündigt. Deswegen rufe ich an. Mr. Merriweather will heute Nachmittag mit dir sprechen."

Sie konnte das nicht glauben. Sie hatten Hannigan gefeuert, obwohl er sich so sicher gewesen war, dass die Partner ihn nie anrühren würden. Sie fühlte eine große Belastung von ihren Schultern gehoben. Es gab doch etwas Gerechtigkeit in der Welt.

„Du meinst, er stellt mich vielleicht wieder ein?"

„Er sagte nur, ich solle dich anrufen und dich bitten, um drei vorbeizukommen. Aber ich bin ziemlich sicher, dass es darum geht. Worüber sonst sollte er mit dir reden wollen?", fragte Caroline.

„Ich werde da sein. Vielen, vielen Dank!"

Sabrina zog ihr bestes Kostüm an und sorgte dafür, dass sie genau wie der Profi aussah, der sie war. Wenn sie ihr ihren alten Job wieder anbieten würden, musste sie dementsprechend aussehen. Sie überprüfte ihr Outfit ein zweites und drittes Mal im Spiegel. Ihr Rock hörte knapp über dem Knie auf, und sie entschied sich dafür, keine Strumpfhose zu tragen, da ihre Beine gebräunt genug waren, um sie unbedeckt zu lassen.

Sie wollte heute größer erscheinen, um imposanter zu wirken, also entschied sie sich, ihre Pumps zu tragen anstatt der Schuhe mit den bequemeren, breiten Absätzen, die sie normalerweise trug. Sie sah todschick aus. Wenn sie sie zurückhaben wollten, wollte sie als Allererstes eine Entschuldigung und dann eine Zusicherung, dass sie nicht wieder für Routinefälle eingeteilt werden würde, wie es der Fall gewesen war, als sie für Hannigan gearbeitet hatte.

Ein letzter Blick in den Spiegel, ein tiefer Atemzug, und sie wusste, sie konnte nicht länger herumtrödeln, wenn sie nicht zu spät kommen wollte.

Ihre Hände waren schweißnass, als sie im Foyer der Firma ankam. Sie zwang sich zu einem Lächeln, als Caroline sie begrüßte.

„Mr. Merriweather erwartet dich in seinem Büro. Geh einfach hinein." Sie drückte die Sprechanlage. „Sabrina ist hier."

Einen Fuß vor den anderen zwingend, ging Sabrina in Richtung Merriweathers Büro. Als sie es erreichte, war all ihr Zögern verflogen. Sie klopfte und hörte seine Stimme, die sie bat, einzutreten.

Als sie die Tür öffnete und eintrat, war Merriweather bereits um seinen Schreibtisch herumgegangen. Mit ausgestreckter Hand ging er auf sie zu.

„Sabrina, ich bin froh, dass Sie gekommen sind. Bitte setzen Sie sich."

„Danke." Sabrina war überrascht, wie übermäßig zuvorkommend er war. So war er normalerweise nicht.

Sie setzte sich auf den Stuhl vor dem Schreibtisch. Merriweather nahm dahinter Platz.

„Lassen Sie mich zuerst einmal sagen, die Firma und ich entschuldigen uns zutiefst dafür, wie Sie behandelt worden sind. Dafür gibt es keine Entschuldigung. Uns war bekannt, dass Jon ... äh, Probleme mit weiblichen Angestellten hatte, aber wir hätten uns nie träumen lassen, dass er so weit gehen würde, Sie zu belästigen. Hmm, es tut uns sehr leid, dass Sie nicht genug Vertrauen in uns hatten, um direkt mit uns darüber reden zu können." Er schaute sie aufrichtig an. „Wir ... nein, *ich* hoffe, dass Sie wissen, dass wir Sie sehr schätzen und wir Ihnen auch gerne Ihre Anstellung wieder anbieten würden ..."

Würden? Was sagte er da? Er hatte sie hergebeten, um sich zu entschuldigen, und das war alles? Er hatte keine Absicht, ihr ihre Stelle wieder anzubieten. Wie scheinheilig war das denn?

„Aber Sie werden es nicht tun? Sie wissen, was Hannigan getan hat, aber Sie werden mir meinen Job nicht zurückgeben?" Ihre Stimme war flach und emotionslos. Sie würde ihm nicht die Genugtuung geben, ihm zu zeigen, dass sie enttäuscht war.

„Natürlich würden wir Sie sehr gerne zurückhaben, aber ein Klient hat uns gebeten, von uns vertreten zu werden, um Ihre ..." Er räusperte sich. „... hmm, Dienste in Anspruch zu nehmen. Ich habe den Vertag selbst aufgesetzt, und ich weiß, dass unsere Firma nie im Stande sein würde, Ihnen anzubieten, was dieser Kunde bereit ist zu zahlen."

Sabrina war mehr als überrascht. Während ihrer Zeit in der Firma hatte sie sehr wenig Kontakt mit Klienten gehabt, und es war eher unwahrscheinlich, dass ein Klient sie wahrgenommen und sich entschieden hatte, ihr einen Job anzubieten.

„Ich verstehe nicht."

Merriweather schob ein Dossier über den Tisch. „Das ist der Vertrag. Bevor Sie ihn lesen, lassen Sie mich Ihnen versichern, dass ich alles in meiner Macht Stehende getan habe, Sie mit den Bedingungen dieses Vertrags zu schützen. Er ist wasserdicht, und sollten Sie sich entscheiden, ihn zu akzeptieren, glauben Sie mir, wenn ich Ihnen sage, dass niemand etwas Schlechtes von Ihnen denken wird. Es ist ein Angebot, das nur wenige in Ihrer Position ablehnen würden. Wir haben alle unseren Preis", fügte er kryptisch hinzu.

Sie zog eine Augenbraue hoch, antwortete jedoch nicht.

„Und sollten Sie sich entscheiden, das Angebot meines Klienten abzulehnen, werde ich der Erste sein, der Sie wieder in der Firma begrüßt." Er stand auf und ging um den Schreibtisch herum. „Ich werde Sie allein lassen, damit Sie den Vertrag durchlesen können."

„Danke, Mr. Merriweather."

Er schüttelte ihr die Hand und ging zur Tür. Als sie hörte, wie sie auf- und dann kurz darauf wieder zugemacht wurde, griff sie nach dem Dossier und öffnete es.

DANIEL BEOBACHTETE SABRINA, die mit dem Rücken zu ihm saß. Er war in das Büro geschlichen, als Merriweather gegangen war, so, wie sie es zuvor vereinbart hatten. Sabrina hatte nicht bemerkt, dass er hereingekommen war, und er blieb jetzt regungslos bei der geschlossenen Tür stehen.

Während sie die erste Seite des Vertrags durchsah, ließ er seine Augen über sie schweifen. Er hatte sie vermisst, sie wirklich vermisst, und wusste nicht, wie lange er die Trennung noch aushalten konnte.

„Oh mein Gott!", rief sie aus, als sie weiter und weiter auf der Seite nach unten las. Er wollte, dass sie die Chance hatte, den ganzen dreiseitigen Vertrag durchzulesen, obwohl er ungeduldig wurde.

Als sie zur zweiten Seite blätterte, sprang sie plötzlich vom Stuhl auf. „Oh Gott!", ertönte ein weiterer ungläubiger Aufschrei. Der Schock über den Vorschlag war offensichtlich, obwohl er ihr Gesicht nicht sehen konnte. Es brachte ihn um, da ihre Ausdrücke ihm nicht sagten, ob sie dazu tendierte, anzunehmen oder abzulehnen. Er musste es herausfinden. Er konnte die Spannung nicht mehr aushalten.

„Sabrina."

Mit einem leisen Schrei, der ihr im Halse steckenblieb, wirbelte sie herum. Die Blätter Papier entglitten unfreiwillig ihren zitternden Händen und landeten auf dem Boden. Sie war schöner, als er sie jemals gesehen hatte.

„Du ..." Ihre Stimme zitterte und brach schließlich ab.

Er ging zwei Schritte auf sie zu, doch er sah, wie sie sich am Tisch hinter sich abstützte, und stoppte. Er wollte sie nicht erschrecken.

„Das willst du wirklich?" Sie zeigte auf den Vertrag zu ihren Füßen.

Daniel nickte. „Ja."

„Warum?"

„Weil ich an diesem Punkt nehme, was ich bekommen kann."

Er kam näher und bückte sich, hob die Seiten auf und drückte sie ihr in die Hände. So nah bei ihr zu sein, nachdem er sie fünf Tage lang nicht gesehen hatte, weckte in ihm das Verlangen, nach ihr zu greifen und sie zu berühren.

Ihre Augen trafen sich. „Du willst, dass ich dein Callgirl bin?"

„Das ist es, was du wolltest, nicht wahr? Nur Sex. Du hast es selbst gesagt."

Sabrina hielt die Seiten mit ihrer Hand hoch. „Hier geht es nicht nur um Sex." Sie zeigte auf einen Punkt auf einem Blatt. „Paragraf neun: Kinder. Kannst du mir vielleicht erklären, was das in dem Vertrag zu suchen hat?"

„Alle Kinder, die aus diesem Vertrag entstehen, sollen meine legitimen Erben sein", zitierte er einen Teil des Vertrags. „Also, es geht nur um Sex. Ich garantiere dir, dass du schwanger wirst, wenn wir jede Nacht das Bett teilen."

„Paragraf sechs: Unterkunftsvereinbarung. Die Angestellte wird mit dem Arbeitgeber zusammenleben und sein Bett teilen", las sie vor.

„Du weißt genauso gut wie ich, was passiert, wenn wir uns das Bett teilen. Soll ich dich daran erinnern?" Er kam langsam näher und bemerkte, wie sie ihren Atem anhielt.

„Paragraf siebzehn: Vergütung", fing Daniel an.

„Soweit habe ich noch nicht gelesen", sagte sie schnell.

„Lass es mich zusammenfassen. Die Angestellte hat Anspruch auf die Hälfte des Vermögens des Arbeitgebers."

Sabrina rang vor Schock nach Luft. „Das ist nicht dein Ernst."

Er nickte langsam. „Lies selbst!"

Sie suchte nach der richtigen Stelle im Vertrag und fand sie. Ihre Augen tanzten über die Seite wie ein Pingpongball auf einem Turnier, bis ihr Mund aufklappte und sich dann schnell wieder schloss. Anstatt ihn wieder anzusehen, las sie weiter.

„Ich brauche einen Moment", bat sie.

Er wich zurück, weg von ihrem verführerischen Duft. Sabrina umrundete den Schreibtisch und setzte sich auf Merriweathers Stuhl.

Einige Minuten vergingen, während sie den Vertrag zu Ende las. Er wusste immer noch nicht mehr als zu dem Zeitpunkt, als er das Büro betreten hatte. Würde sie ihn sofort ablehnen? Würde sie mit ihm spielen?

Als sie schließlich aufblickte, war ihr Gesichtsausdruck undurchschaubar.

„Lass mich das klarstellen. Du willst mich als dein Callgirl anstellen, dass ich dein Bett und dein Haus mit dir teile, dass ich mit dir zusammenlebe, dass ich mit dir reise, dass ich jede Familienfeier mit dir besuche. Ich soll exklusiv dir gehören und keinen anderen Liebhaber haben. Und du wirst auch keine anderen Liebhaberinnen haben. Alle Kinder, die ich möglicherweise zur Welt bringe, werden deine legitimen Erben sein und werden als deine Kinder aufwachsen. Im Gegenzug erhalte ich dein halbes Vermögen. Und dann die Terminierungsklausel." Sie hielt inne. „Du solltest Merriweather als deinen Anwalt entlassen. Ich glaube nicht, dass er das Beste für dich herausgeholt hat. Die Terminierungsklausel gibt dir keinen Ausweg."

„So ist es beabsichtigt. Kein Ausweg für mich. Ich will da nicht heraus. Ich will hinein. Es wird alles in deinen Händen liegen, genauso wie du es die ganze Zeit wolltest. Du gibst den Ton an, wenn es zur Terminierung des Vertrags kommt. Ich bin bereit, wenn du es bist."

Sabrina schüttelte den Kopf. „Ich hoffe, du hast nichts dagegen, wenn ich den Vertrag abändere? Niemand unterzeichnet einen Vertrag so, wie er vorgelegt wird, am wenigsten ein Anwalt."

Sie wartete nicht auf seine Zustimmung, sondern fing an Kommentare hinzuzufügen. Bedeutete das, sie war bereit, diesen verrückten Vorschlag zu akzeptieren? Würde sie es wirklich machen? Er wusste, er wollte, dass sie für immer ihm gehören sollte, und obwohl er sie lieber gebeten hätte, ihn zu heiraten, war er bereit etwas anzubieten, von dem er hoffte, dass sie es akzeptieren konnte.

Sie hatte es ihm im Cottage offen gestanden: Sie konnte nicht mehr als nur seine Hure sein. Gut, er würde sie nehmen und ihr dann zeigen, was sie wirklich war: die Frau, die er liebte.

Als Daniel sah, wie sie den Vertag unterschrieb, schlug sein Herz bis zum Hals. Sie gehörte ihm.

„Hier. Ich habe akzeptiert. Du musst Paragraf siebzehn abzeichnen. Ich habe Änderungen vorgenommen."

Paragraf siebzehn? Er versuchte, sich verzweifelt daran zu erinnern, worum es sich darin handelte, als es ihn traf: Vergütung.

Sie nickte, als sie die Erkenntnis in seinem Gesicht sah. „Es ist nicht annähernd genug für das, was du willst. Ich brauche mehr."

Mehr? Sein Herz rutschte ihm in die Kniekehlen. Sabrina nahm ihn aus wie eine gemästete Gans. Er konnte sie doch nicht so falsch eingeschätzt haben. Sie hatte nie Interesse an seinem Geld gezeigt, aber jetzt, da sie ihn in der Hand hatte, kam jetzt ihre wahre Seite zum Vorschein? Oh Gott, er hoffte nicht.

Sie schob den Vertrag in seine Richtung. „Willst du es nicht lesen?"

Er fühlte sich, als ob seine Beine mit Blei gefüllt wären, als er einen Schritt zum Schreibtisch machte. Hatte sie auf ihm wie auf einer Geige gespielt, alle Knöpfe gedrückt, ihn so sehr verzaubert und ihn damit manipuliert?

„Daniel, lies es!", drängte sie ihn. Die Art, wie sie seinen Namen sagte, ließ ihn sie ansehen und in ihre Augen blicken. Nichts Kaltes lag darin. Stattdessen waren sie voller Wärme. Ihre Handlungen ergaben keinen Sinn, so wie sie ihn ansah.

Indem sie ihre Augen auf den Vertrag senkte, bat sie ihn nochmals, die Änderungen, die sie gemacht hatte, zu lesen. Was er sah, ließ sein Herz vor Freude fast zerspringen. Sie hatte den gesamten Absatz durchgestrichen und etwas an den Rand geschrieben. Da stand es in blauer Tinte: *Vergütung – Daniel wird Sabrina seine Liebe und seinen Respekt geben, jeden Tag, jede Nacht.*

Das war alles, was sie wollte! Sie hatte den Vertag unterschreiben. Er musste sich zusammenreißen.

„Darf ich mir deinen Stift leihen?" Daniel schnürte es den Hals ab, als er nach dem Kugelschreiber griff.

Eine Sekunde später war die Tinte auf dem Papier trocken, und seine Unterschrift stand neben ihrer.

Sabrina sah ihn an und lächelte. Als sie die ersten paar Paragrafen des Vertrags gelesen hatte, hatte sie gedacht, dass er verrückt geworden war. Sie hatte sich sogar von dem Angebot leicht beleidigt gefühlt, bis sie die Terminierungsklausel gelesen und erkannt hatte, dass das was er ihr wirklich anbot, er selbst war.

Es gab keine Möglichkeit für ihn, den Vertrag zu beenden. Und der einzige Ausweg für sie? Ihn zu heiraten. Er würde sie nur entlassen, wenn sie zustimmte, seine Frau zu werden. Sie verstand ihn nun.

Mit stetigen Schritten ging sie auf ihn zu und stoppte nur Zentimeter von ihm entfernt. Sie fühlte, wie die Hitze seines Körpers die Luft zwischen ihnen in Brand setzte.

„Du glaubst also, du kannst meinen Preis bezahlen?", fragte sie.

„Das glaube ich nicht nur. Das weiß ich. Willst du einen Vorgeschmack?" Sein Blick war glühend heiß und trug zur brennenden Hitze im Raum bei.

Sie leckte ihre Lippen, um sie abzukühlen, als sie seinen Mund näher kommen sah. „Ich brauche mehr als nur einen Vorgeschmack", murmelte sie, bevor seine Lippen auf ihre trafen.

Sein Arm umfing ihre Hüfte, um sie an seinen Körper zu ziehen und ihre Brüste an seine Brust zu drücken. Seine andere Hand streichelte ihren Halsansatz und winkelte ihren Kopf an, sodass er sie intensiver küssen konnte.

Ihre Lippen öffneten sich mit einem tiefen Seufzer und luden ihn ein. Er erforschte die tiefen Höhlen ihres Mundes und duellierte sich mit ihrer wartenden Zunge. Alles in diesem Kuss schrie nach Leidenschaft, Liebe und Besitzergreifung.

Sie zog an seinem Hemd, um es aus seiner Hose zu ziehen. Sie musste seine Haut spüren. Als sie ihre Hände unter sein Hemd gleiten ließ, stöhnte er auf.

„Sabrina, ich habe dich vermisst. Keine Trennungen mehr, nicht einmal für eine Nacht." Seine Augen trafen sich mit ihren.

„Ich habe den Vertrag unterschrieben, oder etwa nicht?"

Daniel lächelte. „Ja, das hast du."

„Woher wusstest du, dass ich annehmen werde?"

„Ich wusste es nicht. Ehrlich gesagt, dachte ich an einem Punkt, dass du mir den Vertrag ins Gesicht werfen und mir sagen würdest, ich sollte verschwinden."

Sie zog eine Augenbraue hoch. „Und dann?"

„Dann wäre ich zu Plan B übergegangen."

„Was war Plan B?"

Er lächelte verschmitzt und schüttelte den Kopf. „Da du Plan A akzeptiert hast, wirst du es nie herausfinden."

„Ich glaube, dann muss ich wohl das Beste aus Plan A machen." Sie lachte und nahm ihre Hand von seiner Brust, um sie auf die Wölbung in seiner Hose zu legen. Sabrina konnte deutlich die Hitze unter ihrer Hand spüren.

„Was hast du vor?", fragte Daniel langsam.

„Paragraf elf einfordern."

„Paragraf elf?", fragte er und stöhnte, als sie die wachsende Erektion durch den Stoff streichelte.

„Daniel, weißt du überhaupt, was in dem Vertrag steht?"

„Kannst du mein Gedächtnis bitte auffrischen, da mein Körper gerade mit anderen Dingen beschäftigt ist?"

Sie lachte. „Paragraf elf und ich fasse zusammen: Der Arbeitgeber muss die Angestellte jederzeit sexuell zufriedenstellen."

„Jederzeit?"

Sie nickte. „Jederzeit. Und ich glaube, das beinhaltet jetzt."

„Hier?" Er blickte sich im Büro um.

„Hier. Jetzt." Sie tastete nach dem Schreibtisch hinter sich. „Fühlt sich ziemlich stabil an", kommentierte sie.

„Gut, dass Merriweather ordentlich ist und seinen Schreibtisch aufgeräumt hält", antwortete Daniel mit einem Glitzern in seinen Augen, als er ihren engen Rock mit einem Ruck nach oben schob. „Wie wäre es, wenn du dieses Höschen verlierst?"

„Ich erinnere mich nicht daran, mein anderes von dir zurückbekommen zu haben."

„Ich fange eine Sammlung an. Hast du Lust, etwas zu spenden?"

Sabrina stieg aus ihrem Höschen und gab es ihm.

„Was bekomme ich als Gegenleistung?"

Er hob sie auf den Schreibtisch und spreizte ihre Beine, trat in ihre Mitte und näherte sich ihr. „Das entscheidest du." Seine Stimme war leise, und sie fühlte seinen Atem auf ihrem Gesicht, als sich seine Lippen für einen zärtlichen Kuss auf ihre senkten.

Langsam wanderten ihre Hände zu seiner Hose, öffneten erst den Knopf und dann den Reißverschluss. Sie hörte sein zustimmendes Seufzen, als sie die Hose über seine Hüften schob und auf den Boden fallen ließ. Nachdem sie dasselbe mit seinen Boxershorts gemacht hatte, griff sie nach seiner Erektion, die stolz hervorragte.

„Perfekt", bewunderte sie ihn und strich mit ihrer Hand sanft über seinen Schaft.

„Es ist schon so lange her, Baby." Seine Augen sahen sie mit unverhohlenem Verlangen an. Genauso, wie sie es liebte. Indem sie ihn an seinem Hemd zu sich zog, brachte sie ihn an ihren Körper, wobei seine Erektion an ihren warmen und feuchten Eingang stupste.

„Ich will dich Daniel, ganz und gar." Sie war voll von der Liebe, von der sie noch nicht sprechen konnte. Sie konnte die Worte noch nicht sagen, aber sie wusste, er würde warten, bis sie dazu bereit war. In der Zwischenzeit würde sie sein Callgirl sein, und nur seines – ganz exklusiv.

„Bitte nimm mich", bat sie ihn, presste ihre Lippen auf seine und küsste ihn leidenschaftlich.

Sabrina entließ ein tiefes Stöhnen, als die Spitze seines Schwanzes den engen Eingang zu ihrem Inneren durchbrach. Sekunden später trennte Daniel seine Lippen von ihren und blickte in ihre Augen.

„Jetzt gehörst du mir und ich gehöre dir. *Per sempre.*"

Und dann drang er tief in sie ein, rammte seine zwanzig Zentimeter hartes Fleisch in ihr feuchtes und warmes Inneres und beanspruchte sie für sich, genauso wie sie es mit ihm tat.

BEGLEITERIN FÜR TAUSEND NÄCHTE

BAND 2

1

―――――――

Sabrina versuchte, ihr Handgepäck in das Gepäckfach zu schieben, aber selbst auf Zehenspitzen stehend war sie ein wenig zu klein. Außerdem hatte sie viel zu viel eingepackt, sowohl in ihr Handgepäck als auch in den Koffer, den sie eingecheckt hatte. Doch hatte sie das tun müssen. Ihre restlichen Sachen würden erst in ein paar Tagen in New York ankommen, und sie hatte dafür sorgen müssen, genug Kleidung und das Wesentliche dabeizuhaben, bis die Umzugsfirma ihre Sachen lieferte.

Und sie hatte ja auch keine Ahnung, was Daniel alles geplant hatte, wenn sie erst einmal in New York waren. Sie hoffte, dass sie etwas Passendes für jede Gelegenheit eingepackt hatte. Er hatte erwähnt, dass er zu gesellschaftlichen Veranstaltungen eingeladen war, und sie wollte das richtige Outfit dabeihaben, falls ihre Umzugskartons verspätet ankamen.

„Brauchst du Hilfe?", hauchte Daniel ihr ins Ohr, sein Atem heiß an ihrem Hals.

Sein Körper drückte von hinten fest gegen ihren, und seine Wärme drang in sie ein und versengte sie, als wäre sie dem Feuer zu nahe gekommen.

Seine Nähe, sein einzigartiger Duft und die Hitze seines Körpers waren eine verlockende Kombination, die sie erregte. Würde er immer diese Wirkung auf sie haben?

„Ja, bitte", flüsterte sie und drehte langsam den Kopf zu ihm. Ihre Lippen fanden seine und sie küsste ihn. Sie widerstand dem Drang, laut aufzustöhnen, denn sie wollte im Flugzeug kein Aufsehen erregen.

Daniel unterbrach den Kuss und griff nach oben. Er verstaute ihre Tasche in dem Fach und schloss den Deckel.

„Setz dich", bat er sie, während seine Augen vor Verlangen funkelten.

Während sie sich in dem Sitzplatz am Fenster niederließ, nahm er den Gangplatz neben ihr ein und beugte sich über die Armlehne. Als er sie wieder küsste und diesmal an ihrer Unterlippe knabberte, stöhnte sie leise. Würden sein Kuss und seine Berührung immer so viel Macht über sie haben und sie so entfachen wie jetzt?

Oh Gott, er war ein gut ausssehender Mann. Sie konnte immer noch nicht glauben, dass er ganz ihr gehörte. Vor etwas über einer Woche war sie davon überzeugt gewesen, dass zwischen ihnen alles aus war und sie gezwungen war, den Rest ihres Lebens damit zu verbringen, ihn zu vergessen. Sie hatte nicht mit Daniels Hartnäckigkeit gerechnet.

Sabrina riss ihren Blick von ihm los und sah sich im Flugzeug um. Sie war noch nie Erster Klasse geflogen, aber sie wusste, dass dies ein Luxus war, an den sie sich gewöhnen könnte.

Sie lehnte sich gegen die Kopflehne und lächelte. Sie zog nach New York, um mit Daniel zusammen zu sein. Eine Kombination aus Spannung und Nervosität bildete sich in ihrem Bauch. Sie versuchte, sich zu beruhigen, indem sie einen tiefen Atemzug nahm. Ohne Erfolg. Zu behaupten, dass ihre und Daniels Beziehung ungewöhnlich war, oder dass sich ihre Liebesbeziehung wie ein Wirbelwind entwickelt hatte, wäre die Untertreibung des Jahrhunderts gewesen. Sie konnte es noch immer nicht fassen, wenn sie daran dachte, was zwischen ihnen passiert war.

In einer Nacht war sie noch eine ledige Anwältin gewesen, die einen Job hatte, den sie liebte und einen Kollegen, den sie verachtete, und die Nacht darauf hatte sie vorgegeben, ihre beste Freundin Holly, ein

Callgirl, zu sein, und dabei hatte sie Daniel kennengelernt und bereits in der ersten Nacht mit ihm geschlafen. Holly, die krank war, hatte sie angefleht, diese Buchung für sie zu übernehmen, und behauptet, dass man sie entlassen würde, wenn sie die Buchung ablehnte. Diese Buchung war Daniel gewesen, der eine Scheinfreundin für eine geschäftliche Veranstaltung brauchte, um sich aufdringliche Single-Frauen, die einen reichen Mann suchten, vom Leib zu halten. Und wer war besser für die Rolle geeignet als Sabrina, die an diesem Abend Escort-Dame spielte? Was dann geschehen war, hätte sie nie geglaubt, wenn es ihr jemand erzählt und sie es nicht selbst erlebt hätte: Sie und Daniel hatten sich unter den unwahrscheinlichsten Umständen ineinander verliebt.

Zwei Wochen später, und hier war sie nun: Sie zog weg von San Francisco, ließ ihren Job zurück, na ja, ihren Ex-Job, und ihre beste Freundin. Es war eine gewaltige Veränderung, deshalb würde sie sich auch nicht erlauben, diese zu sehr zu analysieren. Sich auf Daniel zu konzentrieren, machte die ganze Sache viel weniger beängstigend.

Nachdem die Flugbegleiter ihre Sicherheitsdemonstration beendet hatten, wandte Daniel sich ihr zu. „Bequem?"

„Ja."

„Gut. Ich kann's gar nicht erwarten, nach Hause zu kommen und unser gemeinsames Leben anzufangen."

Zuhause. Ihr Zuhause war jetzt bei Daniel und sie war voller Begeisterung. Die Umstände, unter denen all dies geschehen war, waren bizarr. Daniel hatte sich die Mühe gemacht, einen Vertrag aufzusetzen, der sie zu seiner exklusiven Begleiterin machte. Es war seine Art gewesen, ihr zu zeigen, dass trotz der Lügen, auf die ihre Beziehung am Anfang gebaut worden war, von nun an alles zwischen ihnen offen dalag. Es würde keine Lügen mehr zwischen ihnen geben. Er hatte ihrer einzigen Änderung im Vertrag zugestimmt: Anstatt einen Teil seines Geldes zu akzeptieren, hatte sie seine Liebe und seinen Respekt gefordert. Der Sex, den sie sofort nach der Unterzeichnung des Vertrages gehabt hatten, war atemberaubend gewesen. Nur daran zu denken, ließ kleine Flammen auf ihrer Haut tanzen. Und der Gedanke, dass sie es auf dem Schreibtisch ihres Ex-Chefs getan hatten, zauberte nun ein Lächeln auf ihre Lippen. Sie betrachtete es als ein kleines Abschiedsgeschenk – eines, das sie in Verlegenheit bringen würde, sollte ihr Ex-Chef jemals davon erfahren.

Alles würde sich jetzt zum Guten wenden, denn sie liebte Daniel mehr als alles andere und sie wusste, dass er sie genauso liebte. Die Aussicht, jede Nacht das Bett mit ihm zu teilen und jeden Morgen in seinen Armen aufzuwachen, löschte alle ihre Ängste aus. Nach New York umzuziehen, war die richtige Entscheidung.

Als Daniel ihre Hand nahm und einen Kuss in ihre Handfläche drückte, sah sie ihn an. Er lächelte sie auf eine besondere Weise an, die jedes Mal ihr Herz zum Flattern und ihren Puls zum Rasen brachte. Sie konnte nicht umhin, ihn anzulächeln. „Was?"

„Du bist schön, Sabrina." Er lächelte wieder und streifte mit seinen Lippen über ihre Knöchel. „Ich kann dir gar nicht sagen, wie glücklich ich bin, dass du zu mir nach New York ziehst."

Sie lächelte. „Ich bin auch glücklich."

„Warum schaust du dann so besorgt drein?"

Sabrina zuckte mit den Schultern. „Ich bin nicht besorgt. Ich bin nur ein bisschen nervös, in eine neue Stadt zu ziehen, in der ich niemanden kenne."

Er beugte sich zu ihr. „Du kennst mich. Ist das nicht genug? Bin *ich* dir nicht genug?"

„Du bist mehr als genug."

„Was ist dann das Problem?"

„Nichts." Sie schenkte ihm ein aufmunterndes Lächeln. „Alles wird absolut perfekt sein."

Nur diese Worte auszusprechen, ließ sie sich schon besser fühlen. Sie musste einfach nur die kleinen Zweifel beiseiteschieben, die sich immer wieder in sie einschlichen und versuchten, sie davon zu überzeugen, dass es verrückt war, mit einem Mann zusammenzuziehen, den sie erst zwei Wochen kannte. Na gut, es war verrückt. Aber gut verrückt!

Daniel lehnte sich in seinem Sitz zurück, aber behielt seine Finger mit ihren verflochten. „Ich kann's kaum erwarten, bis du meine Eltern triffst. Sie sind schon ganz aufgeregt, dich kennenzulernen."

Sabrina schluckte schwer. Daniel hatte sie schon eingeweiht, dass er sie seinen Eltern vorstellen würde, und sie hatte zugestimmt, doch das bedeutete nicht, dass sie nicht beunruhigt war. Was, wenn sie sie nicht mochten? Was, wenn sie dachten, dass ihr Sohn eine voreilige Entscheidung getroffen hatte, indem er sie bat, zu ihm zu ziehen? Das wäre schrecklich. Würde Daniel seine Entscheidung bereuen, wenn seine Eltern sie nicht mochten? Das könnte sie nicht ertragen. So oder so musste sie einen guten Eindruck auf Daniels Eltern machen.

„Du schaust wieder besorgt drein."

„Das bin ich auch." Sie erwiderte seinen Blick. „Den Eltern meines Freundes vorgestellt zu werden, ist eine große Sache. Warte mal ..." Sie fühlte, wie ein spitzbübisches Grinsen sich auf ihrem Gesicht ausbreitete. „Sollte ich dich überhaupt meinen Freund nennen? Würde Kunde nicht besser passen? Nein, warte, ich glaube, der Vertrag bezeichnet dich als meinen Arbeitgeber. Genau." Sie versuchte, ein Lachen zu unterdrücken.

Daniel sah nicht amüsiert drein. „Du bist meine Freundin, Sabrina, und ich bin dein Freund. Ich werde mich mit nichts anderem zufriedengeben."

„Wo ist dein Sinn für Humor?"

Er runzelte immer noch die Stirn. „Unsere Beziehung ist nichts zum Scherzen. Und selbst das Etikett *Freundin* ist nicht genug. Du bist so viel mehr für mich als nur eine Freundin."

Sie lächelte, und ihr Herz schmolz ein wenig dahin. Daniel wusste immer, was er sagen musste, damit sie sich gut fühlte.

Sie rutschte in ihrem Sitz umher und sah ihn an. „Im Ernst, Daniel, was sagen wir deinen Eltern, wenn sie fragen, wie wir uns kennengelernt haben?"

„Wir werden ihnen die Wahrheit sagen", meinte er gelassen.

Als sie ihn entsetzt ansah, lachte er. „Dass mein Freund Tim ein Blind Date für uns organisiert hat."

Sie schlug ihm scheltend auf die Schulter. „Ich dachte, unsere Beziehung sei nichts zum Scherzen."

Mit einem Funkeln in den Augen ergriff er ihre Hand und küsste sie. „Siehst du, ich habe doch einen Sinn für Humor. Natürlich werden wir die Tatsache weglassen, dass Tim mir verschwiegen hatte, was er vorhatte, und ich keine Ahnung hatte, dass unser Treffen ein Blind Date war."

„Und die Tatsache, dass ich vorgab, ein Callgirl zu sein", fügte sie hinzu.

Unter keinen Umständen könnte sie jemals jemandem diesen Teil ihrer Vorgeschichte erzählen, vor allem nicht seinen Eltern. Es war schlimm genug, dass sie der Sache überhaupt zugestimmt hatte, und sie konnte dem Himmel danken, dass Daniel sie immer noch wollte, obwohl sie sich als Callgirl ausgegeben hatte. Die meisten Männer hätten sie danach nie als mögliche Freundin in Betracht gezogen, geschweige denn sie gebeten, bei ihm einzuziehen.

„Das bleibt unser Geheimnis." Er streckte die Hand aus und streichelte ihre Wange. „Bitte entspanne dich, Baby. Meine Eltern werden dich so sehr lieben wie ich."

„Bist du sicher?"

„Ganz sicher." Daniel fuhr mit seiner Hand in ihr Haar und brachte sie näher an sich. Er legte seine Lippen über die ihren und teilte sie mit seiner Zunge, um ihren Mund zu erkunden, als ob er schon sein ganzes Leben damit verbracht hatte, sie zu küssen, und zwar nur sie.

Funken entfachten tief in ihrem Inneren, und sie verwünschte die Tatsache, dass sie nicht alleine waren. Sie wollte nichts mehr, als ihm die Kleider vom Leib zu reißen und mit ihm Liebe zu machen. Sie wollte hören, wie Daniel ihr süße Worte zuflüsterte, während er ihr Vergnügen bereitete und sie zur Ekstase trieb. Genauso, wie er es in den letzten zwei Wochen getan hatte.

Sie legte ihre Hand auf seine Brust und wanderte zu seinem Bauch hinunter, dann streifte sie seinen Schritt. Sie spürte, wie sich sein Schwanz unter ihrer Berührung ruckartig bewegte. Daniel stöhnte auf. Sie unterdrückte den Drang, noch einmal mit ihrer Hand über die Stelle zu streicheln, um ihren Mitreisenden nicht eine Show zu bieten, die sie so schnell nicht vergessen würden.

„Du bringst mich um", flüsterte er und warf ihr einen Blick zu, der sein Verlangen nach ihr kristallklar machte.

„Du hast angefangen", erinnerte sie ihn.

„Ja, und ich plane auch, es zu beenden." Daniel stand auf und streckte seine Hand nach ihr aus. „Komm!"

„Warum? Wohin gehen wir?", fragte sie leise und warf verstohlene Blicke um sich.

Sie waren in einem Flugzeug, Tausende von Metern in der Luft. Wohin konnte er sie denn führen? Sabrina stand auf und folgte ihm zögernd den Gang entlang, während sie versuchte, unauffällig auszusehen, als die Erkenntnis sie plötzlich wie ein Blitzschlag traf.

„Das kann nicht dein Ernst sein", flüsterte sie.

„Das ist mein vollkommener Ernst." Daniel sah sich verstohlen um, um sicherzugehen, dass sie nicht beobachtet wurden.

Er schob Sabrina in die winzige Toilette des First-Class-Bereichs und drückte sich hinter ihr hinein, bevor er die Tür hinter sich zuzog. Dann presste er sie gegen die Tür.

„Du bringst mich vollkommen aus dem Häuschen, Sabrina." Er streifte mit seinem Mund über ihr Kinn und ihren Hals. „Bei dir kann ich mich nicht beherrschen."

Sabrina stöhnte und griff nach seinem Hemd. Sie fummelte an den Knöpfen, bis es offen war. Er hatte eine muskulöse Brust, nicht zu bullig, aber gerade muskulös genug, um jede Frau schwach zu machen. Anerkennend ließ sie ihre Hände über seine Brust und seinen Bauch nach unten gleiten, bis sie den Bund seiner Hose erreichte. Sie legte ihren Kopf zurück, um seinem Mund einen besseren Zugang zu ihrem Hals zu geben, während sie seine Hose öffnete und seinen Schwanz befreite, der bereits voll erigiert war. Sabrina legte ihre Finger um sein hartes Fleisch und streichelte ihn fest. Sie ließ ihre Hand erst nach unten und dann wieder nach oben gleiten, bevor sie ihre Handfläche über die samtig-glatte Schwanzspitze legte.

Daniel drückte seine Hände flach gegen die Tür und blickte nach unten, wo sie ihn streichelte. Er holte tief Luft.

„Das fühlt sich gut an", sagte er und eroberte wieder ihre Lippen. Dann verließ er ihren Mund und küsste einen Pfad ihren Hals hinunter, bis er den Ausschnitt ihres Sommerkleides erreichte.

Sie bäumte sich ihm entgegen, von wohligen Schauern überflutet. „Ja", murmelte sie.

Daniel setzte sich auf die Toilette. Er sah sie aus dichten Wimpern hervor an. Ein sexy Halblächeln breitete sich auf seinem Gesicht aus, als er sie näher zog, ihr linkes Bein anhob und es über seine Schulter legte.

Sabrina hielt den Atem an, als Daniel ihr Kleid hochhob.

„Wie wäre es, wenn wir das Höschen loswerden würden?"

Das letzte Mal, als er diesen Vorschlag gemacht hatte, hatte sie ihren Slip nicht zurückbekommen. Er hatte mittlerweile eine stattliche Sammlung.

Sabrina kicherte leise. „Bekomme ich es später wieder zurück?"

„Wahrscheinlich nicht."

Er zog ihr den Slip aus, dann schob er ihn in seine Jackentasche. Daniel senkte den Kopf zu ihrem Geschlecht. Seine Finger teilten ihre feuchten Falten, bevor er über ihren Kitzler leckte und dann mit einem Finger in sie eindrang.

Helle Blitze aus weißem Licht zuckten vor ihren Augen, als ihre Hände und Fingernägel versuchten, sich irgendwo festzukrallen. Mit einer Hand klammerte sie sich am Waschbecken fest, mit der anderen stemmte sie sich von der Wand ab.

„Oh Gott, oh Gott, oh Gott", rief sie aus und versuchte, den Schrei, der sich in ihrem Inneren bildete, zurückzuhalten.

„Schhhhh." Sein Atem geisterte über ihr empfindliches Geschlecht und sandte einen unwillkürlichen Schauer durch ihren Körper.

Sie liebte es, wenn Daniel sie leckte. Er wusste immer genau, was sie brauchte, und wie sie es brauchte. Sie war noch nie zuvor mit einem Mann zusammen gewesen, der ihren Körper so gut verstand wie Daniel.

Ihre Hüften bewegten sich in einem gleichmäßigen Rhythmus und drängten ihn, seinen Finger härter, schneller und tiefer in sie zu treiben und sie weiter zu lecken. Sie konnte nicht genug von ihm bekommen.

„Du schmeckst so gut", sagte er und seine Worte vibrierten gegen ihr Geschlecht.

Es war zu viel. Obwohl sie versuchte, das Vergnügen zu verlängern, konnte sie es nicht. Ihr Orgasmus brach hart und schnell über sie herein und ihre Beine zitterten bei dessen Intensität.

„Ja, das ist es, Baby. Komm für mich, Sabrina."

Sie grub ihre Hände in seine Haare und biss sich auf die Lippe, um sich davon abzuhalten, seinen Namen auszurufen, als sie die Wellen ihres Orgasmus ausritt.

Daniel stellte sanft ihren Fuß wieder auf den Boden, während sie nach Luft rang. Er stand auf, zog ihr Bein um seine Hüfte und stieß seinen Schwanz mit einem einzigen Stoß in sie hinein, bevor sie überhaupt registrieren konnte, was er vorhatte. Sabrina packte seine Schultern und grub ihre Fingernägel in seine Haut. Die Wand stöhnte gegen ihren Rücken.

„Schling deine Beine um meine Hüften", sagte er und sie kam seiner Bitte nach. Dann drehte er sich und setzte Sabrina auf den Rand des winzigen Waschbeckens.

Daniel fand ihre Lippen wieder und küsste sie im gleichen Rhythmus, in dem sein Schwanz immer wieder in sie eindrang.

„Oh Gott, ich liebe es, in dir zu sein", sagte er und beschleunigte das Tempo und die Intensität seiner Stöße.

Sie wollte ihre Zustimmung herausschreien, wusste jedoch, dass sie das nicht konnte.

Sie hatten Sex in der Toilette eines Flugzeuges!

Sie hatte noch nie zuvor so etwas Verrücktes getan. Na ja, außer, als sie und Daniel einmal Sex im Freien gehabt hatten, wo sie die Bucht von San Francisco und Alcatraz überblicken konnten. Daniel schaffte es immer, dass sie all ihre Hemmungen fallen ließ.

Als sie ihn stöhnen hörte und er ein letztes Mal in sie eindrang, spürte sie den warmen Strom seines Samens, der seinen letzten Stoß begleitete. Ihr Geschlecht verkrampfte sich um seinen Schwanz und sie kam gleichzeitig mit ihm zum Höhepunkt.

Daniel legte seine Stirn gegen ihre und atmete schwer. „Alles in Ordnung?"

„Ja." Sie nickte. „Küss mich."

Seine Lippen fanden ihre und er küsste sie langsam und fast ehrfürchtig. „Oh Gott, Sabrina, ich kann nicht genug von dir bekommen. Ich könnte ewig in dir begraben bleiben."

„Daniel", murmelte sie. „Das ist verrückt."

„Ich weiß." Langsam zog er sich aus ihr heraus und erwiderte ihren Blick. „Du bist so schön, weißt du das?"

„Danke." Sie fühlte, wie sie bei seinem Kompliment errötete. Egal, wie oft er ihr sagte, dass er sie schön fand, fühlte es sich immer an wie beim ersten Mal.

Daniel machte sich sauber und half ihr, das Gleiche zu tun, dann griff er nach seiner Hose, zog sie hoch und machte sie zu.

Sabrina hüpfte vom Waschbecken herunter und richtete ihr Kleid gerade. Dann hielt sie ihm die Hand entgegen. „Mein Höschen bitte."

Er warf ihr ein spitzbübisches Grinsen zu, als er es aus seiner Tasche zog und es ihr reichte. „Sobald wir zu Hause sind, bekomme ich das wieder."

Seine Worte tropften voller Versprechen – Versprechen, die sie später einfordern würde. Sie zog ihr Höschen an, als ihr etwas in den Sinn kam. „Daniel? Wenn wir die Toilette verlassen ... die Leute da draußen werden wissen, was wir getan haben, oder nicht?"

Daniel schlang seine Arme um sie. „Na und? Ich persönlich möchte, dass jeder weiß, dass du mir gehörst."

Wie konnte sie das bestreiten? Doch obwohl sie gerade dem Mile-High-Club beigetreten waren, wollte sie das doch nicht öffentlich verkünden. „Daniel ..."

Er lachte, aber aus seinen Augen leuchtete Verständnis. „Na gut, wenn es dir lieber ist, dann kannst du zuerst hinausgehen und ich folge dir in ein paar Minuten."

„Danke."

Sie öffnete die Tür und spähte hinaus.

Sabrina nahm ihren Platz wieder ein, ohne dass die Passagiere der ersten Klasse sie beobachteten. Aber ihr Herz klopfte weiter aufgeregt: Sie war auf dem Weg nach New York, um mit Daniel zusammenzuziehen.

Um ein neues Leben zu beginnen.

Ein Abenteuer lag vor ihr, und sie konnte es nicht erwarten, herauszufinden, wie sich ihr gemeinsames Leben entwickeln würde.

2
———

„Wir sind da", kündigte Daniel an, als er nach seinem Schlüssel griff. Er steckte ihn ins Schlüsselloch, schloss die Tür auf und öffnete sie. Mit ausgestrecktem Arm deutete er nach drinnen.

„Ladies first", sagte er.

Er war begeistert, Sabrina zu sich nach Hause zu bringen. Sie zu bitten, mit ihm zusammenzuziehen, war etwas gewesen, das keiner großen Überlegungen bedurft hatte: Er hatte einfach gewusst, dass er mit Sabrina zusammenleben und jeden Morgen neben ihr aufwachen wollte.

Seltsam, dass diese Entscheidung eine der einfachsten war, die er je getroffen hatte, obwohl er doch zuvor praktisch immer in Panik geraten war, wenn eine Freundin mehr als nur eine Zahnbürste bei ihm deponierte. Bei Sabrina konnte er es kaum erwarten, bis sie ihre Zahnbürste neben seine legte und ihre diversen Shampoos und Lotionen in seinem Badezimmer ausbreitete. Ihre Dessous würden in einer Schublade neben seinen Boxershorts liegen und ihre Kleider würden auf der gleichen Stange wie seine Anzüge hängen. Er hätte nie gedacht, dass er sich jemals über so etwas Banales freuen würde.

Bevor er sie kennengelernt hatte, hatte sich sein Leben um seine

Arbeit gedreht. Innerhalb von zwei Wochen hatte sich das drastisch geändert und jetzt drehte sich alles um sie. Nichts war ihm wichtiger als Sabrina.

Sabrina trat in die Wohnung und zog ihren Koffer hinter sich her. Plötzlich blieb sie stehen. „Wow!"

Sie bewegte ihren Kopf von links nach rechts, dann drehte sie sich in einem vollständigen Kreis herum, um alles um sich herum aufzunehmen.

Er lächelte, erfreut über ihre Reaktion. „Gefällt es dir?"

Daniel schloss die Tür hinter sich und blieb neben ihr stehen. Der Ausdruck auf Sabrinas Gesicht war die einzige Antwort, die er wirklich benötigte. Irgendwie hatte er befürchtet, dass ihr seine Wohnung nicht gefallen könnte, dass sie sie vielleicht zu protzig finden würde. Sie war nicht wie die anderen Frauen, mit denen er ausgegangen war. Geld und Besitz beeindruckten und beeinflussten Sabrina nicht. Sie zog die bescheideneren Dinge vor. Und seine Wohnung war alles andere als bescheiden.

„Sie ist riesig."

Ja, das war sie. Seine Wohnung war groß im Vergleich zu anderen Wohnungen in New York City und die größte in diesem Gebäude. Er mochte es geräumig. Es ließ ihn sich frei fühlen. Es hatte lange gedauert, bis er diese Wohnung gefunden hatte, aber als es schließlich so weit war, hatte er sofort gewusst, dass er sie nie aufgeben würde.

„Komm, wir machen eine Führung durch dein neues Zuhause."

Sabrina hob ihre Augen. Zuneigung lag in ihnen. „Unser", korrigierte sie ihn, ihre Stimme so weich wie das Rinnsal eines Bergbaches.

Er verschränkte seine Finger mit ihren. „Ja, unser Zuhause." Er drückte einen sanften Kuss auf ihre Lippen, dann zog er an ihrer Hand. „Dies ist das Wohn- und Esszimmer." Er deutete auf den großen Raum mit den raumhohen Fenstern, die einen atemberaubenden Blick über den Central Park gewährten.

„Die Aussicht ist unglaublich", rief Sabrina aus und näherte sich den Fenstern. „Und es ist so hell."

„Die Wohnung ist nach Osten ausgerichtet. Wir haben die

Morgensonne in diesem Raum." Er zeigte zum Esstisch. „Normalerweise frühstücke ich in der Küche, aber jetzt, wo du hier bist, glaube ich, wäre es schön, im Esszimmer zu frühstücken und dabei die Morgensonne zu genießen."

Sie lächelte und drückte ihn. „Das gefällt mir." Sie zeigte auf einen Torbogen. „Geht's dort zur Küche?"

„Ja", antwortete er und führte sie hinein.

„Oh mein Gott, das ist ja eine professionelle Küche wie in einem Restaurant", sagte sie, ihr Mund weit geöffnet, als ihre Hand über den Tresen und den Herd mit den sechs Gasbrennern streifte.

„Gefällt sie dir?"

Seine Brust schwoll voller Stolz an, als er bemerkte, dass ihre Augen ihre Umgebung förmlich aufsogen.

„Wenn es etwas gibt, das dir nicht gefällt, können wir es ändern. Ich möchte, dass du dich hier wohlfühlst."

Sie drehte sich zu ihm um und legte einen Finger auf seine Lippen. „Es ist perfekt. Ich könnte mir keine bessere Küche vorstellen. Du gibst wohl viele Dinnerparties."

Er schmunzelte. „Gar nicht. Ich bin kein besonders guter Koch. Ich gehe normalerweise zum Essen aus."

„Das ist aber eine Verschwendung bei dieser tollen Einrichtung!"

„Und du? Kannst du kochen? Ich glaube, ich habe dich noch nie gefragt."

Sie zwinkerte ihm zu. „Ich kann ganz gut Pizzateig ausrollen."

Bei der Erwähnung des Abends, den sie in Tante Maries Kochschule in San Francisco verbracht hatten, zog er sie an sich. „Ja, ich erinnere mich. Und ich erinnere mich auch, dass ich dich am liebsten auf den Küchentisch gelegt hätte, um den Teig mit dir auszuwalzen."

Ihre Augen funkelten. „Was du natürlich nicht machen konntest, da wir nicht alleine waren."

Er knurrte. Wenn Sabrina ihn so neckte, schalteten sich alle seine Urinstinkte ein und er wurde besitzergreifend. „Zum Glück hatten wir später etwas mehr Privatsphäre."

Nur daran zu denken, wie er sie an einem versteckt gelegenen

Aussichtspunkt über ein Geländer gebeugt und sie dann von hinten genommen hatte, ließ sein Blut in seine Leistengegend schießen.

Sabrina leckte sich die Lippen und eine Hand glitt seinen Oberkörper entlang nach unten. „Ich erinnere mich. Du warst ganz ungeduldig und konntest es kaum erwarten, in mich einzudringen."

Daniel fühlte, wie sich seine Atmung beschleunigte. „Ja, und wenn du weiterhin so in diesem verführerischen Ton sprichst, dann wirst du dich in ein paar Augenblicken über die Kücheninsel gebeugt wiederfinden, wo ich dir dein Höschen herunterreiße und den Vorfall wiederhole."

„Hmmm", summte sie und schob ihre Hand weiter nach unten. Ihre warme Handfläche glitt über seine Erektion. „Vielleicht solltest du genau das tun. Du solltest mich vielleicht lehren, dass ich dich nicht so provozieren kann, ohne dass es Konsequenzen nach sich zieht."

Sie drückte gegen seine Erektion. Seine Antwort war ein Stöhnen.

„Und die Besichtigung der Wohnung?", fragte er.

„Später." Ihre Antwort war ein verführerisches Flüstern, und dagegen war er widerstandslos.

„Dann zieh mal das Höschen aus", befahl er und beobachtete, wie sie sich dessen entledigte und es auf den Tresen legte.

Gleichzeitig öffnete er den Knopf seiner Hose und schob langsam den Reißverschluss nach unten. Er spürte, wie seine Erektion nach außen drängte. Er hatte nicht vorgehabt, die Küche mit Sabrina einzuweihen, aber er hatte noch nie nein zu ihr gesagt, und er hatte nicht vor, jetzt damit anzufangen. Er war der glücklichste Kerl der Welt, weil Sabrina ihn wollte und unter keinen Umständen würde er sie jemals abweisen.

Er wollte gerade seine Hose und die Boxershorts hinunterschieben, um seinen Schwanz zu befreien, als sein Handy klingelte.

„Verdammt!", fluchte er und schob die Hand in seine Jackentasche.

Er zog das Handy heraus und warf Sabrina einen bedauernden Blick zu, als er die Nummer sah. „Tut mir leid, Baby, nur einen Moment."

Dann antwortete er: „Frances?"

„Mr. Sinclair. Willkommen zurück", begrüßte ihn seine Assistentin.

Sie war die effizienteste und effektivste Mitarbeiterin, die er je gehabt hatte, obwohl sie erst seit einem Jahr für ihn arbeitete.

„Danke, Frances, ich bin gerade zur Tür herein."

„Ich wünschte, ich müsste Sie nicht stören, aber der Holston-Immobilien-Deal benötigt Ihre Unterschrift. Ich habe Ihnen eine dringende Nachricht auf Ihrem Handy hinterlassen. Haben Sie sie nicht bekommen?"

„Oh", antwortete Daniel und zog das Telefon vom Ohr, um einen Blick auf das Display zu werfen. Mehrere Voicemails warteten auf ihn. „Ich habe die Nachricht bestimmt bekommen, aber ich habe sie noch nicht abgerufen. Ich werde die Sachen morgen unterschreiben."

„Äh, Mr. Sinclair, ich fürchte, das ist nicht möglich. Der Eintrag ins Grundbuch findet morgen statt. Sie müssen die Papiere heute noch unterzeichnen", sagte sie entschuldigend.

Er seufzte. „Na gut, dann scannen Sie die Dokumente ein und ich unterschreibe sie und schicke sie zurück." Es würde nur ein paar Minuten dauern und dann könnte er wieder all seine Aufmerksamkeit Sabrina widmen.

„Ich fürchte, das Dokument muss von einem Notar beglaubigt werden", erwiderte Frances.

Daniel sah Sabrina an und warf ihr einen entschuldigenden Blick zu. „Na gut, ich bin in einer halben Stunde im Büro."

Er legte auf, steckte das Handy zurück in seine Tasche und griff nach seinem Reißverschluss. Er zog ihn nach oben und knöpfte seine Hose zu. In Sabrinas üppigen Körper einzutauchen, würde noch etwas warten müssen.

Als er Sabrinas Blick begegnete, wusste er, dass sie enttäuscht war. „Tut mir leid, ich muss ins Büro, um etwas Wichtiges zu unterschreiben."

„Heute noch?", fragte sie und runzelte die Stirn.

„Leider." Er küsste sie schnell. „Aber sobald ich zurück bin, gehöre ich ganz dir und wir können dort weitermachen, wo wir aufgehört haben." Er deutete zur Kücheninsel.

„Versprochen?", murmelte sie und drückte sich an ihn.

Automatisch schob er seine Hand auf ihren Hintern, während die andere ihr Kleid hob und darunter schlüpfte. „Und wenn ich zurückkomme, will ich nicht herausfinden müssen, dass du dein Höschen wieder angezogen hast."

Er brachte seine Hand zwischen ihre Beine, strich langsam über ihre weiche Spalte und badete seine Finger in der feuchten Wärme.

„Ich will, dass du für mich bereit bist, wenn ich nach Hause komme."

„Bereit?", fragte sie atemlos und drückte ihr Geschlecht gegen seine Hand.

„Ja, ich will, dass deine Beine für mich breit sind und deine Muschi feucht ist."

Er tauchte einen Finger in sie ein und Sabrina schnappte nach Luft.

„Genauso wie jetzt. Und es ist mir egal, wo in der Wohnung du bist, solange du hier bist. Verstehst du mich?"

Widerwillig zog er seinen Finger aus ihr heraus. Er konnte sich etwas Besseres vorstellen, als jetzt ins Büro zu fahren, um Papiere zu unterzeichnen.

Sabrina keuchte. „Ja." Dann drückte sie sich gegen seinen Finger, was ihn dazu brachte, nochmals in sie einzudringen. Ihre Augenlider flatterten. „Ja."

3

S abrina seufzte frustriert. Sie telefonierte schon seit einer halben
Stunde mit der Umzugsfirma und ging dabei vor den riesigen
Wohnzimmerfenstern mit dem herrlichen Blick auf die Stadt
auf und ab.

Sie und Daniel waren vor fast einer Woche in New York
angekommen und er hatte jeden Tag im Büro verbracht. Sie hatte kaum
mit jemandem gesprochen, und obwohl sie die Stadt auf eigene Faust
erkundet und sich beschäftigt hatte, fühlte sie sich einsam. Sie
vermisste ihre Freundin Holly. Und seltsamerweise vermisste sie auch
ihren Job, na ja, nicht unbedingt ihren alten Job, sondern *einen* Job. Sie
wollte etwas Sinnvolles zu tun haben.

Die Nächte mit Daniel hatten sie allerdings entschädigt. Obwohl
Daniel die meisten Abende erst spät nach dem Abendessen nach
Hause kam, schenkte er ihr seine Aufmerksamkeit und überhäufte sie
mit Zuneigung, sobald sie im Bett waren – bis auf die letzten zwei
Nächte, in denen er innerhalb von dreißig Sekunden, nachdem er
seinen Kopf auf das Kopfkissen gelegt hatte, eingeschlafen war. Es war
offensichtlich, dass seine langen Arbeitszeiten ihren Tribut forderten.

„Danke fürs Warten. Wie kann ich Ihnen helfen?", unterbrach eine
Frau, die sich anhörte, als ob sie Kaugummi kaute, ihre Gedanken.

„Ja, ich hatte erwartet, dass einer Ihrer Lkws meine Umzugskartons schon vor drei Tagen bringen würde. Können Sie mir sagen, wo sie sind?"

Am anderen Ende der Leitung hörte Sabrina die Frau energisch etwas auf einer Tastatur eintippen. „Wie heißen Sie?"

„Sabrina Palmer. Der Umzug wurde Daniel Sinclair in Rechnung gestellt. Ein Umzug von San Francisco nach New York City."

„Einen Moment bitte."

Bevor Sabrina protestieren konnte, hörte sie auch schon wieder die gleiche monotone Musik in der Warteschleife, der sie schon die letzten dreißig Minuten gelauscht hatte. Sie stieß ein frustriertes Stöhnen aus und begann, wieder auf und ab zu gehen.

Kein Wunder, dass ein Umzug als eines der Ereignisse im Leben eines Menschen galt, die am meisten Stress auslösten, ebenso wie ein Todesfall in der Familie oder eine Scheidung. Wussten diese Leute bei der Umzugsfirma denn nicht, dass es hier um die wenigen Sachen ging, die sie im Leben besaß? Wie konnten sie nur so unbekümmert sein?

„Danke fürs Warten, Miss Palmer. Es scheint, dass Ihre Lieferung irgendwann heute ankommen wird."

„Haben Sie eine Ahnung, um welche Zeit?"

Nicht, dass es wirklich wichtig war. Sie hatte sowieso nichts vor. Dennoch war sie leicht irritiert, dass sie ihre Zeit damit verbringen musste, auf die Umzugsfirma zu warten, wenn sie schon vor drei Tagen hätten hier sein sollen.

„Einen Moment bitte."

„Nein! Bitte –" Doch Sabrina wurde das Wort erneut von der Musik abgeschnitten. „Ahh!"

Es dauerte mehrere Minuten, bis die Frau wieder an der Leitung war.

„Miss Palmer, die Umzugsleute werden irgendwann vor vier kommen."

Es war schon fast Mittag. „Irgendwann vor vier?", wiederholte sie ungläubig. Als ob das die Wartezeit einschränken würde. „Danke." Sie hielt sich davon ab, die Frau anzufahren, und legte auf. Es würde sowieso nichts ändern.

Seufzend ging sie in die Küche. Etwas Eiscreme würde ihr helfen, sich zu beruhigen. Das tat es immer.

Sabrina öffnete gerade den Gefrierschrank, als es plötzlich klingelte. War es möglich? Wie standen die Chancen, dass das die Umzugsfirma war? Sie machte die Tür zum Gefrierschrank zu und eilte zur Wohnungstür. Durch den Spion sah sie einen Mann, der vor ihrer Tür stand. Er trug einen Overall mit dem Logo der Umzugsfirma auf der Brusttasche. Sabrina öffnete die Tür.

„Sind Sie Miss Palmer?", fragte der Mann.

„Ja. Ich habe schon auf Sie gewartet. Sie hätten schon vor drei Tagen hier sein sollen." Das Mindeste, was er tun konnte, war, ihr eine Erklärung für die Verspätung zu geben.

„Es tut uns leid, Ma'am, aber ich befolge nur den Zeitplan, den mir das Büro aushändigt." Er nickte bedauernd, als zwei weitere Männer, die einen Karren mit Schachteln vor sich herschoben, hinter ihm anhielten.

Sabrina machte die Tür weiter auf und bedeutete ihnen, hereinzukommen.

„Wo sollen wir die hinstellen?", fragte der Mann.

Das Telefon klingelte im selben Moment.

„Äh, Sie können die Kisten dort drüben hinstellen." Sie zeigte zu einer Nische neben dem Esszimmer und griff nach dem Telefon auf dem Beistelltisch im Foyer. „Ja?"

„Miss Palmer, ich bin's, Harvey von unten. Ich habe die Möbelpacker zu Ihnen raufgeschickt, wie Sie's aufgetragen haben."

„Danke, sie sind schon hier." Sie legte den Hörer auf.

Daniel hatte ihr erklärt, dass jeder, der das Gebäude betrat, sich anmelden musste, bevor er zu ihrer Wohnung hinaufgelassen wurde, sofern er keine ständige Erlaubnis hatte, wie zum Beispiel das Reinigungspersonal oder die Leute von UPS oder FedEx.

Sabrina drehte sich um und sah, wie die Männer die Kisten abluden.

Ihre Entscheidung, nach New York zu ziehen, war ziemlich abrupt gewesen, und genauso hatte sie gepackt. Sie hatte einfach ihre Sachen ohne wirkliche Organisation in die Kartons geworfen und hatte auch nicht daran gedacht, die Schachteln zu beschriften. Sie hatte keine Ahnung, was sich in den einzelnen Kartons befand. Es wäre einfacher, alle in einer Ecke aufzutürmen, damit sie später einen nach dem anderen aufmachen konnte.

Während die Möbelpacker durch die Wohnung stapften und ihre Stiefel Fußabdrücke auf dem Holzboden hinterließen, beobachtete Sabrina, wie sie Schachtel um Schachtel aufeinanderstapelten. Hatte sie wirklich so viele Sachen? Es hatte nicht nach so viel ausgesehen, als es alles in ihren Schränken verstaut gewesen war.

„Wo wollen Sie die hier hinhaben?" Zwei Männer kamen herein und trugen eine Truhe.

Ihre Großmutter hatte sie Sabrina kurz vor ihrem Tode geschenkt, und sie betrachtete diese Truhe als ihren einzig wahren Schatz. Es war das einzige Möbelstück, von dem sie sich nicht hatte trennen können. Praktisch alles andere hatte sie in der Wohnung gelassen, die sie sich mit Holly geteilt hatte, da Daniel ihr versichert hatte, dass in seiner Wohnung kein Platz für zusätzliche Möbel war.

„Ins Schlafzimmer am Ende des Ganges."

Sabrina kniff die Augen zusammen, als sie beobachtete, wie die Männer den Flur entlang gingen, und hoffte, dass sie die makellosen Wände nicht mit dem sperrigen Stück verkratzten. In einer nicht enden wollenden Parade, gingen die Männer ein und aus, brachten mehr Schachteln und sorgfältig verpackte Bilder herein, von denen sie nicht wusste, wo sie sie hinhängen würde. Sie versuchte, die Männer zu dirigieren, aber die Nische, in der diese die ersten Kartons abgestellt hatten, konnte nichts mehr aufnehmen.

„Wohin mit den Bildern?", fragte einer der Männer. Schweißperlen bildeten sich auf seiner Stirn, während er immer noch den großen Rahmen hochhielt.

Auf der Suche nach einem sicheren Platz für ihre Bilder – hauptsächlich Drucke berühmter Künstler – drehte sie sich herum. Sie blickte in das offene Esszimmer, das zwischen dem Wohnzimmer und der Küche lag, und zog es als eine Möglichkeit in Betracht. Doch dann fiel ihr Blick auf die Glasvitrine mit dem teuer aussehenden Geschirr und sie entschied sich dagegen. Sie wollte nicht, dass etwas beschädigt wurde.

„Lehnen Sie es an die Wand im Wohnzimmer", wies sie den Mann an.

Er nickte, und gleichzeitig klingelte wieder das Telefon.

Sie seufzte. Während der gesamten Zeit, in der sie alleine in der Wohnung gewesen war, hatte das Telefon kaum geläutet, und jetzt, wo sie beschäftigt war, klingelte es schon das zweite Mal innerhalb kurzer Zeit.

„Ja?", beantwortete sie den Anruf.

„Tut mir leid, Sie schon wieder zu stören, Miss Palmer. Hier ist noch einmal Harvey."

„Ja, Harvey? Wer kommt jetzt?"

„Niemand, aber ich fürchte, der Umzugswagen steht an der falschen Laderampe und muss weg. Ein größerer Lkw versucht reinzufahren und kann nicht vorbei. Können Sie bitte einen der Männer herunterschicken, damit er den Lastwagen von Rampe A nach Rampe B umparkt? Ich weiß es sehr zu schätzen."

„Natürlich", sagte sie und legte auf.

Frustriert, da dies bedeutete, dass es noch mehr Verzögerungen geben würde, bis alle ihre Sachen ausgeladen waren, ging sie auf den Mann zu, der der Vorarbeiter der Möbelpacker zu sein schien. „Entschuldigen Sie bitte."

Er drehte sich zu ihr. „Ja?"

„Der Empfang hat von unten angerufen. Sie müssen Ihren Lkw an der anderen Laderampe parken. Sie blockieren einen größeren Lkw, der versucht, hereinzukommen."

Der Mann kratzte sich am Kopf, dann rief er einen seiner Kollegen. „Hey, Frank, kannst du den Lkw umparken?"

„Jetzt?", fragte der Mann.

„Ja, jetzt. Park ihn an der anderen Laderampe."

Als der Mann die Wohnung verließ, spürte Sabrina, wie die Erschöpfung über sie hereinbrach. Klar, sie war nicht diejenige, die die Schachteln hereintrug, aber die Vorstellung, diese auspacken und wegräumen zu müssen, überwältigte sie.

Darüber hinaus machte sie sich ständig Sorgen, dass die Möbelpacker Daniels teure Wertgegenstände beschädigen könnten. Seine Möbel sahen praktisch unbenutzt aus, und die Regale und Tische waren mit unbezahlbaren Kunstgegenständen, Skulpturen und Gemälden beladen.

Sabrina sah sich in der Wohnung um und fühlte den Stress körperlich. Sie hatte noch nie in einer Wohnung wie dieser gewohnt, in der alles neu und teuer zu sein schien und in der sie Angst hatte, etwas zu berühren, da sie es beschädigen könnte. Lebten die Leute in New York wirklich so? Nun ja, die Reichen vermutlich, und obwohl sie gewusst hatte, dass Daniel wohlhabend war, hatte sie bis jetzt nicht wirklich begriffen, was das bedeutete.

Als sie den Aufzug wieder auf ihrer Etage anhalten hörte, wandte sie sich der offenen Eingangstür zu. Zu ihrer Überraschung war es Daniel, der aus dem Aufzug trat.

„Daniel! Du bist aber früh zu Hause", begrüßte sie ihn.

Er näherte sich ihr, zog sie in seine Arme und drückte ihr einen Kuss auf die Lippen. „Sieht aus, als ob die Möbelpacker endlich da sind."

„Wurde auch Zeit", sagte sie, als sie zurück in die Wohnung gingen. „Aber was machst du so früh zu Hause?"

Daniel stellte seine Aktentasche auf den Boden und zog Sabrina wieder in seine Arme. „Ich bin früher gegangen, weil ich dich vermisst habe."

Sabrina legte ihre Arme um seinen Hals und lächelte. „Ich habe dich auch vermisst."

„Ich möchte mit dir ins Bett gehen, Sabrina." Er küsste eine besonders empfindliche Stelle an ihrem Hals direkt unter ihrem Ohr und sie stöhnte leise. „Ich möchte jeden Zentimeter deines Körpers küssen und dich kosten."

Er brachte seinen Mund näher an ihren. Seine Absicht, sie zu küssen, war offensichtlich. Doch bevor sich ihre Lippen trafen, drückte sich einer der Umzugsmänner an ihnen vorbei.

„Entschuldigen Sie", sagte er und schob den Karren an ihnen vorbei.

Sabrina löste sich aus Daniels Umarmung und versuchte, ihre Enttäuschung zu verbergen. „Es tut mir leid, Daniel, aber ich fürchte, das ist wirklich ein schlechtes Timing."

DANIEL LIESS seinen Blick durch die Wohnung schweifen. Er hatte geplant, nach Hause zu kommen und in Sabrinas süßen Körper zu sinken, sie seinen Namen schreien zu hören, wenn er sie zum Höhepunkt brachte, und Wärme und Geborgenheit in ihren Armen zu finden. Es war klar, dass dies in absehbarer Zeit nicht passieren würde. Also beschloss er, das Einzige zu tun, was er tun konnte, um die Dinge zu beschleunigen: Er half den Möbelpackern.

Zum Glück waren nur noch ein paar Kisten übrig, und als diese erst einmal in der Wohnung waren und die Möbelpacker verschwanden, half er Sabrina, die Kartons, die in der ganzen Wohnung verstreut waren, auszupacken.

Sabrina fegte wie ein Wirbelwind von Raum zu Raum, packte eine Schachtel nach der anderen aus und räumte deren Inhalt weg, um sich dann an die nächste zu machen, ohne zu stoppen oder zum Luftholen innezuhalten. Sie schien unendlich viel Energie zu haben. Er wünschte sich nur, dass sie diese Energie besser nutzen würden, als damit, Kartons auszupacken.

Als sie sich einer weiteren Schachtel näherte, folgte er ihr.

„Mach doch eine Pause, Sabrina", meinte er und schlang seine Arme von hinten um sie.

Sie lehnte sich an ihn und seufzte. „Ich hatte keine Ahnung, dass ich so viele Sachen habe. Ehrlich gesagt hat es nicht nach so viel ausgesehen, als ich gepackt habe." Sie drehte den Kopf und sah ihn entschuldigend an.

Er warf einen Blick auf die übrigen Kartons. „Es ist viel weniger, als ich erwartet hatte. Aber –" Er zwinkerte ihr zu. „– du bist eben eine sehr unkomplizierte Frau. Und das liebe ich an dir."

Seine Ex-Freundin Audrey war dagegen eine ziemlich anspruchsvolle Frau gewesen. Allein der Gedanke, dass Audrey bei ihm hätte einziehen können, brachte ihn zum Schaudern. Sie hätte zuerst ihren Innenarchitekten mitgebracht, bevor sie überhaupt einen Umzug in Betracht gezogen hätte.

„Ich bin nicht wie die anderen Frauen, mit denen du zusammen warst."

„Gott sei Dank! Sonst wärst du nicht du." Er massierte ihren Rücken und ihre Schultern. Als er ihre Muskeln sanft knetete, ließ sie ihren Kopf nach vorne fallen.

„Oh, das ist gut."

„Entspann dich ein bisschen. Ein Umzug ist stressig." Als er fortfuhr, ihre Schultern zu massieren, verlagerte er seinen Unterleib nach vorne und rieb gegen ihren Po, um einen Schmerz ganz anderer Natur zu lindern.

„Oh, Daniel, was hast du denn vor?", murmelte sie.

„Wie fühlt es sich denn an?", flüsterte er zurück.

Sabrina rieb ihren Po gegen ihn. Dann schob sie eine Hand auf seinen Oberschenkel, als ob sie versuchte, Daniel fester an sich zu drücken. „Es fühlt sich an, als versuchtest du, mich zu verführen."

„Funktioniert es?" Er drückte seinen Schwanz härter gegen ihre Pobacken.

Ein Seufzer entkam ihren Lippen. „Das ist aber unartig, dass du mich vom Auspacken ablenken willst."

„Jeder braucht früher oder später eine kleine Pause." Und er machte diese Pause lieber früher als später. Er glitt mit seiner Hand über ihre Jeans. „Ich wünschte, du würdest ein Kleid tragen."

„Warum?", fragte sie, aber ihr provokativer Ton machte ihm klar, dass sie die Antwort auf ihre Frage bereits kannte.

„Weil ich es dann einfach hochheben und dir dein Höschen ausziehen könnte."

„Und dann?", fragte sie mit atemloser Stimme.

„Dann würde ich dich über eine dieser Schachteln beugen und dich von hinten nehmen."

Er schob eine Hand zwischen ihre Beine und rieb ihr Geschlecht.

„Vielleicht ist es dann doch gut, dass ich eine Jeans trage, sonst würden wir ja heute Abend nie mit dem Auspacken fertig werden."

„Bist du sicher?", fragte er und drückte seinen Schwanz gegen sie.

„Ja", sagte sie und seufzte. „Daniel?"

„Hmm?"

„Glaubst du, dass es funktionieren wird?"

Er warf einen Blick auf die Schachteln. „Natürlich. Es ist genug Platz in den Schränken und wenn du noch mehr brauchst, kannst du auch Sachen ins Gästezimmer stellen. Keine Sorge."

„Nein, ich meine mit uns. Glaubst du, es wird mit uns funktionieren?"

Daniel drehte sie in seinen Armen zu sich um und sah ihr in die Augen. Zärtlich streichelte er ihre Wange. „Das wird es. Ich verspreche es dir. Ich habe noch nie zuvor so etwas gefühlt. Ich wollte nie mit einer Frau zusammenziehen." Dann zwinkerte er ihr zu. „Und ich habe noch nie eine Frau so begehrt wie dich. Ich bin nie ständig so hart gewesen, wie ich es bei dir bin."

Sie schmunzelte. „Ich fürchte, dafür haben wir jetzt gerade keine Zeit." Sie lächelte ihn verschmitzt an. „Du kannst ja mal eine kalte Dusche ausprobieren und sehen, ob das hilft."

Spielerisch kniff er die Augen zusammen. „Ich bezweifle, dass es funktionieren wird."

Ja, die Sache mit der kalten Dusche hatte er versucht, als sie ein Wochenende in Sonoma verbracht hatten und Sabrina darauf bestanden hatte, keinen Sex zu haben. Es hatte nicht funktioniert. In der Tat war er davon überzeugt, dass er nach der Dusche noch geiler als zuvor gewesen war.

Sabrina lachte und unterbrach seine erotischen Gedanken. „Sobald wir mit dem Auspacken fertig sind, gehöre ich ganz dir."

„Na, dann lass uns mal nicht rumtrödeln. Wir haben noch was zu tun. Und wie du weißt, bin ich kein sehr geduldiger Mensch, wenn es um dich geht."

Einige Stunden später legte Sabrina die letzten Sachen in den Schlafzimmerschrank. Daniel sah sie an und wusste, dass sie erschöpft war. Kein Wunder. Es war ein langer Tag gewesen. Und er war noch nicht vorbei. Sie hatte ihm versprochen, heute Abend ihm zu gehören, und er war förmlich ausgehungert nach ihr. Es war der einzige Gedanke gewesen, den er den ganzen Tag über gehegt hatte.

Sichtlich erschöpft ließ Sabrina sich auf das Bett fallen und gähnte. „Gott sei Dank, ist das endlich erledigt."

Daniel sah auf sie herab. Er beugte sich über sie, küsste sie zuerst sanft, dann fester, tiefer, immer fordernder. Es war eine Vorschau darauf, was noch kommen würde. Als er ihren Mund freigab, waren ihre schönen Lippen rot und geschwollen von seinem Kuss. Der Anblick machte ihn hart, und sein Schwanz drängte sich schmerzhaft gegen den Reißverschluss und verlangte, befreit zu werden.

„Ich dusche schnell, und dann komme ich ins Bett, okay?"

„Ich gehe nirgendwo hin."

Er ging ins Bad nebenan, zog sich aus und warf seine Kleider auf den Wäschekorb, bevor er in die übergroße Dusche stieg. Er machte den Hahn an, stellte sich unter den Wasserstrahl und ließ das heiße Wasser die Anstrengung des Tages wegwaschen. Seine Gedanken konzentrierten sich nur auf Sabrina und sein Bedürfnis, mit ihr Liebe zu machen.

Sein Schwanz ragte stolz empor, bereit für sie. Bereit, sich in Sabrinas warmem und einladendem Körper zu begraben. Seine Finger freuten sich darauf, sie zu berühren und jeden Zentimeter ihrer weichen Haut zu erkunden. Seine Lippen vibrierten vor Sehnsucht danach, ihre Lippen zu spüren und zu kosten.

Daniel seifte sich schnell ein und spülte dann die Seife von seinem Körper. Er trocknete sich ab und wickelte das Handtuch locker um seine Taille.

„Hey Baby, ich hoffe, du bist bereit für mich", sagte er, als er das Schlafzimmer betrat.

Sabrina lag auf dem Bett. Sie war eingeschlafen.

Trotz seiner Enttäuschung lächelte er, sein Herz voller Zuneigung für sie. Sabrina war erschöpft und brauchte Ruhe.

Daniel hängte sein Handtuch über einen Stuhl und stieg zu ihr ins Bett. Für heute Abend würde er sich damit zufriedengeben müssen, sie in seinen Armen zu halten.

Er konnte sich nicht vorstellen, jemals wieder mit irgendjemand anderem außer Sabrina zusammen zu sein. Sie war sein Traum, die einzige Frau, die sein Herz erwärmte und gleichzeitig seinen Schwanz entflammte. Er liebte und begehrte sie mehr als jede andere Frau, die er je gekannt hatte.

„Ich liebe dich", flüsterte er und drückte einen Kuss auf ihre Schläfe. Dann rollte er sie an seine Brust, bis sie wie zwei Löffelchen nebeneinander lagen, und schloss die Augen.

4

D aniel kam aus dem Badezimmer. Er trug einen teuren Armani-Anzug mit Seidenkrawatte. Obwohl Sabrina die ganze Nacht in seinen Armen gelegen hatte, hatte er nicht gut geschlafen. Ihr beim Umzug am Tag zuvor zu helfen, hatte ihn in die Realität zurückgebracht: Sabrina hatte alles für ihn aufgegeben, doch hatte er ihr keinerlei Gegenleistung dafür geboten.

Sobald sein aktuelles Geschäft abgeschlossen war, würde er ihr gegenüber wieder alles gutmachen. Er würde sie für ein paar Tage irgendwohin entführen, damit sie alleine sein konnten. Und er würde sicherstellen, dass sie irgendwohin fuhren, wo es nichts anderes zu tun gab, als im Bett zu bleiben. Vielleicht irgendwohin, wo es kalt war. Ja, er könnte ein Zimmer mit Kamin buchen und sie davor lieben.

Leise trat er ins Schlafzimmer und war überrascht, dass Sabrina hellwach im Bett saß.

„Hallo Baby." Er lächelte, als er auf sie zuging. „Was machst du so früh auf?"

„Ich habe mich umgedreht und du warst weg." Ihre Stirn zog sich in Falten, als ihre Augen über seinen Anzug schweiften. „Du gehst wieder ins Büro."

„Ich muss. Ich stehe kurz vor dem Geschäftsabschluss. Und ich habe so hart daran gearbeitet. Ich kann die Sache jetzt nicht einfach hinschmeißen." Er kniete sich auf die Bettkante und küsste ihre Stirn.

„Ich bin schon seit einer Woche in New York, und ich habe dich kaum gesehen. Ich habe keinen Job, mit dem ich beschäftigt bin wie du. Langsam wird es langweilig, die Stadt auf eigene Faust zu erkunden." Sabrina schob die Decke zur Seite und stieg aus dem Bett.

Daniel beobachtete, wie Sabrina zum Schrank ging, die Türen öffnete und ziellos nach etwas zum Anziehen suchte. Er seufzte. In seinem Beruf reiste er viel und blieb oft wochenlang weg. Er wusste aus eigener Erfahrung, wie es war, in einer neuen Stadt zu sein und niemanden zu kennen. Sabrina hatte alles aufgegeben, um zu ihm nach New York zu ziehen, und was hatte er im Gegenzug getan? Das gleiche, was er mit jeder anderen Freundin getan hatte: Er verbrachte mehr Zeit im Büro als mit ihr und vernachlässigte sie, obwohl er sich vorgenommen hatte, dies nicht wieder zu tun. Er würde den gleichen Fehler nicht zweimal machen. Sabrina verdiente etwas Besseres.

Er stand auf und trat hinter sie, schlang seine Arme um ihren Bauch und legte sein Kinn auf ihre Schulter, bevor er sagte: „Es tut mir leid."

Sabrina drehte sich in seinen Armen um und sah ihn an. „Ich vermisse dich, Daniel. Ich vermisse uns."

„Ich auch." Er zog sie näher und drückte einen sanften Kuss auf ihre Lippen. „Nur noch ein paar Wochen, Sabrina, und dieser Deal ist abgeschlossen und dann –"

„Ein paar Wochen?" Sie versuchte, sich aus seinen Armen zu befreien, aber er hielt sie fest.

„Sabrina." Schließlich gab sie auf, sich seiner Umarmung zu entziehen. „Es tut mir leid, dass ich nicht viel zu Hause bin. Aber bitte, du musst verstehen, wie wichtig dieses Geschäft für mich ist."

„Ich verstehe es. Wirklich. Aber ich dachte, ich wäre dir auch wichtig."

Er schloss für einen kurzen Moment die Augen. „Das bist du auch. Bitte glaub niemals, dass es anders sei."

„Könntest du dir nicht wenigstens einen Tag freinehmen und ihn mit mir verbringen? Du hast das ganze Wochenende gearbeitet. Hast du die Arbeit nicht manchmal satt?" Ihre Augen flehten ihn an.

Daniel holte tief Luft und atmete langsam aus. Sie hatte recht. Er arbeitete zu viel. Vielleicht war das genau das, was er brauchte: einen Tag mit ihr, einen Tag weg vom Büro.

„Gut. Ich nehme mir heute frei."

Sie warf ihre Arme um ihn und quietschte vor Vergnügen. „Danke! Danke! Danke!" Sie küsste ihn. „Das ist super! Ich kann es nicht erwarten, mir mit dir zusammen die Stadt anzusehen, anstatt alleine loszuziehen!"

Seine Lippen bogen sich zu einem Lächeln hoch. „Du willst Sehenswürdigkeiten anschauen?"

„Ja." Sie lachte. „Warum denn nicht?"

„Warum auch nicht." Er schüttelte den Kopf und lächelte weiter.

New York war eine fantastische Stadt und es gab viel zu sehen, aber er lebte schon den Großteil seines Lebens hier und betrachtete das meiste davon als selbstverständlich. „Ich muss im Büro anrufen und Bescheid sagen, dass ich heute nicht komme."

Sabrina strahlte ihn an.

Daniel lachte. Dieses Gefühl, das er jetzt gerade verspürte, ein Gefühl von purer Freude und alles verzehrender Liebe, zu wissen, dass er sie glücklich machen konnte, einfach nur, weil er Zeit mit ihr verbrachte, war wie ein Aphrodisiakum. Es war besser als jede Droge.

Es war ihm immer bewusst gewesen, dass Sabrina nicht wie seine Ex-Freundinnen war, und sie hatte es ihm wieder einmal bewiesen. Sie stellte keine großen Forderungen. Er liebte sie dafür und fragte sich, ob er jemals in der Lage sein würde, die richtigen Worte zu finden, um ihr zu sagen, was er fühlte. Ein einfaches *Ich liebe dich* reichte nicht aus, um der Frau in seinen Armen zu sagen, was er für sie empfand.

„Okay, ich dusche schnell und ziehe mich an, während du im Büro anrufst", sagte sie.

Er zog sie fest an sich. Seine Hände glitten über ihren Rücken und zu ihrem Hintern, packten diesen und drückten sie fest an ihn.

„Beeil dich, bevor ich dich wieder ins Bett zerre."

Dann gab er ihr einen spielerischen Klaps auf den Po und erlaubte ihr, sich aus seiner Umarmung zu lösen. Bald würde er sie entführen, irgendwohin, wo alles, was sie tun konnten, war, den ganzen Tag im Bett verbringen.

Während Sabrina duschte, zog Daniel etwas Bequemeres an: Jeans und ein Polo-Shirt. Dann ging er in die Küche und rief sein Büro an. Sein Terminplan war, wie an den meisten Tagen, voll und zudem musste er sich ständig um kleine Katastrophen kümmern, die dazwischenkamen. Jedes Mal, wenn er dachte, dass alles reibungslos lief, kam es anders. Er war froh, wenn dieser Deal endlich abgeschlossen war.

„Daniel Sinclairs Büro. Wie kann ich Ihnen helfen?", antwortete Frances, seine Assistentin, nach dem zweiten Klingeln.

„Frances, ich bin's, Daniel."

„Guten Morgen, Mr. Sinclair." Sie hatte eine angenehme Stimme, und auch wenn er sie nicht sehen konnte, wusste er, dass sie lächelte.

„Es ist mir heute etwas dazwischen gekommen und ich werde nicht ins Büro kommen. Bitte verschieben Sie meine Termine."

„Oh, okay. Ich hoffe, dass alles in Ordnung ist." Die Enttäuschung in ihrer Stimme war nicht zu überhören.

„Ja, alles ist in Ordnung. Ich will heute nicht gestört werden, Frances, es sei denn, es ist ein absoluter Notfall. Alles andere kann bis morgen warten." Seine Stimme war fest und ließ keinen Raum für Widersprüche.

„Ja, Sir."

Daniel beendete das Gespräch und einen Augenblick später kam Sabrina aus dem Schlafzimmer. Verdammt, war sie schnell. Er hatte noch nie eine Frau getroffen, die sich morgens so schnell fertigmachen konnte wie sie. Sie trug ein einfaches lila Sommerkleid und weiße Sandalen. Er ließ seinen Blick über ihren Körper schweifen und auf ihren langen, wohlgeformten Beinen verweilen.

„Passt das?", fragte sie.

Er ging zu ihr und streichelte ihre Wange. „Du bist wunderschön wie immer, Sabrina." Sie raubte ihm jedes Mal, wenn er sie ansah, den Atem.

„Danke." Sie errötete.

Oh Gott, wie er es liebte, wenn sie errötete. Und es gefiel ihm, dass er derjenige war, der ihr die Farbe in die Wangen trieb. „Bist du soweit?"

Sie nickte. „Ja."

Daniel nahm ihre Hand und verschränkte seine Finger mit ihren, als er sie aus der Wohnung führte. „Möchtest du etwas Bestimmtes sehen?"

„Überrasch mich einfach!"

Er lachte. „Das kann ich machen."

Sabrina sah ihn mit so viel Spannung in ihren Augen an wie ein Kind am Weihnachtsmorgen. Ihre Begeisterung war ansteckend.

„Das Metropolitan Museum of Art ist mein Lieblingsort in der Stadt." Er drückte ihre Hand. „Lass uns dort anfangen."

Sabrina lächelte und nickte, während sie sanft seinen Arm umklammerte und neben ihm auf dem Gehsteig entlangging. Keiner von ihnen sprach, und Daniel konnte seine Augen nicht von ihr nehmen. Sie zu beobachten, wie sie seine Stadt erkundete, machte ihm Freude.

Eine kurze Taxifahrt brachte sie zum Metropolitan Museum. Daniel konnte es nicht erwarten, Sabrina das Museum und seine Lieblingsausstellungen zu zeigen.

Sie gingen durch den Haupteingang an der Fifth Avenue, Ecke 82. Straße hinein. Die Beleuchtung war gedämpft; nur etwas Sonnenlicht schien durch die Fenster. Es war diese gedämpfte Atmosphäre, die Daniel beruhigend und vertraut fand.

Er kam hierher, wann immer er allein sein und nachdenken wollte. Die Vertrautheit dieser Wände schenkte ihm Trost, wenn er schwierige Situationen zu bewältigen hatte. Er fand es beruhigend, durch die Galerien zu bummeln, und es erfüllte ihn mit Frieden.

Bis jetzt hatte Daniel das Museum noch nie mit einer seiner Freundinnen besucht. Er hatte noch nie den Wunsch gehabt, diesen Teil seines Lebens mit jemandem zu teilen. Aber mit Sabrina war es anders. Er wollte alles mit ihr teilen.

Wie an einem Wochentag zu erwarten war, waren viele Touristen unterwegs. Sie waren immer leicht zu erkennen, denn sie waren diejenigen, die durch das Museum hetzten und versuchten, alles auf einmal aufzunehmen, aus Angst, dass, wenn sie langsamer gingen oder anhielten, sie etwas verpassen würden. Die Ironie war jedoch, dass sie in ihrer Eile alles verpassten.

Daniel führte Sabrina in Richtung der Abteilung für ägyptische Kunst. Aber sie zog an seiner Hand und stoppte ihn. „Müssen wir keinen Eintritt zahlen?" Sabrina deutete zur Kasse.

Daniel lächelte. Er war ein Mitglied und spendete monatlich eine stattliche Summe, was ihm erlaubte, das Museum so oft er wollte kostenlos zu besuchen. Er öffnete den Mund, um es ihr zu erklären, doch schloss er ihn schnell wieder.

„Natürlich. Warte hier. Ich bin gleich wieder da."

Er ging zum Ticketschalter, bezahlte den Eintrittspreis und erhielt zwei Metropolitan-Anstecker aus Aluminium, die als Eintrittskarten galten. Er hätte es nicht tun müssen, aber er wollte, dass Sabrina eine Erinnerung an ihren ersten Besuch in diesem Museum, und an die Zeit, die sie hier verbrachten, hatte. Es war eine Erfahrung, die er mit Sabrina machte, und als solche war sie unbezahlbar.

Sabrina wartete in der Nähe der Information auf ihn. Sie hielt eine Broschüre in der Hand. „Wusstest du, dass sie hier das ganze Jahr über alle Arten von Kursen und Veranstaltungen abhalten?"

„Ja." Er bemerkte, dass er wieder lächelte – es war ein Zustand, in dem er sich ständig zu befinden schien, wenn er mit ihr zusammen war. „Hier ist deine Eintrittskarte."

Sie nahm den Anstecker und drehte ihn, um ihn anzusehen. „Oh, schön!"

Daniel legte seine Hand auf ihren Rücken und führte sie weiter in das Museum hinein. „Auf geht's ins alte Ägypten."

Sie verweilten im ägyptischen Flügel, der im Vergleich zum Eingangsbereich hell erleuchtet war. Es dauerte einen Moment, bis sich seine Augen anpassten. Normalerweise war er völlig von den Schätzen des Museums eingenommen, aber heute konnte er sich nur auf Sabrina konzentrieren. Es faszinierte ihn, wie ihre Augen mit Wertschätzung und Ehrfurcht umherschweiften. Sie wanderten um den künstlichen See, der den *Tempel von Dendur* umgab, und Daniel zeigte ihr die verschiedenen Götter und Göttinnen, die Wache hielten.

„Was hat es mit all den Münzen im See auf sich?", fragte sie und blickte hinunter in das Wasser, das aussah wie Glas.

„Jede Münze ist ein Wunsch", erklärte er.

„Glaubst du daran?"

Ihre Frage überraschte ihn. Er suchte nach einer Antwort, die ihn nicht abgestumpft klingen ließ, denn die Wahrheit war, dass er nicht an so etwas glaubte. Jeder war für sein eigenes Schicksal verantwortlich, und nur diejenigen, die sich selbst nicht zutrauten, etwas aus sich zu machen, wünschten sich Dinge an einem magischen See.

Allerdings behielt er seine Gedanken für sich, denn er wollte sie nicht enttäuschen, wenn sie an Magie glauben wollte. Ihre romantische Seite kam zum Vorschein und er wollte nicht riskieren, dass diese sich wieder zurückzog.

„Lass es uns herausfinden", sagte er und suchte in seiner Hosentasche nach Kleingeld. „Wünsch dir was!"

„Ich wünsche mir, dass dieser Tag nie enden wird."

Daniel zögerte und sah sie an. „Du weißt, dass das ein Wunsch ist, der nie in Erfüllung gehen kann, oder?" Er zog eine Augenbraue hoch. „Wie können wir diese Theorie überprüfen, wenn du dir etwas wünschst, das wissenschaftlich und physikalisch unmöglich ist?"

Sabrinas leises Lachen erfüllte die riesige Halle, wickelte sich um sein Herz und raubte ihm den Atem. Was würde er nicht alles dafür geben, sie jetzt in eine dunkle Ecke ziehen zu können, um ihr zu zeigen, wie sehr er sie liebte.

„Okay, wie wäre es mit ... Ich wünsche mir, dass wir immer so glücklich sind wie jetzt."

Daniel sah sie an und ihre Blicke verschmolzen. Sie hätte sich alles Mögliche wünschen können, ein Schmuckstück, einen Lottogewinn, doch sie hatte sich gewünscht, dass ihr gemeinsames Glück nie enden möge.

Die Münze fiel achtlos in den See, als er nach ihr griff. „Das musst du dir nicht wünschen, Sabrina, denn ich verspreche dir, dass ich jeden Tag damit verbringen werde, dich glücklich zu machen."

„Dann ist mein Wunsch ja in Erfüllung gegangen", sagte sie, bevor sie ihn küsste.

Es war ein Kuss, der bestimmt zu lang und auf jeden Fall zu heiß für die Öffentlichkeit war. Aber Daniel war es egal. Er wollte, dass die Welt wusste, dass Sabrina ihm gehörte, und nur ihm. Widerwillig gab er sie frei.

„Komm, es gibt noch eine Menge zu sehen und wenn du mich noch mal so küsst, dann wird das Einzige, was du siehst, unser Schlafzimmer sein."

Sabrina nickte und nahm seine Hand. Er zwang sich, seine Augen von ihr zu reißen und sich stattdessen darauf zu konzentrieren, sie durch die große Halle, in der sich die griechische und römische Kunst befand, zu führen. Dort schlenderten sie umher, bevor sie sich durch die Abteilung für moderne Kunst arbeiteten und dann in den mittelalterlichen Flügel gelangten.

Der Raum mit den Waffen und Rüstungen war einer von Daniels Lieblingsräumen. Die Ritter saßen auf ihren edlen Rössern, bereit für den unvermeidlichen Kampf. Er fühlte sich hier wie zu Hause, als ob die Ritter und er verwandte Seelen wären. Sein ganzes Leben hatte er sich gefühlt, als ob er gegen den Rest der Welt kämpfte – ein andauernder Kampf, um geschäftlich vorwärtszukommen, während er versuchte, die oberflächlichen Frauen, die nur auf sein Geld aus waren, abzuwehren. Das Gefühl von Erfolg und Sieg, das ihn erfüllte, wenn er in diesem Raum war, war unbeschreiblich.

Daniel führte Sabrina durch das Museum und ließ sie anhalten und verweilen, wo auch immer sie wollte. Er war damit zufrieden, einfach nur sie zu beobachten, wie sie die Dinge bewunderte, an denen ihm so viel lag.

Als sie schließlich das Museum verließen, bemerkte Daniel, dass Tränen in Sabrinas Augen standen. Ein Gefühl der Besorgnis machte sich in ihm breit. „Sabrina ... was ist los? Warum weinst du?"

„Das tue ich nicht." Sie lächelte. „Es war einfach so überwältigend. So viel Geschichte und Leidenschaft. Danke, dass du dir die Zeit genommen hast, es mir zu zeigen."

„Es gibt nichts, was ich lieber getan hätte." Er schenkte ihr ein warmes Lächeln. „Wohin jetzt?"

„Überrasch mich einfach wieder." Sabrina hängte sich bei ihm ein und lehnte ihren Kopf an seine Schulter.

Er küsste sie auf die Stirn und begann, in Richtung Central Park zu gehen. Er war in der Stimmung, sie für eine Weile ganz für sich alleine zu haben.

5

---

abrinas Füße taten ihr weh, aber sie hätte sich nie bei Daniel beschwert. Schließlich hatte er sich freigenommen, um Zeit mit ihr zu verbringen, und sie würde ihm das auf keinen Fall mit Nörgeln oder Jammern danken. Der Besuch des Museums war erstaunlich gewesen, und sie hatte eine neue Seite an Daniel entdeckt. Sabrina besuchte Museen nicht übermäßig gern, doch nachdem Daniel seine umfassenden Kenntnisse und seine Leidenschaft für die verschiedenen Exponate mit ihr geteilt hatte, erwachte in ihr eine echte Freude daran.

„Wie wäre es, wenn wir was essen gehen?", schlug Daniel vor.

„Klingt gut."

Er hielt ihre Hand, als sie weitergingen. Es war eine so einfache Geste, aber sie bedeutete ihr viel: Sie gab ihr das Gefühl von Zusammengehörigkeit. Und sie hatte dies in den letzten Tagen vermisst, da Daniel so viel Zeit im Büro verbrachte.

„Hier in der Nähe gibt es ein großartiges kleines Bistro."

„Klingt wunderbar." Sie lächelte ihn an.

Im Bistro ergatterten sie einen der Tische draußen, und Sabrina seufzte erleichtert auf, als sie endlich sitzen konnte. Nicht mehr stehen zu müssen, hatte sich noch nie so gut angefühlt.

Eine zierliche Kellnerin, die aussah, als wäre sie nicht älter als siebzehn, reichte ihnen die Speisekarte und nahm ihre Getränkebestellung auf, dann ging sie mit schwungvollen Schritten wieder hinein. Bevor Sabrina einen Blick auf die Speisekarte werfen konnte, spürte sie, wie Daniel unter den Tisch griff und ihren rechten Fuß hochhob.

„Was machst du?", fragte sie und ihr Atem stockte.

Er grinste, zog ihr die Sandale aus und fing an, ihren Fuß zu massieren. „Du siehst aus, als könntest du eine kleine Massage brauchen."

Gedanken an die Massage, die er ihr während ihrer Reise nach Sonoma gegeben hatte, gingen ihr durch den Kopf. Ach Gott, wie gut er doch mit seinen Händen umgehen konnte. Es war so heiß und aufregend gewesen, dass er sie fast zum Höhepunkt gebracht hatte, ohne jemals ihr Geschlecht zu berühren. Sabrina ließ ihren Kopf zurückfallen, schloss die Augen und stöhnte zufrieden auf, während sie den Erinnerungen an das Wochenende nachhing. Was würde sie nicht alles dafür geben, wieder mit ihm dorthin fahren zu können und jede Sekunde noch einmal zu erleben.

„Fühlst du dich besser?" Seine Stimme war heiser und sexy und trieb ihre Sehnsucht nach ihm auf einen neuen Höchststand.

„Ja, das fühlt sich wirklich gut an." Daniels Hände fühlten sich immer gut an. Sie waren stark, doch gleichzeitig sanft und liebevoll. „Alles, was du tust, fühlt sich gut an." Ihre Augen schweiften über seinen Körper, und sie musste sich davon abhalten, sich vorzustellen, was passieren würde, wenn er seine Hände höher an ihrem Bein hinaufgleiten lassen würde.

„Wenn du mich noch weiter so ansiehst, werden wir wegen Erregung öffentlichen Aufsehens festgenommen." Er griff nach ihrem anderen Fuß und wiederholte den Prozess, indem er diesen genauso massierte wie den ersten.

„Solange sie uns in die gleiche Zelle sperren."

Er schmunzelte. „Ich bin nicht sicher, ob ich meinen Eltern gestehen will, dass wir sie am Wochenende nicht besuchen können, weil wir im Gefängnis sitzen."

Sabrina fühlte sofort die Anspannung in sich hochsteigen. Daniels Eltern kennenzulernen erfüllte sie mit Angst. Sie war besorgt, dass sie sie vielleicht nicht mögen könnten, und dass ihre Meinung Daniels Gefühle für sie beeinflussen könnte. Schließlich war ihre Beziehung noch so neu; eine Kleinigkeit konnte sie aus den Angeln heben.

„Entspann dich, Sabrina. Ich habe dir doch gesagt, dass sie dich lieben werden."

„Ich weiß." Sie seufzte. „Ich verspreche dir, ich mache mir keine Sorgen mehr darüber." Obwohl dies ein Versprechen war, das sie bezweifelte, halten zu können, auch wenn sie es um Daniels willen versuchte.

„Gut. Die Hamptons werden dir auch gefallen. Meine Eltern haben ein Haus direkt am Strand. Wir können uns dort das ganze Wochenende tummeln."

Ein Anflug von Panik durchfuhr sie. „Das ganze Wochenende?" Sabrina nahm ihre Füße von seinem Schoß und setzte sich gerade auf. „Heißt das, wir verbringen das ganze Wochenende mit deinen Eltern?"

„Ja, natürlich. Normalerweise mache ich das immer, wenn ich sie besuche. Ansonsten lohnt es sich wirklich nicht, sich durch den Verkehr zu kämpfen, um aus der Stadt herauszukommen. Was hast du denn gedacht?"

„Ich weiß nicht. Ich dachte, wir würden zum Abendessen zu ihnen fahren, uns unterhalten und dann wieder nach Hause fahren. Ich wusste nicht, dass wir das Wochenende in ihrem Haus bleiben würden."

Nervös rieb sie mit ihrer Hand über ihren Unterarm. Daniel nahm ihre Hand und drückte sie beruhigend.

„Mach dir keine Sorgen, das klappt schon. Meine Eltern beißen nicht."

„Bist du sicher?"

Er zwinkerte ihr verschmitzt zu. „Natürlich beißen sie nicht, aber *ich* schon." Er beugte sich näher. „Und ich lecke und sauge, küsse und berühre dich." Sein heißer Atem geisterte über ihren Hals, sodass ihr an all den richtigen Stellen heiß wurde.

„Du bist unverbesserlich!" Sie lachte leise, und ihre Sorge, Daniels Eltern kennenzulernen, war vergessen.

„Ja, aber du willst es doch gar nicht anders, oder?" Er beugte sich näher zu ihr für einen Kuss, aber das Klingeln seines Handys unterbrach ihn.

Mit einem Stirnrunzeln wich er zurück, zog das Handy aus seiner Jackentasche und schaute auf das Display. „Es ist das Büro. Es tut mir leid, sie würden nicht anrufen, wenn es nicht dringend wäre. Ich habe strikte Anweisungen gegeben." Er sah sie entschuldigend an. „Ich muss rangehen."

Seine Stimme veränderte sich von weich auf distanziert, als er antwortete: „Ja, Frances?"

Kurz nachdem sie sich kennengelernt hatten, hatte Daniel ihr gestanden, dass seine Beziehungen nie lange hielten, weil seine Ex-Freundinnen sich vernachlässigt fühlten, da er so viel arbeitete. Tatsächlich hatte seine letzte Freundin ihn mit seinem Anwalt betrogen, weil Daniel nicht genug Zeit mit ihr verbracht hatte. Es war offensichtlich, dass Daniel ein Workaholic war, obwohl Sabrina gehofft hatte, dass sich sein Verhältnis zur Arbeit ändern würde, jetzt wo sie zu ihm nach New York gezogen war.

„Das kann doch nicht deren Ernst sein!", stieß er jetzt mit verkrampftem Kiefer ins Telefon. „Ich dachte, ich hätte ihnen klargemacht, dass diese Möglichkeit nicht zur Debatte steht."

Die Unbeschwertheit, die Sabrina den ganzen Morgen in seinem Gesicht gesehen hatte, war verschwunden. Er war wieder der unnachgiebige Geschäftsmann, von dem sie schon zuvor flüchtige Bruchstücke mitbekommen hatte.

„Na gut!" Er fuhr sich mit der Hand durchs Haar. „Machen Sie alles für die Videokonferenz klar und ich werde in 45 Minuten im Büro sein. Und dieses Mal hält sich die andere Partei lieber an die Spielregeln." Er legte den Hörer auf, ohne sich von seiner Sekretärin zu verabschieden.

Sabrina seufzte. Ihr entspannter Ausflug mit Daniel schien zu Ende zu sein.

„Es tut mir leid. Ich muss ins Büro. Es hat sich etwas Wichtiges ergeben."

„Du musst tun, was du tun musst." Sie zwang ein Lächeln auf ihr Gesicht und versteckte ihre Enttäuschung.

Doch Daniel schien diese trotzdem zu bemerken. Er strich sanft mit den Fingerknöcheln über ihre Wange. „Ich mache es heute Abend wieder gut. Ich komme früher nach Hause und dann gehen wir zum Abendessen aus. Nur wir zwei. Das verspreche ich dir."

Sabrina nickte und ihr gezwungenes Lächeln verwandelte sich in ein echtes. „Das wäre wundervoll."

Daniel stand auf und nahm seine Brieftasche aus seiner Hosentasche. Er nahm einige Geldscheine heraus und gab sie Sabrina. „Geh doch den Rest des Tages einkaufen, wenn du willst. Und bitte nimm dir ein Taxi zurück in die Wohnung. Deine Füße werden es dir danken." Dann küsste er sie und ging.

Verblüfft starrte sie auf das Geld in ihrer Hand. Ihr Atem stockte in ihrer Brust. Hatte er sie gerade mit Geld abgespeist, damit sie sich nicht darüber beschwerte, dass er wieder ins Büro ging?

Als sie sich kennengelernt hatten und sie vorgegeben hatte, ein Callgirl zu sein, hatte sie dennoch nie sein Geld angenommen. Wieso glaubte er, dass sie es jetzt nehmen würde?

Sie war nicht wie seine bisherigen Freundinnen. Sabrina war nicht die Art von Frau, die Geld von einem Mann annahm und damit abgespeist werden konnte, einkaufen zu gehen. Vielleicht hatte dies mit Audrey, seiner letzten Freundin, funktioniert, aber sie würde sich nicht wie seine Ex-Freundin verhalten. Sie wollte sein Geld nicht. Sie wollte seine Liebe, seinen Respekt und seine Zeit.

Sie hatte nicht die Absicht, das Geld zu behalten. Sie legte es auf den Tisch, nahm die kleine Vase, die in der Mitte stand und stellte sie auf die Geldscheine. Die junge Frau, die sie bediente, erschien mit zwei Getränken auf dem Tablett und stellte diese vor Sabrina auf den Tisch. Sie blickte sich neugierig um.

„Ihr Freund ist gegangen?", fragte sie.

„Die liebe Arbeit", sagte Sabrina und hob das Glas an ihre Lippen, nahm einen großen Schluck und erhob sich von ihrem Stuhl. „Danke. Ich werde doch nichts zu essen bestellen." Sie zeigte auf das Geld auf dem Tisch.

Die Kellnerin sah sie an. „Ich bringe Ihnen gleich das Wechselgeld.“

Sabrina hielt sie davon ab. „Das ist nicht nötig.“

Sie lächelte die Kellnerin an, deren Kinnlade herunterfiel, als sie nach dem Geld griff und es ungläubig zählte. Wenigstens würde das Geld jemanden glücklich machen. Es funktionierte nur nicht bei Sabrina.

Und heute Abend würde sie Daniel das klarmachen. Und nicht nur das. Heute Abend würde sie ihn daran erinnern, warum sie nach New York gezogen war: weil sie ihn liebte und nicht genug von ihm bekommen konnte. Vielleicht würde ein schönes sexy Dessous ihr dabei helfen, Daniel an seine eigenen Gründe, warum er sie gebeten hatte, zu ihm zu ziehen, erinnern: weil er sie auch liebte.

Sabrina verließ das Bistro und hielt ein Taxi an. Sie kletterte auf den Rücksitz und schloss die Tür.

„Wohin?“, fragte der Taxifahrer.

„Äh …“ Sie fragte sich, ob sie wie eine hoffnungslose Auswärtige klang, wenn sie den Taxifahrer etwas fragen würde. Aber ihr Bedürfnis, keine Zeit zu verschwenden, siegte. „Wo kann man hier in der Stadt am besten einkaufen?“

“Da hätten wir Barney’s, Bloomingdale’s, Macy’s, Saks … Suchen Sie sich’s aus.“

„Zu Bloomingdale’s, bitte.“

„Selbstverständlich.“ Der Fahrer bog in die Straße ein und Sabrina rutschte wieder auf ihrem Sitz zurück.

„Sind Sie nur zu Besuch hier?“ Er sah sie durch den Rückspiegel an.

„Nein, eigentlich bin ich vor einer guten Woche erst hier hergezogen. Ich kenne mich aber immer noch nicht so gut aus.“

„Keine Sorge, das werden Sie noch früh genug. New York ist die beste Stadt der Welt.“

Sabrina lächelte und nickte. Sie hatte gehört, dass die New Yorker unhöflich und unfreundlich waren, aber dieser Taxifahrer schien nett zu sein.

Als er vor Bloomingdale’s anhielt, bezahlte Sabrina den Fahrpreis. „Vielen Dank.“

„Viel Spaß", antwortete er, als sie ausstieg.

Sabrina verbrachte fast eine Stunde damit, sich in der Wäscheabteilung umzusehen, bis sie genau das Richtige fand. Beim Blick auf das Preisschild erlitt sie fast einen Herzinfarkt, aber sich Daniels Gesicht vorzustellen, wenn er sie heute Abend in diesem knappen Dessous sah und sie mit seinen hungrigen Augen verschlang, brachte sie dazu, ihre Bedenken, so viel Geld für so wenig Seide auszugeben, zu vergessen.

Sie näherte sich der Kasse und legte den rosa Seidenbody auf die Theke.

„Oh, das ist eines meiner Lieblingsstücke", behauptete die Frau hinter der Kasse, als sie das Preisschild scannte und das Kleidungsstück sorgfältig zusammenlegte und in Seidenpapier wickelte. „Für eine besondere Gelegenheit?"

„Tja, ich weiß nicht. Nicht wirklich." Sabrina spürte, wie sie errötete. „Ich bin gerade bei meinem Freund eingezogen. Er ist mit der Arbeit immer so beschäftigt, aber heute Abend gehen wir aus."

Als sie dieser Fremden von ihren Plänen erzählte, wurde ihr bewusst, wie sehr sie ihre beste Freundin Holly vermisste. Sie hatten sich in San Francisco eine Wohnung geteilt und hatten einander alles erzählt.

„Na, das klingt mir aber nach einem besonderen Anlass. Von woher sind sie denn umgezogen?"

„Von San Francisco."

„Ich habe eine Cousine, die dort lebt. Schöne Stadt." Die Kassiererin lächelte. „Ziemlich neblig, sagt man."

„Nur im Sommer. Im Winter ist es sonnig und schön."

Die Verkäuferin lächelte. „Im Winter ist es hier eiskalt. Bereiten Sie sich darauf vor." Sie deutete auf das Dessous. „Das wird Sie im Winter nicht warm halten." Sie zwinkerte. „Aber dafür haben Sie ja Ihren Freund."

Sabrina unterdrückte den Drang, sich Luft zuzufächeln. Nur daran zu denken, wie Daniel sie in den kommenden Wintermonaten wärmen würde, ließ sie heiße Schauer auf ihrem Körper spüren.

„Ist das dann alles für heute?", fragte die Frau.

„Ja, danke."

Sabrina wartete, bis ihre Kreditkartenzahlung abgeschlossen war. Dann hob sie die Tüte von der Theke und verließ den Laden.

Sie fühlte sich gut. Es war schön, aus der Wohnung herauszukommen und mit anderen Menschen zu sprechen. Sicher machte es mehr Spaß, wenn sie mit Daniel zusammen war, aber sie brauchte ihn nicht wirklich, um sich zu unterhalten. Sie musste nur Bekanntschaften knüpfen. Und Sachen unternehmen.

Sie hatte immer noch die Broschüre vom Metropolitan Museum. Vielleicht konnte sie gelegentlich zu einigen dieser Veranstaltungen gehen, die dort stattfanden. Es würde ihr helfen, sich die Zeit zu vertreiben, während Daniel in der Arbeit war. Außerdem hätte sie dann auch Themen, über die sie sich mit Daniel unterhalten konnte, wenn er abends nach Hause kam. Das letzte, was sie sein wollte, war eine Freundin, die nichts zu sagen hatte. Sie wollte nicht nur eine hübsche Trophäe sein. Sie wollte seine Partnerin und seine beste Freundin sein – und heute Abend seine leidenschaftliche Geliebte.

Sabrina wusste nicht, wann Daniel in der vergangenen Nacht schließlich nach Hause gekommen war, aber sie hatte bis nach Mitternacht auf ihn gewartet, bevor sie aufgegeben hatte und aus dem sexy Body, den sie eigens für diese Nacht gekauft hatte, geschlüpft war und eines ihrer normalen Nachthemden angezogen hatte. Daniel hatte nur kurz angerufen, um ihr zu sagen, dass er sie an einem anderen Abend zum Essen ausführen würde, doch hatte er nicht sagen können, wann er nach Hause kommen würde.

Sie öffnete die Augen, als der Geruch von Speck aus der Küche zu ihr trieb. Sie gähnte und streckte sich, dann setzte sie sich auf und sah sich um. Daniel machte Frühstück – Eier und Speck.

Sie machte sich schnell im Badezimmer frisch, warf sich einen Bademantel über und ging neugierig in die Küche.

„Guten Morgen, meine Hübsche", sagte Daniel strahlend. „Hungrig?"

„Ich bin vollkommen am Verhungern", gestand sie. Sie hatte am Abend zuvor nur ein paar Dinge aus dem Kühlschrank genascht, da sie gehofft hatte, mit Daniel Essen zu gehen und nicht darauf vorbereitet gewesen war, etwas zu kochen.

Daniel zog sie in seine Arme. „Wegen gestern Abend ..."

Sie wandte ihr Gesicht ab, um an ihm vorbeizusehen. Sie wollte ihm nicht zeigen, dass sie enttäuscht war, weil er sein Versprechen nicht gehalten hatte. Aber Daniel nahm ihr Kinn und zwang sie, ihn anzusehen.

„Es tut mir sehr leid. Ich weiß, dass wir geplant hatten auszugehen. Aber leider gibt es manchmal Notfälle, und gestern war so ein Notfall. Der Deal wäre geplatzt, wenn ich nicht schnell gehandelt hätte. Das verstehst du doch, nicht wahr?"

Seine Augen baten um Vergebung.

„Natürlich verstehe ich das." Sie seufzte. „Es ist nur ..."

„Was?"

„Es wäre mir lieber, du würdest überhaupt keine Versprechungen machen, als sie zu brechen."

Er nickte. Sein Gesichtsausdruck war jetzt ernst. „Du hast recht. Vergibst du mir?"

Sie zögerte, aber sie wusste, dass sie ihm noch etwas sagen musste. „Und bilde dir nicht ein, dass du mich mit Geld abspeisen kannst. Ich will dein Geld nicht."

Er wich ein wenig zurück. „Dich abspeisen?"

„Ja, wie gestern. Du hast mir Geld gegeben, damit ich einkaufen gehe."

„Oh, das." Er legte den Kopf zur Seite. „Es war nicht meine Absicht, dich damit abzuspeisen."

„Es fühlte sich aber so an."

„Es tut mir leid." Er drückte einen sanften Kuss auf ihre Lippen. "Kann ich das mit Eiern und Speck wieder gutmachen?"

Sie verdrehte die Augen. „Und jetzt tust du das gleiche mit Essen!" Sie schmunzelte. „Du bist ein hoffnungsloser Fall!"

Er lachte leise. „Ja, hoffnungslos verliebt in dich." Er zog sie an sich. „Also, wie wäre es mit Frühstück? Oder möchtest du das lieber ausfallen lassen?" Er warf einen vielsagenden Blick in Richtung Schlafzimmer.

„Frühstück. Ich hatte nicht viel zum Abendessen. Ich bin wie ausgehungert."

„Also dann Frühstück. Setz dich! Ich bringe dir deinen Teller."

Daniel bereitete zwei Teller mit Eiern und Speck zu und trug sie zum Esstisch. Dann schenkte er zwei Gläser Orangensaft ein und stellte sie neben die Teller. Sabrina setzte sich und Daniel nahm auf dem Stuhl ihr gegenüber Platz.

„Das riecht aber lecker. Ich dachte, du hättest gesagt, dass du nicht kochen kannst."

Seine Augen funkelten. „Eier und Speck zu machen bezeichne ich nicht als kochen. Außerdem gibt es noch jede Menge anderer Dinge, die du noch nicht über mich weißt." Er biss in den Speck und kaute langsam. Dann nahm er einen langen Atemzug. „Ich fürchte, ich bin ein Workaholic. Es fällt mir schwer, meine alten Gewohnheiten zu ändern. Ich bin mir sicher, für dich ist es genauso eine Umstellung, in einer neuen Stadt zu leben. Bitte denke nicht, dass ich es nicht zu schätzen weiß, was du für mich tust."

Bei seinen Worten schmolz Sabrinas Herz. Er verstand sie. Er wusste, dass es nicht leicht für sie war. Genauso, wie es nicht leicht für ihn war, plötzlich mit jemandem zusammenzuleben. Sie mussten sich beide anpassen. Jedes Paar musste das tun. Es war normal. Genau wie die gelegentlichen Differenzen, die zwischen ihnen auftraten, normal waren.

Sie legte ihre Hand auf seine. „Es gefällt mir hier. Wirklich." Sie ließ ihre Augen durch den Raum schweifen. „Es ist eine tolle Wohnung. Und ich freue mich so auf mein Leben mit dir."

Er beugte sich über den Tisch und küsste sie sanft, bevor er wieder von ihren Lippen abließ. „Ich habe noch nie zuvor eine Frau gebeten, mit mir zusammenzuziehen. Ich hatte nie zuvor das Gefühl, dass es richtig war, oder dass ich dazu bereit wäre. Aber mit dir ist alles anders." Er seufzte. „Aber ich fürchte, alte Gewohnheiten sterben nur langsam. Ich bin es gewohnt, mehr Zeit im Büro zu verbringen als zu Hause. Bisher hat noch nie jemand zu Hause auf mich gewartet. Es war einfach nur ein Ort, wo ich meinen Kopf auf ein Kissen lege und schlafe. Aber jetzt ..."

Ihre Blicke verschmolzen.

„Jetzt, wo du da bist, werde ich mich bemühen, ein besserer Partner zu sein. Das verspreche ich."

Sie unterdrückte eine Träne. Sein Versprechen, das aus seinem Herzen kam, berührte sie. „Du wirst es nicht bereuen. Ich werde es dir zurückgeben."

Er ließ seine Augen über sie schweifen und leckte sich die Lippen. „Wie?"

Sie kicherte. „Oh mein Gott, du hast ja nur das Eine im Kopf!"

„Dafür kannst du mir aber nicht die Schuld geben, Baby. Was soll denn ein Mann mit einem so sündigen Körper wie deinem auch tun?"

Lachend schob sie ihren nahezu leeren Teller von sich. „Ich habe mir überlegt, mir einen Job zu suchen."

Daniel hielt mit der Gabel auf halbem Weg zu seinem Mund inne. „Warum denn? Du brauchst nicht zu arbeiten, Sabrina. Ich verdiene mehr als genug Geld für uns beide."

„Das weiß ich." Sie verdrehte ihre Augen. „Aber es geht nicht ums Geld, Daniel. Wenn ich weiterhin tagein, tagaus in dieser Wohnung sitze, flippe ich noch aus. Wenn ich nicht schon dabei bin." Sie schüttelte den Kopf.

„Du brauchst dir doch keinen Job zu suchen, nur damit dir nicht langweilig wird. Ich kann dich mit ein paar Leuten in Kontakt bringen, wenn du dich vielleicht bei einer Wohltätigkeitsorganisation engagieren und dort im Vorstand sitzen willst. Ich habe Verbindungen."

„Im Vorstand einer Wohltätigkeitsorganisation sitzen? Daniel, das haben wahrscheinlich deine Ex-Freundinnen getan, aber ich will das nicht. Im Vorstand zu sitzen und zu Fundraising-Veranstaltungen zu gehen, hatte ich nicht im Sinn. Ich will einen richtigen Job. Ich möchte etwas, das mich herausfordert, etwas, das mir das Gefühl gibt, nützlich und wichtig zu sein."

„Du bist mir wichtig."

Sabrina lächelte. „Das weiß ich, aber das meinte ich nicht."

„Okay, dann", räumte er ein. „Du willst einen richtigen Job?"

„Ja, ich will wieder als Anwältin arbeiten."

„Ich kenne viele Anwälte in der Stadt. Du musst natürlich eine Lizenz für den Staat New York beantragen, aber ich kann ein paar Anrufe tätigen und dir helfen, bei einer Firma unterzukommen –"

„Nein!" Sie schüttelte hartnäckig den Kopf. „Danke für das

Angebot, aber ich möchte das selbst schaffen. Ich will keinen Job bekommen, nur weil ich deine Freundin bin. Es ist schlimm genug, dass ich mich beweisen muss, nur weil ich eine Frau bin. Ich will mich nicht auch noch beweisen müssen, weil ich deine Freundin bin."

„Bist du sicher? Ich kenne eine sehr renommierte Kanzlei, die dich in deiner Karriere voranbringen könnte."

„Ja, das weiß ich. Aber nach all dem, wie ich in meiner letzten Kanzlei behandelt wurde, und wie Hannigan und der Rest der Anwälte meine Kenntnisse minimiert hatten, nur weil ich eine Frau bin, muss ich mir das selbst beweisen." Sie schüttelte den Kopf, um die negativen Erinnerungen aus ihrem Gedächtnis zu verbannen. „Ich möchte das selbst schaffen."

Daniel nickte zustimmend und etwas, das wie Stolz aussah, glänzte in seinen Augen. „Wenn du das willst, dann werde ich dich unterstützen."

„Danke."

Er warf einen Blick auf seine Armbanduhr. „Verflixt, ich muss los."

Er erhob sich, ging um den Tisch herum und beugte sich zu ihr.

„Vergiss nicht, dass ich heute gegen vier Uhr nach Hause komme, und wir dann sofort in die Hamptons fahren, um meine Eltern zu besuchen." Er küsste sie schnell.

„Willst du, dass ich für dich packe?", fragte sie, als er bereits in Richtung Wohnungstür ging.

„Nicht nötig. Ich habe alles, was ich brauche, in meinem alten Zimmer zu Hause. Jede Menge an Freizeitklamotten. Pack nur, was du für dich brauchst."

Dann war er aus der Tür, und erneut wurde ihr ganz bang, als sie daran dachte, seine Eltern kennenzulernen. Vielleicht könnte sie Daniel auf der Fahrt in die Hamptons ein bisschen über seine Eltern ausfragen, sodass sie nichts Falsches sagen oder sich daneben benehmen würde.

Nachdem sie lange darüber nachdachte, was sie für das Wochenende in den Hamptons packen sollte, entschied sie sich schließlich für Freizeitkleidung. Hatte Daniel nicht gesagt, dass er legere Kleidung im Haus seiner Eltern hatte? Das bedeutete wohl, dass sie nichts Elegantes brauchen würde. Als sie die Tasche ansah, die sie gepackt hatte, fragte sie sich, ob sie umpacken und noch andere Sachen für besondere Anlässe einpacken sollte, doch dann stoppte sie sich. Sie musste aufhören, sich Sorgen darüber zu machen, und die einzige Art und Weise, wie sie das bewerkstelligen konnte, war, sich mit etwas anderem zu beschäftigen.

Und eine Jobsuche würde sie auf jeden Fall ablenken.

Sie fuhr ihren Laptop hoch und begann, im Internet nach Anwaltskanzleien in New York City zu suchen. Ein paar Stunden später hatte sie eine Liste von Kanzleien, denen sie ihren Lebenslauf zusenden wollte. Jetzt musste sie diesen nur noch auf den neuesten Stand bringen.

Sie warf einen Blick auf die Uhr – schon drei Uhr nachmittags.

„Ach du lieber Gott!"

Sabrina schloss ihren Laptop und eilte ins Badezimmer. Sie sprang unter die Dusche. Heute wollte sie besonderes Augenmerk auf ihr Aussehen legen. Sie musste perfekt aussehen, wenn sie Daniels Eltern traf. Der erste Eindruck war extrem wichtig.

Als sie den Hahn aufdrehte, hörte sie auch schon Daniels Stimme. „Sabrina, Baby, ich bin zu Hause."

„Natürlich, ausgerechnet *heute* kommt er zu früh nach Hause!"

Es sah so aus, als ob zum ersten Mal *er* auf *sie* warten müsste.

Daniel hielt während des Großteils der Fahrt in die Hamptons Sabrinas Hand. Er liebte seine Arbeit, aber er liebte Sabrina noch mehr, und er war dankbar dafür, dass er das Wochenende frei hatte und es mit ihr verbringen und ihr zeigen konnte, wie wichtig sie ihm war. Er wusste, dass seine Eltern sie lieben würden, und er konnte es nicht erwarten, bis er sie ihnen vorgestellt hatte. Er wusste jedoch auch, dass Sabrina überaus nervös war.

Daniel brachte ihre Hand an seinen Mund und gab ihr einen langen Kuss. Dann drückte er Sabrinas Hand sanft.

„Wir sind hier", verkündete er, als er in die Einfahrt fuhr.

Sabrina lächelte ihn an, aber er wusste, dass es ein gezwungenes Lächeln war. Er spürte, wie sich ihr Körper neben ihm anspannte. Es gab keinen Grund für sie, so nervös zu sein, und das hatte er ihr immer wieder versichert.

„Wow, was für ein wunderschönes Haus!", rief sie ehrfürchtig aus.

Er lächelte. Das erste Mal, als Daniel Audrey hierher mitgebracht hatte, hatte er in ihren Augen nur Dollar-Zeichen gesehen. Aber Sabrina war anders. Sie hatte nichts als Bewunderung in den Augen. Er konnte es in seinem Inneren fühlen.

Daniel brauchte einen Moment, um das Haus seiner Kindheit zu bewundern. Eigentlich war es eine Villa, kein Haus. Es war riesig mit großen, weißen Säulen, die die Veranda und die Eingangstür umrahmten.

Die Blumen seiner Mutter standen in voller Blüte und setzten farbliche Akzente neben dem perfekt gepflegten Rasen. Er kam immer gerne zu Besuch nach Hause, aber dieses Wochenende war anders. Dieses Mal kam Sabrina mit ihm hierher. Und auch wenn Daniel wusste, dass er sie nicht einfach über die Schwelle tragen konnte, wollte ein kleiner Teil von ihm genau das tun.

„Bist du bereit?", fragte er und ließ ihre Hand los.

„So bereit, wie ich's nur sein kann."

Daniel stieg aus dem Auto und ging herum auf die andere Seite, um ihr die Tür zu öffnen und ihr herauszuhelfen. Er zog sie an seine Seite, küsste ihre Schläfe und flüsterte: „Bitte entspann dich, Sabrina. Alles wird gut gehen."

Dann nahm er Sabrinas Tasche aus dem Kofferraum und geleitete sie die Treppe hinauf. Mit seinem Schlüssel sperrte er auf, um ins Haus zu gelangen, und stellte die Tasche im Foyer ab.

„Mama! Dad! Wir sind da", rief er und zog Sabrina mit sich.

Daniel sah seine Mutter vom hinteren Teil des Hauses kommen. Sie war nur ein bisschen größer als einen Meter fünfzig, mit langen schwarzen Haaren, die sie zu einem lockeren Knoten im Nacken zusammengenommen hatte. Sie hatte schokoladenbraune Augen, aus denen Wärme und Zuneigung funkelten. Sie war schon immer eine Frau mit Kurven gewesen, aber jetzt, Anfang Sechzig, hatte sie ein paar Pfunde um Taille und Hüften zugelegt, was ihr aber gut stand.

„Oh, Daniel!", rief sie und zog ihn in ihre Arme, als sie ihn erreichte.

Er umarmte sie und lachte. „Sieht so aus, als hättest du mich vermisst, Mama."

Sie lächelte ihn an, dann blickte sie an ihm vorbei zu Sabrina und entließ ihn aus ihrer Umarmung. Sein Vater trat im gleichen Moment in den Flur. Er war genauso groß wie Daniel, doch die braunen Haare seines Vaters waren schon grau meliert und sein Gesicht hatte Lachfalten um die Augen und den Mund herum. Er sah fit aus und hatte kaum ein Gramm Fett an seinem athletischen Körper, was überraschend war, da er das üppige Essen seiner Frau liebte.

„Hallo Dad."

„Danny, schön dich zu sehen", antwortete sein Vater und umarmte ihn.

Genau wie seine Mutter sah jetzt auch sein Vater Sabrina an.

Daniel nahm Sabrinas Hand und zog sie an seine Seite. „Mama, Dad, das ist Sabrina. Sabrina, das ist meine Mutter, Raffaela, und mein Vater, James."

„Schön, Sie beide kennenzulernen", sagte Sabrina und streckte zuerst seiner Mutter die Hand hin.

Doch seine Mutter hielt sich nicht mit Händeschütteln auf. Sie zog Sabrina einfach in eine Umarmung. Daniel fühlte, wie ein Felsbrocken von seinen Schultern fiel. Seine Mutter umarmte nur Leute, die sie gern mochte. Sie hatte Audrey nie umarmt.

„Hallo, *Cara*. Ich bin so froh, dass Daniel dich endlich mitbringt, damit wir dich kennenlernen. Er hat mir so viel von dir erzählt, dass ich das Gefühl habe, dich schon zu kennen."

Sabrina lächelte, sichtlich überrascht von den Worten seiner Mutter. „Danke für die Einladung."

„Darf ich sie auch begrüßen, oder willst du ein Monopol auf sie anmelden, Schatz?", fragte sein Vater mit einem Grinsen.

Daniel tauschte ein Schmunzeln mit seinem Vater aus. Sie wussten beide, wie einnehmend seine Mutter sein konnte.

Sein Vater streckte die Hand aus und schüttelte Sabrinas. „Danny spricht in den allerhöchsten Tönen von dir."

„Danke. Er hat mir auch schon viel über Sie beide erzählt."

Sein Vater lachte. „Oh! Oh! Ich hoffe, nur gute Dinge." Er zwinkerte Daniel zu.

Daniel lachte. „Hör auf, nach Komplimenten zu angeln, Dad. Bei einem erwachsenen Mann ist das ja regelrecht peinlich."

„Es war einen Versuch wert."

Seine Mutter verdrehte die Augen. Sie kannte die Scherze der beiden.

Plötzlich hörte Daniel Schritte aus dem Wohnzimmer kommen, wo seine Eltern sich vorher aufgehalten hatten. Er schaute in die Richtung des Geräusches und erstarrte. In seinem Magen ballte sich das Grauen zu einer Faust. Er kannte das Paar, das auf sie zukam. Beide trugen das gleiche eingefrorene, künstliche Lächeln auf ihren sonnengebräunten Gesichtern.

„Oh, Linda, Kevin, kommt her!", forderte seine Mutter sie auf, näherzukommen. „Daniel, du erinnerst dich an die Boyds, nicht wahr? Sie sind unerwartet vorbeigekommen."

„Ja, natürlich. Hallo, Linda, Kevin, schön euch zu sehen", begrüßte er sie höflich.

Im Allgemeinen hatte er nichts gegen die Boyds. Sie waren typische reiche Leute, die er schon sein ganzes Leben lang kannte. Leider waren sie auch Bekannte von jemandem, den er lieber vergessen würde. Er konnte nur hoffen, dass sie höflich genug waren, keine unangemessenen Kommentare abzugeben.

„Schön, dich wiederzusehen", sagte Kevin und schüttelte ihm die Hand.

„Ja, das ist es wahrlich. Hast du Audrey nicht mitgebracht?", fragte Linda und schaute Sabrina von oben bis unten an, als ob sie eine Kuh auf einem Viehmarkt begutachtete.

So viel zu Lindas Sinn für Diskretion.

Daniel räusperte sich. „Äh, nein. Audrey und ich haben uns vor einer Weile getrennt."

Linda und Kevin stießen überraschte Atemzüge aus. „Wirklich? Wann denn?", fragte Linda.

„Vor etwa einem Monat." Daniel legte seinen Arm um Sabrinas Taille und zog sie näher.

„Das hier ist –"

„Aber warum denn?", unterbrach Linda ihn. „Ihr wart doch das perfekte Paar."

Perfekt? Nichts in seiner Beziehung zu Audrey war perfekt gewesen. Einschließlich des Tages, an dem sie Schluss gemacht hatten, nachdem er sie mit seinem Anwalt im Bett vorgefunden hatte.

„Es hat nicht geklappt." Neben ihm zappelte Sabrina. Die Situation war extrem unangenehm für sie. „Das ist Sabrina Palmer, meine Freundin."

Kevin streckte höflich seine Hand aus und schüttelte Sabrinas. „Erfreut, Sie kennenzulernen."

Aber Linda konnte das Audrey-Thema nicht fallen lassen. „Oh, tut mir aber leid, das zu hören. Wie schade. Audrey und du, ihr habt doch so gut zusammengepasst." Sie sah Sabrina mit einem gezwungenen Lächeln an. „Ich bin froh, dass du so schnell wieder jemanden gefunden hast."

Aber ihr Gesichtsausdruck strafte ihre Worte Lügen. Es war offensichtlich, dass sie dachte, dass Sabrina der Grund für seine Trennung von Audrey war.

Daniels gute Manieren verboten es ihm, ihr die Wahrheit über Audrey zu sagen, nämlich, dass sie seinen Anwalt wie einen wilden Hengst geritten hatte.

Mit einem zuckersüßen Lächeln schüttelte Linda Sabrinas Hand. „Ich höre immer gerne eine schöne Geschichte. Wie habt ihr euch denn kennengelernt?"

„Wir trafen uns auf einem Blind Date", antwortete Sabrina ruhig, genauso, wie sie vereinbart hatten, diese Frage zu beantworten, falls sie gestellt werden sollte.

Er lächelte. „Ja, das stimmt. Freunde haben uns verkuppelt."

„Meine Freundin Holly und Daniels Freund Tim sind daran schuld." Sabrina lachte nervös.

„Ach, ist das nicht nett? Es ist gut, gemeinsame Freunde zu haben, nicht wahr? Also, wenn dein bester Freund Tim und Sabrinas Freundin Holly Freunde sind, überrascht es mich, dass ihr euch nicht schon früher kennengelernt habt", fischte Linda weiter nach Informationen. Offensichtlich wollte sie herausfinden, ob er Audrey mit Sabrina betrogen hatte.

Daniel sog einen beruhigenden Atemzug ein. „Du kennst Tim, wenn ich mich nicht irre. Wie du dich wahrscheinlich erinnerst, lebt Tim in San Francisco. Und da ich in New York wohne, kennen wir leider die Freunde des anderen nicht."

„Und Sie sind aus San Francisco, Sabrina?", fragte Kevin.

„Ja", antwortete sie, und fügte dann schnell hinzu: „Aber ich bin gerade nach New York umgezogen, um näher bei Daniel zu sein."

„Genauer gesagt, um mit mir zusammen zu sein. Wir wohnen zusammen", sagte Daniel, um sicherzustellen, dass den Boyds bewusst war, dass er niemals wieder zu Audrey zurückkehren würde.

Lindas Augenbrauen zogen sich nach oben. „Ihr wohnt zusammen? Oh!" Sie tauschte einen Blick mit ihrem Ehemann aus. „Na, ihr Zwei verliert wohl keine Zeit, oder? Nachdem ihr euch erst so kurze Zeit kennt?"

Neben ihm spannte sich Sabrina noch mehr an und ihr Griff um seine Taille wurde enger. Sie hatte sich genau wegen Situationen wie dieser gesorgt, in der andere sie neugierig ausfragten, wie sie sich kennengelernt hatten.

„Ich will ja nicht unhöflich sein, Linda", unterbrach seine Mutter mit einem warmen Lächeln. „Aber Daniel und Sabrina sollten auspacken. Ich bin sicher, sie sind von der Fahrt etwas müde. Der Verkehr an einem Freitagnachmittag ist ja immer höllisch! Und ich bin sicher, sie haben auch Hunger. Nicht wahr, Kinder?" Sie warf Daniel einen verschwörerischen Blick zu.

„Ja, ich bin absolut am Verhungern", antwortete Daniel schnell.

„Es war schön, dich und Kevin zu sehen", sagte sie und sah die Boyds wieder an. „Danke für euren Besuch." Sie führte Linda und Kevin zur Haustür und winkte ihnen zum Abschied, bevor sie die Tür hinter ihnen zufallen ließ.

„Danke, Mama." Daniel drückte einen Kuss auf ihre Wange.

„Na endlich sind sie weg! Diese Frau kann manchmal so verdammt unerträglich sein." Sie lächelte ihn und Sabrina warmherzig an. „Ich habe dein altes Zimmer für euch beide hergerichtet. Saubere Bettwäsche, frische Kopfkissen, und euer eigenes Bad."

Daniel nickte seiner Mutter zu und diese führte sie die große Treppe hinauf.

„Danke für alles, Mrs. Sinclair", sagte Sabrina.

Seine Mutter hielt auf der Treppe inne und drehte sich um. „Bitte nenne mich doch einfach Raffaela. Wenn mich jemand Mrs. Sinclair nennt, will ich mich immer umdrehen, um zu sehen, ob meine Schwiegermutter da ist."

Sabrina lächelte. „Danke, Raffaela."

Daniel beobachtete, wie Sabrina hinter seiner Mutter die Treppe hinaufging, die zu seinem alten Zimmer führte. Als er eintrat, erkannte er, dass sich nicht viel verändert hatte, obwohl das Einzelbett, das er als Kind benutzt hatte, schon vor langer Zeit durch ein Doppelbett ersetzt worden war.

„Ich lasse euch auspacken. Das Abendessen gibt's um sieben Uhr. Ich koche, also hoffe ich, dass ihr Hunger habt." Sie lächelte und verließ den Raum.

Daniel ließ die Tasche fallen und nahm Sabrinas Hand und drückte diese fest. Dann zog er sie an sich und gab ihr einen langen, leidenschaftlichen Kuss. Einen Kuss, den er ihr schon während der Autofahrt hatte geben wollen.

„Mmm, wofür war das denn?", fragte sie, die Augen halb geschlossen, als er sie freiließ.

„Kein spezieller Grund." Er nibbelte an ihrer Unterlippe. „Es tut mir leid wegen Linda und Kevin. Ich hatte keine Ahnung, dass die beiden hier sein würden."

„Es ist schon in Ordnung. Ich bin deiner Mutter dankbar, dass sie sie praktisch hinausgescheucht hat", antwortete Sabrina.

„Ja, Mama ist in solchen Situationen super. Und übrigens mag sie dich."

Ihre Augen weiteten sich überrascht. „Woher willst du das wissen?"

„Ich kenne meine Mutter. Erstens hat sie dich umarmt, und Audrey hat sie nie umarmt. Und zweitens –" Als er spürte, wie Sabrina sich in seinen Armen anspannte, unterbrach er sich. „Tut mir leid, ich wollte Audrey nicht erwähnen. Das war gedankenlos von mir."

Sabrina zuckte mit den Schultern und entzog sich seiner Umarmung. „Es ist nicht einfach, sie nicht zu erwähnen, meinst du nicht auch? Und Mrs. Boyd hat sie ja praktisch bis in den Himmel gelobt."

„Linda weiß es nicht besser. Sie ist aus demselben Holz geschnitzt wie Audrey. Kein Wunder, dass sie befreundet sind."

„Ich nehme an, du und Audrey, ihr habt viele gemeinsame Bekannte und Freunde?"

„Leider. Ich wünschte, ich könnte dir versprechen, dass das, was gerade passiert ist, nie wieder vorkommen wird, aber das kann ich nicht. Wir verkehren in den gleichen Kreisen. Früher oder später werden wir ihr begegnen, und die Szene wird nicht angenehm sein."

Er griff nach ihr, legte einen Arm um ihre Taille und streichelte ihre Wange. „Aber was ich dir versprechen kann, ist, dass ich immer an deiner Seite sein werde. Und sie wird es nie schaffen, einen Keil zwischen uns zu treiben. Ich liebe dich, Sabrina, und nur dich. Audrey bedeutet mir nichts."

Sie nickte. „Danke."

„Ist das alles, was ich bekomme? Wie wär's mit einem etwas überschwänglicheren, körperlichen Dankeschön?" Er zwinkerte ihr zu.

Sabrina schmunzelte. „Also gut. Wie wäre es damit?"

Sie legte ihre üppigen Lippen über seine und leckte mit der Zunge über sie. Ohne zu zögern, teilten sich seine Lippen, und er erlaubte die süße Invasion und genoss ihre zärtliche Berührung. Er neigte den Kopf zur Seite, um eine tiefere Verbindung zu ermöglichen und strich mit seiner Zunge gegen ihre, während er eine Woge von Wärme durch sich fließen fühlte.

„Hmm", summte er. „Ich sollte dir mehr Gelegenheiten geben, mir zu danken."

Sie kicherte. „Sehr witzig."

Lächelnd ließ er sie los. "Ich hoffe, dass du hungrig bist."

„Ich bin total am Verhungern."

„Gut. Wenn Mama mit dir fertig ist, wirst du einen Monat lang nichts mehr essen müssen."

Sabrina schüttelte den Kopf. „Macht sie wirklich so viel Essen?"

„Sie ist Italienerin, Baby. Kochen und andere Leute mit Essen zu füttern, ist ihre Aufgabe."

„Habe ich Zeit, vor dem Abendessen noch auszupacken und mich frisch zu machen?"

„Na klar", sagte er und küsste sie auf die Wange. „Ich gehe in der

Zwischenzeit hinunter. Im Schrank dürfte genügend Platz für deine Sachen sein. Komm einfach nach unten, wenn du fertig bist."

Daniel überließ sie dem Auspacken und ging nach unten. Er folgte dem Duft von hausgemachter Soße in die Küche. Seine Mutter war damit beschäftigt, in den Töpfen am Herd umzurühren. Er pflückte eine Kirschtomate aus der Salatschüssel, die auf dem Tisch stand, und steckte sie in seinen Mund.

Seine Mutter lächelte und schüttelte den Kopf. „Verdirb dir nicht den Appetit, Daniel! Wo ist Sabrina?"

„Sie macht sich schnell frisch."

„Ich mag sie. Sie ist nett."

Daniel lächelte. Er hatte recht gehabt, dass seine Mutter Sabrina mochte. „Ja, das ist sie."

„Sie ist anders."

Er hielt mit der Hand über der Salatschüssel inne. Seine Mutter hatte eine gute Menschenkenntnis. „Wie wer?"

„Na ja, sie ist jedenfalls nicht wie Audrey. Das steht fest."

Mit einem Seufzer der Erleichterung nickte er zustimmend. „Nein, das ist sie nicht." Und darüber war er froh. Sabrina war warmherzig und liebevoll, mitfühlend und süß. Audrey besaß keine dieser Eigenschaften.

„Ich war überrascht, als ich hörte, dass du und Audrey euch getrennt habt. Ich wusste nicht, dass ihr Zwei Probleme hattet."

„Ich habe sie im Bett mit meinem Anwalt erwischt. Ich würde sagen, das war ein ziemlich großes Problem, Mama."

„Ach wirklich? Na ja, das erklärt dann wohl alles. Ich kann nicht behaupten, dass es mir leid tut, dass Audrey aus deinem Leben verschwunden ist. Ich hätte zwar nie etwas gesagt, wenn du noch immer mit ihr zusammen wärst, aber ich konnte die Frau noch nie leiden."

„Ich weiß, Mama. Das war nicht zu übersehen."

„Aber ich habe meine Gefühle verborgen", meinte seine Mutter standfest.

Er schmunzelte. „Du hast noch nie deine Gefühle verbergen können, Mama. Hat Dad dir das noch nie gesagt?"

Sie schüttelte den Kopf und lachte. „Wie dem auch sei." Sie deutete mit dem Finger nach oben zur Decke. „Sabrina ist ein echtes Juwel."

Daniel lächelte. „Ich weiß." Und er war erleichtert, dass seine Mutter das auch dachte. An der Meinung seiner Mutter lag ihm viel, denn er wusste, dass sie nur das Beste für ihn wollte.

„Gut. Bedeutet das, dass du vorhast, jetzt weniger zu arbeiten und dich mehr auf dein Privatleben zu konzentrieren und vielleicht daran zu arbeiten, ein *Bambino* zu erzeugen? Ich werde nicht jünger, Daniel, und wenn du willst, dass ich babysitte, dann beeilst du dich lieber. Vermassle das bloß nicht!"

Wie üblich hatte seine Mutter recht. Er arbeitete viel zu viel und das führte zu Problemen zwischen Sabrina und ihm. Er hatte sie in der vergangenen Woche vernachlässigt. Er musste aufhören, so viel zu arbeiten. Er durfte nicht noch einmal den gleichen Fehler machen, den er bei seinen Ex-Freundinnen gemacht hatte.

Dieses Mal ging es um etwas Langfristiges. Er würde sich bemühen, Sabrinas Wünsche zu berücksichtigen und den Dingen, die nicht so wichtig wie Sabrina waren, weniger Zeit widmen. Das würde ihm nicht leicht fallen. Schließlich hatte er die letzten zehn Jahre damit verbracht, sein Unternehmen aufzubauen und jede einzelne Minute daran gearbeitet, es in die blühende Firma zu verwandeln, die mehr Geld ausspuckte, als er sich jemals erträumt hätte. Aber was war das Geld wirklich wert, wenn er sich damit nicht Zeit mit der einzigen Person kaufen konnte, die ihm wirklich wichtig war? Das Geld würde ihn nachts nicht wärmen, so wie Sabrina es tat. Das war ihm klar. Und danach musste er jetzt auch handeln und der aufmerksame Mann werden, den sie verdiente.

„Ich vermassle das schon nicht, Mama. Das verspreche ich dir."

Sie drehte sich zu ihm um und zeigte mit einem Löffel Soße auf ihn. „Also denkst du an eine Zukunft mit ihr?"

Er zögerte. „Wir sind doch noch nicht so lange zusammen. Ich habe ehrlich gesagt noch nicht darüber nachgedacht", log er.

Natürlich hatte er darüber schon viel nachgedacht, aber er wusste, dass so ein Schritt noch zu früh war. Sabrina war noch nicht bereit dazu. Sie musste sich erst daran gewöhnen, mit ihm zusammenzuleben. Und er würde sein Bestes tun, um sicherzustellen, dass Sabrina sich so schnell wie möglich an das Zusammenleben gewöhnte. Und je mehr Sachen sie als Paar unternahmen, desto schneller würden sie sich aneinander gewöhnen. Dieses Wochenende mit seinen Eltern zu verbringen, weit weg von der Arbeit, war ein guter Anfang.

„Ich glaube, du solltest dir Gedanken darüber machen."

Daniel lachte. Natürlich würde sie so etwas sagen. Sie wollte ja ein Enkelkind.

„Und deine Mutter hat immer recht. Stimmt's, Liebling?", rief sie seinem Vater zu, der in diesem Moment die Küche betrat.

„Ja, mein Schatz, was immer du meinst", antwortete sein Vater automatisch.

Daniel lächelte nur. Es fühlte sich gut an, zu Hause zu sein.

8

Am nächsten Morgen stand Sabrina nach dem Frühstück vom Tisch auf und trug die schmutzigen Teller zur Spüle, als sie hörte, wie James Daniel ansprach: „Wie wäre es mit einer Runde Golf?"

„Wenn du dich der Herausforderung stellen willst, dann mache ich mit", antwortete Daniel sofort.

Sabrina drehte sich um. Ein Gefühl von Panik breitete sich bereits in ihr aus. Er würde sie hier alleine lassen? Sie fing seinen Blick auf und versuchte, ihm wortlos ihre Bedenken zu übermitteln.

Sein Blick vereinte sich mit ihrem und er sah sie beruhigend an. „Wir werden nur ein paar Stunden weg sein. Wir spielen nur ein paar Löcher."

James legte eine Hand auf die Schulter seines Sohnes und zwinkerte ihr zu. „Daniel ist wahrscheinlich sowieso außer Form und wird nach ein paar Löchern aufgeben."

Sabrina unterdrückte ein Seufzen, aber Daniel schien ihre Sorge dennoch zu spüren. Sie würde mit seiner Mutter alleine sein. Worüber würde sie sich mit ihr unterhalten? Was, wenn sie mehr Fragen über ihre Beziehung stellte? Fragen, auf die Sabrina keine Antworten hatte.

Daniel kam näher und drückte einen Kuss auf ihre Wange. „Mach

dir keine Sorgen, du wirst nicht allein sein. Meine Mutter ist ja hier",
flüsterte er ihr zu. „Sie wird dich nicht beißen. Ich werde nicht lange
wegbleiben, aber ich weiß, wenn ich jetzt meinem Vater ein Spiel
verweigere, wird er mich das nie vergessen lassen. Ich bring's lieber
hinter mich. Höchstens drei Stunden."

„Versprochen?", flüsterte sie.

Er lachte und wich zurück, dann wandte er sich seiner Mutter zu,
die damit beschäftigt war, die Spülmaschine einzuräumen. „Mama, du
kümmerst dich doch um Sabrina, während ich weg bin, nicht wahr?"

Seine Mutter lächelte über die Spülmaschine gebeugt zu ihm auf.
„Natürlich mache ich das."

Daniel hob den Finger. „Und kein Verhör! Ich kenne dich, Mama!
Sei nett!"

„Würde ich das jemals tun?", antwortete sie unschuldig.

Sabrina lächelte. Sie hätte es nie gewagt, so mit ihrer eigenen
Mutter zu sprechen.

In dem Moment, als die Männer in Golfklamotten und mit
Golftaschen über ihren Schultern das Haus verließen, wischte Raffaela
ihre Hände an einem Geschirrtuch ab und sah sie an.

„Nun, da es scheint, dass mein Sohn mir verboten hat, dir
irgendwelche persönlichen Fragen zu stellen, sollten wir uns lieber mit
etwas anderem beschäftigen. Hast du schon mal Cannoli gemacht,
Sabrina?"

„Cannoli? Nein," antwortete sie. „Aber ich habe schon welche
gegessen. Ich mag sie wahnsinnig gern."

„Möchtest du mir helfen, welche zu machen?"

Sabrina lachte nervös. „Ich habe noch nie wirklich etwas anderes
gebacken als einen Kuchen aus einer Backmischung."

Raffaela lachte und öffnete die Tür zur Speisekammer, wo sie Mehl,
Zucker, Pflanzenöl und andere Zutaten herausholte und diese auf die
große Kücheninsel legte.

„Keine Sorge, ich werde es dir beibringen." Sie zwinkerte ihr zu.
„Das ist Daniels Lieblingsdessert. Und Liebe geht durch den Magen,
das weißt du doch."

Sabrina spürte, wie sich ihr Herz Raffaela gegenüber öffnete. Es gab keinen Zweifel daran, dass Raffaela sie als Daniels Freundin akzeptierte und wollte, dass ihre Beziehung funktionierte. Zum ersten Mal, seit sie in den Hamptons angekommen waren, fühlte Sabrina, dass sie sich entspannen konnte.

Raffaela reichte ihr eine Schürze. Sabrina band sie sich um und sah, dass Raffaela das gleiche tat. Dann beobachtete sie, wie die ältere Frau das Mehl in eine Schüssel siebte und dann Zucker und Zimt hinzufügte.

Erstaunt sah Sabrina sie an. „Arbeitest du nicht nach einem Rezept?"

„Doch schon. Aber ich habe das schon so oft gemacht, dass ich es auswendig kann."

Sabrina sah ihr zu, wie sie Eier, Wasser und ein paar andere Zutaten zu der Mischung gab und begann, diese zu verrühren. Sie spähte in die große Schüssel.

„Wie viele Cannoli sollen das denn werden? Das sieht nach einer Menge Teig aus", kommentierte sie.

„Nicht annähernd genug. Daniel kann auf einmal ein halbes Dutzend verschlingen, genau wie sein Vater. Nicht, dass ich das zulassen würde. Er muss auf seine Linie achten."

Sie knetete den Teig mit den Händen, um ihn dann, als sie eine große Kugel geformt hatte, auf eine Holzfläche auf der Kücheninsel zu legen und dort weiter zu kneten, bevor sie den Teig wieder in die Schüssel gab und ein sauberes Küchentuch darüber ausbreitete.

„Hier, stell die Schüssel in den Kühlschrank, damit der Teig etwas ruhen kann."

Sabrina nahm die Schüssel und stellte sie auf die oberste Ablage im Kühlschrank, dann wandte sie sich wieder Raffaela zu. „Was jetzt?", fragte sie eifrig.

Sie hatte plötzlich Spaß daran zu lernen, wie ein traditionelles italienisches Dessert, das noch dazu Daniels Lieblingsdessert war, gemacht wurde. Vielleicht würde sie ihn eines Tages damit überraschen, wenn er von der Arbeit nach Hause kam.

„Während der Teig kühlt, machen wir die Füllung", sagte Raffaela beschwingt.

Während Raffaela geschickt Ricottakäse und eine Reihe anderer Zutaten in eine große Schüssel gab und dabei erklärte, was sie tat, fragte Sabrina: „Kann ich irgendwie helfen?" Sie fühlte sich nutzlos, nur so herumzustehen und nichts zu tun.

„Nein, schau einfach zu. Nächstes Mal, wenn du und Daniel für's Wochenende hier seid, lass ich es dich alleine machen." Raffaela zwinkerte ihr verschmitzt zu. „Das wird dein Test sein."

Sabrina lachte. „Wenn ich gewusst hätte, dass es einen Test gibt, hätte ich Notizen gemacht."

„Keine Sorge, das schaffst du schon." Sie nahm den Löffel aus der Schüssel und kostete die Mischung. „Hmm, ja, das passt. Kannst du das bitte auch in den Kühlschrank stellen?"

Raffaela wischte sich die Hände an der Schürze ab und begann, Metallröhrchen in Öl einzutauchen und dann auf einem Gitter auszubreiten. „Jetzt warten wir", sagte sie.

„Für wie lange?"

„Etwa eine halbe Stunde. Dann dürfte der Teig fertig sein und wir können ihn mit Hilfe dieser Metallröhrchen frittieren." Sie zeigte auf das Gitter. „Komm, wir setzen uns in der Zwischenzeit auf die Veranda und schauen den Booten auf dem Wasser zu." Raffaela nahm zwei Flaschen Wasser und ging zur Hintertür.

Sabrina folgte ihr und setzte sich auf einen gepolsterten Adirondack-Gartensessel neben Raffaela. Vor ihnen breitete sich der Strand aus, und sanfte Wellen umspülten den Sand.

„Wow, das ist eine wunderschöne Aussicht."

Raffaela nickte. „Wegen dieser Aussicht haben wir uns das Haus gekauft. Ich dachte, es wäre lächerlich, sich etwas so Großes zu kaufen, aber dann kam ich hier heraus und sah das ... Ich wusste sofort, dass ich meine Vormittage damit verbringen wollte, hier draußen Kaffee zu trinken und aufs Wasser zu schauen."

„Es ist so friedlich."

„Ja, das ist es." Sie waren für einen Moment still, dann sprach Raffaela wieder. „Wie gefällt dir das Leben in der Stadt?"

„Es ist eine Umstellung zu San Francisco, aber bisher mag ich es", sagte Sabrina.

Es war nicht ganz die Wahrheit. Zwar war die Stadt spannend und neu für sie, aber sie würde es noch mehr genießen, wenn Daniel sich mehr Zeit nehmen würde, mit ihr gemeinsam die Stadt zu erkunden. Aber sie wollte Raffaela nicht sagen, dass ihr Sohn so selten zu Hause war.

„Daniel erwähnte, dass du Anwältin bist. Bist du in einer Kanzlei angestellt?"

„Nein, noch nicht, aber ich bin auf Stellensuche. Ich will mich bei mehreren Firmen in der Stadt bewerben."

„Manchmal vermisse ich die Arbeit, aber das passiert eben, wenn man in Rente ist." Raffaela lächelte.

Sabrina blickte sie an. Sie sah nicht alt genug aus, um schon in Rente zu sein. In der Tat hatte Sabrina angenommen, dass Raffaela Hausfrau gewesen war.

„Was hast du früher gearbeitet?"

„Als Daniel in der Schule war, half ich dort als Hilfslehrerin aus, und als er dann auf die Uni ging, arbeitete ich am Empfang des Country Clubs. Ich hatte sogar eine Zeit lang einen Partyservice. Es hat Spaß gemacht. Weißt du, Leute zu treffen, mit ihnen zu sprechen. Ich vermisse das." Sie schwieg für einen Moment und fragte dann: „Also, Tim hat dich und Daniel verkuppelt?"

Sabrinas Magen machte einen Salto und ihr Herz begann zu rasen. „Ja." Vielleicht, wenn sie so kurz und knapp wie möglich antwortete und nicht ausschweifte, würde Raffaela das Thema fallen lassen.

„Tim ist ein netter Kerl, stimmt's?" Raffaela lachte, als ob sie sich an etwas Lustiges erinnerte, doch Sabrina konnte nicht mitlachen.

„Das ist er." Sie hatte Tim nur einmal kurz getroffen, bevor sie und Daniel nach New York gereist waren. „Meine Freundin Holly und Tim sind befreundet. Ich war zuerst etwas skeptisch, du weißt ja, wie Blind Dates so sein können."

„Oh ja, das weiß ich. Ich war auf ein paar besonders üblen. Meine beste Freundin in der Schule hat mich mit ihrem älteren Cousin verkuppeln wollen. Er war so nervös, dass er sich über meine Schuhe ergeben hat. Nun ja, diese Beziehung hat zu nichts geführt."

Sabrina legte die Hand auf ihren Mund und lachte. „Ich ging mit einem Kerl aus, der ständig Fotos machte, damit er die auf Instagram veröffentlichen konnte."

„Die Technologie hat die Ritterlichkeit ruiniert, nicht wahr? Was werden sie sonst noch erfinden?" Raffaela sah auf die Uhr und stand auf. „Ich denke, wir können jetzt die Cannoli fertigmachen."

Sabrina folgte ihr zurück in die Küche und beobachtete wieder, wie Raffaela fachmännisch das italienische Dessert zubereitete. Während sie den Teig ausrollte und ihn dann durch eine Nudelmaschine drehte, um ihn noch dünner zu machen, erklärte Raffaela alles, was sie tat und teilte ihre Geheimnisse, wie sie die Teigstücke weder zu dick noch zu dünn machte.

„Siehst du, und dann tauchen wir sie in das heiße Öl und frittieren sie, bis sie knusprig sind", erklärte sie.

Nach ein paar Minuten im Öl zog Raffaela das frittierte Teigstück wieder heraus. „Der Trick ist, die Teigrolle von dem Rohr herunterzuschieben, ohne dass sie bricht. Es ist wirklich einfach, wenn du's ein paar Mal gemacht hast."

Sabrina seufzte. „Bei dir sieht das einfach aus, aber ich bin sicher, dass sie bei mir zerbrechen werden!"

„Probier's mal bei der nächsten aus", ermutigte Raffaela sie.

Sabrina nickte. Als Raffaela das nächste Cannoli aus dem heißen Öl zog, schob Sabrina sorgfältig die knusprige Hülle von dem Metallgehäuse und war überrascht, dass das Gebäck intakt blieb. „Ich habe es geschafft!"

Raffaela grinste sie an. „Perfekt."

Bald entwickelten sie einen Rhythmus und arbeiteten schweigend nebeneinander. Das einzige Geräusch war das brutzelnde Öl, wenn Raffaela die Rollen eintauchte.

„Ich habe noch nie selbstgemachte Cannoli gegessen", sagte Sabrina. „Ich kaufe sie immer in der Bäckerei, aber sie sind oft gummiartig."

„Du hast noch kein echtes Cannoli gehabt, bevor du nicht eins von mir probiert hast."

„Ich kann's kaum erwarten." Sie lächelte. „Was machen wir, wenn alle Teigrollen herausgebacken sind?"

„Sobald die Rollen abgekühlt sind, füllen wir sie mit der Creme, und dann müssen wir sie verstecken."

„Verstecken?", fragte Sabrina neugierig.

„Ja, denn wenn mein Mann oder Daniel sie vor dem Abendessen finden, werden sie sie alle aufessen. Sie können ihre Finger nicht davon lassen. Wenn Cannoli im Haus sind, sind die beiden schlimmer als Kleinkinder."

Sabrina lachte. „Ja, irgendwie kann ich mir von Daniel da schon ein Bild machen."

„Der Junge ist schon ein Brocken." Raffaela schüttelte den Kopf und reichte Sabrina eine weitere Teigrolle.

Vorsichtig entfernte Sabrina die letzte Rolle von dem Metallrohr und legte sie auf das Gitter zum Abkühlen.

Raffaela holte die Füllung aus dem Kühlschrank und stellte sie vor Sabrina. „Schöpf alles in einen großen Plastikbeutel." Sie legte einen vor Sabrina auf die Arbeitsplatte.

Sabrina löffelte die Cremefüllung in den Plastikbeutel und schloss ihn. „Und jetzt?"

„Schneide eine der Ecken ab."

Damit verwandelte sich der Plastikbeutel in einen Spritzbeutel. Raffaela zeigte ihr, wie sie die Teigrollen halten sollte, um die Füllung hineinzuspritzen.

„Keine Sorge, wenn die Enden nicht hübsch aussehen. Wir tauchen sie hinterher sowieso in Schokoladenguss ein."

In dem monotonen Ablauf, die Teigrollen zu nehmen, sie zu füllen und dann wieder auf das Gitter zu setzen, lag etwas Beruhigendes.

„Sollen wir eins probieren?", schlug Raffaela vor, nahm eins der gefüllten Cannoli und brachte es an Sabrinas Mund.

Ohne zu zögern, biss Sabrina ab und kaute. Der Gegensatz zwischen der knusprigen Hülle und der cremigen Füllung war perfekt, genauso wie die Aromen, die sich gegenseitig ergänzten.

„Hmm, herrlich! Das ist das beste Cannoli, das ich je gegessen habe!"

Raffaela strahlte.

„Das letzte Mal, als Daniel hier war und Audrey mitbrachte, bat ich sie, mir zu helfen, Cannoli zu machen, und sie fragte, warum ich sie denn selbst mache, wo ich sie doch kaufen könnte. Und dass die Bäckerei, in der Audrey sie in New York kauft, sowieso die besten machte."

Sabrina erstickte fast an der Schale. „Wie konnte sie denn so etwas sagen, ohne deine probiert zu haben?"

Wie herzlos von Audrey, die Mutter ihres damaligen Freundes zu beleidigen. Sie legte ihre Hand auf Raffaelas Hand, die das restliche Cannoli hielt.

„Deine sind die allerbesten, und keine Bäckerei in New York oder sonst irgendwo könnte die besser machen."

Dann nahm sie einen weiteren Bissen des göttlichen Gebäcks.

„Ich glaube, du und ich, wir werden uns prächtig verstehen", versicherte Raffaela ihr und lächelte ein breites Lächeln. „Absolut prächtig."

9

"M öchtest du noch etwas Pasta, *Cara*?", fragte Raffaela und war schon mit dem Löffel über Sabrinas Teller, bereit, diesen nochmals mit Essen zu beladen.

„Oh, nein danke." Sabrina legte die Hand auf ihren Bauch. „Ich bin voll. Ich schaffe keinen einzigen Bissen mehr. Aber danke, Raffaela. Alles war sehr lecker."

Raffaela wandte sich an ihren Sohn. „Und du, Daniel?"

„Nein danke, Mama." Daniel legte seine Serviette auf den Tisch und zeigte damit an, dass er mit dem Essen fertig war. Er legte seine Hand auf Sabrinas Bein, drückte dieses sanft und lächelte sie an.

„Ihr Zwei habt kaum etwas gegessen", meinte Raffaela, als sie sich wieder hinsetzte. „Sabrina und ich haben heute Morgen den Nachtisch gemacht. Ich hoffe, dass ihr etwas Platz für die Cannoli gelassen habt."

Daniel lachte. „Für deine Cannoli habe ich immer Platz, Mama, das weißt du doch."

Sabrina lächelte, als sie Daniels Gesichtsausdruck sah. Er schien sich sehr auf die Cannoli zu freuen. Vielleicht würde sie ihn wirklich eines Tages damit überraschen. Er würde eines Abends von der Arbeit nach Hause kommen und sie trüge nur ein sexy Dessous und hielt einen Teller voller frisch gebackener Cannoli in der Hand.

„Weißt du, dass das Volksfest dieses Wochenende stattfindet? Vielleicht solltest du mit Sabrina hingehen", sagte Raffaela, als sie aufstand und begann, das Geschirr wegzuräumen. „Du kannst ihr ein bisschen die Stadt zeigen. Es sind bestimmt eine Menge Leute unterwegs."

Daniel drehte sich zu Sabrina. „Was meinst du? Möchtest du auf den Rummelplatz gehen?"

Sabrina lächelte. „Das klingt nach Spaß. Aber lass mich zuerst deiner Mutter mit dem Aufräumen helfen, ja?"

„Unsinn." Raffaela winkte schnell ab. „Geht nur und amüsiert euch. Ich werde aufräumen und wenn ihr zurückkommt, dann essen wir die Cannoli."

„Bist du dir sicher?", fragte Sabrina.

„Ja, natürlich." Raffaela lachte. „Also, raus ihr Zwei und genießt es!"

„Das brauchst du uns nicht zweimal zu sagen." Daniel stand auf, zog Sabrina von ihrem Stuhl hoch und bot ihr seine Hand an. Sie nahm sie und stand auf.

„Der Vorteil, hier zu wohnen ist, dass wir nur wenige Gehminuten von der Stadt und dem Rummelplatz entfernt sind", sagte er, als sie draußen waren und begannen, die Straße mit den alten Straßenlaternen entlangzugehen.

„Es ist eine schöne Nacht für einen Spaziergang", stimmte sie zu.

Die Luft war warm, die Sterne waren hell und der Mond war voll.

Daniel verschränkte seine Finger mit ihren. „Wie war's heute mit meiner Mutter?"

„Es hat Spaß gemacht", sagte sie ehrlich. „Sie ist eine tolle Frau."

„Das ist sie. Ich bin froh, dass ihr gut miteinander auskommt." Er lächelte.

„Ich auch. Sie sprach ein bisschen über dich. Wie gern du Cannoli magst."

Er schmunzelte. „Ich mag nicht nur Cannoli." Er warf ihr einen hungrigen Blick zu.

Sie beschloss, diesen zu ignorieren, da sie eine belebtere Gegend erreicht hatten, wo viele Leute auf den Bürgersteigen spazierten und

Autos vorbeifuhren. Dies war nicht der richtige Ort für einen leidenschaftlichen Kuss. Stattdessen wechselte sie das Thema.

„Es muss schön gewesen sein, hier aufzuwachsen. Es ist so friedlich."

„Es hatte sowohl Vorteile als auch Nachteile."

„Nachteile?"

Er deutete auf die Menschen um sie herum. „Jeder kennt jeden."

„Und das ist nicht gut?"

„Nicht, wenn sie ständig ihre Nasen in Sachen stecken, die sie nichts angehen. Wie die Boyds."

„Oh." Sie wusste, dass Daniel recht hatte. Aber jede Stadt hatte Leute wie die Boyds. Es war unvermeidlich. Obwohl sie sich wünschte, die Boyds würden Audrey nicht kennen. Würde Daniels Ex-Freundin immer Thema sein, wenn sie zu Besuch bei seinen Eltern waren?

„Sind die Boyds sehr gute Freunde deiner Eltern?"

Daniel zuckte mit den Schultern. „Eher Bekannte, würde ich sagen. Mama wurde noch nie so richtig warm mit Linda. Sie findet sie zu oberflächlich. Aber mein Vater spielt gerne Golf mit Kevin, also blieb meiner Mutter oft nichts anderes übrig, als Linda zu unterhalten."

Sabrina seufzte. „Ich kann's deiner Mutter nachfühlen, wie es sein muss, sich mit Linda abzugeben, wenn sie sie nicht wirklich mag."

„Sie tut es meinem Vater zuliebe. Ich glaube, es gehört einfach zu einer Partnerschaft dazu, die Freunde des anderen zu akzeptieren oder zumindest zu tolerieren."

Daniels Worte brachten sie zum Nachdenken. Würde sie sich auch mit Freunden von Daniel abgeben und so tun müssen, als ob sie sich freute, sie zu sehen, selbst wenn sie sie nicht mochte?

„Ich sorge mich ein bisschen, deine Freunde kennenzulernen", gestand sie.

Er drehte seinen Kopf zu ihr und seine Augenbrauen zogen sich verwirrt zusammen. „Aber warum denn? Glaub mir, sie sind nicht wie die Boyds."

„Es ist nur, was, wenn sie mich nicht mögen? Oder was, wenn ich sie nicht mag?"

„Natürlich werden sie dich mögen!"

„Haben sie Audrey auch gemocht?"

Daniel blieb stehen und sah sie an. „Warum bringst du Audrey ins Gespräch?"

Sie sog einen tiefen Atemzug ein. „Weil sie irgendjemand doch immer ins Gespräch bringen wird. Wenn nicht die Boyds, dann einer deiner Freunde."

Daniel fuhr sich mit der Hand durchs Haar und atmete tief aus. „Ich habe eine Vergangenheit, Sabrina. Alle von uns haben das. Das kann ich nicht ändern. Ich kann die Tatsache, dass Audrey und ich zusammen waren und dass meine Freunde sie kennen, nicht ändern. Damit müssen wir uns abfinden, so gut es geht."

Sie nickte. „Es ist nur ..."

„Was?", fragte er aufmunternd, seine Stimme weich und flehend.

Sie hob ihre Augen und sah ihn an. „Linda Boyds Worte haben bei mir ein Gefühl der Unzulänglichkeit hinterlassen. Als ob ich nicht gut genug für dich wäre. Ich meine, irgendwie hat sie ja recht, nicht wahr? Du hättest jede Frau haben können, aber du hast mich genommen."

„Genau. Ich habe dich gewählt. Weil du genau das bist, was ich brauche und was ich will. Höre nicht auf Leute wie Linda. Sie spuckt nur Gift." Er strich ihr eine Haarsträhne hinters Ohr. „Wir sind zusammen, und niemand kann das ändern."

Langsam nickte sie. „Ich habe einfach nur Angst. Alles ist so neu. Wir kennen uns kaum."

Daniel streichelte ihre Wange mit seinen Fingerknöcheln. „Ja, es ist neu. Und ein wenig beängstigend. Das weiß ich doch. Aber wir werden es schaffen. Wir gehören zusammen und wir werden es jedem beweisen, der es nicht glauben will."

„Du glaubst, wir schaffen es?", flüsterte sie und kam näher.

„Das glaube ich nicht nur, das weiß ich."

Er neigte seinen Kopf für einen Kuss und für einen kurzen Moment genoss sie die Berührung seiner Lippen. Daniels Liebe gab ihr Kraft. Sie würde ihn nicht enttäuschen und alles tun, damit seine Freunde und Familie sie akzeptierten.

„Komm, wir sind fast da", sagte er und drückte ihre Hand.

Sabrina blickte zu dem großen Platz, wo ein Riesenrad und

mehrere andere kleinere Fahrgeschäfte und Buden aufgebaut worden waren. Es war viel los, doch die Geräusche der Fahrgeschäfte und Buden und das Gelächter der Leute zogen sie an. Sie fühlte sich wieder wie ein Kind.

„Wow. Ich glaube, dass ich seit der Schule nicht mehr auf einem Rummelplatz war."

„Ich auch nicht, aber als ich zur Schule ging, war ich jedes Jahr hier." Er ließ ihre Hand los und legte seinen Arm um ihre Schultern. „Was möchtest du als Erstes tun?"

„Ich weiß es nicht. Überrasche mich." Sie lächelte. So lange sie es gemeinsam machten, war ihr egal, was sie taten.

„Dann fangen wir mal mit der Geisterbahn an."

„Viel zu gruselig." Sie schüttelte den Kopf. „Das ist ein Vergnügen, an dem mir nichts liegt."

„Ich werde dich beschützen." Daniel führte sie in Richtung der Geisterbahn.

Während Daniel an einer Bude Eintrittskarten kaufte, sah Sabrina sich um und beobachtete die Menschen, die von Stand zu Stand gingen, oder eine Fahrt mit einem der Fahrgeschäfte machten. Nur Erwachsene und Jugendliche schlenderten auf dem Rummelplatz umher, da es schon zu spät für Kinder war.

„Bist du soweit?", fragte Daniel, schwenkte die Fahrkarten in der Hand und geleitete sie in Richtung Eingang.

Ein Angestellter nahm die Karten entgegen und führte sie zu einem Wagen, der sie an einen Autoskooter erinnerte.

Als sie saßen, legte Daniel seinen Arm um ihre Schultern. „Keine Sorge. Ich werde nicht zulassen, dass dir etwas passiert."

Sabrina lehnte ihren Kopf an seine Schulter und schlang ihren Arm um seine Brust. „An das Verspechen werde ich dich erinnern."

Als das Gefährt sich ruckartig in Bewegung setzte, stieß sie einen Atemzug aus und schloss unwillkürlich die Augen. Vor ihnen öffneten sich die bunt bemalten Flügeltüren. Als diese sich hinter ihrem Fahrgerät wieder schlossen, befanden sich Sabrina und Daniel in völliger Dunkelheit. Muffige Luft schlug Sabrina ins Gesicht und etwas berührte ihre Haut. Sie schrie auf und die Haut an ihren Armen verwandelte sich sogleich in eine Gänsehaut.

Daniel zog sie sofort näher. „Es ist nur ein Netzgewebe, das sich wie Spinnweben anfühlt."

Andere Passagiere vor ihnen schrien auch, während wieder andere nervös lachten.

„Das war eine schlechte Idee," meinte Sabrina.

Eine dunkle Gestalt sprang ihnen in den Weg und brachte Sabrinas Herz für einen Moment zum Stillstand, während sie einen Schrei ausstieß. Sie packte Daniel noch fester.

„Ich mach's wieder gut", behauptete Daniel.

„Wie?"

Daniel nahm ihr Kinn zwischen Daumen und Zeigefinger und brachte ihr Gesicht nahe an seines. „So."

Er neigte seinen Mund über ihren und berührte ihre Lippen. Wärme durchflutete sie sofort, als er sie innig küsste und seine Zunge in sie eintauchte, sie streichelte, sie erkundete. Ihre Hand glitt zu seinem Nacken und drückte ihn näher an sich, während die Wärme seines Körpers in ihre Brust sickerte. Weiter unten erwachte das Verlangen. Ihr Körper stand sofort in Flammen, begierig auf mehr, hungrig nach seiner Berührung. Kein Mann hatte sie je so schnell entfachen können.

„Die Fahrt ist vorbei!", sagte jemand in ihrer Nähe.

Sabrina löste ihre Lippen von Daniels und spürte die Wärme in ihren Wangen. Sie hatte nicht einmal bemerkt, dass die Fahrt zu Ende gegangen war. Ein Angestellter stand an der Ausfahrt und hob den Bügel, der über ihrem Schoß lag und zeigte zur Treppe, die zum Ausgang führte.

„Die Nächsten warten schon", sagte er nochmals.

„Danke für die Fahrt", antwortete Daniel grinsend, bevor er ihr aus dem Wagen half und sie die Treppe hinunterführte.

Er beugte sich zu ihr und brachte seinen Mund an ihr Ohr. „Das war nicht so schlecht, oder?"

Sie hob ihre Lider, um ihn anzusehen. „Nein, das war es nicht, obwohl du mich hättest warnen sollen, bevor wir durch den Ausgang gefahren sind. Alle Leute haben uns zugesehen."

Er schmunzelte. „Lass sie doch zusehen. Ich habe nichts zu verbergen." Er drückte einen Kuss auf ihre Wange. „Also, nächste Fahrt. Du suchst es dir aus."

„Das Riesenrad", antwortete sie, ohne zu zögern.

„Auf zum Riesenrad", stimmte Daniel zu.

Er liebte den Ausdruck von Aufregung auf Sabrinas Gesicht, als sie Hand in Hand auf dem Hauptpfad des Rummelplatzes entlanggingen. Er war dankbar dafür, dass ihn seine Mutter daran erinnert hatte, dass hier heute etwas los war. Es war genau das, was er und Sabrina brauchten, um sich zu entspannen und Spaß miteinander zu haben.

Sie näherten sich dem Fahrkartenschalter für das Riesenrad und stellten sich in der kurzen Schlange an, die sich dennoch nur im Schneckentempo bewegte. Daniel wandte sich zu Sabrina und strich eine Haarsträhne hinter ihr Ohr. Er ließ nie eine Gelegenheit vorbeiziehen, sie zu berühren, selbst wenn es nur eine harmlose Berührung wie diese war.

„Ich kann's kaum warten, dich dort oben auf dem Riesenrad zu küssen", flüsterte er ihr zu und zog sie näher.

„Daniel Sinclair? Ja, wenn das nicht eine Überraschung ist!", ertönte eine vertraute männliche Stimme hinter ihm.

Er hob den Kopf und erblickte einen Mann, den er sofort erkannte. Er war groß, viel zu gut aussehend, mit kurzen dunklen Haaren und atemberaubenden blauen Augen, die in der Vergangenheit schon viele unschuldige Mädchen verführt hatten. Ja, Paul Gilbert war teuflisch gut aussehend und hatte dazu noch Charme und Geld. Er kam aus einer sehr reichen Familie.

„Paul Gilbert."

Er streckte ihm seine Hand entgegen und Paul schüttelte sie grinsend.

Pauls Blick fiel sofort auf Sabrina.

Daniel drehte sich zu ihr. „Sabrina, das ist ein alter Schulfreund von mir, Paul Gilbert." Er warf einen Blick zu Paul. „Paul, das ist meine Freundin, Sabrina Palmer."

„Schön, dich kennenzulernen", sagte Sabrina höflich und reichte ihm die Hand.

Paul nahm Sabrinas Hand, brachte sie zu seinen Lippen und küsste sie. „Mmm, atemberaubend."

„Oh." Sabrina zog ihre Hand zurück und errötete.

Sabrina errötete nur, wenn ihr jemand schmeichelte oder wenn sie verlegen war. Daniel nahm an, dass dieses Erröten nicht der Verlegenheit zugerechnet werden konnte.

Daniel runzelte die Stirn und legte seinen Arm fester um Sabrinas Taille.

Es war nicht zu leugnen, dass Paul gut aussehend und charmant war. Er hatte auch den Ruf eines ausgemachten Schürzenjägers. Daniel hatte das nie besonders gestört. Bis jetzt.

„Es ist schon ein paar Monate her, dass ich dich gesehen habe, Paul. Was gibt's Neues?", fragte Daniel, um das Gespräch von Sabrina weg auf ein weniger heikles Thema zu lenken.

„Ich arbeite immer noch für die gleiche Firma, aber ich bin aufgestiegen."

„Ja?", fragte Daniel mit wenig Interesse, und überlegte heimlich, wie er ihn loswerden könnte, damit er den Abend weiter mit Sabrina genießen konnte.

„Ja, sie haben mich zum Partner gemacht. Was mich total freut! Ich bin dieses Wochenende nach Hause gekommen, um mit meinen Eltern zu feiern."

Daniel reckte den Hals. „Wo sind sie denn?"

Paul machte eine wegwerfende Handbewegung. „Du kennst sie ja. Sie bleiben selten länger als neun Uhr auf. Also dachte ich, ich schaue mich mal um, was in der Nachbarschaft so los ist, wer sich hier so rumtreibt, du weißt schon."

Daniel nickte. Er wusste genau, was Paul meinte. Er war auf Aufreißtour. Und die Art, wie er Sabrina musterte, gefiel Daniel gar nicht.

„Gehst du eigentlich Ende des Monats auf Zachs Geburtstagsparty?", fragte Paul.

„Auf jeden Fall. Und du?"

„Ich bin mir nicht hundertprozentig sicher. Hängt davon ab, ob ich in der Woche nach Chicago muss oder nicht. Meine Firma will, dass ich dort ein paar Leute treffe und mal rumfühle, ob sie Interesse hätten, mit uns ins Geschäft zu kommen. Du weißt ja, wie das ist. Diese Dinge können sich in letzter Minute ändern."

Daniel nickte. „Du hast recht. Na dann viel Glück. Und genieße den Abend noch. Vielleicht sehen wir uns bei Zach", sagte er und wandte sich an das Fenster des Kassenhäuschens. „Zwei Karten bitte."

Er legte das Geld auf das Tablett und nahm die Fahrkarten, die die Frau ihm reichte.

„Ach, fahrt ihr auch Riesenrad? Ich habe mir gerade eine Karte gekauft." Paul hob die Hand, in der er das Ticket hielt.

„Großartig", sagte Daniel und unterdrückte einen finsteren Blick. Offenbar konnte Paul mit Andeutungen nichts anfangen.

„Na dann mal", sagte Paul und zeigte auf die kurze Schlange vor dem Riesenrad.

Widerwillig nahm Daniel Sabrina am Arm und folgte Paul, um sich in der Schlange anzustellen. Zumindest waren die Gondeln des Riesenrads klein und nur für zwei Personen gemacht. Sobald die Fahrt begann, würde er wieder mit Sabrina alleine sein.

„Also, Daniel, arbeitest du immer noch wie ein Sklave in deiner eigenen Firma?", fragte Paul.

Bevor Daniel antworten konnte, drehte sich die Frau vor ihnen in der Schlange um. „Daniel? Daniel Sinclair?"

Daniels Blick schoss zu ihr. „Eve."

Sie war so schön wie eh und je und hatte sich seit der High School nicht verändert. Lange blonde Haare fielen in weichen Locken über ihre Schultern und graue Augen funkelten verführerisch. Ihre Lippen waren in einem mutigen Rot geschminkt, das deren Fülle betonte.

Eve schob sich an Paul vorbei und würdigte diesen kaum eines Blickes. Dann packte sie Daniels Hand und hielt diese mit beiden Händen fest, die Augen überrascht aufgerissen. „Oh mein Gott, Daniel, es ist schon so lange her. Was für eine wunderbare Überraschung!" Sie ließ ihre Augen über ihn schweifen. „Du siehst toll aus."

„Hallo, Eve. Schön, dich zu sehen." Er entzog ihr seine Hand. „Du erinnerst dich doch an Paul Gilbert, nicht wahr?"

„Ja, hallo Paul." Eve ließ ihren Blick nur eine Sekunde auf Paul verweilen, dann wandte sie ihre Aufmerksamkeit wieder Daniel zu. „Ich war vor ein paar Monaten in New York und wollte fast schon bei dir vorbeischauen."

Sabrina drückte seinen Arm, und Daniel drehte sich zu ihr. „Sabrina, das ist eine alte Schulfreundin von mir, Eve McCall. Eve, das ist Sabrina Palmer, meine Freundin."

Er beobachtete, wie sie kühl die Hände schüttelten.

Dann zwinkerte Eve ihm zu. „Schulfreundin?" Sie kicherte, dann lächelte sie Sabrina an. „Wir gingen damals miteinander: der Quarterback und die Cheerleaderin. Ich weiß, es ist ein totales Klischee, aber wir waren ein Paar, stimmt's, Daniel?"

Daniel zuckte innerlich zusammen. „Vor langer Zeit." Und um es deutlich zu machen, dass er Eve schon längst vergessen hatte, fügte er hinzu: „Sabrina und ich sind gerade zusammengezogen."

Eve zog die Augenbrauen hoch. „Ach ja?"

„Weiter! Bewegen Sie sich!", rief der Betreiber des Riesenrads.

Alle vier machten sich auf den Weg durch das Tor. Der Mann hob den Bügel einer Gondel und half Sabrina hinein. Daniel versuchte, an dem Angestellten vorbei zu dem Platz neben ihr zu gelangen, als Eve plötzlich seinen Arm packte.

„Hoppla, ich habe die Stufe ganz übersehen", sagte sie entschuldigend und hielt sich an ihm fest, um nicht umzufallen, während sie ihren Fuß wieder in ihre Sandale steckte. Dann blickte sie zu ihm auf. „Danke. Ich hätte mir ja einen Knöchel brechen können."

Als Daniel sich umdrehte, sah er gerade noch, wie Paul sich an ihm vorbeiquetschte und sich neben Sabrina setzte. Der Betreiber senkte den Bügel.

„Moment!", rief Daniel aus und betrat die Plattform.

„Nur zwei pro Gondel", sagte der Mann und brachte das Rad in Bewegung, um eine weitere Gondel zur Einstiegsebene zu bringen.

Daniel schaute zu Sabrina, die ihn ungläubig anstarrte.

Er fluchte leise.

„Wir nehmen die Nächste", zwitscherte Eve heiter. „Dann können wir wenigstens über alte Zeiten quatschen." Sie sagte es laut genug, sodass Daniel sich sicher war, dass Sabrina es hören konnte.

Er war wütend, aber aus dieser Situation gab es kein Entrinnen. Er setzte sich neben Eve in die Gondel. Das Rad setzte sich in Bewegung.

Eve legte ihre Hand auf seinen Unterarm und seufzte. „Erinnerst du dich manchmal daran, wie wir uns immer hier oben geküsst haben, als wir noch in der Schule waren?"

„Seitdem ist viel passiert." Daniel bewegte seinen Arm, sodass ihre Hand von ihm rutschte.

Als ihre Gondel den höchsten Punkt des Riesenrads erreichte, schaute er nach unten und sah Sabrina und Paul in der Gondel unter ihnen. Sabrina saß ganz auf einer Seite, als wollte sie so weit wie möglich von Paul entfernt sitzen, der ihr näher war, als es nötig gewesen wäre.

„Ich weiß. Fragst du dich jemals, was passiert wäre, wenn ich nicht beschlossen hätte, für die Uni ans andere Ende des Landes zu ziehen?"

Er zuckte mit den Schultern. „Wir sind alle darüber hinweggekommen. Du bestimmt auch."

„Ja, natürlich. Und du bist ja nach New York gegangen und hast was aus dir gemacht."

„Ich liebe meinen Job."

„Das ist toll." Sie warf einen Blick auf die Gondel vor sich. „Sie ist hübsch. Du mochtest hübsche Frauen schon immer."

Versuchte Eve mit ihrem Kommentar anzudeuten, dass Sabrina zwar schön war, aber nichts im Kopf hatte?

„Sabrina ist Rechtsanwältin. Ich habe sie auf einer Geschäftsreise nach San Francisco kennengelernt."

„Ach, sie ist also nicht aus New York."

„Nein, aber wir leben jetzt zusammen."

„Das ist nett von ihr, dass sie für dich umgezogen ist. Wie lange seid ihr schon zusammen?"

„Eine Weile." Er würde ihr auf keinen Fall erzählen, dass er Sabrina noch nicht einmal einen Monat kannte.

Die Gondel kam endlich zum Stillstand und rettete ihn vor noch mehr Fragen. Er stürmte in dem Moment aus der Gondel, als der Angestellte den Bügel hob, warf Eve einen schnellen Gruß zum Abschied zu, dann eilte er dorthin, wo er Sabrina mit Paul warten sah.

„Hey, Baby", sagte er und zog sie an sich. „Tut mir leid wegen des Durcheinanders."

„Keine Sorge, ich habe deine Freundin schon unterhalten", sagte Paul, ein breites Grinsen auf seinem Gesicht.

„Danke, Paul, es war nett, dich kennenzulernen", sagte Sabrina und lächelte Paul an.

Daniel würde seinem alten Schulfreund zeigen, dass dessen Charme nie auf Sabrina wirken würde, und ihm ein für allemal klarmachen, dass sie zu Daniel gehörte. Und er wusste genau, wie er das bewerkstelligen würde.

Daniel zog Sabrina vor Pauls Augen in seine Arme, senkte seinen Mund auf ihren und küsste sie lange und leidenschaftlich.

Als er den Kuss unterbrach, der sie beide atemlos machte, bemerkte er, dass Eve nur ein paar Meter von ihnen entfernt stand und sie mit offenem Mund anstarrte.

Gut. Es schien, dass auch sie endlich kapiert hatte, von woher der Wind wehte.

10

Daniel lag ausgestreckt auf seinem Bett, nur in Boxershorts gekleidet, die Hände hinter dem Kopf verschränkt. Er starrte zur Decke und war immer noch verärgert über Pauls Benehmen. Er war sich sicher, dass Paul dies absichtlich getan hatte, weil er sich nie eine Gelegenheit durch die Lappen gehen ließ, einer schönen Frau nahezukommen, selbst wenn diese mit jemand anderem zusammen war. Er und Paul waren oft Rivalen um die Gunst der schönsten Mädchen in der Schule und später an der Uni gewesen. Es schien, dass Paul glaubte, er könne immer noch die gleichen Spielchen abziehen.

Aber nicht mit Daniel.

Als er hörte, wie sich die Tür zum Badezimmer öffnete, fuhr er hoch. Sabrina trat ins Schlafzimmer. Alles, was sie trug, war ein ausgesprochen dünnes, kurzes Negligé und ein verführerisches Lächeln.

Er stützte sich auf seine Ellbogen und ließ seinen Blick über ihren Körper schweifen, um sich an ihren üppigen Kurven, die er deutlich durch den Stoff sehen konnte, sattzusehen. Er beobachtete, wie sie langsam auf ihn zuging und neben dem Bett stehenblieb.

„Das war ein schöner Abend, nicht wahr?", fragte sie und lächelte ihn an.

Er kniff die Augen zusammen. „Der Großteil davon. Abgesehen von dem Teil, wo Paul und du zusammen auf dem Riesenrad wart."

Sie ließ ihre Knie auf das Bett sinken. „Bist du eifersüchtig?"

„Eifersüchtig? Nein, ich bin einfach nur neugierig, worüber ihr während der Fahrt gesprochen habt."

Sie kicherte. „Oh mein Gott, du bist tatsächlich auf einen Mann eifersüchtig, dem ich gerade mal die Hand geschüttelt habe."

„Er saß in der Gondel sehr nahe neben dir."

Sabrina stemmte die Hände in die Taille. „Auch nicht näher, als Eve bei dir saß. Und sie ist deine Ex-Freundin, wenn ich das hinzufügen darf."

„Schwerpunkt auf Ex", sagte Daniel und packte ihre Arme, sodass sie nach vorne kippte und auf ihn fiel. Einen Augenblick später hatte er sie in der Stellung, in der er sie haben wollte: Sabrina saß rittlings auf ihm.

„Was soll denn das? Wechselst du so das Thema, damit ich keine Fragen mehr über Eve stelle?"

„Ich mache nur meinen älteren Anspruch geltend", knurrte Daniel.

„Du musst doch bemerkt haben, dass Eve dir noch immer schöne Augen macht. Es war schwer zu übersehen."

Daniel schmunzelte. „Na schau, wer jetzt eifersüchtig ist."

„Ich bin nicht eifersüchtig. Ich mache nur eine Beobachtung."

„Eine Beobachtung, wirklich? Also, worüber hast du mit Paul geredet?"

„Vertraust du mir nicht?"

Sie schmollte, und verdammt noch mal, diesen Gesichtsausdruck fand er ausgesprochen liebenswert.

„Dir vertraue ich. Ihm nicht besonders. Er ist einer der größten Weiberhelden, den es gibt. Er hatte keine Skrupel, mir heute Abend meine Freundin vor der Nase wegzuschnappen."

Sie warf den Kopf zurück. „Du glaubst also, er kann mich dir entreißen?"

„Heute Abend hat er es ja schon mal versucht." Daniel legte seine

Arme um ihre Taille und zog sie fest zu sich herab. „Aber ich werde dafür sorgen, dass es ihm nicht gelingen wird."

Sie legte den Kopf höchst kokett zur Seite. „Wie denn?"

„Indem ich dafür sorge, dass du nur mich willst." Er machte eine Pause und drückte seine Erektion gegen ihren weichen Kern. „Und meinen Schwanz."

„Höhlenmensch!", murmelte sie leise und senkte den Kopf zu ihm. „Aber mach nur und zeig mir, wie du das anstellen willst."

Daniel schob seine Hände auf ihre Oberschenkel und glitt unter den seidigen Stoff. Er streichelte an der Innenseite ihrer Schenkel entlang, bis er dort angelangte, wo sie aufeinanderstießen. Kein Höschen hinderte seine forschenden Finger, als er ihre warme Nässe erkundete. Er stöhnte, als sie sich auf die Knie hob und sich gegen seine Hände rieb.

„Du willst mich heute reiten?" Er warf einen Blick auf ihr Gesicht und suchte ihre Augen. „Willst du das? Willst du mich reiten, bis du zusammenbrichst?"

Sie beugte sich über ihn und ihre Lippen streiften kurz über seine. „Hör auf zu quatschen und fang an, mich zu lieben, bevor mir noch mehr Fragen über dich und Eve kommen."

„Darüber gibt's nichts zu reden." Um dieses Thema ein für allemal zu beenden, streifte er seine Boxershorts so weit nach unten, dass er seinen harten Schwanz befreien konnte, packte Sabrinas Hüften und drückte sie nach unten, während er seinen Schwanz tief in sie stieß.

Sie schnappte nach Luft.

„Ist das gut genug für dich?", presste er hervor und versuchte, seine Beherrschung zu behalten, während Sabrinas Muskeln sich wie eine enge Faust um ihn herum verkrampften.

Sabrina begann, sich über ihm zu bewegen, sich abwechselnd auf die Knie zu heben und sich dann wieder nach unten zu senken. „Für den Anfang geht's."

„Nur für den Anfang, wie? Ist das, was du von nun an machst, mich necken?"

„Wenn ich dadurch bekomme, was ich will." Sie kratzte sanft ihre

Fingernägel über seine Brust und hinterließ eine Feuerspur, wo sie ihn berührte.

„Verdammt noch mal, Sabrina, zieh dieses Negligé aus. Ich möchte dich sehen."

Sie packte den Stoff, zog das Nachthemd über ihren Kopf und warf es zum Fußende des Bettes.

Daniels Augen hingen bereits an ihren Brüsten, wie diese bei jeder Bewegung auf und ab hüpften. Er griff nach ihnen, legte seine Hände auf das runde Fleisch und drückte sanft.

„Ich habe so viel Glück, dass ich dich habe", sagte er und zog sie zu sich herunter. „Verlass mich nie!" Er konnte sich nicht vorstellen, ohne sie zu leben.

„Dann versprich du mir auch etwas", flüsterte sie gegen seine Lippen.

„Alles!"

„Liebe mich immer so wie heute Nacht."

Er nickte, nahm ihre Lippen gefangen und ließ all seine Leidenschaft und Liebe in den Kuss fließen und zeigte ihr mit seinem Körper, was in seinem Herzen war. Mit jedem Schlag seiner Zunge und jedem Gleiten seiner Lippen über ihre, goss er seine Liebe in sie hinein, während seine Hüften sich nach oben drängten, um ihren Bewegungen auf halbem Wege entgegenzukommen.

Sanftes Stöhnen und Seufzen zusammen mit dem Klang von Fleisch auf Fleisch vermischte sich mit ihren schweren Atemzügen und prallte gegen die Wände, während die Matratze unter ihnen ihre Zustimmung stöhnte und der Holzrahmen des Bettes ächzte.

„Ich liebe dich", murmelte er und rollte sie zur Seite. Dann brachte er Sabrina unter sich und sein Schwanz rutschte kurz aus ihr heraus.

Innerhalb einer Sekunde drang er wieder in sie ein und war wieder dort, wo er hingehörte: in ihrem warmen Inneren, wo ihre festen Muskeln ihn ergriffen, ihre Schenkel um ihn geschlungen und ihre Fersen hinter seinem Rücken gekreuzt, sodass er nicht entkommen konnte.

Während sein Körper sich weiter aufheizte und Schweiß in kleinen Rinnsalen seinen Oberkörper hinunterlief, schaute er in ihr Gesicht, das voller Leidenschaft war. Als sich ihre Blicke trafen, sah er in ihren Augen die gleiche Liebe reflektiert, die auch er für sie empfand.

„Ich liebe dich, Daniel", flüsterte sie. Ihre Lippen bebten und ihre Wimpern flatterten.

Ihre Worte raubten ihm den letzten Faden seiner Beherrschung und schickten ihn über den Rand. Ohne Vorwarnung kam er und schoss seinen Samen in ihren engen Kanal. Doch er machte weiter, bis er spürte, wie auch sie zum Höhepunkt kam.

Erst dann hielt er in seinen Bewegungen inne und verblieb über ihr gebeugt, sein Gewicht auf seine Knie und Ellbogen verlagert.

Zärtlich streifte er seine Lippen über ihre, knabberte an ihrer Unterlippe und leckte mit seiner Zunge darüber.

„Sabrina ..." Aber mehr konnte er nicht sagen.

Mit ihr Liebe zu machen, hatte ihm die Sprache verschlagen. Würde es immer so zwischen ihnen sein?

11

Sabrina spürte das Hochgefühl, das sie nach dem Besuch bei Daniels Eltern hatte, schnell verblassen, als sie wieder in New York waren. Sie hatten alle Cannoli innerhalb von ein paar Tagen gegessen, und Daniel arbeitete wieder lange, um einen wichtigen Deal abzuschließen.

Sabrina beschäftigte sich so gut sie konnte: indem sie die Stadt auf eigene Faust erkundete, und indem sie einkaufte und neue Rezepte ausprobierte, um Daniel mit einem netten Abendessen zu überraschen. Viele Male waren ihre Bemühungen umsonst, weil Daniel erst spätabends aus dem Büro zurückkehrte und dort bereits eine Kleinigkeit gegessen hatte.

Sie hatte Bewerbungen losgeschickt und sich erkundigt, was sie tun musste, um im Staat New York als Anwältin zugelassen zu werden. Da es zwischen New York und Kalifornien kein Gegenseitigkeitsabkommen gab, würde sie die New Yorker Anwaltsprüfung ablegen müssen, bevor sie eine Lizenz bekam.

Nun saß sie im Bett, ein paar Kissen hinter ihrem Rücken, und studierte fleißig für das New Yorker Anwaltsexamen. Als sie hörte, wie sich die Wohnungstür öffnete, warf sie einen Blick auf die Uhr. Es war kurz nach 23 Uhr. Sie hatte nicht einmal bemerkt, wie spät es geworden war.

Daniel betrat das Schlafzimmer und sah erschöpft aus. „Ich habe nicht erwartet, dass du noch wach bist", begrüßte er sie, als er sich auf die Bettkante setzte und seine Schuhe auszog.

„Du bist nicht der Einzige, der lange arbeiten kann", antwortete sie ruhig und versuchte, ihre Enttäuschung darüber, dass er wieder nicht zum Abendessen gekommen war, nicht zu zeigen. Sie hatte Lasagne gemacht und sich an einer Tiramisu nach einem Rezept von Daniels Mutter versucht, das diese ihr ein paar Tage vorher per E-Mail geschickt hatte.

Daniel seufzte. „Es tut mir leid."

„Ich weiß", sagte sie, hob das Buch von ihrem Schoß und legte es auf den Nachttisch. „Jeden Abend scheint es später zu werden."

„Ich wünschte, ich könnte es ändern, aber dieser Deal ist wichtig." Er zog sich aus, bis er nur noch seine Boxershorts trug.

Als er ins Bad ging, seufzte sie. Vielleicht hätte er wieder mehr Zeit für sie, sobald dieses Geschäft abgeschlossen war. Sie musste nur geduldig sein.

Als Daniel ein paar Minuten später ins Bett stieg und seinen Kopf auf das Kissen legte, drehte sie das Licht aus und kuschelte sich an ihn.

„Ich habe morgen ein Vorstellungsgespräch."

Daniel zog sie näher an sich. „Wirklich? Oh, Baby, das ist ja großartig!" Er küsste sie. „Bei welcher Kanzlei hast du das Interview?"

„Yellin, Vogel und Winslow."

„Das ist eine ausgezeichnete Kanzlei."

„Ich weiß", sagte Sabrina aufgeregt und legte ihren Arm über seinen Bauch „Ich war ganz aus dem Häuschen, als ich heute den Anruf bekam."

„Wunderbar. Ich bin sicher, dass du sie umwerfen wirst! Sie wären dumm, wenn sie dich nicht einstellen würden." Er küsste sie auf die Stirn. „Wie kommst du mit dem Büffeln für die Anwaltsprüfung voran?"

„Es ist nicht einfach. Ich dachte, das Lernen hätte ich hinter mir. Und jetzt muss ich wieder von vorne anfangen."

„Du schaffst das schon", ermutigte er sie.

„Bist du sicher?"

„Du bist eine gute Anwältin. Das weißt du doch selbst. Das muss ich dir nicht sagen." Sein Arm glitt um ihre Taille und er zog sie an sich. „Oh Gott, ich habe dich vermisst. Wenn ich nicht in aller Herrgottsfrühe aufstehen müsste, würde ich dich die ganze Nacht lieben."

„Es muss ja nicht die ganze Nacht dauern", antwortete Sabrina.

„Du bist eine sehr verführerische Frau, mich so in Versuchung führen zu wollen. Aber du weißt so gut wie ich, dass, wenn ich erst einmal anfange, ich nicht aufhören kann. Denn du, mein Liebling, bist die aufregendste Frau, die mir je begegnet ist."

Er streifte mit seinem Mund über ihren und küsste sie zärtlich.

IN EIN KLASSISCHES dunkelblaues Kostüm gekleidet verließ Sabrina die Wohnung, nahm sich ein Taxi, und sagte dem Fahrer, wo sie hin wollte. Dann lehnte sie sich zurück und ging noch einmal in Gedanken durch, was sie während des Vorstellungsgesprächs sagen würde.

Die Kanzlei von Yellin, Vogel und Winslow lag in einem Wolkenkratzer in Midtown Manhattan.

Nachdem sie sich beim Sicherheitsdienst eingeschrieben hatte, nahm Sabrina einen tiefen Atemzug und trat in den Aufzug, der sie in den 20. Stock fuhr. Dort wurde sie von einer Sekretärin, die frisch aus der High School sein musste, empfangen.

„Hallo", strahlte die Frau. „Wie kann ich Ihnen helfen?"

„Ich habe ein Interview mit den Partnern. Ich bin Sabrina Palmer."

Die Sekretärin schaute in ihren Monitor, dann nickte sie. „Ja, Sie werden erwartet. Hier entlang, bitte."

Sabrina folgte der Frau den Flur entlang zu einem Konferenzraum, auf dessen Beistelltisch Kaffee, Tee, Mineralwasser und verschiedene Gebäckstücke und Donuts bereitstanden.

„Bitte bedienen Sie sich. Die Partner werden in Kürze da sein." Dann verließ sie den Raum und schloss leise die Tür hinter sich.

Sabrina war zu nervös, um etwas zu essen, aber sie nahm eine Flasche Wasser und befeuchtete ihre trockene Kehle damit. Sie musste nicht lange warten, bis die Tür sich wieder öffnete und drei Personen eintraten: zwei Männer und eine Frau.

Sabrina hatte über die Firma recherchiert und wusste, dass Vogel eine Frau war, die einzige Partnerin in der Firma. Diese Tatsache hatte sie sehr optimistisch gestimmt, bei dieser Firma eine Stelle zu bekommen. Es war erfrischend, dass bei Yellin, Vogel und Winslow Frauen scheinbar als gleichberechtigt angesehen wurden.

„Guten Tag, Ms. Palmer. Ich bin Mr. Yellin. Das sind meine Kollegen, Mrs. Vogel und Mr. Winslow."

Sabrina stand auf und schüttelte jedem die Hand. „Sehr nett, Sie kennenzulernen."

Sie schenkte ihnen ein lebendiges, selbstbewusstes Lächeln.

„Bitte, setzen Sie sich!" Mr. Yellin zog einen Stuhl unter dem Tisch hervor und setzte sich Sabrina gegenüber.

„So, Ms. Palmer, Ihr Lebenslauf ist sehr beeindruckend", fing Mrs. Vogel an. „Sie haben zuletzt für die Kanzlei Brand, Freeman und Merriweather gearbeitet, richtig?"

„Das stimmt, Mrs. Vogel," antwortete Sabrina.

„Das ist eine der besten Kanzleien in San Francisco. Erzählen Sie uns ein wenig über das, was Sie dort taten", sagte Winslow.

Unter keinen Umständen konnte Sabrina ihnen gestehen, dass sie dort zu niederen Arbeiten verbannt worden war, weil ihr Vorgesetzter ein geiler Schweinehund gewesen war. Zum Glück hatte sie eine Antwort auf diese Frage vorbereitet.

„Ich arbeitete eng mit den Partnern der Firma an mehreren großen und sehr lukrativen Kundenkonten. Mein Spezialgebiet sind Akquisitionen und Geschäftsübernahmen."

Die drei Partner nickten im Chor und erinnerten Sabrina dabei an Wackelköpfe, die das Armaturenbrett eines Autos zierten. Sie behielt die Vorstellung lächelnd für sich.

„Und warum haben Sie die Kanzlei verlassen?", fragte Mr. Yellin.

Sabrina nahm einen tiefen Atemzug. Sie wusste, dass diese Frage kommen würde, und es war eine Frage, bei der sie bei der

Vorbereitung auf das Vorstellungsgespräch Schwierigkeiten gehabt hatte. Ihnen zu sagen, dass sie entlassen worden war, würde sich schlecht auf sie auswirken, auch wenn Mr. Merriweather ihr ihren Job wieder angeboten hatte, nachdem er herausgefunden hatte, dass Hannigan sie entlassen hatte, weil sie ihre Beine nicht für ihn breitmachen wollte.

Ihnen zu sagen, dass sie hierher umgezogen war, um mit ihrem Freund zusammen zu sein, würde sie wie eine Frau hinstellen, die einem Mann nachrannte.

„Nun ja", begann Sabrina. „Die Möglichkeit, innerhalb der Kanzlei aufzusteigen, existierte praktisch nicht. Ich hatte das Gefühl, dass ich meine Fähigkeiten nicht voll einsetzen konnte, und wusste deshalb, dass es an der Zeit war, mich zu verändern." Nichts von dem, was sie sagte, war eine Lüge.

„Ja, Mr. Merriweather hat schon davon gesprochen", sagte Mrs. Vogel und sah Sabrina direkt an, als ob sie sie bei einer Lüge ertappt hätte.

Sabrina bemühte sich, einen gleichgültigen Gesichtsausdruck zu zeigen und ihre Bedenken nicht zu zeigen. Es war vollkommen normal, dass ein potenzieller Arbeitgeber den vorherigen Arbeitgeber wegen einer Referenz anrief. Sie hoffte nur, dass ihr früherer Arbeitgeber gut zu ihr war und nicht zu viel über die wahren Umstände ihres Kündigung enthüllte.

„Er war von Ihren Fähigkeiten als Anwältin sehr beeindruckt und bedauerte es, Sie zu verlieren. Er erwähnte, dass er Ihnen eine Beförderung angeboten hatte, wenn Sie geblieben wären", angelte Mrs. Vogel nach weiteren Informationen.

Sabrina spannte sich etwas an. „Ja, das stimmt, aber aus persönlichen Gründen beschloss ich, meine Entscheidung, nach New York zu gehen, nicht zu revidieren."

„Persönliche Gründe?", fragte Mrs. Vogel.

Sabrina schluckte schwer. Es schien, als ob sie darauf antworten müsste. „Ja, eine Beziehung. Eine Fernbeziehung, die ich schon eine ganze Weile hatte", log sie, "hat sich in etwas Ernsteres entwickelt, und es war an der Zeit, den nächsten Schritt zu tun."

Die Partnerin nickte. „Gut. Es ist erfrischend zu sehen, wenn jemand ein Risiko eingeht."

Von ihrer Reaktion überrascht, lächelte Sabrina. „Für manche Beziehungen lohnt sich das Risiko."

Alle drei lächelten sie an. Dann meinte Mr. Yellin: „Ausgezeichnet, ausgezeichnet. Wie Sie wissen, konzentriert sich diese Kanzlei in erster Linie auf Akquisitionen. Sind Sie mit den Gesetzen von New York vertraut, die dabei angewandt werden?"

„Ja, Sir." Sabrina nickte. „Ich bin tatsächlich gerade dabei, meine Kenntnisse der New Yorker Gesetze aufzufrischen, um die Anwaltsprüfung hier abzulegen und die Lizenz für New York zu bekommen."

„Haben Sie sich rechtzeitig für die Prüfung angemeldet? Die Frist endete im April, wenn Sie im Juli die Prüfung ablegen wollen."

„Ähm." Sabrina rutschte nervös auf ihrem Stuhl umher. Sie wusste, dass sie die Frist verpasst hatte, doch hatte sie gehofft, die Prüfung im Februar abzulegen, da sie nicht damit gerechnet hatte, so schnell ein Vorstellungsgespräch zu bekommen, und geglaubt hatte, dass die Jobsuche mehrere Monate dauern würde.

„Na ja", fuhr Mrs. Vogel fort. „Ich habe ein paar Beziehungen. Vielleicht kann die Anwaltskammer Ihre Bewerbung noch für die Prüfung im Juli annehmen, damit Sie nicht bis zum Frühjahr warten müssen. Das heißt, wenn Sie auf die Prüfung vorbereitet sind."

„Auf jeden Fall. Das wäre wunderbar. Ich würde es wirklich zu schätzen wissen."

In weniger als einem Monat auf die Prüfung vorbereitet sein? Sie würde Tag und Nacht büffeln müssen.

„Ausgezeichnet."

„Dann lassen Sie uns ein wenig über Ihre Erfahrung sprechen", sagte Mr. Winslow und legte einen Fall dar. Dann stellte er ihr Fragen über die Gesetze, die sie anwenden musste und wie die verschiedenen Aspekte des Falles zu behandeln waren.

Bevor sie es mitbekam, waren zwei Stunden verflogen. Es war das längste und beste Vorstellungsgespräch, das sie je gehabt hatte.

„Gut." Mrs. Vogel tippte mit ihrem Stift auf den Tisch. „Ich glaube, wir sind hier fertig." Sie stand auf und streckte ihre Hand aus. „Vielen Dank fürs Kommen, Ms. Palmer. Wir werden bald wieder in Kontakt treten."

Als Sabrina in die Hektik von Manhattan hinaustrat, holte sie tief Luft. Die Sache sah gut aus.

Als sie zu Hause ankam, hatte sie schon eine Nachricht von der Sekretärin der Anwaltskanzlei, die sie bat, ein paar Tage später zu einem zweiten Gespräch zurückzukommen. Sabrina sprang in die Luft und hob triumphierend ihre Faust.

„Ja!"

12

Beim Geräusch der sich öffnenden Bürotür riss Daniel seinen Kopf hoch. Wer zum Teufel hatte die Kühnheit, einfach so in sein Büro hereinzustürmen? Vor allem, wo er doch seiner Assistentin strikte Anweisung gegeben hatte, ihn nicht zu stören.

Sein Stirnrunzeln verwandelte sich in ein Lächeln, als er sah, wie Sabrina hereinrauschte, ein erfrischendes Lächeln auf dem Gesicht und ein Funkeln in ihren Augen. Sie war schön wie immer.

„Sabrina, was machst du denn hier?", fragte er, als er aufstand und auf sie zu ging.

"Ich hatte gerade mein zweites Vorstellungsgespräch." Ihre Worte purzelten nur so aus ihr heraus; ihre Stimme war voller Aufregung. Er liebte es, sie so zu sehen. „Oh mein Gott, Daniel, es war das beste Vorstellungsgespräch, das ich je hatte."

Er lächelte. „Toll!"

Es war erst das zweite Mal, dass Sabrina in seinem Büro war. Das erste Mal hatte er sie herumgeführt und sie Frances vorgestellt, der er klar gemacht hatte, dass Sabrina jederzeit in sein Büro kommen durfte, egal wie beschäftigt er war.

Er musste zugeben, es gefiel ihm, dass sie ihn jetzt mit einem

Besuch überraschte. Es unterbrach die Monotonie seiner Arbeit und gab ihm neue Energie.

„Ja! Es lief so gut, dass sie mir ein Angebot machten, das ich nicht ablehnen konnte." Sie quietschte vor Vergnügen und hüpfte auf und ab, klatschte in die Hände und erinnerte ihn dabei an ein Kind am Weihnachtsmorgen. „Ich habe die Stelle bekommen!"

Lachend sagte er: „Das ist fantastisch, Sabrina!"

Daniel hob sie hoch und wirbelte sie herum. Dann drückte er einen Kuss auf ihre Lippen, bevor er sie wieder auf die Füße stellte. „Herzlichen Glückwunsch, Baby. Ich freue mich so für dich."

Das tat er. Und darüber hinaus war er froh, dass sie in New York Wurzeln schlug. Es gab ihm Hoffnung, dass sich zwischen ihnen alles gut entwickeln würde, und dass sie wirklich bleiben würde, weil es ihr hier gefiel. Er hatte begonnen, sich Sorgen zu machen, dass es ihr in New York nicht gefiel, und dass sie wieder nach San Francisco zurück wollte, vor allem, weil er die letzten Wochen so wenig Zeit für sie hatte.

„Ich kann's immer noch nicht glauben. Ich meine, wem wird denn auf der Stelle ein Job angeboten?"

„Dir! Lass uns heute Abend ausgehen und feiern. Du hast es dir verdient."

„Das wäre schön, aber es ist doch Freitag. So kurzfristig werden wir nie einen Tisch in einem anständigen Restaurant bekommen."

Er grinste. „Ich habe bereits eine Reservierung im *Per Se*. Es hat eine ausgezeichnete französische Küche, genau das Richtige zum Feiern." Seine Assistentin, Frances, hatte heute Vormittag die Reservierung für ihn getätigt. Und da er regelmäßig Gast in dem Restaurant war, bekam er dort immer einen Tisch, selbst wenn das bedeutete, dass sie die bestehende Sitzordnung ändern und einen zusätzlichen Tisch aufstellen mussten.

Sabrina sah ihn verwirrt an. „Wie? Du konntest doch vorher gar nicht wissen, dass wir heute Abend etwas zu feiern haben." Sie neigte erstaunt den Kopf zur Seite.

Natürlich hatte er das nicht gewusst, doch er hatte geplant, den Abend mit Sabrina zu verbringen, da er sie in letzter Zeit so oft vernachlässigt hatte, und das wollte er wieder gut machen.

Er zuckte mit den Schultern. „Die wären sehr dumm, dich nicht einzustellen", sagte er und lächelte. „Ich hatte keine Zweifel, dass du den Job bekommen würdest."

Sie lächelte ihn an, und er fühlte, wie sich sein Puls beschleunigte. Oh Gott, sie war wunderschön und wenn sie ihn so anlächelte wie jetzt, raste sein Puls und sein Herz schlug ihm bis in die Kehle.

„Du bist zu lieb."

„Ich halte mich eher für optimistisch." Er zwinkerte, dann ließ er sie los.

„Für welche Zeit hast du den Tisch reserviert?"

„Halb acht."

„Ausgezeichnet", sagte sie. „Dann habe ich genügend Zeit, mich fertig zu machen."

„Ich werde früh zu Hause sein. Ich kann es kaum erwarten, den Abend mit dir zu verbringen."

„Ich auch nicht." Sie küsste ihn auf die Lippen und rauschte genau so aus dem Büro, wie sie auch gekommen war.

Er lächelte ihr nach und schüttelte den Kopf. Bevor er sie kennengelernt hatte, war sein Leben langweilig und sinnlos gewesen. Und jetzt konnte er sich nicht vorstellen, jemals wieder zu seinem alten Leben zurückzukehren.

Er setzte sich wieder an seinen Schreibtisch und zwang sich, sich auf die Arbeit zu konzentrieren, doch das war unmöglich, wo sein Kopf mit Gedanken an Sabrina voll war. Wie lange war es schon her, seit sie miteinander geschlafen hatten? Die Arbeit hatte ihn so beschäftigt, dass es schon ein paar Tage her sein musste, seit er seinen Schwanz in ihren warmen, einladenden Körper getaucht hatte. Heute Abend würde er das nachholen.

„Ihr Tisch wird in Kürze bereit sein", informierte der Oberkellner sie, als sie im *Per Se* ankamen.

Sabrina sah sich in dem eleganten Restaurant, das Daniel ausgewählt hatte, um und fühlte sich ein bisschen unbehaglich.

Er legte seine Hand auf ihren Rücken und beugte sich zu ihrem Ohr. „Komm, wir gehen an die Bar und bestellen uns was zu trinken, während wir warten."

Seine Berührung war so berauschend wie immer und zu wissen, dass sie nach dem Abendessen nach Hause gehen und sich lieben würden, machte ihre Knie weich. Daniel führte sie an die Bar und zog einen Barhocker heran, damit sie sich setzen konnte.

Anstatt Platz zu nehmen, drehte sie sich zu ihm. „Könntest du mir bitte einen Cosmopolitan bestellen, während ich mich frisch mache?"

Er wies an der Bar vorbei. „Die Toiletten sind dort hinten."

„Du warst schon mal hier?"

„Schon oft."

Sie ging in Richtung der Toiletten. Als sie das Ende des Korridors erreichte, drückte sie die Tür mit dem Schild *Damen* auf und trat ein. Sanfte Musik plätscherte aus versteckten Lautsprechern, und der Raum roch wie das Innere eines luxuriösen Spas.

Eine Frau mit langen roten Haaren trocknete sich gerade die Hände ab, dann wandte sie sich in Richtung Tür und Sabrina erhaschte einen Blick auf ihr Gesicht. Ihr Herz sank in ihre Knie. Sie erkannte die andere Frau sofort. Sie würde sie überall wiedererkennen. Wie könnte sie auch je das Gesicht der Frau vergessen, die Daniel und sie in seinem Hotelzimmer in San Francisco überrascht hatte: Audrey. Sie sah atemberaubend aus. Ihr Kleid passte ihr wie angegossen und betonte ihre Wespentaille und ihre üppigen Brüste. Ihre Haut war makellos wie Porzellan und ihre Wimpern mit viel Wimperntusche betont, was ihre braunen Augen noch intensiver leuchten ließ. Ja, Sabrina konnte gut verstehen, warum ein Mann sich zu ihr hingezogen fühlen musste.

Auf halbem Weg zur Tür blieb Audrey plötzlich stehen und starrte Sabrina an. Ihr Atem stockte.

Audreys Augen verengten sich. „Ja, wenn das nicht das kleine Luder ist, das ich in Daniels Hotelzimmer erwischt habe."

Sabrina fühlte den Drang, mehrere Schritte zurückzuweichen und zu fliehen, aber sie unterdrückte ihn. Sie würde Audrey nie die Genugtuung geben, dass sie sie davonscheuchen konnte. Stattdessen ging sie einfach an ihr vorbei zum Waschbecken.

„Erlauben Sie."

„Was ich gehört habe, ist also wahr. Er hat Sie nach New York gebracht, um diese Affäre weiterzuführen."

Sabrina hob eine Augenbraue und fragte sich, wie sie die Neuigkeit über Daniel und sie erfahren haben konnte, als sie sich an Linda und Kevin Boyd erinnerte. So abweisend, wie Linda sie damals behandelt hatte, konnte Sabrina sich gut vorstellen, dass diese Audrey sofort nachdem sie das Haus der Sinclairs verlassen hatte, alles brühwarm erzählt haben musste.

„Wir haben keine Affäre", korrigierte Sabrina sie kühl. Wenn Audrey einen Streit vom Zaum brechen wollte, dann würde Sabrina sie enttäuschen. Sabrina würde sich nicht auf dieses Niveau begeben.

Audrey warf ihr Haar über die Schulter. „Ich weiß nicht, was Daniel an Ihnen findet. Ich nehme an, jeder Mann will zur Abwechslung mal Fast Food essen, nachdem er ständig in Fünf-Sterne-Restaurants gespeist hat."

Der Hieb tat weh und ihre Hände begannen zu zittern. Schnell nahm Sabrina die Seife und seifte sich ihre Hände ein, um sich von der Wut, die begann, in ihr hochzukochen, abzulenken.

„Manchmal werden Männer regelrecht von dem überteuerten Essen in Fünf-Sterne-Restaurants krank, nachdem sie was Schlechtes erwischt haben, und nehmen sich vor, nie wieder dorthin zu gehen", konterte sie und spülte ihre Hände ab.

Audrey stieß einen empörten Atemzug aus und ihre Wangen färbten sich voller Wut. „Hör mir zu, du kleines Luder. Du weißt nichts über Männer wie Daniel. Du hast keine Ahnung, was er braucht oder will oder wie man einen Mann wie ihn befriedigt. Ich kann dir garantieren, dass er in dem Moment, in dem er anfängt, sich mit dir zu langweilen, deinen hübschen Arsch vor die Tür setzt. Und dann kommt er wieder zu mir zurück. Genau das wird geschehen."

Sabrina griff nach einem Handtuch und verbarg das Zittern ihrer Hände, indem sie diese langsam abtrocknete. „Er hat dich verlassen, Audrey. Und jetzt ist er mit mir zusammen. Er liebt mich."

„Von wegen! Nur weil er mit dir schläft, heißt das noch lange nicht, dass er dich liebt."

Sabrina warf das Handtuch in den Wäschekorb. „Nein, aber wenn ein Mann eine Frau bittet, bei ihm einzuziehen, ist das ein ziemlich starker Hinweis darauf, meinst du nicht auch?"

„Er –" Audreys Mund klaffte überrascht auf.

Hatte Linda Boyd vergessen, ihr dieses kleine Detail mitzuteilen?

„Nichts, was du sagst, ändert etwas daran, was Daniel und ich für einander empfinden. Nichts." So ruhig Sabrina konnte, ging sie an Audrey vorbei, drückte den Türgriff hinunter und zog die Tür auf.

„Diese Sache ist noch nicht vorbei. Daniel wird zu mir zurückkommen. Du wirst schon sehen."

Zielstrebig ging Sabrina nach draußen und ließ die Tür hinter sich zufallen. Audreys Worte sandten einen kalten Schauder über ihren Rücken. Glaubte sie wirklich, dass sie Daniel zurückbekommen konnte? Schweigend schüttelte Sabrina den Kopf. Nein, Audrey hatte dies nur aus Verzweiflung behauptet. Sie hatte keinen Einfluss mehr auf Daniel.

Sabrina nahm ein paar tiefe Atemzüge und schritt zurück zur Bar, aber Daniel war nicht mehr dort, wo sie ihn zurückgelassen hatte. Ein anderer Mann und seine Begleitung standen nun an der Stelle. Sabrina sah sich um und bemerkte einen Kellner, der sich ihr näherte und sie anlächelte.

„Mr. Sinclair wartet am Tisch auf Sie", informierte sie der Angestellte.

Sabrina seufzte erleichtert auf und folgte ihm in den hinteren Teil des Restaurants, wo sie Daniel an einem kleinen Tisch in der Ecke sitzen sah. Als sie sich näherte, erhob er sich. Er küsste sie auf die Wange und hielt ihr den Stuhl hin.

„Ist alles in Ordnung? Ich begann, mir Sorgen zu machen."

„Ja, alles in Ordnung, danke." Sie nahm einen Schluck von dem Cosmopolitan, den er ihr bestellt hatte, und vermied den Blickkontakt mit ihm. Stattdessen steckte sie ihre Nase in die Speisekarte.

„Du weißt ja, wie das ist. Auf der Damentoilette ist immer eine Schlange."

Unter keinen Umständen würde sie die Begegnung mit Audrey erwähnen und sich dadurch ihren Abend ruinieren lassen.

Sie hob ihr Gesicht und schenkte ihm ein liebevolles Lächeln. „Also, sag mir mal, was du hier empfehlen kannst. Ich glaube, ich kenne die Hälfte dieser Gerichte auf der Speisekarte nicht."

Er erwiderte ihr Lächeln. „Alles hier ist köstlich, aber ich kann ein paar Sachen empfehlen, wenn du willst." Dann zwinkerte er ihr zu. „Leichtere Gerichte. Wir wollen doch nicht so voll nach Hause gehen, dass wir uns hinterher nicht mehr bewegen können, oder?"

Ihr entging das Funkeln in seinen Augen nicht, das ihr mitteilte, was er vorhatte, wenn sie zuhause waren.

„Du bist ein Halunke, Daniel Sinclair! Ein unverbesserlicher Halunke."

„Ist das was Schlechtes?", murmelte er ihr über den Tisch gebeugt zu, während sein Blick sich mit ihrem vereinte.

„Etwas sehr, sehr Schlechtes", flüsterte sie zurück und leckte sich die Lippen. „Ich freue mich schon darauf."

13

Obwohl es erst Nachmittag war, gähnte Daniel und lehnte sich in seinen Stuhl zurück. Er rieb sich mit den Händen über sein Gesicht. Nach ihrer unglaublichen Nacht nach dem fabelhaften Abendessen im *Per Se*, hatten er und Sabrina sich kaum gesehen. Er kam weiterhin spätabends, wenn Sabrina schon im Bett war, nach Hause und stand früh auf, um wieder ins Büro zu gehen. Zu viele Dinge gingen bei dem Deal schief, an dem er gerade arbeitete und er hatte das Gefühl, rund um die Uhr verfügbar sein zu müssen, damit ihm die ganze Sache nicht um die Ohren flog.

Leider bedeutete das, Sabrina zu vernachlässigen. *Wieder* zu vernachlässigen. Etwas musste sich in seinem Leben ändern, denn er hatte Angst, dass Sabrina nicht ewig auf ihn warten und ihn schließlich verlassen würde. Er hatte die enttäuschten Blicke bemerkt, die sie versuchte zu verstecken, genauso wie die Traurigkeit in ihrer Stimme, die sie mit einem Lachen zu überspielen versuchte, wann immer er ihr mitteilte, dass er wieder spät nach Hause kommen würde.

Vielleicht sollte er sich ein paar Tage freinehmen und mit Sabrina irgendwohin fahren. Sich entspannen und sich als Paar wieder näherkommen. Sofort nachdem dieser Deal abgeschlossen war.

Ein Klopfen an der Tür unterbrach seine Gedanken. „Herein." Er richtete sich auf.

„Es tut mir leid, Sie zu unterbrechen, Mr. Sinclair, aber das ist gerade für Sie angekommen." Seine Assistentin näherte sich seinem Schreibtisch und legte ihm einen Umschlag mit dem Aufdruck *Persönlich* hin.

„Danke, Frances", antwortete er automatisch und bemerkte kaum, wie sie sein Büro verließ und die Tür hinter sich schloss.

Daniel nahm den Umschlag und bemerkte sofort, dass der Absender aus San Francisco war. Wer von dort schickte ihm etwas? Die Akquisition in San Francisco war bereits abgeschlossen gewesen, bevor er nach New York zurückgekehrt war, und die einzigen anderen Personen, die er dort kannte, waren Tim und Holly.

Neugierig öffnete er den Umschlag und nahm mehrere Seiten Papier heraus. Er warf einen Blick auf die erste Seite, und sein Herz begann zu pochen. Er las weiter und schoß von seinem Stuhl hoch.

„Verdammter Schweinehund!"

Sein Blut kochte. Die Wut packte ihn am Hals und drückte fest zu. Gleichzeitig ballten sich seine Hände zu Fäusten und er knallte den Brief auf den Schreibtisch.

Mit einem tiefen Atemzug hob er den Telefonhörer ab. Sein Anruf wurde nach dem ersten Klingeln beantwortet.

„Tim, ich bin's, Daniel."

„Hey, Daniel, was verdanke ich denn diesem Vergnügen?", fragte Tim.

„Ich brauche deine Hilfe. Warst du nicht mal mit dem besten Anwalt für Zivilrecht von San Francisco zusammen? Ich erinnere mich, dass du damals erwähnt hattest, wie erbarmungslos er ist. Ich brauche ihn, damit er sich für mich einer Sache annimmt."

„Ich komme mir schon vor wie dein Drogenhändler. Zuerst brauchst du einen Firmenanwalt, dann eine weibliche Begleitung, und jetzt einen Anwalt für Zivilrecht. Apropos, wie geht's der hübschen Sabrina?"

„Es geht ihr ausgezeichnet. Sie hat gerade eine Stelle bei Yellin, Vogel, und Winslow angenommen."

„Das ist ja eine fantastische Nachricht. Ich erzähl es mal gleich Holly."

„Ich bin sicher, dass sie es schon weiß." Obwohl Daniel nicht mit Sabrina darüber gesprochen hatte, war er sich sicher, dass sie diese gute Nachricht schon mit ihrer besten Freundin geteilt hatte.

„Also, warum brauchst du einen Anwalt?"

„Dieser Scheißkerl, Hannigan, der Anwalt, mit dem Sabrina gearbeitet hat, verklagt mich. Ich brauche den besten Anwalt, damit ich diese Klage sofort abwehren kann, bevor sie sich in ein ernsthaftes Problem entwickelt."

„Ich würde mal behaupten, dass ein Rechtsstreit ein ernsthaftes Problem ist", meinte Tim. „Weswegen verklagt er dich?"

„Erinnerst du dich noch, als ich herausfand, dass Hannigan dafür gesorgt hatte, dass Sabrina entlassen wurde, nachdem er uns zusammen in der Frühstückspension in Sonoma sah?"

„Wie könnte ich das vergessen? Ich glaube, in dem Moment wurde diesem Scheißkerl bewusst, dass er Sabrina nicht ins Bett bekommen würde."

Daniel schauderte bei der Vorstellung von Hannigans schmutzigen Pfoten auf Sabrinas Körper. „Dieser Bastard hat sie von dem Augenblick an belästigt, als sie dort zu arbeiten begonnen hat! Jedenfalls war ich stinksauer und sagte dem Arschloch, was ich von ihm hielt."

„Du hast es ihm an den Kopf geworfen?", fragte Tim. „Also verklagt er dich wegen Verleumdung?"

„Nein. Ich hab's ihm mit meinen Fäusten deutlich gemacht."

Ein Lachen brach aus Tims Mund hervor. „Du hast den Kerl verprügelt? Wie kommt es, dass ich erst jetzt davon erfahre?"

„Weil ich nicht unbedingt stolz darauf bin. Ich habe es nicht einmal Sabrina erzählt. Ich will nicht, dass sie glaubt, ich sei gewalttätig. Also sag ja Holly nichts davon."

„Hey, hey, keine Sorge, das bleibt unser Geheimnis. Aber ich hätte da schon gerne Mäuschen gespielt, als das passiert ist. Also steht dein Wort gegen seins, wie?"

„Leider nicht. Die Hälfte der Belegschaft hat die Schlägerei mitbekommen." Und deshalb brauchte Daniel einen guten Anwalt.

„Danny, Danny! Hast du denn keine Ahnung, wie man diese Dinge regelt? Du verprügelst keinen Nebenbuhler vor einer Gruppe von Zeugen, die gegen dich aussagen könnten. So was macht man in einer dunklen Gasse."

Daniel schüttelte den Kopf. „Du guckst zu viele schlechte Filme."

„Okay, also verklagt er dich wegen Körperverletzung."

„Unter anderem. Ich habe seinem Chef, Merriweather, mitgeteilt, dass er Lügen über Sabrinas Arbeit verbreitet hat, damit er sie feuern konnte und darauf bestanden, dass Merriweather ihm fristlos kündigte. Merriweather stimmte zu und feuerte Hannigan auf der Stelle. Die Klage auf Körperverletzung wäre das geringere Problem. Leider verklagt er mich auch auf den Verlust seiner Arbeitstelle und seines künftigen Einkommens: fünf Millionen Dollar."

„Der Kerl spinnt doch."

„Wie dem auch sei, ich muss mich jetzt um diese Sache kümmern."

„Okay, ich ruf gleich mal meinen Ex-Freund an. Ich bin sicher, dass er dir helfen kann. Er wird wahrscheinlich Sabrina zu den Umständen dieses Falles befragen wollen –"

„Nein!", unterbrach Daniel. „Sabrina wird da nicht hineingezogen. Sie weiß nichts über die Klage, und ich habe nicht die Absicht, ihr davon zu erzählen."

Sabrina wusste noch nicht einmal darüber Bescheid, dass er sich mit Hannigan geschlagen hatte, und er hatte den Angestellten, die die Sache mitbekommen hatten, das Versprechen abgenommen, dass sie Sabrina nie davon erzählen durften.

„Warum nicht?"

„Ich will nicht, dass sie sich darüber sorgt. Hannigan hat genug Schaden angerichtet. Ich will nicht, dass sie wieder daran erinnert wird, wie er sie behandelt hat. Es ist schwer genug für sie, sich in New York einzuleben."

„Was? Ihr Zwei habt schon Probleme?", fragte Tim mit ernster Stimme.

„Nein, wir haben keine Probleme!", schoss Daniel zurück, seine Stimme harscher, als er beabsichtigt hatte.

„Na, das klingt aber defensiv."

„Verdammt noch mal, Tim, wir haben keine Probleme! Es ist nur so, dass Sabrina hier keine Freunde hat und ich den ganzen Tag arbeite. Es ist nicht leicht für sie."

„Das verstehe ich schon. Ich hoffe, dir ist klar, dass sie wütend auf dich sein wird, wenn sie herausfindet, dass du diese Klage vor ihr verheimlichst", fügte Tim an.

„Sie wird es nicht herausfinden."

„Berühmte letzte Worte! Also rackerst du dich immer noch ab, oder?"

„Nur bis dieses Geschäft abgeschlossen ist."

„Wo habe ich diese Worte schon mal gehört? Hast du aus dem Audrey-Fiasko denn gar nichts gelernt? Du kannst eine Frau wie Sabrina nicht einfach so vernachlässigen. Sie wird es nicht ewig akzeptieren."

Wie üblich hatte Tim recht.

„Das weiß ich selbst." Daniel fuhr sich mit der Hand durchs Haar und rutschte auf seinem Stuhl umher. „Ich werde bald mehr Zeit für sie haben."

„Warte nicht zu lange, sonst wird sie dir durch die Lappen gehen."

Und das war etwas, das Daniel nicht zulassen konnte.

14

Sabrina beugte sich über die Theke in der Schmuckabteilung bei Bloomingdale's, um den Verkäufer auf sich aufmerksam zu machen.

„Entschuldigen Sie bitte", rief sie dem Mann zu, der an eine Verkaufsvitrine gelehnt das Telefon an sein Ohr presste. Ein Grinsen lag auf seinem Gesicht, als er leise ins Telefon sprach.

Von den wenigen Worten, die Sabrina mitbekam, erkannte sie, dass er nicht mit einem Kunden sprach, sondern ein Privatgespräch führte.

„Einen Moment bitte", antwortete er ihr mit Unmut und in einem barschen Ton.

Sabrina unterdrückte ein frustriertes Stöhnen. Das würde den Verkäufer nur noch unwilliger machen, sie zu bedienen.

Stattdessen sah sie die Brosche in ihre Hand genauer an. Sie hatte sie am Tag zuvor für eine ihrer Lieblingsblusen gekauft, um damit den etwas zu tiefen Ausschnitt ein wenig zu kaschieren. Da sie die Bluse in ihrer neuen Stelle tragen wollte, wo das Personal konservativer gekleidet war als in ihrem alten Job, hatte sie sich auf die Suche nach einer dekorativen Anstecknadel gemacht, um das Kleidungsstück entsprechend anzupassen.

Leider war der Stein, der in der Mitte der Brosche saß, aus seiner Fassung gefallen.

Sie sah sich in der Abteilung um und fragte sich, ob sie zu einer anderen Theke gehen sollte, doch wusste sie, dass es besser war, mit dem Verkäufer zu sprechen, der ihr die Brosche verkauft hatte. Das würde einen Umtausch einfacher machen.

Ungeduldig tippte sie mit dem Fuß auf den Boden, bis der Verkäufer endlich den Hörer auflegte und sich ihr näherte.

„Wie kann ich Ihnen helfen?", fragte er kühl.

Sie hielt ihm die Brosche hin und wies auf die Halterung, aus der der Stein herausgefallen war. „Ich habe sie gestern hier gekauft, und der Stein fiel heraus. Ich möchte sie umtauschen."

„Haben Sie die Quittung?"

Sie nickte, fischte sie aus ihrer Handtasche und reichte sie ihm.

Er nahm sie und warf einen kurzen Blick darauf. Dann runzelte er die Stirn. „Ach! Das haben Sie im Ausverkauf gekauft. Reduzierte Waren nehmen wir nicht zurück."

„Aber –"

„Hier steht es ganz eindeutig auf der Quittung", unterbrach er sie und deutete auf eine Stelle auf dem Kassenbon.

„Das verstehe ich schon. Aber die Brosche ist defekt. Sie nehmen doch bestimmt fehlerhafte Ware zurück."

Der hochnäsige Verkäufer hob die Augenbrauen. „Wie ich schon sagte, können Sie Ausverkaufswaren nicht umtauschen. Außerdem war die Brosche gestern noch intakt. Sie haben sie wahrscheinlich zu grob behandelt oder an etwas gestoßen, sodass der Stein herausfiel."

Empört über seine Unterstellung stemmte sie die Hände in ihre Hüften. „Das habe ich nicht. Der Stein hat sich von alleine gelöst, als ich die Brosche an meine Bluse heftete. Ich habe sie nicht an irgendetwas angeschlagen."

„Wir können sie nicht zurücknehmen." Er schob die Quittung über die Theke zurück.

„Wenn das der Fall ist –" Sabrina kniff die Augen zusammen und konzentrierte sich auf das Namensschild an seiner Weste. „– Ian, dann würde ich gerne mit dem Abteilungsleiter sprechen."

Er schnaubte empört, als die Stimme eines Mannes sie von hinten unterbrach. „Sabrina?"

Sie wirbelte herum und fand sich Paul Gilbert gegenüber.

„Hallo! Paul, was für eine Überraschung."

Er schenkte ihr ein breites Grinsen, beugte sich zu ihr und küsste sie auf die Wange. „Du siehst großartig aus."

Um ihn nicht weiter zu ermutigen, nahm sie einen Schritt zur Seite. „Vielen Dank."

Paul deutete auf die Brosche in ihrer Hand. „Gibt es ein Problem?"

„Die Brosche ging einen Tag, nachdem ich sie hier gekauft habe, kaputt, aber sie wollen sie nicht umtauschen."

Paul wandte sich an den Verkäufer. „Das ist doch bestimmt ein Missverständnis, Ian, oder? Können Sie meiner Bekannten nicht entgegenkommen? Ich würde es wirklich zu schätzen wissen." Paul lächelte warm.

Offensichtlich nervös lief der Verkäufer rot an. Seine Augenlider flatterten wie die eines High-School-Mädchens, das gerade mit dem heißesten Kerl ihrer Schule sprach. Sabrina unterdrückte ein Grinsen: Ian war eindeutig scharf auf Paul.

„Mr. Gilbert, so schön, Sie wiederzusehen. Ich wusste nicht, dass diese Dame eine Bekannte von Ihnen ist. Natürlich können wir die Brosche umtauschen. Kein Problem."

Sabrina bemerkte, dass seine Hand leicht zitterte, als er die Brosche entgegennahm.

„Wollen Sie sie für etwas Anderes umtauschen oder lieber den Kaufpreis zurückerstattet bekommen?"

„Ich würde sie gerne für eine ähnliche Brosche umtauschen", teilte sie ihm mit.

„Natürlich. Lassen Sie mich ein paar vergleichbare Stücke heraussuchen", beteuerte Ian ihr eifrig und verschwand zu einer der anderen Vitrinen.

Dankbar drehte Sabrina sich wieder zu Paul um. „Wow, vielen Dank. Du musst hier aber ein guter Kunde sein."

Paul grinste. „Ich überschütte meine Freundinnen gerne mit Geschenken. Was soll ich sagen? Ich bin ein Romantiker."

Sabrina lachte und senkte ihre Stimme zu einem leisen Flüstern. „Und es ist absolut schamlos, wie du diesen armen Kerl an der Nase herumführst und ihm glauben machst, dass du vom selben Ufer bist wie er."

Spielerisch schubste Paul seinen Ellbogen in ihre Seite. „Er wird die ganze Nacht davon träumen. Wieso soll ich ihn davon abhalten? Manchmal muss man schmutzige Tricks anwenden, um zu bekommen, was man will."

Sabrina nickte langsam. Sie war sich sicher, dass Paul der Typ war, der jedes Mittel anwenden würde, um an sein Ziel zu kommen, sei es, eine Frau ins Bett zu bekommen oder ein Geschäft abzuschließen. Und bei seinem Charme würden es ihm die meisten Leute noch nicht einmal übelnehmen.

„Also, was bringt dich in die Stadt?", fragte sie, um das Thema zu wechseln.

„Oh, ich dachte, das wüsstest du: Ich arbeite in der Stadt. In Midtown." Er zwinkerte ihr zu. „Manchmal schaffe ich es, mich von meinem Büro loszureißen und auf der Suche nach leichter Beute durch die Straßen von Manhattan zu tigern."

Sabrina lachte. Er schien sich selbst nicht zu ernst zu nehmen. Das war erfrischend. „Na, dann halte ich dich lieber nicht länger auf. Ich bin sicher, dass deine Beute schon begierig wartet und enttäuscht sein wird, wenn du nicht auftauchst."

Er machte eine wegwerfende Geste. „Die Beute kann warten. Dann wird sie noch begieriger. Soll ich dir dabei helfen, eine andere Brosche auszusuchen?"

Sie konnte keinen Grund finden, sein Angebot abzulehnen, obwohl sie stattdessen lieber Daniel an ihrer Seite gehabt hätte.

Als der Verkäufer mit einem mit Samt bezogenen Tablett zurückkam, auf dem ein Dutzend anderer Broschen lagen, beugte sie sich darüber und betrachtete sie.

„Sie sind wunderschön", sagte sie.

„Ja, wunderschön", murmelte Paul und beugte sich näher. Seine Hand streifte ihre, als sie beide nach der gleichen Brosche griffen.

Sabrina hob sie hoch.

„Die gefällt mir auch am Besten. Sie hat die gleiche Farbe wie deine Augen", behauptete Paul.

Der grüne Stein funkelte im hellen Licht des Ladens.

„Sie gefällt mir." Sabrina vermied es, Paul anzusehen, da ihr sein direktes Kompliment peinlich war, und starrte stattdessen den Verkäufer an. „Ich nehme die hier."

Er lächelte und nahm sie ihr aus der Hand. „Sie ist ein bisschen teurer als die andere, aber ich glaube, ich kann Ihnen einen kleinen Rabatt geben." Ian warf Paul einen Blick zu.

Schamlos legte Paul seine Hand kurz auf den Unterarm des Verkäufers. „Das ist sehr nett von Ihnen."

Als Ian sich wegdrehte, um die Brosche zu verpacken und den Verkauf an der Kasse zu registrieren, lief sein Gesicht wie eine Tomate an. Paul grinste in Sabrinas Richtung.

Sabrina schüttelte den Kopf.

„Du bist unmöglich!", sagte sie leise.

Paul war ein schamloser Schmeichler.

„Ich weiß. Ist es nicht großartig?" Er lachte und seine Augen funkelten. „Also, wie wär's mit Mittagessen? Hast du Zeit?"

Sabrina schüttelte schnell den Kopf. Selbst wenn sie mit Paul zum Mittagessen hätte gehen wollen, hätte sie keine Zeit gehabt. „Ich bin auf dem Weg in die Bibliothek."

„Die Bibliothek?", fragte er und kniff seine Augenbrauen zusammen.

„Ja, ich muss für die New Yorker Anwaltsprüfung büffeln. Ich habe ein Jobangebot bekommen und kann nicht anfangen, bis ich meine Zulassungsprüfung abgelegt habe. Also muss ich jede freie Minute pauken."

„Armer Daniel! Da bekommt er wohl in letzter Zeit nicht viel von dir zu sehen!"

Sabrina unterdrückte ein Seufzen.

Daniel war nicht oft genug zu Hause, um überhaupt zu bemerken, dass auch sie kaum zu Hause war und die meisten Tage in der Jura-Bibliothek saß, um sich auf die Prüfung vorzubereiten. Bedeutete das, ein Paar zu sein? Zusammen zu leben und doch gleichzeitig getrennte

Leben zu führen, in denen sie einander nur wie Züge in der Nacht begegneten, die in entgegengesetzte Richtungen fuhren? Irgendwie musste sie die Richtung, in die sich ihre Beziehung entwickelte, ändern. Ihre Beziehung musste wieder so werden, wie sie gewesen war, als sie sich in San Francisco kennengelernt hatten: leidenschaftlich und alles verzehrend.

15

Die Sonne war bereits untergegangen, als Daniel über den Papieren saß, die ihm Mr. Meyer, der Anwalt, mit dem Tim zusammen gewesen war, geschickt hatte. Er ging die Vorschläge durch, die der Anwalt gemacht hatte, um Hannigans Klage Punkt für Punkt zu widerlegen. Einer der Vorschläge war natürlich, Sabrina mit einzubeziehen, aber Daniel hatte nicht die Absicht, dies zu tun. Er wollte nicht, dass sie daran erinnert wurde, was sie während der Zeit bei Brand, Freeman und Merriweather durchgemacht hatte.

Als die Tür aufging, hob er überrascht seinen Kopf. Er blinzelte und starrte die Person an, die gerade in sein Büro trat und die Tür hinter sich schloss.

„Sabrina?" Halluzinierte er?

„Daniel, wir müssen reden." Ihre Stimme klang ernst.

Ein Knoten so gross wie Texas bildete sich in seinem Magen. Wenn eine Frau sagte *Wir müssen reden*, war das nie gut. Er hatte diese drei Worte mehr als genug gehört – meistens, wenn eine Frau so weit war, mit ihm Schluss zu machen. Er schluckte und erhob sich von seinem Stuhl.

„Okay." Seine Stimme bebte. Das konnte doch nicht geschehen.

„Ich fühle mich vernachlässigt, Daniel, und ich glaube, es ist an der Zeit, dass du etwas dagegen unternimmst."

Sie öffnete langsam ihren Trenchcoat, ließ ihn von ihren Schultern gleiten und zu Boden fallen. Ihre Füße trugen schwarze hochhakige Sandalen und sonst nichts – ihre Beine waren nackt.

Daniels Kiefer klappte herunter und seine Augen weiteten sich.

Sabrina trug einen rosa Seidenbody, der mehr enthüllte, als er verdeckte. Der Ausschnitt ging so tief, dass er praktisch ihren Nabel erreichte und der Stoff über ihren Brüsten war dünner als Seidenpapier und noch durchsichtiger. Er konnte deutlich ihre aufgerichteten Brustwarzen sehen, die gegen den feinen Stoff drückten, und fragte sich, ob deren Verhärtung eine Folge der kühlen Temperatur in seinem Büro oder ein Zeichen der Erregung war.

Er schluckte die Panik, die ihn kurz zuvor ergriffen hatte, hinunter und erlaubte der Erleichterung, sich in seinem Körper auszubreiten. Sabrina war nicht gekommen, um mit ihm Schluss zu machen. Sie war hier, um ihn zu verführen.

„Du willst also, dass ich etwas dagegen unternehme?", fragte er spielerisch und ging um seinen Schreibtisch herum.

Als er sie erreichte, berührte er die Seide und glitt mit seiner Hand über ihren Oberkörper. Er bemerkte, wie ihr Atem stockte und ihre Augenlider zu flattern begannen.

„Das fühlt sich gut an", flüsterte er.

„Die Seide?", fragte sie.

„Deine Haut unter der Seide." Seine Fingerspitzen streiften ihre harte Brustwarze und es schien, als drängte sie sich bei der Berührung gegen ihn. „Ich glaube, ich weiß genau, was ich dagegen unternehmen werde, damit du dich nicht mehr vernachlässigt fühlst."

Sie hob ihre Augenlider. Leidenschaft loderte jetzt aus ihren Augen. „Wirklich?"

„Ja, aber mir gefällt es nicht, dass Frances uns jederzeit unterbrechen könnte."

Sabrina lächelte verschmitzt. „Ich habe deine Assistentin nach Hause geschickt."

Er hob anerkennend eine Augenbraue. „Ich mag Frauen, die Initiative an den Tag legen."

Er legte seine Hand auf ihre Taille, dann ließ er sie zu ihrem Po gleiten und streichelte die Rundungen. „Heutzutage wird für Dessous nicht viel Stoff verwendet." Er neigte seinen Kopf zu ihrer Schulter und drückte einen Kuss darauf. „Das ist ja noch nicht mal genug für eine Serviette."

„Es ist nicht die Quantität, die zählt, sondern die Qualität", murmelte sie und legte ihre Hand auf seinen Nacken.

Daniel schnappte den Spaghettiträger des Seidenbodys mit seinen Zähnen und zog ihn über ihre Schulter, sodass der Stoff, der ihre Brust bedeckt hatte, hinunter glitt und diese nun seinem hungrigen Blick ausgesetzt war.

Sein Schwanz wurde bei dem Anblick ihres schönen Fleisches noch härter. Er hatte schon immer gedacht, dass Sabrina schöne Brüste hatte: vollkommen rund und fest. Einladend und verlockend. Er liebte es, sein Gesicht darin zu vergraben und deren Wärme und Weichheit zu spüren, wie sie ihn umhüllte. Und er liebte es, sie dort zu küssen und zu lecken, sie mit seinen Händen zu drücken und zu spüren, wie sie auf ihn reagierte.

Das wollte er jetzt. Er senkte seinen Kopf, eroberte den freigelegten Nippel und saugte ihn in seinen Mund.

„Oh!", stöhnte Sabrina auf. „Also bist du mir nicht böse, dass ich dich bei der Arbeit störe?", fragte sie kokett.

Er ließ den Nippel aus seinem Mund gleiten. „Du kannst mich jederzeit stören. Aber nur unter einer Bedingung."

„Unter welcher Bedingung?"

Er ließ seine Hand über ihren Bauch gleiten, dann legte er sie zwischen ihre Beine und spürte die Wärme und die Feuchtigkeit, die dort bereits den dünnen Stoff getränkt hatte. Er hob seinen Blick zu ihren Augen. Voller Lust blickten diese ihn an.

„Du darfst nichts außer Unterwäsche und einem Trenchcoat tragen, wenn du mich bei der Arbeit stören willst. Wenn du mehr anhast, dann werde ich dir für deinen Ungehorsam ein paar Klapse geben müssen."

„Das muss ich mir für die Zukunft merken", murmelte sie und

leckte mit ihrer Zunge über ihre Unterlippe, während sie ihn mit einem sinnlichen Funkeln in den Augen ansah.

Sein Herz setzte einen Schlag aus. Zog sie in Betracht, ungehorsam zu sein, damit er seine Drohung Wirklichkeit machte?

„Es sei denn, du hättest nichts gegen ein paar Klapse einzuwenden", meinte er vorsichtig und schob seine Hand auf ihren Hintern. Er drückte das feste Fleisch und zog sie an sich, damit sie seinen harten Schwanz spüren konnte. „Willst du das?"

Sie stöhnte. „Ich glaube, das ist etwas, was du selbst herausfinden musst."

Der Gedanke, mit seiner Hand auf ihren nackten Hintern zu schlagen und als Reaktion ihr Stöhnen zu hören, trieb einen Bolzen von Hitze durch seinen Körper. Es hatte ihn noch nie zuvor gereizt, etwas derartiges im Schlafzimmer zu unternehmen, aber bei Sabrina kamen ihm alle möglichen Ideen in den Sinn.

„Na, dann werde ich das vielleicht das nächste Mal, wenn du frech bist, tun müssen", sagte er.

„Frech? Dann muss ich wohl mal sehen, ob ich etwas Freches unternehmen kann." Sie drückte ihre Hände gegen seine Brust und befreite sich aus seinen Armen.

Noch bevor er protestieren konnte, griff sie nach seinem Gürtel und öffnete ihn, dann knöpfte sie seine Hose auf. Daniel hielt den Atem an.

„Das ist schon mal ein guter Anfang", lobte er und sah zu, wie sie den Reißverschluss nach unten zog und seine Hose hinunter schob.

Diese fiel zu Boden. Sie lächelte ihn an, dann lockerte sie seine Krawatte und entfernte diese, bevor sie die Knöpfe seines Hemdes aufmachte und es ihm auszog. Er atmete schwer und in seinem Inneren spannte sich alles an. Es war schon ein paar Tage her, seit sie miteinander geschlafen hatten und er sehnte sich danach, in sie einzudringen.

Seine Erektion machte ein Zelt aus seinen Boxershorts. Er bemerkte, wie sie darauf blickte und sich die Lippen leckte. Allein das brachte ihn fast zum Höhepunkt. Verdammt, plante sie, was er gerade vermutete?

Als sie auf die Knie sank, verdoppelte sich sein Herzschlag. Er packte den Schreibtisch hinter sich zur Unterstützung und bereitete sich auf das vor, was kommen würde.

Sabrina zog an seinen Boxershorts und befreite seinen Schwanz. Dieser ragte stolz hervor und zeigte direkt auf ihre roten Lippen. Mit einem tiefen Atemzug schob er seine Hüften nach vorne und stieß mit seinem Schwanz gegen ihre Lippen. Sie legte ihre Hand auf seinen Oberschenkel und ihre Wärme drang in seinen Körper.

„Lutsch meinen Schwanz!", befahl er, bevor er die fordernden Worte davon abhalten konnte, über seine Lippen zu purzeln.

Mit einem sinnlichen Lächeln blickte Sabrina zu ihm auf. „Was auch immer du willst."

Dann legte sie ihre Lippen um seine Schwanzspitze und nahm ihn in den Mund. Ihre Wangen höhlten sich, während sie ihn tief in ihren Mund saugte und mit ihrer Zunge entlang der empfindlichen Unterseite seiner Erektion leckte.

„Fuck!", stöhnte er und ergriff den Schreibtisch so fest, dass seine Knöchel weiß wurden.

Der Anblick von Sabrina vor ihm auf den Knien, sein Schwanz in ihrem Mund, entflammte ihn und drohte, ihn in die Knie zu zwingen.

Sie zog ihren Mund langsam zurück, bis nur noch ihre Zunge auf der Unterseite seiner Schwanzspitze ruhte. Sie leckte spielerisch darüber, dann wieder seinen ganzen Schwanz entlang. Intensive Begierde schoss durch ihn hindurch.

„Oh Gott, ja!"

Er nahm die Hände vom Schreibtisch und stützte sich damit auf ihren Schultern ab. Als sie das nächste Mal seinen Schwanz in ihren Mund zog, stieß er gleichzeitig nach vorne und vergrub sich tief in ihrem üppigen Mund. Er stöhnte laut auf.

Einen Moment später spürte er, wie ihre Hand seinen Hodensack ergriff und die Eier in seinem Inneren drückte. Er explodierte fast bei dieser erotischen Berührung.

„Du bist eine sehr schlimme Frau", stieß er zwischen zusammengebissenen Zähnen hervor, während er verzweifelt versuchte, seine Beherrschung nicht zu verlieren.

Seine Worte schienen sie nur noch mehr anzuspornen, denn es

schien, als ob sie ihn jetzt noch härter saugte, mit noch mehr Sinnlichkeit und Leidenschaft. Als ob sie wollte, dass er sich ihr hingab. Aber das würde er nicht zulassen, noch nicht. Nein, er konnte nicht zulassen, dass dieses leidenschaftliche Zwischenspiel zu früh zu Ende ging. Es geschah nicht jeden Tag, dass Sabrina ihn verführte, und er wollte diese Erfahrung so lange er konnte auskosten.

Als sie ihre freie Hand um die Wurzel seines Schwanzes legte und fest drückte, zog er seine Erektion aus ihrem Mund. Sein Atem stockte. „Nein, das wirst du nicht tun!"

Sie sah ihn unschuldig an. „Was denn?"

Er ergriff ihre Schultern und zog sie hoch. „Mir die Kontrolle entreißen. Oh, nein, meine sündhafte Frau!"

Etwas flackerte in ihren Augen auf. „War dir das unartig genug?"

Sein Herz blieb stehen. „Ja, unartig genug, um eine Strafe verdient zu haben."

Er stieß sich vom Schreibtisch ab, drehte Sabrina herum und beugte sie über den Tisch, sodass ihr Oberkörper die Papiere darauf verdeckte und ihm ihr Po zugewandt war.

„Spreiz deine Beine", befahl er, seine Atmung unkontrollierbar.

Als sie diese breiter machte, stellte er sich zwischen sie. „Jetzt zu deiner Strafe."

Er bemerkte, wie Sabrinas Atem stockte und es heizte seine Erregung nur noch mehr an. Er schob seine Hand zwischen ihre Beine und fand zwei kleine Druckknöpfe im Schritt ihres Seidenbodys. Er öffnete sie, dann schob er das Kleidungsstück zur Seite, sodass er freien Zugang zu ihrem Geschlecht und ihrem Po hatte.

Gleichzeitig verführerisch und zärtlich streichelte er ihren Hintern. „Du weißt doch, was jetzt auf dich zukommt, oder?"

„Du wirst mir einen Klaps geben", flüsterte sie mit bebender Stimme. Doch er hörte keinerlei Angst darin, und ihr Hintern schien sich in seine Hand zu schmiegen.

„Ja, und dann nehme ich dich so über meinen Schreibtisch gebeugt und dringe von hinten in dich ein. Weil du ein sehr schlimmes Mädchen warst." Und er mochte schlimm.

Daniel nahm seine Hand von ihrem Hintern, dann schlug er damit zu. Nicht zu hart, aber hart genug, damit sie es spüren konnte. Der Anblick des sich rot färbenden Fleisches erregte ihn mehr denn je.

Sabrina stöhnte. „Oh, Gott!"

„Gutes Mädchen", lobte er ihren Gehorsam und streichelte über die Stelle, die er geschlagen hatte.

Dann glitt seine zweite Hand zwischen ihre Beine und streichelte ihre feuchten, weiblichen Falten. Während er dort seine Finger in ihrer Nässe badete, versetzte er ihr nochmals einen Klaps. Gleichzeitig streichelte er ihren Kitzler und spürte, wie ihr Körper sich gegen seine Hand drückte.

„Sag mir, dass es gut ist, Sabrina. Sag mir, dass es dir gefällt", forderte er, denn er wollte die Worte über ihre Lippen kommen hören, obwohl ihr Körper ihm schon mitteilte, dass sie keine Einwände gegen sein Tun hatte.

„Ja."

Er verpasste ihr einen weiteren Klaps und gleichzeitig fuhr er einen Finger tief in ihre Spalte. „Sag es mir!"

Sie stieß einen Atemzug aus. „Ich liebe es, wie du mich berührst."

„Und das Schlagen?"

Er schlug seine Hand auf eine Pobacke, während er mit seinem Finger in ihre Scheide stieß und ihn dann wieder zurückzog. Dann glitt er wieder zu ihrer Klitoris, um das empfindliche Organ zu streicheln.

„Ja", rief sie aus. „Ja, ich liebe es, wenn du mich so schlägst."

Daniel wollte bei ihrem Eingeständnis fast aufheulen. „Verdammt noch mal, ja!" Er gab ihr noch einen Schlag auf ihren Po, dann zog er seine Finger aus ihr und positionierte seinen Schwanz an ihrem Eingang.

„Du bist so heiß, Sabrina! Ich glaube nicht, dass ich jemals so erregt war wie jetzt!"

Unfähig, sich noch länger zurückzuhalten, stieß er in sie ein und schob ihren Oberkörper mit solcher Wucht über seinen Schreibtisch, dass die Papiere zu Boden flatterten. Aber das war ihm egal. Alles, was jetzt zählte, war, in Sabrinas heißem Körper begraben zu sein.

Er hielt ihre Hüften fest und zog sich fast völlig heraus, dann stieß er wieder in sie hinein.

„Bestrafst du mich deshalb?", fragte sie atemlos.

„Niemals", antwortete er und schlug ihr wieder sanft auf ihren Po, zog sich aus ihrer Scheide und stieß erneut in sie ein.

„Oh, Gott, du bist so verdammt eng!"

Sie keuchte. „Das ist, weil du nicht oft genug mit mir schläfst."

„Ist das so?", knurrte er. „Dann müssen wir wohl was dagegen tun, oder?"

Er packte ihre Hüften und stieß mit schnellen und harten Stößen in sie hinein. Sein Körper bewegte sich aus eigenem Antrieb, ohne dass er sich dessen bewusst war. Bei Sabrina hatte er keine Kontrolle über seinen Körper. Er konnte sich nur gehen lassen und tun, was ihm sein Körper vorschrieb.

Daniel sah, wie Sabrinas Hände die Kanten seines Schreibtischs fester ergriffen und wie sie sich gegen ihn drängte, wann immer er nach vorne stieß, und dabei die Wucht seiner Stöße verdoppelte. Er liebte sie so: wild, ungezähmt, unkontrollierbar. Sie nur anzusehen, machte ihn heiß.

Der Ort, an dem sich ihr kleines Intermezzo abspielte, trug noch zusätzlich zu seiner Erregung bei. Obwohl er wusste, dass Frances das Büro verlassen hatte und niemand sie unterbrechen würde, hieß das nicht, dass niemand sie sehen würde. Sein Büro lag im siebenundvierzigsten Stock eines Bürogebäudes, das von ebenso hohen Gebäuden umgeben war. Seine vom Boden bis zur Decke reichenden Fenster ermöglichten es einer Person mit außergewöhnlich gutem Sehvermögen oder einem Fernrohr, sie von einem der benachbarten Gebäude aus zu beobachten.

Der Gedanke erregte ihn mehr, als er sollte. Er war noch nie ein Exhibitionist gewesen, aber aus irgendeinem Grund wollte er der ganzen Welt zeigen, dass Sabrina ihm gehörte.

Seine Hüften bewegten sich wie wild, während sein Herz Sauerstoff durch seinen Körper pumpte. Seine Lippen bewegten sich, bevor er seine nächsten Worte stoppen konnte. „Ist dir bewusst, dass man uns sehen könnte?"

Sabrina hob schockiert den Kopf und schnappte nach Luft.

„Ja", gurrte er und stieß tiefer und härter in sie ein. „Vielleicht hat jemand in dem Gebäude gegenüber ein Teleskop und beobachtet, wie ich dich von hinten nehme. Und vielleicht hat er auch gesehen, wie du mir erlaubt hast, deinen süßen Arsch zu schlagen."

Er streichelte vielsagend über ihren Po. „Vielleicht sollten wir es wiederholen und dem, der uns zusieht, eine wirklich gute Vorstellung bieten."

Sabrinas Atem stockte, doch kein Protest kam über ihre Lippen. Sie war unartiger, als er angenommen hatte. Auch sie schien der Gedanke zu erregen.

„Und er sah bestimmt auch, wie du meinen Schwanz so gekonnt gelutscht hast."

Sabrina stöhnte. „Ich liebe es, dich in meinem Mund zu haben."

„Das konnte ich spüren. Und ich wäre gerne in deinem Mund gekommen, aber dann wäre es zu schnell vorbei gewesen." Er beschleunigte sein Tempo. „Und ich will nicht, dass es vorbei ist."

Er gab ihr einen leichten Klaps auf den Hintern und zwang damit ein überraschtes Keuchen aus ihrer Kehle.

„Oh, Gott, Daniel, nicht mehr! Ich werde kommen!", rief sie.

Unfähig, sich zu stoppen, schlug er nochmals zu und spürte, wie die Muskeln ihrer Scheide sich um ihn verkrampften, um ihn dort gefangen zu halten, während ihr Orgasmus über sie hereinbrach.

„Fuck!", entfuhr es ihm, als er ein Kribbeln in seinen Eiern spürte, das seine Erlösung ankündigte.

Heiße Samenflüssigkeit schoss durch seinen Schwanz und in ihre ihn willkommen heißende Muschi, während er noch ein paar Mal in sie hineinstieß, bis seine Knie weich wurden und er auf ihr zusammenbrach.

„Oh, Baby!" Er versuchte, Luft in seine Lunge zu pumpen. „Ich habe noch nie so etwas Gutes erlebt."

Langsam hob sie ihren Kopf und drehte ihn zur Seite, um ihn anzusehen. Ihre Augen waren verschleiert vor Lust.

„Also hat dir meine Überraschung gefallen?"

„Gefallen?" Er lachte leise, zog seinen Schwanz zurück und stieß ihn wieder in ihre Scheide. „Kannst du das denn nicht spüren?"

Sie lachte leise. „Männer sind so vorhersehbar. Man muss nur in einem knappen Dessous auftauchen und schon verlieren sie den Kopf."

„Und daran ist nichts falsch", verteidigte Daniel sich. „Außerdem, wessen Idee war es gleich wieder, so gut wie nackt in meinem Büro aufzutauchen?" Er drückte ihr einen Kuss auf die Wange. „Baby, du wolltest das genauso sehr wie ich." Er zwinkerte ihr zu. „Ich hatte allerdings keine Ahnung, dass du so abenteuerlustig bist."

Er streichelte ihren Po. „Ich hoffe, ich habe dir nicht wehgetan."

Sabrinas Augenlider senkten sich, als sie sich seinem Blick entzog. „Nein!"

Er legte seine Hand unter ihr Kinn und zwang sie, ihn anzusehen. „Das muss dir nicht peinlich sein. Was auch immer uns beiden gefällt, ist in Ordnung. Und wenn dich ein paar Klapse auf den Po anmachen, dann bin ich der glücklichste Mann auf der Welt."

Ihre Augenbrauen hoben sich fragend.

„Denn wenn ich das tue, dann komme ich so intensiv, dass es sich anfühlt, als ob mein ganzer Körper explodieren würde."

Und er konnte sich nichts Besseres vorstellen.

16

Als Sabrina aus dem kleinen Bad neben Daniels Büro trat, ging Daniel hinein.

Sabrina fühlte sich begehrt, erneuert und gesättigt. Und ein klein wenig über sich selbst schockiert. Sie hatte in ihrem ganzen Leben noch nie etwas so Abartiges getan. Vielleicht würde ihre Freundin Holly es nicht pervers finden, nicht dass sie dieser jemals davon erzählen würde, doch was auf Daniels Schreibtisch passiert war, war für Sabrinas Geschmack ganz schön verrückt gewesen. Nicht, dass es das erste Mal gewesen war, dass sie Sex auf einem Schreibtisch hatte, aber es war das erste Mal, dass er ihren Po geschlagen hatte, und sie hatte die ganze Episode erotischer und erregender gefunden, als sie sich jemals hätte vorstellen können. Und selbst der Gedanke, dass jemand sie aus der Ferne hätte beobachten können, hatte ihr nichts ausgemacht.

Sabrina sah sich im Büro um und bemerkte, dass Daniels Schreibtisch ein einziges Chaos war. Einige seiner Papiere waren auf den Boden gefallen. Sie ging um den Schreibtisch herum und bückte sich. Sie nahm die Papiere und versuchte, sie zu ordnen.

Ihre Augen überflogen automatisch die Dokumente.

Der Schock ließ sie fast auf ihren Hintern fallen, als sie einen bekannten Namen in der Betreffzeile eines Briefes sah: Hannigan.

Sie schoss aus ihrer Hocke hoch, während ihre Augen weiter das Dokument überflogen.

„Oh mein Gott!", murmelte sie vor sich hin, während sie weiterlas.

Als sie bei der dritten Seite angekommen war, brachte das Geräusch der sich öffnenden Badezimmertür sie dazu, ihren Kopf herumzudrehen und Daniel anzustarren.

Sabrina hielt die Papiere hoch. „Du hast Hannigan angegriffen?"

Daniels Augen weiteten sich überrascht und sein Kiefer verkrampfte sich. „Er hat es verdient. Er hat dich sexuell belästigt."

Wut kochte in ihrem Inneren hoch. „Ja, und jetzt verklagt er dich! Auf fünf Millionen Dollar! War es das wert?"

Mit einem trotzigen Blick näherte Daniel sich. „Es war jeden einzelnen Cent wert. Ich würde es jederzeit wieder tun. Niemand verletzt dich und kommt damit davon."

Sie seufzte und schüttelte den Kopf. „Kein Mann ist jemals eine körperliche Auseinandersetzung wegen mir eingegangen. Versteh mich nicht falsch, ich fühle mich geschmeichelt. Es ist lieb, dass du mich verteidigst. Aber es war keine gute Idee." Sie zeigte auf den Brief. „Vor allem nicht vor Zeugen."

Er zuckte mit den Schultern. „Was geschehen ist, ist geschehen. Mach dir deswegen keine Sorgen. Mein Anwalt kümmert sich darum."

Sie schwenkte den Brief in der Luft umher. „Ach ja: Wann wolltest du mir von dieser Klage erzählen?"

„Nie."

Sie schüttelte den Kopf und deutete auf einen Absatz im Brief. „Dein Anwalt will mich befragen, aber nach dem, was hier steht, behauptest du, dass das nicht in Frage kommt. Du hast mich nicht einmal gefragt, Daniel! Natürlich werde ich aussagen –"

Daniel trat näher und nahm ihr den Brief aus der Hand. „Nein, das wirst du nicht. Ich kann die Sache ohne dich bereinigen. Es ist nicht notwendig, dass du da mit hineingezogen wirst. Das wird dich nur verärgern."

„Mich verärgern? Daniel, was mich verärgert, ist, dass du mir nicht davon erzählt hast. Du hättest sofort zu mir kommen und mir sagen sollen, was vor sich geht. Wir sind ein Team."

„Hannigan hat schon genug angerichtet. Ich will nicht, dass du die ganze Sache noch mal durchleben musst."

Sie seufzte. „Ich weiß deine Besorgnis zu schätzen. Wirklich. Aber du hättest mir das nicht verschweigen sollen. Unsere Beziehung wird nicht funktionieren, wenn du Geheimnisse vor mir hast."

„Ich habe keine Geheimnisse vor dir. Ich versuche nur, dich vor diesem Scheißkerl zu schützen."

„Ich muss nicht beschützt werden. Ich bin keine schwache, naive oder hilflose Frau, die einen Mann braucht, der sie beschützt. Ich kann damit umgehen. Ich kann dir bei dieser Sache helfen, wenn du mich nur lässt. Ich kenne Hannigan besser als du. Ich kenne seine Schwächen."

„Ich weiß, dass du nicht schwach oder naiv oder hilflos bist. Trotzdem halte dich bitte aus dieser Sache heraus, Sabrina. Ich habe mich in diese Sache hineingeritten und ich werde mich auch wieder herausreiten." Er brachte seine Hand an ihre Wange und streichelte sie. „Bitte."

Sabrina schaute in seine Augen und fand nichts als Entschlossenheit darin. „Ich wünschte, du würdest mich dir helfen lassen, Daniel. Ist das nicht das, was man in einer Beziehung macht? Füreinander da zu sein? Sich gegenseitig zu helfen? Es funktioniert nicht, wenn du mich aus einem Teil deines Lebens ausschließt."

Daniel senkte seine Lider. „Es tut mir leid. Ich hätte auf Tim hören sollen. Wie üblich hatte er recht."

„Tim? Womit hatte er recht?"

„Er sagte, wenn ich es dir nicht erzähle, wird die Sache sowieso rauskommen und mich dann in den Arsch beißen."

„Du solltest öfter auf ihn hören. Der Kerl hat einen gescheiten Kopf auf seinen Schultern." Sabrina grinste.

„Das stimmt." Er küsste sie sanft auf die Wange.

„Daniel, versprich mir etwas."

Er erwiderte ihren Blick. „Was?"

„Versprich mir, dass du nie wieder etwas vor mir verheimlichst. Was immer es auch ist, ich kann damit umgehen. Ich bin stärker, als du denkst."

Er nickte, dann lehnte er seine Stirn an ihre. „Das weiß ich. Ich verspreche es dir. Ist alles wieder gut?"

„Ja."

Daniel lächelte. „Gut. Wie wär's, wenn wir nach Hause fahren? Vielleicht möchtest du mich ja dafür bestrafen, dass ich dir was verschwiegen habe. Und dann könntest du mich nochmals sexuell belästigen." Er zwinkerte ihr zu.

„Dich sexuell belästigen? Das meinst du also, ist heute hier passiert?" Sie lachte laut auf.

Dann hielt sie inne. Sie wusste plötzlich, wie sie Hannigan dazu bringen konnte, seine Klage zurückzuziehen. Es war fast zu einfach, so, als ob sie einem Baby die Flasche wegnehmen würde.

17

Es war schon drei Tage her, seit Sabrina halb nackt in seinem Büro aufgetaucht war. Daniel schwor, dass er noch immer ihren Duft riechen konnte, der ihn an ihr gemeinsames Liebesspiel erinnerte.

Es war falsch gewesen, Hannigans Klage vor ihr geheim zu halten, und er fühlte sich immer noch ein bisschen schuldig, obwohl er wusste, dass sie ihm verziehen hatte. Und dafür wollte er ihr danken. Nicht nur mit Worten, sondern mit einem Geschenk.

Daniel warf seinen Kugelschreiber auf den Schreibtisch und erhob sich. Er schnappte sich seine Jacke und öffnete die Tür. Frances saß an ihrem Schreibtisch direkt vor seinem Büro. Sie sah sofort auf.

„Gehen Sie schon?", fragte sie.

„Ja. Für die nächste Stunde können Sie alle Anrufe auf mein Handy durchstellen. Danach bin ich nicht mehr erreichbar. Ich gehe zu Saks einkaufen", informierte er sie.

„Einen neuen Anzug?", fragte sie höflich.

Er grinste. „Ich dachte eher an etwas Nettes für meine Freundin."

Sie nickte. „Das ist nett."

Er wandte sich zum Gehen. „Ach, und Frances, gehen Sie doch

heute auch früher nach Hause. Sie haben in letzter Zeit zu viel gearbeitet."

„Ja, Sir. Vielen Dank."

Daniel verließ das Gebäude und trat in die warme Spätnachmittagssonne hinaus. Das Büro war nur ein paar Blocks von Saks entfernt, also beschloss er, zu Fuß zu gehen, anstatt seinen Fahrer zu rufen. Die Bewegung würde ihm guttun, denn er hatte in letzter Zeit sein regelmäßiges morgendliches Sporttraining vernachlässigt.

Als er bei Saks ankam, ging er direkt in die Wäscheabteilung und stöberte herum. Er sah nur ein paar Kunden, alle davon weiblich, und fühlte deren Blicke auf sich. Als er dem Blick einer Frau begegnete, lächelte diese ihn an und näherte sich.

„Für Ihre Frau?", fragte sie und zeigte auf die Negligés, die er gerade ansah.

„Freundin", antwortete er.

Sie zeigte auf einen anderen Warentisch. „Die dort drüben sind viel weicher auf der Haut als diese hier", sagte sie leise, während ihre Augen in Richtung der Verkäuferin sahen, die gerade neue Ware zusammenlegte. „Aber das Verkaufspersonal hier versucht ständig, jedem diese Marke aufzudrängen, weil sie teurer ist."

„Danke für den Tipp", sagte er und lächelte sie an, als sie davon schlenderte.

Er ging zu dem Tisch, auf den sie hingewiesen hatte, und zog ein rotes Seidennegligé vom Stapel. Er musste zugeben, dass es sich viel weicher anfühlte als das, das er zuvor begutachtet hatte.

„Schön, nicht wahr?", ertönte eine weibliche Stimme, von der er gehofft hatte, sie nie wieder zu hören, hinter ihm. Sein Magen drehte sich um und seine Nackenhaare stellten sich auf.

Langsam wandte er sich zu ihr um. „Audrey."

Nur ihren Namen zu sagen, machte ihn krank. Was hatte er jemals in dieser Frau gesehen? Einen heißen Körper. Ja, vielleicht. Doch jetzt fragte er sich, ob er während der Zeit, als er mit ihr zusammen war, verrückt gewesen war. Es gab keine andere Erklärung.

Audrey lächelte zuckersüß. „So eine riesige Stadt und wir begegnen uns zufällig im gleichen Kaufhaus. Witzig, wie die Dinge manchmal so passieren."

Daniel beäugte sie misstrauisch. An der Art und Weise, wie sie lächelte, erkannte er, dass dieses Zusammentreffen kein Zufall war. Sie war ihm vermutlich von seinem Bürogebäude aus gefolgt. Hatte sie ihm dort aufgelauert und auf eine Gelegenheit gewartet, ihn zu treffen?

„Sonderbar", sagte er trocken.

Sie hob eins der Negligés hoch und betrachtete es. „Na ja, das billige Zeug." Dann ließ sie es fallen, als hätte sie etwas Giftiges berührt.

„Was willst du?", fragte er eisig, denn ihm gefiel die Anspielung in ihren Worten nicht.

„Ich wollte nur über alte Zeiten reden. Erinnerst du dich noch an das Wochenende, als wir deine Eltern in den Hamptons besucht haben? Ich habe dich mit dem blauen Seidenbody und den Strapsen überrascht. Wir waren so scharf aufeinander, dass wir uns aus dem Haus schlichen und am Strand Sex hatten. Du sagtest damals, dass du mich aus dem Haus schleusen müsstest, damit mich deine Eltern nicht hören würden, wenn ich schrie, wenn du –"

„Das ist genug, Audrey!"

Er erinnerte sich nur zu gut an das besagte Wochenende. Ja, er war bestimmt verrückt gewesen, als er mit ihr zusammen war. Was war in ihn gefahren, sie überhaupt seinen Eltern vorzustellen, wenn er tief drinnen doch gewusst hatte, dass er Audrey nie heiraten würde?

Sie lachte. „Was hältst du davon, wenn wir uns in eine Umkleidekabine schleichen und die Sache wiederholen?" Audrey streckte ihre Hand aus und legte sie auf seine Schulter.

Daniel wich zurück. „Was würde denn Judd davon halten?"

Audrey zuckte zusammen, fand aber schnell ihre Fassung wieder. „Ach, Baby, Judd wird niemals so wie du sein. Er könnte mich nie zum Schreien bringen."

Sie nahm einen weiteren Schritt auf ihn zu und zu spät erkannte er, dass er zwischen ihr und einer Ablage mit übergroßen BHs hinter sich gefangen war.

Audrey wanderte mit ihren Fingern über seine Brust und beugte ihr Gesicht näher zu ihm. Ihm wurde übel vom Geruch ihres blumigen Parfüms.

„Daniel, sag nicht, dass du mich nicht vermisst. Wirklich, ich kenne dich doch. Du bist nur zu stolz, um zu mir zurückzukommen. Ich weiß, dass diese Frau dir unmöglich geben kann, was du brauchst."

„Hör auf, Audrey. Kein weiteres Wort mehr!", warnte er sie. Wenn sie weiterhin Sabrina beleidigte, würde er seine guten Manieren vergessen.

„Ich werde nicht einmal eine Entschuldigung für deine kleine Affäre verlangen."

Sein Zorn entflammte sofort und nahm alles ein. „Affäre?" Daniel packte sie bei den Oberarmen. „Ich habe keine Affäre. Ich liebe Sabrina. Ich habe dich nie geliebt!"

„Das sagst du jetzt, aber früher war es anders zwischen uns. Du und ich, wir waren ein Power-Paar. Und das können wir wieder sein."

„Ich bin nicht daran interessiert."

Audreys Augen blitzten verärgert auf. „Was hat sie, was ich nicht habe?"

„Ein Herz, ein Gewissen, Mitgefühl ..."

„Ein Herz?" Sie überbrückte die Distanz zwischen ihnen. „Glaubst du wirklich, ich habe kein Herz? Oh, Daniel, das tut weh. Genau hier."

Sie nahm seine Hand und drückte sie so schnell gegen ihre Brust, dass er sie nicht schnell genug zurückziehen konnte. Seine Handfläche umfing ihren üppigen Busen, während Audreys freie Hand zu seinem Nacken glitt und ihn näher zog.

Rasend vor Wut über ihren Versuch, ihn dazu zu bewegen, sie zu küssen, schob er sie so heftig von sich, dass sie gegen einen Warentisch stieß. Als sie ihn wieder anblickte, war ihr Gesicht zu einer hässlichen Fratze verzogen.

„Dafür wirst du bezahlen, das verspreche ich dir!" Sie richtete ihre Handtasche gerade und justierte die Tageszeitung, die darin steckte.

Dann wirbelte sie auf ihren Fersen herum und stürmte davon.

Daniel fuhr sich mit der Hand durchs Haar und stieß einen

schweren Atemzug aus, während er versuchte, sich zu beruhigen. Er hoffte, dass bei Audrey endlich die Nachricht angekommen war, dass er nie wieder zu ihr zurückkehren würde. Er schauderte bei dem Gedanken, wie seine Zukunft aussehen würde, wenn er Audrey nicht im Bett mit seinem Anwalt erwischt hätte und immer noch mit ihr zusammen wäre.

Daniel versuchte, diese Gedanken aus seinem Kopf zu verbannen, und eilte nach Hause. Er musste Sabrina in seinen Armen halten, damit er körperlich spüren konnte, dass er diesem Schicksal entkommen war.

Als er eine halbe Stunde später die Tür zu seiner Wohnung öffnete, rief er aus: „Sabrina? Ich bin zu Hause."

Sie antwortete nicht. Stirnrunzelnd ging er ins Schlafzimmer, doch es war leer. „Sabrina?", wiederholte er, dann ging er durch das Wohnzimmer und marschierte in die Küche.

Auf der Kochinsel lag ein Blatt Papier, das sich gegen den dunklen Marmor abzeichnete. Er las die Nachricht.

DANIEL, *ich bin zum Studieren in der Jura-Bibliothek. Warte nicht auf mich.* *Sabrina.*

EIN GEFÜHL von Enttäuschung durchfuhr ihn. Er hatte sich danach gesehnt, den Abend mit ihr zu verbringen, seinen Kopf in ihre Halsbeuge zu schmiegen und sie zu umarmen. Sie bis zur Bewusstlosigkeit zu küssen. Mit ihr Liebe zu machen.

Daniel sah sich in seiner leeren Wohnung um. Ohne Sabrina war es einfach nicht mehr dasselbe. Fühlte Sabrina sich auch so einsam, wenn er spät nach Hause kam?

Er mochte das Gefühl nicht und es war ihm klar, dass Sabrina es auch nicht mochte, obwohl sie versuchte, es vor ihm zu verbergen. Was für ein Narr er doch war! Er hatte Sabrina hierher gebracht, um mit ihm zu leben, doch er hatte nichts in seinem Leben für sie geändert. Er lebte noch genauso, wie er als Junggeselle gelebt hatte und hatte sich nicht umgestellt.

Die Begegnung mit Audrey hatte ihm die Realität wieder vor Augen geführt. Bei Audrey war er kein aufmerksamer Freund gewesen, und er durfte mit Sabrina nicht den gleichen Fehler begehen. Er würde dafür sorgen, dass Sabrina nie einen Grund hatte, ihn zu verlassen.

18

„Kanzlei Brand, Freeman und Merriweather. Wie kann ich Ihnen helfen?"

Sabrina lächelte. „Hallo Caroline. Ich bin's, Sabrina Palmer."

Caroline schnappte nach Luft. „Oh mein Gott! Sabrina! Wie geht es dir?"

„Sehr gut. Und dir?"

Sabrina saß im Schneidersitz auf der Couch, das Telefon zwischen ihr Ohr und ihre Schulter geklemmt. Ein Stift und Notizblock lagen auf einem Kopfkissen, das auf ihrem Schoß ruhte.

„Mir geht's gut. Mein Mann hat gerade einen neuen Job bekommen und es gefällt ihm super."

„Das ist toll, Caroline."

„Ja. Es ist schön zu sehen, dass er wieder zufrieden ist."

„Das kann ich mir vorstellen. Na, wie geht's im Büro?"

„Viel besser, jetzt wo Hannigan nicht mehr da ist." Caroline lachte. „Aber ohne dich ist es nicht dasselbe."

„Ach danke." Sabrina lächelte.

Sie vermisste die Frauen aus ihrer alten Firma und die

Kameradschaft, die zwischen ihnen herrschte. „Apropos Hannigan, erinnerst du dich an einen Klienten namens Daniel Sinclair?"

Caroline zögerte kurz. „Wie könnte ich jemanden wie ihn vergessen?"

Sabrina seufzte. „Es ist schon okay, Caroline, ich weiß, was im Büro passiert ist. Ich weiß, dass Daniel Hannigan verprügelt hat."

„Oh!" Caroline stieß einen schnellen Atemzug aus. „Ich hätte es dir ja gesagt, ehrlich, aber Merriweather hat uns verboten, dir gegenüber ein Wort verlauten ..."

„Keine Sorge. Ist schon okay", unterbrach Sabrina sie.

„Also stimmt es wohl, was ich gehört habe. Dass er dein Freund ist und der Grund dafür, dass du umgezogen bist, oder?"

„Gute Nachrichten verbreiten sich schnell, nicht wahr?" Sie kicherte. „Ja, ich lebe mit ihm in New York zusammen. Aber bezüglich Hannigan gibt's noch ein paar Sachen zu regeln. Würdest du mich bitte zu Helen durchstellen?"

„Natürlich. Und Sabrina, wenn wir uns nicht mehr sprechen, wünsche ich dir alles Gute mit ihm. Ich glaube, er ist es wert."

„Das ist er." Einen Moment später hörte Sabrina ein Klicken in der Leitung, dann eine Stimme: „Helen Choi."

„Hallo, Helen, ich bin's, Sabrina."

Helen war eine Rechtsanwaltsfachangestellte mit mehr als zwanzig Jahren Erfahrung auf ihrem Gebiet und genau die richtige Person, die Sabrina helfen konnte.

Nach einer Sekunde Pause kam Helens Antwort. „Wow, Sabrina. Was für eine Überraschung!", sagte Helen, ihre Stimme voller Aufregung. „Wie geht es dir?"

„Gut. Ich habe ein Jobangebot in New York bekommen und mit ein bisschen Glück werde ich in ein paar Monaten auch meine Lizenz haben."

„Das ist fantastisch. Ich freue mich für dich, obwohl ich mir wünschte, dass du wieder hier wärst." Helen lachte. „Ich vermisse es, mit dir zu arbeiten."

„Ich vermisse unsere Zusammenarbeit auch. Apropos Arbeit, wie stehen die Dinge im Büro?"

„Friedlich." Helen musste ihre Antwort nicht weiter erörtern. Sabrina wusste genau, was sie meinte.

„Das freut mich. Jeder in der Kanzlei verdient ein wenig Ruhe nach Hannigans Belästigungen."

„Du hast ja keine Ahnung, wie schön es ist, die Frauen hier wieder lächeln zu sehen, und sich nicht auf der Damentoilette verstecken zu müssen, um diesem Perversen zu entgehen."

Sabrina lachte. Sie hatte sich mehrere Male mit ihren Kolleginnen in den Toiletten verschanzen müssen, um Hannigan zu entkommen. Natürlich hatten sie alle irgendwann wieder herauskommen müssen und Hannigan hatte dann derbe Späße gemacht, warum er denn nicht zu der Lesben-Orgie eingeladen worden war. Nur an Hannigan zu denken, verursachte Sabrina eine Gänsehaut. Irgendwie würde sie ihm all dies heimzahlen. Wenn sie erst einmal mit ihm fertig war, würde Hannigan es nie wieder wagen, Frauen zu belästigen.

„Würdest du mir dabei helfen, Hannigan eins auszuwischen?"

„Im Ernst? Wie denn?" Interesse schwang in Helens Stimme mit.

„Du erinnerst dich doch an Daniel Sinclair, oder?"

Helen seufzte anerkennend. „Welche Frau könnte jemals einen Mann wie Daniel Sinclair vergessen?"

Sabrina fühlte ihre Brust vor Stolz anschwellen, weil ein so begehrenswerter Mann wie Daniel ihr gehörte. Immer, wenn sie mit Daniel zusammen war, bemerkte sie, wie andere Frauen ihre Blicke über ihn schweifen ließen, als ob sie ihn auffressen wollten, während sie Sabrina neidische Blicke zuwarfen. Aber Daniel gehörte ihr. „Ja, wer wohl?"

„Also, wie geht's mit dem Märchenprinzen?"

„Wunderbar. Bis auf eine Kleinigkeit."

„Dunkle Wolken im Paradies?", fragte Helen.

„Hannigan verklagt ihn wegen Körperverletzung und dafür, dass Daniel Merriweather dazu brachte, ihn zu feuern."

„Du verarschst mich! Dieser schleimige Kerl hat doch dazu keinen Grund. Merriweather hätte ihn vor Jahren schon entlassen sollen, für all das, was der dem weiblichen Personal hier angetan hat."

„Genau. Und deshalb brauche ich deine Hilfe."

„Was brauchst du?", fragte Helen eifrig.

„Ich möchte, dass du alle Frauen befragst, die je von Hannigan belästigt wurden und die Informationen in einer Erklärung zusammenschreibst. Versuche, so viele Details und spezifische Dinge wie möglich zu finden: konkrete Vorfälle, Orte, Daten, Umstände, an was sie sich erinnern. Sobald du das hast, schicke es mir per E-Mail. Dann gehe ich die Sachen durch und erstelle schriftliche Aussagen und schicke sie dir zur Unterschrift wieder zurück."

„Kein Problem. Ich mache mich sofort daran."

Sabrina seufzte erleichtert auf. Es war viel einfacher, wenn Helen alles mit den weiblichen Angestellten koordinierte, als dass Sabrina mit jeder Einzelnen sprach. „Ich danke dir. Du hast keine Ahnung, wie viel mir das bedeutet."

Helen kicherte. „Machst du Witze? Die Frauen werden sich die Finger lecken, diesen Bastard an die Wand zu nageln. Jetzt, wo er nicht mehr hier ist und unsere Arbeitsplätze nicht mehr gefährden kann, werden sie alle aussagen wollen."

„Du bist ein Geschenk des Himmels, Helen."

„Wir werden ihn schon erwischen, keine Sorge. Es war toll, von dir zu hören. Grüß den Märchenprinzen schön von mir, ja? Und wenn er einen Bruder hat, schick ihn nach San Francisco und gib ihm meine Adresse. Ich bin Tag und Nacht verfügbar." Sie kicherte. „Vor allem nachts."

Sabrina lachte. „Ich wünschte, ich könnte dir da helfen, aber Daniel ist ein Einzelkind."

„Mist!"

„Soll ich fragen, ob er einen Cousin hat?"

„Das wäre super!"

„Bis bald", sagte Sabrina.

„Tschüss", antwortete Helen.

Sabrina legte auf. Helen war außerordentlich zuverlässig. Sie zweifelte nicht daran, dass diese die Informationen zusammenstellen konnte, damit Sabrina die Aussagen vorbereiten konnte.

Als ihr Handy einen Moment später klingelte, fragte sie sich, ob

Helen etwas vergessen hatte und antwortete, ohne auf das Display zu sehen. „Hallo?"

„Jetzt, wo du mit deinem reichen Freund das schöne Leben in New York genießt, hast du wohl keine Zeit mehr für deine Freundin?"

„Holly!", rief Sabrina aufgeregt aus, glücklich darüber, die Stimme ihrer Freundin zu hören. „Was gibt's Aufregendes?"

„Ganz bestimmt nicht den Schwanz des Kerls von letzter Nacht, das kann ich dir sagen!"

„Holly!" Sabrina lachte unkontrollierbar. Holly war ein High Class Callgirl und unterhielt Sabrina oft mit einschlägigen Erfahrungen aus ihrem Berufsleben. Und sie war eine großartige Geschichtenerzählerin, die immer eine Prise Humor in jede Geschichte einbaute.

„Also, was ist los auf der anderen Seite des Landes?", fragte Holly.

Sabrina lehnte sich zurück in die Couch. „Zum größten Teil ist alles in Ordnung."

„Zum größten Teil? Das klingt aber nicht sehr gut. Ich dachte, du hättest vierundzwanzig Stunden am Tag absolut tollen Sex. So wie in der Zeit, bevor du nach New York gezogen bist."

Sabrina verdrehte die Augen und schüttelte den Kopf. „Daniel verbringt mehr Zeit im Büro als mit mir."

„Mist! Es tut mir leid, das zu hören. Soll ich nach New York fliegen und ihm in den Arsch treten? Ich habe ihn gewarnt, dass ich es tun würde, wenn er dich nicht gut behandelt."

Lachend meinte Sabrina: „Nein, er behandelt mich wunderbar. Er hat einfach zu viel Arbeit. Es ist eine große Veränderung für uns beide, weißt du, zusammenzuleben. Außerdem kenne ich niemanden hier."

„Ausreden!"

„Das sind keine Ausreden. Wie dem auch sei, die gute Nachricht ist, dass ich in Kürze einen neuen Job anfangen werde."

„Oh, Schatz, das ist ja fabelhaft! Dann wirst du ja bald so beschäftigt sein, dass du für nichts mehr Zeit haben wirst. Wenn du dich erst mal in deinen neuen Job verbissen hast, wirst du dich darin vergraben. Ich sollte also wohl lieber bald kommen, um dich in New York zu besuchen, bevor du keine Zeit mehr hast."

„Du kommst nach New York?", fragte Sabrina aufgeregt.

„Wenn du ein Gästezimmer hast, wo ich mich für eine Woche einquartieren kann. Natürlich möchte ich mich nicht aufdrängen …"

„Unsinn! Ich möchte dich sehen, Holly! Es gibt hier so viel, was wir gemeinsam unternehmen können! Es wird dir hier gefallen. Es wird wie früher sein."

Holly quietschte vor Vergnügen. „Ausgezeichnet. Ich werde online nach einem Flug suchen. Ich schicke dir eine E-Mail mit meinen Flugdaten. Kannst du mich vom Flughafen abholen?"

„Klar. Ich komme mit dem Fahrer."

„Fahrer?"

Sabrina verdrehte die Augen. „Ja, Daniel nutzt einen privaten Limousinendienst in der Stadt, denn man kann hier so gut wie nirgends parken. Er nimmt das Auto nur aus der Garage, wenn wir aus der Stadt hinausfahren. Und ich habe absolut keine Lust, in dieser Stadt Auto zu fahren. Also hole ich dich mit der Limousine ab."

„Sehr schick! Ich denke, New York wird mir gefallen."

Sabrina kicherte. „Es wird super sein!"

19

"Du siehst absolut umwerfend aus, Sabrina", sagte Daniel, als sie zusammen im Aufzug zu Zachs Penthouse hinauffuhren.

"Sag mir noch mal, wer dieser Zach ist", antwortete sie, während sie weiter an ihrem Kleid herumfummelte. Ihr Kleid war rot, figurbetont und hatte sein Herz fast zum Stillstand gebracht, als sie es vor einer Stunde angezogen hatte.

Er hatte in Betracht gezogen, sie zu bitten, sich umzuziehen, da er befürchtete, dass jeder Junggeselle auf Zachs Geburtstagsparty versuchen würde, sie ihm wegzuschnappen. Doch letztendlich hatte sein Stolz gesiegt. Sabrina gehörte ihm, und er würde dieser Gruppe von geilen, reichen Männern zeigen, dass sie nicht den Hauch einer Chance bei ihr hatten.

"Zach ist mein Mentor." Daniel lachte. "Obwohl er nicht älter ist als ich, aber er hat das Studium frühzeitig abgebrochen und sein eigenes Geschäft begonnen, als er noch nicht einmal zwanzig war. Er hat's geschafft. Er ist sehr einflussreich, und er hat mir geholfen, als ich am Anfang meiner Karriere stand. Ich habe mehr von ihm gelernt als im Wirtschaftsstudium."

"Also kennt ihr euch schon lange?"

Er nickte. „Ja. Du wirst ihn mögen. Er ist ein Frauenheld, aber er kennt seine Grenzen, nicht wie andere Männer, die diese nicht kennen." Paul Gilbert kam ihm sofort in den Sinn.

Sabrina zog ihre Unterlippe zwischen die Zähne und die Geste brachte ihn in Versuchung, sie gegen die Wand des Aufzugs zu drücken und zu küssen, bis sie beide zusammenbrachen.

„Heißt das, er kennt Audrey?"

Beim Klang von Audreys Namen entflohen alle amourösen Gefühle seinem Körper. „Ich fürchte ja."

Als Daniel bemerkte, wie Sabrina ihre Stirn runzelte, legte er eine Hand auf ihren Unterarm, um sie zu beruhigen. „Keine Sorge. Er hat mir versichert, dass er sie nicht eingeladen hat. Er weiß, dass wir uns getrennt haben, und will keine Riesenstreiterei auf seiner Party heraufbeschwören, indem er ein Paar einlädt, das sich gerade getrennt hat."

Ein Seufzer der Erleichterung rollte über Sabrinas Lippen. „Danke."

Ein weicher Ping erklang und verkündete, dass sie die oberste Etage erreicht hatten. Die Türen des Aufzugs öffneten sich. Sabrina spannte sich an und Daniel zog an ihrer Hand.

„Was, wenn mich deine Freunde nicht mögen?"

Er lachte und führte sie in den elegant ausgestatteten Flur. „Ich fürchte, dass sie dich viel zu sehr mögen werden", gestand er und ließ seinen Blick über ihre verführerischen Kurven schweifen.

Als er seine Augen wieder auf ihr Gesicht richtete, waren ihre Wangen gerötet.

„Du bist schrecklich", flüsterte sie. „Jetzt fühle ich mich noch nervöser."

„Dazu hast du keinen Grund. Sobald du heute Abend diese Meute überlebt hast –" Er deutete auf die einzige Tür auf dieser Etage. „– kannst du alles überleben. Und die Jungs hast du schnell im Korb. Wenn der Abend vorbei ist, werden sie dir aus der Hand fressen."

„Es wäre mir lieber, sie würden keine Notiz von mir nehmen."

„Zu spät. Kein Mann wird dich in diesem Kleid übersehen."

Sabrina seufzte. „Es war das einzige, das für diese Gelegenheit elegant genug war. Ich habe das Gefühl, dass die New Yorker sich eleganter anziehen, als ich es von San Francisco gewohnt bin. Ich fühle mich immer noch underdressed."

„Glaub mir, wenn ich gedacht hätte, dass du nicht elegant genug angezogen wärst, dann hätte ich dich schon früher darauf hingewiesen. Du siehst perfekt aus, Sabrina. Tatsächlich hast du noch nie schöner ausgesehen."

Als sich ihre Blicke trafen, sah er, wie die Spannung aus ihren Schultern wich und ein Lächeln sich auf ihrem Gesicht ausbreitete.

„Du sagst immer das Richtige", murmelte sie. „Danke."

Er verschränkte seine Finger mit ihren und drückte auf die Klingel. Hinter der Tür konnte er schon Musik und Stimmen hören.

Die Tür öffnete sich, und ein Mann in einem dunklen Anzug erschien. Sein Mund verzog sich zu einem breiten Grinsen und seine Augen funkelten schelmisch und verliehen dadurch seinem gut aussehenden Gesicht Wärme. „Hey Daniel!"

Daniel streckte seine Hand aus und schüttelte Michaels. „Hallo Michael, Zach hat dich also zum Türdienst eingeteilt?" Er trat ein und zog Sabrina mit sich.

„Du kennst ja Zach. Er kann einfach nicht anders." Michael schloss die Tür hinter ihnen. „Aber seine Manieren sind nicht ganz so schlecht wie deine." Er deutete auf Sabrina. „Du hast mich deiner hübschen Begleiterin noch nicht vorgestellt."

„Ja, und wenn meine Mutter mir nicht so gute Manieren beigebracht hätte, würde ich sie jemandem wie dir lieber überhaupt nicht vorstellen."

Michael zwinkerte Sabrina zu. „Es tut mir leid, dass Sie sich mit diesem Kerl abgeben müssen. Sagen Sie's nur, und ich werde ihn von Ihrem Angesicht entfernen."

Spielerisch boxte Daniel ihm in die Seite. Dann lächelte er Sabrina an. „Sabrina, das ist mein alter Studienkollege, Michael Clarkson. Sei gewarnt: Er ist ein schamloser Schürzenjäger und ein skrupelloser Geschäftsmann. Michael, das ist meine Freundin, Sabrina Palmer."

Michael lachte. „Schön, dich kennenzulernen, Sabrina." Er schüttelte ihr die Hand.

„Gleichfalls", antwortete sie mit einem Lächeln.

Michael beugte sich näher und senkte seine Stimme. „Daniel vergaß zu erwähnen, dass ich auch ein Mitglied des Clubs der ewigen Junggesellen bin."

Daniel zuckte zusammen. Er hatte nicht erwartet, dass dies heute Abend zur Sprache kommen würde.

Sabrina drehte sich zu ihm, ihre Stirn amüsiert hochgezogen. „Der Club der ewigen Junggesellen?"

Daniel verdrehte die Augen. „Vielen Dank, Michael!"

Sein alter Freund strahlte. „Gern geschehen!"

„Dieser Clown hier und ein paar andere, mit denen wir in Princeton studiert haben, schlossen eines Nachts, als wir viel zu betrunken waren, um klar zu denken, eine Wette ab. Wir bildeten einen Verein, den wir den Club der ewigen Junggesellen nannten. Jedes Jahr tragen wir alle finanziell zur Vereinskasse bei und wer das letzte Mitglied im Club bleibt, wird die gesamte Kasse bekommen."

„Das letzte Mitglied?", fragte Sabrina.

„Ja, wer am längsten Junggeselle bleibt, wird das letzte Mitglied sein und damit das ganze Geld bekommen", antwortete Michael an Daniels Stelle.

Sabrina schüttelte den Kopf. „Ihr Kerle seid schon lustig. Also, wie viel ist denn dann in der Vereinskasse? Ein paar tausend Dollar?"

Daniel wechselte einen Blick mit Michael. Sie grinsten sich an. „Du bist der Schatzmeister, Michael."

Michael hustete. „Unsere Investitionen haben sich gut ausgezahlt. Letztes Mal, als ich den Kassenstand überprüft habe, waren wir bei etwa dreieinhalb."

„Tausend?", fragte Sabrina. „Na, das ist ja nicht schlecht für einen kleinen Preis."

„Millionen", korrigierte Michael sie.

Sabrinas Augen weiteten sich und sie schnappte nach Luft. „Dreieinhalb Millionen? Oh mein Gott! Das ist ja verrückt." Sie schluckte sichtbar. „Wie viele Junggesellen sind denn noch in diesem Verein?"

Daniel grinste. „Alle."

Obwohl er sicher war, dass sich die Mitgliederzahl irgendwann in der nahen Zukunft verringern würde.

„Ich, Michael hier, Zach natürlich, Paul Gilbert, den du kennst, Jay Bohannon, Xavier Eamon, Wade Williams und Hunter Hamilton. Habe ich jemanden vergessen?"

Michael schmunzelte. „Ich glaube, das sind alle."

„Und die sind alle noch Junggesellen wegen dieses Vereins?"

Daniel lachte. „Ich bin mir nicht über deren Gründe im Klaren, aber ja, sie sind alle noch Junggesellen."

„Was höre ich da über Junggesellen?", erklang eine Stimme von hinten.

Daniel drehte sich um und streckte seine Hand aus, um seinen alten Freund Zach zu begrüßen. Er sah genauso erfolgreich aus, wie er war. Manchen Menschen war ihr Erfolg in ihre Gesichter geschrieben. Zachs Erfolg aber hatte sich auf seinem ganzen Körper eingeprägt: in der Art, wie er sich bewegte, wie er seine Schultern hielt, wie er sprach, und wie seine Augen die Welt um sich herum aufnahmen. Zachs Charisma war nicht zu verleugnen, sein gutes Aussehen unbestritten, trotz der zweimal gebrochenen Nase und der dunklen Augen, die ihn wie den Teufel in Menschengestalt aussehen ließen.

„Alles Gute zum Geburtstag, Zach!"

„Hey danke! Gut dich zu sehen, Daniel! Schön, dass du Zeit hast." Zachs Blick glitt an ihm vorbei zu Sabrina. „Und du hast mir ein Geburtstagsgeschenk mitgebracht? Das hättest du doch nicht müssen!", scherzte er.

Daniel stöhnte. „Hände weg von ihr. Das ist Sabrina, meine Freundin. Sabrina, das ist Zach."

„Vielen Dank für die Einladung", sagte Sabrina lächelnd und nahm seine ausgestreckte Hand entgegen. „Alles Gute zum Geburtstag!"

Zach hielt ihre Hand ein paar Sekunden länger, als Daniel es für notwendig hielt.

Als er einen Kellner mit einem Tablett mit Champagnergläsern vorbeigehen sah, ergriff Daniel die Gelegenheit, Sabrinas Hände mit anderen Dingen zu beschäftigen. „Kann man in deiner Bude was zu trinken bekommen oder geht's dir geschäftlich so schlecht, dass du deinen Gästen nichts Anständiges anbieten kannst?"

Schmunzelnd ließ Zach Sabrinas Hand los und winkte den Kellner heran. „Was zu trinken für meine Freunde."

Daniel nahm zwei Gläser vom Tablett und reichte eines Sabrina.

„Danke", murmelte sie, führte das Glas an ihre Lippen und nahm einen kleinen Schluck.

„Kommt, begrüßt den Rest der Bande. Sieht so aus, als ob es dieses Jahr fast alle geschafft hätten", sagte Zach und bedeutete ihnen, in das große Wohnzimmer einzutreten, das einen atemberaubenden Blick über New York bot.

Durch die raumhohen Fenster, die auf eine große Terrasse führten, funkelten die Lichter der Stadt in der Dunkelheit.

Neben Daniel stand Sabrina still. „Wow, das ist atemberaubend." Sie drehte ihren Kopf zu Zach. „Deine Wohnung ist wunderschön."

„Danke", antwortete Zach. „Mir gefällt sie auch."

„Wie lange wohnst du schon hier?", fragte Sabrina und Daniel war erfreut zu sehen, dass sie sich wohler als zuvor zu fühlen schien.

„Erst ein paar Jahre. Ich habe mir die Wohnung im Rohbau gekauft", erklärte Zach.

„Im Rohbau?"

„Ja, nur die Außenwände standen. Ich brachte meinen Architekten mit und er hat das Innere gestaltet. Das ist wirklich die einzige Art und Weise, wie man in dieser Stadt bekommt, was man will: Man muss es selbst machen. Stimmt's, Daniel?" Zach grinste ihn an.

„Darum tun wir, was wir tun." Daniel drückte Sabrinas Hand, sodass sie zu ihm hochblickte. „Ich gebe dir eine Führung durch die Wohnung. Du hast doch nichts dagegen, Zach, oder?"

„Du kennst dich aus." Er zwinkerte Sabrina zu. „Lass dich nicht ins Schlafzimmer abschleppen. Wenn ihr Zwei nicht in fünf Minuten zurück seid, werde ich einen Suchtrupp aussenden."

Daniel lachte und legte seinen Arm um Sabrina, um sie wegzuführen.

„Dein Freund ist sehr direkt", flüsterte Sabrina, als sie außer Hörweite waren.

„Er sagt immer, was er denkt." Er warf ihr einen Seitenblick zu, als er sie durch die Menschenmenge im Wohnzimmer navigierte. „Aber er meint es nicht böse. Er mag dich."

„Woher willst du das wissen?"

„Er würde keine Witze machen, wenn es nicht der Fall wäre. Zach kann ziemlich reserviert sein, wenn er jemanden nicht mag."

„Oh."

Sie erreichten das Esszimmer, wo ein Buffet mit Köstlichkeiten aus der ganzen Welt aufgebaut war.

„Was für ein herrlicher Raum!", rief Sabrina aus und deutete auf die Gemälde an den Wänden und den kostbaren Teppich unter ihren Füßen. Dann schweiften ihre Augen zum Fenster und der Aussicht auf einen anderen Teil von Manhattan.

„Hier darf man keine Höhenangst haben."

Daniel lachte leise. „Das wäre ein Problem, vor allem, da Penthäuser immer auf der obersten Etage sind."

Sie stieß ihn spielerisch in die Seite. „Klugscheißer."

„Belästigt dieser Mann dich, Sabrina?", erklang eine vertraute Stimme hinter ihnen.

Sowohl Daniel als auch Sabrina drehten sich um. Daniel streckte Paul seine Hand entgegen. „Zuerst sehe ich dich monatelang nicht und plötzlich bist du überall, wo ich bin. Wie geht es dir?"

Paul schüttelte ihm die Hand. „Gut." Dann lächelte er Sabrina an und schüttelte ihr die Hand. „Wie ich sehe, trägst du deine neue Brosche. Wie ich schon sagte: Sie bringt die Farbe deiner Augen heraus."

„Hallo Paul, schön dich wiederzusehen."

„Neue Brosche?", fragte Daniel und blickte von Sabrina zu Paul und wieder zurück.

Sein Blick fiel auf die goldene Brosche, die an Sabrinas Kleid steckte. Woher wusste Paul, dass diese neu war?

„Ja", sagte Paul fröhlich. „Das war lustig. Sabrina versuchte, eine kaputte Brosche bei Bloomingdale's umzutauschen und der Verkäufer machte ihr Schwierigkeiten. Zum Glück war ich zufällig dort und konnte den Mann davon überzeugen, sie gegen eine andere umzutauschen."

Sabrina lächelte. „Paul hat mir geholfen, diese auszusuchen. Gefällt sie dir, Daniel?"

Daniel unterdrückte seinen Ärger. Er hätte derjenige sein sollen, der Sabrina geholfen hatte. Würde sie jetzt Paul als den Ritter in glänzender Rüstung betrachten?

„Ja, sie ist schön." Er holte tief Luft. „Du hast nicht erwähnt, dass du Paul getroffen hast."

Er versuchte, jegliche Anschuldigung aus seinem Ton herauszuhalten, um nicht wie ein Kontrollfreak zu klingen, obwohl er irritiert war, dass Sabrina ihm ihre zufällige Begegnung mit Paul verschwiegen hatte.

„Du hast in letzter Zeit so viel gearbeitet, dass wir kaum Zeit hatten, miteinander zu sprechen. Ich vergaß nur, es zu erwähnen", sagte sie leichthin.

„Ich bin froh, dass Paul in der Lage war auszuhelfen." Er nickte seinem Freund zu.

Paul grinste. „Wozu sind Freunde denn da?"

Um das Thema schnell zu wechseln, fragte Daniel: „Bist du heute Abend mit Begleitung hier?"

„Nein, ich bin alleine. Aber keine Sorge, ich werde nicht alleine nach Hause gehen. Zach lädt immer die schönsten Frauen ein." Sein Blick wanderte zu Sabrina, dann schweifte er zum Buffet, wo eine schöne Blondine gerade ein paar Stückchen Sushi auf ihren Teller legte.

„Entschuldigt mich, aber ich glaube, es wird Zeit, meinen Charme einzusetzen."

Sabrina lachte. „Viel Spaß. Und nochmals vielen Dank."

Mit langen Schritten ging Paul zum Buffet.

„Also hast du ihn bei Bloomingdale's getroffen", wiederholte Daniel.

Sabrina sah ihn an und nahm einen Schluck aus ihrem Glas. „Ja, wie ich schon sagte."

Er brummte.

„Bist du eifersüchtig?"

„Natürlich nicht! Es ist nur seltsam, dass du mir nichts über dein Treffen mit Paul erzählt hast."

„Mein Treffen mit Paul? Ich habe ihn ein paar Minuten gesehen. Er sah mich an der Schmucktheke mit dem Verkäufer diskutieren und kam näher."

„Hmm."

„Daniel, bitte, was ist denn los?"

„Ich hätte derjenige sein sollen, der dir aus dieser Situation heraushilft, nicht er."

Sabrina schüttelte den Kopf. „Aber du warst nicht da."

„Das ist es ja eben. Ich scheine nie da zu sein, wenn du mich brauchst." Was für eine Art von Freund war er denn?

„Bitte mach doch kein Riesenproblem daraus. Er half mir, nichts weiter. Ich war ihm dankbar."

„Wie dankbar?", drückte er heraus.

Sabrina legte ihre Hand auf seine Brust und kam näher. „Nicht so dankbar, wie ich dir gewesen wäre, wenn du dich um den Verkäufer gekümmert hättest", sagte sie mit einem sündhaften Ton in ihrer Stimme, während ihre Wimpern klimperten.

„Oh Gott, Sabrina, spiel nicht mit mir!"

„Das tue ich doch nicht." Sie brachte ihre Lippen über seinen zum Schweben. „Ich wäre dir sehr, sehr dankbar gewesen."

Daniel erstickte fast und spürte bei ihren verführerischen Worten Blut in seine Lenden schießen. „Ich glaube, wir sollten von hier verschwinden."

„Wir sind doch gerade erst gekommen", flüsterte sie zurück. „Es wird seltsam aussehen, wenn wir jetzt schon gehen."

„Ich weiß, aber wenn du so mit mir redest, dann ist das Einzige, an das ich denken kann, dich auf die nächste flache Unterlage zu ziehen und mich tief in dir zu begraben."

Sie drückte einen sanften Kuss auf seine Lippen und wich zurück. „Später."

Er stieß einen frustrierten Seufzer aus. „Gut, aber wenn du

nochmals versuchst, mich zu verführen, dann werde ich dich in Zachs Schlafzimmer schleppen und die Tür hinter uns verriegeln."

Er versiegelte sein Versprechen mit einem brennenden Blick, den er über ihre Kurven wandern ließ, und legte seinen Arm um ihre Taille, bevor er sie zurück ins Wohnzimmer führte. „Lass mich dich den Jungs vorstellen."

20

Daniel wurde von vielen bekannten Gesichtern begrüßt, als er mit Sabrina an der Hand zurück ins Wohnzimmer ging, wo die Mehrheit der Partygäste versammelt war. Er ließ seinen Blick durch den Raum schweifen, bis er die Personen sah, die er suchte.

„Komm", sagte er zu Sabrina und zog sie durch die Menge, bis er schließlich vor zwei attraktiven Männern in schwarzen Smokings stehenblieb. Beide waren dunkelhaarig, einer mit Dreitagebart, der andere glattrasiert.

„Jay, Hunter!", begrüßte er sie.

„Na, das ist ja eine Überraschung!" Jay schlug ihm auf die Schulter. „Daniel! Der Workaholic bleibt mal für einen Abend der Arbeit fern."

„Du stellst mich hin, als würde ich ausschließlich arbeiten", beschwerte Daniel sich grinsend.

Jay wechselte einen Blick mit Hunter und nickte.

„Genau", bestätigte Hunter und streckte ihm die Hand hin.

Daniel schüttelte sie.

„Jungs, ich möchte euch jemanden vorstellen." Er wandte sich Sabrina zu. „Das ist Sabrina Palmer, meine Freundin. Sabrina, dieser Typ hier ist Jay Bohannon, ein Zugereister aus dem Süden." Er deutete auf den Mann mit dem Dreitagebart, den dieser wie ein Ehrenabzeichen trug. „Und das ist Hunter Hamilton. Beide sind alte Studienkollegen."

Sabrina begrüßte sie mit einem freundlichen Lächeln. „Schön, euch kennenzulernen."

Beide ließen ihre Blicke über Sabrina schweifen, waren jedoch klug genug, nicht zu lange auf ihr zu verweilen.

„Du klingst nicht, als ob du aus New York wärst", meinte Jay. „Auch zugereist?"

„Ich bin aus San Francisco", antwortete sie.

„Hätte ich mir denken können, dass du aus Kalifornien bist", fuhr Jay fort.

„Daniel", erklang Zachs Stimme hinter Daniel.

Er drehte sich sofort um, denn er hatte den alarmierenden Ton in Zachs Stimme vernommen. „Ja?"

„Wir haben ein Problem." Er deutete Richtung Eingang. „Tom ist gerade mit seiner Begleitung aufgetaucht. Ich hatte keine Ahnung, wen er mitbringen würde. Aber –"

„Mist!", stieß Daniel hervor, als er Tom mit Audrey am Arm ins Wohnzimmer treten sah.

Sabrina spannte sich neben Daniel an. „Oh nein", flüsterte sie leise.

Er legte eine Hand zur Beruhigung auf ihren Unterarm. „Keine Sorge, Baby."

Bisher hatte Audrey ihn noch nicht entdeckt, doch es war nur eine Frage der Zeit.

„Was willst du unternehmen?", fragte Zach und versperrte Audrey die Sicht, indem er ihr seinen breiten Rücken zudrehte.

Jay trat sofort neben Zach und tat das gleiche. Daniel schenkte ihm einen dankbaren Blick.

„Ich fürchte, ich kann sie nicht rauswerfen", sagte Zach bedauernd und hob seine Hände zur Kapitulation.

„Das weiß ich. Es ist nicht deine Schuld."

Sabrina zog an Daniels Hand. „Können wir bitte gehen? Ich will ihr nicht begegnen."

Daniel sah Zach an. „Kannst du sie ablenken, damit wir ungesehen verschwinden können?"

„Bist du dir sicher, dass du das tun willst? Sie weiß bestimmt, dass du hier bist. Sie wird es nur als ein Zeichen von Schwäche ansehen, wenn du dich jetzt davonschleichst."

„Es ist mir egal, was Audrey denkt." Alles, was zählte, war, Sabrina hier herauszuschleusen und eine Auseinandersetzung zu vermeiden. Um Sabrinas willen musste er Audrey aus dem Weg gehen. Und so wie er Audrey kannte, würde sie Sabrina die Tatsache, dass Daniel und sie einander bei Saks begegnet waren, sofort unter die Nase reiben.

„Gut, ich werde gehen und sie begrüßen und dann Richtung Buffet schleusen", lenkte Zach ein und ging weg.

„Es war schön, dich wieder mal zu sehen. Vielleicht können wir uns beim nächsten Mal ein wenig länger unterhalten", sagte Hunter.

„Danke Jungs, ich bin sicher, dass wir bald eine Gelegenheit dafür finden werden. Ich rufe euch an!" Daniel legte seine Hand auf Sabrinas Rücken.

Vorsichtig steuerte er sie durch die Menge und kam mit jeder Sekunde dem Ausgang näher. Nur noch ein paar Schritte und sie würden außer Gefahr sein.

„Daniel! Hey, was für eine schöne Überraschung!" Eine schwere Hand landete auf seiner Schulter und brachte ihn dazu, sich umzudrehen.

Wade Williams, ein ehemaliger Studienkollege und ebenfalls Mitglied im Club der ewigen Junggesellen, grinste ihn breit an. Sein braunes Haar war kurz geschnitten und seine braunen Augen sahen warm und freundlich aus. Der Spitzbart war neu, aber Wade experimentierte immer schon mit verschiedenen Bartformen.

„Hey Wade, entschuldige, aber wir wollten gerade gehen."

„Ach nein. Bleib doch! Wir haben noch nicht einmal ein Schlückchen miteinander getrunken. Und wer ist die wunderschöne Frau an deiner Seite?"

„Sabrina, das ist Wade Williams. Wade, das ist Sabrina, meine Freundin." Er wartete ungeduldig, bis sich die Zwei die Hände geschüttelt hatten, dann sprach er Wade nochmals an. „Tut mir leid,

Kumpel, aber wir müssen wirklich weg. Ich rufe dich in Kürze an und dann machen wir was zum Abendessen aus, okay?"

„Klingt gut!", stimmte sein Freund zu.

„Ausgezeichnet! Bis bald." Daniel drehte sich um, seinen Arm um Sabrina geschlungen, und erstarrte.

Audrey stand vor ihnen und versperrte ihnen den Weg. „Hallo Daniel, das ist aber eine Überraschung, dich hier zu sehen. Du hattest kürzlich nicht erwähnt, dass du zu Zachs Party gehen würdest. Wenn ich das gewusst hätte ..."

Er kniff die Augen zusammen. „Wir sind am Gehen."

„Doch nicht wegen mir, oder?" Sie warf einen abwertenden Blick auf Sabrina. „Na ja, du musst wohl tun, was du tun musst."

Er spürte, wie sich Sabrinas Körper neben ihm anspannte. Ohne ein weiteres Wort ging er an Audrey vorbei und führte Sabrina zur Tür hinaus.

Als sie den Aufzug erreichten, drückte er den Knopf. „Es tut mir leid, Baby. Wenn ich gewusst hätte, dass sie hier auftaucht, wären wir nicht gekommen."

„Was meinte sie damit, als sie sagte, dass du kürzlich nicht erwähntest, dass du zu Zachs Party gehen würdest?", fragte Sabrina mit einem Stirnrunzeln und steifen Schultern.

Scheiße! Zwei Sekunden in Audreys Gegenwart und sie hatte es geschafft, etwas zu sagen, das ihn bei Sabrina in Schwierigkeiten bringen könnte.

„Nichts, Sabrina. Sie ist einfach nur bösartig und versucht, Unruhe zu stiften, denn sie kann die Tatsache nicht ertragen, dass ich dich liebe."

Er zog sie in seine Arme und brachte seine Lippen über ihre. „Ich liebe dich. Lass dir niemals von jemandem einreden, dass es nicht so ist."

Dann küsste er sie und erstickte damit jeden Protest, den sie hätte äußern können. Als sie ihre Arme um seinen Hals schlang und ihren Körper an ihn presste, wusste er, dass er das Schlimmste verhindert hatte.

Daniel hatte seinem Fahrer, Maurice, angeordnet, auf sie zu warten und sie in der Limousine nach Hause zu fahren, und dafür war er jetzt dankbar, weil es ihm und Sabrina mehr Privatsphäre gab, als es ein Taxi getan hätte.

Während der gesamten Fahrt nach Hause fuhr Daniel fort, Sabrina zu küssen. Er würde es nicht zulassen, dass die Begegnung mit Audrey Sabrinas gute Stimmung zerstörte. Es fiel ihr schwer genug, sich in New York einzuleben.

Als sie seine Wohnung erreichten, schloss er die Tür hinter sich, nahe dran, seine Selbstbeherrschung zu verlieren.

„Lass uns ins Bett gehen", flüsterte er gegen ihre geschwollenen Lippen.

„Ich will aber noch nicht schlafen", murmelte sie, legte ihre Hand auf seinen Po und zog ihn an sich.

„Ich auch nicht."

Sie taumelten ins Schlafzimmer und rissen sich ungeduldig die Kleidung vom Leib. Während Sabrina aus ihrem Kleid schlüpfte, ihr erhitzter Köper nur mit String-Tanga, Strumpfhalter und Strümpfen bekleidet, entledigte sich Daniel seiner Boxershorts.

Sie griff nach den Strapsen, um diese zu öffnen und die Strümpfe auszuziehen, als er ihre Hand umschlang, um sie davon abzuhalten.

Sie sah ihn verwundert an.

„Lass sie an!" Dann hakte er seine Daumen in ihren Slip und streifte ihn nach unten. „Aber das Höschen muss verschwinden."

Als das Kleidungsstück zu Boden fiel, ließ Daniel seine Augen über Sabrinas Körper schweifen.

„Du bist verführerischer als alle Frauen, die mir je begegnet sind", gestand er und streichelte sanft mit seiner Hand über ihre Hüfte.

Sie lächelte und rückte näher, während ihre Hand über seine Brust wanderte und langsam tiefer tauchte, wobei ihre Augen dem Weg ihrer Hand folgten. „Du bist auch nicht so übel."

„Nicht so übel, wie?"

Er nahm ihre Hand und legte sie um seinen voll erigierten Schwanz. „Möchtest du dein Urteil revidieren?"

Sie drückte ihn. „Nicht übel." Sie machte eine Pause und leckte sich über die Lippen. „Tatsächlich habe ich noch nie etwas so Beeindruckendes wie deinen Schwanz berührt."

Bei ihren Worten stöhnte er auf. Er liebte es, wenn sie Worte wie diese benutzte – unanständige Worte – während sie Sex hatten. Das machte ihn noch mehr an. Und jetzt, da er wusste, dass sie zu allen Arten von Experimenten bereit war – etwas, das sie ihm bewiesen hatte, als sie in seinem Büro Sex hatten – erregte es ihn jedes Mal noch mehr, wenn er wusste, dass sie Sex haben würden.

Sabrina hatte sich in eine bessere Verführerin verwandelt, als er es sich jemals erhofft hatte.

„Sag mir", flüsterte sie nun und brachte ihren Kopf näher an sein Ohr. Ihr weicher Atem liebkoste ihn. „Was möchtest du? Soll ich mich auf das Bett legen und meine Beine für dich breitmachen, oder soll ich mich lieber über die Chaiselongue beugen, damit du mich hart von hinten nehmen kannst?"

Daniel schluckte, seine Kehle plötzlich wie ausgetrocknet. Beide Vorschläge schienen gleichermaßen verlockend.

Ihre Hand bewegte sich auf seinem Schwanz auf und ab. „Oder möchtest du lieber, dass ich auf die Knie gehe und deinen Schwanz lutsche?"

Bei ihren Worten stieß sein Schwanz härter in ihre Hand. „Was hast du mit mir vor, Sabrina? Willst du, dass ich komme, bevor ich überhaupt in dir drinnen bin?"

Denn wenn sie weiter so mit ihm sprach, würde das sicherlich passieren.

„Das wollen wir aber nicht", antwortete sie und drückte mit offenem Mund Küsse auf seinen Hals. „Denn ich mag es, wenn du in mir kommst."

„Oh Gott, Sabrina!" Er zog ihren Kopf zu sich und hungrig nach ihr eroberte er ihre Lippen.

Sie öffnete ihren Mund und lud ihn damit ein. Er überfiel sie wie ein Barbar, ohne viel Raffinesse, aber mit Stärke und Entschlossenheit. Er schlang seine Arme um sie, hob sie hoch und trug sie zum Bett, wo er sie auf die Laken legte, während seine Knie ihre Beine auseinander drückten, um sich seinen Platz zu erobern, als er sich über sie beugte.

„Das ist es, was wir miteinander machen werden, mein süßes Callgirl", sagte er, als er seinen Schwanz vor ihrer Muschi positionierte. Er konnte ihre Wärme bereits spüren. Und sie Callgirl zu nennen, fügte dem Ganzen etwas Verbotenes hinzu. „Ich werde in dich hineinstoßen und du wirst mir sagen, wie sehr du meinen Schwanz magst und was du willst, dass ich damit mache."

Ihre Augen durchdrangen ihn und langsam glitten ihre Hände über seinen Rücken, bis sie sich auf seinen Hintern legten. „Und machst du dann auch, worum ich dich bitte?"

„Nur, wenn du richtig fragst."

„Wie?"

„Du musst die richtigen Worte benutzen."

Ihr Mund formte sich zu einem perfekten *O*. Dann senkte sie ihre Lider ein wenig. „Ich will deinen Schwanz in meiner Muschi spüren."

Sabrinas Worte sandten einen Schlag durch seinen Körper und direkt in seine Eier. Unwillkürlich stieß er nach vorne und tauchte in sie ein, bis er ganz in ihr begraben war.

„Fuck!", zischte er, als er spürte, wie sich ihre Muskeln fest um ihn schlossen.

Ein Stöhnen kam von Sabrina. „Es gefällt mir, dass du so groß bist." Sie schlang ihre Beine um ihn und verschränkte ihre Knöchel hinter seinem Hintern. „Tu es noch einmal. Ich möchte spüren, wie dein Schwanz mich aufspießt."

Hitze strömte durch Daniels Körper, als er wieder in sie hineinstieß und sich dann zurückzog, um den nächsten Stoß zu liefern. Vielleicht war es keine gute Idee gewesen, sie zu bitten, unartige Sachen zu ihm zu sagen: Er war bereits nahe am Höhepunkt und er hatte doch gerade erst begonnen.

Er biss die Zähne zusammen, verlagerte sein Gewicht auf seine Ellbogen und seine Knie und sah ihr in die Augen. Sie leuchteten voller Lust und Begierde. Ihre Lippen waren leicht geöffnet und sie atmete schnell und stöhnte, während sich ihr Körper unter ihm wand und ihr Herzschlag schnell gegen ihn hämmerte.

Sie nur unter sich zu spüren, war schon genug, um ihn wild zu machen. Zu wissen, dass sie ihn so sehr wollte wie er sie, war das größte

Aphrodisiakum, das er jemals gekostet hatte. Keine Frau hatte ihn sich jemals so fühlen lassen: vollkommen.

„Ich liebe dich", murmelte er und sah, wie sie ihre Lider hob, um ihn anzusehen.

„Dann nimm mich hart", forderte sie. „Zeig mir, dass du nur mich willst."

„Oh Gott, ja, Sabrina!"

Er eroberte ihre Lippen und vertiefte sich in ihrem leckeren Mund, streichelte seine Zunge gegen ihre und erforschte sie. Wie ein Eroberer nahm er sich, was sie ihm anbot und goss seine ganze Liebe und Leidenschaft in den Kuss, während weiter unten sich seine Hüften synchron mit ihren bewegten. Er stieß in einem Rhythmus in sie ein, der ihn dem Unvermeidlichen entgegentrieb.

Es war verrückt, sie so hart zu nehmen, seinen Schwanz so tief in sie zu stoßen und ihre Hüften so zu ergreifen, dass er noch härter in sie eindringen konnte. Aber sie hatte darum gebeten. Sie hatte es gefordert.

„So?", presste er zwischen zusammengebissenen Zähnen hervor, während er sich verzweifelt an die letzten Fäden seiner Beherrschung klammerte.

„Ja, Daniel, ja!", rief sie aus.

„Ich sollte dich jede Nacht so nehmen!"

Ihr Blick verschmolz mit seinem. „Das solltest du." Ihre Fingernägel gruben sich tiefer in seine Pobacken, drückten ihn härter an sich, damit er seinen Schwanz immer tiefer in sie stieß.

Als ihre Muskeln sich plötzlich um ihn verkrampften, gab es keinen Weg zurück vom Abgrund: Er kam mit heißen und eifrigen Stößen und erreichte gleichzeitig mit Sabrina seinen Höhepunkt. Aber er konnte noch nicht aufhören. Er musste seinen Schwanz weiter in ihre warme, seidene Scheide stoßen und sein Becken gegen ihr Geschlecht schlagen und damit ihre Klitoris nochmals entflammen.

„Oh Gott, nicht schon wieder", bat sie, aber er ließ sich nicht davon abhalten.

„Ja, noch mal, Sabrina", forderte er. „Du bist meine Frau, und ich bin für dein Vergnügen verantwortlich."

Erst als sie wieder schauderte, ihre Augenlider flatterten und ein Stöhnen aus ihrer Kehle kam, verlangsamte er seine Stöße.

Dann küsste er sie sanft auf die Lippen. „Gib mir ein paar Minuten, und ich werde mal sehen, ob wir das noch besser machen können."

„Du bist verrückt", sagte sie atemlos.

„Ja, verrückt nach dir."

21

„Er sagte, Sie wüssten, wer er sei", sagte Frances über die Sprechanlage und klang verärgert. „Er ist sehr unhöflich. Ich würde ihn normalerweise nicht durchstellen, aber das ist schon das dritte Mal in fünf Minuten, dass er anruft und ich fürchte, ich werde zu keiner Arbeit kommen, wenn –"

Daniel seufzte. „Stellen Sie ihn durch, Frances. Ich werde mich um ihn kümmern, wer auch immer er ist." Er fuhr sich mit der Hand durchs Haar.

Es klickte in der Leitung. „Daniel Sincl –"

„Sie verdammter Hurensohn!", unterbrach ein wütender Mann.

Daniel schoss von seinem Schreibtisch hoch und seine Hand ballte sich sofort zu einer Faust. „Hannigan!"

„Sie glauben wohl, Sie können mit mir spielen? Sie denken, dass Sie sich hinter einer Frau verstecken können. Feigling!"

Er hatte keine Ahnung, wovon Hannigan redete. „Was zum Teufel wollen Sie?"

Es klang, als knurrte Hannigan. „Ihr verdammtes Flittchen hat mir diese Miststücke auf den Leib gehetzt. Als ob Sie das nicht wüssten! Sie hinterhältiges Arschloch!"

Wütend spannte Daniel seinen Kiefer an. „Wenn Sie sie noch einmal Flittchen nennen, steige ich in den nächsten Flieger nach San Francisco und mache dort weiter, wo ich das letzte Mal aufgehört habe." Und dieses Mal würde Hannigan einen Krankenwagen benötigen.

Ein kurzer Atemzug kam durch die Leitung. „Sie können diesem Luder ausrichten, dass ich ihr das eines Tages heimzahlen werde."

„Lassen Sie Sabrina aus dieser Sache heraus. Sie hat nichts damit zu tun!"

Hannigan schnaubte. „Wirklich? Darum hat sie auch die Weiber aus dem Büro aufgehetzt und droht mir, mich zu verklagen, wenn ich die Klage gegen Sie nicht zurückziehe."

Daniel war für einen Moment sprachlos.

„Ja, die verdammte Schlampe hat alle Sekretärinnen in der Firma dazu gebracht, Aussagen gegen mich zu machen. Unbegründete Aussagen!", brüllte er so laut ins Telefon, dass Daniel den Hörer weit von seinem Ohr weghalten musste. „Ich ziehe die verdammte Klage zurück! Sind Sie jetzt zufrieden?"

Bevor Daniel antworten konnte, erklang ein Klicken in der Leitung. Hannigan hatte aufgelegt.

Schockiert ließ er sich wieder in seinen Sessel fallen. Als die Tür aufging, drehte er den Kopf in deren Richtung.

„Alles in Ordnung?", fragte Frances, ein besorgter Blick auf ihrem Gesicht.

Benommen nickte er. „Das war Hannigan."

„Der Mann, der Sie verklagt?"

„Er hat die Klage zurückgezogen."

„Na, dann herzlichen Glückwunsch. Der neue Anwalt aus San Francisco muss ausgezeichnet sein."

„Ja, der Anwalt ist ein Genie." Doch Daniel sprach nicht von dem Anwalt, den Tim ihm empfohlen hatte, sondern von einer wesentlich verlockenderen Anwältin: Sabrina.

Sabrina hatte dies für ihn getan. Sie hatte hinter seinem Rücken mit den weiblichen Angestellten von Brand, Freeman und Merriweather gesprochen und sie davon überzeugt, Aussagen gegen Hannigan zu machen. Sie hatte all dies arrangiert, wohlwissend, dass Hannigan keine andere Wahl hatte, als zu kapitulieren, wenn er nicht tief in der Scheiße landen wollte.

Daniel war klar, dass er Sabrina völlig unterschätzt hatte.

„Frances, ich nehme mir für den Rest des Tages frei."

Er stand auf und schnappte sich seine Jacke, dann eilte er aus dem Büro. Er konnte es kaum erwarten, Sabrina für das zu danken, was sie für ihn getan hatte.

———

HOLLY SOLLTE in etwa zwei Stunden ankommen. Sabrina hatte den frühen Nachmittag in der Küche verbracht und das Abendessen vorbereitet, da sie wusste, dass Holly nach einem sechsstündigen Flug keine Lust haben würde, auszugehen. Sie konnte es kaum erwarten, Holly wiederzusehen, Zeit mit ihr zu verbringen und über alles Mögliche zu quatschen.

Sabrina legte den Deckel auf den Topf und stellte den Topf in den Kühlschrank, als es an der Tür klingelte. Sie schloss die Kühlschranktür und fragte sich, ob Maurice, der Fahrer, der sie zum Flughafen bringen würde, etwas zu früh dran war.

„Komme schon!", rief sie und eilte zur Tür. „Ich bin noch nicht ganz fertig, Maurice."

Sie machte die Tür weit auf und hielt in ihrer Bewegung inne. „Oh, Sie sind nicht Maurice."

Der FedEx-Mitarbeiter warf ihr einen verwirrten Blick zu, dann reichte er ihr einen großen Umschlag. „Lieferung für Sabrina Palmer."

„Das bin ich." Sie nahm den Umschlag entgegen.

„Unterschreiben Sie hier!"

Sabrina nahm den Kunststoffstift und kritzelte ihren Namen auf die glatte Oberfläche.

„Einen schönen Tag noch", sagte er und verschwand.

Sabrina schloss die Tür und blickte auf den dünnen Umschlag. Der

Absender war eine Firma in New York, die sie aber nicht kannte. Achselzuckend riss sie den Umschlag auf und spähte hinein.

Zuerst dachte sie, dass das Kuvert leer wäre, aber dann fand sie ein Foto darin und zog es heraus.

Ihr Herz blieb fast stehen und ihr Atem stockte.

Sie hielt ein Foto von Daniel und Audrey in ihren Händen. Hinter Daniel sah sie BHs hängen, was darauf hinwies, dass sich die beiden in einem Wäscheladen befanden. Aber das wäre nicht das Schlimmste gewesen. Nein, schlimmer war, dass Daniels Hand besitzergreifend auf Audreys Brust lag, dass seine Hand ihren Busen drückte, während Audreys Hand auf seinem Nacken lag und ihre Finger in sein Haar griffen, als ob sie ihn streichelte.

Der Schock brachte ihre Beine zum Zittern. So, wie Audrey ihren Arm angewinkelt hatte, konnte man unmöglich erkennen, ob die beiden sich küssten, aber aufgrund des geringen Abstandes zwischen ihren Köpfen konnte Sabrina nur das Schlimmste annehmen.

Sabrina schluckte die Übelkeit hinunter, die ihre Kehle hochkam und stützte sich mit einer Hand auf dem Beistelltisch im Foyer ab. Ihre Hände zitterten und die Tränen drohten, sie zu überwältigen.

Atme, befahl sie sich. Vielleicht war es ein altes Foto. Es hätte leicht vor ein paar Monaten gemacht worden sein können, als Daniel und Audrey noch zusammen gewesen waren. Es musste nichts bedeuten.

Etwas ruhiger schaute sie wieder auf das Bild und betrachtete es genauer, um irgendwelche Anzeichen zu finden, die darauf deuteten, wann es gemacht worden war. Sie drehte es um, aber es gab kein Datum auf der Rückseite. Sie drehte es wieder nach vorne und konzentrierte sich darauf, wie Daniel und Audrey sich umarmten.

Nein, sie konnte es nicht glauben. Es musste ein altes Bild sein, und wer immer es ihr geschickt hatte, wollte ihr einen Streich spielen, damit sie Daniel verlassen würde. Wahrscheinlich hatte Audrey selbst ihr das Bild geschickt. Wer sonst würde versuchen, sie und Daniel auseinanderzubringen? Hatte Audrey nicht selbst gesagt, dass Daniel wieder zu ihr zurückkommen würde? Versuchte Audrey es auf diese Weise? Indem sie ihr ein altes Bild schickte und versuchte, ihr glauben zu machen, es wäre neu?

Sabrina sah genauer hin und erkannte Schilder für einen Ausverkauf auf einem der Warentische, aber sie konnte nicht sehen, um welche Art von Ausverkauf es sich handelte. Außerdem gab es praktisch jede Woche irgendeinen Ausverkauf. Das würde ihr nicht dabei helfen, das Datum festzulegen, an dem dieses Foto gemacht worden war.

Sie begutachtete Audreys makelloses Aussehen: perfektes Make-up, viel Schmuck und teure Kleidung. Ihre Handtasche hatte wahrscheinlich mehr gekostet, als eine Verkäuferin im Monat verdiente.

Sabrina spottete: „Hässliches Ding!"

Ihre Augen fielen plötzlich auf etwas, das fehl am Platz war: Eine Zeitung ragte aus Audreys Handtasche heraus.

Sie las die Schlagzeile und erkannte sie. Sie hatte den Artikel an dem Tag gelesen, als sie Paul Gilbert bei Bloomingdale's begegnet war.

Verzweiflung machte sich in ihr breit: Das Foto war neu, tatsächlich war es erst vor ein paar Tagen gemacht worden. War das der Grund, warum Daniel nie abends zuhause war, weil er sich immer noch mit Audrey traf?

Ein Schluchzen riss sich aus ihrer Brust.

Daniel betrog sie. Mit seiner Ex-Freundin!

Wie konnte er ihr das nur antun? Warum hatte Daniel sie gebeten, mit ihm zusammenzuziehen, wenn er weiter mit Audrey zusammen sein wollte?

„Warum?", würgte sie mit einem weiteren Schluchzen heraus.

War all dies nur ein Spiel für ihn gewesen, um zu sehen, wie weit er mit einer Frau gehen konnte, die sich einmal als Callgirl ausgegeben hatte? War dies eine Revanche für ihre frühere Täuschung? Dafür, dass sie vorgegeben hatte, ein Callgirl zu sein? Dafür, dass sie ihn belogen hatte, wer sie war?

Ein schrecklicher Gedanke kam ihr: Was, wenn dies eine Wette war, die er und seine Freunde vom Club der ewigen Junggesellen sich ausgedacht hatten? Hatte er ihnen die Wahrheit darüber erzählt, wie sie sich kennengelernt hatten? Hatten sie deshalb alle mit ihr geflirtet?

Hatte er mit ihnen gewettet, dass er zwei Frauen gleichzeitig haben konnte?

Sie fühlte sich hintergangen. Sie hatte Daniel nur um zwei Dinge gebeten, als sie zugestimmt hatte, mit ihm nach New York zu ziehen: seine Liebe und seinen Respekt. Es schien, dass er nie vorgehabt hatte, ihr diese beiden Dinge zu geben.

Beim Geräusch eines Schlüssels im Schloss wirbelte sie ihren Kopf in Richtung Eingangstür.

Daniel trat ein, einen riesigen Strauß roter Rosen in der Hand. „Hallo, Baby", begann er. Dann starrte er sie besorgt an. „Was ist los, Sabrina?"

Seine Stimme war voller Panik, als er auf sie zueilte und mit seiner freien Hand nach ihr griff.

„Wie konntest du nur?" Sie drückte ihm das Foto in die Hand. „Ich habe dir vertraut!"

Sie warf einen Blick auf die Blumen und fühlte noch mehr Wut in sich hochkochen. Wenn eine Sache nach Schuldeingeständnis stank, dann war es ein Mann, der seiner Freundin ohne besonderen Grund Blumen schenkte. An dem starken Duft erstickte sie fast.

„Was ist das?" Seine Augen schossen von ihr zu dem Foto in seiner Hand.

Sie spürte, wie sich ein weiteres Schluchzen seinen Weg nach oben bahnen wollte und schnappte ihre Handtasche vom Tisch, stürmte hinaus und eilte zum Aufzug. Hektisch drückte sie die Taste. Die Türen öffneten sich sofort, da der Aufzug immer noch auf der Etage war, nachdem Daniel ihn gerade benutzt hatte. Sie eilte hinein.

„Sabrina! Ich kann das erklären! Es ist nicht so, wie es aussieht!" Daniel lief ihr nach.

Es war nicht so, wie es aussah? Konnte er sich nichts Besseres einfallen lassen? Es war genau so, wie es aussah: Daniel betrog sie.

Sie drückte wiederholt auf den *Türe schließen*-Knopf und die Türen schlossen sich, bevor er sie erreichen konnte.

Als der Aufzug ihre Etage verließ, hörte sie Daniel fluchen. Sabrina lehnte sich an die Wand, unfähig, das Schluchzen weiter zu unterdrücken.

Was würde sie jetzt tun? An wessen Schulter würde sie sich ausweinen?

Als sie auf die Straße trat und sich umsah, wurde ihr die Ausweglosigkeit ihrer Situation bewusst. Sie war allein. Allein in einer fremden Stadt. Ohne Freunde. Ohne Liebe.

Ohne Daniel.

22

"Verdammt!"

Daniel trat gegen die Wand, als sich die Aufzugstüren schlossen und Sabrina aus seinem Blickfeld verschwand. Er hielt noch immer das Foto von sich und Audrey in der Hand. Als Sabrina es ihm in die Hand gedrückt hatte, hatte er einen Moment gebraucht, um zu erkennen, was es war und was Audrey getan hatte.

Leider hatte Sabrina ihm keine Gelegenheit gegeben, ihr die Sache zu erklären. Sie war einfach abgehauen. Und er hatte keine Ahnung, wohin. Sie kannte niemanden in der Stadt.

Er strich das Foto glatt und betrachtete es noch einmal. Wie hatte er nur so dumm sein können, nicht zu erkennen, was Audrey geplant hatte? Sie war nicht darauf aus gewesen, ihn zu verführen, nein, sie hatte versucht, ihn in eine Situation zu bringen, die aussah, als wären sie miteinander intim.

Und verdammt noch mal, für jeden, der die Szene nicht mit eigenen Augen miterlebt hatte, würde das Foto genau das zeigen. Verdammt, es sah so aus, als küssten sie sich leidenschaftlich, und mit Daniels Hand auf Audreys Brust sah es aus, als wären sie wenige Minuten davor, sich die Kleider vom Leib zu reißen.

Audrey würde dafür bezahlen.

Aber zuerst musste er Sabrina finden. Er warf die Rosen und das Foto achtlos auf einen Stuhl, dann schloss er ab.

Nach einer einzelnen Person in New York zu suchen, war genauso aussichtslos, wie eine Nadel im Heuhaufen zu suchen.

Als er nach draußen ging, wählte er Sabrinas Handynummer. Sie nahm nicht ab. Das hatte er erwartet.

Er hinterließ eine Nachricht. „Bitte, Sabrina, wir müssen reden. Audrey hat das alles nur angezettelt. Es ist ein Trick. Bitte ruf mich zurück."

Daniel winkte ein Taxi heran und stieg ein.

„Wohin?"

Für einen Moment versuchte Daniel, seinen Geist zu beruhigen, und fragte sich, wo Sabrina hingehen würde. „Zum Metropolitan Museum."

Es hatte ihr dort gefallen. Vielleicht würde sie dorthin gehen, um sich zu beruhigen.

Nachdem er das Museum eine Stunde lang abgesucht und keine Spur von Sabrina gefunden hatte, ging Daniel in Richtung Central Park. Es war kurz vor Sonnenuntergang und der Gedanke, dass sie alleine zu Fuß im Park war, machte ihm Angst. Nach einer kurzen Suche gab er es auf. Sabrina war eine vernünftige Person. Sie würde nicht nachts durch den Park laufen. Sie wusste, wie gefährlich es war.

Daniel stieß einen Atemzug aus und fuhr sich mit der Hand durchs Haar.

Er rief nochmals auf ihrem Handy an, in der Hoffnung, dass sie sich inzwischen ein wenig beruhigt hatte, aber sie hob immer noch nicht ab.

Vielleicht war sie einkaufen gegangen. Jedes Mal, wenn er und Audrey eine Meinungsverschiedenheit hatten, hatte sie sich einer Einkaufstherapie unterzogen, wie sie es nannte. Vielleicht tat Sabrina das gleiche, auch wenn er sich das aus irgendeinem Grund nicht vorstellen konnte. Sie war nicht der Typ. Sie war nicht wie Audrey oder wie andere Frauen. Sabrina war einzigartig.

Nein, sie würde nicht einkaufen gehen.

„Oh, Sabrina, wo bist du, mein Liebling?", murmelte er vor sich hin. „Ich brauche dich."

Mehrere Stunden waren bereits vergangen, seit Sabrina aus der Wohnung gestürmt war. Was, wenn sie wieder nach Hause gegangen war? Sie musste wissen, dass er nach ihr suchen würde. Was, wenn sie nach Hause gegangen war und jetzt ihre Sachen packte, um wieder nach San Francisco zurückzukehren?

Nachdem ein Taxi ihn vor seinem Wohngebäude abgesetzt hatte, öffnete er die Tür zur Lobby.

„Na, das wurde ja auch Zeit!", ertönte eine verärgerte weibliche Stimme zur Begrüßung.

Sein Kopf wirbelte in ihre Richtung. „Holly! Was machst du hier?"

Holly stand mit einem großen Koffer und einem kleineren Handgepäck-Trolley in der Lobby. Sie war eine atemberaubende Blondine mit blauen Augen und vollen Lippen, die die Männer dazu verlocken konnte, all ihre Hemmungen darüber, mit einem Callgirl zusammen zu sein, in den Wind zu werfen. Zum Glück war Daniel nicht anfällig für ihre Reize.

Holly zeigte auf den Pförtner. „Er hat mich nicht in die Wohnung hinauf gelassen. Er sagte, ich sei nicht auf der Liste. Geradezu unhöflich!"

Daniel schob eine Hand durch sein Haar und ging auf sie zu. Er umarmte sie schnell.

„Es tut mir leid, Holly." Dann blickte er zu Harvey, dem Pförtner. „Harvey, können Sie bitte Miss Foster auf die Liste der Gäste setzen, die jederzeit unangemeldet kommen dürfen."

Harvey nickte pflichtbewusst. „Natürlich, Sir."

„Danke." Daniel griff nach Hollys Koffer. „Lass mich den nehmen. Komm rauf."

Er führte sie zum Aufzug.

„Wo ist Sabrina? Sie hat versprochen, mich mit dem Fahrer vom Flughafen abzuholen", sagte sie, trat in den Aufzug und zog ihr Handgepäck hinter sich her.

Daniel drückte auf den Knopf für seine Etage und wartete, bis sich die Tür geschlossen hatte, bevor er auf ihre Frage antwortete.

„Es tut mir leid. Hätte ich das gewusst, dann hätte ich den Fahrer selbst geschickt."

Holly runzelte die Stirn. „Was meinst du damit? Wenn du was gewusst hättest?"

Daniel seufzte. „Sabrina ist vor ein paar Stunden weggelaufen."

„Was?" Hollys Kinnlade fiel herunter und sie starrte ihn an.

Der Aufzug kam mit einem sanften *Ping* an. Einen Augenblick später öffneten sich die Türen. Daniel deutete auf den Flur und wartete, bis Holly aus dem Aufzug stieg, dann folgte er ihr.

„Fang mal an zu erklären!", forderte sie ungeduldig.

Er griff nach seinem Schlüssel und öffnete die Tür. „Komm rein. Es ist einfacher, wenn ich es dir zeige, anstatt es dir zu erklären."

„Was hast du ihr angetan?", fragte Holly misstrauisch, als sie in die Wohnung trat und sich umsah.

Er fühlte einen Schauer über seinen Rücken ziehen, eine Abwehrreaktion seinerseits. „Ich habe ihr nichts angetan. Es war ein Missverständnis."

Er stellte Hollys Koffer ab, schloss die Wohnungstür hinter sich und zeigte auf den Stuhl, auf dem er die Blumen und das Foto zurückgelassen hatte.

„Das ist passiert. Das Foto kam heute mit der Post für sie."

Holly nahm das Bild und strich es mit ihrer Handfläche glatt. Dann brachte sie es näher zu ihrem Gesicht und betrachtete es gründlich.

„Oh mein Gott!"

Daniel zuckte zusammen. „Es ist nicht so, wie es aussieht!" Ach, warum gab er sich überhaupt die Mühe? Es würde ihm sowieso niemand glauben. Am allerwenigsten Sabrinas beste Freundin.

„Audrey, nehme ich an?"

„Ja." Daniel war sich bewusst, dass Sabrina ihrer Freundin alles über seine Trennung von Audrey erzählt hatte.

„Ich kann nicht glauben, dass du so dumm bist!", sagte sie und schüttelte den Kopf.

„Was meinst du damit?"

„Ich gehe davon aus, dass dieses Foto nicht mit Photoshop bearbeitet wurde."

Er schüttelte den Kopf. „Nein, ich fürchte, der Vorfall ist wirklich passiert. Audrey hat mich in einem Kaufhaus überrascht und in die Enge getrieben. Aber ich habe nichts –"

„Natürlich nicht", unterbrach ihn Holly und hielt das Foto hoch. „Das Foto ist eindeutig gestellt. Und ich kann nicht glauben, dass dir das nicht bewusst war, als es passiert ist."

Daniel hob die Augenbrauen, überrascht von Hollys Worten. „Natürlich ist es gestellt, aber woher weißt du das?"

„Ganz einfach: Audrey ist mit ihrem Erscheinungsbild sehr sorgfältig. Perfekt gestylte Haare, professionelles Make-up, gepflegte Nägel ... und ein Outfit, das garantiert mehr als mein Auto gekostet hat. Und ihre Handtasche? Mehr als eine Monatsmiete in San Francisco."

„Ja, das ist Audreys Stil."

„Genau! Keine Frau, die so besorgt um ihr Aussehen ist, würde es dadurch vermasseln, eine Zeitung in ihre Handtasche zu stopfen." Holly kicherte. „Ich wette, sie liest sowieso nur die Gesellschaftsnachrichten."

Daniel beugte sich über das Foto in Hollys Hand und betrachtete es genauer.

„Verdammt!", murmelte er. Er zeigte auf die Schlagzeile, die er deutlich ausmachen konnte. „Sie hat die Zeitung so hineingesteckt, damit man sie sehen kann und damit Sabrina ganz einfach herausfinden konnte, dass das Bild erst vor ein paar Tagen gemacht wurde."

„Genau. Audrey hatte das geplant. Außerdem musste sie einen Fotografen dabei gehabt haben, der heimlich Fotos gemacht hat."

„Dieses hinterhältige, intrigante –"

Holly legte ihre Hand auf seinen Unterarm. „Später. Du hast gesagt, das Foto war an Sabrina adressiert, nicht an dich?"

Er nickte und zeigte auf den Umschlag, der immer noch auf dem Boden lag.

„Wenn Audrey dich hätte erpressen wollen, dann hätte sie es an dich geschickt. Aber da sie es an Sabrina geschickt hat, hat sie deutlich gemacht, was sie will: Sie will, dass Sabrina dich verlässt."

Daniel seufzte. „Sabrina hat mir keine Gelegenheit gegeben, die

Sache zu erklären. Sie ist einfach weggelaufen. Ich habe in der ganzen Stadt nach ihr gesucht. Sie geht nicht an ihr Handy. Ich bin krank vor Sorge und ich weiß nicht, was ich tun soll."

„Natürlich will sie nicht mit dir sprechen. Aber mit mir wird sie reden."

„Und wie willst du sie dazu bringen, dir zuzuhören?"

„Ich bin diejenige, die sie überzeugt hat, so zu tun als sei sie ein Callgirl, schon vergessen? Ich bin auch diejenige, die sie nach dem ersten Vorfall mit Audrey überredet hat, dir noch eine Chance zu geben. Und wenn meine Erinnerung mich nicht trügt, war ich auch diejenige, die sie davon überzeugt hat –"

„Okay, okay, ich verstehe. Du kannst Sabrina von allem überzeugen. Aber das löst immer noch nicht das Problem, sie zu finden. Und du kennst dich in der Stadt nicht aus."

„Ich muss sie doch nicht finden. Alles, was ich tun muss, ist sie anzurufen."

Daniel schüttelte den Kopf. „Sie geht nicht an ihr Handy."

„Wenn *du* anrufst, aber meinen Anruf wird sie beantworten. Denn sie braucht eine Schulter zum Ausweinen. Ich bin diese Schulter", behauptete Holly und deutete auf sich.

Daniel seufzte. „Okay. Und was kann ich tun?"

„Du, mein lieber Freund, kannst zwei Dinge tun. Zuerst gehst du zu Audrey und konfrontierst sie mit der Sache."

„Und was soll das bewirken?"

„Überlass das mir." Holly lächelte verschmitzt. „Und zweitens –" Sie zog einen Stift aus ihrer Handtasche und reichte ihn Daniel. „Ich brauche ein paar Informationen."

„Information?"

„Ja." Sie zeigte auf die Rückseite des Bildes. „Fang an zu schreiben."

23

Als Daniel bei Audreys Wohnung ankam, hatte er kein Problem, den Aufzug bis zu ihrer Etage zu nehmen: Der Pförtner hielt ihn nicht auf. Es schien, dass Audrey seinen Status als Dauergast nicht widerrufen hatte, scheinbar in der Hoffnung, dass er wieder zu ihr zurückkommen würde.

Als er vor ihrer Tür stand, nahm er einen tiefen Atemzug, bevor er klingelte. Er wartete ungeduldig und seine Finger schwebten bereits über der Türklingel, um ein zweites Mal zu klingeln, als die Tür plötzlich aufging.

Audreys Haushälterin, Betty, begrüßte ihn. „Oh, Mr. Sinclair, Sie sind wieder da!" Sie klatschte in die Hände und lächelte ihn an. „Es ist schön, Sie wiederzusehen. Ohne Ihr nettes Gesicht ist es nicht dasselbe hier." Sie führte ihn hinein. „Miss Audrey wird sich freuen, Sie zu sehen."

Er bezweifelte das, aber er hielt sich davon ab, Betty gegenüber einen Kommentar abzugeben. „Danke, Betty. Würden Sie ihr bitte sagen, dass ich sie sehen möchte?"

„Natürlich."

Sie marschierte in Richtung des Schlafzimmers. Wäre er noch mit Audrey zusammen gewesen, dann wäre er ihr gefolgt, doch er wusste mit absoluter Sicherheit, er würde niemals wieder einen Fuß in ihr Schlafzimmer setzen.

Während er wartete, sah er sich in Audreys opulent ausgestattetem Wohnzimmer um. Er hatte ihren überkandidelten Geschmack noch nie gemocht, genauso wenig wie den schweren Geruch von Parfüm, der immer in ihrer Wohnung hing.

Sabrina trug nie viel Parfüm. Stattdessen lockte sie ihn mit dem natürlichen Duft ihres Körpers, einem Duft, von dem er nicht genug bekommen konnte.

„Na, endlich bist du wieder da", schnurrte Audrey.

Er drehte sich um und sah, wie sie in den offenen Wohnbereich schritt, als ginge sie auf einem Laufsteg. Sie war ebenso spärlich bekleidet wie ein Victoria's Secret Modell, das die neuesten Dessous vorführte. Der Seidenmorgenrock, den sie über ihren BH und ihren Slip geworfen hatte, enthüllte mehr, als er verdeckte. Offensichtlich hatte sie ihn bereits erwartet und sich darauf vorbereitet, ihn zu verführen.

Er kniff die Augen zusammen. „Ja, ich bin wieder da. Ich bin da, um dir ein für allemal etwas klarzumachen. Denn dieses Mal bist du zu weit gegangen."

„Im Gegenteil. Ich bin noch nicht weit genug gegangen." Sie löste den Gürtel ihres Morgenrocks.

„Das wird nicht funktionieren", warnte er sie. „Spar es dir!"

Sie stieß ein Lachen aus, das er früher verführerisch gefunden hätte. Nun bewirkte es das Gegenteil bei ihm.

„Sei dir nicht so sicher. Ich weiß, was du möchtest. Und ich bin bereit, dir zu geben, was du brauchst." Sie ließ den Morgenrock von ihren Schultern gleiten und zu ihren Füßen fallen. Dann hob sie ein Bein und stellte ihren Fuß, der in einem Stöckelschuh steckte, auf einen Schemel.

„Ich bin bereit, fast alles für uns zu tun."

„Es gibt kein uns!", korrigierte er sie, seine Stimme noch eisiger als zuvor.

„Es wird bald wieder ein uns geben, sobald du das kleine Luder nach Hause geschickt hast."

„Das wird nie passieren!"

Sie lachte. „Na ja, vielleicht musst du sie ja gar nicht nach Hause schicken. Vielleicht geht sie ja von selbst. Ich bin sicher, mein kleines Geschenk hat ihr einen kleinen Schubs in die richtige Richtung gegeben."

Nun riss der Geduldsfaden endgültig bei ihm. „Du verdammtes, doppelzüngiges Miststück!" Er spürte, wie sein Gesicht rot wurde und eine Unmenge an Adrenalin durch seine Adern schoss. „Wir beide wissen, dass du das Bild gestellt hast, damit es so aussieht, als wären wir zusammen."

„Natürlich. Du warst an jenem Tag ja nicht gerade sehr entgegenkommend mit deiner Zuneigung. Ich versuche ja nur, dir zu der Einsicht zu verhelfen, was für einen Fehler du gemacht hast, indem du dich mit dieser Frau eingelassen hast. Ich mache es dir nur einfacher, dich aus dieser unglücklichen Beziehung zu befreien."

Audrey machte ein paar Schritte auf ihn zu. „Wir gehören zusammen, Daniel. Und du solltest inzwischen wissen, dass ich immer bekomme, was ich will."

„Nicht dieses Mal, Audrey. Nicht von mir. Du hast deine Wahl getroffen, als du mit Judd ins Bett gegangen bist." Er funkelte sie an und ballte die Hände zu Fäusten. Seine Fingernägel gruben sich in seine Handflächen. „Und ehrlich gesagt, hast du mir damit einen Gefallen getan. Mit uns war es schon aus, bevor du mit Judd geschlafen hast."

„Judd bedeutet mir nichts. Er war nur ein Mittel, um deine Aufmerksamkeit zu bekommen."

„Oh, meine Aufmerksamkeit hast du bekommen. Aber dein Plan ging nach hinten los, genau wie diese kleine Eskapade nach hinten losgehen wird. Denn obwohl mein Stolz verletzt war, als ich dich mit Judd überraschte, hätte ich doch gleichzeitig nicht erleichterter sein können. Aber dieses Mal hast du Sabrina wehgetan, und ich werde es nicht erlauben, dass du die Frau verletzt, die ich liebe."

Er nahm einen Schritt auf sie zu, sein Kinn verkrampft und seine Augen lodernd vor Wut.

SABRINA ÜBERPRÜFTE DIE ADRESSE, die Holly ihr gegeben hatte, ein zweites Mal, um sicherzugehen, dass sie richtig war. Sie stand vor einem Wohnhaus, das um die Jahrhundertwende gebaut worden sein musste. Holly hatte sie in ihrer telefonischen Nachricht gewarnt, dass sie sich an dem Pförtner vorbeischleichen müsste, da Holly scheinbar niemandem erlauben durfte, die Wohnung zu benutzen. Es schien, dass einer von Hollys Kunden ihr seine Wohnung überließ, aber nicht wollte, dass während seiner Abwesenheit wilde Parties stattfanden.

Dankbar, dass Holly so kurzfristig eine Unterkunft gefunden hatte, beobachtete Sabrina den Pförtner von draußen. Irgendwann würde der Mann auch zur Toilette gehen müssen und dann könnte sie sich hineinschleichen, ohne gesehen zu werden, und den Aufzug nehmen.

„Entschuldigen Sie bitte, Ma'am", sagte jemand hinter ihr.

Sie wirbelte herum und trat sofort zur Seite, um den UPS-Angestellten mit seinem Wägelchen, das mit Paketen beladen war, vorbeizulassen. Er rollte es in die Lobby und ging zum Empfang. Sabrina erkannte ihre Chance und wartete noch ein paar Sekunden, bevor sie ihm folgte.

Als der Pförtner auf die Papiere blickte, die der Lieferant ihm reichte, schlich Sabrina nach rechts, wo sie ein Schild, das auf einen Aufzug deutete, sah. Sie drückte den Knopf und ein leiser *Ping* kündigte an, dass der Aufzug schon im Erdgeschoss war. Die Türen öffneten sich.

„Miss? Wen wollen Sie besuchen?", rief der Pförtner plötzlich.

Sabrina eilte schnell nach drinnen und drückte den Knopf der Etage, die Holly ihr gegeben hatte, und dann auf den Knopf, auf dem *Türe schließen* stand.

„Miss! Sie müssen sich anmelden!"

Aber die Türen schlossen sich, bevor der Pförtner zu ihr eilen und sie stoppen konnte. Erleichtert holte sie tief Luft und sah, wie die Tasten der einzelnen Etagen aufleuchteten, bis der Aufzug endlich anhielt und die Türen sich öffneten.

Sie fand die richtige Wohnungstür und drückte auf die Klingel, begierig darauf, hineingelassen zu werden, bevor der Pförtner sie erwischen konnte.

Die Tür wurde schnell aufgemacht, doch nicht von Holly, wie sie erwartet hatte. Eine ältere Frau mit einer Schürze sprach sie an: „Kann ich Ihnen helfen?"

Vielleicht kam die Wohnung mit Personal? „Ja, ich sollte hier meine Freundin Holly treffen."

Die Augenbrauen der Frau zogen sich zusammen. „Ich fürchte, unter dieser Adresse gibt es keine Holly. Sie müssen die falsche Wohnungstür erwischt haben."

Sabrina starrte nochmals auf die Nummer an der Tür. „Nein, das ist die richtige Wohnung. Vielleicht hat Ihr Arbeitgeber nicht erwähnt, dass Holly die Wohnung für ein paar Tage benutzen wird."

„Das ist unmöglich. Miss Audrey hat noch nie jemanden mit dem Namen Holly erwähnt. Sie müssen –"

„Audrey?", würgte Sabrina hervor.

Plötzlich hörte sie laute Stimmen aus dem Inneren der Wohnung. Es gab keinen Zweifel, wem die männliche Stimme gehörte: Daniel.

Sabrina drängte sich an der Frau vorbei, während diese vehement protestierte.

„Sie können nicht einfach so hier hereinplatzen!"

„Daniel?", murmelte Sabrina leise vor sich hin und folgte der Richtung, aus der die Stimmen kamen.

„Du wirst mir gar nichts antun, Daniel. Egal, was du sagst, ich weiß, dass du immer noch Gefühle für mich hast. Warum sonst wärst du denn hier?"

„Das einzige Gefühl, das ich für dich hege, ist Abscheu. Es ist aus, Audrey, es ist schon seit langem mit uns aus."

Sabrina hatte nur einmal zuvor Daniels Stimme so kalt und unnachgiebig gehört: als er Audrey in seinem Hotelzimmer in San Francisco vorgefunden hatte. Damals hatte er genauso geklungen. Gleichzeitig bestätigten seine Worte noch etwas anderes: Er war fertig mit Audrey.

„Du willst mich noch immer!", fuhr Audrey fort. "Was siehst du denn in ihr? Sie hat nichts! Sie ist ein Niemand, ein Luder!"

„Kein weiteres Wort mehr! Ich liebe Sabrina mehr als mein Leben und ich werde nicht zusehen, wie du sie heruntermachst. Sie ist alles, was du nicht bist, Audrey! Sie hat ein Herz, Mitgefühl, Klasse. Und noch etwas anderes: Ihr gehört meine Liebe."

Sabrinas Herz entfachte vor Freude. Daniel liebte sie. Er hatte keine Affäre mit Audrey.

Sie hatte den Eingang zu einem übergroßen Wohnzimmer erreicht und sah Audrey Daniel gegenüberstehen. Bei Audreys Erscheinung blieb Sabrinas Herz fast stehen: Mit Ausnahme von knappen Dessous und Stöckelschuhen war sie nackt! Sie war sichtlich darauf aus, Daniel zu verführen. Aber zu Sabrinas Freude blickte dieser sie nur finster an.

„Ja, und nichts wird jemals etwas daran ändern. Wenn du glaubst, dass du uns mit einem gestellten Foto auseinanderbringen kannst, und versuchst, Sabrina damit glauben zu machen, dass ich noch mit dir zusammen bin, dann überdenk die Sache besser noch mal. Ich werde dafür sorgen, dass sie herausfindet, dass nichts zwischen uns läuft."

Audrey spottete: „Und wie willst du das anstellen?"

„Er wird überhaupt nichts machen müssen", sagte Sabrina fest und trat in den Raum.

Sowohl Audrey als auch Daniel drehten die Köpfe in ihre Richtung und bemerkten sie erst jetzt.

„Verdammt!", zischte Audrey. Dann bückte sie sich und hob das Gewand auf, das auf dem Boden lag, und warf es sich über. „Betty", schrie sie. „Ruf den Sicherheitsdienst und lass dieses Miststück aus meiner Wohnung werfen!"

„Nicht nötig", sagte Sabrina ruhig. „Ich habe nicht vor zu bleiben. Ich bin nur gekommen, um zurückzuholen, was mir gehört." Sie sah Daniel an und lächelte.

Seine Lippen formten sich zu einem Lächeln und er kam auf sie zu.

„Du meinst, du bist gekommen, um zu stehlen, was *mir* gehört," schrie Audrey. „Du hast ihn *mir* weggenommen!

„Nein, Audrey, er hat dir niemals gehört. Wenn du jemals wieder versuchst, zwischen mich und Daniel zu kommen, werde ich dir deine Augen auskratzen. Verstehst du das?"

Audrey kniff die Augen zusammen. „Raus aus meiner Wohnung! Alle beide!"

„Gerne."

Daniel nahm Sabrina bei der Hand und führte sie durch die Tür und vorbei an der älteren Frau, die im Foyer stand. Beim Aufzug blieb er stehen.

„Sabrina", murmelte er und zog sie in seine Arme, um sie fest an sich zu drücken.

Alle Angst und Anspannung verschwanden bei dem Gefühl, seine Arme und seine Lippen zu spüren. „Sabrina, es tut mir so leid, Baby. Audrey hat all das angezettelt, um uns auseinanderzubringen."

„Das weiß ich jetzt", antwortete sie und sah ihm in die Augen.

„Ich habe in der ganzen Stadt nach dir gesucht. Ich habe mir Sorgen gemacht."

„Es tut mir leid, dass ich weglief, aber zu denken, dass ihr beide zusammen wart, tat so weh."

„Oh Baby, es tut mir so leid, aber sie hat mich in dem Geschäft in die Enge getrieben und ich hatte keine Ahnung, dass es so aussehen sollte, als wären wir miteinander intim. Ich wollte dir nicht erzählen, dass ich sie gesehen hatte, weil ich wusste, dass dich das aufregen würde."

Sabrina nickte. „Jetzt ist alles vorbei. Ich hätte dir vertrauen sollen."

Er küsste sie, dann sah er sie wieder an. „Wie hast du mich überhaupt gefunden?"

„Holly hat mir eine Nachricht hinterlassen, dass ich sie hier treffen sollte. Sie sagte, es wäre die Wohnung eines Kunden und wir könnten sie benutzen. Ich hatte keine Ahnung, dass das Audreys Wohnung war. Holly sagte, wir könnten die ganze Nacht über dich herziehen."

Er lachte. „Ich hatte keine Ahnung, dass das Hollys Plan war. Aber man kann immer darauf zählen, dass sie eine Lösung parat hat."

„Ja, sie ist die Beste." Sabrina lächelte zu ihm auf. „Bring mich nach Hause."

24

Die Fahrstuhltüren schlossen sich und Daniel schloss für einen kurzen Moment seine Augen. Dieser Alptraum war vorbei. Sabrina war wieder in seinen Armen, und nichts anderes zählte.

„Komm her", sagte er und umarmte sie.

Er brachte seine Lippen über ihre und erkundete ihren Mund mit seiner Zunge. Oh Gott, sie schmeckte gut. Daniel stöhnte in ihren Mund.

„Ich habe dich vermisst", flüsterte er.

„Ich habe dich noch mehr vermisst."

Ihre Hände glitten unter seine Jacke. „Ich will dich. Jetzt", stöhnte sie.

„Jetzt?", wiederholte er ungläubig.

„Ja", murmelte sie und hob ihre Lider, um ihn anzusehen. „Ich bestehe auf Paragraf elf unseres Vertrages."

„Paragraf elf?" Sein Verstand arbeitete fieberhaft.

Ein paar Wochen zuvor, bevor sie San Francisco verlassen hatten, hatte er einen Vertrag aufsetzen lassen, den sie beide unterzeichnet hatten. Einen Vertrag, der sie an ihn band, und ihn an sie. Nun versuchte er sich zu erinnern, was in Paragraf elf stand.

Sabrina kicherte. „Du bist schrecklich, Daniel. Du kannst dich nicht einmal daran erinnern, was in dem Vertrag steht."

„Natürlich kann ich mich erinnern", behauptete er. Dann griff er an ihr vorbei und drückte mit der Hand auf die Notfall-Taste, sodass der Aufzug sofort zum Stillstand kam.

Sabrina fiel gegen ihn.

„Ich weiß genau, was darin steht." Er senkte seine Lippen zu ihren. „Wenn ich mich nicht irre, verlangt Paragraf elf, dass ich dich jederzeit befriedigen muss. Ich glaube, wir haben ungefähr fünfzehn Minuten, bis jemand diesen Aufzug wieder in Bewegung setzt."

Sabrina warf ihm einen verführerischen Blick zu. „Na, dann lass uns keine Zeit mit Reden verschwenden."

„Genau", stimmte er zu und nahm ihren Mund gefangen.

Ihre Lippen waren warm und empfänglich und teilten sich unter leichtem Druck, damit er in ihren verführerischen Mund eintauchen konnte. Er stieß seine Zunge gegen ihre, tanzte mit ihr und kostete sie. Sie erwiderte seinen Kuss mit der gleichen Dringlichkeit und Leidenschaft, die er in den Kuss legte und bewies ihm damit, dass sie eine ebenbürtige Partnerin war. Eine Frau, die wusste, was sie wollte. Eine Frau, die *ihn* wollte, nicht wegen seines Geldes oder seines Ansehens in der Gesellschaft, sondern weil sie ihn liebte.

Daniel drückte sie gegen die Wand, dann riss er seine Lippen von ihrem Mund. „Ich liebe dich, Sabrina! Mehr als alles andere auf der Welt."

Bevor sie ihm antworten konnte, senkte er den Kopf zu ihrem Hals und drückte mit geöffnetem Mund Küsse auf ihre erhitzte Haut, während seine Hände damit beschäftigt waren, ihre dünne Jacke von ihren Schultern zu streifen und die Knöpfe ihrer Bluse zu öffnen.

Als er den Stoff zur Seite schob, kam ihr Spitzen-BH zum Vorschein, ein schwarzes Nichts, das kaum ihre Brustwarzen bedeckte oder ihre perfekten runden Brüste unterstützte.

„Berühr mich!", forderte sie atemlos.

Das musste sie ihm nicht zweimal sagen.

Daniel rieb seine Daumen über ihre Brüste und schob den dünnen Stoff weiter nach unten, sodass ihre Nippel aus dem notdürftigen

Käfig rutschten. Er senkte seinen Kopf, blies gegen ihre Brust und fühlte, wie ein Schauer durch Sabrina raste und ihre Nippel sofort hart wurden.

Er legte seine Lippen auf eine rosige Spitze und saugte sie in den Mund, womit er ein leises Stöhnen von Sabrina errang.

Ihre Hände ergriffen seine Schultern und ihre Fingernägel gruben sich in seine Jacke und erinnerten ihn daran, dass er sie noch immer trug. Mit ein paar ruckartigen Bewegungen befreite er sich davon und warf sie auf den Boden, während er weiter ihre Brust leckte und saugte, bevor er der anderen Brust die gleiche Beachtung schenkte und gleichzeitig das warme Fleisch drückte.

Sabrina bäumte sich auf und schob ihre Brüste begierig gegen seinen Mund und seine Hände, während sich ihr Becken gegen seines drückte. Sein Schwanz pulsierte und das harte Fleisch drückte gegen ihren Bauch, begierig, in ihr zu sein.

Als er spürte, wie Sabrinas Hände sich zu seinem Gürtel vorarbeiteten, um diesen zu öffnen, stieß er einen Seufzer der Erleichterung aus. Bald würde er in sie eintauchen und Erlösung finden.

Während Daniel weiter ihre Brüste liebkoste, ließ er eine Hand ihren Oberkörper hinuntergleiten und auf ihren Po wandern. Besitzergreifend drückte er sie an sich.

Ein nicht so subtiles Stöhnen kam von ihren Lippen, als er seinen Schwanz mit mehr Druck gegen sie rieb.

Seine Finger fanden den Reißverschluss ihres Rocks und öffneten ihn. Dann schob er das Kleidungsstück über ihre Hüften und ließ es zu ihren Füßen fallen. Schließlich begrüßte ihn nackte Haut, als er mit seinen Händen über ihren mit einem Tanga bekleideten Po glitt. Gierig streichelte er sie.

Sanftes Stöhnen und Seufzen prallte gegen die Wände des Aufzugs und die Geräusche wurden in dem engen Raum verstärkt und erinnerten ihn daran, dass er nicht den Luxus hatte, sich Zeit zu nehmen. Er musste Sabrina schnell nehmen, oder jemand würde sie überraschen und ihr leidenschaftliches Zwischenspiel unterbrechen.

Hätte er mehr Zeit gehabt, hätte er sich auf die Knie niedergelassen, um sie zu lecken, aber diese besondere Freude würde er aufschieben müssen, bis sie wieder zu Hause waren.

„Ich muss dich jetzt haben", stöhnte er und riss ihr den Tanga herunter.

Gleichzeitig öffnete Sabrina den Reißverschluss seiner Hose und schob diese über seine Hüften. Daniel tat das gleiche mit seinen Boxershorts und befreite seine Erektion.

Als ihre warme Hand sich um ihn schlang, erstarrte er und nahm einen beruhigenden Atemzug.

„Fuck, Baby!"

Er würde nicht lange durchhalten, so viel war klar.

Er strich seine Finger durch die Locken, die ihr Geschlecht bewachten und fand ihr feuchtes, warmes Fleisch. Er drang tiefer zu ihren weiblichen Falten vor und badete seine Finger in ihrer Wärme, dann rieb er einen Finger über ihre Klitoris.

Sabrina schrie auf und ihr Becken zuckte. Dann begann sie, ihre Hüften vor und zurück zu schieben und ihre Klitoris gegen seinen Finger zu drücken. Er erfüllte ihre wortlose Bitte und rieb seinen Finger in kleinen Kreisen über das empfindliche Organ, während sie sich an ihn klammerte und ihr Verlangen offenbarte.

Ihre Hand auf seinem Schwanz war ruhig, doch sie hielt ihn immer noch fest umschlungen.

„Ich will mit dir kommen", sagte er und nahm seine Hand von ihr.

Dann packte er einen ihrer Schenkel und hob ihn an seine Hüfte. Er trat in ihre Mitte und drückte sie fester gegen die Wand hinter ihr, hob ihren anderen Oberschenkel und spreizte damit ihre Beine weit, während er sie gegen die Wand gepresst hochhielt.

„Führe mich in dich hinein."

Sie griff nach seinem Schwanz und positionierte ihn langsam an der richtigen Stelle, bis er spürte, wie ihre Wärme und Nässe seine Schwanzspitze berührten.

Er biss die Zähne zusammen und stöhnte, als die Lust durch ihn hindurch schoss.

Unfähig, sich zurückzuhalten, stieß er in sie hinein und drückte sie damit härter gegen die Wand. Der Aufzug bewegte sich unter der Wucht.

Sabrinas Muskeln packten ihn fest und die Nässe und Wärme ihrer Scheide umhüllten ihn wie ein Seidentuch.

Er zog sich ein paar Zentimeter zurück und stieß dann wieder nach vorne.

„Oh Gott, Daniel", murmelte sie.

„Mach deine Augen auf, Baby. Ich möchte dir in die Augen schauen, wenn wir zusammen kommen."

Ihre Lider hoben sich langsam. Leidenschaft und unbändige Lust leuchteten aus ihnen hervor. Ihre Lippen waren leicht geöffnet und rot von seinen Küssen. Er senkte seinen Blick und stieß härter in sie hinein, während er beobachtete, wie ihre Brüste mit jedem Stoß auf und ab hüpften.

Er wünschte sich, dass er ihre harten Nippel kneifen könnte, aber seine Hände waren damit beschäftigt, sie gegen die Wand zu halten, damit er seinen Schwanz in sie stoßen konnte.

„Streichle deine Nippel", befahl er.

Überraschung flackerte in ihren Augen auf, und er sah, wie sie zögerte.

„Tu es!", drängte er sie. „Ich will sehen, wie du dich berührst."

Langsam legte sie ihre Hände auf ihre Brüste, dann rieb sie ihre Daumen über die harten Nippel. Bei dem erotischen Anblick stieß Daniel seinen Schwanz noch härter in sie hinein, und er schien noch größer zu werden, da mehr Blut in ihn schoss.

„Kneif sie!", forderte er. „Stell dir vor, ich mache es."

Sein Herz schlug wie wild, sein Puls raste, und Schweiß bildete sich auf seinem Hals und seinem Oberkörper. Noch ein paar Sekunden davon, und er würde die Beherrschung verlieren. Er beobachtete fasziniert, wie Sabrina ihre Nippel zwischen Daumen und Zeigefinger nahm und sie rollte, während sanftes Stöhnen ihrer Kehle entkam.

„Verdammt, ja!", stöhnte er.

Er hatte noch nie etwas Heißeres in seinem Leben gesehen.

„Jetzt deinen Lustknopf! Du musst mit mir kommen. Berühre ihn, zeig mir, wie du dich selbst zum Höhepunkt bringst."

Ein winziges Keuchen entkam ihrer Kehle, aber dann brachte sie eine Hand zwischen ihre Körper, während die andere weiter ihren Nippel streichelte. Daniel blickte dorthin, wo ihre Hand nun zwischen ihren Körpern lag und zog sich ein wenig zurück, sodass sie ihren Finger über ihre Klitoris reiben konnte.

Dann stieß er nach vorne und sein Becken knallte gegen ihren Finger und drückte diesen härter gegen ihr Lustzentrum.

Sabrina schrie auf. „Oh, Daniel! Ja! Noch einmal!"

Seinen Namen aus ihrem Mund zu hören, trieb ihn fast in den Wahnsinn. Er hatte es schon immer geliebt, wenn sie ihn wissen ließ, dass er derjenige war, der ihr dieses Vergnügen bereitete, dass er derjenige war, der sie zur Ekstase trieb.

Mit schnellen Bewegungen fuhr er fort, in ihre enge Scheide einzudringen, und drängte damit jedes Mal ihren Finger gegen ihre Klitoris.

„Jetzt", stieß sie atemlos hervor.

„Ja", rief er aus, als er spürte, wie ihr Geschlecht sich um seinen Schwanz ballte und ihn noch fester als zuvor drückte.

Er gab seine Kontrolle auf und einen Augenblick später spürte er seinen Samen durch seinen Schwanz schießen und aus der Spitze explodieren. Er füllte sie damit, als er weiter in sie eindrang und die Nachbeben ihres Orgasmus genoss, die ihre Muskeln um ihn zusammenzucken ließen.

Er spürte, wie seine Knie schwach wurden und drückte sie härter gegen die Wand, während er in seinen Bewegungen innehielt. Schwer atmend lehnte er seine Stirn gegen Sabrinas.

„Verdammt, Sabrina, das war unglaublich."

„Ja", antwortete sie ebenso atemlos.

„Du bist so heiß! Ich kann nicht glauben, dass wir das getan haben."

„Ich hatte noch nie Sex in einem Aufzug."

Er grinste. „Ich auch nicht." Er zog seinen Kopf zurück, um sie anzusehen. „Aber jetzt, wo ich das ausprobiert habe, muss ich sagen, dass ich auf den Geschmack gekommen bin." In der Tat hoffte er, dass dies nicht das letzte Mal sein würde, dass sie so etwas Aufregendes taten.

Sabrina streichelte seinen Nacken, was ihn angenehm erschauern ließ. „Du bist ja geradezu abenteuerlich."

Er zwinkerte. „Mit dir kommen mir eine Menge Dinge in den Sinn, die ich ausprobieren möchte."

Langsam normalisierte sich seine Atmung wieder und er zog sich aus ihr heraus. Dann stellte er sie langsam wieder auf die Füße.

Sabrina stolperte und stützte sich an der Wand ab, um nicht umzufallen.

„Aufpassen, Baby. Ist alles in Ordnung?" Er griff nach ihr und stützte sie, obwohl er fast so schwach in den Knien war wie sie.

„Nur ein wenig wackelig." Sie hob die Wimpern und sah ihn verführerisch an. „Vielleicht können wir die Sache das nächste Mal ja noch besser machen."

Er zog sie in seine Arme und ließ seine Lippen über ihren schweben. „Du bist eine verführerische Frau. Reiz mich nicht so, wenn du doch weißt, dass wir keine Zeit mehr haben. Der Pförtner wird diesen Aufzug jeden Moment wieder in Gang setzen."

Er küsste sie hart. „Jetzt zieh dich an, bevor ich dir deinen süßen Hintern versohle."

Sie kicherte, als sie sich bückte, um ihren Tanga aufzuheben. Er griff danach.

„Ich glaube, ich werde dir schrittfreie Slips kaufen. Dann muss ich sie dir nicht ausziehen. Und das nächste Mal, wenn wir uns in so einer Situation wiederfinden, werde ich nur deinen Rock anheben müssen, um in dich einzudringen."

Sabrina leckte sich die Lippen. „Oder vielleicht werde ich beim nächsten Mal überhaupt kein Höschen tragen", schlug sie vor und warf ihm einen verführerischen Blick zu.

Er knurrte und sein Schwanz wurde bei dem sündhaften Gedanken schon wieder hart. Er gab ihr einen sanften Klaps auf den Po. „Du bringst mich noch ins Grab, Sabrina! Jetzt zieh dich an, oder ich werde dich übers Knie legen, dir ernsthaft deinen Hintern versohlen und meinen Schwanz so lange in dich treiben, bis man dich bis unten in der Lobby stöhnen hören kann."

25

Sabrina stand neben Daniel auf dem Bürgersteig. Er hatte einen Arm um sie gelegt und versuchte, ein Taxi heranzuwinken.

Zu wissen, dass er sie Audrey gegenüber verteidigt und ihr klar gemacht hatte, dass er Sabrina liebte, war die beste Entschuldigung gewesen, die Daniel ihr hatte geben können. Sie drückte ihn ein wenig fester.

Er drehte lächelnd sein Gesicht zu ihr. „Alles in Ordnung?"

Sie sah ihn an und lächelte. „Alles ist perfekt."

Na ja, bis auf die Tatsache, dass sie an einem kühlen Abend draußen stand, während ihr Geschlecht immer noch von den Nachbeben ihres Höhepunktes bebte. Würden vorbeigehende Fußgänger sich denken können, dass sie gerade Sex in einem Aufzug gehabt hatte? Sabrina kicherte in sich hinein.

„Was ist so lustig?"

„Wir. Glaubst du, dass jemand sehen kann, dass wir gerade Sex hatten?"

Daniel lachte leise und brachte seinen Mund an ihr Ohr. „Es ist dir ins Gesicht geschrieben. Und ich habe noch nie etwas Schöneres gesehen."

Sabrina vergrub ihr Gesicht in seiner Halsbeuge.

„Dafür musst du dich nicht schämen", sagte er.

Sie fühlte, wie ein weiterer heißer Blitz durch ihren Körper fegte. „Mir ist heiß." Sie fächelte sich Luft zu.

Daniel schmunzelte. „Natürlich, denn du bist ja heiß." Er küsste sie auf die Wange. „Tatsächlich bist du die heißeste Frau, die mir je begegnet ist."

Sie verdrehte die Augen und schüttelte den Kopf. „Du verstehst mich absichtlich falsch."

„Okay, möchtest du lieber zu Fuß nach Hause gehen, um dich abzukühlen?"

„Wenn meine Beine nicht so zittern würden, würde ich *ja* sagen, aber ich befürchte, ein gewisser Jemand hat mir meine ganze Energie geraubt."

„Na, dann ist es besser, wenn du dich hinsetzt", sagte er und winkte ein sich näherndes Taxi heran.

Es hielt an und Daniel öffnete die Tür für Sabrina. Sie hüpfte hinein und er kletterte hinter ihr in den Wagen.

„Wohin?", fragte der Taxifahrer.

Daniel gab ihm die Adresse.

„Na, wo waren wir?", fragte Daniel spielerisch und legte seinen Arm um Sabrinas Schultern, um sie zu sich zu ziehen.

Sie lehnte sich an ihn, als er ihre Lippen mit einem Kuss gefangen nahm. Das Gefühl seiner Zunge in ihrem Mund und seines heißen Atems, der sich mit ihrem vermischte, entfachte sie noch einmal. Sie stöhnte leise und Daniel vertiefte den Kuss.

Begierig, ihm noch näher zu sein, streichelte Sabrina über seine Brust und genoss das Gefühl seiner warmen Haut und der harten Muskeln unter dem Stoff.

Er unterbrach den Kuss und stöhnte.

„Erinnere mich daran, mich bei Holly zu bedanken und ihr das größte und teuerste Geschenk, das ich finden kann, zu kaufen."

„Es könnte schwierig werden, etwas zu finden, das sie nicht schon plant, sich selbst zu kaufen. Sie hat zwei ganze Tage für Shopping eingeplant."

„Weißt du, wohin sie geht und wann?"

„Ich kann es herausfinden, warum?" Sabrina hob ihren Kopf und sah ihn an.

„Weil ich vorhabe, dafür zu zahlen."

Sabrinas Mund klappte auf. „Du hast doch keine Ahnung, wie viel Holly ausgeben kann."

Er zuckte mit den Schultern. „Es ist mir egal. Was sie für mich getan hat, ist mehr wert als Geld."

Sabrina hob die Augenbrauen. „Bist du dir sicher?"

Daniel nickte. „Ich verdanke Holly alles, Sabrina. Sie ist der Grund, warum du ein Teil meines Lebens bist. Sie half mir in San Francisco, als ich Hilfe brauchte, und sie hat mir heute auch wieder geholfen. Wenn es sie nicht gäbe, wäre ich immer noch ein ungebundener Workaholic, der versucht, sich die berechnenden New Yorker Frauen vom Hals zu halten. Sie hat mir mein Leben zurückgegeben, als sie mir dich in mein Leben gebracht hat. Es gibt nicht genügend Geld auf dieser Welt, um ihr das zurückzuzahlen."

Sabrina spürte, wie ihr Herz schmolz. Ihre Augen füllten sich mit Tränen. „Du bist so lieb", würgte sie heraus.

„Es ist die Wahrheit." Daniel küsste ihr Haar. „Und dir bin ich auch etwas schuldig."

„Mir? Wofür denn?"

„Für alles, was du bezüglich Hannigan getan hast. Er hat seine Klage zurückgezogen."

Ein Gefühl der Aufregung schoss durch ihre Adern. „Oh mein Gott! Wirklich?" Sie setzte sich aufrecht. „Ich kann es nicht glauben. Es hat funktioniert!"

„Ja, es funktionierte." Daniel lachte. „Du hast es geschafft, Sabrina. Du bist besser als jeder der Anwälte, die ich beschäftige. Wenn du nicht die weiblichen Angestellten bei Brand, Freeman und Merriweather dazu gebracht hättest, Aussagen gegen Hannigan zu machen, hätte es nicht geklappt."

Sie lächelte. „Ich bin so froh, dass es vorbei ist. Hannigan ist ein Schweinehund, der denkt, er steht über dem Gesetz. Es ist gut zu wissen, dass er endlich kapiert hat, dass er mit seinem Verhalten nicht davonkommt."

Daniel streichelte ihre Wange mit seinem Handrücken. „Ich weiß nicht, was ich ohne dich tun würde."

„Zum Glück musst du das nie herausfinden", murmelte sie. „Ich denke, wir sollten feiern."

„Was immer du willst. Du darfst es dir aussuchen."

„Hmm ..." Sie tippte mit dem Finger gegen ihre Lippen. „Ich möchte, dass du dir von der Arbeit freinimmst. Nur einen Tag und den verbringst du mit mir. Wir müssen nirgends hingehen und nichts Besonderes unternehmen. Ich möchte dich nur für eine kleine Weile ganz für mich haben."

Er starrte sie einfach nur einen Moment lang an, dann schüttelte er den Kopf und lachte. „Weißt du was? Jede andere Frau hätte sich gewünscht, in das teuerste Restaurant der Stadt zu gehen, aber du willst nur meine Zeit, sonst nichts." Seine Augen funkelten, als er sich zu ihr beugte und sie noch einmal küsste. „Ich liebe dich, Sabrina."

Bevor sie reagieren konnte, verlangsamte sich das Taxi und kam vor ihrem Wohngebäude zum Stehen.

Daniel griff in seine Jackentasche, dann erstarrte er kurz.

Für einen Sekundenbruchteil fragte Sabrina sich, ob er seine Brieftasche im Aufzug verloren hatte, aber dann bildete sich ein Lächeln auf seinen Lippen.

Er beugte sich nach vorne und wandte sich an den Taxifahrer. „Könnten Sie bitte einen Moment warten?"

Der Fahrer nickte.

Neugierig beobachtete Sabrina, wie Daniel ihr wieder seine Aufmerksamkeit schenkte und etwas aus seiner Jackentasche zog. Automatisch fiel ihr Blick darauf.

Als sie erkannte, was in seiner Hand lag, weiteten sich ihre Augen, und ihr Herz raste schneller als eine Herde von Pferden während des Kentucky Derbys.

„Oh mein Gott", flüsterte sie und brachte ihre Hände an ihren Mund.

Daniel öffnete das Schächtelchen. Ein Diamantring saß auf einem roten Samtkissen.

„Ich habe ihn heute gekauft, nachdem ich die Nachricht bekam, dass Hannigan seine Klage fallengelassen hat und mir klar wurde, dass du der Grund dafür warst. Auf einmal wusste ich, dass ich eine Veränderung in meinem Leben vornehmen muss, um sicherzugehen, dass du weißt, dass wir zusammengehören."

Eine Träne löste sich aus ihrem Auge und kullerte über ihre Wange.

„Glaube mir, so hatte ich das wirklich nicht geplant, aber ich will keinen Moment länger warten. Nach allem, was heute passiert ist, nach der Angst, die ich hatte, dich für immer zu verlieren ..." Er schüttelte den Kopf und nahm einen tiefen Atemzug. „Sabrina Palmer, ich liebe dich mehr als alles andere auf der Welt, und ich will keinen einzigen Tag mehr ohne dich verbringen."

Er nahm den Ring aus der Schachtel und hielt ihn ihr hin. „Willst du mich heiraten?"

Sabrinas Herz schlug, als ob es aus ihrer Brust springen wollte. „Ja!", schaffte sie zu antworten. „Ja!"

Daniel schob den Ring auf ihren Finger und zog sie in seine Arme. „Du hast keine Ahnung, wie glücklich du mich machst. Ich liebe dich so sehr, Baby."

Sabrina schniefte, unfähig, ihre Tränen davon abzuhalten, über ihr Gesicht zu kullern. „Ich liebe dich, Daniel. Mehr als alles andere. Ich kann's nicht erwarten, deine Frau zu werden."

„Herzlichen Glückwunsch", unterbrach die schroffe Stimme des Taxifahrers.

„Entschuldigung." Daniel griff in seine Jackentasche und zog seine Brieftasche heraus.

Er gab dem Fahrer mehrere Geldscheine, dann öffnete er die Tür und stieg aus. Er streckte seine Hand nach Sabrina aus und half ihr aus dem Taxi. Als sie standen, zog er sie wieder in seine Arme.

„Du wirst deine Mitgliedschaft im Club der ewigen Junggesellen aufgeben müssen und auf die dreieinhalb Millionen Dollar verzichten müssen. Das ist dir doch klar, oder?"

„Was sind schon dreieinhalb Millionen Dollar, wenn ich dich habe?"

Sie strahlte ihn an.

Daniel grinste. „Dir ist hoffentlich klar, dass dadurch, dass du mich heiratest, unser bisheriger Vertrag null und nichtig wird."

Sie nickte. „Wir können einen Neuen aufsetzen, wenn du das willst."

„Willst du das?" Er hob eine Augenbraue und grinste.

„Ja, und ich kenne eine fantastische Anwältin, die uns helfen kann."

Er lachte. „Und welche Bedingungen schlägst du vor?"

„Na ja, auf jeden Fall muss Paragraf elf erhalten bleiben. Den rauszunehmen wäre ein Deal-Breaker."

„Dem stimme ich zu. Ein totaler Deal-Breaker. Was sonst noch?"

„Du musst mindestens einmal in der Woche früh nach Hause kommen."

Daniel nickte nachdenklich. „Das kann ich machen. Aber ich habe auch eine Bedingung. Und die ist nicht verhandelbar."

Sie hob ihr Kinn und fragte sich, was er im Sinn hatte. „Was denn?"

„Keine Kündigungsklausel, Sabrina. *Per sempre.* Für immer."

„Für immer", wiederholte sie, bevor er seine Lippen wieder auf ihren Mund legte und sie leidenschaftlich küsste.

BEGLEITERIN FÜR ALLE ZEIT

BAND 3

1

Daniel drehte sich im Bett um, legte seinen Arm um Sabrinas Taille und zog sie näher heran, sodass sich ihr Rücken an seinen Oberkörper schmiegte. Seine morgendliche Erektion drückte sich gegen ihren warmen, weichen Po und zuckte in Erwartung. Oh Gott, er wollte sie. Und wie konnte es auch anders sein? Sie war so anschmiegsam und verlockend.

Es waren Momente wie diese – mit Sabrina in seinen Armen aufzuwachen – in denen er sich oft fragte, wie er soviel Glück gehabt haben konnte, ihr zu begegnen. Sogar morgens mit ihren zerzausten langen dunklen Haaren sah sie wunderschön aus. Und jeden Tag schien sie noch schöner zu werden. Das erste Mal, als er sie gesehen und in ihre grünen Augen geschaut hatte, hatte er gewusst, dass er sie haben musste. Dass sie nun wirklich hier war, in seinen Armen und in seinem Bett, war ein absolutes Wunder, denn ihr gemeinsamer Weg ins Glück war ein steiniger Pfad gewesen. Aber sie hatten alle Hindernisse schließlich doch überwunden. Jetzt konnte nichts mehr schiefgehen. In ein paar Tagen würde Sabrina seine Frau werden.

Sabrina seufzte sanft und kuschelte sich näher an ihn. Ihr Po rieb gegen seine schmerzend harte Erektion. Er senkte seine Lippen zu ihrer Schulter und drückte kleine Küsse auf ihre warme Haut, während sich sein Schwanz zwischen ihre Schenkel drängte.

„Mmm, wie spät ist es?", fragte sie mit dieser verführerischen, schläfrigen Stimme, die seine Begierde nur noch mehr entflammte.

„Fast sechs", sagte er und knabberte an ihrem Ohrläppchen. „Wir vergeuden Zeit."

Sie kicherte und der Ton hallte in seinem Brustkorb wider und brachte sein Herz zum Rasen, während mehr Blut durch seine Adern pulsierte und nach Süden floss.

„Sklaventreiber!"

„Bin ich nicht", sagte er sanft. „Aber jemand muss sich doch darum kümmern, dass alles erledigt wird."

Sie waren schon seit ein paar Tagen bei seinen Eltern in Montauk, einem kleinen Ort an der Spitze von Long Island. Die Gegend war gemeinhin als *die Hamptons* bekannt. Sie waren hier, um die letzten Vorkehrungen für die Hochzeit zu treffen. Sabrina schien erschöpfter als üblich und Daniel fragte sich, ob der ganze Trubel, der mit der Hochzeit einherging, ihr zu schaffen machte. Er musste zugeben, dass alles etwas chaotisch zuging, und dass sie beide ein bisschen Normalität brauchten. Und etwas, das den Druck, der auf ihnen lag, löste und sie entspannte.

Und er kannte genau das richtige Rezept für Entspannung. Daniel strich mit seiner Hand ihren Oberkörper entlang zu ihrem Bauch hinab und drückte sie fester in die Beuge seines Körpers. Sabrinas Seufzer bestätigte, dass sie sich seiner Erektion sehr wohl bewusst war, die er nun zwischen ihren Schenkeln hin- und herschob. Genauso, wie sie sich bewusst war, was er damit vorhatte.

„Sollten wir unsere Kräfte nicht besser sparen, wo wir doch heute so viel zu tun haben?", murmelte sie, während sie ihren Po gegen ihn rieb und ihre Schenkel zusammendrückte, um seinen Schwanz dazwischen gefangen zu nehmen.

Daniel stöhnte, als ihre Muskeln ihn festhielten.

„Glaub mir, dafür brauche ich überhaupt nicht viel Kraft", flüsterte er in ihr Ohr und legte seine Hand über ihr Geschlecht. „Das geht ganz von selbst." Genauso, wie alles andere, was mit Sabrina zu tun hatte.

„Mmm." Summend öffnete sie ihre Schenkel ein paar Zentimeter, gerade weit genug, damit er seinen Finger in ihre warme Scheide gleiten lassen konnte.

„Außerdem glaube ich, dass du das genauso brauchst wie ich", fügte er hinzu und badete seinen Finger in ihrer Nässe. Ihr Geschlecht war bereits feucht vor Erregung und der Duft davon trieb jetzt zu ihm. „Sag mir, warum du schon so feucht bist."

„Ich habe geträumt."

„Wovon?"

„Davon, dass ich mit dir in mir aufwache."

Ihre Worte machten ihn noch härter, als er bereits war. Noch mehr davon und er würde explodieren. „Das ist aber ein sehr sündhafter Traum."

Sein taubedeckter Finger streichelte ihre Spalte entlang und bewegte sich dann in Richtung ihres Lustknopfes. Er streifte fest über das empfindliche Organ. Sabrina zuckte in seinen Armen, und ein Stöhnen entrang sich ihrer Kehle.

„Ja, ich brauche es", gab sie zu. „Die letzten Tage sind so stressig gewesen."

Daniel drängte sein Gesicht in ihre Halsbeuge und inhalierte ihren Duft. Sabrina trug selten Parfüm. Dennoch umgab sie immer ein verführerischer Geruch. „Dann muss ich mich um dich kümmern, Baby."

Sabrina hob ihr Bein ein wenig an und erlaubte ihm, seine Erektion zu verlagern, sodass diese am Eingang ihres Körpers lag.

Während sein Finger immer noch ihre Klitoris streichelte, stieß er sein Becken nach vorne und trieb seinen Schwanz in sie. Sabrina keuchte und der Ton hallte im Raum wider. Für einen kurzen Moment fragte er sich, ob seine Eltern und die anderen Gäste im Haus sie hören konnten, doch dann legte Sabrina ihre Hand über seine, um sie fester auf ihre Klitoris zu drücken.

Ein Lächeln formte sich auf seinen Lippen. Er liebte es, wenn Sabrina ihre lustvolle Seite zeigte, wenn sie ihn drängte, sie härter zu nehmen, ihr mehr Vergnügen zu bereiten, sie wild zu machen.

Genauso, wie sie ihm jetzt bedeutete, ihren Kitzler intensiver und mit mehr Druck zu streicheln.

Als er das empfindliche Organ kreisartig liebkoste, zog er sich aus ihr heraus, um dann wieder in sie einzudringen. Seine Eier schlugen gegen ihr Fleisch und sein Schwanz verankerte sich tief in ihrer engen Scheide. Wie sie immer noch so eng sein konnte, obwohl er in den letzten paar Monaten praktisch jede Nacht mit ihr Liebe gemacht hatte, war ihm schleierhaft. Aber ihm gefiel diese Tatsache, denn auf diese Weise fühlte sich jedes Mal wieder wie das erste Mal an.

„Verdammt!", ächzte er und zog das Wort hinaus.

Daniel tauchte immer wieder in sie ein, dehnte sie, erhöhte sein Tempo. Sabrina kam jedem seiner Vorwärtsschübe mit einem Rückwärtsstoß entgegen, während er fortfuhr, ihren Lustknopf fieberhaft zu streicheln. Ihr Körper schrieb ihm jetzt den Rhythmus seiner Bewegungen vor.

Er spürte, wie sich Schweiß auf seinem Hals und seinem Oberkörper bildete und ihn dadurch geschmeidig gegen Sabrinas Po und Schenkel gleiten ließ. Es gefiel ihm, sie so zu nehmen: Die Position gab ihm die vollkommene Kontrolle über ihren Körper und befriedigte sein Bedürfnis, sie zu besitzen. Es war ein Gefühl, das sich immer in ihm regte, wenn sie in seinen Armen lag. Es steigerte sein Begehren für sie und machte ihn abenteuerlicher im Bett – und außerhalb – als er es je mit irgendeiner anderen vor ihr gewesen war.

Wenn er mit Sabrina Liebe machte, kannte er keine Grenzen. Wann immer ihm etwas kam, das ihr mehr Vergnügen bereiten könnte, führte er seine Idee aus. Ihre Befriedigung war seine Aufgabe. Und immer, wenn sie vollkommen befriedigt war, fühlte er die gleiche Befriedigung. Mit Sabrina zusammen zu sein, war in jeder Hinsicht perfekt.

Genauso wie jetzt. In ihre geschmeidige Scheide zu stoßen, fühlte sich an, als wäre er in flüssiger Seide, im Paradies. Sein gesamter Körper summte voller Vergnügen. Die Nervenenden seiner Haut vibrierten und prickelten angenehm, während seine Hoden sich mit dem Bedürfnis nach Erlösung zusammenkrampften.

In seinen Armen erbebte Sabrina. Ihr Körper näherte sich ihrem Höhepunkt. Er spürte es daran, wie ihr Atem unregelmäßig und ihr

Stöhnen und ihre Seufzer lauter und häufiger wurden. Er liebte es, dass sie so freimütig war, dass sie sich in seinen Armen nicht zurückhielt.

Plötzlich zogen sich Sabrinas innere Muskeln fest um seinen Schwanz.

„Baby, du bringst mich noch um", schaffte er noch, zuzugeben, bevor sein Gehirn abschaltete und ihn der Fähigkeit zu sprechen beraubte.

Alles, was jetzt zählte, waren die Empfindungen, die seinen Körper überfluteten, die Bolzen von feuriger Hitze, die durch sein Inneres schossen, als Sabrina sich um ihn verkrampfte. Er konnte seinen Orgasmus nicht zurückhalten. Mit einem animalischen Stöhnen stieß er in sie und ließ seiner Lust freien Lauf. Der letzte Faden seiner Beherrschung riss, und mit einem wilden Stoß schoss er seinen Samen in ihre Scheide und füllte sie mit der heißen Flüssigkeit, die üppiger als üblich zu sein schien.

Er war nicht imstande, seine Bewegungen zu stoppen, und fuhr fort, langsam seinen Schwanz in ihr zu bewegen, bis die Wellen ihres Orgasmus nachließen und sein eigener Höhepunkt verebbte.

Ein paar unregelmäßige Atemzüge kamen über seine Lippen, und er versuchte, diese zu benutzen, um Worte zu bilden. Doch es war vergebens. Mit Sabrina Liebe zu machen, machte ihn immer sprachlos.

Ein weicher Seufzer kam von ihr. „Das war besser als weiterzuschlafen", hauchte sie.

Daniel lachte leise. „Besser als jede Menge anderer Dinge."

„Können wir nicht den ganzen Tag im Bett bleiben?"

Er drückte einen Kuss auf ihre Schulter und zog sich aus ihr heraus. „Ich wünschte es. Aber wir haben Gäste. Außerdem müssen wir noch so viel erledigen."

Sabrina stieß einen langen Atemzug aus. „Es ist nur, ich bin zur Zeit so müde. Ich könnte den ganzen Tag schlafen."

„Wenn wir in den Flitterwochen sind, kannst du den ganzen Tag im Bett bleiben. Ich verspreche es dir."

Sie drehte ihren Kopf zu ihm, um ihn anzusehen. „Du hast mir immer noch nicht gesagt, wohin wir fahren."

„Und das werde ich auch nicht. Ich kann dir nur sagen, dass du warme Kleidung einpacken musst."

Überraschung breitete sich in ihren Augen aus. „Wir fliegen in die Kälte?"

Er nickte.

„Warum denn? Ich dachte, du würdest mich irgendwohin entführen, wo es warm und tropisch ist, damit ich eine Entschuldigung dafür habe, ständig halb nackt herumzulaufen."

Er zwinkerte ihr zu. „Nackt wirst du auf jeden Fall sein, egal wohin wir reisen. Wenn wir irgendwo hinfahren, wo es kalt ist, dann willst du wenigstens nicht das Hotel oder die Wärme des Bettes verlassen. Und Körperwärme ist sowieso die beste Art und Weise, wie man warm bleibt. Vertrau mir." Daniel schob die Decke zurück und setzte sich auf. „Sabrina, Baby, ich muss duschen und mich fertigmachen. Warum bleibst du nicht noch ein bisschen liegen? Ich erfinde eine Ausrede für dich."

Sabrina lächelte ihn an. „Habe ich dir in letzter Zeit gesagt, dass du der Beste bist?"

Er beugte sich zu ihr hinunter. „Der Beste in was?"

Sie schlang ihre Arme um seinen Hals und ihre grünen Augen strahlten ihn an. „Der Beste in allem." Sie drängte sich gegen ihn. „Ich kann es nicht erwarten, dich zu heiraten."

Daniel lächelte. „Ich hätte dich schon vor Monaten zu meiner Frau gemacht, aber du verdienst es, eine große Hochzeit zu haben und in einem schönen weißen Kleid zum Altar zu schreiten."

„Davon träumt jedes kleine Mädchen."

„Und ich werde alles daran setzen, dir alle deine Träume zu erfüllen."

Widerstrebend entzog er sich ihrer Umarmung und verließ das Bett. Nackt ging er in Richtung Badezimmer. Als er noch einmal flüchtig über seine Schulter blickte, bemerkte er, wie sie einen langen Blick über seinen Hintern schweifen ließ.

Sabrina hatte noch nie verlockender ausgesehen – mit zerzaustem Haar, geröteten Wangen und dem Bettlaken, das ihr bis zur Taille hinuntergerutscht war und ihre nackten Brüste entblößte. Heute

Abend würde er seinen Kopf in diesen üppigen Brüsten vergraben und ihr mit zärtlichen Berührungen und Küssen Vergnügen bereiten, während sich ihre Nippel in seinem Mund verhärteten.

Dieser Gedanke allein ließ ihn schon wieder hart werden, und er wandte sich von ihr ab, um in die Dusche zu treten.

2

Mit schwungvollen Schritten und extrem guter Laune lief Daniel die Treppe hinunter in das große Foyer der zweistöckigen Villa seiner Eltern. Er hatte dieses Haus schon als Kind geliebt, da es so viele Gelegenheiten bot, Verstecken zu spielen.

Er lächelte in sich hinein und war im Begriff, sich in Richtung Küche zu wenden, als ihm etwas auf dem Beistelltisch neben der Haustür ins Auge fiel. Die Tageszeitung lag darauf. Er ergriff sie und wunderte sich, warum seine Mutter sie nicht mit in die Küche genommen hatte, als sie sie von draußen herein geholt hatte, wo der Zeitungsjunge sie normalerweise auf die Einfahrt warf. Seine Mutter schien genauso viel mit der Hochzeit zu tun zu haben wie er und Sabrina und war vermutlich durch irgendetwas abgelenkt worden.

Der Geruch von frisch gebrühtem Kaffee stieg ihm in die Nase, und er folgte ihm in die Küche, wo er erwartete, seine Eltern anzutreffen. Doch die Küche war leer. Seine Mutter hatte zwar bereits eine große Kanne frischen Kaffee gemacht und den Frühstückstisch gedeckt, aber von ihr und seinem Vater war nichts zu sehen.

Daniel schnappte sich seine Lieblingstasse vom Tisch und goss sich

Kaffee ein, bevor er sich hinsetzte, seinen Teller zur Seite schob und die Zeitung ausbreitete.

Solange er sich erinnern konnte, hatten seine Eltern schon immer die *New York Times* ins Haus geliefert bekommen, obwohl seine Mutter auch eine Lokalzeitung las, den *East-Hampton-Star*, um sich auch bei den lokalen Nachrichten auf dem Laufenden zu halten. Doch sein Vater, ein Geschäftsmann wie Daniel selbst, bevorzugte die *Times*.

Daniel überflog die Zeitung nur flüchtig, überblätterte den Abschnitt mit dem Weltgeschehen und sah kurz den Wirtschaftsteil nach interessanten Nachrichten durch. Er überging einen Artikel über den neuen Geschäftsabschluss, den sein Freund und Mentor Zach Ivers getätigt hatte. Daniel kannte bereits alle Details und wusste, dass der Artikel ihm nicht mehr berichten konnte, als er bereits wusste.

Da er wusste, dass er wirklich die lange Liste von Dingen, die noch für die Hochzeit zu erledigen waren, durchgehen sollte, faltete er die Teile der Zeitung, die er durchgesehen hatte, wieder, als sein Blick plötzlich auf ein Foto fiel. Er zog den Abschnitt heraus – Hochzeiten und Verlobungen – und sah es sich genauer an. Warum druckten sie das Bild von Sabrina und ihm noch einmal, wo doch die Verlobung schon vor Wochen bekannt gegeben worden war?

Als seine Augen auf die Schlagzeile über dem Foto fielen, blieb sein Herz stehen.

Geschäftsmagnat Daniel Sinclair heiratet Callgirl, stand da.

Sein Blut gefror zu Eis, während die Luft aus seiner Lunge wich und seine Hände den Rand der Zeitung so fest ergriffen, dass er diese fast zerriss.

Ein kleiner Spatz erzählte mir, dass der erfolgreiche Unternehmer und Millionär Daniel Sinclair, dessen gleichermaßen wohlhabende Familie in Montauk, NY, lebt, sich entschieden hat, außerhalb seines Standes zu heiraten. Einer verlässlichen Quelle zufolge arbeitete seine Verlobte, Sabrina Palmer, als exklusives Callgirl in San Francisco, wo sie Mr. Sinclair traf, der ein Kunde des Begleitservices war, bei dem Miss Palmer beschäftigt war. Weder Mr. Sinclair noch Miss Palmer waren für einen Kommentar erreichbar.

„Scheiße!", zischte Daniel.

Er heiratete außerhalb seines Standes? Sabrina war kein Callgirl! Sie war eine ebenso anständige Frau wie seine eigene Mutter!

Wer verdammt noch mal hatte diese Lügen geschrieben? Er blickte auf den Namen unter der Schlagzeile: *Von Claire Heart – Nachrichten vom Herzen.*

Schwachsinn! Eher Nachrichten aus der Gosse! Lügen aus der Gosse!

Wut kochte in ihm hoch. Wie konnte diese Reporterin wissen, wie er und Sabrina sich kennengelernt hatten, und das in etwas derart Abscheuliches verdrehen? Ja, es stimmte, dass Sabrina in jener Nacht vorgegeben hatte, ein Callgirl zu sein, aber es war nicht so, wie es aussah. Die Sache war kompliziert. Und es gab keinen Zweifel, dass Sabrina *kein* Callgirl war, ungeachtet der Umstände, die sie zusammengeführt hatten. Würde ihre Vergangenheit sie ständig verfolgen?

Wenn Sabrina von diesem Artikel erfuhr, würde es sie schwer treffen. Reichte es nicht, dass sie, als Daniel die Wahrheit über ihre anfängliche Täuschung herausgefunden hatte, verzweifelt und beschämt gewesen war? Jetzt würde die ganze Welt erfahren, was sie getan hatte. Und alle würden sie verurteilen. Es würde Sabrina zerstören. Ganz zu schweigen von der Hochzeit, die in ein paar Tagen stattfinden sollte: So wie er Sabrina kannte, würde sie die ganze Sache abblasen, um nicht den verurteilenden Blicken der Gesellschaft ausgesetzt zu sein – Leute, die nicht nur ihn und seine Eltern kannten, sondern jetzt auch Sabrina.

Er musste diesen Artikel vor ihr und seinen Eltern geheimhalten. Andernfalls würde die perfekte Hochzeit, die sie planten, sich in ein vollkommenes Chaos verwandeln. Und das konnte er nicht zulassen. Sabrina verdiente eine Märchenhochzeit, und er würde alles daran setzen, ihr diesen Wunsch zu erfüllen. Selbst wenn das bedeutete, dass er diesen Zeitungsartikel vor ihr geheimhalten musste.

„Guten Morgen, Daniel", begrüßte ihn seine Mutter plötzlich von der Tür.

„Ach, guten Morgen, Mama!" Daniel riss seinen Kopf nach oben und sah, wie seine Mutter die Küche betrat und zwei Einkaufstaschen auf den Tresen stellte. Er nutzte die kurze Zeit, die sie ihm den Rücken kehrte, um den Rest der Zeitung hastig zu falten und ihn unter das Sitzkissen seines Stuhls zu schieben, während er weitersprach, um alle verräterischen Geräusche zu übertönen. „Du warst heute Morgen bereits einkaufen? Das ist selbst für dich früh. Du hättest mir sagen sollen, dass du was brauchst. Ich wäre später für dich ins Dorf gefahren."

Seine Mutter blickte über ihre Schulter, während sie fortfuhr auszupacken. Sie war eine kleine Frau, nur knapp 1,50m groß, mit olivfarbener Haut und dem feurigen Temperament, für das die Italienerinnen berühmt waren.

„Ich hatte gesehen, dass wir keine Kaffeesahne mehr hatten. Also bin ich schnell ins Geschäft. Und dann habe ich uns noch frische Brötchen aus der Bäckerei geholt, wo ich schon in der Nähe war. Bist du der Einzige, der wach ist?"

Daniel zwang ein Lächeln auf seine Lippen und unterdrückte ein erleichtertes Aufatmen. Seine Mutter hatte nicht bemerkt, wie er die Zeitung versteckt hatte. Nun musste er später nur die Zeitung irgendwie aus dem Versteck verschwinden lassen, bevor seine Mutter sie nach dem Frühstück entdeckte.

„Sabrina duscht gerade. Sie kommt gleich runter. Aber ich habe sonst noch niemanden gehört. Schläft Dad noch?"

Seine Mutter kicherte. „Machst du Scherze? Er ist bereits geschwommen. Er ist gerade unter der Dusche." Sie nahm einen Korb mit Brötchen und frischen Brotscheiben, ergriff die Kaffeesahne und trug beides zum Tisch. „Hier! Probier mal die Brötchen."

„Danke, Mama! Die sehen köstlich aus." Wenn er doch nur hungrig wäre, aber leider hatte dieser verdammte Zeitungsartikel seinen Appetit ruiniert. Er konnte nur ein wenig von seinem schwarzen Kaffee nippen. Und sogar dieser schmeckte heute Morgen bitter, obwohl Daniel sicher war, dass das nicht die Schuld seiner Mutter sein konnte. Sie machte immer ausgezeichneten Kaffee und bestand darauf, nur eine italienischen Marke, Illy, zu kaufen.

„Hast du die Zeitung gesehen?", fragte sie plötzlich und verdrehte ihren Hals, um sich in der Küche umzusehen.

„Nein, warum?" Daniel hoffte, dass er nicht unehrlich klang. Er hasste es, seine Mutter belügen zu müssen, aber er konnte nicht anders. Es war absolut lebenswichtig, dass niemand heute Morgen die Zeitung las, sonst wäre die Hölle los.

„Sie war nicht mehr auf dem Tischchen im Foyer, als ich nach Hause kam."

„Hmm. Ich habe sie nicht gesehen, als ich herunterkam. Vielleicht hast du sie noch gar nicht hereingeholt."

Sie schüttelte den Kopf. „Nein, ich bin mir sicher, dass ich sie hereingebracht habe, bevor ins Dorf fuhr."

Er zuckte mit den Schultern und griff nach einem Brötchen, um seinen Händen etwas zu tun zu geben und entspannt auszusehen. „Wenn du auf dem Weg nach draußen warst, warum hättest du dann wieder hereinkommen sollen, nur um die Zeitung auf den Tisch zu legen?"

„Daniel, ich erinnere mich, was ich getan habe! Du tust so, als wäre ich senil!"

Er beugte sich zu ihr und drückte ihr einen Kuss auf die Wange. „Tut mir leid, Mama. Ich bin sicher, dass sie auftaucht. Vielleicht hat der Zeitungsjunge unser Haus ausgelassen. Du weißt ja, wie die Kinder heutzutage sind. Kein Verantwortungsgefühl mehr."

Er sandte dem fälschlich beschuldigten Zeitungsjungen eine stille Entschuldigung. Der Junge hatte nichts falsch gemacht, außer *die* Ausgabe der *New York Times* zu liefern, die niemand in Daniels Familie lesen durfte.

Daniel schnitt das Brötchen durch und bestrich es mit Butter. „Danke, dass du das Frühstück für uns alle vorbereitet hast. Ich weiß, dass du gerade sehr beschäftigt bist. Ich weiß es wirklich sehr zu schätzen, was du alles für uns tust."

Sofort leuchtete das Gesicht seiner Mutter auf. „Es ist so aufregend, eine Hochzeit zu planen!"

„Ich glaube, deine Mutter meint auslaugend, nicht aufregend", erklang Tims Stimme von der Tür, als er, gefolgt von Holly, die Küche betrat.

„Du hast noch überhaupt nichts getan, Tim!" Holly verdrehte ihre

Augen und warf eine Strähne ihres langen blonden Haares über ihre Schulter.

„Ich weiß, aber ich kann es mir total gut vorstellen, und allein der Gedanke an all die Arbeit macht mich schon müde." Tim grinste unverschämt drein.

Sein alter Collegefreund von Princeton war zu einem Teil dafür verantwortlich, dass Daniel Sabrina kennengelernt hatte. Die andere Hälfte der Verantwortung fiel auf Holly, die sich mit Sabrina eine Wohnung in San Francisco geteilt hatte. Zusammen hatten Holly und Tim einen Plan ausgebrütet, ihn und Sabrina durch ein Blind Date zusammenzubringen. Am Ende hatte es trotz einiger Probleme tatsächlich funktioniert.

Tim beugte sich zu Daniels Mutter und küsste sie auf die Wange. „Guten Morgen, Raffaela. Tut mir leid, dass wir dich gestern, als wir ankamen, nicht mehr begrüßen konnten."

Sie umarmte ihn und stand dann auf, um Holly zu begrüßen. „Es ist immer eine Qual mit den Verspätungen bei den Flügen. Zumindest seid ihr auf dem JFK Flughafen gelandet, dann hattet ihr es wenigstens nicht so weit, wie wenn ihr nach Newark geflogen wärt."

„Guten Morgen, Raffaela", begrüßte Holly sie, dann nahm sie am Frühstückstisch neben Tim Platz. „Na, zumindest haben wir's geschafft." Sie griff nach der Kaffeekanne und goss sich eine Tasse ein. „Und das Gästezimmer ist so schön. Ich habe wie ein Murmeltier geschlafen."

Ein hinreißendes Lächeln breitete sich auf den Lippen seiner Mutter aus, als sie Hollys Kompliment vernahm. Holly konnte Daniels Mutter immer einwickeln.

Holly war eine wahre Schönheit mit funkelnden blauen Augen und hätte jeden Mann haben können, den sie sich wünschte. Warum sie ihr Leben damit vergeudete, ein Callgirl zu sein – was etwas war, von dem Daniels Eltern nichts wussten – kapierte Daniel nicht. Hatte sie es nicht satt, mit fremden Männern zu schlafen?

„Oh, danke dir, meine Liebe. Und du, Tim, hast du gut geschlafen?"

„Ja, sehr gut! Und jetzt könnte ich eine ganze Kuh verspeisen!"

Seine Mutter schmunzelte. „Wie wär's mit einem Teil vom Schwein? Würste und Speck sind bereits fertig; ich halte sie im Ofen warm."

„Ausgezeichnet!"

Als seine Mutter im Begriff war, von ihrem Stuhl aufzuspringen, legte Tim eine Hand auf ihren Unterarm. „Setz dich wieder. Ich mach schon. Es ist ja nicht so, als ob ich mich hier nicht auskennen würde."

Während Tim zum Ofen ging und ihn öffnete, um die Raine herauszunehmen, betraten Daniels Vater und Sabrina die Küche. Sein Vater und Daniel sahen sich ziemlich ähnlich, obwohl das Haar seines Vaters mittlerweile grau meliert war. Doch er war noch genauso athletisch, wie er in seinen Dreißigern gewesen war.

Innerhalb von Augenblicken saß jedermann am Frühstückstisch, aß und plauderte. Sabrina hatte sich neben ihn gesetzt, und Daniel betrachtete sie nun von der Seite. Ja, er würde dafür sorgen, dass sie ihre Märchenhochzeit bekam. Egal, was er dafür tun musste.

Er hob seine Hand und strich eine Strähne ihres langen dunklen Haares hinter ihre Schulter. Sabrina drehte sich zu ihm und begegnete seinem Blick.

„Was?", raunte sie.

„Nichts, Baby. Ich kann nur nicht aufhören, dich anzusehen", antwortete er genauso leise.

„Ihr seid noch nicht in den Flitterwochen", neckte Tim.

Holly stieß ihren Ellbogen in Tims Seite. „Ich finde es süß. Wenn nur jede Frau so viel Glück haben würde wie Sabrina."

Sabrina lächelte ihre Freundin an. „Danke, Holly."

„So, was steht heute auf der Tagesordnung?", fragte Tim, während er mehr Essen auf seinen Teller häufte.

Bevor jemand antworten konnte, fragte Daniels Vater: „Wo ist die Zeitung, Schatz? Hast du sie noch nicht hereingebracht?"

Daniel versuchte, nicht aufzuschrecken. Er hatte gehofft, dass sein Vater das Fehlen der Zeitung nicht bemerken würde, da das Gespräch während des Frühstücks mit den beiden auswärtigen Gästen noch lebhafter als üblich war.

„Ich dachte, dass ich sie hereingebracht hätte, aber anscheinend verwechsle ich die Tage. Ich kann sie nirgends finden."

„Hast du draußen nachgesehen?", hakte sein Vater nach.

„Natürlich habe ich draußen nachgesehen. Zweimal sogar, erst, als ich zum Bäcker ging und dann nochmals, als ich wieder zurückkam."

„Vielleicht ist die Zeitung heute nicht gekommen", warf Daniel ein.

„Was meinst du, sie ist nicht gekommen? Über vierzig Jahre wohnen wir schon hier und die Zeitung ist immer geliefert worden."

„Der Zeitungsjunge hat sich vermutlich vertan. Vielleicht ist er neu", meinte Daniel.

„Warum liest du die Zeitung nicht auf deinem iPad?", schlug Tim vor und deutete in Richtung des Gerätes auf dem Tresen.

Daniel wollte laut aufstöhnen. Manchmal konnte Tim wirklich ein wenig zu hilfsbereit sein.

Sein Vater schnippte mit den Fingern und lächelte etwas zweifelnd. „Ja. Ich vergesse immer, dass ich das tun könnte. Aber weißt du, ich mag lieber das Papier zwischen meinen Fingern haben."

„Du meinst, Druckerschwärze auf die Finger bekommen? Ich lese die Zeitung mittlerweile nur noch online. Man braucht nur ein Abonnement bei der *New York Times*. Es ist sowieso billiger als die Papierversion", behauptete Tim.

Daniel wollte nicht, dass das Gespräch noch weiter in diese Richtung ging und Tim noch mehr Gelegenheit hatte, Daniels Vater davon zu überzeugen, ein Online-Abo zu bestellen, also zwang er sich zu einem Lächeln und sagte: „Nun ja, wir haben ja heute sowieso keine Zeit, die Zeitung zu lesen. Wir haben ein volles Programm vor uns, nicht wahr, Baby?" Er lächelte Sabrina zu.

„Erinnere mich bloß nicht!" Sabrina seufzte. „Wir müssen uns mit dem Pianisten treffen, um die endgültige Musikauswahl durchzugehen. Und dann müssen wir auch bei der Floristin vorbei. Sie hat einen Probeblumenstrauß zusammengestellt, den wir uns ansehen können."

„Wie aufregend!" Hollys Gesicht leuchtete auf. „Die Blumen, die du ausgesucht hast, sind absolut herrlich."

„Ob du's glaubst oder nicht ..." Sabrina sah Daniel an und lächelte „... Daniel hat sie ausgesucht."

„Es ist gut zu wissen, dass Daniel nach all den Jahren etwas von mir gelernt hat", meinte seine Mutter.

„Ich muss auch noch mein Kleid anprobieren, aber ich glaube, das kann ich auf morgen oder übermorgen verschieben", fügte Sabrina hinzu. „Kommst du mit mir mit, Holly?"

Holly nickte enthusiastisch. „Warum glaubst du, bin ich über eine Woche vor der Hochzeit angereist?"

Eine der Entscheidungen, die Daniel und Sabrina zu Beginn getroffen hatten, war, die Zeremonie klein und intim zu belassen. Deshalb gab es außer der Braut und dem Bräutigam nur zwei andere Leute, die offizielle Aufgaben hatten: Tim, der Trauzeuge, und Holly, die Brautjungfer.

Allerdings war Daniels Mutter mit der Gästeliste über Bord gegangen. Daniel und Sabrina hatten sich darauf geeinigt, ihr dieses Zugeständnis zu machen. Über zweihundert Gäste waren eingeladen worden: entfernte Verwandte, Freunde der Familie, Freunde von Daniel sowie Sabrinas geschiedene Eltern und einige von Sabrinas Freunden und Verwandten von der Westküste.

„Ich kann nicht glauben, dass die Hochzeit in nur zehn Tagen stattfindet", sagte Holly und riss Daniel aus seinen Gedanken. „Es kommt mir wie gestern vor, dass ihr euch kennengelernt habt."

Daniel stöhnte innerlich. Wenn er nicht so schnell wie möglich Schadenskontrolle betrieb, würde bald jeder wissen, wie er und Sabrina sich wirklich kennengelernt hatten. Die Lüge, die sie seinen Eltern aufgetischt hatten, würde herauskommen und er war sich nicht sicher, wie seine Eltern die Nachricht aufnehmen würden. Genauso wenig wie er glaubte, dass Sabrina die Musterung überleben würde, der sie plötzlich unterzogen würde. Es würde sie am Boden zerstören.

„Ich weiß." Sabrina seufzte, während sie nach Daniels Hand griff. „Ich bin ganz aufgeregt, aber auch ein bisschen überwältigt. Ich muss noch so viel erledigen."

Daniel drückte ihre Hand, dann brachte er sie an seine Lippen und küsste ihre Fingerknöchel. „Sorg dich nicht, Baby. Die Verstärkung ist ja hier." Er deutete zu Tim und Holly.

Beide würden sich als große Hilfe bei den Vorbereitungen erweisen und den Druck von Sabrina nehmen.

Sabrina lachte. „Ja, was würde ich wohl ohne meine Gang machen?", neckte sie.

„Gut, während sich die Frauen um die Musik und die Blumen kümmern, dachte ich mir, dass wir beide die Junggesellenparty besprechen könnten", schlug Tim vor und nagelte Daniel mit einem Blick fest, dem er nicht ausweichen konnte.

Das war so eine heikle Sache. Daniel wollte keine Junggesellenparty, zumindest keine traditionelle. Jahrelang war er einer der begehrtesten Junggesellen von New York gewesen, aber das war ein Titel, den er gerne ablegte. Die Idee, seinen letzten Abend als Junggeselle zu feiern, kam ihm ironisch und unnötig vor. Er freute sich darauf Sabrina zu heiraten.

Aber Tim hatte darauf bestanden, dass es eine Party geben würde. Daniel hatte schließlich eingewilligt, ihm jedoch eines deutlich gemacht: keine Stripperin und keine Reise nach Las Vegas.

„Könnten wir die Party vielleicht morgen besprechen?", fragte Daniel mit einem bedauernden Blick. „Ich werde mich leider für heute entschuldigen müssen."

„Was? Warum?" Sabrinas Kopf wirbelte in seine Richtung.

Er schenkte ihr ein beruhigendes Lächeln. „Ich habe heute Morgen eine dringende Mitteilung von meinem Büro bekommen. Ich muss heute noch nach New York fahren und mich um etwas kümmern", log er.

Der Ausdruck in Sabrinas Gesicht bestätigte ihm, dass sie darüber nicht erfreut war – zu Recht. Er sollte hier bleiben und seinen Teil dazu beitragen, um den Druck von ihren Schultern zu nehmen. „Es tut mir leid, Sabrina, aber ich kümmere mich lieber jetzt darum als einen oder zwei Tage vor der Hochzeit. Ich sorge dafür, dass ich nach dem heutigen Tag für das Büro nicht mehr erreichbar bin."

„Warum kannst du ihnen das nicht schon heute sagen?", fragte Sabrina.

Daniel streichelte ihre Wange mit seinem Daumen. „Versteh es bitte, Baby. Das ist etwas, um das ich mich kümmern muss. Ich verspreche dir, dass ich heute Abend wieder zurück bin, und dann können wir vier was unternehmen."

Sabrina seufzte. „Okay. Ich glaube, es macht sowieso nichts aus."
Sie deutete zu Holly und Tim. „Wenigstens können Holly und Tim mir
und deiner Mutter helfen."

„Ausgezeichnet."

Daniel wollte nicht gehen, aber er musste. Denn je mehr er darüber
nachdachte, desto mehr wurde ihm bewusst, was er zu tun hatte. Er
würde nicht untätig dastehen und diese Reporterin mit ihren Lügen
davonkommen lassen. Er würde herausfinden, wer genau Claire Hearts
verlässliche Quelle war, und verlangen, dass die Zeitung den Artikel
zurücknahm und eine Entschuldigung veröffentlichte. Erst dann würde
er sich besser fühlen und wissen, dass seinem und Sabrinas Glück
nichts mehr im Wege stand.

Und bis er und Sabrina aus ihren Flitterwochen zurückkamen,
würde jeder den Artikel vergessen haben. Ein anderer Skandal würde
die Aufmerksamkeit der Leute auf sich gezogen haben. Und Sabrina
würde nie davon erfahren müssen.

3

Daniel sprang aus seinem Sportwagen und streckte die Beine. Er war praktisch von Montauk nach Manhattan gerast und konnte froh sein, unterwegs keinen Strafzettel bekommen zu haben.

Das Bürogebäude der *New York Times* lag auf der Eighth Avenue im Zentrum von Hell's Kitchen. Daniel sah die Glaswand hinauf, auf der in großer gotischer Schrift der Name der Zeitung stand. Die Sonne spiegelte sich in der Glasfläche.

Er richtete seine Krawatte gerade und betrat das Gebäude, wo er sich sofort zum Empfangsschalter wandte. Der schwarze Mann im makellosen dunklen Anzug sah zu ihm auf.

„Wie kann ich Ihnen helfen, Sir?", fragte er mit höflicher, jedoch bestimmter Stimme.

„Ich möchte zu Miss Claire Heart."

Der Sicherheitsbeamte sah in seinen Monitor und tippte etwas ein. „Und Ihr Name, Sir?"

„Daniel Sinclair."

Der Mann starrte einige Augenblicke in den Computerbildschirm, bevor er wieder aufblickte. „Ich fürchte, Ihr Termin ist hier nicht registriert. Wann –"

„Ich habe keinen Termin", unterbrach Daniel und beugte sich über den Tresen.

„Ich kann Sie leider nur hereinlassen, wenn Sie einen Termin haben."

„Miss Heart möchte mit mir sprechen. Das kann ich Ihnen versichern."

„Das kann vielleicht schon der Fall sein, aber die Regeln sind die Regeln. Bitte kommen Sie zurück, wenn Sie einen Termin haben."

Daniel zeigte auf das Telefon auf dem Empfangstisch. „Rufen Sie sie an. Sofort. Sie hat versucht, mich zu erreichen, damit ich zu ihrem Artikel Stellung nehme, und sie wird verärgert sein, wenn Sie mich wegschicken. Dies ist ihre einzige Chance, einen Kommentar von mir zu erhalten", log er und unterstrich seine Worte mit einem stoischen Ausdruck, der nichts von dem Sturm preisgab, der noch immer in seinem Inneren tobte. Tatsächlich hatte der Sturm gerade Hurrikanstärke erreicht.

Der Sicherheitsbeamte zögerte einen Augenblick, erwog aber offenbar Daniels Behauptung. Dann hob er den Hörer ab und wählte eine Nummer.

„Miss Heart, hier ist Barry vom Empfang unten. Ein Mr. Sinclair ist hier, um zu einem Ihrer Artikel Stellung zu nehmen. Er hat keinen Termin, aber er behauptet –" Barry zog seine Schultern zurück und setzte sich stocksteif auf. „Natürlich, Ma'am." Er nickte. „Sofort." Dann legte er auf, blickte auf den Tisch vor sich und begann, etwas zu schreiben.

Ungeduldig klopfte Daniel mit seinem Fuß auf den Boden, bis Barry schließlich zu ihm aufblickte und ihm einen Besucherausweis übergab.

„Miss Hearts Büro ist im 9. Stock. Nehmen Sie bitte Aufzug Nummer Vier." Er zeigte zu den Aufzügen hinter Daniel.

„Danke." Daniel steckte den Besucherausweis an das Revers seiner Jacke und ging zum Aufzug. Dieser öffnete sich, als er ihn erreichte, und er trat hinein.

Er musste den Knopf für den 9. Stock nicht drücken. Dieser leuchtete bereits auf und Daniel wusste, dass der Sicherheitsbeamte den Aufzug so programmiert hatte, dass Daniel nur im 9. Stock aussteigen und nicht irgendwo anders im Gebäude herumlaufen konnte. Die meisten großen Bürogebäude hatten diese Sicherheitsvorkehrung.

Während der Fahrt nach oben versuchte er, sich zu beruhigen. Es würde niemandem dienen, wenn er die Klatschkolumnistin anschrie. Er musste sie auf seine Seite bringen, statt sie vor den Kopf zu stoßen.

Die Aufzugstüren öffneten sich im 9. Stock, und er trat in den Gang.

„Mr. Sinclair", begrüßte ihn eine zierliche Brünette. Sie trug eine legere Hose und eine bunte Bluse und streckte ihm ihre Hand zur Begrüßung entgegen. „Ich bin Claire Heart."

„Guten Tag, Miss Heart." Er schüttelte kurz ihre Hand. „Danke, dass Sie mich so kurzfristig empfangen. Ich bin wegen des Artikels hier, der in der heutigen Ausgabe erschien."

Claire nickte. „Oh, ich weiß, warum Sie hier sind. Lassen Sie uns in mein Büro gehen, wo wir uns unter vier Augen unterhalten können."

Er folgte ihr, als sie ihn einen langen Korridor entlangführte, überrascht, dass sie so zuvorkommend war. Kurze Zeit später betrat sie ein kleines Büro, in dem sich Papiere, Zeitschriften und Akten entlang der Wände auf dem Boden stapelten.

„Entschuldigen Sie die Unordnung. Ich habe gerade erst das Büro gewechselt." Sie ging um den überraschend leeren Schreibtisch herum, auf dem nur ein Terminkalender und ein Telefon standen, und setzte sich auf den Stuhl dahinter, während sie ihm den einzigen anderen Stuhl anbot. „Bitte, Mr. Sinclair."

Er nahm Platz und wartete ein paar Sekunden, während er versuchte, ihren Gesichtsausdruck zu deuten. Aber sie gab nichts preis. Wenn sie wusste, dass die Geschichte, die sie gedruckt hatte, eine Lüge war, ließ sie es sich nicht anmerken.

„Ich möchte, dass Sie Ihren Artikel zurückziehen."

Claire beugte sich über den Schreibtisch. „Und warum sollte ich das tun?"

„Weil die Geschichte eine Lüge ist. Meine Verlobte ist kein Callgirl. Und wenn Sie sich die Mühe gemacht hätten, mich um eine Stellungnahme zu bitten, bevor Sie den Artikel veröffentlichten, hätte ich die Sache klarstellen und uns allen jede Menge Ärger ersparen können."

„Ich habe Sie um eine Stellungnahme gebeten! Sie haben abgelehnt!", beharrte Claire.

„Ich habe nie eine solche Anfrage erhalten, Miss Heart! Also lassen Sie uns doch bitte bei der Wahrheit bleiben."

Sie kniff verärgert die Augen zusammen. „Mr. Sinclair, ich trat mit Ihrem Büro in Verbindung, und wurde informiert, dass Sie für eine Stellungnahme nicht erreichbar seien. Raten Sie mal, was ich dachte, dass das bedeutet: *Sie waren für eine Stellungnahme nicht erreichbar!*", sagte sie beißend.

Daniel war sich nicht sicher, ob die Reporterin die Wahrheit sagte. Seine Assistentin Frances war außerordentlich zuverlässig und hätte eine Nachricht wie diese weitergeleitet, obwohl er seinem Büro angewiesen hatte, ihn während der Woche vor seiner Hochzeit nicht zu stören. „Das ist jetzt auch egal. Das Problem ist, dass Sie einen Artikel veröffentlicht haben, der nicht auf Tatsachen beruht."

„Ich habe eine sehr glaubwürdige Quelle, die sowohl mich als auch meine Herausgeber vom Gegenteil überzeugt hat."

Daniel beugte sich vor. „Wer?"

„Sie wissen so gut wie ich, dass ich die Identität meiner Quellen schützen muss."

„Ihre Quelle lügt. Meine Verlobte war nie und wird nie ein Callgirl sein. Sie ist eine angesehene Rechtsanwältin."

Claire kreuzte ihre Arme über ihrer Brust. „Ich fürchte, Mr. Sinclair, dass mir ein konkreter Beweis vorgelegt wurde, dass Miss Parker in San Francisco als Callgirl arbeitete. Und ich habe auch einen konkreten Beweis, dass Sie sie als Callgirl engagiert haben."

Daniel kochte innerlich vor Wut. „Ich werde herausfinden, wer Ihre Quelle ist. Meine Rechtsanwälte –"

Das Klingeln von Claires Telefon unterbrach ihn.

„Einen Moment bitte", sagte sie, sah auf das Display und griff nach dem Hörer. „Ich muss das entgegennehmen."

Sie hob den Hörer an ihr Ohr. „Ja, Rick, was ist jetzt wieder?" Ungeduld lag in ihrer Stimme.

Daniel hörte eine laute männliche Stimme durch das Telefon, konnte aber die Worte nicht ausmachen.

Claire schob eine Hand durch ihr Haar. „Das habe ich denen bereits mitgeteilt! Ich traf meine Quelle am ... Moment mal." Sie blätterte ihren Kalender auf ihrem Schreibtisch durch und suchte nach einem Eintrag. Schließlich tippte sie auf eine Stelle auf dem Papier. „Hier! Ich traf meine Quelle am dreiundzwanzigsten."

Wieder sagte der Mann am anderen Ende etwas, während Daniel auf den Kalender starrte. Sie vermerkte sich die Termine mit ihren Quellen in diesem Kalender? Interessant.

Claire seufzte. „Na gut! Ich bin in ein paar Minuten oben." Dann legte sie auf und sah Daniel wieder an. „Wie ich schon sagte, die Geschichte hat Hand und Fuß. Ich ziehe sie nicht zurück, denn sie entspricht der Wahrheit. Es ändert sich nichts daran, nur weil sie Ihnen nicht gefällt."

„Na gut, Miss Heart. Wenn Sie die Sache so regeln wollen." Daniel stand auf. „Die *New York Times* wäre nicht die erste Zeitung, die durch eine Verleumdungsklage ruiniert würde."

„Es ist keine Verleumdung, wenn es wahr ist. Ich stehe zu meinem Artikel und meiner Quelle."

„Wie Sie wollen. Ich finde selbst hinaus." Er wandte sich zur Tür, verließ ihr Büro und schloss die Tür hinter sich.

Seine Augen scannten die Türen des Korridors, während er in Richtung Aufzug eilte. Schließlich fand er, wonach er suchte: die Herrentoiletten. Er ging hinein und war erleichtert, diese leer vorzufinden. Keine Geräusche kamen aus den drei Toiletten.

Daniel blieb an der Tür stehen und hielt sie nur angelehnt, damit er in den Korridor spähen konnte. Er musste nicht lange warten. Claire Heart ging kurze Zeit später mit hastigen Schritten an der Tür vorbei und eilte zum Aufzug. Als er das Ping-Geräusch des Aufzugs hörte, zählte er bis fünf, bevor er zurück in den Flur trat. Sein Blick ging sofort zu den Aufzügen: Claire war verschwunden.

Erleichtert ging er zurück zu ihrem Büro. Adrenalin pumpte durch seine Adern. Er hatte noch nie in seinem Leben etwas Illegales getan, aber heute hatte er keine andere Wahl. Er musste herausfinden, wer die

Quelle der Reporterin war. Er fühlte sich wie ein Einbrecher, als er in Claires Büro schlich und um ihren Schreibtisch herum ging. Mit einem Auge scannte er die Seiten ihres Kalenders, mit dem anderen behielt er die Tür im Auge.

Die Anmerkungen in Claire Hearts Kalender sahen mysteriös aus. Sie verwendete viele Abkürzungen und die Namen ihrer Quellen, oder wen immer sie auch traf, bestanden nur aus Initialen. Offenbar wollte sie sicher gehen, dass dieser Terminkalender, sollte er in die falschen Hände fallen, nicht die Namen ihrer vertraulichen Quellen enthüllen würde.

Daniel arbeitete sich rückwärts durch die Eintragungen. Er wusste, dass kein Reporter zu lange auf einer vielversprechenden Geschichte sitzen würde. Claire hatte bestimmt ihre Quelle innerhalb der letzten zwei Wochen getroffen. Das hätte ihr genügend Zeit gegeben, alle Beweise, die ihr präsentiert worden waren, zu überprüfen. Beweise? Er schnaubte. Es gab keine Beweise. Was Claire bekommen hatte, musste gestellt worden sein. Daniel würde die Quelle finden und beweisen, dass die Behauptungen gelogen waren.

Zielstrebig las er jede Eintragung während der letzten zwei Wochen, als er plötzlich über Initialen stolperte, die eine Erinnerung in ihm auslösten. Ein Koffer, auf dem am Verschluss die Initialen *AH* eingraviert waren, erschien vor seinem geistigen Auge. Er hatte diesen Koffer schon so viele Male getragen.

Der Eintrag war vom zehnten des Monats um zwei Uhr dreißig und lautete: *AH bez.: DS Cg.*

Er konnte dies nur so interpretieren: *Audrey Hawkins bezüglich Daniel Sinclair, Callgirl.*

Wer sonst sollte es sein? Es musste Audrey sein! Sie war die einzige Person, die immer noch einen so tiefen Groll gegen ihn hegte, dass sie versuchen konnte, sein Glück mit Sabrina zu zerstören. Er und Audrey waren einmal ein Paar gewesen. Audrey war ein Szene-Girl aus der höheren Gesellschaft, und vor langer Zeit hatte er geglaubt, dass sie das perfekte Paar wären. Schließlich gehörten sie beide den gleichen Kreisen der High Society von New York an. Aber trotz ihrer Schönheit und ihres offensichtlichen Charmes, hatte er Audrey nie wirklich geliebt und hatte häufig Abendessen und Sex mit ihr zugunsten spätabendlicher Geschäftstreffen getauscht.

Ihre Trennung war unvermeidlich gewesen, obwohl die Art und Weise, wie es geschehen war, sogar Daniel überrascht hatte: Er hatte Audrey im Bett mit seinem Rechtsanwalt erwischt. Daniel hatte sich im selben Moment von ihr getrennt und gleichzeitig seinen Rechtsanwalt gefeuert. Aber Audrey hatte nicht so leicht aufgegeben.

Als sie ihm auf eine Geschäftsreise nach San Francisco gefolgt war, in der Hoffnung ihn zurückzugewinnen, hatte sie ihn mit Sabrina angetroffen. Die Situation war ein wenig eskaliert und hätte fast seine sowieso fragile anfängliche Beziehung mit Sabrina zerstört. Und es schien, als ob Audrey immer noch nicht fertig war. Sie versuchte immer noch, seine Beziehung zu Sabrina zu zerstören.

Aber er würde dafür sorgen, dass es ihr nicht gelang.

Daniel stürmte aus dem Büro. Es interessierte ihn nicht, ob ihn jetzt jemand sah. Er hatte die Information gefunden, die er suchte. Niemand konnte ihn jetzt stoppen.

Draußen eilte er zu seinem geparkten Auto und fuhr los.

Er konnte Audrey selbstverständlich anrufen, aber was würde das bringen? Sie würde nicht ans Telefon gehen, wenn sie seine Nummer sah. Außerdem wollte er sie persönlich konfrontieren, denn es wäre viel einfacher, sie einzuschüchtern, wenn er ihr gegenüberstand.

Während der ganzen Fahrt zu ihrer Eigentumswohnung in Midtown Manhattan, kochte die Wut in ihm hoch. Er hatte gedacht, dass Audrey nach der letzten Konfrontation, die fast sein Verhältnis zu Sabrina zerstört hatte, endlich aufgegeben hatte. Doch schien es, dass Audrey mit ihren Spielen nicht fertig war.

Der Portier in Audreys Gebäude rief zu ihrer Wohnung hinauf und erlaubte ihm dann, den Aufzug nach oben zu nehmen. Wenn Audrey vorhatte, die gleiche Verführungsszene abzuziehen, die sie schon einmal bei ihm versucht hatte, dann würde sie eine böse Überraschung erleben. Er war nicht mehr anfällig für ihren Charme. Schon lange nicht mehr.

An der Tür zu Audreys Wohnung wurde Daniel von Audreys Haushälterin Betty gegrüßt. Ihr Gesicht leuchtete auf, als sie ihn sah. Er mochte die ältere Frau und bedauerte, dass sie für jemanden wie Audrey arbeiten musste, die sicher keine angenehme Arbeitgeberin war.

„Oh, Mr. Sinclair, wie nett, Sie wiederzusehen!"

Er zwang sich, höflich zu ihr zu sein. Schließlich war es nicht ihre Schuld, dass ihre Chefin doppelzüngig und herzlos war. „Hallo, Betty. Freut mich, Sie zu sehen. Ich bin hier, um mit Audrey zu sprechen. Es ist wichtig."

„Es tut mir leid, aber sie ist nicht hier."

„Nicht hier?" Er schritt an Betty vorbei und betrat das Foyer, das zu einem großen, tiefer gelegenen Wohnzimmer führte. Er ließ seinen Blick umherschweifen, aber der Raum war leer und sah so kitschig aus wie eh und je. Er hatte Audreys Vorliebe für übertriebene Extravaganz noch nie geteilt.

Hinter ihm schloss Betty die Tür. „Wusste sie, dass Sie kommen würden? Sie muss es vergessen haben. Sie ist leider vor zwei Tagen unerwartet abgereist."

Er wandte sich zu Betty. „Wohin?"

Die Haushälterin zuckte mit den Schultern. „Sie sagte, dass sie weg musste und Zeit brauchte, um einige Dinge zu erledigen. Sie erwähnte nicht wohin. Und ich wollte nicht nachfragen. Sie kennen ja Miss Audrey."

Natürlich tat er das. Er wusste genau, wie sie war.

Daniel zog sein Handy aus der Tasche und fand Audreys Nummer. Es klingelte mehrmals, bevor sein Anruf auf die Mailbox ihres Handys weitergeleitet wurde. Er bemühte sich nicht, eine Nachricht zu hinterlassen, und legte fluchend auf.

Er fing Bettys betroffenen Blick auf, als er aufsah.

„Steckt Miss Audrey in Schwierigkeiten?"

„Sobald ich sie finde, ja", presste Daniel heraus.

4

„Bist du dir sicher, dass du damit einverstanden bist?", fragte Holly.

„Ja, natürlich." Sabrina lachte. „Jetzt geh schon." Sie verscheuchte Holly.

„Okay. Ruf uns an, wenn du mit dem Pianisten fertig bist, dann treffen wir uns." Holly umarmte Sabrina und wandte sich dann an Raffaela. „Bereit?"

Raffaela nickte und sah zu Sabrina. „Wir können auch hier bleiben und dir helfen, wenn du das möchtest."

Sabrina verdrehte dramatisch die Augen. „Wir müssen nicht zu dritt sein, um die Musik für die Hochzeit auszuwählen. Der Pianist und ich schaffen das schon. Geht nur einkaufen, ihr zwei, oder was auch immer ihr vorhabt."

„Du kennst mich zu gut." Holly zwinkerte ihr zu und hakte ihren Arm bei Raffaela ein.

Holly fühlte sich ein bisschen schuldig, Sabrina mit dem Aussuchen der Musik alleine zu lassen, aber Raffaela hatte Holly um Hilfe gebeten und da es dabei ums Einkaufen ging, konnte sie einfach nicht widerstehen.

Als sie draußen waren, und außer Hörweite von Sabrina, sprach Holly Raffaela an: „Also, hast du irgendeine Idee, was du Sabrina kaufen willst?"

„Ja, ich hätte da schon eine Idee." Raffaela seufzte. „Aber ich wollte deine Meinung darüber hören. Ich will ihr doch was Persönliches zur Hochzeit schenken." Sie lachte. „Deshalb nehme ich dich mit, damit du mir helfen kannst, die richtige Entscheidung zu treffen. Du kennst sie viel besser als ich."

Holly lächelte. „Ich bin sicher, dass wir etwas finden werden."

Sie öffnete die Autotür und setzte sich auf den Beifahrersitz von Raffaelas Wagen. Raffaela bog von der Auffahrt in die Straße ein und fuhr Richtung East Hampton. Sie hatte Holly gesagt, dass Montauk nicht viel in Sachen Einkaufsmöglichkeiten zu bieten hatte und dass sie in East Hampton eine bessere Auswahl haben würden.

„Ich bin dir und Tim so dankbar, dass ihr die beiden einander vorgestellt habt", begann Raffaela. „Ich habe meinen Sohn noch nie so glücklich gesehen."

Holly lächelte wehmütig. Wenn Raffaela wüsste, unter welchen Umständen ihr Sohn Sabrina kennengelernt hatte, würde sie Holly vermutlich nicht so enthusiastisch danken. Höchstwahrscheinlich wäre sie entsetzt. Empört. Möglicherweise sogar angewidert. Es war also gut, dass Raffaela nicht wusste, was sie, Holly, beruflich tat.

„Wir dachten uns, dass sie gut zusammenpassen würden. Und das tun sie auch."

Raffaela kicherte. „Ja, sie sind so süß zusammen. Sie erinnern mich an die Zeit, als James und ich uns kennenlernten. Wir waren genauso verliebt wie die beiden. Und wie steht's mit dir, Holly? Gibt es da jemanden?"

Holly schaute aus dem Fenster, während sie den Montauk Highway entlang fuhren. Die vom Wind geformten Dünen und die schönen Villen, die etwas weiter vom Highway entfernt zu sehen waren, zogen sie in den Bann. Würde sie eines Tages in so einem Haus leben? Sie bezweifelte es. Schließlich führte sie kein anständiges Leben wie diese Leute. Ihr Leben war so ganz anders. Zum ersten Mal fragte sie sich, ob es an der Zeit war, sich zu ändern, mit dem aufzuhören, was sie beruflich tat und ihrer Vergangenheit den Rücken zu kehren.

„Ich?" Holly lachte, um ihre Gefühle darüber, dass sie sich eine Beziehung wünschte, zu verbergen. „Es gibt viel zu viele fabelhafte Kerle. Wie kann man da eine Wahl treffen? Es ist wie ein unendliches Buffet. Es gibt so viele gute Sachen, dass man am Ende gar nicht weiß, was man essen soll."

Raffaela lachte laut auf. „Du bist so witzig, Holly! Aber du hast recht. Du bist noch jung. Du kannst dich noch umsehen und musst nicht den erstbesten Kerl nehmen, der dir begegnet." Sie beugte sich näher. „So wie du aussiehst, bekommst du sowieso jeden, den du dir in den Kopf setzt."

Holly lächelte. „Das ist sehr nett von dir, dass du das sagst."

Zweifellos hatte ihr Aussehen sie zu einer der begehrtesten Frauen von Mistys Begleitservice gemacht. Sie konnte einen hohen Preis für ihre Dienstleistungen verlangen. Aber war der Preis, den *Holly* zahlen musste, vielleicht zu hoch? Vergeudete sie ihre besten Jahre in einem Job, der schließlich in eine Sackgasse führen würde? Sie wusste, dass keiner ihrer Kunden in ihr jemals eine Kandidatin zum Heiraten sehen würde. Denn das war sie nicht. Sie war nicht anständig. Was sie tat, war nicht nur in den meisten Bundesstaaten illegal, sondern es wurde als unsittlich und unanständig betrachtet. Und kein Mann, der alle Tassen im Schrank hatte, würde eine Beziehung mit jemandem wie ihr in Betracht ziehen.

Obwohl nicht alle Aufträge der Escort-Agentur Sex beinhalteten, taten es doch viele. Welcher Mann war schon bereit, den Preis zu zahlen, den ihre Chefin verlangte, um einen Abend mit bloßer Unterhaltung zu verbringen? Und obwohl Holly das Recht hatte, sich einem Kunden zu verweigern, wenn sie den Mann abscheulich fand, konnte sie diese Du-kommst-aus-dem-Gefängnis-Karte nicht jedes Mal ausspielen – früher oder später würde Misty sie entlassen, da nur Aufträge, die Sex mit einschlossen, wirklich gutes Geld brachten.

Manchmal genoss Holly ihre sexuellen Treffen mit den Männern, die sie engagierten, aber es geschah immer seltener, dass sie sich gut mit dem fühlte, was sie tat. Wenn sie diesen Job nicht aufgab, solange sie es noch konnte, würde das Unvermeidliche geschehen. Sie würde ihre besten Jahre vergeuden. Und sie würde am Ende alleine sein.

„Nun, was meinst du?"

Holly riss ihren Kopf zurück zu Raffaela und stellte fest, dass sie abgeschaltet hatte. Ihre Gedanken waren auf Wanderschaft gegangen.

„Hmm?"

„Das Juweliergeschäft. Dort könnten wir zuerst hingehen."

„Schmuck ist immer eine großartige Idee", stimmte Holly zu und sah sich um.

Sie hatten das Stadtzentrum von East Hampton erreicht. Raffaela parkte am Straßenrand und stellte den Motor ab. „Wir sind da."

„Oh, hier ist es ja wunderschön!", rief Holly aus, als sie aus dem Auto ausstieg.

Das Stadtzentrum von East Hampton war nicht groß. Im Grunde bestand es lediglich aus einer Hauptstraße mit einigen Geschäften und ein paar Nebenstraßen. Überraschend noble Boutiquen reihten sich an Restaurants und Tante-Emma-Läden. Offenbar wollten die reichen New Yorker, die den Sommer in den Hamptons verbrachten, nicht an Einkaufs-Entzugserscheinungen leiden müssen, wenn sie hier Urlaub machten.

Holly ließ die Szenerie auf sich wirken. Es war so anders als in San Francisco und an der Westküste. Fast wie in einem Bilderbuch. Zu ihrer Überraschung gefiel es ihr. Es gab ihr ein Gefühl von Heimat, von Wärme und Zugehörigkeit. Sie schüttelte die Gedanken ab. Offensichtlich hatte die Beschäftigung mit Sabrinas Hochzeit sie weich gemacht, wo sie doch gar nicht sentimental war. Sie war direkt und praktisch. Nicht emotional, egal was ihre blonden Locken vielleicht vermuten ließen.

„Diese Richtung", wies Raffaela sie an und ging den Bürgersteig entlang.

Holly ging neben ihr her, bis sie ein kleines Juweliergeschäft erreichten. Raffaela trat ein und eine Glocke über der Tür klingelte in einem beruhigenden Ton. Als Holly das kleine Geschäft hinter Raffaela betrat, schaute sie sich flüchtig um. Der Raum, in dem sie standen, war klein. Die Vitrinen waren voll mit antiken Schmuckstücken. Erbstücke, vermutete Holly. Es schien, dass dieses Geschäft auf alte Schmuckstücke spezialisiert war.

Holly warf Raffaela einen neugierigen Blick zu. Sie hatte von Sabrinas zukünftiger Schwiegermutter erwartet, dass diese in ein schickes Juweliergeschäft gehen und dort etwas Gewöhnliches kaufen würde. Aber so wie es aussah, hatte sich Raffaela mehr Gedanken gemacht, als Holly erwartet hatte.

Der Mann hinter dem Tresen, der gerade mit einem Kunden sprach, nickte ihnen schnell zu. Er schien Raffaela zu kennen.

„Das ist ein ungewöhnliches Geschäft", meinte Holly leise zu Raffaela, da sie nicht zu laut sprechen wollte, denn sie kam sich vor, als sei sie in jemandes Wohnzimmer eingedrungen, so gemütlich sah das Geschäft aus.

Raffaela lächelte. „Das Geschäft gibt es schon ewig."

Dann steckte sie ihre Hand in ihre Handtasche und zog ein kleines, schwarzes Samttäschchen heraus. Sie öffnete es und entnahm einen funkelnden grünen Smaragd und hielt ihn Holly hin. Holly hatte immer gedacht, dass Smaragde etwas trübe waren, doch dieser funkelte heller, als sie je einen Smaragd hatte funkeln sehen.

„Er gehörte Daniels Großmutter. Das war der Stein aus ihrem Ehering. Sie liebte Daniel. In ihrem Testament hat sie ihn mir vererbt, mit dem Wunsch, dass ich ihn eines Tages Daniels Frau geben sollte. Was sollen wir daraus machen lassen?"

Holly starrte den kostbaren Edelstein an. „Er ist so schön. Genauso wie Sabrinas Augen", flüsterte sie voller Ehrfurcht. „Ich glaube, eine Halskette würde den Stein am besten zur Geltung bringen."

„Du glaubst nicht, das ist ein wenig zu unpersönlich?"

„Nein, überhaupt nicht. Sobald du Sabrina die Geschichte dazu erzählst, wird sie in Tränen ausbrechen. Ich garantiere es ihr."

„Also dann eine Halskette."

Sie mussten nur noch wenige Minuten warten, bis der Inhaber des Ladens bereit war, sie zu bedienen.

„Guten Morgen, Mr. Anderson."

Der Mann nickte und lächelte sie breit an. „Mrs. Sinclair. Schön,

Sie wiederzusehen." Er neigte seinen Kopf in Richtung Holly. „Ma'am. Wie darf ich Ihnen zwei hübschen Damen behilflich sein?"

Raffaela schmunzelte. „Sie Charmeur!" Sie legte den Edelstein auf das Samtkissen auf dem Tresen. „Ich möchte diesen Stein in eine Halskette für meine zukünftige Schwiegertochter arbeiten lassen. Ist das möglich?"

„Alles ist möglich." Er hob den Stein und musterte ihn gründlich. „Sehr schön. Eine außergewöhnliche Klarheit. Ich würde Weißgold als Fassung vorschlagen. Oder Platin." Er blickte auf. „Ich könnte Ihnen etwas sehr Schönes entwerfen."

„Ich fürchte, dafür haben wir nicht die Zeit. Die Hochzeit ist in zehn Tagen."

„Oh." Er rieb sich den Nacken. „In dem Fall, lassen Sie uns einen Blick auf die Kollektion werfen und sehen, welche Halskette für so einen Stein geeignet wäre." Er winkte ihnen zu, ihm zu einer Vitrine an der Wand zu folgen.

Darin lagen antike Halsketten neben Ohrringen und Broschen. Holly bewunderte den Schmuck. Jedes Stück war eine einzigartige und wunderschöne Handarbeit.

„Diese hier!" Raffaela zeigte auf eine Halskette mit feinen Schnörkeln, in denen kleine funkelnde Diamanten saßen. In der Mitte saß ein großer Rubin.

„Eine ausgezeichnete Wahl, Mrs. Sinclair." Mr. Anderson hob den Deckel der Vitrine an und entnahm die Halskette. „Alles, was ich tun muss, ist, die Fassung in der Mitte durch eine größere zu ersetzen und den Smaragd einzupassen. Ich werde das in vier, maximal fünf Tagen fertig haben."

Raffaela wandte sich an Holly. „Was meinst du?"

Holly lächelte sie an. „Es wird ihr gefallen."

Als sie kurze Zeit später das Geschäft verließen, wandte sich Holly an Raffaela. „Ich kann mit deinem Geschenk für Sabrina leider nicht mithalten, aber ich dachte mir, ich kaufe ihr etwas für die Flitterwochen. Vielleicht ein Negligé."

Raffaela kicherte. „Du meinst, ein Geschenk für Daniel?"

Holly lachte. „Na gut, wenn du so willst, ein Geschenk für beide."

„Ich kenne genau das richtige Geschäft dafür. Es gibt eine entzückende kleine Boutique am Ende des Blocks. Ich bin sicher, dass du dort etwas finden wirst."

Sie gingen zu dem Wäschegeschäft und traten ein. Holly sah sich um, überrascht darüber, wie groß das Geschäft war. Anscheinend waren die Bewohner dieser verschlafenen Stadt interessiert genug an nächtlichen Aktivitäten, um einen Laden wie diesen am Laufen zu halten. „Wow. Der Laden ist aber groß."

„Ich wusste, dass er dir gefallen würde."

Holly sah sich mit offenem Mund um. Dies war wie ihr persönliches Paradies. Sie liebte Wäsche, das hatte sie schon immer getan, auch schon bevor sie ein Callgirl geworden war und schöne Wäsche eine Notwendigkeit geworden war. Vielleicht würde sie nicht nur Sabrina etwas Nettes kaufen, sondern auch etwas für sich selbst. Schließlich konnte sie eine Gelegenheit wie diese nicht einfach vorbeiziehen lassen.

Holly blieb an einem Warentisch mit langen Seidennegligés stehen und sah sie sich an. Dann zog sie eines heraus. Das weiche rosa Negligé, das bis zur Mitte ihres Oberschenkels reichte und von Spaghettiträgern gehalten wurde, war genau das richtige für Sabrina. Es war elegant und dennoch sexy. Es war wie für Sabrinas Körper geschneidert.

„Raffaela, schau. Das hier." Sie drehte sich um, um es Raffaela zu zeigen.

„Oh, Holly, das ist perfekt." Raffaela klatschte in die Hände und ein riesiges Lächeln breitete sich auf ihrem Gesicht aus.

„Okay, schon gekauft! Jetzt muss ich nur noch etwas für mich selbst finden. Es wäre eine Schande, wenn ich das nicht täte." Doch bevor sie sich zu der nächsten Warenauslage wenden konnte, drehte sich eine Frau zu ihnen um.

„Raffaela? Wow! Was für eine Überraschung, dich hier zu sehen!"

„Linda", begrüßte Raffaela sie mit einem sonderbar eingefrorenen Lächeln, was Holly überraschte, da sie Raffaela noch nie unfreundlich gesehen hatte. Dennoch konnte Holly sofort spüren, dass Raffaela die

Frau, die sie Linda genannt hatte, nicht leiden konnte. „Wie nett, dich zu sehen."

Als Linda einen neugierigen Blick auf Holly warf, fuhr Raffaela fort: „Linda, das ist Holly, Sabrinas beste Freundin und ihre Brautjungfer. Holly, das ist Linda Boyd, eine Freundin der Familie."

„Schön, Sie kennenzulernen, Linda." Holly streckte ihr die Hand entgegen und wurde mit einem steifen Lächeln und einem schwachen Händedruck belohnt, während die Frau sie musterte, als ob sie ein billiges Kleid begutachtete.

„Gleichfalls", sagte Linda und wandte sich dann wieder an Raffaela. „Es überrascht mich, dich einkaufen zu sehen. Ich dachte, dass du sicherlich mit ganz anderen Dingen beschäftigt wärst."

„Wir kaufen für die Hochzeit ein", antwortete Raffaela ruhig.

Lindas künstliches Lächeln verschwand nicht, während sie sich näher beugte, als ob sie ein Geheimnis verraten würde, bei dem sie nicht belauscht werden wollte. „Ach, ja. Da wir von der Hochzeit sprechen. Ist diese ganze Sache nicht schrecklich? Leute können manchmal so bösartig sein."

„Was meinst du damit?" Raffaela betrachtete Linda verwirrt. „Mein Sohn heiratet. Und daran ist nichts Schreckliches."

Linda schüttelte den Kopf. „Selbstverständlich nicht, aber dieser Artikel in der heutigen Zeitung. Der über Sabrina ... Ich war entsetzt, als ich ihn las. Selbstverständlich glaube ich kein Wort davon."

„Ich fürchte, wir haben heute Morgen die Zeitung nicht bekommen. Ich weiß nicht, über welchen Artikel du sprichst."

Holly konnte die Angespanntheit in Raffaelas Stimme hören.

„Oh." Linda legte ihre Hand über ihren Mund, um überrascht auszusehen. „Du meinst, dass du den Artikel in der *New York Times* nicht gesehen hast? Ach Gott. Ich wollte wirklich nicht diejenige sein, die dir das erzählt. Es tut mir leid."

„Linda, um was geht es in dem Artikel?"

„Ach, Raffaela, es tut mir so leid. Ich will dir wirklich keine schlechten Nachrichten erzählen. Ich nahm an, dass du es schon wusstest. Jeder spricht ja heute Morgen darüber. Ich bin sicher, es ist alles ein großes Missverständnis. Es kann ja nicht wahr sein." Sie legte ihre Hand auf Raffaelas Unterarm. „Hör zu, vergiss es einfach. Es tut mir leid."

Dann drehte Linda sich abrupt ab und verließ das Geschäft. Sie ließ Raffaela einfach mit gerunzelter Stirn stehen. Holly drehte sich zu Raffaela. Als ihre Blicke sich trafen, sagte Raffaela: „Ich muss eine Zeitung kaufen."

Holly nickte wie betäubt. Etwas stimmte nicht. Sie warf das Negligé zurück auf den Warentisch und nahm Raffaelas Arm. „Lass uns der Sache nachgehen."

Als sie nach draußen gingen und den nächsten Zeitungskiosk ansteuerten, sah Holly Raffaela flüchtig von der Seite an.

„Ich weiß, dass Linda eine Freundin der Familie ist, aber ich mag diese Frau nicht."

„Da bist du nicht alleine. Sie ist eine Klatschbase. Ich habe versucht, sie seit Daniels Trennung von Audrey auf Distanz zu halten, aber in den Hamptons ist das nicht so einfach."

„Was hat Linda mit Daniels Trennung von Audrey zu tun?"

„Linda und Audrey sind gut befreundet."

Hollys Magen drehte sich um. Eine Freundin von Audrey überbrachte ihnen schlechte Nachrichten über Sabrina? Wie hoch standen die Chancen, dass dies ein Zufall war?

Am Kiosk gab Raffaela einige Münzen in den Kasten und schnappte sich eine Ausgabe der *New York Times*. Holly folgte ihr, als sie zum Auto ging, aufsperrte und einstieg, bevor sie die Zeitung auseinanderfaltete.

Sie reichte Holly eine Hälfte. „Du überprüfst diesen Teil und ich den anderen."

Hastig überflog Holly jede Seite, scannte die Schlagzeilen und betrachtete jedes Bild, als sie plötzlich Raffaela keuchen hörte.

Holly wirbelte ihren Kopf zu ihr und bemerkte sofort, dass sie blass geworden war. Raffaelas Augen waren geweitet und ihre Kinnlade klappte nach unten.

„Raffaela? Was ist los?" Holly blickte zu der Stelle in der Zeitung, auf die Raffaela starrte. Holly fokussierte ihre Augen und ihr Atem stockte in ihrer Brust. „Oh mein Gott!"

Das durfte doch nicht wahr sein!

„Versprich mir, dass du Sabrina nichts davon erzählen wirst. Ich muss zuerst mit Daniel sprechen", forderte Raffaela sie auf.

Holly nickte. Sie war voller Schuldgefühle. Wenn sie nicht diese unbedachte Idee gehabt hätte, Sabrina vorspielen zu lassen, ein Callgirl zu sein, wäre all dies nie geschehen.

Über die Freisprechanlage in seinem Auto hörte er das Telefon zweimal klingeln, bis sein Rechtsanwalt Elliott Langdon antwortete. „Daniel?"

„Elliott, hör zu. Es ist etwas passiert. Du musst etwas für mich tun und –"

„Ich dachte mir schon, dass du anrufen würdest. Lass mich raten: Du möchtest die *New York Times* verklagen", unterbrach Elliott.

„Dann weißt du also schon, was los ist." Zumindest bedeutete das, dass er keine langatmigen Erklärungen über den Artikel abgeben musste.

„Ich bin heute Morgen fast an meinem Toast erstickt. Ich nehme an, die ganze Sache ist erfunden?"

„Ja. Ich habe bereits mit der Reporterin, Claire Heart, gesprochen."

„Was hat sie vorliegen?"

„Sie wollte nichts preisgeben, aber ich fand heraus, wer ihre Quelle ist."

„Wer?"

„Audrey Hawkins."

Er hörte Elliott durch die Zähne pfeifen. „Sie will nicht aufgeben, was? Na, in dem Fall müssen wir an Audrey ran und sie dazu zwingen, uns zu geben, was sie hat."

Daniel seufzte. „Das habe ich bereits versucht. Sie ist verschwunden. Sie wusste, dass ich es herausfinden und sie damit konfrontieren würde."

„In dem Fall wende ich mich wohl zuerst an die Rechtsabteilung der *New York Times*. Ich kenne einen der Rechtsanwälte in deren Team. Lass mich mal mit ihm sprechen und sehen, was ich herausfinden kann."

„Gut, aber wirble nicht zu viel Staub auf. Ich möchte vor der Hochzeit keinen Prozess beginnen. Das würde zu viel Aufmerksamkeit erregen." Und es würde bedeuten, dass Sabrina mit Sicherheit alles herausfinden würde.

„Keine Sorge, ich weiß, wie ich die Sache angehen muss."

„Danke, Elliott. In der Zwischenzeit versuche ich, Audrey zu finden. So wie ich sie kenne, ist sie nicht weit weg. Sie will sich sicher das Chaos, das sie angerichtet hat, ansehen."

„Ja, das klingt nach ihr. Ich rufe dich an, wenn ich was habe."

„Danke."

Daniel legte auf und konzentrierte sich auf den Verkehr.

Er hatte bereits mehrere von Audreys Freunden und Bekannten angerufen und sich erkundigt, ob sie über Audreys derzeitigen Aufenthaltsort Bescheid wussten, aber niemand hatte etwas von ihr gehört. Alle behaupteten, dass sie nicht wussten, wo sie war.

Während seiner Fahrt zu den Hamptons fuhr er fort, Telefonat um Telefonat zu tätigen, aber keiner ihrer gemeinsamen Bekannten hatte sie gesehen.

Als Daniel in die Auffahrt seines Elternhauses einbog, war er erschöpft. Körperlich, geistig und emotional.

Daniel stieg aus, schlug die Tür zu und schloss das Auto ab. Es war früher Abend und die Sonne war gerade am Untergehen. Ein Spaziergang am Strand mit Sabrina, wo sie den Sonnenuntergang beobachten konnten, war genau das, was er jetzt brauchte, um seine Nerven zu beruhigen.

Bevor Daniel den Schlüssel ins Schloss stecken konnte, wurde die

Tür bereits geöffnet. Seine Eltern kamen ihm entgegen, ihre Gesichter sorgenvoll gezeichnet. Sein Magen verkrampfte sich. Etwas war geschehen.

„Mama, Dad. Was ist los? Geht es Sabrina gut?", fragte er und blickte an ihnen vorbei ins Haus. Es war ungewöhnlich ruhig.

Seine Mutter nickte. „Tim und Holly gehen mit Sabrina am Strand spazieren."

„Damit wir mit dir sprechen können, ohne dass Sabrina uns zufällig hört", fügte sein Vater geheimnisvoll hinzu.

Panik und Angst stießen in seinem Inneren zusammen. „Was ist los?"

Seine Eltern bedeuteten ihm, ihnen nach drinnen zu folgen und führten ihn in das Arbeitszimmer seines Vaters, das neben dem Foyer lag. Erst als sein Vater die Tür hinter sich geschlossen hatte, sprach er wieder.

„Es ist etwas Ernstes, Daniel."

Daniel fuhr sich mit der Hand durch sein Haar. Als ob er nicht schon genug Probleme hätte.

„Ich bin heute Linda Boyd begegnet", begann seine Mutter. „Sie hat mich auf den Artikel in der *New York Times* hingewiesen."

Scheiße!

Wenn Linda davon wusste, dann wusste es jeder. Er hätte sich denken können, dass er den Artikel nicht lange würde geheimhalten können.

Er stieß einen Seufzer aus.

„Also weißt du über den Artikel Bescheid", hakte seine Mutter nach.

„Ist es wahr? Ist Sabrina ein Callgirl?", fragte sein Vater.

„Nein, selbstverständlich nicht!" Daniel funkelte seinen Vater an. „Sabrina ist eine anständige Frau! Sie ist kein Callgirl!"

„Warum druckt die Zeitung dann so eine Geschichte?"

„Ich weiß es nicht." Daniel seufzte. „Deshalb war ich heute in der Stadt. Um es herauszufinden. Ich sprach mit dieser Klatschkolumnistin, Claire Heart."

„Und? Wird sie den Artikel zurückziehen?", drängte seine Mutter. In ihrem Ton und ihren Augen lag ein Hoffnungsschimmer.

Er hasste es, sie enttäuschen zu müssen. „Nein. Sie behauptet, sie hätte einen handfesten Beweis. Und sie wollte ihre Quelle nicht nennen."

„Aber welchen Beweis kann sie denn haben, wenn Sabrina kein Callgirl ist? Wie können sie so etwas denn drucken? Kein Herausgeber würde einen Reporter damit durchkommen lassen. Sie müssen irgendeinen Beweis haben", meinte sein Vater beharrlich.

„Sie haben nichts, denn es gibt nichts, das sie wissen können."

Sein Vater verengte seine Augen. „Was verheimlichst du uns?"

Daniel nahm einen tiefen Atemzug. Vielleicht war jetzt die Zeit gekommen, um alles ins Reine zu bringen. Sein Vater war ein vernünftiger Mensch mit einem scharfen Verstand. Er würde ihn und Sabrina nicht für das verurteilen, was sie getan hatten.

„Die Quelle ist Audrey", biss er heraus. „Ich fand einen Eintrag im Terminkalender der Reporterin, dass sie sich vor ein paar Tagen mit Audrey getroffen hatte."

„Du hast es in ihrem Terminkalender gefunden?", fragte sein Vater mit hochgezogener Augenbraue. „Hast du etwas Illegales angestellt?"

Daniel zuckte mit den Schultern. „Dad, ich glaube nicht, dass mein größtes Problem im Moment unbefugtes Betreten ist. Außerdem hat mich niemand gesehen."

Seine Mutter schlug sich die Hand über den Mund und erdrosselte damit ein Keuchen, während sein Vater, ein Pragmatiker, nur mit den Schultern zuckte.

„Setz dich, Sohn, und erzähl uns, was Audrey der Reporterin hätte mitteilen können, um ihr Glauben zu machen, dass Sabrina ein Callgirl ist", meinte sein Vater.

Daniel sank auf die Ledercouch, und seine Mutter setzte sich neben ihn. Sein Vater blieb stehen und lehnte sich an seinen Schreibtisch.

Das war dieses eine Gespräch, das er gehofft hatte, nie mit seinen Eltern führen zu müssen. Er hatte Sabrina versprochen, dass sie es nie herausfinden würden. Doch es war besser, dass seine Eltern die

Wahrheit erfuhren, anstatt etwas noch Schlimmeres zu vermuten. Denn Sabrina war kein Callgirl.

„Tim und Holly haben uns wirklich zusammengebracht. Das ist die Wahrheit, aber es geschah nicht genau auf die Art und Weise, wie wir es euch erzählt haben."

„Was soll das heißen?" Seine Mutter berührte Daniels Unterarm. Er legte seine Hand über ihre und drückte sie.

„Wie ihr wisst, fand ich Audrey, bevor ich nach San Francisco reiste, im Bett mit Judd, meinem Rechtsanwalt. Ich habe sofort mit ihr Schluss gemacht. Auf meinem Weg zum Flughafen rief ich Tim an und bat ihn ..." Er zögerte einen Moment. Gab es noch etwas Peinlicheres, als seinen Eltern gegenüber zuzugeben, dass er ein Callgirl engagiert hatte?

„Bat ihn um was?", fragte seine Mutter.

„Ich bat ihn, eine Escort-Dame für mich zu finden."

„Oh, Danny!" Seine Mutter drückte ihre Hand gegen ihre Brust, offensichtlich schockiert. „Eine Escort-Dame? Warum? Das hast du doch nicht nötig!"

„Ich weiß. Aber ich musste an jenem Abend an einem großen Empfang teilnehmen, und ich wollte nicht allein gehen. Ihr wisst doch, wie ich diese Veranstaltungen hasse, wo sich jede Salonlöwin, die auf Geld aus ist, an mich ranschmeißt und versucht, ihre Krallen in mich zu schlagen. Und nach dem, was mit Audrey war, wollte ich den Abend nicht damit verbringen, ständig Frauen wie sie abwehren zu müssen. So habe ich eine Escort-Dame engagiert, die mich begleitete." Er fuhr sich mit der Hand durch sein bereits zerzaustes Haar. „Ich machte es Tim deutlich, dass sie nur vortäuschen müsste, meine Freundin zu sein, damit all die alleinstehenden Frauen auf dem Empfang mir vom Leibe blieben."

„Und Tim hat Sabrina engagiert? Bedeutet das, dass Sabrina wirklich eine Escort-Dame war?", fragte sein Vater.

„Ja. Nein!" Er starrte in die verwirrten Gesichter seiner Eltern. „Tim schickte mir Sabrina, aber sie täuschte nur vor, eine Escort-Dame zu sein. Es ist kompliziert." Wie konnte er die Geschichte erzählen, ohne aufzudecken, dass *Holly* ein Callgirl war? Er konnte ihr Vertrauen doch nicht missbrauchen.

„Ich verstehe das nicht. Warum würde Sabrina vortäuschen, dass sie ein Escort-Girl ist?"

„Tim wollte zuerst ein Blind Date für mich arrangieren. Aber ich habe ihm gesagt, ich will kein Blind Date. Ich hatte in dem Moment genug von den Frauen. Ich wollte keine neue Beziehung. Aber Tim und Holly haben sich wohl überlegt, dass sie mich trotzdem irgendwie dazu bringen wollten, mit Sabrina auszugehen. Sie haben die ganze Sache so organisiert, dass Sabrina vortäuschen sollte, eine Escort-Dame zu sein. Aber im Grund war es nur ein Blind Date." Nun gut, es war zwar nicht die ganze Wahrheit, aber es kam der Wahrheit nahe genug.

„Ich mochte Sabrina von dem Moment, als ich ihr begegnete. Verdammt, ich habe dafür bezahlt, sie am folgenden Abend nochmals zu treffen. Wir verliebten uns." Daniel schüttelte den Kopf. „Es war am Anfang alles sehr verwirrend. Aber der Punkt, den ich versuche zu machen, ist, dass Sabrina kein Callgirl ist. Das war sie nie."

„Ich bin mir nicht sicher, was ich dazu sagen soll." Sein Vater ging zur Minibar in der Ecke. Er goss sich einen Drink ein und nahm einen Schluck.

„Ich verstehe immer noch nicht, wie Audrey in die ganze Geschichte verwickelt ist. Offensichtlich war all das ein privates Arrangement zwischen Tim und Holly. Keine Begleitagentur war daran beteiligt. Sie haben das alles nur gespielt", sagte seine Mutter mit gerunzelter Stirn.

„Audrey hat unsere Trennung nicht gut aufgenommen. Sie war davon überzeugt, dass ich sie zurücknehmen würde. Also ist sie in meinem Hotelzimmer in San Francisco aufgetaucht, als Sabrina und ich ..." Er warf einen flüchtigen Blick auf seinen Vater, der ihn sofort zu verstehen schien. Er musste die Sache nicht aussprechen. „Ich weiß nicht, wie Audrey herausgefunden haben könnte, dass Sabrina vorgab, ein Escort-Girl zu sein. Die einzigen Personen, die davon wussten, waren Tim, Holly, Sabrina und ich selbst. Sie muss misstrauisch geworden sein, als sie mich und Sabrina zwei Tage nach unserer

Trennung in meinem Hotelzimmer antraf. Ich nehme an, sie dachte, wenn ich so schnell jemanden finde, kann das nur ein Callgirl sein."

Daniel schnaubte. „Verdammt, es ist nicht das erste Mal, dass Audrey versucht hat, mein Verhältnis zu Sabrina zu sabotieren. Audrey ist eine gestörte, eifersüchtige Frau und sie kann die Tatsache nicht akzeptieren, dass ich Sabrina heiraten werde. Audrey weiß, dass ich nie zu ihr zurückkommen würde, also ist sie auf Rache aus. Ich weiß nicht, wie sie es geschafft hat, die Reporterin von ihren Lügen zu überzeugen, aber sie muss etwas fabriziert haben. Und ich werde herausfinden, was es ist."

„Was wirst du unternehmen?", fragte seine Mutter.

„Ich war schon in Audreys Wohnung, um sie damit zu konfrontieren, aber ihre Haushälterin sagte mir, dass Audrey vor ein paar Tagen abgereist ist, ohne ihr zu sagen, wohin oder wann sie zurück sein wird. Aber ich werde sie finden."

„Selbst wenn du Audrey findest, denkst du wirklich, dass sie ihre Lüge gesteht?", fragte sein Vater.

„Selbstverständlich nicht, aber ich werde es irgendwie schaffen, sie zu zwingen, ihre Lügengeschichte zuzugeben. In der Zwischenzeit werde ich der Zeitung mit einer Verleumdungsklage drohen. Ich habe auf der Heimfahrt bereits mit meinem Rechtsanwalt gesprochen. Er trifft sich mit dem Rechtsberater der *New York Times* und wird ihnen mit einem Prozess drohen."

„Dir ist klar, dass das alles hässlich werden wird, oder? Du wirst das nicht vor Sabrina geheimhalten können", warnte ihn sein Vater.

„Deshalb werde ich eine Klage erst nach der Hochzeit einreichen. Und niemand wird Sabrina bis dahin etwas sagen", sagte er und sah dann zuerst seinen Vater und dann seine Mutter an. „Ich möchte nicht, dass irgendetwas Sabrinas Hochzeitstag ruiniert. Sie verdient eine Traumhochzeit. Und die werde ich ihr geben."

„Dem stimme ich zu. Sabrina darf es nicht erfahren", meinte seine Mutter mit einem Kopfnicken. „Holly hat auch versprochen, ihr nichts zu sagen."

„Holly weiß über den Artikel Bescheid?", fragte Daniel. „Scheiße."

Nicht, dass er Holly nicht vertraute, doch je mehr Leute davon wussten, desto wahrscheinlicher war es, dass jemandem etwas herausrutschte.

„Sie war mit mir einkaufen, als Linda mich auf den Artikel aufmerksam machte."

Sein Vater legte eine beruhigende Hand auf Daniels Schulter. „Es tut mir leid, dass wir zu übereilten Schlussfolgerungen über Sabrina gekommen sind. Wir werden tun, was auch immer wir müssen, damit sie nichts herausfindet."

„Da Linda über den Artikel Bescheid weiß, wird bald jeder in den Hamptons davon wissen, sogar diejenigen, die die *New York Times* nicht lesen. Ist euch klar, was das bedeutet? Dein Ruf, Dad", meinte Daniel und sah zu ihm auf.

„Was ist mit meinem Ruf?"

„Dieser Skandal wird auf dich und Mama abfärben. Euer Ruf –"

„– kann dem Sturm widerstehen", beteuerte ihm sein Vater.

Seine Mutter lächelte ihren Ehemann an. „Diese Hochzeit wird wie am Schnürchen ablaufen und alles wird perfekt sein."

Daniel lächelte, mehr für seiner Mutter als für sich selbst. Er hoffte, dass sie recht hatte, denn Sabrina *nicht* zu heiraten stand außer Frage.

6

„Kommt es nur mir so vor, oder hat der heutige Tag ewig gedauert?", fragte Sabrina, während sie zu Daniel ins Bett kletterte.

Er drehte sich zu ihr, legte seinen Arm über ihren Bauch und zog sie an sich. Sabrina seufzte, als er sein Gesicht in ihre Halsbeuge schmiegte.

„Der Tag hat wirklich ewig gedauert." Er küsste ihren Hals und sie zitterte, obwohl es warm im Raum war. „Und ich weiß auch, warum."

„Sag es mir."

Sie spürte seine Brust und seinen Bauch an ihrem Rücken. Wie immer schlief Daniel nackt.

„Er war so lang, weil wir ihn getrennt verbracht haben."

„Hast du in New York alles erledigt?", fragte sie.

Er nickte, legte seine Lippen wieder auf ihren Hals und drückte einen weichen Kuss darauf. „Ich habe erledigt, was ich konnte." Dann seufzte er. „Wie war dein Tag?"

„Ich habe mit dem Pianisten die Musik für die Hochzeit besprochen. Ich glaube, das ist alles im Kasten. Ich wünschte, du wärst dabei gewesen. Er hatte ein paar wunderbare Vorschläge, und es ist mir schwergefallen, mich zu entscheiden."

Daniel schob eine Strähne ihres Haares hinter ihre Schulter. Seine Finger glitten über ihre Haut, dann strichen sie sanft ihren Arm zu ihrem Ellbogen und ihrem Unterarm hinunter, bis sich seine Finger in ihren verschlangen.

„Es tut mir leid, dass ich nicht hier war, um dir zu helfen. Aber morgen helfe ich dir bei allem, was du willst."

„Das ist lieb von dir! Aber morgen muss ich zur Anprobe mit Holly, und ich fürchte, dass du da nicht mit darfst. Danach muss ich noch ein Geschenk für Holly besorgen. Ohne sie. Vielleicht könntet ihr, du und Tim, sie beschäftigen, während ich einkaufen gehe?"

„Ein Geschenk für Holly?"

„Ja, es ist üblich, dass die Braut ihrer Brautjungfer etwas schenkt. Weißt du denn überhaupt nichts über Hochzeiten?" Sie kicherte und drehte sich zu ihm um, um ihn anzusehen.

Er machte ein komisches Gesicht und hob eine Hand. „Es ist doch meine erste!"

Sabrina schlug spielerisch ihre Hand gegen seine Brust und lachte. „Und es wird auch deine letzte sein!"

Seine Augen funkelten. „Das verspreche ich!"

Ihr Herz überschlug sich und ihr Lachen erstarb, als sie Begehren in seinen Augen aufblitzen sah. Sie hatte sich in ihrem Leben noch nie so geliebt gefühlt.

„Ich liebe dich", murmelte er, sein Gesicht plötzlich ernst. Sein Blick verschmolz mit ihrem, als wollte er ihr etwas Wichtiges sagen. „Es würde mich umbringen, wenn ich dich verlieren würde."

Bei seinen merkwürdigen Worten runzelte sie die Stirn. „Warum solltest du mich verlieren?"

Seine Hand legte sich um ihren Nacken und sein Daumen streichelte ihre Wange, während er sich über sie beugte und seinen Körper über ihrem zum Schweben brachte. „Ich brauche dich."

Dann waren seine Lippen auf ihren und verschlangen sie, als wäre er ein Eroberer, der einen neuen Kontinent mit der Absicht in Besitz nahm, ihn sein eigen zu machen. Seine Zunge drang in ihren Mund, und er küsste sie so tief und fest, dass sie sich fragte, ob sie sich jemals davon erholen würde. Sie hatte es schon immer geliebt, wie Daniel sie küsste: mit Entschlossenheit, mit Leidenschaft und einer Begierde, die unvergleichlich war.

Aber heute Abend übertraf er sich.

Seine Bewegungen waren nicht hektisch oder übereilt. Dennoch war sein Kuss fordernd und alles verzehrend. Als hätte er etwas zu beweisen.

Und genauso, wie seine Lippen und seine Zunge das Feuer in ihrem Körper schürten, waren seine Hände nicht untätig und trugen zu den lodernden Flammen bei, die ihren Körper versengten und drohten, sie zu verbrennen, wenn Daniel nicht bald in sie eindrang.

Als sein Daumen unter ihr Negligé glitt und über ihren Nippel rieb, stöhnte sie auf, unfähig, die Empfindungen zurückzuhalten, die sie durchfuhren.

„Das magst du, stimmt's?", neckte er sie, bevor er seinen Kopf neigte und gleichzeitig den Träger ihres Negligés von ihrer Schulter schob, um ihre Brust zu entblößen.

Sie keuchte vor Vergnügen, als seine Zunge ihren Nippel leckte und sein Mund sich darum schloss.

„Ja, ich liebe es", summte sie und drängte ihre Brust tiefer in seinen Mund.

Ein dunkles, animalisches Stöhnen prallte gegen ihren Nippel.

Sabrina sah zu Daniels dunklem Haarschopf hinunter, erstaunt, wie viel Zärtlichkeit er ihr schenkte. Sabrina kämmte mit ihren Fingern durch sein Haar und bäumte sich ihm entgegen. Sie liebte es, wie er ihren Busen leckte.

„Mehr", stöhnte sie.

In Erwiderung ihrer Bitte machte er sich daran, sie ihres Negligés zu entledigen, und er warf das Kleidungsstück zum Fuße des Bettes. Nun war sie nackt wie Daniel. Entblößt.

Als er seinen Kopf von ihrer Brust hob, bemerkte sie, wie er sie ansah: heiß, wild, lüstern und gleichzeitig voller Zuneigung.

„Oh Gott, bin ich ein glücklicher Kerl."

Seine Stimme war anders als sonst. Sie war rau und voller ungestillter Begierde. So hörte sie ihn gerne. Tatsächlich sehnte sie sich danach und es gefiel ihr zu wissen, dass dies eine Stimme war, die nur für sie reserviert war.

Sabrina beobachtete ihn, während er weiter ihre Brüste streichelte und küsste. Sie mochte es, wie sich sein Gesichtsausdruck veränderte, wenn er sie berührte und sie liebte. Als sie nach ihm griff, und versuchte, ihn zu sich zu ziehen, um seinem harten Körper auf ihrem zu spüren, umklammerte er ihre Handgelenke und hielt sie davon ab.

„Leg dich zurück und lass mich dich heute Nacht lieben, Baby."

Sie leckte ihre Lippen und nickte, denn sie kannte diesen Gesichtsausdruck; es war der, der keinen Protest duldete. Daniel war darauf aus, sie heute Nacht mit Vergnügen zu überschütten. Mit einem Seufzer ließ sie sich zurück auf das Kissen fallen und überließ sich ihm.

Daniel glitt langsam ihren Körper hinunter, wo er jeden Zentimeter ihrer nackten Haut küsste und leckte.

Als er ihr Geschlecht erreichte, hielt er inne und atmete tief ein, während er seine Augen über sie schweifen ließ. Er nahm sich Zeit, sie anzusehen, fast so, als hätte er sie noch nie zuvor so gesehen: nackt und erregt, und sich nach seiner Berührung sehnend.

„Was ist los?", fragte sie, sich ihrer Nacktheit plötzlich bewusst.

„Ich möchte dich so in meinem Gedächtnis festhalten."

„Warum?", raunte sie.

„Ich weiß es nicht. Ich weiß nur, dass ich es tun muss. Du bist heute Nacht anders." Er lächelte sanft.

Sabrina schluckte schwer. Daniel glaubte, dass sie heute Nacht anders war? Vermutete er etwas? Bemerkte er die Veränderung in ihr, die sie begonnen hatte zu spüren?

Doch sie hatte keine Zeit, darüber nachzugrübeln, denn Daniel senkte seinen Kopf zu ihrem Geschlecht.

Als seine Lippen sie berührten und seine Zunge ihre feuchte Spalte leckte, schloss sie ihre Augen und presste ihren Kopf fest in das Kopfkissen, während ihre Hüften sich unfreiwillig ihm entgegen drängten. Daniel machte ihre Schenkel breiter, während seine Finger ihre Spalte entlang strichen und er mit seiner Zunge über ihre Klitoris leckte und diese entflammte.

Ihr Herz schlug wie wild und sie keuchte atemlos. Sie ergriff das

Bettlaken und krallte ihre Hände in das luxuriöse Gewebe, um sich zu zwingen, nicht vom Bett abzuheben.

„Oh Gott!", presste sie hervor.

Daniel wusste, wie man einer Frau Vergnügen bereitete. Er hatte nie Probleme damit, sie zu erregen und sie wild zu machen. Je mehr er sie leckte und streichelte, desto näher kam sie an den Punkt, an dem es kein Zurück mehr gab. Lust und Vergnügen steigerten sich, ihr Körper brach in Schweiß aus und ihr Herz klopfte wie eine laute Trommel. Sie bäumte sich unter seinem Mund auf, aber seine Hände, die ihre Schenkel festhielten, hinderten sie daran, sich zu bewegen. Sie war seiner Gnade ausgesetzt. Verwundbar, und doch sicher.

„So nahe", flüsterte sie. „Ich will dich in mir haben."

Daniel hob seinen Kopf und kühle Luft wehte gegen ihr brennendes Geschlecht. Ihr gesamter Körper prickelte vor Vergnügen. Als Daniel sich über sie hob und seinen Schwanz an ihrer Scheide positionierte, griff sie nach unten, um seinen steinharten Schaft in ihrer Hand zu spüren. Aber Daniel wich sofort zurück.

„Fass mich nicht an, Sabrina!", befahl er schroff.

Für einen flüchtigen Moment erstarrte sie.

„Es tut mir leid, Baby", sagte er schnell und seine Augen sahen sie entschuldigend an. „Aber ich hänge an einem seidenen Faden, und wenn du mich jetzt berührst, ist es vorbei, bevor es angefangen hat."

Sie schenkte ihm einen verführerischen Blick. „Dann fang doch an", drängte sie ihn.

Sabrina hielt ihren Atem an, als Daniel in sie stieß. Ein langsames köstliches Brennen breitete sich in ihrem Körper aus, als dieser sich dehnte, um ihn willkommen zu heißen. Daniel füllte sie so vollständig aus, als wären sie eins, ihre Körper in perfekter Harmonie, während ihre Herzen wie eines schlugen.

„Ich brauche dich, Daniel."

„Und ich brauche dich mehr, als du jemals wissen kannst."

Daniel zog sich langsam aus ihr heraus und stieß dann wieder vollständig in sie ein, dieses Mal noch viel härter und tiefer als zuvor.

Sabrina schlang ihre Beine um ihn und hielt ihn fest an sich gepresst, damit er ihr nicht entkommen konnte. Wie ein Paar, das schon seit Jahrzehnten miteinander tanzte, bewegten sich ihre Körper in perfekter Harmonie, schlugen zusammen, dann trennten sie sich und verbanden sich wieder. Es war eine Symphonie der Liebe, der Lust und der Leidenschaft.

Als Daniel seine Lippen auf ihre drückte und ihren Mund in einem verzehrenden Kuss gefangen nahm, fühlte sich Sabrina, als ob sie in die Luft gehoben wurde und auf einer Wolke schwebte. Alles um sie herum verschmolz in den Hintergrund und wurde unscharf. Nur sie beide zählten. Nur sie beide existierten in diesem Moment.

Sabrina bäumte sich unter ihm auf und hob ihre Hüften an, um seinen Stößen entgegenzukommen. Sie wollte und brauchte mehr von ihm und seinem Schwanz.

Er riss seinen Mund von ihr. „Ich wünschte, ich könnte für immer in dir bleiben."

Für immer. Diese Worte wirbelten wie eine Liebkosung um sie herum.

Daniel legte seine Stirn an ihre und schloss seine Augen. Sein Kiefer verkrampfte sich. „Aber ich kann mich nicht länger zurückhalten. Ich werde ... oh Baby, ich komme. Es tut mir leid."

Seine Stöße wurden hart, schnell und ungestüm. Er verlor die Beherrschung und sie liebte jede Sekunde davon, weil sie der Grund dafür war. Der Grund, warum sein Gesicht sich vor Vergnügen verzerrte, der Grund, warum er nicht aufhören konnte, sich in ihr zu bewegen, der Grund, warum sein Atem kurz und schnell ging.

In ihrem Inneren spürte sie seinen Schwanz zucken. Ihre Muskeln verkrampften sich um ihn. Ihre Beine klammerten sich fester um seinen Hintern, und sie ließ sich gehen und begrüßte die Wellen des Vergnügens, die durch sie schossen.

„Daniel", stöhnte sie, als ihr Orgasmus sie überwältigte. „Oh, Gott, Daniel ..." Ihre Worte versickerten in einem weichen Seufzer, während sie sich ihm hingab.

Daniel erfasste ihre Schultern, während er noch einmal in sie stieß und sich so tief in ihr vergrub, dass sie aufschrie. Gleichzeitig spürte sie die Wärme seines Samens in ihrem Inneren.

Kurze Zeit später brach Daniel über ihr zusammen. Er stützte sich auf seinen Ellbogen und Knien ab und vergrub sein Gesicht in ihrer Halsbeuge. Sein heißer Atem kitzelte angenehm. Schwer atmend hielt Sabrina ihn fest und wollte ihn nie wieder loslassen.

„Ist alles in Ordnung, Baby?", flüsterte er gegen ihren Hals.

„Mehr als in Ordnung." Sie lächelte. „Wow, du warst heute Nacht so anders."

Er hob seinen Kopf und starrte sie an. „Wie anders?"

Sie legte ihren Kopf zur Seite und betrachtete ihn für einen Augenblick. „Ich weiß nicht. Intensiver. Ist heute irgendwas in New York vorgefallen?"

„Nein. Nichts Besonderes. Ich habe dich vermisst." Dann nahm er ihren Mund in einem Kuss gefangen und hinderte sie am Sprechen.

7

Sabrina ging die Treppe hinunter und sah sich um. „Holly?",
rief sie.

„In der Küche", kam die Antwort ihrer Freundin.

Sabrina marschierte in Richtung Küche und ging hinein. „Bist du
soweit, damit wir zur Anprobe fahren können? Wir müssen gleich weg."

Holly legte den Finger auf ihre Lippen, um Sabrina davon
abzuhalten noch mehr zu sagen, und zeigte auf Raffaela, die am
Telefon sprach. Ihre zukünftige Schwiegermutter sah aufgebracht aus.

„Das ist aber sehr kurzfristig, jetzt noch abzusagen. Aber gut. Wenn
Sie nicht zur Hochzeit kommen wollen, dann kommen Sie eben nicht.
Wir brauchen Leute wie Sie hier nicht." Raffaela stieß einen
missbilligenden Atemzug aus. „Ich bin froh, dass Sie nicht kommen!"
Sie knallte den Hörer auf die Gabel.

Sabrina blickte flüchtig zu Holly und warf ihr einen fragenden
Blick zu, aber Holly zuckte nur mit den Schultern und warf die Hände
in einer hilflosen Geste hoch.

„Guten Morgen, Raffaela. Um was ging's denn da?" Sabrina zeigte
auf das Telefon.

„Oh, nichts." Raffaela lächelte betrübt.

„Hat jemand abgesagt?", drängte Sabrina.

Raffaela seufzte. „Es ist wirklich keine große Sache, also bitte sorge dich nicht. Manchmal sagen Leute einfach kurzfristig ab, weil sie Termine durcheinandergebracht haben."

„Bist du dir sicher? Du klangst aber verärgert. Die Hochzeit ist sehr bald und ich möchte nicht, dass es in letzter Minute noch irgendwelche Probleme gibt."

„Es ist nichts Wichtiges. Es ist nur ärgerlich, dass jemand, der vor Wochen zugesagt hat, plötzlich absagt." Raffaela zuckte mit den Schultern. „Es ist egal. Diese Sachen passieren nun mal." Sie lächelte und tätschelte Sabrinas Hand. Dann nahm sie einen Stift und strich einen Namen auf der Gästeliste durch, bevor sie sie wieder auf den Tresen neben das Telefon legte.

Sabrinas Blick fiel auf die Liste. Sie bemerkte sofort, dass einige Namen auf der Liste rot durchgestrichen waren und hob das Blatt Papier hoch.

„Was soll das heißen? Ich habe die Gästeliste erst gestern Morgen ausgedruckt. Haben all diese Leute seither abgesagt?" Sie zählte die Namen. „Das sind sieben Gäste."

Raffaela nahm ihr die Liste aus der Hand und lächelte sie bestimmt an. „Wirklich, du musst dich um nichts sorgen, *Cara*. So etwas ist normal. Als ich heiratete, hat die Hälfte meiner Familie kurzfristig abgesagt."

Sabrina stieß einen Atemzug aus. „Aber das ist ja schrecklich. Es tut mir leid, dass dir das passiert ist." Sie konnte sich nicht vorstellen, ihre Familie nicht bei ihrer Hochzeit dabei zu haben. Auch wenn sie wusste, dass allein dafür zu sorgen, dass zwischen ihren geschiedenen Eltern kein Streit ausbrach, eine Meisterleistung wäre, für die sie den Friedensnobelpreis bekommen müsste.

„Natürlich wirft das den Sitzplan über den Haufen." Raffaela runzelte die Stirn. „Ich sehe mir den Plan noch mal an."

„Soll ich dir dabei helfen?", bot Sabrina an.

„Nein, das schaffe ich schon." Raffaela zeigte auf die Autoschlüssel in Sabrinas Hand. „Wohin wollt ihr?"

„Holly und ich müssen für die letzte Anprobe zur Schneiderin.“ Sabrina sah ihre Freundin erwartungsvoll an. „Bist du soweit?“

Holly nickte. „Ich brauche nur noch meine Handtasche.“

Kurze Zeit später saßen Sabrina und Holly in Daniels Sportwagen und fuhren die kurze Strecke zum Zentrum von Montauk, wo die Schneiderin eine kleine Brautboutique hatte.

„Ich liebe dieses Auto“, sagte Holly. „Es überrascht mich, dass Daniel es dir geliehen hat. Womit fährt er denn heute?“

Sabrina warf ihr einen flüchtigen Seitenblick zu. „Er hat sich den Mercedes seines Vaters geborgt und macht mit Tim Besorgungen. Ich habe ihm gesagt, dass ich dich um die Mittagszeit beim Maidstone Countryclub abladen werde, bevor ich weiter zum Einkaufen nach East Hampton fahre. Dann kannst du mit ihnen zum Mittagessen gehen.“

„Du fährst nach der Anprobe zum Einkaufen? Warum willst du mich dann zum Mittagessen abladen? Ich brauche Essen viel weniger, als ich einkaufen gehen muss.“

Sabrina lachte. Selbstverständlich würde Holly so reagieren. „Schätzchen, das sind Einkäufe, die ich alleine machen muss.“

„Aber warum denn?“ Holly rutschte auf ihrem Sitz umher.

„Frag bitte nicht.“

„Sag schon“, nörgelte Holly. „Warum kann ich nicht mitkommen? Du weißt doch, wie gerne ich einkaufen gehe.“

Sabrina seufzte. „Du kannst nicht mitkommen, weil ich ein Geschenk für dich kaufe.“

„Ein Geschenk? Für mich?“ Holly sprang förmlich auf dem Beifahrersitz auf und ab.

Sabrina lachte. „Du bist wie ein kleines Kind kurz vor Weihnachten!“

„Du weißt doch, wie gerne ich Geschenke mag. Du bist die allerliebste Freundin!“ Holly legte ihre Hand auf Sabrinas Unterarm und drückte ihn. „Ich verdiene dich überhaupt nicht!“

Sabrina kicherte. „Tust du doch. Ohne dich hätte ich Daniel nie kennengelernt. Und dann wäre ich jetzt nicht so glücklich.“ Als sie die Worte sagte, fühlte sie Tränen in sich hochsteigen und drückte sie wieder nach unten. In letzter Zeit war sie oft sehr sentimental. Dies war nicht das erste Mal in den letzten paar Wochen, dass sie ohne Grund Tränen in den Augen hatte.

„Ja, das war was, nicht wahr?" Holly drehte ihren Kopf und schaute nach draußen, aber der traurige Ton in der Stimme ihrer Freundin war Sabrina nicht entgangen.

„Stimmt was nicht?"

„Ich habe in den letzten paar Tagen viel nachgedacht", begann Holly.

„Über was?"

„Dich, die Hochzeit, dein Leben. Glück im Allgemeinen. Du weißt schon."

„Wenn du an Glück denkst, warum habe ich dann den Eindruck, dass du traurig bist?" Sabrina nahm ihre Augen einen Moment von der Straße und sah ihre Freundin an.

Holly wandte ihr ihr Gesicht zu. „Ich habe darüber nachgedacht, den Begleitservice zu verlassen."

„Oh mein Gott, wirklich?" Überraschung und Freude durchfuhren Sabrina gleichermaßen. Obwohl sie ihre Freundin ihrer Berufswahl wegen nie verurteilt hatte, hatte sie doch insgeheim immer gehofft, dass Holly eines Tages aufhören würde, als Callgirl zu arbeiten, und etwas Neues anfing.

Holly lächelte zögernd. „Es ist nur so ein Gedanke. Ich weiß noch nicht wirklich, wie ich es machen soll. Ich habe ja nicht so arg viel Geld gespart, und ich weiß nicht genau, was ich sonst beruflich machen könnte, aber ich glaube, es ist an der Zeit, ein neues Leben anzufangen."

„Holly, das ist großartig! Ich freue mich so für dich. Nicht, dass ich dich jemals verurteilt hätte, du weißt schon."

Holly unterbrach sie: „Ich weiß. Deshalb hat unsere Freundschaft auch so lange gehalten. Aber es ist wegen dir, warum ich aufhören möchte."

„Wegen mir?"

Holly nickte. „Ich sehe, was du hast. Glück und eine Zukunft mit einem Mann, der dich wahrhaftig liebt, egal was kommt. Ich wünsche mir das auch. Ich wünsche mir einen Mann wie ihn. Aber welcher Mann würde mich schon lieben? Weißt du." Sie zuckte mit den Schultern.

Sabrina versuchte zu protestieren, aber Holly schnitt ihr das Wort ab.

„Nein. Wir beide wissen doch, dass es die Wahrheit ist. Kein Mann kann mich respektieren, wenn ich mit dem weitermache, was ich tue. Es war für eine Weile schon in Ordnung. Ich habe mir damit ein gutes Leben leisten können. Und manchmal habe ich es wirklich genossen. Ich bedauere es nicht. Aber ich möchte jetzt ein neues Leben anfangen." Sie deutete zu den Häusern, die entlang der Landstraße lagen. „Ich wünsche mir das. Ein Haus, einen Ehemann, Kinder. Ich möchte anständig sein."

Sabrina schenkte ihrer Freundin ein warmes Lächeln. „Und du wirst es bekommen. Du schaffst das. Ich kenne dich. Sobald du dir ein Ziel gesetzt hast, erreichst du es auch. Du bist stark. Stärker als ich."

Holly schmunzelte. „Ich weiß nicht. Du bist ziemlich stark. Und unverwüstlich."

„Genau wie du."

Sabrina verlangsamte den Wagen, setzte den Blinker und bog an der nächsten Kreuzung ab. Einen halben Block weiter hielt sie am Straßenrand an und parkte das Auto vor einem kleinen Laden. Durch das Fenster sah sie eine Schneiderpuppe mit einem halb fertigen Kleid.

„Wir sind hier."

„Hier hast du aber nicht das Hochzeitskleid gekauft, oder?", fragte Holly.

„Natürlich nicht. Aber ich wollte nicht zur Anprobe nach New York fahren müssen, also habe ich jemanden vor Ort gefunden, der die letzten Änderungen machen kann. Sie ist wirklich gut. Raffaela hat sie mir empfohlen."

Sabrina stieg aus dem Auto, und Holly tat dasselbe. Dann gingen sie zum Eingang des kleinen Ladens und öffneten die Tür. Eine Glocke klingelte, während sie eintraten und die Tür hinter sich schlossen.

„Ach, Sabrina!", begrüßte sie die untersetzte Frau, deren Augen voll mütterlicher Wärme funkelten. „Und Sie haben eine Freundin mitgebracht." Sie kam ihnen mit ausgestreckter Hand entgegen.

Sabrina schüttelte sie. „Guten Morgen, Julia! Das ist meine Freundin Holly. Sie ist meine Brautjungfer."

„Oh, das ist nett, Sie kennenzulernen!"

„Gleichfalls", sagte Holly.

„Gut, dann lassen Sie uns mal anfangen." Die Schneiderin ging zur Tür und schloss sie von innen ab. Dann zog sie die Jalousien herunter, damit niemand hereinsehen konnte. Danach tat sie das gleiche mit dem Fenster, bevor sie sich wieder an Sabrina und Holly wandte.

„Ich hole mal das Kleid und dann können wir sehen, was noch abgeändert werden muss."

Flink half sie Sabrina, sich auszuziehen, bevor sie ihr in das Hochzeitskleid hinein half.

„Steigen Sie bitte auf das Podest", wies die Schneiderin sie an und zeigte auf eine kleine hölzerne Plattform, die nur etwa einen halben Meter hoch war.

Sabrina befolgte Julias Anweisung.

„Es ist wunderschön!", rief Holly aus und starrte sie mit offenem Mund an. „Herrlich! Ich weiß, du hast mir schon ein Foto per Email geschickt, aber jetzt, wo du es anhast, ist es sogar noch schöner. Perfekt!"

Sabrina lächelte. „Ich fühle mich wie eine Prinzessin." Sie betrachtete sich im Spiegel an der Wand. Das Oberteil des Kleides war ein Bustier, das sich um ihren Busen schmiegte und von ihrer Taille aus ging der Seidenstoff in einen bauschigen Rock über, der aussah wie Zuckerwatte.

„Und Sie sehen auch wie eine aus", fügte Julia hinzu. „Jetzt drehen Sie sich bitte und lassen Sie mich die Länge auf der Rückseite prüfen."

Sabrina drehte sich, als versuchte sie, eine Pirouette auf dem Eis zu machen und ihr wurde sofort schwindlig. Sie streckte ihre Arme aus, um sich irgendwo festzuhalten. Bevor sie fallen konnte, hatte Holly schon ihren Arm ergriffen und stützte sie.

„Geht's dir gut?"

Sabrina nahm einen tiefen Atemzug und versuchte, ihre Balance wiederzugewinnen. „Nur ein bisschen schwindlig. Tut mir leid. Ich hätte mich nicht so schnell drehen sollen."

„Kann ich Ihnen etwas besorgen?", fragte Julia mit besorgter Stimme.

„Vielleicht ein Glas Wasser."

„Selbstverständlich." Die Schneiderin verschwand in den Nebenraum.

„Bist du dir sicher, dass alles in Ordnung ist?", fragte Holly noch einmal, während sie sie eingehend musterte.

„Ja, es geht mir gut. Es ist nur ..." Sabrina zögerte, dann senkte sie ihre Stimme zu einem Flüstern. „Ich glaube, ich bin schwanger."

„Was?" Hollys Augen weiteten sich erstaunt.

„Schhh!", warnte Sabrina mit einem Blick zur Tür, durch die die Schneiderin verschwunden war. „Ich habe gestern einen Schwangerschaftstest gemacht, und er war positiv."

„Oh mein Gott!" Holly schlug sich die Hände über den Mund und schüttelte ihren Kopf. „Bist du dir sicher?"

Sabrina zuckte mit den Schultern und strich nervös über den Rock ihres Kleides. „Ich weiß es nicht. Ich habe nur einen Test zuhause gemacht. Mit all den Hochzeitsvorbereitungen habe ich keine Zeit, zum Arzt zu gehen. Das muss warten."

„Aber du musst unbedingt zum Arzt gehen, Sabrina. Gleich heute", beharrte Holly. „Wenn du willst, komme ich mit."

„Danke, Holly, aber ich glaube, das muss ich bis nach der Hochzeit verschieben."

Holly legte ihren Kopf zur Seite und warf ihr einen missbilligenden Blick zu. „Warum?"

„Ich bin im Moment viel zu sehr im Stress, Holly. Ich brauche nicht noch etwas, das mir im Kopf herumschwirrt."

„Möchtest du das Baby?"

„Was? Selbstverständlich möchte ich es!" Sabrina klammerte ihre Hände schützend über ihren Bauch. Daniels Kind zu bekommen, würde bedeuten, dass ein Traum in Erfüllung ginge. Vor der Hochzeit herauszufinden, dass der Schwangerschaftstest falsch war, wäre eine enorme Enttäuschung, der sie im Augenblick nicht gewachsen wäre. „Was war das für eine Frage?"

„Eine ehrliche." Holly stemmte ihre Hände in die Hüften, als wäre sie bereit zu einem Kampf, den sie unbedingt gewinnen wollte. „Ich verstehe nicht, warum du nicht zum Arzt gehst und die Ungewissheit hinter dich bringst. Es nicht sicher zu wissen scheint mir doch mehr Stress auszulösen, als es tatsächlich zu wissen." Holly runzelte die Stirn. „Hast du Daniel schon davon erzählt?"

Sabrina wich Hollys Blick aus und schüttelte den Kopf.

„Sabrina! Warum denn nicht? Hast du Angst, dass er verärgert ist?", fragte Holly.

„Nein, warum sollte er denn verärgert sein?", fragte Sabrina schnell und bestimmt. „Ich weiß, dass er sich darüber freuen wird, aber ich möchte ihm nichts sagen, bis ich hundertprozentig sicher bin. Er wäre nur enttäuscht, wenn ich ihm sagte, dass ich schwanger bin und dann herausfände, dass es falscher Alarm war. Du weißt doch, wie ungenau diese Tests zuhause sind."

„Umso mehr ein Grund, so bald wie möglich einen Arzt aufzusuchen", drängte Holly.

„Ich überlege es mir, okay?"

Widerstrebend nickte Holly.

„In der Zwischenzeit musst du mir versprechen, dass du niemandem davon erzählst. Nicht einmal Tim."

Holly seufzte. „Na gut. Meine Lippen sind versiegelt. Vorerst." Dann lächelte sie. „Ich kann nicht glauben, dass du ein Baby bekommst."

„Ich auch nicht!" Sabrina quietschte vor Freude und umarmte Holly. „Und du wirst Tante werden." Denn für sie war Holly wie die Schwester, die sie nie hatte.

„Oh, ich werde die beste Tante auf der Welt sein." Holly lachte.

„Das bezweifle ich nicht."

„Ich werde sie verwöhnen, als wäre sie meine eigene."

„Sie?" Sabrina lachte. „Warum glaubst du, dass es ein Mädchen wird?"

Holly zuckte mit den Schultern. „Weibliche Intuition? Na gut, ich hoffe auf ein Mädchen, damit ich ihr zeigen kann, wie man gut einkauft, sich eine Maniküre gönnt, und damit ich ihr alles über Jungs beibringen kann."

Sabrina musste das Lachen unterdrücken und versuchen, wieder normal auszusehen, als sich die Tür öffnete und Julia mit einem Glas Wasser erschien. Sie wollte nicht, dass irgendjemand vorzeitig davon erfuhr. Sie wusste, wie schnell sich Klatsch in einem kleinen Ort wie Montauk verbreitete.

8

Nachdem sie Holly am Maidstone Country Club abgesetzt hatte, fuhr Sabrina nach East Hampton weiter.

Es war viel los, als sie in der Stadt ankam. Dennoch fand sie einen Parkplatz. Nachdem sie einige Münzen in die Parkuhr geworfen hatte, hängte sie ihre Handtasche über die Schulter und schlenderte etwas unentschlossen den Bürgersteig entlang, da sie noch nicht wusste, was sie für Holly kaufen sollte.

Sie blickte flüchtig in die Schaufenster der Geschäfte auf der Hauptstraße und versuchte, sich ein wenig inspirieren zu lassen, als sie Mrs. Teller, eine Nachbarin der Sinclairs, auf sich zukommen sah.

„Hallo, Mrs. Teller", rief sie ihr mit einem Lächeln zu.

Die Augen der Frau weiteten sich und offenbar erkannte sie Sabrina. Doch anstatt Sabrinas freundlichen Gruß zu erwidern, überquerte sie die Straße, bevor Sabrina sie erreichen konnte. Überrascht von dem sonderbaren Verhalten, hielt Sabrina für einen Augenblick inne. Nein, das Verhalten war nicht nur sonderbar, sondern absolut abweisend gewesen, wenn sie das tiefe Stirnrunzeln und Mrs. Tellers empörten Gesichtsausdruck richtig gedeutet hatte. Als wäre Mrs. Teller über etwas, das sie gesehen hatte, entsetzt gewesen.

Sabrina sah an sich hinunter und fragte sich, ob etwas mit ihrer

Kleidung nicht stimmte, aber sie konnte nichts Schmutziges oder Zerrissenes finden, das so eine Reaktion gerechtfertigt hätte. Trotz der warmen Temperaturen, bei denen die meisten Urlauber in den Hamptons kurze Hosen trugen, trug Sabrina ein buntes Sommerkleid, das weder zu tief geschnitten noch zu kurz war.

Kopfschüttelnd ging Sabrina weiter den Bürgersteig entlang und versuchte, Mrs. Teller aus ihren Gedanken zu vertreiben. Vielleicht hatte sie einen schlechten Tag und war nicht in der Stimmung, mit jemandem zu sprechen.

Für einen Augenblick starrte sie in das Schaufenster eines Wäschegeschäfts. *Lisette's* stand über dem Schaufenster. Holly liebte schöne Wäsche. Es war Teil davon, wer sie war. Dennoch zögerte Sabrina. Hollys Geständnis, dass sie ihren Job aufgeben wollte, war eine absolute Überraschung gewesen. Jedoch eine willkommene. Aber änderte das etwas daran, wer Holly war? Bedeutete dies, dass schöne Wäsche plötzlich nicht mehr wichtig für sie war? Sabrina schüttelte bei diesem Gedanken den Kopf. Holly war Holly. Sie war eine Schönheit mit langen blonden Locken, einem herzlichen Lächeln und einer Figur, für die jede Frau einen Mord begehen würde. Selbst wenn sie nicht vorhatte, weiter als Callgirl zu arbeiten, würde sie trotzdem weiterhin auf ihr Aussehen Wert legen und ihre Schwäche für Unterwäsche würde sich sicher nicht ändern.

Nachdem sie sich selbst davon überzeugt hatte, dass Wäsche immer noch das perfekte Geschenk für ihre Freundin war, betrat Sabrina den Laden. Eine Türklingel war zu hören und leise Musik kam von Lautsprechern, die irgendwo in der Decke versteckt waren. Im Geschäft roch es nach Duftkerzen. Sie war schon einmal mit Raffaela in diesem Geschäft gewesen und hatte das Verkaufspersonal sehr hilfsbereit gefunden. Sabrina glaubte jedoch nicht, dass sie dieses Mal wirklich Hilfe benötigte. Sie kannte Hollys Geschmack und ihre Größe.

Eine Verkäuferin bediente gerade eine Kundin und zeigte ihr einige BHs, während die Inhaberin des Geschäfts an der Kasse stand und die Ware einer anderen Kundin einpackte. Die Inhaberin blickte kurz auf und sah Sabrina an. Ein Lächeln lag bereits auf ihren Lippen, doch dann zogen sich ihre Augenbrauen zusammen und ihr Mund verzog sich in eine grimmige Linie.

„Hallo", sagte Sabrina in ihre Richtung, erhielt jedoch keine Antwort.

Verlegen warf Sabrina einen Blick über ihre Schulter und überprüfte, ob jemand hinter ihr den Laden betreten hatte, der die finstere Miene der Inhaberin ausgelöst haben könnte, doch da war niemand.

Sabrina wischte das Gefühl des Unbehagens weg und ging zu einer Auslage mit Negligés. Sie sah sich die Auswahl an und griff zu den Stücken in Schwarz und Rot, zwei von Hollys Lieblingsfarben, wenn es um Unterwäsche ging.

Sie hob ein rotes Negligé hoch, dessen schwarzer Saum aus Spitze war, und begutachtete es genauer. Der Stoff war weich, dennoch fühlte sich die Spitze rau an und Sabrina fragte sich, ob es sich auf Hollys Haut gut anfühlen würde. Sabrina brachte die Spitze an ihre Wange und rieb sie dagegen. Tatsächlich fühlte sie sich kratzig an. Vielleicht sollte sie ihr lieber ein Negligé kaufen, das ganz aus Seide war.

Sabrina ging zu einer anderen Auslage und wäre fast mit der Inhaberin des Geschäfts zusammengestoßen.

Sabrina wich abrupt zurück und stieß einen überraschten Atemzug aus, während sie ihre Hand auf ihre Brust drückte. „Entschuldigung. Ich habe Sie nicht gesehen."

Die Inhaberin, Lisette, sprach sie mit leiser Stimme an: „Ich möchte, dass Sie gehen. Jetzt sofort. Ohne eine Szene zu machen."

Entsetzt über Lisettes Worte fing Sabrinas Herz an, wie wild zu schlagen. Ihr Blick schoss zurück zu den Negligés. Hatte sie etwas angestellt? „Aber ich habe doch nur den Stoff berührt."

„Wir wollen Leute wie Sie hier nicht."

Die Feindseligkeit in den Worten der Frau trieb Tränen in Sabrinas Augen. Warum war diese Frau so böse zu ihr? Sie hatte das Negligé doch nicht beschmutzt, als sie es an ihre Wange gedrückt hatte. Sabrina trug doch nicht einmal Make-up, das auf das Wäschestück hätte abfärben können.

„Aber –"

„Gehen Sie!"

Dieses Mal war die Stimme der Frau lauter, und aus den Augenwinkeln sah Sabrina, dass die andere Verkäuferin und ihre Kundin nun neugierige Blicke in ihre Richtung warfen. Die Türklingel ertönte wieder, doch Sabrina wagte keinen Blick in Richtung Tür, denn sie wollte nicht, dass noch mehr Leute diese peinliche Szene mitbekamen.

„Was ist hier los?", fragte plötzlich eine vertraute Stimme und Sabrina blickte auf.

Paul Gilbert kam mit langen, entschlossenen Schritten in ihre Richtung geeilt und warf der Geschäftsinhaberin einen missbilligenden Blick zu.

„Paul", echote Sabrina, erleichtert darüber, ein freundliches Gesicht zu sehen. „Ich glaube, es gab hier ein Missverständnis. Ich habe doch nichts getan."

Paul nickte, legte seine Hand auf ihren Ellbogen und zog sie weg. „Wir gehen, Sabrina."

Paul ging mit ihr zum Ausgang und Sabrina spürte, wie sie sich nicht mehr zurückhalten konnte und plötzlich Tränen ihre Wangen hinunterliefen. Als sie schließlich draußen waren und Paul sie von dem Laden wegführte, entkam ihr ein Schluchzen.

Dann spürte sie, wie Paul tröstend seine Arme um sie legte, während sie in sein Polohemd hinein schluchzte.

„Ich habe doch nur das Negligé an meine Wange gehalten", presste sie zwischen zwei Schluchzern hervor. „Nur um zu sehen, ob die Spitze kratzt."

„Es ist schon in Ordnung." Er tätschelte ihr wie einem Kind sanft den Rücken.

„Ich trage doch nicht einmal Make-up. Ich habe es nicht schmutzig gemacht." Sie befreite sich von Paul und fing seinen verwirrten Blick auf. „Ich meine, ich hätte doch gar kein Make-up auf das Negligé bringen können", erklärte sie.

Er sah sie verständnisvoll an. „Denk nicht drüber nach. Wie wär's, wenn ich dich zu einer Tasse Kaffee einlade?"

Sie schniefte und nahm das Taschentuch, das er ihr entgegenhielt.

„Danke." Sie hob ihren Kopf. „Ich bin normalerweise nicht so nah am Wasser gebaut."

„Das ist schon in Ordnung. Du hast jedes Recht, emotional zu sein. Es ist einiges, womit du fertig werden musst."

Sie nickte. Hochzeiten waren stressig.

„Komm, ich kenne ein nettes Café."

Sabrina wandte sich in die Richtung, in die Paul zeigte, und erstarrte. Einige Meter entfernt stand Linda Boyd und beobachtete sie, ihre Lippen zu einem höhnischen Grinsen verzogen. Das war genau das, was Sabrina jetzt nicht brauchte. Linda hatte ihren emotionalen Ausbruch gesehen und vermutlich sogar die peinliche Szene im Geschäft mitbekommen. So wie sie Linda kannte, hatte diese wahrscheinlich durch das Fenster in den Laden gestarrt.

Sabrina wandte sich von ihr ab und zwang sich ein Lächeln auf ihr Gesicht. „Ja, ein Kaffee wäre jetzt genau das Richtige."

9

„**G**ut, gut ...“ Pfarrer Vincent klatschte in seine Hände. „Ich glaube, Sie beide sind für den großen Tag bereit.“ Er lächelte. „Es wird eine schöne Zeremonie werden.“

„Ja, das wird es“, stimmte Daniel mit einem Lächeln zu, während er seinen Arm um Sabrinas Taille legte und sie zu sich zog. „Und wir haben Ihnen dafür zu danken.“

„Das stimmt.“ Sabrina nickte. „Ihre Rede ist wunderschön, Herr Pfarrer.“

„Das freut mich zu hören.“ Er wandte sich an Holly und Tim und schüttelte Hollys Hand. „Sehr nett, Sie beide kennenzulernen.“ Er schüttelte auch Tims Hand, bevor er sich wieder an Daniel und Sabrina wandte. „Wenn Sie keine weiteren Fragen haben, werde ich jetzt zu meinem nächsten Gespräch gehen.“

Daniel sah Sabrina an und sein Herz füllte sich mit Liebe. Er schüttelte den Kopf. „Nein, ich glaube, es ist alles geregelt. Nochmals vielen Dank, Herr Pfarrer. Bis bald.“

„Seien Sie gesegnet.“ Pfarrer Vincent verbeugte sich leicht und ließ sie dann im Gang der kleinen Kirche zurück.

„Wer hat Lust auf Mittagessen?“, fragte Daniel.

Holly wischte sich die Augen und nickte. „Mittagessen klingt gut."

„Weinst du?", fragte Sabrina lachend. „Oh, Holly." Sie umarmte ihre Freundin. „Muss dir nicht peinlich sein. Ich werde bei der Zeremonie vermutlich auch heulen."

„Ich kann's kaum glauben, dass Tim und ich es wirklich geschafft haben, euch zwei zu verkuppeln", sagte Holly. „Vielleicht sollte ich eine Heiratsvermittlung eröffnen!"

Sabrina schmunzelte. „Vielleicht solltest du das!"

Daniel lachte und fing an, in Richtung Ausgang zu gehen. Sie hatten all dies wirklich Tim und Holly zu verdanken. Wenn die beiden es nicht eingefädelt hätten, dann wäre er Sabrina nie begegnet und hätte nie die große Liebe gefunden.

„Also, lasst uns gehen. Es gibt eine tolle Bude am Strand. Sie sieht total schäbig aus, aber Frank macht das beste Clam Chowder und die leckersten Krabbenbrötchen weit und breit."

„Du hast mich schon mal dorthin mitgenommen. Großartiger Laden!", stimmte Tim zu.

Daniel drückte die schwere Holztür auf und blinzelte gegen das grelle Licht der Mittagssonne. Hinter ihm traten die anderen aus der Kirche, doch bevor er sich zu ihnen umdrehen konnte, um sie zu *Frank's Crab Shack* zu führen, zog eine kastanienbraune Mähne auf der anderen Straßenseite seine Aufmerksamkeit auf sich.

Er drehte seinen Kopf, um einen genaueren Blick auf sie zu werfen und erstarrte.

Audrey!

Audrey ging gerade in den Gemischtwarenladen auf der anderen Straßenseite und schloss die Tür hinter sich. Sie war in den Hamptons! Sie versteckte sich direkt vor seiner Nase! Er hatte sie also richtig eingeschätzt: Audrey wollte in der Nähe sein, um mitzubekommen, was für ein Chaos ihre verdammten Lügen anrichteten. Sie hatte sich höchstwahrscheinlich bei den Boyds einquartiert. Kein Wunder, dass Linda Boyd den Zeitungsartikel sofort gesehen und seine Mutter alarmiert hatte, wo er doch bezweifelte, dass Linda überhaupt die *New York Times* las.

Sein Herz hämmerte in seinen Ohren, und seine Hände ballten sich zu Fäusten. Er würde Audrey ihren hübschen Hals umdrehen, für die Unwahrheiten, die sie über Sabrina verbreitet hatte.

Daniel drehte sich zu Sabrina und seinen Freunden um. Keiner schien bemerkt zu haben, dass Audrey in den Laden gegangen war. Das war seine Gelegenheit, aber er musste schnell handeln, bevor Audrey ihm wieder durch die Finger glitt.

„Äh." Daniel räusperte sich. „Warum geht ihr nicht schon mal voraus und ich treffe euch dort?"

Sabrina warf ihm einen verwirrten Blick zu. „Warum denn? Ich dachte, es war deine Idee, zu *Frank's* zu gehen."

Er zwang sich ein charmantes Lächeln aufs Gesicht, obwohl er innerlich kochte. „Wenn ich es dir erzähle, müsste ich dich umbringen." Er lächelte sie verschmitzt an. Dann fügte er schnell hinzu: „Es dauert nicht lange. Ich verspreche es."

Tim pfiff durch die Zähne und stieß ihn an. „Klingt, als möchte Daniel dir etwas Besonderes kaufen, Sabrina."

Daniel bemerkte sofort das Lächeln, das sich auf Sabrinas Lippen bildete. „Warum hast du das nicht gleich gesagt?" Ihre Augen funkelten.

Er drückte einen schnellen Kuss auf ihren Mund. „Sieht so aus, als könnte ich keine Geheimnisse vor dir haben."

„Sieht so aus." Sabrina zwinkerte ihm zu und verschwand mit Tim und Holly.

Daniel wartete, bis Sabrina, Tim und Holly außer Sichtweite waren, bevor er die Straße überquerte und den Gemischtwarenladen betrat.

Er sah sich um. Jede Menge Kunden kauften in dem großen Laden ein, der alles von Milch über Grußkarten bis hin zu Glaswaren führte.

Er entdeckte Audrey, wie sie in einer Ecke einige Flaschen Olivenöl und Balsamico-Essig begutachtete. Leise und geschwind näherte er sich ihr.

„Audrey", sagte er, als er direkt hinter ihr war.

Sie keuchte und wirbelte herum. „Daniel", begrüßte sie ihn kühl, während ihre Augen an ihm vorbei sahen, als suchte sie nach einem Fluchtweg.

„Wir müssen reden."

Daniel schaute sich um. Zu viele Kunden waren in der Nähe und würden ihr Gespräch mithören können, und was er Audrey zu sagen hatte, war nicht für die Öffentlichkeit bestimmt.

„Privat", knirschte er, während er nach einem Ort suchte, der ihnen etwas Privatsphäre bieten würde. Ein Schild fiel ihm ins Auge.

Bevor Audrey protestieren konnte, ergriff er ihr Handgelenk und zog sie zu einer Tür. *Toiletten* stand darauf. Er drückte die Tür auf und zog eine sich wehrende Audrey nach sich, dann öffnete er die Tür zur Herrentoilette und schubste sie nach drinnen.

„Nimm deine verdammten Hände von mir!", forderte sie und riss sich von ihm los.

Daniel schloss die Tür zu. „Ich weiß, dass du es warst, Audrey."

„Wovon sprichst du?" Audrey stemmte ihre Hände in die Hüften und funkelte ihn trotzig an.

„Verdammt noch mal, Audrey! Verkauf mich nicht für dumm. Du warst diejenige, die der Zeitung diese lächerliche Geschichte, dass Sabrina ein Callgirl ist, angedreht hat. Ich weiß, dass du die Quelle der Reporterin bist."

„Beweise es!"

„Ich muss es nicht beweisen. Wir wissen es beide, also hör mit dieser Scheiße auf!"

„Oder was? Die Leute haben ein Recht darauf zu erfahren, wenn jemand eine billige Nutte in ihre Gesellschaft bringt und sie als anständige Frau ausgibt."

„Sabrina ist keine Nutte!", schrie Daniel und hob seine Faust an. Er hatte noch nie eine Frau geschlagen, aber bei Gott, im Moment war er nahe dran. „Heute nachmittag wirst du dich mit der Reporterin in Verbindung setzen und ihr mitteilen, dass du dich geirrt hast und dass es sich um eine Verwechslung handelt. Und du wirst sie bitten, den Artikel zurückzuziehen und eine Entschuldigung zu drucken."

Audrey lächelte auf die eingebildete Art und Weise, die er schon immer gehasst hatte. „Nein."

„Fordere mich nicht heraus, Audrey. Du hast keine Ahnung, wozu ich fähig bin."

„Du bist nicht die einzige Person hier, die Drohungen äußern kann." Sie verschränkte ihre Arme über ihrer Brust. „Du kannst mich nicht herumkommandieren! Du hast mich für diese Schlam-"

Daniel presste sie gegen die Wand und deutete mit seinem Finger in ihr Gesicht. „Beende diesen Satz nicht!"

„Selbst wenn ich das Wort nicht sage, ist es doch wahr. Ich habe Beweise, Daniel! Eindeutige Beweise, die du nicht widerlegen kannst. Die Zeitung wird den Artikel nicht zurücknehmen oder eine Entschuldigung drucken. Sie haben Dokumente."

„Was für verdammte Dokumente? Es gibt keinen Beweis, weil Sabrina kein Callgirl ist! Was du hast, ist gefälscht!"

„Ist es nicht!", beharrte Audrey. „Ich habe es schwarz auf weiß!"

„Sag es mir jetzt oder –"

„Oder was? Ich bin nicht mehr deine Freundin!"

„Gott sei Dank!", murmelte er. Er war diesem Schicksal entkommen, als er Audrey im Bett mit seinem Rechtsanwalt erwischt hatte.

Audrey funkelte ihn an und spuckte jetzt nur noch mehr Gift. „Darüber bin ich mehr als froh! Zum Glück muss ich dich nicht heiraten! Stell dir vor, wenn ich plötzlich auf deiner Kreditkartenabrechnung eine Zahlung für einen Begleitservice finden würde! Als deine Frau wäre ich vor Scham in den Boden versunken! Glücklicherweise ist mir diese Demütigung erspart geblieben!"

„Kreditkartenabrechnung?" So hatte sie es herausgefunden? Er ergriff ihre Arme und beugte sich näher, bis sein Gesicht nur ein paar Zentimeter von ihrem entfernt war. „Wie hast du meine Kreditkartenabrechnung bekommen?" Die einzigen, die seine Kreditkartenabrechnungen in die Hände bekamen, waren seine Assistentin Frances und er selbst. „Frances würde nie –"

Audrey unterbrach ihn mit einem Lachen. „Würde sie das nicht? Ich glaube, du vergisst, wer dir Frances empfohlen hat, als du eine neue Assistentin suchtest."

Daniel ließ sie los, als hätte er sich an einem heißen Ofen verbrannt und wich zurück. „Frances?" Verdammt! Wie hatte ihm das nur entgehen können? Alles machte jetzt plötzlich Sinn: Frances hatte

Audrey ständig über seinen Aufenthaltsort auf dem Laufenden gehalten, und sie sogar über seine Einkäufe informiert. Und es hatte tatsächlich eine Zahlung an einen Begleitservice auf seiner Kreditkarte gegeben.

Hatte Claire Heart ihm die Wahrheit gesagt, dass sie sein Büro angerufen hatte, um ihn um eine Stellungnahme zu bitten, und Frances hatte behauptet, dass er nicht mit ihr sprechen wollte? Zweifellos hatte Francis Claire Hearts Nachricht nicht an ihn weitergeleitet.

Audrey schmunzelte. „Ja, Frances half mir, es herauszufinden. Ich wusste, dass etwas faul war, als ich dich in jener Nacht im Hotel überraschte. Ich wusste nicht genau, was es war. Aber, als ich von Sabrinas Freundin Holly hörte, erinnerte ich mich an etwas. Du nanntest Sabrina in jener Nacht Holly. Du kanntest ihren richtigen Namen nicht." Audrey richtete ihre Bluse gerade und lächelte. „Ich habe nur eins und eins zusammengezählt. Und als ich die Zahlung auf deiner Kreditkarte sah, habe ich ein bisschen nachgeforscht. Am Ende war es fast zu einfach. Sabrina ist eine Prostituierte, aber sie hatte nicht einmal den Mut, ihren eigenen Namen zu verwenden. Sie hat den Namen ihrer Freundin benutzt, als ob ihr das helfen würde, zu verbergen, was sie war!"

Sein Blut gefror in seinen Adern. „Dafür bezahlst du!" Daniel entriegelte die Tür und eilte nach draußen, während Audreys spöttisches Gelächter ihn verfolgte.

Als er den Bürgersteig erreichte, atmete er tief durch. Aber das half ihm auch nicht, sich zu beruhigen. Er griff nach seinem Handy und wählte eine Nummer.

„Guten Tag, Mr. Sinclair", beantwortete Frances den Anruf, da sie offenbar seine Nummer auf dem Display ihres Telefons erkannt hatte.

„Sie sind entlassen, Frances! Räumen Sie Ihren Schreibtisch aus und gehen Sie! Ich alarmiere den Sicherheitsdienst, der Sie aus dem Gebäude begleiten wird."

Ein Keuchen kam durch die Leitung. „Entlassen? Aber ich –"

„Und rechnen Sie nicht mit einem Arbeitszeugnis von mir! Vielleicht kann Ihre Freundin Audrey Ihnen eine andere Stelle besorgen, aber *ich* beschäftige keine Leute, die mich hintergehen."

Er beendete den Anruf und zum ersten Mal in der letzten halben Stunde verspürte er so etwas wie Befriedigung. Jedem, der ihn hinterging, würde das gleiche widerfahren wie Frances. Die Zeitung war als nächstes dran. Und dann würde Audrey seinen Zorn zu spüren bekommen. Aber dafür brauchte er Hilfe.

10

D aniel schloss die Tür zum Bootshaus hinter sich und wandte sich an Tim und Holly.

„Wieso schleichen wir so herum?", fragte Tim.

„Ich will nicht, dass Sabrina mitbekommt, was los ist." Daniel sah Holly an. „Bist du dir sicher, dass sie während der nächsten Stunde beschäftigt ist?"

Holly nickte. „Ich habe sie überredet, ein langes Schaumbad zu nehmen. Das wird ihr gut tun. Sie sieht so erschöpft aus. Ich glaube, der ganze Stress wegen der Hochzeitsvorbereitungen macht ihr zu schaffen. Und gestern, als sie vom Einkaufen zurückkam, war sie ganz aufgelöst."

Daniel streifte mit der Hand durch sein Haar. „Noch ein Grund, dafür zu sorgen, dass sie nicht herausfindet, was vor sich geht."

Tim zog eine Augenbraue hoch. „Geht es hier um den Artikel in der *New York Times*?"

„Du weißt darüber Bescheid?", fragte Daniel und war nicht einmal besonders überrascht. Er hatte vorgehabt, Tim einzuweihen, war jedoch froh, dass er das nun nicht mehr tun musste. Ihm war klar, dass Holly bereits Bescheid wusste, da sie mit seiner Mutter beim Einkaufen gewesen war, als Linda sie auf den Artikel aufmerksam gemacht hatte, oder vielmehr, als Linda ihr die schlechten Nachrichten mit Freuden unter die Nase gerieben hatte.

Tim deutete auf Holly. „Holly hat mir davon erzählt."

Holly zuckte nur mit den Schultern. „Ich habe dir Zeit gespart. Außerdem kennt Tim sowieso die ganze Geschichte. Ich habe kein Problem darin gesehen."

„Auch gut." Daniel seufzte. „Ich weiß, wer dahinter steckt."

„Wer?" Holly sah ihn erwartungsvoll an.

„Wer schon? Audrey natürlich."

„Bist du dir sicher?", fragte Tim.

„Sie gab es zu. Ich war bei der Reporterin, die den Artikel geschrieben hat und sie hatte behauptet, einen Beweis dafür zu haben, dass Sabrina ein Callgirl ist, aber sie wollte ihre Quelle nicht preisgeben oder mir sagen, welche Art von Beweis sie hat. Ich fand dennoch ihre Quelle und konfrontierte Audrey damit."

„Und? Wird sie zur Zeitung gehen, um den Artikel zurückzuziehen? Offensichtlich ist es alles gelogen. Das wissen wir doch", sagte Holly.

Daniel stieß einen ärgerlichen Atemzug aus. „Natürlich macht sie das nicht. Wir haben es hier mit Audrey zu tun. Deshalb müssen wir den Beweis, den sie hat, widerlegen."

Tim stemmte seine Hände in die Hüften. „Und was für einen Beweis hat sie?"

„Meine Kreditkartenabrechnung, die eine Zahlung an einen Begleitservice enthält. Obwohl der Name nicht darauf hinweist, dass es ein Begleitservice ist, hat sie es doch irgendwie herausgefunden."

„Verdammt! Wie denn?", fragte Tim.

„Bei den meisten Zahlungen steht eine Telefonnummer dabei, damit der Kunde im Notfall den Betrag beanstanden kann. Sie hat vermutlich angerufen und es so herausgefunden."

Holly funkelte Tim an. „Siehst du, ich habe doch gleich gesagt, dass wir es nie über die Agentur hätten laufen lassen sollen!"

„Daniel hätte den Braten gerochen, wenn's anders gelaufen wäre", verteidigte sich Tim.

„Hey, Leute!", unterbrach Daniel. „Was geschehen ist, ist geschehen."

„Wie hat Audrey überhaupt Zugang zu deiner Kreditkartenabrechnung bekommen? Wen musste sie dafür ficken?", fragte Tim.

„Überhaupt niemanden. Sie hatte meine Assistentin Frances auf ihrer Seite."

„Mist!", rief Tim aus.

„Ich habe sie fristlos entlassen."

„Gut!"

Holly lehnte sich an die Werkbank. „Moment mal, Jungs. Wie sollte sie von einer Kreditkartenzahlung an meine Agentur darauf kommen, zu vermuten, dass Sabrina die Person war, die von der Agentur geschickt wurde? Selbst wenn sie es schaffte, das Agenturpersonal irgendwie dazu zu bringen, ihr den Namen derjenigen zu geben, die den Auftrag übernahm, hätte sie nur meinen Namen bekommen, nicht Sabrinas."

„Holly hat recht", stimmte Tim zu.

Daniel rieb sich das Kinn. „Ich bin mir nicht sicher. Sie sagte, dass sie misstrauisch wurde, weil ich Sabrina in der Nacht, als Audrey uns im Hotelzimmer überraschte, Holly nannte. Deshalb glaubt sie, dass Sabrina einen Decknamen benutzte, wenn sie für die Agentur arbeitete. Sie glaubt, dass Sabrina vorgab, jemand anderer zu sein." Was komischerweise die Wahrheit war. Sie hatte vorgetäuscht, Holly zu sein, doch Sabrina war kein Callgirl.

„Es dürfte nicht allzu schwierig sein, das zu widerlegen. Schließlich ist die wirkliche Holly hier." Tim zeigte auf Holly, die ihren Kopf zur Seite legte, ihn anfunkelte und ihm dann ihren Mittelfinger zeigte.

„Nein, Tim. Ich werde Holly nicht vor jedermann bloßstellen. Es muss einen anderen Ausweg geben. Außerdem wird die Gerüchteküche dann wirklich brodeln, wenn die Leute annehmen, dass ich mit Sabrinas bester Freundin schlafe. Auf keinen Fall werde ich Holly outen."

Holly lächelte Daniel an. „Danke. Es ist gut zu wissen, dass zumindest einer hier Anstand hat."

Tim zuckte mit den Schultern. „Es war ja nur eine Idee, wie wir einen Fall von Verwechslung ausspielen könnten. Nichts Persönliches, Schatz."

Holly verdrehte die Augen, dann sah sie Daniel wieder an. „Aber ich hoffe, du weißt, dass ich es tun werde, wenn das die einzige Art und Weise ist, wie wir die Sache regeln können. Ich würde es tun. Aber denkt nur mal einen Augenblick nach. Wie könnte jemand mich mit Sabrina verwechseln oder umgekehrt? Wir sehen uns kein bisschen ähnlich!"

„Also klappt es mit einem Fall von Verwechslung sowieso nicht", meinte Daniel resigniert.

„Nicht so voreilig", antwortete Holly.

Daniel starrte sie verwirrt an. „Was meinst du damit? Ich dachte, dass wir gerade darin übereinstimmten, dass wir niemandem sagen, was du beruflich machst."

„Haben wir auch. Aber ich spreche nicht von mir. Wenn wir die Zeitung davon überzeugen wollen, dass dies ein Fall von Verwechslung war, dann müssen wir ihnen eine andere Sabrina präsentieren."

„Ich fürchte, ich kann dir nicht ganz folgen", unterbrach Tim und rieb sich den Nacken.

„Was genau hast du vor, Holly?", fragte Daniel neugierig.

Sie lächelte geheimnisvoll. „Lasst mich mal daran arbeiten. Es wird ein bisschen dauern, aber ich bin sicher, dass ich es schaffen werde."

Daniel tauschte einen Blick mit Tim aus. Dieser nickte. „Na gut. In der Zwischenzeit, Tim, könntest du mir einen wirklich guten Privatdetektiv besorgen?" Daniel wusste, dass Tims Firma regelmäßig mit Privatdetektiven zusammenarbeitete.

„Jemanden vor Ort?"

Daniel nickte.

„Kein Problem. Ich spreche mit meiner Kontaktperson in San Francisco und lasse mir jemanden in New York empfehlen. Was soll er für dich tun?"

„Er soll etwas Schmutziges über Audrey herausfinden. Jeder hat Dreck am Stecken. Wir brauchen etwas, mit dem wir ihr Druck machen können, damit sie zur Zeitung geht und zugibt, dass die Papiere, die sie ihnen zur Verfügung gestellt hat, gefälscht sind. Dann werden sie den Artikel zurückziehen."

„Okay, ich kümmere mich drum."

11

Sabrina stand auf den Eingangsstufen zum Haus, eine Kaffeetasse in ihrer Hand, und beobachtete das Chaos in der Einfahrt. Einige LKW waren dort geparkt, und Arbeiter luden Teile für das Zelt ab, das im Garten errichtet werden sollte und in dem die Hochzeitszeremonie und der Empfang stattfinden würden.

Sie schlenderte die Stufen hinunter und bahnte sich einen Weg durch die Arbeiter. Beklommen beobachtete sie, wie diese lange Pfosten hinter das Haus trugen und dabei über Raffaelas wunderschönen Rasen trampelten und mit ihren Stiefeln die schönen Blumenbeete und die empfindlichen Sträucher zertraten.

Sabrina zog eine Grimasse, doch sie wusste, dass der einzige andere Weg zum Garten durch das Haus führte, was auf keinen Fall besser gewesen wäre. Die Arbeitskräfte würden teure Vasen und andere unersetzbare Dekorationsgegenstände umstoßen, wenn sie die Stangen durch den Flur trugen.

Sabrina drehte sich um, um das unvermeidliche Chaos nicht länger mitansehen zu müssen, als ein FedEx-Wagen am Ende der Auffahrt anhielt. Sie wartete, bis der Fahrer heraussprang und mit einem Umschlag in der Hand auf sie zukam.

„Guten Morgen", grüßte sie den Kurier.

„Morgen. Ich habe eine Sendung für eine Miss Sabrina Palmer",
antwortete er.

„Das bin ich." Sabrina lächelte und nahm den Brief entgegen.

„Unterzeichnen Sie bitte hier."

Sabrina stellte ihre Kaffeetasse auf den Steinzaun und kritzelte ihre
Unterschrift auf das Signaturpad, bevor sie es ihm zurückgab. „Danke."

„Einen schönen Tag noch", sagte er und ging zurück zu seinem
Truck.

Neugierig riss Sabrina den Umschlag auf. Darin befand sich nur ein
einziges Blatt Papier. Der Briefkopf war von ihrem derzeitigen
Arbeitgeber: Yellin, Vogel und Winslow.

Ihr Herz hörte auf zu schlagen. Schon einmal, als sie in San
Francisco gewohnt hatte, hatte sie einen Brief von ihrem Arbeitgeber
erhalten, der auch durch einen Kurier zugestellt worden war. Damals
waren es keine guten Nachrichten gewesen, und sie hatte das Gefühl,
dass es auch diesmal keine gute Nachrichten sein würden.

Sehr geehrte Miss Palmer, las sie.

*Wir teilen Ihnen hierdurch mit, dass Ihre Anstellung bei Yellin, Vogel und
Winslow fristlos beendet ist.*

*Bitte holen Sie Ihre persönlichen Dinge nach Ihrem Urlaub an der
Rezeption ab.*

Der Brief war vom Büro-Manager und nicht einmal von einem der
Partner unterzeichnet worden.

Sabrinas Herz schlug wie wild. Sie entließen sie? Ohne irgendeinen
Grund zu nennen? Ein Déjà-vu-Gefühl überkam sie. Etwas stimmte
hier nicht.

Tränen brannten in ihren Augen, während sie nach ihrem Handy
griff. Sicher musste es sich hier um ein Missverständnis handeln. Sie
hatte nichts getan, das eine Kündigung rechtfertigen würde.
Tatsächlich hatten die Partner ihr vor ihrem Urlaub, den sie ihr
bewilligt hatten, damit sie sich um die Hochzeitsvorbereitungen
kümmern und in die Flitterwochen fahren konnte, mitgeteilt, wie gut
sie ihre Arbeit machte. Mrs. Vogel hatte ihre Freude über Sabrinas
bisherige Leistungen unterstrichen.

Sabrina wählte.

„Rechtsanwaltsbüro von Yellin, Vogel und Winslow. Wie kann ich Ihnen weiterhelfen?"

„Hallo Martha, ich bin's, Sabrina Palmer. Kann ich bitte mit einem der Partner sprechen? Wer auch immer erreichbar ist, das ist egal", sagte Sabrina ungeduldig, während sie auf der Einfahrt auf- und abschritt.

Am anderen Ende der Leitung entstand eine lange Pause. „Es tut mir leid, Miss Palmer, aber die Partner sind gerade in einer Sitzung und werden den ganzen Tag nicht erreichbar sein."

Es war gelogen und Sabrina wusste es. Sie konnte es an der Stimme der Rezeptionistin erkennen. Die Partner hatten sie nicht nur fristlos entlassen, sie hatten auch die Empfangsdame angewiesen, Sabrinas Anruf nicht durchzustellen. Was war geschehen?

„Danke", murmelte sie und hängte auf.

Doch sie würden sie nicht so schnell loswerden. Sie ging ihre Kontaktliste durch und fand die Durchwahl von Celeste, Mrs. Vogels Assistentin. Sabrina wählte die Nummer.

„Mrs. Vogels Büro", antwortete Celeste beim zweiten Klingeln.

„Hallo, Celeste. Ich bin's, Sabrina Palmer. Kann ich bitte mit Mrs. Vogel sprechen?"

Der rasche Atemzug, den sie durch die Leitung kommen hörte, machte ihr klar, dass Celeste nach einer Ausrede suchte. „Äh, es tut mir leid, Sabrina, aber sie ist heute nicht im Büro. Ich erwarte sie nicht vor morgen zurück."

Sabrina hielt einen Augenblick inne. Die Empfangsdame hatte behauptet, dass alle Partner in einer Sitzung wären und jetzt sagte Celeste, dass Mrs. Vogel nicht im Büro war.

„Celeste, bitte, ich muss mit ihr sprechen. Es ist ein Notfall. Ich weiß, dass sie da ist."

„Es tut mir leid, Sabrina, aber ich kann Sie nicht durchstellen."

Sabrina kämpfte gegen die aufsteigenden Tränen an. „Celeste, sagen Sie mir bitte, was los ist. Ich habe gerade ein Einschreiben erhalten, in dem mir gekündigt wird. Ich versuche doch nur, herauszufinden warum. Aber niemand spricht mit mir."

Celeste zögerte, dann senkte sie ihre Stimme auf eine Lautstärke, bei der sich Sabrina anstrengen musste, sie zu hören. „Es tut mir leid. Wir waren alle sehr entsetzt, als wir von der Kündigung hörten. Aber Sie können es den Partnern wirklich nicht verübeln."

„Was soll das heißen? Ich habe doch nichts getan! Sie haben meine Arbeit gelobt, bevor ich in den Urlaub ging."

„Es ist nicht wegen Ihrer Arbeit." Celeste seufzte. „Es ist wegen des Artikels, der vor ein paar Tagen in der *New York Times* erschienen ist. Auf den Gesellschaftsseiten. Es tut mir leid. Ich muss gehen."

Sie hatte aufgelegt.

Für einen Augenblick stand Sabrina nur fassungslos da. Ein Artikel in den Gesellschaftsnachrichten der *New York Times* hatte zu ihrer Kündigung geführt? Mit rasendem Herzen lief sie ins Haus und stellte zu spät fest, dass sie ihre Kaffeetasse auf dem Steinzaun zurückgelassen hatte.

Sie erreichte das Zimmer, das sie sich mit Daniel teilte und schnappte sich den Laptop vom Nachttisch. Sie stellte ihn auf den kleinen Schreibtisch vor dem Fenster und setzte sich hin. Während sie den Computer hochfuhr, trommelte sie nervös mit den Fingern auf den Tisch.

In dem Moment, als der Rechner bereit war, meldete sie sich an, öffnete den Browser und tippte die Webadresse der *New York Times* ein. Die Webseite erschien sofort. Sie verlor keine Zeit damit, die Ausgaben durchzusehen, sondern verwendete die Suchfunktion und tippte ihren eigenen Namen ein.

Die Suchergebnisse erschienen innerhalb einer Sekunde auf dem Bildschirm.

Sie klickte auf den ersten Hyperlink. Er brachte sie zu der Verlobungsanzeige, die vor einigen Wochen erschienen war. Unter einem Foto von ihr und Daniel waren zwei Absätze über ihre bevorstehende Hochzeit geschrieben worden. In dem Artikel stand nichts Ungewöhnliches. Ihre Arbeitgeber wussten genau, wen sie heiratete: einen Geschäftsmagnaten aus einer sehr wohlhabenden Familie, die in den Hamptons zu Hause war. Sie wussten auch, dass Sabrina nicht arbeiten musste, wenn sie es nicht wollte. Doch sie wollte nicht nur Daniels Trophäe sein. Sie hatte darauf bestanden, ihren Job zu behalten, da sie ihren Beitrag leisten wollte. Nachdem die Verlobung angekündigt worden war, hatte sie ihren Arbeitgebern deutlich gemacht, dass sie beabsichtigte, nach der Hochzeit weiterzuarbeiten.

Sabrina kehrte zu den Suchergebnissen zurück. Sie klickte auf den zweiten Hyperlink. Das gleiche Foto erschien, und Sabrina war schon im Begriff, wieder auf *Zurück* zu klicken, als ihr Blick auf die Schlagzeile fiel: *Geschäftsmagnat Daniel Sinclair heiratet Callgirl.*

Ihr Herz hörte einen Moment auf zu schlagen. Das konnte doch nicht wahr sein! Doch während ihre Augen über den Text unter der Schlagzeile flogen, zogen Grauen und Scham in ihrem Bauch ein.

Ein kleiner Spatz erzählte mir, dass der erfolgreiche Unternehmer und Millionär Daniel Sinclair, dessen gleichermaßen wohlhabende Familie in Montauk, NY, lebt, sich entschieden hat, außerhalb seines Standes zu heiraten. Einer verlässlichen Quelle zufolge arbeitete seine Verlobte, Sabrina Palmer, als exklusives Callgirl in San Francisco, wo sie Mr. Sinclair traf, der ein Kunde des Begleitservices war, bei dem Miss Palmer beschäftigt war. Weder Mr. Sinclair noch Miss Palmer waren für einen Kommentar erreichbar.

War jemand über ihre kleine Lüge, ein Callgirl zu sein, die sie Daniel erzählte, als sie sich kennenlernten, gestolpert, und hatte gedacht, die Geschichte wäre wahr? Die einzigen Personen außer Daniel und ihr selbst, die davon wussten, waren Holly und Tim. Und Sabrina wusste, dass keiner der beiden jemals ein Wort davon verlauten lassen würde. Wer sonst konnte noch davon wissen? Könnte Hannigan es irgendwie herausgefunden haben, nachdem er sie bei ihrem kleinen Wochenendausflug in Sonoma überrascht hatte? Sie konnte sich gut vorstellen, dass ihr ehemaliger Vorgesetzter, der ihr ständig an die Wäsche wollte, solche Behauptungen aufstellen würde, wenn er irgendeinen Verdacht hatte. Schließlich hatte er wegen Daniel seinen Job verloren.

Dass jemand, der geschäftlich mit Daniel zu tun hatte, in diese Sache verwickelt war, bezweifelte sie. Plötzlich erstarrte sie. Daniel! Wenn er davon erfuhr, wäre er außer sich vor Wut. Und seine Eltern wären am Boden zerstört. Offenbar wussten sie nichts davon; andernfalls hätten sie sich Sabrina gegenüber anders verhalten.

Sie schaute auf das Datum des Artikels. Er war an dem Tag erschienen, als sie die Zeitung nicht bekommen hatten. War das ein Zufall? Sie wollte nicht darüber spekulieren.

Aber sie musste sofort mit Daniel sprechen.

In der Küche fand sie nur Raffaela vor. Sabrinas Magen drehte sich bei dem Gedanken um, dass Daniels Mutter den Artikel gelesen haben könnte. Was würde Raffaela nur von ihr denken?

„Raffaela, hast du Daniel gesehen?"

„Er ist vor einer halben Stunde weg, um die Platzkarten vom Drucker abzuholen. Er ist bald wieder zurück." Raffaela lächelte.

„Danke. Darf ich mir dein Auto borgen?"

„Na sicher, *Cara*. Die Schlüssel liegen auf dem Tisch im Flur."

So ruhig sie konnte, verließ Sabrina die Küche. Es war wahrscheinlich das Beste, dass sie und Daniel dieses Gespräch weit weg vom Haus führten, damit seine Eltern es nicht zufällig mitbekommen konnten.

12

„Guten Tag, kann ich Ihnen helfen?", fragte der ältere, untersetzte Mann, während er seine dicke Brille auf seiner Nase zurechtrückte und Daniel direkt ansah. Seine Augen sahen hinter den starken Gläsern riesig aus, was Daniel annehmen ließ, dass sein Sehvermögen extrem schwach war.

Mr. Peats von Peats' Printing sah so alt aus, wie er war: Mit fünfundsiebzig sollte er eigentlich in Rente sein und sein Leben genießen, aber Daniel wusste von seiner Mutter, dass Peats' einziger Sohn nie Interesse am Geschäft gezeigt hatte, genauso wenig wie seine Enkelkinder. Irgendwann, wenn Mr. Peats die Arbeit nicht mehr weitermachen konnte, würde ein weiteres dieser liebenswerten alteingesessenen Geschäfte verschwinden. Es war wirklich schade.

„Daniel Sinclair." Obwohl Daniel den Ladenbesitzer seit über dreißig Jahren kannte, bezweifelte er, dass der Mann ihn erkannte. „Ich bin hier, um die Platzkarten für meine Hochzeit abzuholen, die ich vor ein paar Wochen bestellt habe. Ich erhielt einen Anruf, dass sie fertig sind."

„Ach ja. Selbstverständlich." Mr. Peats nickte und blätterte durch einen Stapel Papiere auf seinem Tresen.

Daniel wartete geduldig, da er den alten Mann nicht nervös

machen wollte, während dieser nach dem korrekten Bestellschein suchte.

Schließlich zog er ein Blatt Papier hervor und hielt es nahe an sein Gesicht. „Ach ja, die Sinclair Hochzeit. Ich habe die Sachen im Lagerraum."

Er drehte sich um, ging in einen Hinterraum und zog die Tür zu.

Da Daniel klar war, dass Mr. Peats einige Zeit brauchen würde, zog er sein Handy aus der Tasche und überprüfte seine Nachrichten. Nachdem er Frances fristlos entlassen hatte, hatte er eine Zeitarbeitsfirma angerufen, um die freie Position zu besetzen, bis er eine neue Assistentin gefunden hatte. Obwohl er der Aushilfe mitgeteilt hatte, dass er im Urlaub war und nur in absoluten Notfällen gestört werden sollte, hatte er bereits einige Emails von ihr bekommen, in denen sie nachfragte, wie sie bestimmte Dinge angehen sollte. Daniel scrollte durch seine Emails, aber es gab keine neuen.

Er hörte, wie sich hinter ihm die Tür öffnete, und blickte flüchtig über seine Schulter. Er erstarrte.

„Eve?"

Eve McCall, seine ehemalige Highschool-Freundin, brauste in den Laden. Sie trug eine weiße Capri-Hose und ein Top mit Spaghettiträgern, das ihre schmale Taille und ihre perfekten Brüste unterstrich.

„Daniel!" Ihre Augen weiteten sich vor Überraschung und ihr Gesicht strahlte, während sie in seine Richtung ging und lächelte. „Was für eine Überraschung!"

„Das habe ich mir auch gerade gedacht. Was machst du hier?"

„Ich habe Visitenkarten drucken lassen, und ich bin hier, um sie abzuholen."

Daniel warf einen flüchtigen Blick zurück zu der Tür, durch die Mr. Peats verschwunden war und hoffte, dass der Geschäftsinhaber bald zurückkehrte. „Visitenkarten?", fragte er höflich, obwohl er nicht wirklich an Eves Antwort interessiert war.

„Ja, ich mache mein eigenes kleines Geschäft auf."

„Herzlichen Glückwunsch! Ich hoffe, dass es ein großer Erfolg wird."

Es schien sie nicht zu stören, dass er keine weiteren Einzelheiten ihres neuen Geschäftes erfragte. „Danke. Und du, was machst du hier?"

„Platzkarten für die Hochzeit."

„Oh." Eve runzelte die Stirn, dann zwang sie schnell ein Lächeln zurück auf ihr Gesicht und nickte. „Also findet sie immer noch statt?"

Daniel sog einen scharfen Atemzug ein. „Selbstverständlich! Warum sollte sie nicht stattfinden?"

„Na ja, es ist nur ... wegen des Zeitungsartikels nahm ich an –"

„Was nahmst du an, Eve?", unterbrach er sie mit ruhiger Stimme. Er würde ihr nicht zeigen, dass die Erwähnung des Artikels ihn aufbrachte. „Dass ich Sabrina nicht heiraten würde? Sie ist die Liebe meines Lebens. Nichts wird mich davon abhalten, sie zu heiraten."

„Ich wollte ja nicht andeuten, dass du sie nicht liebst. Aber ich kenne dich." Sie lächelte süß und kam näher. „Und ich weiß, dass du so ein Verhalten nie dulden würdest. Sie hat dich sicher irgendwie ausgetrickst."

Eves zuckersüße Stimme begann, ihm auf die Nerven zu gehen, aber er zeigte nichts von der Aufruhr in seinem Inneren. „Ich versichere dir, dass Sabrina mich nicht ausgetrickst hat. Ich weiß genau, wer und was sie ist. Und sie ist kein Callgirl."

„Oh?" Eve stieß ein Schnauben aus. „Na gut, lass uns mal davon ausgehen, dass sie kein Callgirl ist. Trotzdem denken aber noch sehr viele Leute, dass sie eins ist. Ich dachte nicht, dass du willst, dass deine Frau so einen Ruf hat." Sie klimperte mit ihren Wimpern und sah ihn unschuldig an.

„Was willst du damit sagen?"

Eve streckte ihre Hand aus und berührte seinen Unterarm. Obwohl er die Berührung der Ex-Cheerleaderin genossen hatte, als sie in der Highschool ein Paar gewesen waren, verspürte er jetzt den Drang, sie zu erdrosseln, wenn sie ihn noch weiter berührte.

„Ich sorge mich nur um dich, Daniel. Ich weiß, dass du sehr loyal bist. Wir kennen uns schon so lange. Ich möchte nicht, dass dir jemand wehtut."

„Niemand wird mir wehtun." Er wich zurück, sodass ihre Hand von seinem Unterarm rutschte.

Eve nickte. „Bist du dir sicher?"

Eine Antwort blieb ihm erspart, da Mr. Peats mit einer Schachtel zurück in den Laden kam. Daniel wandte sich zu ihm und zog seine Brieftasche heraus, während der alte Mann die Schachtel auf den Tresen stellte.

„Hab sie gefunden. Tut mir leid, dass es so lange gedauert hat", entschuldigte er sich und öffnete die Schachtel. Er bedeutete Daniel, einen näheren Blick auf den Inhalt zu werfen.

Daniel griff hinein, zog eine der Platzkarten heraus und sah sie kurz an. „Sie sehen großartig aus."

Er konnte es nicht erwarten, von Eve wegzukommen.

„Ich bin froh, dass sie Ihnen gefallen." Mr. Peats lächelte breit.

Daniel schob seine Kreditkarte über den Tresen und beobachtete ungeduldig, wie Mr. Peats sie durch seinen Kreditkartenleser zog und den Betrag eingab.

„Unterzeichnen Sie bitte hier."

Daniel kritzelte hastig seine Unterschrift auf den Beleg, steckte seine Kreditkarte ein und nahm die Schachtel. „Danke."

Er drehte sich zum Gehen um. „Tschüss, Eve."

Aber Eve gab nicht so schnell auf. „Warte, ich komme mit dir mit."

Da er vor Mr. Peats keine Szene machen wollte, antwortete Daniel nicht und ging zur Tür. Als er sie öffnete und auf den Bürgersteig heraustrat, folgte Eve ihm. Er drehte sich halb zu ihr um.

„Ich glaube nicht, dass du so eine übereilte Entscheidung treffen solltest", fuhr Eve fort und legte ihre Hand auf seinen freien Arm.

Er wollte ihre Hand von seinem Arm entfernen, aber in seiner anderen Hand trug er die Schachtel.

„Es ist keine übereilte Entscheidung", presste er zwischen zusammengebissenen Zähnen hervor.

Eve kam näher und beugte sich zu ihm. „Ich habe immer noch Gefühle für dich, Daniel."

Daniel verkrampfte sich.

„Wenn du Angst hast, alleine zu sein, wenn du mit ihr Schluss machst, dann musst du dich nicht sorgen. Ich bin hier, wenn du mich brauchst. Wir waren damals ein gutes Paar. Es könnte wieder so sein."

Bevor er ihr sagen konnte, dass er nie mit Sabrina Schluss machen würde, fiel ein Schatten in seinen Blickwinkel.

„Daniel?"

Daniel wirbelte seinen Kopf zur Seite. Sabrina stand nur wenige Meter von ihnen entfernt. Ihre Augen schossen zu Eve, dann zu Eves Hand, die immer noch auf seinem Unterarm lag. Als Sabrina ihre Augen hob, um seinen zu begegnen, wurde ihm klar, wie diese Situation aussehen musste.

„Sabrina."

„Wir müssen reden", war alles, was Sabrina entgegnete.

13

Sabrina folgte Daniel zu seinem Wagen und stieg ein, ohne ein Wort zu sagen. Sie blickte aus dem Fenster, die Arme über ihrer Brust verschränkt, während sie Richtung Norden fuhren.

Wie ein Geier hatte sich Eve McCall auf Daniel gestürzt und versucht, ihn ihr wegzuschnappen. So wie Eve Sabrina angesehen hatte, war klar, dass sie von dem Zeitungsartikel wusste und dies als ihre Gelegenheit sah, Daniel dazu zu bringen, die Hochzeit abzublasen. Hatte Eve Daniel von dem Zeitungsartikel erzählt? Oder tappte er immer noch im Dunkeln? Aus seinem Verhalten konnte sie es nicht deuten.

„Ich wusste nicht, dass ich Eve dort begegnen würde. Sie kam herein, während ich wartete", sagte Daniel, lange nachdem sie East Hampton hinter sich gelassen hatten.

„Ich möchte nicht über Eve sprechen. Ich möchte über uns sprechen. Unter vier Augen."

Sie bemerkte, wie Daniel nickte und dann außerhalb der Stadt in eine Nebenstraße einbog. Der Schotterweg, der vom Old Montauk Highway abzweigte, führte zu einem abgelegenen Strand, der von Dünen umgeben war. Daniel brachte das Auto zum Stehen und schaltete den Motor ab.

Ohne darauf zu warten, dass er etwas sagte, öffnete sie die Autotür und stieg aus. Sie brauchte frische Luft. Daniel folgte ihr zum Strand hinunter, wo sie auf den Ozean hinaus starrte.

Sie hörte Daniel hinter ihr seufzen. „Was stimmt denn nicht, Sabrina?"

„Nichts stimmt. Die *New York Times* hat einen Artikel über uns veröffentlicht, in dem sie behaupten, dass ich eine exklusive Escort-Dame sei." Ein Schluchzen riss sich von ihrer Brust. Wie würde er die Nachricht aufnehmen?

Daniel griff nach ihrem Ellbogen und drehte sie zu sich herum. „Es tut mir leid. Ich wünschte, du hättest es nicht herausgefunden. Ich wusste, dass du dich darüber aufregen würdest."

„Du wusstest über den Artikel Bescheid? Seit wann? Wann hast du es herausgefunden? Hat Eve es dir gesagt, als sie dich gerade angemacht hat?"

Als er seine Lider senkte, wusste sie die Antwort. Enttäuschung machte sich in ihr breit.

„Ich wusste es schon vorher. Ich las den Artikel an dem Tag, als er veröffentlicht wurde."

Sabrina entzog ihm ihren Ellbogen. „Warum hast du mir das verheimlicht?" Sie drehte ihr Gesicht weg. „Während der letzten Tage haben mich die Leute in der Stadt alle komisch angesehen. Ich hatte keine Ahnung warum. Jetzt weiß ich es: Sie haben alle den Zeitungsartikel gelesen. Sie glauben, ich bin eine berechnende Nutte, die dich dazu gebracht hat, sie zu heiraten!" Sie machte eine Pause, um tief einzuatmen. Es half ihr dennoch nicht, sich zu beruhigen.

„Es tut mir leid, Baby. Nachdem ich den Artikel gelesen habe, habe ich alles getan, damit die Zeitung ihn zurückzieht und eine Entschuldigung druckt. Ich hoffte, es alles schnell wieder ins Reine bringen zu können, damit du nie davon hättest erfahren müssen."

Sie schüttelte ihren Kopf. „Daniel, ich bin heute fristlos entlassen worden!"

Daniel starrte sie fassungslos an.

„Die Firma hat mir wegen dieses Artikels gekündigt. Jeder denkt, dass ich eine Hure bin!"

Daniel griff sie am Oberarm. „Sag dieses Wort nicht! Das bist du nicht! Sie haben unrecht. Sie liegen alle falsch."

„Verstehst du's denn nicht? Es ist nicht von Bedeutung, was die Wahrheit ist! Weil jeder die Lügen in diesem Artikel glaubt. Das kann ich nicht rückgängig machen." Sie versuchte, sich seinem Griff zu entziehen, doch er erlaubte es nicht.

„*Ich* sorge dafür, dass es wieder ins Reine kommt. Es ist meine Verantwortung, denn ich bin daran schuld."

Sie warf ihm einen neugierigen Blick zu. „Was meinst du damit, dass du daran schuld bist?"

Daniel gab einen ihrer Arme frei und streifte mit einer Hand durch sein dunkles Haar. „Es ist wegen Audrey."

Sabrinas Herz stoppte, nur um dann einen Moment später doppelt so schnell weiterzuschlagen. Hatten sie nicht vor ein paar Monaten die ganze Sache mit Audrey begraben?

Daniel seufzte. „Sie hat eine Kopie meiner Kreditkartenabrechnung in die Hände bekommen und die Zahlung an den Begleitservice darauf gefunden. Damit hat sie eine Geschichte zusammengebastelt, und die Zeitung glaubt ihr. Ich muss die Story nur widerlegen."

„Stopp! Wie hat sie überhaupt deine Kreditkartenabrechnung bekommen?"

Daniel schloss seine Augen für einen Augenblick. „Von Frances, meiner Assistentin. Sie hat die ganze Zeit für Audrey spioniert. Deshalb wusste sie immer, was vor sich ging. Ich habe Frances sofort gefeuert, als ich es herausfand."

Sabrina drückte ihre Hand an ihre Brust. „Oh mein Gott! Wann ist das denn endlich zu Ende? Wie können wir das denn jemals wieder hinbiegen?" Sie unterdrückte die Schluchzer, die drohten, sie zu überwältigen und sie ihrer Fähigkeit, klar zu denken, zu berauben.

Daniel hob ihr Kinn mit seinen Fingern hoch. „Ich bin bereits dabei, es zu regeln. Ich schaue gerade, wie ich ihre Geschichte widerlegen kann. Vertrau mir bitte."

„Was hast du vor?"

„Lass mich mir den Kopf darüber zerbrechen. Du hast genug mit den Hochzeitsvorbereitungen zu tun."

Sabrina sah ihn an und holte Luft, bevor sie fortfuhr: „Daniel, wir können nicht so weitermachen."

Er wurde blass. „Was?"

„Daniel, du kannst nicht ständig Sachen vor mir geheimhalten. Wenn diese Ehe funktionieren soll, dann müssen wir ehrlich miteinander sein, komme was wolle."

Daniel stieß einen ruckartigen Atemzug aus, als ob er erwartet hätte, dass eine Bombe einschlagen würde, doch stattdessen war es nur ein kleiner Kieselstein.

„Du hast recht. Es tut mir leid. In Zukunft werde ich das tun. Ich verheimliche dir nie wieder etwas Das verspreche ich dir." Er senkte seinen Kopf. Seine Lippen schwebten plötzlich über ihren. „Verzeihst du mir? Bitte?"

Es war unmöglich, seine Bitte abzuschlagen. Mit einem Seufzer lehnte sie sich an ihn, strich ihre Lippen über seine und bot ihm den Kuss an, den er wollte. Als sich ihre Münder trafen, spürte sie, wie er seine Arme um sie schlang und sie beschützend festhielt.

Daniel hob sie in seine Arme und ließ sich dann auf seine Knie nieder, bevor er sich mit ihr in den weichen Sand legte. Daniels Hand wanderte ihren Oberkörper hinab, bis er den Saum ihres Oberteils erreichte und mit seiner Hand darunter glitt. Seine Handfläche fühlte sich heiß auf ihrer Haut an und entflammte sie sofort.

Er riss seinen Mund von ihrem. „Glaubst du, ich bin verrückt, wenn ich jetzt hier mit dir Liebe machen will?"

„Ja", antwortete Sabrina atemlos, während Daniels Lippen ihren Kiefer entlang glitten und sich zu ihrem Hals hinab arbeiteten. „Aber ich glaube, wir sind beide verrückt."

Er küsste ihre Kehle, bevor er ihr T-Shirt hochschob und es ihr auszog. „Du bist so schön, Sabrina", sagte er und starrte sie mit lusterfüllten Augen an.

Daniel beugte sich über sie, leckte mit seiner Zunge über ihre Lippen und tauchte dann wieder in ihren Mund ein, um sie heftig und tief zu küssen.

„Ich kann es nicht erwarten, dich endlich zu meiner Frau zu machen."

Daniel öffnete ihren BH und befreite ihre Brüste. Eine warme Nachmittagsbrise ließ ihre Nippel steif werden.

Sabrinas Hände waren bereits damit beschäftigt, sein Polohemd auszuziehen, während sie schnell zu beiden Seiten schaute, um sich zu vergewissern, dass sie wirklich alleine waren. Soweit das Auge reichte, gab es nur Dünen und Sand und jenseits davon schlug die Brandung ans Ufer. Der Klang der sich brechenden Wellen wurde zur Hintergrundmusik ihrer intimen Begegnung und verschluckte ihre weichen Seufzer und ihr Stöhnen, während sie sich die Kleider vom Leib rissen.

Daniel hob sie auf das Bett, das er aus seiner und ihrer Kleidung gemacht hatte, und senkte sich über sie, während sie bereitwillig ihre Beine für ihn öffnete, damit er sich dort breitmachen konnte.

Sein Schwanz war hart und fast purpurrot und krümmte sich nach oben. Sabrina griff danach, legte ihre Hand um die samtweiche Spitze und glaubte, ihn unter ihrer sanften Berührung erschaudern zu spüren. Gleichzeitig bemerkte sie, wie Daniel sein Kiefer zusammenpresste, als bekämpfte er einen unsichtbaren Feind. Dass sie das immer noch bei ihm bewirken konnte – dass sie ihn immer noch an den Rand der Beherrschung treiben konnte – verlieh ihr ein Gefühl von Macht.

„Ich möchte dich jetzt spüren", raunte sie an seinen Lippen. „Nimm mich."

Seine Schwanzspitze drang einen Moment später in ihr Geschlecht ein und brachte sie dazu, einen schnellen Atemzug auszustoßen, während sich ihr feuchter Kanal dehnte, um ihn in sich aufzunehmen. Er drang mit einer geschmeidigen Bewegung ein, bis seine Hoden gegen sie schlugen. Sie schlang ihre Beine instinktiv um seinen Hintern, damit er ihr nicht entgleiten konnte. Aber er wich dennoch zurück und zog sich fast vollständig aus ihr heraus, bevor er mit noch mehr Kraft wieder in sie stieß.

„Verdammt, Baby! Mach mir nie wieder solche Angst!", rief er aus.

„Dir Angst machen?"

Er lieferte ein paar harte und schnelle Stöße, während er weiterhin sein Kiefer zusammenpresste. „Ja, du hast mich erschreckt, als du sagtest, dass wir nicht so weitermachen können." Er stöhnte und zog seine Hüften zurück. Sein Schwanz drang wieder in sie ein, als ob er sie bestrafen wollte. „Ich dachte, du wolltest ...“

Er musste seinen Satz nicht beenden. Sie konnte seine Gedanken in seinen Augen sehen.

„Ich liebe dich“, versicherte sie ihm.

„Ich liebe dich auch“, murmelte er, bevor er wieder ihre Lippen gefangen nahm und sich mit ihrer Zunge duellierte und im gleichen Rhythmus in ihren Mund stieß, wie es sein Schwanz weiter unten tat.

Sabrina fühlte sich, als schwebte sie auf einem Bett aus Wattebäuschen, während Daniel sie küsste und seine Hände ihren Körper liebkosten und sein Unterleib sich mit jedem Stoß an sie drückte. Von Sekunde zu Sekunde wurden seine Bewegungen ungestümer.

Sein Stöhnen wurde durch die Meereswogen, die gegen das sandige Ufer schlugen und sich an den Felsen brachen, hinweggetragen, genauso, wie ihre eigenen Seufzer und Klänge des Vergnügens von der Brise, die sie trotz der heißen Nachmittagssonne kühlte, geschluckt wurden.

Ihr gesamter Körper fing an, angenehm zu summen und zu prickeln. Ihre Haut brannte und ihr Herz hämmerte in einem rhythmischen Tempo gegen ihren Brustkorb, als ob es die Gefühle, die es in sich beherbergte, im Morsealphabet kundtun wollte.

Mit jedem Stoß von Daniels Schwanz spürte sie ihre Körpertemperatur ansteigen und bereitete sich auf das Unvermeidliche vor. Er war noch nie darin gescheitert, ihr Vergnügen zu bereiten, und das war auch jetzt nicht der Fall.

„Oh Gott, ja!“, rief sie aus, als die erste Welle ihres Orgasmus über sie hinweg rollte.

Dann spürte sie, wie Daniels Schwanz in ihr zuckte, und einen Moment später ergoss sich sein heißer Samen in ihr Inneres und machte seine Stöße noch geschmeidiger.

„Fuck!“, presste er heraus. Einige Sekunden stieß er noch weiter in sie hinein, bis er schließlich in seinen Bewegungen innehielt und sich auf seinen Ellbogen und Knien abstützte.

Sein unregelmäßiger Atem blies gegen ihr Schlüsselbein, und sie konnte seinen Herzschlag an ihrer Brust schlagen spüren. Einige Minuten lang lagen sie nur so da und ließen sich von der Sonne wärmen, während das rauschende Meer den Klang ihres schweren Atems verschlang.

Nach einer gefühlten Ewigkeit hob Daniel schließlich den Kopf.

„So gerne ich auch für immer hier bleiben möchte, sollten wir lieber nach East Hampton zurückfahren, um dein Auto zu holen und dann nach Hause zu fahren."

Sabrina öffnete ihre Augen nur widerstrebend und blinzelte gegen das Sonnenlicht. „Müssen wir wirklich?"

Daniel küsste ihre Nasenspitze. „Ja."

14

Sabrina bog in die breite Auffahrt des Sinclair-Anwesens ein und brachte den Wagen neben einem Taxi zum Stehen. Im Rückspiegel sah sie, wie Daniel hinter ihr parkte.

Sie sprang aus dem Auto, als sie eine Frau aus dem Taxi steigen sah, während der Taxifahrer zum Kofferraum ging, um diesen zu öffnen.

„Mist!", zischte sie zu sich selbst. Wie konnte sie nur die Ankunft ihrer Mutter vergessen haben? Hätte sie nicht erst morgen ankommen sollen?

Sabrina lief um das Auto herum zu ihrer Mutter und umarmte sie. „Mom!"

„Sabrina!"

Als Sabrina ihre Mutter losließ, war deren finsterer Gesichtsausdruck immer noch nicht verflogen. „Ich habe auf dem Bahnhof gewartet. Aber niemand kam, um mich abzuholen."

„Es tut mir so leid, Mom! Aber ich dachte, du kommst erst morgen."

Aus den Augenwinkeln sah sie Daniel auf sie beide zukommen, doch er unterbrach sie nicht.

„Ich habe mich entschieden, einen Tag früher zu kommen, damit ich nicht so mit der Zeitverschiebung zu kämpfen habe. Ich habe dir eine SMS geschickt. Ich dachte, das wäre die einfachste Art und Weise, dich zu erreichen. Ihr jungen Leute schickt doch für alles eine SMS, oder nicht?"

„Es tut mir leid, aber ich habe keine SMS von dir erhalten." Nicht dass das eine ausreichende Verteidigung wäre, wenn es um ihre Mutter ging. Sie würde Sabrina ihren Verdruss noch längere Zeit spüren lassen.

Ihre Mutter schnaubte. „Ich hatte Glück, überhaupt ein Taxi zu erwischen." Sie winkte dem Taxifahrer zu, der ihren Koffer aus dem Kofferraum hob und ihn dann lautstark zumachte.

„Lassen Sie mich das Taxi bezahlen", bot Daniel schnell an und zog sein Portemonnaie aus seiner Hosentasche, um die Fahrt zu bezahlen.

Ihre Mutter ließ ihre Augen zum ersten Mal über Daniel schweifen. Ein anerkennendes Lächeln breitete sich auf ihren Lippen aus. „Gut, zumindest einer hier weiß, wie man die Mutter der Braut behandelt."

Sabrina verdrehte ihre Augen. Es schien, als ob Daniel gerade Sabrina auf der Liste der Lieblingspersonen ihrer Mutter überholt hatte. Glücklicherweise störte das Sabrina nicht sehr. Zumindest bedeutete das, dass ihre Mutter beschwichtigt war.

Daniel wandte sich vom Taxifahrer ab, der, so wie es aussah, ein großzügiges Trinkgeld bekommen hatte, und steckte seine Brieftasche wieder ein.

„Mrs. Palmer, bin ich Daniel. Sehr nett, Sie kennenzulernen." Er streckte Sabrinas Mutter die Hand entgegen.

„Eigentlich Thorson. Ich habe nach der Scheidung meinen Mädchennamen wieder angenommen. Sag doch einfach du. Ich bin Ilene."

„Ilene, es tut uns leid, dass wir deine Ankunft verpasst haben. Der Handy-Empfang ist hier in der Gegend oft ein Problem."

Daniel warf Sabrina einen verschwörerischen Blick zu. Handys hatten in den Hamptons tadellosen Empfang. Sabrina lächelte zurück. Daniel wusste genau, wie man Süßholz raspelte, und es schien, dass ihre Mutter bei seinem Charme machtlos war. Wie die Mutter so die Tochter.

„Wie war deine Reise?", fragte Sabrina und griff nach ihrem Handgepäck, während Daniel den großen Koffer nahm, der anscheinend mit Ziegelsteinen gefüllt war, wenn sie Daniels Gesichtsausdruck richtig interpretierte.

„Der Flug war in Ordnung. Aber es war wirklich ein bisschen umständlich, vom Flughafen hierzukommen. Der Zug dauert ja ewig und hält in jedem Dorf."

„Für deinen Rückflug fahren wir dich zurück zum JFK", bot Daniel schnell an. „Es tut mir leid, dass wir das dieses Mal nicht arrangieren konnten, aber in den letzten Tagen gab es einfach so viel zu erledigen. Ich wollte unbedingt dafür sorgen, dass deine Tochter die perfekte Hochzeit bekommt."

Sabrinas Mutter lächelte ihren zukünftigen Schwiegersohn an. „Na ja, wenn du es so sagst. Natürlich möchte ich auch, dass für meine kleine Sabrina alles perfekt wird. Selbst wenn das bedeutet, dass ich mich einschränken muss." Sie warf Sabrina einen Leidensblick zu.

Sabrina verbiss sich eine Antwort. Ihre Mutter hatte sich noch nie eingeschränkt. Und sie würde auch jetzt nicht damit anfangen. „Danke, Mom", sagte sie stattdessen.

„Na, dann lasst uns mal reingehen." Daniel deutete zur Eingangstür.

Bevor sie diese erreichten, bog ein rotes Cabriolet mit dröhnender Musik in die Auffahrt ein. Alle Köpfe drehten sich in die Richtung, aus der der Krach kam. Sabrina erkannte den dunklen Haarschopf ihres Vaters sofort. Anscheinend färbte er sich immer noch die Haare. Er konnte noch immer nicht akzeptieren, dass er grau wurde.

„Nun schau dir das mal an", sagte ihre Mutter leise. „Anscheinend ist dein Vater immer noch in der Midlife-Crisis."

Obwohl ihre Mutter recht hatte, legte Sabrina ihr die Hand auf ihren Unterarm. „Sei bitte nett. Ich möchte keinen Streit auf meiner Hochzeit."

Ihre Mutter sah sie empört an. „Das musst du mir nicht sagen! Sag es ihm! Er ist derjenige, der –"

„Bitte", unterbrach Sabrina. „Bloß dieses eine Mal. Nach der Hochzeit könnt ihr euch so viel streiten, wie ihr wollt. Ich verspreche dir, ich werde mich nicht einmischen." Sie würde mit Daniel in die

Flitterwochen fahren und sich nicht um den Rest der Welt Sorgen machen, zumindest nicht für zwei Wochen.

Sabrina zwang sich ein Lächeln auf ihr Gesicht und stellte das Handgepäck auf den Boden. Dann ging sie ihrem Vater entgegen, der gerade aus dem Auto ausgestiegen war. Er begrüßte sie mit offenen Armen und zog sie in eine enge Umarmung.

„Hallo, mein Schätzchen! Lass dich ansehen! Wie erwachsen du aussiehst." Er drückte einen Kuss auf ihre Stirn. „Und wo ist der Mann, der dich mir wegstiehlt?"

„Ich glaube, Sie meinen mich, Sir", antwortete Daniel hinter ihnen.

„Nett, dich kennenzulernen, Daniel. Ich bin George."

Als die zwei Männer sich die Hände schüttelten, wanderte der Blick ihres Vaters an ihr vorbei und fiel auf ihre Mutter.

„Wie ich sehe, ist deine Mutter auch schon hier." Er nickte in deren Richtung. „Ilene."

„George", antwortete ihre Mutter in dem gleichen eisigen Ton, den ihr Vater benutzt hatte.

„Wo ist dein Gepäck, George?", fragte Daniel.

Ihr Vater wandte sich zum Kofferraum des Sportwagens und öffnete ihn. „Ich habe nur eine kleine Reisetasche." Er warf einen spitzen Blick auf den großen Koffer und das Handgepäck seiner Ex-Frau. „Ich reise immer mit wenig Gepäck."

Er hob die Tasche aus dem Kofferraum und schloss ihn wieder. „Aber wenn ihr im Haus keinen Platz für mich habt, dann kann ich auch in einer der Frühstückspensionen bleiben, die ich auf dem Weg hierher gesehen habe. Ich bin mir sicher, dass ich etwas Nettes finden kann."

„Kommt gar nicht in Frage, Dad!", beharrte Sabrina. „Außerdem hat das Haus sechs Schlafzimmer, es ist also genug Platz. Und es ist viel praktischer als immer hin- und herzufahren."

Ihr Vater lächelte sie an. „In diesem Fall kann ich es nicht ablehnen."

Daniel deutete zur Tür. „Lasst uns sehen, wo meine Eltern sind. Sie freuen sich beide schon sehr darauf, euch kennenzulernen." Er lächelte Sabrinas Mutter aufmunternd zu und nahm ihren Koffer.

Die Haustür war nicht abgesperrt. Daniel öffnete sie, ging hinein und stellte das Gepäck im Foyer ab.

„Mama? Dad?", rief er in Richtung des hinteren Teils des Hauses.

Sabrina trat zusammen mit ihrer Mutter und ihrem Vater ein.

„Wow! Was für ein riesiges Haus!", rief ihre Mutter aus und sah sich fast ehrfürchtig um.

Sabrina war in einer mittelständischen Familie aufgewachsen und ihr Haus in Nord-Kalifornien war schön gewesen, aber es konnte nicht mit der Pracht des Sinclair-Hauses mithalten. Ihr Elternhaus war ein einfaches Haus gewesen; Daniels Elternhaus war eine Villa.

„Es sieht so aus, als verheiratest du dich besser als ich", bemerkte ihre Mutter und warf ihrem Ex-Mann einen flüchtigen Seitenblick zu.

Sabrina musste zum Glück keinen Kommentar dazu abgeben, da Raffaela und James im selben Moment im Foyer erschienen.

„Oh mein Gott!", rief Raffaela aufgeregt aus. „Wir hatten Sie heute noch nicht erwartet. Es tut mir so leid. Ich muss das Datum durcheinandergebracht haben." Sie wischte sich die Hände an ihrer Schürze ab und eilte Sabrinas Mutter entgegen. „Sie müssen Ilene sein. Die Ähnlichkeit zwischen Ihnen und Ihrer Tochter ist bemerkenswert. Und wenn ich es nicht besser wüsste, würde ich sagen, dass Sie beide Schwestern sind!"

Sabrina unterdrückte ein Lachen und tauschte einen verschwiegenen Blick mit Daniel aus. Raffaela wusste, wie sie andere um ihren kleinen Finger wickeln konnte und diese sofort dahinschmolzen.

Als Sabrinas und Daniels Eltern sich begrüßten, zog Daniel sie zur Seite und legte seinen Arm um ihre Taille.

„Ist zwischen uns alles in Ordnung?", flüsterte er in ihr Ohr.

Sie nickte, obwohl sie immer noch Zweifel hatte. Jeder in den Hamptons wusste über den Zeitungsartikel Bescheid und dachte, dass sie ein Callgirl sei. Wie konnte sie das nur vor ihren Eltern geheim halten? Und obwohl Daniels Eltern anscheinend seine Erklärung akzeptiert hatten, würden ihre eigenen Eltern es vermutlich nicht verstehen.

Sie konnte nur hoffen, dass Daniels Bemühungen, die Zeitung dazu zu bringen, die Geschichte zurückzuziehen und eine Entschuldigung zu veröffentlichen, Frucht tragen würden. Und hoffentlich sehr bald. Vorzugsweise vor der Hochzeit. Oder an der Hochzeit würden keine Gäste teilnehmen.

Sabrina verstand jetzt, warum Raffaela all diese Absagen erhalten hatte. Die Gäste hatten den Artikel gelesen und beschlossen, dass sie nicht mit den Sinclairs gesehen werden wollten. Und der Vorfall in dem Wäschegeschäft, aus dem Paul sie gerettet hatte? Die Inhaberin des Ladens hatte sie nicht hinausgeworfen, weil Sabrina den Stoff an ihre Wange gerieben hatte, sondern weil die Frau kein mutmaßliches Callgirl in ihrem Geschäft haben wollte. Sabrina wurde von der Gesellschaft gemieden, in der die Sinclairs so hoch geschätzt wurden.

Konnte sie ihnen das wirklich antun? Konnte sie wirklich die Hochzeit durchziehen, wenn das bedeutete, dass sie damit den guten Ruf der Familie durch den Dreck zog?

Sabrina seufzte und hoffte im Stillen, dass der Zeitungsartikel schnell zurückgezogen und ihr Ansehen wiederhergestellt wurde – und damit das Ansehen ihrer zukünftigen Schwiegereltern. Doch wenn das nicht geschah, dann musste sie eine Entscheidung treffen.

15

———

„D u machst das schon", redete Holly ihr gut zu.

Sabrina nahm einen tiefen Atemzug und zwang sich ein Lächeln auf ihr Gesicht. Sie war in ihrem ganzen Leben noch nie so nervös gewesen. „Im Moment ist so viel los. Vielleicht ist das jetzt nicht der beste Augenblick, es herauszufinden."

Holly schüttelte den Kopf, öffnete die Eingangstür zu dem Backsteinbau und hielt sie für Sabrina auf. „Nicht zögern. Das sind nur deine Nerven. Jetzt komm schon. Wir machen das zusammen."

Sabrina zog ihre Schultern zurück und nickte. „Ich schaffe das."

Dann ging sie nach drinnen und blieb mit Holly an ihrer Seite an der Rezeption stehen. „Ich heiße Sabrina Palmer. Ich habe um halb elf einen Termin bei Dr. Chandra."

„Guten Morgen, Miss Palmer. Ihre Krankenversicherungskarte bitte."

Sabrina zog ihre Krankenversicherungskarte aus ihrer Handtasche und gab sie der Rezeptionistin.

Nachdem diese Sabrinas Namen auf ihrer Liste abhakte und die Versicherungskarte durch ihr System laufen ließ, griff sie nach einem Klemmbrett, heftete zwei Formulare darauf und übergab Sabrina das

Ganze zusammen mit einem Stift. „Bitte füllen Sie das aus und bringen Sie es zurück, wenn Sie damit fertig sind."

„Danke." Sabrina nahm das Klemmbrett entgegen und begab sich zum Wartebereich.

Holly und sie setzten sich. Während Holly eine Promi-Zeitschrift nahm und darin blätterte, füllte Sabrina den Fragebogen aus so gut sie konnte. Dann brachte sie ihn zurück zum Empfang und setzte sich wieder.

Holly legte die Zeitschrift weg und beugte sich zu ihr. „So, wie willst du sie denn nennen?"

Sabrina blickte sich flüchtig um und sah die anderen Frauen im Warteraum an. Sie bemerkte, dass eine Frau sie anstarrte. Hatte die Frau sie von dem Bild in der Zeitung erkannt? Hatte sie den Artikel gelesen? Sabrina seufzte. Wie konnte sie im Moment an ein Baby und eine Zukunft mit Daniel denken, wenn es in ihrem Leben gerade so viel Chaos gab?

„Wir wissen nicht einmal, ob ich überhaupt schwanger bin", meinte sie leise und sah ihre Freundin an. „Vielleicht ist es nur ein Fehlalarm. Das passiert doch ständig; man bekommt seine Periode nicht, weil man unter Stress steht. Und wenn im Moment jemand unter Stress steht, dann bin ich das."

Holly legte eine Hand beruhigend auf Sabrinas. „Schätzchen, du musst lernen, dich zu entspannen. Vielleicht sollte ich dich für einen Nachmittag in einen Spa entführen."

Sabrina verdrehte ihre Augen. „Ich habe keine Zeit, mich zu entspannen. Es gibt noch so viel zu tun. Und jetzt, wo meine Eltern hier sind, muss ich auch noch den Schiedsrichter spielen. Außerdem ist meine Mutter immer noch sauer auf mich, weil ich ihre Ankunft vergessen habe." Sie schüttelte den Kopf.

Nachdem sie ihr Handy konsultiert hatte, hatte sie zugeben müssen, dass sie tatsächlich eine SMS von ihrer Mutter bekommen hatte, die sie über deren Ankunft einen Tag früher in Kenntnis gesetzt hatte. Sabrina musste es einfach vergessen haben. Konnte das bedeuten, dass sie wirklich schwanger war? Sie hatte einmal gelesen, dass das

Kurzzeitgedächtnis einer Frau in der Schwangerschaft nachließ. Und sie hatte ab und zu Schwindelanfälle und morgens war ihr gelegentlich schlecht. Sie würde es jedoch nicht als Schwangerschaftsübelkeit bezeichnen, sondern nur als einen empfindlichen Magen.

„So wie die Sache im Moment steht, bin ich mir nicht sicher, ob ich bereit bin, Mutter zu werden."

Holly schmunzelte und schüttelte ihre blonden Locken. „Du wirst eine tolle Mutter sein, und das weißt du auch."

„Ja, aber es ist ein schlechtes Timing." Ihre Blicke trafen sich. „Du weißt schon."

Holly nickte.

Sabrina hatte am Tag, an dem sie von dem Artikel erfahren hatte, mit Holly darüber gesprochen, nachdem Daniel ihr auf dem Heimweg vom Strand erzählt hatte, dass Tim und Holly bereits über den Artikel Bescheid wussten. Als sie weiter nachgefragt hatte, hatte Daniel auch zugegeben, dass seine Eltern davon wussten, aber dass er ihnen nicht die ganze Wahrheit erzählt hatte. Als Sabrina gehört hatte, dass Daniel ihnen eine geschönte Version aufgetischt hatte, fühlte sie sich ein wenig besser. Zumindest waren Daniels Eltern nicht schockiert. Sie dachten sogar, dass die Art und Weise, wie Tim und Holly ihr Blind Date arrangiert hatten, zwar unorthodox, aber doch nett war. Wenn sie nur die Wahrheit wüssten!

„Sorge dich nicht weiter. Wir kümmern uns schon um die Sache", versicherte ihr Holly und beugte sich noch näher. „Tim, Daniel und ich arbeiten da an was. Gib uns noch ein oder zwei Tage und wir schaffen es, die Zeitung davon zu überzeugen, dass sie die Geschichte revidieren und eine Entschuldigung drucken."

„Sag mir, was ihr macht."

Holly schüttelte den Kopf und blickte sich flüchtig im Warteraum um, bevor sie Sabrina wieder ansah. „Das kann ich nicht. Bitte vertrau mir. Ich will nicht, dass du dich noch mehr aufregst. Du hast im Moment schon genug Sorgen. Überlass uns das. Wir kümmern uns schon darum."

Sabrina konnte ein Stirnrunzeln nicht vermeiden. „Ich wäre weniger beunruhigt, wenn ich wüsste, was ihr vorhabt. Zumindest hätte ich dann etwas Hoffnung, dass dieses ... dieses Problem sich in Wohlgefallen auflöst. Aber jetzt, wo ich weiß, dass Audrey hinter der Sache steckt, würde ich mich am liebsten übergeben."

Holly tätschelte ihre Hand. „Das ist nur die Schwangerschaftsübelkeit. Sorge dich nicht wegen Audrey. Sie bekommt am Ende genau das, was sie verdient. Das verspreche ich dir."

„Dein Wort in Gottes Ohr!"

Als sich die Tür plötzlich öffnete und eine frische Brise von draußen mitbrachte, wandte Sabrina ihren Kopf. Sie war überrascht, einen Mann in die Frauenklinik eintreten zu sehen. Wäre er ein Kurier von FedEx oder UPS gewesen, wäre das nicht ungewöhnlich gewesen, aber der Mann sah so aus, als wollte er gerade zum Segeln gehen.

Er ging zum Empfangstisch und übergab der Empfangsdame eine kleine Geschenktüte, während er mit leiser Stimme mit ihr sprach, zu leise, als dass Sabrina etwas von dem Gespräch mitbekommen hätte. Doch es sah so aus, als flirtete er mit der Rezeptionistin, da diese errötete. Als das Telefon klingelte, beantwortete die junge Frau es nur widerstrebend, und der Mann drehte sich um.

Sabrinas Herz blieb stehen. Sie erkannte den Mann sofort. Es war Jay Bohannon, einer von Daniels Freunden und ein Mitglied des Clubs der ewigen Junggesellen, aus dem Daniel an seinem Hochzeitstag ausscheiden würde. Anscheinend war Jay ebenso wie Daniels andere Freunde bereits einige Tage vor der Hochzeit aus New York angereist.

Sabrina senkte ihren Blick und drehte sich Holly in der Hoffnung zu, dass Jay sie nicht sehen würde. Sie wollte nicht, dass er Daniel gegenüber erwähnte, dass er sie beim Frauenarzt gesehen hatte, denn selbst wenn es sich herausstellte, dass Sabrina schwanger war, wollte sie Daniel das nicht vor ihrer Hochzeitsnacht erzählen.

Holly starrte in Jays Richtung, was keine riesige Überraschung war: Sie mochte schöne Männer wie jede andere junge Frau, die lebte und atmete.

„Lecker", raunte Holly.

„Schau nicht hin!", flüsterte Sabrina ihr zu.

Holly drehte den Kopf zu ihr. „Warum denn nicht?"

„Sabrina Palmer?", rief die Empfangsdame plötzlich ihren Namen, bevor Sabrina die Frage ihrer Freundin beantworten konnte.

Sabrina sprang von ihrem Stuhl hoch und strich nervös die Falten ihres Sommerkleides glatt. Jays Blick landete auf ihr, und sein Mund verzog sich zu einem breiten Lächeln.

„Sabrina!", grüßte er sie und kam auf sie zu.

Sabrina bemerkte, wie die anderen Frauen sie anstarrten. Na großartig! Jetzt würde nicht nur jeder wissen, wer sie war und sie mit dem Artikel in der *New York Times* in Verbindung bringen, jetzt würden sie auch noch darüber klatschen, dass sie beim Frauenarzt einen gut aussehenden Mann getroffen hatte. Was konnte sonst noch schieflaufen?

„Hallo, Jay", sagte sie zögernd und streckte ihm die Hand entgegen. Doch anstatt ihre Hand zu schütteln, zog Jay sie in eine kurze Umarmung. Nun, er war Südstaatler und außerdem hatte sie ihn schon einmal auf einer Geburtstagsfeier in New York getroffen. Sie konnte ihn nicht einfach zurückstoßen, ohne dass er denken musste, dass etwas nicht stimmte.

„So nett, dich zu sehen", sagte er leicht und zwinkerte ihr zu. „Sieht so aus, als hätte Daniel bald alle Hände voll zu tun."

„Äh ..." Sabrina blickte kurz zu der Arzthelferin, die geduldig an der Tür wartete, die zu den Untersuchungsräumen führte.

Jay beugte sich zu ihr. „Keine Sorge. Daniel wird nichts von mir erfahren." Dann grinste er. „Das heißt, wenn du mir deine Freundin hier vorstellst." Er deutete auf Holly.

„Oh, ja, natürlich. Holly, das ist Jay Bohannon, einer von Daniels Freunden. Jay, das ist meine Freundin Holly Foster. Sie ist meine Brautjungfer."

„Ausgezeichnet!" Jay verbeugte sich und nahm Hollys Hand, um einen Kuss darauf zu drücken.

„Miss Parker?", rief die Arzthelferin nochmals.

„Entschuldigt mich bitte."

Mit einem letzten flüchtigen Blick zu Holly folgte Sabrina der jungen Frau und marschierte in das Untersuchungszimmer, auf das sie gedeutet hatte.

16

Von der Tür des angrenzenden Badezimmers aus beobachtete Sabrina, wie Daniel aus der Dusche trat und nach einem Handtuch griff. Wassertropfen liefen seine unbehaarte Brust hinunter, überquerten seinen Waschbrettbauch und verschwanden in dem dunklen Schamhaar, das sein Geschlecht bewachte. Sogar im entspannten Zustand war sein Schwanz beeindruckend. Ihr Unterleib verkrampfte sich bei dem Gedanken, ihn in sich zu spüren. Aber dieses Mal fühlte es sich anders an. Denn in ihrem Leib wuchs ihr gemeinsames Kind heran. Sie hatten mit ihrer Liebe ein neues Leben erschaffen.

Als die Ärztin die Schwangerschaft bestätigt hatte, hatte Sabrina zuerst nicht gewusst, wie sie reagieren sollte. Doch im Laufe des Tages hatte die Freude über diese Nachricht unglaubliche Ausmaße angenommen. So große, dass sie die Neuigkeit von den Dächern hätte schreien wollen. Doch das würde sie nicht tun.

Diese Neuigkeit wollte sie behüten. Sie wollte sie nicht durch das Problem überschatten, das der Zeitungsartikel verursacht hatte. Nein, diese Neuigkeit verdiente ihre eigene Bühne. Sie wollte sie als das Geschenk behandeln, das es war. Ein Geschenk für sie und Daniel. Und es bedurfte eines besonderen Moments, in dem sie dieses

Geschenk mit Daniel teilen wollte: ihre Hochzeitsnacht. Das würde alles perfekt machen.

„Worüber grübelst du nach?", fragte Daniel, während er das Badetuch um seine Hüften wickelte und sie des verführerischen Anblicks beraubte.

„Nichts."

Er kam auf sie zu. „Es ist wegen deinen Eltern, nicht wahr?"

Sie zuckte mit den Schultern, froh darüber, dass er falsch geraten hatte. „Sie sind so, wie sie sind."

„Was lief zwischen ihnen schief?"

Sabrina lächelte weich. „Willst du nicht eher fragen, was lief bei ihnen gut? Nicht besonders viel. Ich glaube, sie hatten einfach verschiedene Vorstellungen davon, was für ein Leben sie führen wollten. Mom wollte immer mit den Nachbarn mithalten. Und Dad hat das nie interessiert, solange er mit seinen Freunden am Freitagabend ausgehen und das ganze Wochenende Fußball anschauen konnte. Meine Mutter wollte einfach mehr. Als ich klein war, war sie eine sehr liebevolle Frau. Aber Dad war nicht so. Er war kein verschmuster Typ. Ich glaube, meine Mutter sehnte sich nach körperlicher Nähe. Und das konnte er ihr nicht geben. Er war nicht sehr offen mit seinen Gefühlen. Versteh mich nicht falsch; sie müssen Sex gehabt haben. Schließlich hatten sie mich."

Daniel strich seine Knöchel über ihre Wange. „Es ist schade, mit ansehen zu müssen, wie zwischen zwei Menschen, die sich einmal liebten, alles schiefgeht. Sie liebten sich doch einmal, oder nicht?"

„Das hoffe ich. Aber ich erinnere mich nicht, es jemals gesehen oder gespürt zu haben. Alles, woran ich mich aus meiner Kindheit erinnere, waren ihre Streitereien, die Tränen meiner Mutter und das Schweigen meines Vaters. Vermutlich liebten sie sich am Anfang, bevor sie mich hatten. Aber ich glaube, es war nicht genug. Sie haben einfach nicht zusammen gepasst."

„Nicht wie wir." Daniel drückte einen zärtlichen Kuss auf ihre Lippen.

Sabrina griff nach seiner Hand und verflocht ihre Finger mit seinen. „Ja, nicht wie du und ich. Trotzdem sorge ich mich manchmal.

Meine Eltern müssen auch gedacht haben, dass sie für einander bestimmt waren, als sie heirateten. Als sie verliebt waren."

„Du solltest dich nicht sorgen. Du und ich, wir haben eine ganz besondere Beziehung." Er nahm ihre Hand und drückte sie an die Stelle, wo sein Herz gegen seinen Brustkorb klopfte. „Ich kann es spüren. Ohne dich fühle ich mich nicht vollkommen. Ich hatte immer gedacht, dass ich niemanden brauche. Aber das tue ich doch. Ich brauche dich. Und während der letzten paar Tage wurde mir bewusst, dass, wenn jemand dir wehtut, es mich genauso schmerzt. Ich spüre es am eigenen Leibe."

Sabrina schob ihre Hand, die auf seinem Herzen lag, weiter nach oben, bis sie sie auf seinen Nacken legen und ihn zu sich ziehen konnte. „Ich habe mich noch nie so sehr geliebt gefühlt wie jetzt."

„Das kommt daher, weil ich dich mehr liebe, als irgendjemand anderer das könnte. Du bist alles, was ich mir je erträumt habe, Sabrina." Er seufzte. „Und wenn ich nicht zu dieser verflixten Junggesellenparty gehen müsste, würde ich es dir jetzt beweisen."

Sie lächelte und strich ihre Lippen an seine. „Niemandem wird es etwas ausmachen, wenn du ein paar Minuten zu spät kommst." Sie küsste ihn sanft, doch bevor er noch darauf reagieren und den Kuss vertiefen konnte, wich sie zurück.

Ein enttäuschter Seufzer kam über seine Lippen und er griff nach ihr und versuchte, sie wieder an sich zu ziehen. Aber Sabrina hatte etwas anderes vor.

Sie fiel auf ihre Knie und zog an dem Handtuch, bis es sich löste und auf den Boden fiel.

„Oh Gott! Baby!", stieß er mit abgehaktem Atem aus, als er zu verstehen schien, was sie vorhatte.

Sie streichelte über seinen Schwanz und glaubte, ihn zucken zu spüren. Sie bemerkte, wie dieser mit jeder Sekunde, die sie ihn berührte, größer wurde. Immer mehr Blut pumpte in ihn hinein.

Sabrina legte ihre Hände auf Daniels Schenkel und drängte ihn gegen die Wand hinter ihm. Daniel stöhnte und Sabrina konnte nicht umhin zu lächeln. Sie liebte es, wenn er die Beherrschung verlor. Und Daniel war im Begriff, die Kontrolle über sich zu verlieren.

Sie schlang ihre Hand um seinen nun völlig erigierten Schwanz und brachte ihn zu ihrem Mund. Mit ihrer Zunge leckte sie über den knolligen Kopf, als ob sie ein Eis schleckte. Doch kein Eis könnte jemals so köstlich sein wie der Geschmack von Daniels frisch geduschtem Körper.

Das harte Fleisch zu spüren, als sie langsam auf ihm herabglitt und ihn in ihren Mund nahm, war eine Empfindung, die sie liebte. Es verlieh ihr das Gefühl, stark zu sein, einen mächtigen Mann wie Daniel in die Knie zu zwingen. Sie erbebte, als seine Hände ihre nackten Schultern berührten und er die Spaghettiträger ihres Tops von ihren Schultern streifte und dafür sorgte, dass es bis zu ihrer Taille hinunterrutschte. Kühle Luft blies gegen ihre nackten Brüste und trug zu den sinnlichen Empfindungen bei, die durch ihren Körper rasten, während sie Daniels Schwanz sehnsüchtig lutschte.

Seine Hüften bewegten sich zuerst leicht vor und zurück, doch mit jedem Stoß wurden seine Bewegungen heftiger. Sie nahm ihn tiefer in ihren Mund, während sie mit ihrer Zunge an der Unterseite seines Fleisches entlang leckte.

„Verdammt, Baby!", rief er mit fast unerkennbarer Stimme aus.

Sabrinas andere Hand glitt zu seinen Hoden und umschlossen sie. Seine Hüften zuckten bei der Berührung, und ein ruckartiger Atemzug entfloh seinem Mund und hallte an den gefliesten Wänden des Badezimmers wider. Sie streichelte sanft seinen Hodensack und spürte, wie dieser sich unter ihrer Bewegung in Richtung seines unglaublich harten Schwanzes hochzog, den sie bei der Wurzel packte, um ihren Saugbewegungen mehr Druck hinzuzufügen.

Sie spürte, wie er sich anspannte. Dann rieb sie leicht mit ihren Fingernägeln gegen seinen Hodensack. Sein Schwanz zuckte in ihrem Mund.

„Ich komme! Fuck, ich komme!", stöhnte er und drängte sie von sich.

Sein Schwanz entglitt ihrem Mund gerade als sein Samen aus der Spitze schoss und über ihre Hand und seinen Bauch floss.

Unregelmäßige Atemzüge erfüllten die Stille im Raum, während Sabrina weiter zärtlich seinen Schwanz und seine Hoden streichelte.

Als sie nach oben sah, bemerkte sie, wie er sie mit seinen dunklen, von Lust erfüllten Augen ansah.

„Wenn ich nicht zu dieser verfluchten Junggesellenparty gehen müsste, würde ich dich über den nächsten Lehnsessel legen und dich ficken, bis sich keiner von uns beiden mehr bewegen kann."

„Das klingt aber unartig."

Er atmete schwer aus. „Ja, denn dafür, dass du mich so verführt hast, verdienst du das. Und du weißt doch, wie gerne ich dich bestrafe, oder nicht?"

Ein Bolzen von Adrenalin schoss durch sie hindurch und entfachte noch einmal die Flammen in ihrem Inneren. „Nicht so gerne, wie ich bestraft werde."

17

„Die außerordentliche Sitzung des Clubs der ewigen Junggesellen ist hiermit eröffnet", kündigte Zach Ivers an.

Alle waren in Zachs *Männerhöhle* im Erdgeschoss seines Wochenendhauses in Bridgehampton, einige Meilen südlich von East Hampton, versammelt. Sein Hauptwohnsitz war ein schickes Penthaus in Manhattan, aber im Sommer und an den Wochenenden zog sich Zach gerne in dieses beinahe bescheidene Haus mit drei Schlafzimmern auf Long Island zurück. Daniel konnte verstehen, warum: Das Haus lag direkt am Strand und hatte die schönste Aussicht aufs Meer. Ruhe ging von diesem Haus und seiner Umgebung aus. Sogar jetzt in der Dunkelheit lag etwas Ruhiges und Friedliches in diesem Ort.

„So habe ich mir meine Junggesellenparty aber nicht vorgestellt", meinte Daniel trocken und betrachtete die Gesichter der anderen sieben Mitglieder des Vereins: Zach, der Vorstand, der die Versammlung einberufen hatte, Paul Gilbert, Jay Bohannon, Michael Clarkson, der Schatzmeister, Xavier Eamon, Hunter Hamilton und Wade Williams, alle groß, dunkelhaarig und gut aussehend. Sie waren zusammen auf der Universität in Princeton gewesen, wo sie den Verein nach einem Saufgelage gegründet hatten.

Hunter grinste. „Du kennst die Regeln."

Wade stieß Hunter in die Seite. „Ich glaube, Daniel schert sich gerade nicht um die Regeln."

„Jungs, seid nett!", tadelte Tim sie.

„Tim, du hast hier nichts zu sagen, da du nicht dem Club angehörst. Wir lassen dich nur an der Sitzung teilnehmen, weil wir nett sind", klärte ihn Michael auf.

Tim stemmte seine Hände in die Hüften. „Was total unverschämt ist. Ich sollte Mitglied sein. Ich bin genauso ein Junggeselle wie ihr. Die Tatsache, dass ich schwul bin, sollte keinen Einfluss darauf haben."

Xavier und Wade tauschten einen Blick aus, dann meinte Xavier: „Ja, aber wir wollten niemanden im Club haben, der uns gegenüber im Vorteil ist."

„Vorteil, so ein Schwachsinn!" Tim schüttelte den Kopf. „Laut kalifornischem Recht darf ich heiraten."

„Das stimmt. Aber das war noch nicht der Fall, als der Club gegründet wurde", warf Zach ein. „Es tut mir leid, Tim, aber du kannst nicht nachträglich Mitglied werden."

„Das wäre nicht fair", fügte Michael hinzu. „Schließlich haben wir alle jedes Jahr zur Clubkasse beigetragen und ohne dich einzukaufen, könntest du auf keinen Fall Mitglied werden."

Tim verdrehte die Augen. „Um wie viel Geld handelt es sich überhaupt?"

Michael blickte Zach flüchtig an, bis dieser nickte. „Sieht so aus, als wäre es Zeit für den Bericht des Schatzmeisters." Er las von seinen Notizen ab. „Das letzte Quartal haben wir mit 3,72 Millionen Dollar abgeschlossen."

Tim pfiff durch die Zähne. „Das sind nicht gerade Peanuts."

Michael lächelte. „Genau, und nach Daniels Hochzeit in ein paar Tagen, sind es nur noch sieben Junggesellen, die das Geld gewinnen können."

„Bedient euch, Jungs", meinte Daniel. „Kein Geld der Welt könnte mich davon abhalten, Sabrina zu heiraten."

Zach räusperte sich. „Also, da wir dieses Thema gerade anschneiden." Er sah die anderen Männer im Wohnzimmer an. „Die

Jungs und ich haben uns unterhalten, während wir auf dich und Tim gewartet haben."

Daniel verkrampfte sich unwillkürlich. Waren seine Freunde im Begriff, ihn davon abzuhalten, Sabrina zu heiraten, weil sie die Geschichte in der *New York Times* glaubten?

Zach machte eine beruhigende Handbewegung. „Bevor du etwas sagst, Daniel, lass mich für den Club sprechen."

Daniel lehnte sich in seinem Sessel zurück.

„Wir haben alle den Zeitungsartikel gelesen. Wir kennen dich schon ziemlich lange, und wir wissen, was für ein Mensch du bist. Was diese Reporterin behauptet, ist offensichtlich eine Lüge. Wir stehen zu dir und Sabrina. Also wenn es etwas gibt, wobei wir dir helfen können, damit du die Sache bereinigen kannst, dann tun wir das auch. Du kannst auf uns zählen."

Daniel stieß die Luft aus, die er angehalten hatte. „Jungs, ich weiß nicht, was ich sagen soll." Er sah in die Runde und bemerkte, wie ihm alle aufmunternd zunickten und damit Zachs Worte unterstrichen. „Das würdet ihr wirklich tun?"

Wade schmunzelte und meinte: „Nur um sicherzugehen, dass du auch wirklich aus dem Club austrittst, aber unsere Hintergedanken interessieren hier keinen, oder?"

Jay und Xavier lachten.

„Offensichtlich benötigt Wade dringend Geld, weshalb ihm jedes Mittel recht ist, Mitglieder aus dem Club hinauszuschmeißen", erklärte Xavier.

Daniel konnte nicht anders, als sich dem Gelächter anzuschließen. Ihr aufrichtiges Angebot, ihm zu helfen, ging ihm ans Herz, aber er konnte ihr Angebot nicht annehmen. Es würde bedeuten, ihnen die Wahrheit sagen zu müssen, und er hatte kein Recht, Sabrina und Holly bloßzustellen.

„Wir tun doch alles für dich und die reizende Sabrina", sagte Paul. „Wie geht es ihr denn?"

Daniel nickte Paul zu. „Unter diesen Umständen gut." Dann sah er die anderen wieder an. „Danke Jungs, aber Tim und ich haben die Sache im Griff. Ich bin davon überzeugt, dass die Zeitung die

Geschichte in Kürze zurückzieht und eine Entschuldigung druckt. Sie haben nur konstruierte Beweise, die vollkommen falsch interpretiert wurden. Es ist nur eine Frage der Zeit, bis wir das bereinigt haben und beweisen können, dass alles eine Lüge ist."

Trotz seiner bestimmten Worte war sich Daniel nicht so sicher, wie er sich nach außen gab. Mit jedem Tag, der verging, wurde es unwahrscheinlicher, dass sie die Zeitung davon überzeugen konnten, die Geschichte zurückzuziehen.

Er hatte eine Nachricht von Elliott, seinem Rechtsanwalt, bekommen. Dieser hatte mit dem Anwalt der *New York Times* gesprochen und ihnen mit einer Klage gedroht, aber sie hatten sich davon nicht beeindrucken lassen und blieben bei ihrer Version.

Und obwohl Tim einen Detektiv beauftragt hatte, um in Audreys Vergangenheit herumzuschnüffeln und mögliche Leichen in ihrem Keller zu finden, mit denen sie sie unter Druck setzen konnten, damit sie ihre Behauptungen zurückzog, war es zu früh, irgendwelche Ergebnisse zu erwarten. Somit blieb im Moment nur Holly, die immer noch nach einem Weg suchte, wie man eine Verwechslungsgeschichte daraus machen könnte.

„Na gut, in diesem Fall lasst uns mit der Sitzung weitermachen", sagte Zach. „Wir haben deine Austrittspapiere vorbereitet, die am Tag deiner Hochzeit in Kraft treten werden. Bist du einverstanden, aus dem Club auszutreten?"

Daniel nickte. „Ja."

Zach hielt ihm einen Stift hin. „Unterzeichne bitte hier und wir notieren es im Protokoll."

Daniel erhob sich und ging auf ihn zu. Er nahm den Stift und unterzeichnete auf dem Blatt Papier.

„Ich muss sagen, Daniel, ich habe noch nie einen Mann mit einem solchen glücklichen Lächeln auf dem Gesicht gesehen, der gerade fast vier Millionen Dollar aufgegeben hat."

Daniel schmunzelte. „Sobald du die richtige Frau findest, wirst du dasselbe tun."

„Ich gebe nicht so leicht auf", antwortete Zach. „Du weißt ja, wie sehr ich die Herausforderung liebe."

Hinter ihm lachten die anderen.

„Zeit, die Party in Schwung zu bringen", kündigte Hunter an. „Wann kommt die Stripperin?"

Daniel wirbelte zu Hunter herum, und Ärger kochte in ihm hoch. „Du scherzt wohl. Ich sagte keine Stripperin."

Hunter stieß Wade in die Seite. „Habe ich dir nicht gesagt, dass er total verknallt ist? Die beste Stripperin der Welt könnte ihn nicht anmachen. Du hast deine Wette verloren, mein Freund." Er streckte ihm seine geöffnete Hand hin. „Hundert Dollar, bitte."

„Nicht so schnell!", protestierte Wade. „Lass uns mal warten, bis die Stripperin hier ist."

„Ich habe ihr abgesagt", bekannte Hunter.

Wade grinste. „Ich weiß. Deshalb habe ich eine andere gebucht."

Daniel verdrehte die Augen. Es schien, als ob er der obligatorischen Stripperin auf seiner Junggesellenparty nicht entgehen würde. Nun gut. Zumindest seine Freunde würden ihren Spaß haben.

Er tauschte einen Blick mit Tim aus, der mit den Schultern zuckte und sagte: „Für mich wird das genauso langweilig wie für dich. Wir könnten uns stattdessen betrinken."

Daniel lachte. „Du könntest einen männlichen Stripper bestellen."

„Und mich von den Jungs rauswerfen lassen? Ich lasse mir doch deine Junggesellenparty nicht entgehen, egal wie wenig Interesse ich an einer Stripperin habe."

„In diesem Fall, lass uns was trinken!"

18

"Sie hätten sich nicht soviel Mühe für uns machen müssen, Raffaela", meinte Sabrinas Mutter, als sie den schön gedeckten Esstisch betrachtete. "Wir hätten zum Abendessen auch ausgehen können."

Raffaela lächelte sie an und legte eine Hand auf ihren Arm. "Es macht mir doch Spaß, Ilene. Ich liebe es, für viele Leute zu kochen."

Obwohl Sabrina wusste, dass es stimmte, war ihr jedoch auch klar, dass Raffaela auf ein Abendessen zu Hause bestanden hatte, um zu vermeiden, dass Sabrinas Eltern irgendjemandem im Dorf begegneten, der den Artikel in der *New York Times* erwähnen könnte. Je mehr Zeit ihr Vater und ihre Mutter im Haus der Sinclairs verbrachten, desto unwahrscheinlicher war es, dass sie über den Zeitungsartikel stolpern würden.

"Das ist zur Abwechslung mal was anderes: eine Frau, die gerne kocht", warf ihr Vater ein und sah seine Ex-Frau provozierend an.

Es war immer ein Streitpunkt zwischen ihren Eltern gewesen, dass ihre Mutter nicht gerne kochte.

"Du mochtest ja sowieso nur Hamburger und Steaks. Wer hat schon Lust, so etwas zu kochen?", erwiderte Sabrinas Mutter.

Bevor ihr Vater reagieren konnte, unterbrach James das Gespräch:

„George, warum nehmen Sie nicht den Stuhl zu meiner Rechten? Dann können wir uns während des Abendessens ein wenig unterhalten. Ich wollte Sie sowieso fragen, ob Sie mit zum Segeln gehen möchten."

Sabrina warf ihrem zukünftigen Schwiegervater einen dankbaren Blick zu. Er zwinkerte ihr zu und nahm am Kopfende des Tisches Platz.

Sabrinas Vater gesellte sich zu ihm. Da Sabrina wusste, dass ihre Mutter weder zu nahe bei ihm, noch ihm gegenüber sitzen wollte, deutete sie auf den Stuhl am anderen Ende des Tisches gegenüber von Daniels Vater.

„Mutter, warum nimmst du nicht diesen Stuhl?"

Sabrina tauschte einen schnellen Blick mit Holly aus, die sich neben Sabrinas Vater setzte, um einen ausreichenden Puffer zu schaffen, während Sabrina und Raffaela ihnen gegenüber Platz nahmen.

Da Daniel und Tim zur Junggesellenparty gegangen waren, waren die Stühle weiter auseinandergeschoben und die beiden leeren Stühle entfernt worden, damit es nicht so aussah, als fehlte jemand.

„Ich hoffe, Sie essen alle gerne Kalbfleisch", sagte Raffaela.

„Mmm!", rief ihr Ehemann aus, dann zwinkerte er Sabrinas Vater zu. „Meine Frau macht das beste Kalbfleisch-Piccata. Nehmen Sie ruhig eine große Portion, denn später wird nichts mehr davon übrig sein."

Raffaela errötete bei dem Kompliment ihres Ehemannes. „Ach, James, nur weil du es magst, heißt das noch lange nicht, dass es jedem so geht." Sie warf den Gästen einen Blick zu. „Für den Fall, dass Sie kein Kalbfleisch mögen und eher etwas Vegetarisches wollen, habe ich auch einen Auberginenauflauf mit Käse gemacht." Sie zeigte auf eine Raine, die auf dem Tisch stand.

Mit seiner Gabel spießte Sabrinas Vater ein Stück Kalbfleisch auf und legte es auf seinen Teller. „Ich mag Kalbfleisch. Ich esse mehr als nur Burger und Steaks." Er lächelte Raffaela an, aber Sabrina war nicht entgangen, dass die Bemerkung ihre Mutter in die Schranken weisen sollte.

„Oh, bitte, bedienen Sie sich!", redete Raffaela allen gut zu.

Das Klappern der Teller und des Bestecks hallte im Raum wider, während alle Anwesenden Fleisch, Gemüse und andere Beilagen auf ihre Teller häuften. Sabrina sah zu Raffaela, die neben ihr saß und hatte das Verlangen, sich für das Verhalten ihrer Eltern zu entschuldigen, doch sie wagte es nicht, etwas in deren Gegenwart zu sagen. Ihre zukünftige Schwiegermutter schien zu verstehen, was sie sagen wollte und lächelte. „Mach dir keine Sorgen, Sabrina. Es ist alles in Ordnung", flüsterte sie.

„Wir haben ein Boot draußen am Dock", sagte James und sah Sabrinas Vater an. „Vielleicht wollen Sie und Ilene morgen einen kleinen Ausflug mit mir machen. Ich glaube, dass ich ein paar Stunden Zeit habe, stimmt's, Liebling?" Er lächelte seine Frau an.

„Wenn du glaubst, dass du bis dahin die Arbeit mit dem Zelt erledigt hast, dann hast du bestimmt Zeit, *Caro*. Ich glaube, es wäre eine gute Gelegenheit, unseren Gästen die Umgebung zu zeigen."

Sabrina bemerkte, wie ihr Vater flüchtig zum anderen Ende des Tisches schaute, als versuchte er, herauszufinden, wie seine Ex-Frau auf die Einladung reagieren würde. Sabrinas Mutter schaute begeistert drein.

„Oh, das wäre wunderbar!", sagte sie. „Ich habe Boote schon immer gemocht. Natürlich konnten wir uns nie selbst eines leisten." Sie warf Sabrinas Vater einen missbilligenden Blick zu. „Und das, obwohl wir die San Francisco Bay direkt vor unserer Haustür hatten."

Ihr Vater brummte und schob ein Stück Fleisch in seinen Mund.

„Ausgezeichnet!", rief James aus. „Wie steht's mit Ihnen, George? Wollen Sie ein oder zwei Stunden mit uns die Küste auf und ab segeln?"

„Nein danke. Ich habe mir aus den Spielereien der Reichen noch nie etwas gemacht."

Sabrina keuchte entsetzt und ließ ihre Gabel auf ihren Teller fallen. „Dad!"

„Was? Bin ich für deine neuen Freunde nicht mehr gut genug?" Er deutete in dem opulent eingerichteten Raum umher, zeigte auf die eleganten Gemälde an den Wänden und die teuren Vasen in den Vitrinen. „Schämst du dich wegen mir, weil ich nicht so vermögend wie dein Verlobter und seine Familie bin?"

„Dad, tu das nicht!" Sabrina spürte, wie Tränen in ihr hochstiegen und bemühte sich, sie zu unterdrücken.

„Was denn? Die Wahrheit sagen?" Er schnaubte und deutete auf seine Ex-Frau. „Hat deine Mutter es endlich geschafft, dich zu ihrem Ebenbild zu machen?"

„Das ist nicht wahr!", protestierte Sabrina mit erhobener Stimme.

„Ist es das nicht? Sieh dich doch an! Du trägst teure Klamotten, genau die Sachen, die deine Mutter immer haben wollte, aber sich nie leisten konnte."

Ihre Mutter sprang auf und warf ihre Serviette auf den Tisch. „Halt die Klappe, George! Das ist genug! Es ist nichts Falsches an dem, was Sabrina trägt, oder was sie sich wünscht. Genauso wenig ist etwas daran falsch, dass sie in eine wohlhabende Familie einheiratet. Nur weil du nie was aus dir machen konntest, bedeutet das nicht, dass du deine Tochter mit in den Dreck ziehen musst!"

Ihr Vater schob abrupt seinen Stuhl zurück und stand auf. „Weißt du was, Ilene? Der Grund, warum ich nie etwas aus mir machen konnte, ist, weil du mir wie ein Klotz am Bein gehangen hast. Also kritisiere mich nicht! Dieses Privileg hast du verloren, als du dich von mir hast scheiden lassen!" Dann sah er Raffaela an. „Danke für das Abendessen. Es war ausgezeichnet."

Ohne ein weiteres Wort drehte er sich um und stürmte aus dem Raum.

Sabrina konnte ihre Tränen nicht länger unterdrücken und spürte, wie sie ihre Wangen hinunter kullerten und eine brennende Spur hinterließen. „Es tut mir so leid." Wie konnte ihr Vater sie nur so vor ihren zukünftigen Schwiegereltern blamieren? Wie konnte er nur so grausam sein?

Plötzlich spürte sie Raffaelas beruhigenden Arm um ihre Schultern. „Es ist nicht deine Schuld, *Cara*."

Dann drückte ihre Mutter Sabrinas Hand. „Schatz, nimm es dir nicht so zu Herzen. Zumindest heiratest du viel besser als ich, und nicht einmal dein Vater kann daran etwas ändern."

19

I st Daniel noch nicht wach?", fragte Raffaela und öffnete den Kühlschrank, um nach etwas zu suchen.

Sabrinas Vater saß am Frühstückstisch und blätterte die Zeitung durch, während sich ihre Mutter eine zweite Tasse Kaffee eingoß, jedoch nichts aß, was vermutlich bedeutete, dass das Kleid, das sie für die Hochzeit gekauft hatte, zu eng war und sie deshalb noch ein weiteres Pfund abnehmen musste.

Sabrina lächelte ihrer zukünftigen Schwiegermutter zu. „Es sieht so aus, als hätten Daniel und Tim gestern zuviel getrunken. Keiner der beiden war nüchtern genug, nach Hause zu fahren. Sie sind immer noch bei Zach."

Raffaela schüttelte den Kopf. „Oh je! Bist du deswegen verstimmt?"

„Nein, das macht mir nichts aus. Ich wäre eher verärgert, wenn einer der beiden gestern noch gefahren wäre."

„Sabrina, ich will dir nur einen Rat geben und ich spreche aus eigener Erfahrung", warf ihre Mutter vom Frühstückstisch aus ein. „Erst ist es ein Kater hier, dann ein Ausflug mit seinen Freunden dort, und plötzlich ist dein Ehemann nie zu Hause." Sie warf ihrem Ex-Mann einen bedeutungsvollen Blick zu.

Ein Grunzen kam von ihm, dann ein gemurmelter Kommentar.

„Einige Frauen geben einem Mann keinen Grund, zu Hause zu bleiben."

Sabrina tauschte einen Blick mit Raffaela aus, die ihr einen aufmunternden Blick zuwarf und beruhigend über Sabrinas Arm strich. Dass sie ihren Eltern angeboten hatte, im Haus der Sinclairs zu übernachten, war vielleicht doch keine gute Idee gewesen. Sie hätte sie bitten sollen, sich in einer Frühstückspension einzuquartieren.

Sabrinas Mutter schnaubte verärgert. „Mach nur, lies deine alte Zeitung, und halte dich aus dem Gespräch heraus, wie du es schon immer getan hast."

Ihr Vater senkte die Zeitung und funkelte seine Ex-Frau an. „Zumindest motzt mich diese alte Zeitung nicht an."

„Sie lesen eine alte Zeitung? Ich dachte, ich hätte alle alten Zeitungen für die Altpapiersammlung zur Seite gelegt", meinte Raffaela.

Sabrinas Vater zuckte mit den Schultern „Ich habe sie unter dem Sitzkissen gefunden." Mit einem Seitenblick auf seine Ex-Frau fügte er hinzu: „Irgendetwas zu lesen, ist besser, als sich mit bestimmten Leuten unterhalten zu müssen."

Sabrina spürte, wie ihr Tränen in die Augen stiegen. Sie wusste, dass die Schwangerschaft sie so emotional machte. Aber die Streitereien ihrer Eltern machten es ihr auch nicht leichter. Raffaela sah sie mitleidig an. „Nur noch ein paar Tage", flüsterte sie Sabrina zu, damit nur sie es hören konnte. Ein wenig lauter sagte sie zu Sabrinas Vater: „Es tut mir leid. Ich muss vergessen haben, die heutige Zeitung hereinzuholen. Ich hole sie gleich. James wird sie auch lesen wollen, wenn er nach unten kommt."

Raffaela verließ die Küche und Sabrina konnte ihre Absätze hören, die auf dem Holzboden klapperten, als sie in Richtung Foyer ging. Als Raffaela außer Hörweite war, ging Sabrina zum Frühstückstisch.

„Ihr solltet euch beide schämen, euch so zu benehmen!", sagte sie, während sie versuchte, ihre Stimme davon abzuhalten, schrill zu werden.

Ihre Mutter zog die Augenbrauen hoch. „Ich bin nicht diejenige, die angefangen hat, Schatz."

Sabrina hob ihren Kopf zur Decke. „Warum kümmert es mich überhaupt?" Dann machte sie auf den Fersen kehrt und ging zurück zum Küchentresen, als sie Holly hereinkommen sah.

„Morgen!", grüßte Holly die Anwesenden heiter, und ging dann sofort zu Sabrina, als sich ihre Blicke trafen.

Holly legte eine Hand auf Sabrinas Schulter und beugte sich näher. „Was ist los?"

Sabrina deutete zum Frühstückstisch. „Die beiden fauchen sich ständig an. Es ist, als wäre ich wieder vierzehn und meine Eltern sind gerade mitten in der Scheidung."

Holly rieb Sabrinas Schulter, um sie zu trösten. „Tut mir leid, Schatz. Versuch, es einfach zu ignorieren."

Sabrina schniefte.

„Verdammt noch mal?!", rief plötzlich ihr Vater aus.

Sabrina fragte sich, was er und ihre Mutter jetzt wieder machten, und wirbelte herum, doch ihr Vater funkelte nicht seine Ex-Frau an. Er war aufgesprungen und starrte Sabrina verärgert an, während er mit seinem Finger auf die Zeitung zeigte.

„Was soll das sein? Ein Witz?" Er stach mit dem Finger auf eine Stelle in der Zeitung.

Sabrina erschauderte innerlich. Nein! Das konnte doch nicht sein. Das konnte doch nicht die Zeitung von dem Tag sein, an dem …

„Was ist jetzt wieder los, George?", fragte ihre Mutter mit scharfer Stimme.

„Das ist los!" Er schob ihr die Zeitung hin und zeigte auf eine Stelle.

Sabrinas Beine trugen sie näher. Mit jedem Schritt zog sich der Knoten in ihrem Magen enger zusammen, als wäre es eine Schlinge um ihren Hals.

Als sie den Tisch erreichte, hob ihre Mutter ihren Kopf von der Zeitung und sah sie an. Sabrina musste nicht sehen, was sie gelesen hatte; sie konnte es an dem verwirrten Gesichtsausdruck ihrer Mutter erkennen.

„Das ist doch sicher ein Irrtum", sagte ihre Mutter mit flehendem Blick.

Sabrina spürte, wie Holly ihr zur Seite eilte und war froh, dass sie nicht alleine war, obwohl sie keine Ahnung hatte, wie sie diese Situation ihren Eltern erklären sollte.

„Es ist alles eine Lüge", schaffte sie zu sagen, denn ihr Mund war so trocken wie Sandpapier. Sie zeigte auf den Artikel. „Einer von Daniels Feinden versucht, uns Probleme zu bereiten."

Ihr Vater schüttelte den Kopf. „Probleme? Ja, das sieht wie ein Problem aus!" Seine Wangen begannen, sich rot zu färben.

„Dann ist es nicht wahr, was sie hier über dich und Daniel sagen, dass du sein ... äh ... Callgirl warst?", fragte ihre Mutter, und ihre Stimme klang, als würde sie jegliche Erklärung glauben, solange es bedeutete, dass ihre Tochter nicht das war, was der Artikel über sie sagte.

Heftig schüttelte Sabrina den Kopf. „Nein, Mom, es ist alles eine Lüge. Es ist alles erfunden."

Ihre Mutter schloss ihre Augen und nickte. „Gut, dann – "

„Erfunden? Keine Zeitung druckt eine Geschichte ohne irgendwelche Beweise!", unterbrach ihr Vater. „Sie müssen eine Quelle dafür haben!"

„Ihre Quelle hat gelogen. Ich bin nicht das, was sie da behaupten!", protestierte Sabrina und beugte sich näher in der Hoffnung, ihren Vater von der Wahrheit überzeugen zu können.

„Wenn es eine Lüge ist, warum habt ihr die Zeitung dann noch nicht verklagt?" Er zeigte auf das Datum an der oberen rechten Ecke. „Das kam vor fünf Tagen heraus."

„Es ist ein Missverständnis. Sie haben mich verwechselt. So was aufzuklären dauert. Es ist kompliziert." Wie konnte sie ihrem Vater denn auch sagen, dass Teil des Beweises, den die Zeitung hatte – Daniels Kreditkartenabrechnung –, nicht dazu beitragen würde, die Quelle des Reporters zu diskreditieren?

„Kompliziert? Verdammt noch mal, Sabrina! Es steht in der Zeitung! Schwarz auf Weiß! Wenn du sie nicht sofort wegen Verleumdung verklagst, wird jeder glauben, dass es wahr ist!" Das Gesicht ihres Vaters verfärbte sich in immer tieferes Rot, als ob eine Ader im Begriff war zu platzen. „Warum sollten sie so etwas überhaupt veröffentlichen, wenn kein Körnchen Wahrheit daran ist?"

„Aber es ist nicht wahr!" Hilflosigkeit breitete sich in ihr aus. Sie wusste, wie es aussehen musste, und die Tatsache, dass sie keine Erklärung dafür abgeben konnte, machte die Sache nur noch schlimmer. „Bitte, du musst mir vertrauen, wenn ich dir sage, dass die Geschichte nicht stimmt."

Ihr Vater schüttelte den Kopf. „Wie kann ich dir vertrauen, wenn du mir nicht sagen kannst, warum sie so etwas über dich gedruckt haben? Und warum du nichts dagegen unternimmst." Sein Mund verzog sich zu einer grimmigen Linie. „Du lässt mir keine Wahl, als das zu glauben, was in der Zeitung steht."

Sabrina atmete tief ein. „Bitte –"

Aber er schnitt ihr das Wort ab. „Wie konntest du mir das nur antun? Wie konntest du meinen guten Namen so durch den Dreck ziehen?"

Ihre Mutter schoss von ihrem Stuhl hoch. „Wem glaubst du mehr, deiner Tochter oder irgendeiner dahergelaufenen Klatschkolumnistin?"

„Sie verkauft ihren Körper wie eine gewöhnliche –"

„Sag es nicht!", warnte ihre Mutter mit eisiger Stimme.

Tränen schossen in Sabrinas Augen. „Ich bin nicht –" Sie zeigte zu der Zeitung. „– so. Bitte Dad, du musst mir glauben."

Sie spürte, wie Holly ihren Arm um Sabrinas Taille legte, um sie zu stützen, während ihre Mutter dasselbe auf der anderen Seite tat.

„Es sind alles Lügen", beharrte Holly.

„Halte dich da raus!", fuhr Sabrinas Vater sie an. „Du bist vermutlich nicht besser als sie!"

Hollys empörtes Schnauben wurde von Raffaelas Stimme erstickt, die in diesem Moment zur Tür hereinkam. „Was ist hier los?"

Sabrinas Vater deutete auf Sabrina. „Sie ist ein Callgirl! Und Ihr Sohn ist einer ihrer Kunden!" Er zeigte auf die Zeitung, die nun auf dem Tisch lag. „Es steht in der Zeitung. Jeder weiß darüber Bescheid! Mein Name wird durch den Dreck gezogen!"

Ihre Mutter ließ von Sabrina ab und beugte sich mit bebender Brust in seine Richtung. „Zum Teufel noch mal, George! Wenn irgendjemand deinen Namen durch den Dreck gezogen hat, dann bist das du selbst!"

„Halt die Klappe, Ilene! Hier geht's nicht um mich! Hier geht's um deine Schlampe von Tochter!"

„Sie ist genauso deine Tochter und sie ist keine Schlampe!"

„Glaub doch, was du glauben willst! Ich jedenfalls werde diese Scharade nicht länger mitmachen!" Er stürmte aus der Küche hinaus.

„Dad! Bitte! Geh nicht!", rief Sabrina ihm nach, doch er drehte nicht einmal seinen Kopf, als hätte er sie gar nicht gehört.

Ein Schluchzen riss sich aus ihrer Brust und einen Moment später fand sie sich an Hollys Brust gedrückt wieder und ließ ihren Tränen freien Lauf. Sie hörte kaum die leisen Worte, die Raffaela und ihre Mutter wechselten.

Dann drang das Geräusch von Schritten aus dem Flur zu ihr und sie hörte Daniels Stimme. „Was ist hier los?"

Holly entließ sie aus ihrer Umarmung, und Daniel zog sie in seine Arme. „Sabrina, Baby, was ist passiert?" Er hielt sie fest und streichelte über ihren Rücken, doch sie war nicht imstande zu sprechen, da ihre Tränen ihr immer noch die Stimme abschnürten.

„Ihr Vater hat den Artikel in der *New York Times* gesehen", erklärte Raffaela. „Sabrina versuchte, ihm zu erklären, dass alles ein Missverständnis ist, aber er wollte es nicht hören."

Daniel drückte Küsse auf Sabrinas Haar. „Es tut mir so leid, Baby. Ich regele das; das verspreche ich dir."

Sabrina hob ihren Kopf. Aus den Augenwinkeln sah sie Tim, der an der Tür stand und sie mitleidig ansah.

„Oh, Daniel, was sollen wir jetzt nur machen?"

„Ich kümmere mich darum."

In dem Moment waren schwere Schritte auf der Treppe zu hören und kurz darauf wurde die Haustür zugeschlagen. Das konnte nicht geschehen! Aber es geschah. Als sie den Motor eines Sportwagens aufheulen hörte, konnte sie es nicht mehr verleugnen: Ihr Vater reiste ab.

„Er wird mich nicht zum Altar führen." Sie schluchzte unkontrollierbar.

Daniel drückte sie fester an sich. „Ich spreche mit ihm. Ich erkläre ihm alles."

„Aber er geht!"

„Tim, nimm mein Auto und folge ihm!" Er warf seinem Freund die Autoschlüssel zu. „Finde heraus, wo er hinfährt und halte mich auf dem Laufenden. Ich muss mich jetzt erst um Sabrina kümmern."

„Es hat keinen Zweck", murmelte Sabrina. Ihr Vater würde nach Hause fliegen und das Schlimmste von ihr denken, und er würde sich weigern, mit ihr zu sprechen.

Vier Tage vor ihrer Hochzeit zeigten sich immer mehr Risse in ihrer perfekten Welt. Was würde noch passieren und ihr Kartenhaus endgültig zum Einstürzen bringen?

20

Daniel streichelte über Sabrinas Haar, während er sie in seinen Armen wiegte. Er hatte sie zu ihrem Schlafzimmer gebracht, damit Sabrina etwas Ruhe und Frieden haben konnte. Im Haus ging es jetzt zu wie in einem Bienenstock; die Arbeiter waren angekommen, um ein Podest im Garten zu errichten, auf dem die Zeremonie stattfinden sollte, und andere waren damit beschäftigt, das Zelt fertigzustellen.

Tim hatte es geschafft, Sabrinas Vater, der nicht sehr weit gefahren war, einzuholen. Er hatte in East Hampton angehalten, und laut Tim saß er nun dort in einem Café und brütete über einer Tasse Kaffee. Tim hatte sich ihm nicht genähert. Später, sobald er sich etwas beruhigt hatte, würde Daniel mit ihm reden und ihn davon überzeugen, dass der Zeitungsartikel eine Lüge und seine Tochter eine anständige Frau war.

„Wie wär's, wenn ich dich zum Brunch ausführe? Nur du und ich. Niemand sonst", fragte Daniel Sabrina. „Du brauchst von all dem hier eine kleine Pause."

Sabrina hob ihren Kopf und schniefte. „Was machen wir wegen meinem Vater?"

Daniel streichelte sanft über ihre Wange. „Er wird schon einlenken.

Ich kümmere mich darum. Ich verspreche es dir. Jetzt brauchst du erst mal ein bisschen Tapetenwechsel."

Er hob sie von seinem Schoss.

„Ich muss schrecklich aussehen." Sie wischte ihr Gesicht mit ihren Händen ab.

„Du bist so schön wie immer", sagte er, obwohl ihm die rote Schwellung um ihre Augen nicht gefiel.

„Ich mache mich schnell etwas frisch."

„Ich warte unten auf dich."

Als er am Fuße der Treppe ankam, lehnte er sich an die Wand und starrte auf seine Schuhe, während er seine nächsten Schritte erwog.

„Wie geht es ihr?"

Er blickte auf und sah, dass Holly sich, ohne dass er sie bemerkt hatte, genähert hatte. „Ein bisschen besser. Ich führe sie zum Brunch in den Country Club aus. Nur wir zwei."

„Gute Idee." Holly spähte über ihre Schulter und beugte sich dann näher. „Ich habe Neuigkeiten."

Von oben hörte er Schritte. Sabrina kam die Treppe herab.

Holly blickte flüchtig nach oben, dann flüsterte sie ihm zu: „Ich erzähle dir später alles." Dann eilte sie davon.

Als Sabrina ihn erreichte, mit einer Handtasche über ihrer Schulter und einer Strickjacke über dem Arm, begrüßte er sie mit einem Lächeln. Die letzten Tage hatten sie mitgenommen, und was sie beide jetzt brauchten, war, etwas Zeit alleine miteinander zu verbringen.

Daniel nahm ihre Hand. „Ich kenne einen wunderbaren Ort, wo wir uns ein wenig entspannen können."

Obwohl Sabrina nickte und lächelte, hatte sie sich das Lächeln offensichtlich seinetwegen auf ihre Lippen gezwungen. Das brach ihm das Herz. Ihr Vater hatte sie schrecklicher Dinge beschuldigt, und Daniel wusste, dass sie das nicht so einfach vergessen konnte. Aber Daniel würde alles in seiner Macht Stehende tun, damit sich ihr Vater bei ihr entschuldigte und sie darum bat, dass er sie an ihrem Hochzeitstag zum Altar führen durfte.

Im Auto sprach Sabrina kaum und Daniel drängte sie nicht. Er kannte sie gut genug, um zu wissen, dass sie sich in sich zurückzog, wenn sie verletzt war. Sie war nicht die Art von Person, die jedem zeigte, dass sie verletzt war. Sie zog sich einfach in sich zurück, genauso wie sie es jetzt tat. Zu versuchen, sie zu zwingen, aus sich heraus zu kommen, wenn sie noch nicht bereit war zu sprechen, war zwecklos. Also legte er nur seine rechte Hand auf ihre und hielt sie fest, während sie in seinem offenen Cabriolet die Landstraße entlangfuhren.

Als er das Auto vor dem Maidstone Country Club parkte, ließ er ihre Hand los.

„Es gibt hier einen ausgezeichneten Brunch."

Sabrina schenkte ihm ein dankbares Lächeln. „Es ist schön hier."

Daniel führte sie in das Clubhaus, durch die opulente Eingangshalle hindurch, und steuerte mit ihr in Richtung Restaurant, vor dem ein Mann, der einen beigen Sommeranzug trug, an einem Stehpult stand und die Gäste begrüßte.

„Mr. Sinclair, sehr nett, Sie zu sehen", begrüßte der Mann ihn mit einem gezwungenen Lächeln. Es schien, als hätte auch der Empfangschef den Artikel in der *New York Times* gelesen. Daniel hatte nicht gewusst, dass die *New York Times* bei den Bewohnern der Hamptons so beliebt war.

„Guten Morgen, Eric", sagte Daniel. „Zwei Personen zum Brunch bitte. Vielleicht –"

„– ein ruhiger Platz? Im Garten?", schlug Eric vor.

Es schien, als wollte der Empfangschef Daniel so weit wie möglich von den anderen anständigen Gästen wegsetzen. Wäre Sabrina nicht dabei gewesen, dann hätte Daniel sich über seine Dreistheit beschwert und darauf bestanden, mitten im Speisesaal zu sitzen, doch in Sabrinas gegenwärtigem verletzbaren Zustand wollte er so wenig Aufmerksamkeit wie möglich erregen. Wenigstens würde hier im Club, wo seine ganze Familie Mitglied war, niemand es wagen, eine Szene zu machen. Das war der Grund, warum er Sabrina hierher gebracht hatte, statt in eines der populären Restaurants in Montauk oder in East Hampton zu gehen, wo sie vielleicht nicht so höflich behandelt wurden.

Nachdem Eric sie zu einer ruhigen Ecke im Garten geführt hatte, weit entfernt von dem großen Speisesaal, und sie an einem Tisch Platz nahmen, kam sofort ein Kellner zu ihnen, um ihre Getränkebestellung aufzunehmen. Daniel atmete endlich erleichtert auf. Er spürte, wie Sabrina dasselbe tat.

„Danke. Ich musste von all dem einfach weg." Sie lächelte ihn an, aber in ihren Augen lag immer noch eine Traurigkeit, die ihm innerlich wehtat.

„Ich hasse es, dich so zu sehen." Er nahm ihre Hand und drückte einen Kuss auf ihren Handrücken. „Sag mir, was ich tun kann."

Sie blickte in die Ferne, wo ein paar Männer Tennis spielten. „Ich wünschte, es gäbe etwas, das du tun könntest. Aber das gibt es nicht. Es ist ein einziges Chaos."

„Am Ende wird sich alles wieder einrenken. Vertrau mir."

„Es wird nichts daran ändern, was mein Vater von mir denkt."

„Das wird es, sobald sie die Geschichte zurückgezogen und eine Entschuldigung gedruckt haben."

Sie drehte ihren Kopf zu ihm. „Selbst wenn sie die Geschichte zurückziehen, weil du ihnen mit einer Klage drohst, werden die Leute immer noch glauben, dass es wahr ist."

„Das werden sie nicht, wenn wir der Zeitung eine Geschichte liefern können, die den Artikel als absolute Lüge entlarvt."

Sabrina senkte ihre Lider. „Es ist zu spät. Die Hochzeit ist in vier Tagen."

„Bitte vertrau mir."

„Daniel", ertönte plötzlich eine männliche Stimme von hinten.

Er wirbelte seinen Kopf herum und sah, wie Brian Caldwell neben ihrem Tisch stehenblieb. Er war überrascht, ihn hier zu sehen.

„Als ich zuhause bei dir anrief, wurde mir gesagt, dass ich dich hier finden könnte. Also dachte ich mir, ich spreche persönlich mir dir."

Daniel stand auf. „Brian, wie geht es dir? Darf ich dir meine Verlobte, Sabrina Parker, vorstellen?"

Brian nickte knapp, dann wandte er seinen Blick zurück zu Daniel. „Hör zu, ich mache es kurz. Mein Vater wollte einen Brief durch unsere Rechtsanwälte schicken lassen, um es dir mitzuteilen, aber ich habe ihn davon überzeugt, dass ich das selbst mit dir klären würde. Soviel schulde ich dir."

Ein Knoten formte sich in Daniels Magen. Wann immer jemand ein Gespräch so begann, endete dieses nie gut. Er blickte flüchtig zu Sabrina, die ihnen aufmerksam zuhörte.

„Kann das nicht warten?"

Brian schüttelte den Kopf und das Bedauern in seinen Augen war nicht zu übersehen. „Es tut mir wirklich leid. Aber wie du weißt, ist Caldwell ein Familienunternehmen und hat ein gewisses Ansehen. Mein Vater hat das Geschäft aus dem Nichts aufgebaut und das, ohne jemals seine Integrität aufzugeben. Das sind unsere Werte. Unsere Familienwerte."

„Was willst du damit sagen?", unterbrach Daniel.

Brian seufzte. „Die Sache ist, wir können diesen Vertrag nicht mit dir abschließen. Wenn wir diese Geschäftsverbindung mit dir eingehen ... äh... wird das unserem Ansehen schaden."

„Ihr seid bereit, einen Multi-Millionen-Dollar-Deal einfach aufzugeben, nur weil euer Ansehen möglicherweise dadurch *getrübt* wird?"

Brian riskierte einen Blick in Sabrinas Richtung, als müsste er seine Entscheidung deutlicher machen. „Wir können uns keinen Skandal leisten. Das musst du verstehen."

„Oh, ich verstehe sehr gut", meinte Daniel kühl, doch innerlich kochte er.

Brian und sein Vater zogen sich aus dem Vertrag zurück, den sie die letzten Monate ausgearbeitet hatten, da sie nicht mit einem Mann in Verbindung gebracht werden wollten, von dem jeder glaubte, dass er ein Callgirl heiratete.

Daniel beobachtete, wie Brian sich umdrehte und hastig davoneilte, als würde ihn jede weitere Sekunde in Daniels und Sabrinas Gegenwart in den Skandal hineinziehen.

21

Sabrina sah zu Daniel auf, der noch immer stand. „Ich ruiniere dein Leben."

Er zog seinen Stuhl näher zu ihrem, setzte sich und beugte sich zu ihr. Ihre Brust schmerzte und ihr war klar, dass es kein körperlicher Schmerz war, obwohl er sich so anfühlte. Sie schmerzte, weil sie wusste, dass sie jetzt eine Entscheidung treffen musste, bevor alles noch schlimmer wurde. Sie hatte keine andere Wahl, als das zu retten, was noch zu retten war.

„Nein, das tust du nicht." Er machte eine abweisende Handbewegung in die Richtung, in die Brian Caldwell verschwunden war. „Es passiert ständig, dass Geschäfte nicht zustande kommen, weil jemand es sich anders überlegt. Das ist nichts Neues."

Sie schüttelte den Kopf und stieß einen resignierten Seufzer aus. „Du bist ein schrecklicher Lügner, Daniel. Wir beide wissen, warum dieser Deal geplatzt ist. Es ist wegen mir. Wegen dem, was sie glauben, dass ich bin. Es wird nie aufhören, nicht wahr?" Dessen war sie sich sicher. Die Leute in dieser Stadt würden sie immer spüren lassen, was sie von ihr hielten, so wie Mrs. Teller und die Frau aus dem Wäschegeschäft. Und jetzt Brian Caldwell. Und er würde nicht der Letzte sein.

Daniels Mund verzog sich in eine grimmige Linie. Sie wusste sofort, dass sie einen Nerv getroffen hatte. „Es wird aufhören, sobald sie eine Entschuldigung gedruckt haben."

„Aber sie drucken keine, nicht wahr? Es sind noch vier Tage bis zur Hochzeit, und alle glauben immer noch, dass es wahr ist. Deine Mutter bekommt immer mehr Absagen von den Gästen. Daniel, diese Sache betrifft nicht nur mich. Sie betrifft dich, dein Geschäft, deine Familie."

Und sie wollte nicht dafür verantwortlich sein, dass das Leben der Menschen, die sie liebte, zerstört wurde.

„Wir bewältigen das zusammen."

Sabrina nahm einen tiefen Atemzug und bereitete sich auf das vor, was sie tun musste. Die Traurigkeit, die sich in ihrem Inneren ausbreitete, fühlte sich wie eine kalte Hand an, die versuchte, das Leben aus ihr heraus zu pressen. „Die Blicke und das Flüstern, die Lügen und die Anklagen werden uns vernichten. Heute ist es ein Geschäftspartner, der von einem Abkommen zurückweicht, morgen ist es ein anderer. Siehst du denn nicht, dass es immer schlimmer wird? Dein Lebensunterhalt steht auf dem Spiel. Und deine Eltern? Glaubst du wirklich, sie werden einfach alles ruhig mitansehen, ohne sich insgeheim zu wünschen, ich wäre nicht mehr da?"

Daniel zuckte zurück und sein Kiefer fiel herunter, während sich seine Brust hob. „Was willst du damit sagen?"

Sie sah ihn mit schmerzendem Herzen an. Sie hatte noch nie einen Mann so sehr geliebt, wie sie ihn liebte, doch Liebe alleine reichte nicht für ein gemeinsames Leben. Nicht mehr. Wäre sie nur für sich selbst verantwortlich, dann würde sie sich der Herausforderung stellen und dem Sturm trotzen, alle Beleidigungen, spöttischen Bemerkungen und die Ablehnung auf sich nehmen und nicht zurückschrecken. Aber es ging hier nicht nur um sie alleine. Sie konnte nicht ein Kind in diese Sache hineinziehen. Sie konnte das ihrem ungeborenen Kind nicht antun.

„Meine Eltern lieben dich. Sie stehen zu uns." Daniel legte seine Hände auf ihre Schultern und sah ihr in die Augen. „Es ist nicht von Bedeutung, was andere denken. Du und ich, wir kennen die Wahrheit, und wir lieben uns. Mehr brauchen wir nicht."

Ja, sie liebten sich und sie wusste nicht, wie sie weiterleben würde, ohne seine Liebe zu spüren. Doch gerade weil sie ihn liebte, musste sie diese Entscheidung treffen, oder eines Tages würde er sie dafür hassen, dass sie sein Leben ruiniert hatte.

Mit einem traurigen Lächeln schüttelte sie den Kopf. „Es ist nicht genug. Verstehst du das nicht? Solange diese Geschichte im Raum steht, wird nichts je in Ordnung sein."

„Sie werden den Artikel zurückziehen."

„Wann?", murmelte sie. Es war ihr bewusst, dass Daniel sie hinhielt. Sie erkannte es an seinem Gesichtsausdruck.

Daniel seufzte. „Ich weiß es nicht. Bald."

„Es tut mir leid, Daniel. *Bald* reicht nicht. Ich glaube, wir haben einen Fehler gemacht."

„Was für einen Fehler?"

„Wir können nicht heiraten." Als die Worte heraus waren, verkrampfte sich ihr Herz vor Schmerzen, und ihr wurde bewusst, wie sich wirklicher Schmerz anfühlte: als würde jemand ihr Herz in dünne Streifen schneiden.

„Nicht heiraten?" Daniel starrte sie schockiert an.

„Diese Beziehung war von Anfang an zum Scheitern verurteilt."

„Zum Scheitern verurteilt?", wiederholte er. „Sag das nicht!"

„Es begann mit einer Lüge und ging von dort nur bergab. Egal was wir tun, irgendetwas oder irgendjemand kommt uns immer in die Quere." Sie erhob sich mit wackeligen Beinen und glaubte, dass sie einknicken würden, wenn sie nur einen Schritt wagte.

Daniel ergriff ihren Arm und stand gleichzeitig auf. „Tu das nicht!"

„Lass mich bitte gehen! Mach es nicht noch schwerer, als es bereits ist", bat sie ihn sanft. „Ich kann dich nicht heiraten. Dieser Skandal wird schließlich und endlich dein Leben, dein Ansehen und dein Geschäft zerstören. Ich könnte nie mit dem Wissen leben, dass ich dafür verantwortlich bin. Ich kann diese Belastung nicht tragen."

Denn es würde schon schwer genug sein, alleine für ihr Kind zu sorgen. Es aufzuziehen, ohne dass es jemals erfuhr, was ihre Mutter getan hatte. Es so sehr zu lieben, dass es niemals die Liebe seines Vaters vermisste, um die sie ihr Kind beraubte.

„Sabrina, du weißt nicht, was du tust. Die Sache mit deinem Vater hat dich zu sehr mitgenommen. In ein oder zwei Tagen fühlst du dich wieder besser. Bitte!" Ihre Blicke verschmolzen miteinander. „Tu es nicht!"

„Es tut mir leid." Sabrina zog ihren Verlobungsring von ihrem Finger und hielt ihn ihm mit zitternden Händen entgegen. Das Gold schien in ihrer Handfläche zu brennen.

Daniel weigerte sich, den Ring zu nehmen. „Wir können das klären, Sabrina. Das haben wir schon einmal geschafft; das schaffen wir wieder."

Sie schüttelte ihren Kopf, in dem es jetzt nur noch schwirrte. In ihren Augen quollen Tränen auf, die sie vergebens versuchte zu unterdrücken. „Ich liebe dich, Daniel, aber ich kann nicht mit ansehen, wie dein Leben wegen mir zerstört wird. Eines Tages wirst du mir recht geben. Dann wirst du mir dankbar sein."

Mit letzter Kraft legte sie den Ring auf den Tisch und atmete einen abgehakten Atemzug ein. Wenn sie nicht sofort von hier verschwand, würde sie in Tränen ausbrechen, und Daniel würde sie in die Arme nehmen. Und dann würde sie in ihrem Entschluss wanken.

Sie machte auf den Fersen kehrt und stieß fast mit dem Kellner zusammen, der ein Tablett mit Getränken trug. Sie zwängte sich schnell an ihm vorbei, um Daniel keine Gelegenheit zu geben, sie aufzuhalten.

„Entschuldigen Sie mich, Sir, Ihre Getränke", hörte sie den Kellner sagen, als sie weg eilte.

Mit gesenktem Kopf, damit sie keinen der Gäste ansehen musste, eilte sie durch den Speiseraum hinaus in das Foyer.

Sie griff in ihre Handtasche, ohne stehen zu bleiben, und suchte nach dem Zweitschlüssel für Daniels Auto. Als sie ihn in ihrer Hand fühlte, lief sie nach draußen und sperrte das Auto auf. Sie drehte den Schlüssel im Schloss um, und der Motor heulte auf. Dann legte sie den Gang ein und fuhr aus der Parklücke heraus, drehte um und fuhr die lange Auffahrt, die vom Country Club wegführte, hinaus. Ihre Bewegungen waren mechanisch, als steuerte jemand anderer ihren Körper.

Vor ihren Augen verschwamm alles und sie wischte sich die Tränen weg. Sie musste von hier weg und ein neues Leben anfangen, wo niemand sie kannte. Weg von dem Skandal. Weg von den Lügen. Weg von Daniel.

Ihr Baby würde nie die Lügen über sie hören müssen. Es würde nie mitanhören müssen, wie ihre Mutter eine Hure genannt wurde.

22

D aniel sah Sabrina ungläubig nach. Das konnte nicht geschehen sein!

"Sir, die Getränke", wiederholte der Kellner.

"Wir bleiben nicht. Setzen Sie es auf meine Rechnung." Daniel versuchte, sich zwischen dem Kellner und einer Topfpflanze hindurchzuzwängen, als der Kellner in dieselbe Richtung auswich. "Pardon", knurrte Daniel und sah, wie Sabrina im Clubgebäude verschwand.

Schließlich machte der Kellner den Weg frei und Daniel konnte vorbeieilen und Sabrina nachlaufen. Es kümmerte ihn nicht, ob jemand seinen hastigen Aufbruch sonderbar fand.

Der Empfangschef warf ihm einen missfallenden Blick zu, als Daniel an ihm vorbei in die Lobby und dann nach draußen stürmte. Er sah gerade noch, wie Sabrina in seinem Sportwagen davonraste.

Daniel stampfte mit dem Fuß auf den Boden. "Verdammt!"

Er hatte vergessen, dass sie einen Ersatzschlüssel für sein Auto besaß, und hatte auch nicht damit gerechnet, dass sie ihn einfach so stehen lassen würde.

Als er beobachtete, wie sie verschwand, fuhr ein dunkler Mercedes mit getönten Fenstern heran und hielt vor dem Eingang zum Club. Die Beifahrertür öffnete sich und Linda Boyd stieg aus.

Daniel stöhnte innerlich. Linda war die letzte Person, die er im Augenblick sehen wollte. Er versuchte, sich wegzudrehen, um ihr zu entkommen, aber es war zu spät. Sie hatte ihn offensichtlich schon aus der Ferne gesehen und steuerte jetzt direkt auf ihn zu.

„Hallo Daniel, ich dachte mir doch, dass das dein Auto war, das gerade an uns vorbeifuhr."

Es hatte keinen Zweck, es zu leugnen. Linda kannte sein Auto genauso gut wie jeder andere, der ihn kannte. Und da das Verdeck des Cabriolets offen war, hatte sie auch bestimmt kein Problem gehabt, zu sehen, dass Sabrina gefahren war.

Angespannt grüßte er sie: „Linda."

Sie lächelte ihn an, entweder, weil sie nicht bemerkte, dass er nicht in der Stimmung für eine Unterhaltung war, oder weil sie es ignorierte. „Hat dich Sabrina gerade hier abgeladen? Wenn wir gewusst hätten, dass du zum Club wolltest, hätten wir dir angeboten, bei uns mitzufahren." Sie deutete zu dem schwarzen Mercedes, der gerade in eine Parklücke einfuhr.

„Danke, aber ich hätte euch keine Umstände machen wollen." Auf keinen Fall würde er verlauten lassen, dass Sabrina gerade ihre Verlobung gelöst hatte.

Oh Gott! Er konnte es gar nicht glauben. Alles war so schnell gegangen. Hatte sie wirklich die Hochzeit abgeblasen?

„Mr. Sinclair!", hörte er eine Stimme, die ihm aus dem Foyer heraus nachrief.

Daniels Kopf schnellte herum und er sah, wie der Kellner in seine Richtung eilte, seine Hand ausgestreckt. Darin funkelte etwas in der Mittagssonne.

Bevor sein Gehirn völlig begreifen konnte, was geschah, drückte der Kellner ihm Sabrinas Verlobungsring in die Hand und brachte ihn damit zurück in die Realität. Sabrina hatte ihn verlassen.

„Ihre Verlobte hat ihren Ring auf dem Tisch zurückgelassen, Sir", sagte der Kellner höflich, bevor er sich zum Eingang des Clubs umdrehte.

Daniel erschauderte.

„Oh", meinte Linda. Während ihre Stimme voller Bedauern und Mitleid war, bezeugte ihr Gesichtsausdruck etwas anderes. Als ihre Hand seinen Unterarm berührte, durchfuhr ihn ein Schauder. „Ist es wegen Paul Gilbert? Es tut mir so leid. Wenn ich gewusst hätte, dass es dazu kommen würde, hätte ich dir schon früher von den beiden erzählt. Ich dachte doch nicht, dass da etwas zwischen ihnen war. Es sah so unschuldig aus."

Daniels Augen verengten sich. „Wovon sprichst du?"

„Na, darüber, dass sich Sabrina und Paul kürzlich in East Hampton trafen. Weißt du? Sie haben sich öffentlich umarmt. Ich dachte, es wäre nichts. Sie haben ja nicht versucht, es zu verheimlichen."

Daniel zwang sich zu ein paar tiefen Atemzügen. Er erkannte immer, wenn jemand versuchte, ihn zu manipulieren. Und Linda manipulierte ihn offensichtlich. Doch selbst in dem Zustand, in dem er sich befand, funktionierte es nicht, obwohl er gerne einen anderen Grund gefunden hätte, warum Sabrina ihn verlassen hatte – einen Grund, gegen den er etwas tun konnte. Einen Grund, den er zu Brei schlagen konnte. Aber ein solcher Grund existierte nicht. Er wusste es instinktiv.

„Zwischen Paul und Sabrina ist nichts. Also halte dich da raus, Linda!", fauchte er sie an. Obwohl er wusste, dass Paul es genoss zu flirten, vertraute er Sabrina vollkommen. Aber warum hatte dann keiner von beiden das Treffen erwähnt? Während der Junggesellenparty hatte Paul sogar unschuldig gefragt, wie es Sabrina ging, als hätte er sie schon ewig nicht mehr gesehen.

„Deine Freundin Audrey hat schon genug angerichtet. Es wäre also besser für dich, wenn du mich jetzt nicht noch weiter verärgerst."

Er wandte sich von ihr ab, um ein Taxi am Taxistand auf der anderen Straßenseite zu nehmen, doch zwei Personen blockierten seinen Weg: Kevin war aus dem Mercedes ausgestiegen und zu ihnen gekommen, Audrey neben ihm.

Daniel war nicht darauf gefasst gewesen, ihr zu begegnen. Sein Puls raste. Einen ewigen Augenblick lang sagte keiner von ihnen ein Wort.

Dann schnurrte Audrey: „Na, hallo." Ihre Augen fielen auf den Ring in seiner Hand und ein Lächeln bog ihre Lippen nach oben. „Ich habe das Gefühl, meine Arbeit ist erledigt." Sie lachte.

Daniel machte einen Schritt näher auf sie zu und ging ihr praktisch Nase an Nase. „Wenn du glaubst, dass deine Lügen Sabrina und mich auseinanderbringen können, dann liegst du falsch. Ich werde beweisen, dass der Artikel eine Lüge ist!"

Audrey zuckte mit den Schultern. „Zu spät! So wie es aussieht, hat es funktioniert. Anscheinend wird es doch keine Hochzeit geben. Wie schade. Deine Eltern werden so enttäuscht sein. Und sie werden zum Gespött der gesamten Gegend werden."

Sie machte einen Versuch, an ihm vorbeizugehen, aber er ergriff ihren Oberarm. „Pass auf, Audrey! Ich werde dich fertigmachen!"

Dann ließ er sie los, eilte an ihr vorbei und sprang in ein Taxi.

„Fahren Sie los!", wies er den Fahrer an und zog sein Handy aus seiner Tasche.

Er musste erst eine Sache klären, bevor er in sein Elternhaus zurückfahren konnte, um Sabrina davon abzuhalten, zu packen und nach New York zurückzukehren. Der Anruf wurde fast augenblicklich entgegengenommen.

„Hallo, Daniel, hast du was vergessen?", fragte Zach.

„Ist Paul noch bei dir?"

„Nein, er und Jay gingen vor einer halben Stunde, um in Frank's Crab Shack zu Mittag zu essen."

„Danke." Er legte ohne eine Erklärung auf. „Fahren Sie mich bitte zu Frank's Crab Shack", wies er den Taxifahrer stattdessen an.

Die Fahrt vom Maidstone Country Club bis zum Crab Shack dauerte nur ein paar Minuten, aber für Daniel waren es wie Stunden.

Als das Taxi endlich zum Stehen kam, zahlte Daniel den Fahrpreis und stieg aus. Er betrat das Restaurant und sah sich unter den Gästen um, die drinnen an den Tischen saßen, um dann zur Terrasse durchzugehen, die auf den Strand hinausführte.

Er sah Paul und Jay an einem Tisch am Rand der Terrasse sitzen, vor ihnen riesige Teller mit frischen Krabbenbeinen. Er näherte sich, ohne dass ihn die beiden bemerkten, da sie offensichtlich ins Gespräch vertieft waren.

Als Daniel den Tisch erreichte, klopfte er Paul auf die Schulter, woraufhin dieser seinen Kopf zu ihm drehte.

„Hey, Daniel! Möchtest du mitessen? Wir haben mehr als genug!" Paul deutete auf den Berg von Krabbenbeinen auf dem Tisch.

Daniel ignorierte die Frage. „Warum hast du dich neulich mit Sabrina in der Stadt getroffen?" Sein Herz klopfte heftig in seiner Brust.

Paul erstickte fast an dem Krabbenfleisch in seinem Mund. Er griff nach seinem Bier und nahm einen großen Schluck, während er seine Augen, die voller Überraschung waren, nicht von Daniel nahm.

„Wir sind uns zufällig begegnet", antwortete Paul schließlich.

„Willst du damit sagen, es war nicht geplant?", hakte Daniel nach.

„Selbstverständlich war es nicht geplant! Was unterstellst du mir?" Paul tauschte einen flüchtigen Blick mit Jay aus, der sein Krabbenbein hingelegt hatte und nun den Austausch mit Interesse verfolgte, jedoch stumm blieb.

„Du wurdest gesehen, wie du sie umarmt hast." Daniel beobachtete, wie Pauls Gesichtsausdruck sich veränderte und defensiv wurde.

„Hey! Stopp sofort! Das war völlig unschuldig."

„Warum hat es dann keiner von euch mir gegenüber erwähnt? Warum musste ich es von Linda Boyd erfahren?"

Paul schüttelte den Kopf. „Diese verdammte Klatschtante! An der Geschichte ist nichts dran, Daniel. Ich habe vielleicht in der Vergangenheit mit Sabrina geflirtet. *Bevor* ihr euch verlobt habt. Aber ich kenne meine Grenzen, wenn es zwischen einem Paar ernst wird. Es ist wahr, ich habe Sabrina umarmt, aber ich habe sie nur getröstet."

Daniels Stirn warf sich in Falten. „Getröstet?"

„Hat sie dir nicht erzählt, wie die Leute im Dorf sie behandeln? Sie wurde aus Lisettes Wäschegeschäft hinausgeworfen. Die Inhaberin hat sie unverschämt behandelt. Sabrina war ganz aufgelöst. Ich habe nur versucht, sie zu beruhigen und in einem Stück aus dem Laden hinauszubringen. Aber natürlich stellt Linda es so hin, als ob wir was miteinander hätten. Du solltest wissen, dass die Frau nur Gift spuckt!"

Daniel fuhr sich mit der Hand durchs Haar, einerseits erleichtert, andererseits betroffen. Er hätte wissen müssen, dass die Leute im Dorf nicht nett zu Sabrina sein würden, nachdem sie den Artikel gelesen hatten. Aber dass jemand sie regelrecht aus einem Geschäft hinauswerfen würde, ging zu weit. „Warum hat Sabrina mir nichts davon erzählt?"

„Sie wollte vermutlich nicht, dass du in das Geschäft gehst und einen Aufstand machst."

Paul hatte recht. Daniel wäre in das Geschäft gegangen und hätte die Inhaberin niedergemacht. „Tut mir leid, Mann."

„Ist ja nichts passiert. Also, jetzt wo wieder alles in Ordnung ist, möchtest du ein Bier mit uns trinken und ein paar Krabbenbeine essen?"

Daniel schüttelte den Kopf. „Nichts ist in Ordnung."

Seine Freunde starrten ihn neugierig an.

„Sabrina hat mich verlassen. Sie hat die Hochzeit abgeblasen." Daniel ließ sich auf die Bank neben Paul fallen und stützte seinen Kopf in die Hände.

„Warum?", fragte Jay.

„Sie möchte mein Leben nicht ruinieren, und solange der Artikel unangefochten bleibt und nicht als Lüge zurückgezogen worden ist, denkt sie, dass sie mein Leben und mein Geschäft zerstört."

„Wieso das denn?", wollte Paul wissen.

„Brian Caldwell hat mich aufgesucht, um mich zu informieren, dass er und sein Vater wegen des Skandals von unserem Geschäftsabkommen zurücktreten. Sie möchten nicht mit mir in Verbindung gebracht werden."

„Und Sabrina weiß davon?", fragte Jay.

„Sie war dabei, als es geschah." Daniel stützte sein Kinn auf seiner Hand ab. Wie könnte er ohne Sabrina überhaupt leben? Sie war sein Leben; sie bedeutete ihm alles.

Jay rieb sich den Nacken. „Hör zu, ich weiß, dass ich das nicht sagen sollte, aber unter diesen Umständen ... wenn ihr nicht heiratet, was geschieht dann mit dem Baby?"

Daniels Kopf peitschte hoch. „Welches Baby?"

Jay wich zurück. „Oh."

„Jay, heraus damit!"

„Na gut, ich habe versprochen, dir nichts zu sagen, aber ..." Er seufzte. „Vielleicht habe ich unrecht und der Test war negativ. Aber ich sah Sabrina in der Praxis der Frauenärztin mit ihrer Freundin Holly, und wenn eine Frau einen Frauenarzt aufsucht, ist es doch möglich, dass sie sich eine Schwangerschaft bestätigen lassen will, weil ihr Test zuhause positiv ausgefallen ist."

Sabrina könnte schwanger sein? War es möglich?

Daniel sprang vom Tisch auf. Er musste Sabrina davon abhalten, etwas Dummes zu tun.

23

Als das Taxi ihn vor seinem Elternhaus ablud, wusste Daniel sofort, dass Sabrina nicht hier war: Sein Auto stand nicht in der Auffahrt. War sie irgendwo hingefahren, um sich zu beruhigen? Oder noch schlimmer: War sie bereits hier gewesen, hatte ihre Sachen gepackt und war dann weggefahren?

Er warf dem Taxifahrer zu viel Geld hin, sprang aus dem Taxi und lief zur Eingangstür. Er steckte den Schlüssel ins Schloss und sperrte auf.

Im Foyer rief er aus: „Sabrina!" Aber instinktiv wusste er, dass sie weg war. Er stürmte nach oben und fand das Schlafzimmer, das sie geteilt hatten, leer vor. Allerdings lagen Sabrinas Sachen noch im Zimmer verstreut herum.

Er zog sein Handy heraus und wählte ihre Nummer, während er nervös im Raum hin und her schritt. Nach dem vierten Klingeln wurde der Anruf von ihrer Mailbox beantwortet. Er hatte erwartet, dass sie nicht ans Telefon gehen würde.

„Bitte komm zurück, Sabrina. Wir müssen miteinander reden", sagte er, bevor er auflegte.

Daniel ging wieder nach unten, dieses Mal in die Küche, aus der er Stimmen kommen hörte. Als er eintrat, war er erleichtert zu sehen, dass nur Holly und seine Mutter im Raum waren. Er wäre im Moment nicht in der Lage gewesen, Sabrinas Mutter gegenüberzutreten.

„Habt ihr Sabrina gesehen?", fragte er, ohne sie zu grüßen.

Seine Mutter drehte sich halb um, während sie fortfuhr, in einer großen Schüssel einen Teig zu mischen. „Ich dachte, du hast sie zum Brunch ausgeführt."

Er fuhr sich mit zitternder Hand durchs Haar. „Das habe ich auch. Aber sie ist gegangen."

„Oh, ich bin mir sicher, dass sie bald zurück sein wird", sagte seine Mutter leichthin und ging zur Speisekammer, um eine Tüte Mehl herauszuholen. „Heute bringe ich irgendwie die Mengenangaben durcheinander", fügte sie mit einem flüchtigen Seitenblick zu Holly hinzu.

„Das ist es ja gerade: Ich glaube nicht, dass sie zurückkommt."

Holly wandte sich zuerst zu ihm um, ihre Augen geweitet. Dann drehte sich seine Mutter auch um und schenkte ihm ihre volle Aufmerksamkeit.

„Was soll das heißen, sie kommt nicht zurück?", fragte Holly und zog die Worte hinaus.

Daniel schloss für einen Moment die Augen. „Sie hat mir ihren Verlobungsring zurückgegeben." Er nahm einen abgehakten Atemzug. „Sie hat die Hochzeit abgesagt."

In dem Moment, in dem er es aussprach, wusste er, dass es wahr war. Sabrina war keine Frau, die leere Drohungen machte, um Aufmerksamkeit zu bekommen.

Holly und seine Mutter keuchten.

„Oh mein Gott! Nein!" Seine Mutter schüttelte den Kopf, als könnte sie damit die schlechten Nachrichten wegwischen. „Das kann doch nicht sein. Was ist passiert? Was hast du getan?"

„Aber sie liebt dich doch", meinte Holly.

„Das ist es ja gerade. Sie hat mich verlassen, weil sie mich liebt. Sie möchte mit diesem Skandal nicht mein Leben ruinieren."

„Ist es, weil ihr Vater sie einfach hat stehen lassen?" Seine Mutter deutete zum Frühstückstisch, als säße er immer noch dort.

„Zum Teil. Ich glaube, es ist alles zusammen: die Art und Weise, wie die Leute im Dorf sie behandelt haben, wie ihr Vater sie schrecklicher Dinge beschuldigt hat, und dann, als wir im Country Club waren ..." Er zögerte.

„Was ist geschehen?", presste Holly heraus.

„Einer meiner Geschäftspartner kam vorbei, um mir zu sagen, dass er von einem Geschäftsabkommen zurücktritt wegen der Sache, die die *New York Times* gedruckt hat. Ich glaube, das hat das Fass für Sabrina zum Überlaufen gebracht."

„Du kannst sie doch nicht einfach gehen lassen!", sagte seine Mutter und wischte sich die Hände an ihrer Schürze ab. „Du musst sie zurückbekommen. Hast du ihr denn nicht gesagt, dass nichts davon von Bedeutung ist? Du kannst doch dein Geschäft nicht wichtiger nehmen als Sabrina."

„Natürlich nicht!", knurrte er und funkelte seine Mutter zum ersten Mal an. „Ich habe ihr gesagt, dass ich mich nicht um den Deal schere. Aber sie wollte nicht hören. Sie ist davon überzeugt, dass sie mein Leben ruiniert, wenn sie mich heiratet."

„Dann musst du sie vom Gegenteil überzeugen!", verlangte seine Mutter.

Er nickte grimmig. Dann sah er Holly an. „Es gibt etwas, das ich wissen muss. Und du bist die einzige Person, die es mir sagen kann, Holly."

Holly hob ihre Augenbrauen.

„Ist Sabrina schwanger?"

Für eine Sekunde hätte man in der Küche eine Nadel fallen hören können. Seine Mutter hielt den Atem an und Holly schien ihre Antwort abzuwägen.

„Holly!", drängte er sie. „Jay sah dich und Sabrina vor Kurzem in der Frauenarztpraxis."

Holly nickte. „Die Ärztin hat es bestätigt. Sabrina ist in der siebten Woche."

Sein Herz begann zu hämmern und schien sogar das laute Keuchen seiner Mutter zu übertönen. „Will sie mein Kind?"

„Was für eine Frage ist denn das? Selbstverständlich will sie dein Kind!"

„Warum hat sie mir dann nichts davon erzählt?"

„Sie wollte es dir in eurer Hochzeitsnacht sagen."

Doch wie die Sache im Moment aussah, würde es keine Hochzeitsnacht geben. „Ich muss sie finden. Sofort."

„Warte!", hielt Holly ihn zurück.

Daniel starrte sie an und fragte sich, was es sonst noch zu besprechen gab.

„Du wirst ihre Meinung nicht ändern können. Nichts hat sich geändert. Die Situation ist immer noch dieselbe: Wegen des Skandals leidet dein Geschäft. Sabrina wird dich nicht einfach beim Wort nehmen, wenn du ihr sagst, dass es dich nicht kümmert. Das hast du bereits versucht. Du musst die Zeitung dazu bringen, den Artikel zurückzuziehen, bevor Sabrina dich anhören wird."

„Verdammt, Holly, das haben wir doch bereits versucht. Weder das Gespräch mit der Klatschkolumnistin, noch Audrey zu drohen, hat etwas bewirkt. Ich habe meinen Rechtsanwalt angerufen und er bereitet alles für eine Klage vor, aber das ist ein langwieriger Prozess. Sie werden die Geschichte nicht in den nächsten Tagen zurückziehen. Ich habe alles versucht."

„Nicht alles", sagte Holly. „Ich wollte dir etwas erzählen, bevor ihr zum Brunch weg seid. Ich habe Neuigkeiten."

„Was für Neuigkeiten?"

„Ich zeige es dir auf meinem Computer." Sie bedeutete ihm, ihr aus der Küche heraus zu folgen.

„Was macht ihr?", rief seine Mutter ihnen nach.

Holly drehte sich kurz um. „Vertrau uns, wir bekommen Sabrina zurück, aber je weniger Leute davon wissen, desto besser."

Daniel folgte ihr in das Gästezimmer, während sein Puls raste. Er konnte nur hoffen, dass, was auch immer Holly herausgefunden hatte, nicht nur Neuigkeiten, sondern *gute* Neuigkeiten waren.

Holly ging zu ihrem Computer und ließ ihn hochfahren. „Erinnerst du dich daran, dass wir darüber sprachen, die Zeitung davon zu überzeugen, dass es sich um eine Verwechslung handelt?"

„Ja, aber wir haben doch bereits geklärt, dass wir dich nicht bloßstellen werden."

„Oh, ich spreche nicht von mir." Sie öffnete eine Webseite, dann klickte sie auf einen Link und scrollte weiter nach unten, bis ein Bild auf dem Monitor erschien.

Ein Foto von Sabrina mit einer etwas anderen Frisur begrüßte ihn. Es musste einige Jahre bevor er ihr begegnet war gemacht worden sein, da ihr Haar auf dem Bild länger und welliger war. Auch trug sie mehr Make-up als gewöhnlich.

Er zog eine Augenbraue hoch. „Wie soll ein altes Foto von Sabrina eine gute Nachricht sein? Und wieso ist es auf einer Webseite?"

Holly grinste. „Sieht so aus, als hätte sie gerade den Test bestanden."

„Welchen Test?" Daniels Stirn zog sich in Falten.

„Wenn du nicht sehen kannst, dass das nicht Sabrina ist, dann kann es auch sonst niemand."

Er zeigte auf das Bild und betrachtete es jetzt genauer. „Das ist nicht Sabrina?"

„Nein."

Daniel atmete scharf aus. Er wusste plötzlich ganz genau, was Holly vorhatte. „Oh mein Gott!" Er umarmte sie, hob sie hoch und drehte sich mit ihr um seine eigene Achse, bevor er sie wieder auf den Boden stellte.

„Okay, okay. Wir haben noch nicht alles erledigt. Ich habe herausgefunden, dass sie in Colorado wohnt. Ich habe eine Telefonnummer und eine Email-Adresse."

„Wie kann ich dir helfen?", fragte er eifrig.

„Wir müssen sie bitten, nach New York zu kommen, zu dem Zeitungsbüro zu gehen und ihnen zu erklären, dass sie das Callgirl ist, das die Informantin der Kolumnistin für Sabrina hielt. Die Reporterin wird einen Blick auf Sabrinas Bild werfen und sehen, dass die beiden praktisch Zwillinge sind. Wir müssen die Doppelgängerin selbstverständlich dafür bezahlen."

„Es ist mir egal, was es kostet."

„Kennst du jemanden, der einen Privatjet hat und sie von Colorado nach New York fliegen kann? Ich fürchte, wenn wir sie auf eine Linienmaschine buchen, verlieren wir Zeit."

Daniel nickte sofort. „Ich spreche mit Zach. Seine Firma hat ein paar Jets. Möglicherweise ist einer davon gerade an der Westküste. Wenn nicht, dann kennt er bestimmt jemanden, der ihm einen Flieger borgen kann."

Holly machte eine Anmerkung auf einem kleinen Notizblock neben ihrem Computer. „Gut." Sie klopfte mit ihrem Stift auf dem Papier und erwog offenbar etwas. „Dann haben wir nur noch ein Problem."

„Welches Problem? Es sieht perfekt aus." Er zeigte auf den Bildschirm, auf dem ihn das Bild der Frau, die Sabrina wie aus dem Gesicht geschnitten war, immer noch anstarrte. „Diese Frau zeigt der Reporterin ihren Ausweis und beweist damit, dass sie nicht Sabrina ist. Die Reporterin wird dann feststellen müssen, dass es sich um eine Verwechslung handelt, und wird eine Entschuldigung drucken."

„Ja, aber es gibt noch ein Problem: deine Kreditkartenabrechnung. Audrey gab der Reporterin eine Kopie deiner Kreditkartenabrechnung. Darauf steht, dass du den Begleitservice bezahlt hast. Wie willst du das erklären?"

Daniel rieb sich den Nacken. Daran hatte er nicht gedacht, denn er war zu begeistert gewesen, dass Holly eine Frau gefunden hatte, die Sabrina so ähnlich sah. „Mist!"

„Ja. Ich habe schon die ganze Zeit darüber nachgedacht, seit ich dieses Foto fand. Aber ich habe keine Idee, wie wir die Abrechnung erklären können. Wenn wir es nicht tun, dann denkt die Reporterin, dass du ein Callgirl engagiert hast, das wie Sabrina aussieht. Und ich glaube nicht, dass sie dir dann die ganze Geschichte abkauft, solange noch ein Fünkchen eines Beweises existiert, dass du mit einem Callgirl zusammen warst. Wenn nur diese Kopie der Kreditkartenabrechnung nicht existieren würde."

Ja, wenn nur Frances Audrey nicht Zugang zu seinen vertraulichen Finanzunterlagen gegeben hätte! Für diese Indiskretion hatte Frances es verdient, entlassen zu werden. Und sie würde niemals ein gutes Zeugnis von ihm bekommen.

„Das ist es!" Er hatte gerade die Lösung zu seinem Problem gefunden.

„Was?" Holly starrte ihn mit großen Augen an.

„Die Kreditkartenabrechnung. Audrey hat nur eine Kopie davon. Wenn wir beweisen können, dass die Kopie eine Fälschung ist und dass Audrey die Zahlung an den Begleitservice hinzugefügt hat, um es so aussehen zu lassen, als hätte ich Sabrina als Callgirl engagiert, dann fällt ihre ganze Geschichte auseinander."

„Das stimmt. Aber wie machen wir das? Wenn ich dich vielleicht daran erinnern darf, ist die Zahlung legitim. Meine Agentur hat deine Kreditkarte belastet. Außerdem, wenn du plötzlich eine neue Kopie vorlegst, denkt die Reporterin nur, dass deine Kopie gefälscht ist, nicht Audreys."

Zum ersten Mal, seit Sabrina ihre Verlobung gelöst hatte, grinste Daniel. „Ich werde nicht derjenige sein, der eine neue Kopie vorlegt. Frances wird das für mich tun."

„Deine Assistentin? Ich dachte, du hast sie gefeuert."

„Und genau deshalb wird sie es tun, denn das, was sie am dringendsten von mir braucht, ist ein gutes Zeugnis."

Holly kicherte. „Du bist absolut böse." Sie blinzelte ihm zu. „Das gefällt mir." Dann machte sie eine Pause. „Und wie willst du diese Kopie erstellen, damit sie echter aussieht als die, die Audrey der Reporterin gab?"

„Frances wird das Original vorlegen."

„Aber das Original enthält doch auch die Zahlung an die Agentur."

Daniel legte eine Hand auf Hollys Schulter. „Habe ich dir schon mal davon erzählt, wie Wade im College fast durch seinen Statistikkurs gerasselt wäre?"

Holly sah ihn an, als hätte er seinen Verstand verloren. „Wie bitte?"

„Also, lass es mich mal so ausdrücken: Seine Fähigkeiten in künstlerischer Gestaltung und mit Photoshop haben ihm geholfen, den Kurs zu bestehen. Tatsächlich ist es ein kleines Hobby von ihm."

Holly fiel der Kiefer herunter. „Willst du damit sagen, dass Wade deine Kreditkartenabrechnung fälschen wird?"

Daniel lächelte. „Lass uns an die Arbeit gehen. Du trittst mit dieser Frau in Verbindung. Ich spreche mit Zach, Wade und Frances." Er blickte auf seine Uhr. „Für die morgige Ausgabe der *New York Times* schaffen wir es nicht mehr, aber wenn wir diese Frau bis heute Abend nach New York einfliegen können und Wade gleich morgen Früh die Kreditkartenabrechnung zu Frances schicken kann, wird der Artikel am Tag danach zurückgezogen."

Und dann würde er Sabrina zurückbekommen.

24

Alles war wie am Schnürchen gelaufen: Holly hatte Sabrinas Doppelgängerin davon überzeugt, nach New York zu kommen und Claire Heart vorzumachen, dass *sie* das Callgirl war, nicht Sabrina. Das Geld, das Daniel ihr versprochen hatte, hatte das Abkommen besiegelt. Zach hatte einen Privatjet von einem Freund in Las Vegas organisiert, der Sabrinas Doppelgängerin in Denver abgeholt und sie zum LaGuardia Flughafen in New York geflogen hatte. Dann hatte eine Limousine, die Zachs Firma gehörte, sie zum Büro der Zeitung gefahren.

Wade hatte den ganzen Nachmittag und die ganze Nacht hindurch an der Reproduktion der Kreditkatenabrechnung gearbeitet, die Daniel von seinem Computer heruntergeladen hatte. In den frühen Morgenstunden hatte Wade Daniel zwei Papierseiten präsentiert, die so echt aussahen, dass Daniel nicht feststellen konnte, dass diese gefälscht waren. Anstatt einen Kurier zu engagieren, hatte Wade es sich nicht nehmen lassen, das Dokument selbst zu Frances' Wohnung in Brooklyn zu bringen und es ihr persönlich zu übergeben.

Mittlerweile hatte Daniel Harvey, den Portier in seinem Wohngebäude, angerufen und herausgefunden, dass Sabrina tatsächlich nach New York zurückgekehrt war. Daniel hatte ihn gebeten, herauszufinden, ob sie vorhatte, abzureisen. Unter einem Vorwand war Harvey in die Wohnung gegangen und hatte gesehen, dass Sabrina Umzugsschachteln packte. Aber sogar Daniel wusste, dass sie nicht in der Lage sein würde, innerhalb von ein oder zwei Tagen eine Umzugsfirma zu beauftragen.

Dennoch war er nervös, als der zweite Abend ohne Sabrina heranzog. Er ging auf der Veranda hin und her und starrte zu dem Zelt, das für die Hochzeit bereit stand, als sein Handy klingelte.

„Ja?"

„Mr. Sinclair, hier ist Claire Heart."

Wortlos riss er seine Faust in die Luft, hielt jedoch jegliches Zeichen von Aufregung aus seiner Stimme heraus. Er wollte nicht, dass die Reporterin mitbekam, dass er wusste, was heute in ihrem Büro vorgefallen war.

„Ja, Miss Heart? Was für weitere Unwahrheiten planen Sie als Nächstes über mich und meine Verlobte zu veröffentlichen?"

„Äh, Mr. Sinclair. Es ... es tut mir wirklich leid. Ich habe schon versucht, Sie früher zu erreichen, bin jedoch nicht durchgekommen. Es hat sich etwas ergeben. Ich werde Sie nicht mit den Details langweilen. Aber wir haben festgestellt, dass es sich um eine Verwechslung handelte. Wir bedauern, dass wir Ihnen und Ihrer Verlobten soviel Ärger verursacht haben. In der morgigen Ausgabe werden Sie ein Dementi des Artikels finden und selbstverständlich auch eine Entschuldigung der Zeitung und von mir persönlich. Und die Online-Ausgabe kommt bereits kurz nach Mitternacht mit der Richtigstellung heraus."

„Nun ..."

„Es war alles ein schreckliches Missverständnis. Aber wie Sie vermutlich verstehen werden, sehen manchmal die Beweise, die einem gezeigt werden, sehr überzeugend aus."

„Ich verstehe, Miss Heart. Vielen Dank für Ihren Anruf."

Er legte auf und sprang in die Luft. „Ja!"

Es hatte funktioniert. Claire Heart, der Herausgeber und die Rechtsabteilung hatten die Geschichte, die Holly zusammengebastelt hatte, geschluckt.

Morgen würden ganz New York und die Hamptons erfahren, dass Sabrina kein Callgirl war. Alles würde sich wieder einrenken. Aber bis morgen konnte er nicht warten. Hatte die Reporterin nicht gesagt, dass die Online-Ausgabe die Geschichte schon kurz nach Mitternacht veröffentlichen würde?

Was tat er also noch hier in Montauk? Er sollte schon auf dem Weg zu seiner Wohnung in Manhattan sein. Daniel blickte flüchtig auf die Uhr. Wenn er jetzt losfuhr, würde er dort kurz nach Mitternacht ankommen.

Minuten später saß er im Wagen seines Vaters und fuhr in die Nacht hinein in Richtung New York.

OBWOHL SIE MÜDE VOM Packen war, konnte Sabrina nicht schlafen, deshalb versuchte sie es nicht einmal. Stattdessen saß sie im Wohnzimmer. Nur eine kleine Lampe brannte in einer Ecke. Jenseits der Fenster, die vom Boden bis zur Decke reichten, funkelte Manhattan wie tausend Regentropfen, die über einen Spiegel kullerten. Doch es regnete nicht; es waren Sabrinas Tränen, welche die Skyline von Manhattan verschwommen aussehen ließen.

„Es ist das Beste", sagte sie zu sich selbst. „Es ist für dich." Sie legte ihre Hand auf ihren Bauch. Sie musste stark sein für ihr Kind. Sie wollte nicht, dass es in einer Gesellschaft aufwuchs, die ihre Eltern mied. Lieber wollte sie irgendwohin verschwinden, wo niemand sie kannte und sie ihr Kind alleine aufziehen könnte.

Ein Schluchzen entriss sich ihrer Brust. Wenn sie doch nur stärker wäre und Daniel nicht so vermissen würde. Ein weiterer Schluchzer folgte. Immer mehr entrissen sich ihrer Brust und wollten nicht mehr aufhören. Sie griff nach einem Taschentuch und putzte sich die Nase.

„Weine nicht."

Sabrina wirbelte erschrocken herum und sprang gleichzeitig auf. Sie hatte das Geräusch der Wohnungstür durch ihr Schluchzen nicht gehört.

Selbst in dem relativ dunklen Raum erkannte sie ihn sofort. „Daniel", schaffte sie zu sagen.

Dann griff er nach ihr und zog sie an seine Brust. Sie wollte protestieren, aber sie war zu schwach.

„Ich bin jetzt hier", raunte er in ihr Haar.

„Das ändert nichts." Sie stemmte sich gegen ihn und wich zurück. Er ließ es geschehen und sie war enttäuscht, dass er es tat.

Seine Hände bewegten sich und plötzlich erhellte eine Lichtquelle sein Gesicht, während er in einen iPad starrte. Er übergab ihn ihr. „Lies das."

„Was ist das?"

„Lies es einfach", verlangte er. „Bitte."

Von der Zärtlichkeit in seinen Augen gezwungen, blickte sie auf den Bildschirm. Zuerst sah sie ein Foto von sich selbst, doch nach sorgfältigerer Inspektion erkannte sie, dass sie es nicht sein konnte: Die Frisur war vollkommen falsch, und das Oberteil, das die Frau trug, gehörte ihr nicht.

Ihre Augen fielen auf die Zeile unter dem Bild. *Ms. Sharon Helmer,* hieß es da.

Dann las sie die Schlagzeile: *Korrektur.*

Darunter war ein kurzer Abschnitt gedruckt.

Am 18. dieses Monats veröffentlichte diese Zeitung einen Artikel über Mr. Daniel Sinclair und Miss Sabrina Palmer. Die Informationen, die der Zeitung als Grundlage für diesen Artikel vorgelegt wurden, erwiesen sich als falsch. Tatsächlich wurde Miss Palmer mit Miss Sharon Helmer (Foto) verwechselt. Miss Palmer war zu keiner Zeit bei einem Begleitservice angestellt und es gibt keinen Beweis, dass Mr. Sinclair, ihr Verlobter, je die Dienste eines Begleitservices in Anspruch genommen hat. Wir bitten Mr. Daniel Sinclair und Miss Sabrina Palmer und ihre Familien um Entschuldigung und drücken hiermit unser aufrichtigstes Bedauern aus.

Sabrina hob den Kopf.

„Du hast es geschafft", flüsterte sie. „Du hast sie dazu gebracht, die Geschichte zurückzuziehen. Wie?"

„Ich hatte etwas Hilfe", sagte er mit einem Lächeln.

„Aber ... diese Frau. Wer ist sie?"

„Ein Modell und ein Callgirl. Holly fand sie und –"

Sabrina warf sich in seine Arme und schnitt ihm das Wort ab. „Danke!"

Sie spürte seine warmen Lippen auf ihren, Lippen, die sie die letzten zwei Tage vermisst und nach denen sie sich gesehnt hatte. Seine Arme schlangen sich um sie, drückten sie fester an sich, sodass sie körperlich spürte, wie sehr auch er sie vermisst hatte.

Sein Mund verschlang sie; seine Zunge schlug kraftvoll gegen sie und drang tiefer, machte sich wieder mit ihr bekannt, während sie dasselbe tat. Es war zu lange gewesen, von ihm getrennt zu sein. In dem Moment wusste sie, dass sie nie in der Lage gewesen wäre, ihn für immer zu verlassen.

„Oh Gott, du hast mir gefehlt!", murmelte er, als er den Kuss unterbrach. „Bitte verlass mich nie wieder."

„Nie wieder, ich verspreche es."

„Ich werde dich an dein Versprechen erinnern."

Sie griff nach ihm und zog sein Gesicht zurück zu ihrem. „Ich will dich."

„Du hast mich, Baby, Körper und Seele."

Er zerrte an ihrem T-Shirt und zog es ihr über den Kopf. Sie erschauderte trotz der Wärme in der Wohnung. Seine Hände streiften über ihre nackten Brüste und streichelten sie zärtlich. Sie spürte seine Berührungen jetzt noch intensiver. Die Schwangerschaft hatte ihre Brüste empfindlicher gemacht.

Die Schwangerschaft. Ihr Herz hörte auf zu schlagen. Sie hatte ihm noch nicht davon erzählt, doch sie glaubte nicht, dass sie dieses Geheimnis noch bis zu ihrer Hochzeitsnacht für sich behalten konnte. Er sollte es wissen und sie musste es ihm gestehen.

„Daniel", flüsterte sie, gerade als er seinen Kopf zu einer Brust senkte und ihren harten Nippel in seinen Mund zog, leicht daran saugte und mit seiner Zunge darüber leckte. Deren Beschaffenheit, als er sie über ihr empfängliches Fleisch gleiten ließ, brachte sie vor Vergnügen zum Zittern.

„Ja?", raunte er.

„Es gibt etwas, das du ..."

„... tun sollst?", fragte er. „Was immer du möchtest, Baby. Sag mir nur, was du brauchst."

„Nein, etwas, das du wissen musst", versuchte sie noch einmal, nahm seinen Kopf zwischen beide Hände und hob ihn weg von ihrer Brust, um ihn zu zwingen, sie anzusehen.

Die Leidenschaft, die seine Augen verdunkelte, brachte ihren Schoß dazu, sich in Erwartung zu verkrampfen.

„Ich bin schwanger." Sie stieß einen Atemzug aus. „Ich bekomme dein Kind."

Wärme und Bewunderung strahlten jetzt aus seinen Augen. „Ich weiß, Baby."

Überrascht starrte sie ihn mit offenem Mund an. „Du weißt es?"

Er nickte und seine Hand senkte sich nun, bis sie auf ihrem Bauch zu liegen kam. Er strich mit langsamen Bewegungen darüber. „Ich hätte es schon früher bemerken sollen. Wenn ich dich jetzt berühre, kann ich die Veränderungen deines Körpers spüren. Deine Brüste sind voller und viel empfindlicher, wenn ich sie streichle. Und wenn ich dein Gesicht ansehe, kann ich dich strahlen sehen. Du bist aufgeblüht, Sabrina. Ich hätte es sehen sollen. Ich hätte es wissen müssen. Es wundert mich nicht mehr, dass du dir alles so zu Herzen genommen hast. Du hattest soviel zu tragen, soviel Stress, der dich belastete. Ich hätte wissen müssen, dass die Hormone alles schwieriger für dich gemacht haben. Wenn ich gewusst hätte ..."

Sie legte einen Finger auf seine Lippen und stoppte ihn. „Ich wollte den perfekten Moment finden, es dir zu erzählen, aber als dann alles bergab ging, konnte ich es nicht. Ich wollte nicht, dass du dich verpflichtet fühlst, mich nur wegen des Babys zu heiraten. Denn wenn du es gewusst hättest, hättest du mich nie gehen lassen."

Daniel schüttelte den Kopf und lachte sanft. „Sabrina, lass mich bitte eine Sache klarstellen: Ich werde dich nie gehen lassen, egal ob du schwanger bist oder nicht. Wir gehören zusammen. Ohne dich bin ich nur ein halber Mann."

Sie unterdrückte die Tränen, die drohten, bei seinen Liebesbeteuerungen ihre Wangen hinunterzulaufen. „Wie hast du es herausgefunden? Von Holly?"

„Nachdem Jay herausgerutscht war, dass er dich und Holly beim Frauenarzt gesehen hatte, habe ich sie darauf angesprochen. Sie hatte wirklich keine andere Wahl, als mir die Wahrheit zu gestehen. Also sei bitte nicht böse auf sie."

„Das bin ich nicht." Sie küsste ihn sanft.

„Gut", stimmte er zu. „Und nun, wo waren wir?" Er ließ seine Augen über ihren nackten Oberkörper schweifen. „Oh ja, ich glaube, ich war gerade im Begriff, dich vollständig auszuziehen und mit dir Liebe zu machen."

Sie griff nach dem obersten Knopf seines Polohemdes und öffnete ihn. „Warum stehst du dann immer noch vollständig angezogen da?"

Er entzog sich ihrer Umarmung, streifte sein Hemd über den Kopf und warf es zu Boden. Seine Schuhe, Hose und Boxershorts folgten.

Dann zerrte er an der Kordel, die Sabrinas Jogginghose hochhielt und löste den Knoten. Das Material fiel mit einem sanften Rascheln zu Boden und ließ sie nur in ihrem Tanga zurück.

Daniel hakte seine Daumen unter das Gewebe, drückte es nach unten und half ihr aus dem winzigen Kleidungsstück heraus. Einen Moment später nahm er sie wieder in seine Arme und legte sie auf das Sofa. Er stützte seinen Körper über ihr ab.

„Baby, wenn dir irgendwas wehtut, lässt du es mich sofort wissen, ja?"

Ihre Stirn zog sich in Falten. „Warum sollte mir etwas wehtun?"

Er legte seine Handfläche auf ihren Bauch. „Ich möchte dem Baby nicht wehtun."

Sie kicherte und zog ihn zu sich hinunter. „Ich habe gelesen, dass eine schwangere Frau bis in die letzten Wochen ihrer Schwangerschaft Sex haben kann, ohne dem Baby im Geringsten zu schaden." Dann legte sie ihre Hand um seinen Schwanz. Er war so hart wie eine Eisenstange, und es war genau das, was sie im Augenblick brauchte. Sie musste ihn in sich spüren, um zu fühlen, wie sehr er sie begehrte. Wie sehr er sie liebte. „Nimm mich."

„Wenn du es so sagst", murmelte er, ergriff ihren linken Schenkel und drängte sie, sich ihm zu öffnen.

Ohne den Blickkontakt zu unterbrechen, brachte Sabrina seinen

Schwanz zu ihrem Geschlecht und ließ ihn dann los. Einen Augenblick später stieß er nach vorne und drang mit einem einzigen Stoß in sie ein, bis seine Hoden gegen sie schlugen.

Sie drückte ihren Kopf fester in das Sofakissen und bäumte sich auf, als sie ihn empfing. „Oh Gott!"

„Zu hart?", fragte er sofort und zog sich zurück.

Doch bevor er sich vollständig aus ihr ziehen konnte, hatte sie bereits ihre Beine um ihn geschlungen und ihre Knöchel über seinem Po gekreuzt, um ihn gefangenzuhalten. „Du gehst nirgends hin."

Daniel schüttelte den Kopf, während seine Augen sie verschlangen. „Ich verdiene dich nicht." Trotz seiner Worte tauchte er wieder in sie ein. „Aber ich werde dich nie aufgeben."

„Das hoffe ich doch." Sie zog seinen Kopf zu sich und drückte ihre Lippen auf seinen Mund. Sie küsste ihn mit all der aufgestauten Leidenschaft und Liebe, die sie für ihn empfand. Und gleichzeitig ließ sie all ihre Hoffnungen auf eine glückliche Zukunft in den Kuss fließen.

Als sie auf der Couch lagen und sich liebten, spiegelten sich die Lichter der Stadt auf ihren glitzernden Körpern wider und tanzten im Einklang mit ihren Bewegungen. Im Halbdunkel des Wohnzimmers fühlte sich Sabrina durch das Wissen erneuert, dass Daniel immer für sie zurückkommen und sie nie aufgeben würde. Und mit seinem Körper zeigte er ihr nun, dass er nur sie wollte, dass sein Herz nur für sie schlug. Sie spürte es. Mit jedem Stoß seines Schwanzes spürte sie seinen Herzschlag in ihrer Gebärmutter widerhallen. Mit jedem Kuss spürte sie die Wärme, die sich in ihrem Herzen ausbreitete.

„Ich liebe dich", flüsterte sie zwischen gekeuchten Atemzügen und unterdrückten Seufzern.

Ihre eigenen Töne waren bloße Echos von Daniels Klängen des Vergnügens, als er sie leidenschaftlicher und zärtlicher denn eh und je nahm. In der Art und Weise, wie er sie heute Nacht liebte, lag etwas Ehrfürchtiges. Als betete er sie an.

Ihr gesamter Körper fing an, unter seinen fürsorglichen Berührungen zu summen und zu vibrieren, und sie wusste, dass sie ihren Höhepunkt nicht länger zurückhalten konnte.

„Jetzt", drängte sie ihn. „Jetzt, Daniel!"

Er sah in ihre Augen und sie konnte es so klar darin sehen: die Liebe, die keine Worte benötigte. Dann schloss er seine Augen und warf seinen Kopf zurück. Sein Kiefer verkrampfte sich sichtlich und an seinem Hals traten seine Muskeln hervor, als er zurückwich und dann einen weiteren Stoß lieferte.

Mit einem Stöhnen erlaubte sie den Wellen ihres Orgasmus über sie zu schwappen und gleichzeitig spürte sie die Wärme seines Samens in ihr, als er kam. Seine Stöße verlangsamten sich, während sie beide ihren Höhepunkt zusammen genossen.

Daniel hielt schließlich in seinen Bewegungen inne und küsste sie sanft, dann schob er eine Strähne ihres feuchten Haares von ihrer Wange. Er sah auf sie hinab, als wollte er etwas sagen, aber es gab nichts, das gesagt werden musste. Sie konnte es in seinen Augen sehen.

Er war glücklich, sie zurück zu haben. Genauso glücklich wie sie.

25

Daniel hielt Sabrinas Hand, während sie hinter das Haus gingen, wo das Zelt aufgestellt worden war. Die Blumen waren geliefert worden, und alles sah aus wie ein Traum. Aber Sabrina wusste, dass es kein Traum war. Es war Wirklichkeit. Eine Wirklichkeit, die fast nicht geschehen wäre.

Sie drückte Daniels Hand und brachte ihn so dazu, seinen Blick von dem Geschehen im Garten seiner Eltern abzuwenden und stattdessen sie anzusehen. Seine Augen glänzten voller Liebe, als er raunte: „Was?"

„Danke, dass du nicht aufgegeben hast."

Er streifte mit seinen Fingerknöcheln über ihre Wange. „Ich würde nie aufgeben, wenn es um dich oder um uns geht. Wir gehören zusammen. Und wir haben etwas zusammen geschaffen. Etwas Wunderschönes." Er senkte seinen Blick zu ihrem Bauch, als ob er dort bereits ein Schwangerschaftsbäuchlein sehen konnte, obwohl Sabrina wusste, dass es noch mindestens zwei Monate dauern würde, bevor ihre Schwangerschaft zu sehen wäre. „Egal, was in der Zukunft geschieht, ich werde nie aufgeben, solange es zwischen uns auch nur ein Fünkchen Liebe gibt. Es ist wert, dafür zu kämpfen."

„Macht es dir nichts aus, dass wir so früh in unserem gemeinsamen Leben schon ein Kind bekommen?"

„Nein, obwohl es schwierig sein wird, dich mit jemand anderem, der deine Liebe will, zu teilen." Dann schmunzelte er. „Zum Glück haben wir auch schon eine sehr bereitwillige Babysitterin." Er deutete in Richtung Zelt, wo seine Mutter der Floristin und deren Angestellten Anweisungen gab, wo sie die Blumen hinstellen sollten.

Sabrina lachte. Ihre Schwiegermutter würde eine wunderbare Großmutter sein. „Ich befürchte, dass sie unser Kind nicht mehr zurückgeben wird, sobald wir es ihr für einen Tag übergeben."

„Das Risiko müssen wir eingehen", gab Daniel zu.

„Daniel?" Die Stimme seines Vaters hallte plötzlich aus dem Haus, als dieser in den Garten trat. Als er sie sah, fügte er hinzu: „Ach, hier seid ihr. Die Millers haben gerade angerufen und gesagt, dass sie doch zur Hochzeit kommen. Sie haben sich entschuldigt, dass sie die Termine durcheinandergebracht hatten. Jetzt haben sie an dem Tag doch Zeit." Er verdrehte seine Augen.

Daniel schüttelte den Kopf. „Termine durcheinandergebracht? Er scheint, dass die Millers gerade die *New York Times* gelesen und sich entschlossen haben, dass es jetzt doch wieder in Ordnung ist, mit uns gesehen zu werden."

Sein Vater lächelte. „Es sieht so aus. Lass uns gnädig sein und sie willkommen heißen. Ich habe sie wieder auf die Gästeliste gesetzt."

Sabrina zeigte auf Raffaela. „James, ich glaube, du solltest deine Frau darüber informieren. Ich habe das Gefühl, dass sie den Sitzplan wieder umwerfen will."

James seufzte. „Oh."

Sabrina strich ihm über die Schulter. „Zumindest kommen sie nicht heute Abend zum Probeessen. Wenn Raffaela die Vorbereitungen für heute Abend ändern müsste, würde sie sich bestimmt mehr ärgern. Wenigstens ist noch Zeit genug, die Sachen für Morgen zu ändern."

Ihr zukünftiger Schwiegervater machte eine dramatische Grimasse. „Ich nehme an, dass keiner von euch es ihr sagen möchte?"

Daniel und Sabrina schüttelten übereinstimmend die Köpfe.

„Das schaffst du schon, Dad", meinte Daniel zuversichtlich, als sein Vater in Richtung seiner Frau marschierte.

„Glaubst du, dass wir eines Tages wie sie sein werden, wenn wir ein altes verheiratetes Paar sind?", fragte Sabrina.

„Du meinst, immer noch verliebt? Und verspielt?" Er drückte einen weichen Kuss auf ihre Lippen. „Ja, genauso. Das verspreche ich dir."

Bevor sie sich an ihn lehnen und ihn zurückküssen konnte, brachten Schritte aus dem Haus sie dazu, ihren Kopf zu wenden.

Sabrinas Atem verfing sich in ihrer Brust. „Mrs. Vogel?"

Die Partnerin von Yellin, Vogel und Winslow, der Firma, die sie nur Tage zuvor fristlos entlassen hatte, trat auf die Veranda. „Entschuldigen Sie, Miss Parker", sagte sie zögernd und zeigte zurück zum Haus. „Die Haustür stand offen, und im Haus war niemand. Ich wollte nicht eindringen." Sie deutete zum Zelt. „Sie sind sehr beschäftigt. Also halte ich mich kurz."

Sabrina schluckte und griff instinktiv nach Daniels Hand.

„Mr. Sinclair." Mrs. Vogel nickte Daniel zu. „Ich bin gekommen, um mich bei Ihnen beiden im Namen des gesamten Unternehmens zu entschuldigen. Es tut mir unendlich leid, wie wir Sie behandelt haben. Es ist unentschuldbar. Wir hätten wissen müssen, dass es nicht wahr sein kann. Wir hätten auf Sie und Ihre Integrität vertrauen sollen. Ich könnte Ihnen hundert Erklärungen geben, warum wir Ihnen gekündigt haben. Sie wissen schon: unser Ruf, Ansehen und so weiter. Aber am Ende war es doch so, dass wir eine Fehlentscheidung getroffen haben. Und das tut uns leid."

Sabrina nickte wie betäubt, überrascht von der aufrichtigen Entschuldigung. „Danke, Mrs. Vogel. Das bedeutet mir sehr viel."

„Das ist noch nicht alles. Ich weiß, dass Sie uns vielleicht nicht mehr vertrauen, aber wir schätzen Ihre Arbeit in unserer Firma sehr. Sie sind eine ausgezeichnete Rechtsanwältin und wir würden es bedauern, Sie für immer verloren zu haben. Ich bin hier, um Ihnen Ihren Job wieder anzubieten. Das heißt, wenn Sie ihn noch haben wollen."

Sabrina konnte ihren Ohren kaum glauben. „Sie bieten mir meinen Job wieder an?"

Mit einem Lächeln nickte Mrs. Vogel. „Nehmen Sie sich Zeit, eine Entscheidung zu treffen. Aber wir würden uns freuen, wenn Sie nach

Ihren Flitterwochen zu Yellin, Vogel und Winslow zurückkehren würden."

Sabrina tauschte einen langen Blick mit Daniel aus, der ihr aufmunternd zulächelte. Dann blickte sie Mrs. Vogel wieder an und streckte ihr die Hand entgegen. „Ich würde mich sehr freuen."

Mrs. Vogel stieß einen erleichterten Atemzug aus und schüttelte Sabrinas Hand. „Danke. Und herzliche Glückwünsche zu Ihrer bevorstehenden Hochzeit."

Augenblicke später war Mrs. Vogel wieder weg.

„Ich kann es kaum glauben!", sagte Sabrina und warf sich in Daniels Arme.

Er drehte sie im Kreis herum wie ein Kind auf einem Karussell.

„Ich gratuliere dir, Baby!" Er lachte. „Siehst du, alles ist wieder im Reinen."

„Fast alles." Sie lächelte wehmütig. Die Hochzeit würde stattfinden. Die Gäste würden kommen. Sie hatte ihren Job wieder. Aber es gab doch eine Sache, die nicht im Reinen war.

„Ich wünschte, mein Vater würde zurückkommen und mich morgen zum Altar führen."

Dann wäre alles wieder perfekt.

26

„Und du bist dir sicher, dass er noch dort ist?", fragte Daniel Tim, während beide vor dem Mill House Inn in East Hampton aus dem Auto ausstiegen.

Tim nickte. „Ich habe mich bei dem Mädchen, das an der Rezeption arbeitet, eingeschmeichelt. Sie hätte mich angerufen, wenn er abgereist wäre."

Daniel konnte ein Grinsen nicht unterdrücken. „Ein Mädchen, wirklich?"

„Hey, sie glaubt, dass ich hetero bin." Tim zuckte mit den Schultern. „Ist nicht meine Schuld, dass ihr Schwulenradar nicht funktioniert. Auf jeden Fall hat sie mich nicht angerufen. Sieht so aus, als wollte er gar nicht abreisen. Vermutlich braucht er nur einen leichten Schubs in die richtige Richtung."

„Ich hoffe, dass du recht hast. Weißt du, in welchem Zimmer er ist?"

„Zweiundzwanzig. Die Treppe hinauf, dann rechts und dann gleich links." Plötzlich klingelte Tims Handy. Er zog es aus seiner Tasche und blickte auf das Display. „Es ist der Privatdetektiv."

„Geh ran." Daniel beobachtete, wie Tim den Anruf entgegennahm. Sie hatten es ohne die Hilfe des Privatdetektivs geschafft, die Zeitung zur Rücknahme des Artikels zu bewegen, aber es konnte nicht schaden, zu hören, was der Detektiv über Audrey herausgefunden hatte.

„Ja? Hier spricht Tim."

Viele „hmms", „ähs" und „hähs" kamen über Tims Lippen, während er dem Privatdetektiv zuhörte. Dann sagte er schließlich: „Schicken Sie mir die Datei. Danke."

Mit einem verschmitzten Grinsen legte er auf.

„Hat er was herausgefunden?", fragte Daniel, der jetzt neugierig geworden war.

Tim lachte leise. „Du wirst mir nicht glauben, mit wem unsere Audrey als Sechzehnjährige geschlafen hat."

„Mit wem?"

Tim schüttelte den Kopf. „Erzähl ich dir später." Er deutete zur Eingangstür der Frühstückspension. „Jetzt geh und mach ihm die Hölle heiß. Ich warte hier und erledige ein paar Telefonate."

Daniel drängte Tim nicht zu einer Erklärung. Stattdessen öffnete er die Tür zu dem schönen Gebäude und trat in das Foyer mit dem dunklen Holzfußboden und den weißen Wänden, an denen Bilder von alten Schiffen und andere nautische Motive hingen. Er blickte kurz zum Empfangsbereich. Ein Schild stand auf dem Tresen und daneben eine kleine Glocke: *Bitte klingeln!*

Es war ihm ganz recht, dass niemand am Empfang war. Er zog es vor, nach oben zu gehen, ohne gesehen zu werden. Er folgte Tims Anweisungen und fand das besagte Zimmer. Er klopfte und wartete.

Ein Geräusch kam aus dem Inneren, dann wurde die Tür geöffnet.

Sabrinas Vater trug eine Hose und ein Unterhemd. Er war unrasiert und zerzaust. Daniel atmete ein. Sabrinas Vater hatte offensichtlich getrunken.

„Was willst du?", fragte George Palmer.

„Ich möchte mit dir sprechen."

Anstelle einer Antwort machte George die Tür weiter auf und trat beiseite. Daniel trat ein, schloss die Tür hinter sich und sah sich um. Der Fernseher lief ohne Ton. Die *New York Times* lag auf dem Sofa und eine Flasche Jim Beam stand auf dem Tisch, ein halb leeres Glas daneben.

Daniel betrachtete die Zeitung genauer und konnte das Datum lesen: Es war die heutige Ausgabe.

„Du hast es gelesen?", fragte er George, ohne seinen Kopf zu ihm zu drehen.

George ging um ihn herum und ließ sich auf die Couch fallen. „Ja."

„Also ist dir bewusst, dass es alles eine Lüge war."

Sein zukünftiger Schwiegervater sah ihn nicht an, doch er nickte. Er griff nach dem Glas und nahm einen großen Schluck.

„Warum schmollst du dann immer noch? Es wird Zeit, dass du nüchtern wirst, damit du morgen bereit für die Hochzeit bist." Daniel trat über ein Paar schmutzige Socken und ging um das Sofa herum, um ihn anzusehen. „Verflucht noch mal! Was ist mit dir los? Deine Tochter braucht dich!"

George grunzte und hob seine Lider für einen Augenblick, aber dann ließ er sie schnell wieder fallen, als ob er Daniel nicht in die Augen schauen konnte. „Sie braucht mich nicht. Nicht nachdem, was ich zu ihr gesagt habe."

„Das ist nicht wahr. Jedes Mädchen braucht ihren Vater, um zum Altar geführt zu werden, egal was vorher geschehen ist."

George schüttelte den Kopf. „Ich habe sie ein Callgirl genannt! Verstehst du das nicht? Das kann ich nicht zurücknehmen. Alle Entschuldigungen auf dieser Welt sind nicht genug, um meine Beziehung zu meiner Tochter wieder herzustellen." Er schniefte und Daniel bemerkte, wie die Augen des älteren Mannes feucht wurden. „Ich habe es versaut. Ich hätte ihr vertrauen sollen. Ich hätte es wissen sollen! Sie ist mein kleines Mädchen. Sie würde nie so etwas tun. Warum habe ich ihr nicht geglaubt? Warum habe ich sie nicht beim Wort genommen?"

Daniel bückte sich und schob die Zeitung beiseite, um auf der Couch Platz zu machen, bevor er sich zu George setzte. „Wir alle machen Fehler. Dafür sind Entschuldigungen da."

„Ich habe einen Fehler zuviel gemacht. Sie verdient etwas Besseres als mich."

„Du bist immer noch ihr Vater. Sie liebt dich. Willst du wirklich den Hochzeitstag deiner einzigen Tochter ruinieren, indem du wegbleibst?

Indem du einem Fremden erlaubst, sie zum Altar zu führen? Weißt du, wie sie sich dann fühlen wird?" Er machte einen Augenblick Pause. „Sie wird sich von ihrem Vater verlassen fühlen. Sie wird denken, dass du sie nicht mehr liebst."

George sprang auf. „Das ist nicht wahr! Ich liebe sie!"

Daniel stand ebenfalls auf und stieß seinen Zeigefinger in Georges Brust. „Dann zeig es ihr! Bade nicht in deinem eigenen Mitleid!" Er zeigte auf die Flasche. „Glaubst du, der Alkohol kann die Kluft zwischen euch beiden verringern? Ich kann dir garantieren, dass er das nicht tun wird! Die einzige Möglichkeit, wie sich das alles wieder einrenkt, ist, dass du zu Sabrina gehst und dich bei ihr entschuldigst. Sie wird dir verzeihen. Das verspreche ich dir. Deine Tochter hat eine erstaunliche Fähigkeit zu verzeihen, und das weiß ich aus eigener Erfahrung. In der Vergangenheit habe ich ihr mehr wehgetan als du ihr. Aber sie hat mir verziehen. Und das hat mich viel über deine Tochter gelehrt. Sie hat mir gezeigt, wer sie ist und wer ich bin. Und wer ich ohne sie sein würde. Deshalb werde ich sie immer um Verzeihung bitten, egal was geschieht, und ich werde immer alles in meiner Macht Stehende tun, um sie glücklich zu machen. Denn der Gedanke, Sabrina unglücklich zu sehen, bricht mir das Herz in eine Millionen Stücke. Wenn du sie also nur einen Bruchteil so sehr liebst wie ich sie, dann wirst du zu dieser Hochzeit kommen, oder ich verspreche dir, dass du den Rest deines Lebens bedauern wirst, nicht am glücklichsten Tag im Leben deiner Tochter dabei gewesen zu sein."

Ohne auf eine Antwort zu warten, machte Daniel auf den Fersen kehrt und ging zur Tür.

Als er am Türknauf drehte, drang Georges Stimme zu ihm. „Was, wenn sie mir nicht verzeiht?"

„Das ist das Risiko, das du eingehen musst."

Er öffnete die Tür und verließ das Zimmer. Jetzt lag es an George, die richtige Entscheidung zu treffen und um Verzeihung zu bitten. Es gab nichts mehr, was Daniel noch tun konnte.

27

Daniel blickte flüchtig zu Sabrina, während sie über etwas lachte, das seine Mutter zu ihr sagte. Sie standen gerade von dem Probeessen auf, das in dem Zelt stattgefunden hatte, in dem am nächsten Tag die Hochzeit stattfinden würde. Sabrina sah wunderschön aus in ihrem einfachen und dennoch eleganten Abendkleid. Die Empire-Taille des Kleides betonte ihre Brüste und die pastellgrüne Farbe ihre Augen. Daniels Augen schweiften nach unten, dorthin, wo das Material über ihren noch flachen Bauch fiel. Bald würde er dort ihr gemeinsames Kind heranwachsen sehen. Er konnte den Stolz und das Glück nicht unterdrücken, das er bei dem Gedanken verspürte, dass Sabrina ihm ein Kind schenken würde.

„Daniel? Hast du mich gehört?" Paul Gilbert schubste ihn von der Seite an.

Daniel zwang sich, seinen Blick von Sabrina abzuwenden. „Entschuldige, was sagtest du?"

Paul lachte. „Ich sagte, es ist nicht zu spät, es dir anders zu überlegen. Du kannst deine Sachen packen und wir schleusen dich hier raus."

Jay, der sich zu ihnen gesellt hatte, nickte zustimmend. „Kein Problem."

Daniel verdrehte seine Augen. „Und lasst mich mal raten: Ihr beide werdet dann meine Verlobte trösten, oder?"

Paul tauschte ein Grinsen mit Jay aus. „Jemand muss es ja tun."

„Danke für das Angebot, aber nichts auf dieser Welt könnte mich davon abhalten, Sabrina morgen zu heiraten." Er blickte nochmals in Sabrinas Richtung. „Absolut gar nichts."

„Das war's, Jungs, wir haben ihn verloren", neckte Paul, und jeder um ihn herum lachte. „Überlassen wir diesen liebeskranken Welpen sich selbst und holen uns einen Drink an der Bar, bevor sie uns hinauswerfen. Was meinst du, Jay?"

„Du hattest mich schon bei Drink überzeugt", scherzte Jay.

Daniel beobachtete, wie die beiden zur Bar gingen und seufzte. Sein Blick schweifte über die versammelten Gäste. Heute Abend waren nur ungefähr fünfundzwanzig enge Freunde und Familienmitglieder zusammengekommen: seine eigenen Eltern, die Mitglieder des Clubs der ewigen Junggesellen, Holly und Tim und selbstverständlich Sabrinas Mutter und ein paar Verwandte, die am selben Tag angekommen waren. Sabrinas Vater jedoch war nicht aufgetaucht. Würde er morgen kommen? Daniel hoffte es aus ganzem Herzen, denn wenn ihr Vater nicht käme, um sie zum Altar zu führen, dann wäre das die einzige Sache, die diese perfekte Hochzeit verdarb.

Daniel war im Begriff, sich zu Sabrina zu gesellen, als er etwas in seinem Augenwinkel auftauchen sah. Er wandte seinen Kopf und starrte direkt Audrey an, die gerade das Zelt erreicht hatte und jetzt in den beleuchteten Bereich trat. Ihr rotes Haar glühte wie das eines gefallenen Racheengels. Genauso wie ihre Augen. Audrey hatte etwas vor.

Daniel stellte sein Champagner-Glas auf dem nächsten Tisch ab und ging ihr entgegen, um sie daran zu hindern, Sabrina zu erreichen und somit diesen andernfalls perfekten Abend zu ruinieren.

Er blieb vor Audrey stehen. „Du bist hier nicht willkommen. Verschwinde oder ich rufe die Polizei, um dich von meinem Grundstück entfernen zu lassen."

„Mach nur! Ruf sie an! Dann erzähle ich ihnen, dass du mich erpresst!" Sie schob ihm einen großen Umschlag entgegen.

Er blickte flüchtig darauf. „Was ist das?"

„Als ob du das nicht wüsstest!"

Schritte näherten sich von hinten. Daniel blickte über seine Schulter und sah Tim und Holly in seine Richtung eilen.

„Also haben Sie mein Päckchen bekommen", meinte Tim gelassen.

Audreys tödlicher Blick landete auf Tim. „Wer zum Teufel –"

„Ach, ich vergesse immer, dass wir uns nie offiziell vorgestellt wurden. Ich bin Tim, Daniels bester Freund. Und ich sorge dafür, dass weder ihm noch Sabrina etwas zustößt."

Neben ihm stemmte Holly ihre Hände in die Hüften. „Das tun wir beide. Und wir mögen Leute wie Sie nicht."

„Daniel hat nichts hiermit zu tun", behauptete Tim und warf Daniel einen Seitenblick zu.

Daniel deutete auf den Umschlag. „Ist das da, was der Privatdetektiv herausgefunden hat?"

Tim nickte. „Alle hässlichen Einzelheiten." Er grinste Audrey an. „Wer hätte gedacht, dass unsere liebe Audrey im zarten Alter von sechzehn Jahren mit Kevin Boyd geschlafen hat, der, wenn meine Berechnungen stimmen, damals siebenundzwanzig und bereits mit Linda verheiratet war."

„Ich glaube, das wird Unzucht mit Minderjährigen genannt", fügte Holly hinzu. „Wäre es nicht schrecklich, wenn diese Sache an die Öffentlichkeit gelangen und Kevins Leben ruinieren würde? Ich nehme an, dass Ihre beste Freundin Linda sich über so eine Enthüllung nicht gerade freuen wird. Genauso wenig, wie sie ihren Ehemann im Gefängnis landen sehen möchte. Er wäre dann ein registrierter Sittlichkeitsverbrecher. Was für ein Skandal!" Sie kicherte.

„Glaubt ihr, das ist lustig?" Audrey funkelte Holly an.

„Fast so lustig wie die lächerliche Geschichte, die du der Zeitung erzählt hast, dass Sabrina ein Callgirl ist!", erwiderte Holly.

Audrey knurrte und stieß ihren Zeigefinger in Hollys Schulter. „Du verdammtes Miststück!"

Holly zuckte lächelnd mit den Schultern. „Nenn mich, wie du willst. Aber auf deine Meinung lege ich keinen Wert." Dann verschwand ihr Lächeln. „Verzieh dich, du hagere Schlampe! Und wenn du dich je wieder blicken lässt, dann schicken wir eine Kopie dieser Dokumente an den Bezirksstaatsanwalt und ziehen damit Kevin Boyd und dich durch den Dreck. Dann möchte ich mal sehen, wie dir das gefällt."

Audreys Gesichtsausdruck veränderte sich. Sie wusste, dass sie verloren hatte. Mit einem verärgerten Schnauben machte sie kehrt und verschwand in die Dunkelheit.

Daniel wandte sich an Holly und Tim und schüttelte seinen Kopf in Tims Richtung. „Ich dachte, dass ich dir gesagt hätte, dass ich keine Rache wollte. Meine beste Rache ist, mit Sabrina glücklich zu sein."

Tim grinste. „Das weiß ich doch. Aber ich dachte mir, dass eine kleine Versicherungspolice für eure glückliche Zukunft ohne weitere Einmischung von Audrey angebracht wäre. Obwohl sie irgendwann herausfinden wird, dass dieser Fall von Unzucht schon längst verjährt ist. Trotzdem würde das nichts daran ändern, wie Kevins Frau oder die Gesellschaft darauf reagieren würden."

Daniel drückte Tims Schulter, dann umarmte er Holly. „Danke, ihr beiden."

„Hey, was ist los?", drang Sabrinas Stimme zu ihm, während sie sich näherte.

Daniel gab Holly frei und öffnete seine Arme, um Sabrina an sich zu ziehen. „Holly und Tim haben gerade dafür gesorgt, dass uns keine Steine mehr in den Weg gelegt werden."

Sabrina schmunzelte und blickte flüchtig zu ihren zwei Freunden. „Warum habe ich das Gefühl, dass das etwas mit Audrey zu tun hat?"

„Weil du eine intelligente Frau bist. Ich erzähle dir später davon", antwortete Daniel und küsste sie.

28

Sabrina stand vor dem Spiegel und betrachtete ihr Spiegelbild. Sie konnte es kaum fassen, dass sie die Frau in dem wunderschönen weißen Brautkleid war. Sie hatte von diesem Tag, solange sie sich erinnern konnte, geträumt, und jetzt war er endlich da.

„Oh, Sabrina, du siehst absolut atemberaubend aus."

Sie drehte sich um, um ihre Mutter anzusehen. „Danke."

Holly und Raffaela kamen einen Moment später in den Raum.

„Sabrina, meine Liebe, du siehst so schön aus." Raffaela umarmte sie, bedacht darauf, ihr Kleid nicht zu verknittern.

„Danke." Sabrina schniefte und sog einen unregelmäßigen Atemzug ein.

„Weine ja nicht", warnte Holly. „Sonst ruinierst du nur dein Make-up und wir haben keine Zeit, es noch mal aufzutragen."

Lachend antwortete Sabrina: „Sorg dich nicht. Ich hebe mir die Tränen für die Zeremonie auf."

„Gut", sagte Raffaela. „Ich habe etwas für dich." Sie hielt ihr ein rechteckiges schwarzes Samtschächtelchen hin.

Sabrina öffnete es. Ihre Augen weiteten sich, als sie die schöne antik aussehende Halskette mit dem glänzenden Smaragd in der Mitte sah. Sie sah Raffaela an. „Sie ist wunderschön."

„Der Stein hat Daniels Großmutter gehört." Raffaela lächelte. „Etwas Altes."

Tränen traten in Sabrinas Augen. Sie wedelte sich mit der Hand etwas Luft zu, in der Hoffnung, die Tränen aufhalten zu können. „Hilfst du mir, sie anzulegen?"

„Selbstverständlich." Raffaela nahm die Halskette aus der Schachtel, legte sie um Sabrinas Hals und schloss den Verschluss. „So."

Sabrina berührte die Halskette und betrachtete sich im Spiegel. Der grüne Stein hob das Grün ihrer Augen hervor.

„Jetzt bin ich dran", sagte Holly aufgeregt. „Hier ist etwas Geborgtes." Holly öffnete ihre Hand. „Meine Diamantohrringe, die dir so gefallen."

Sabrina sah sie an. „Bist du dir sicher?"

Holly lachte. „Nur geborgt, okay?"

Sabrina nickte und umarmte Holly, dann nahm sie die Ohrringe und legte sie an.

„Und schließlich, etwas Blaues und etwas Neues", sagte ihre Mutter. „Vielleicht hast du ja schon eins, also wenn das der Fall ist, dann nimm es ab und leg das hier an."

Lachend nahm Sabrina die kleine, goldene Geschenktasche entgegen und spähte hinein. Ein blaues Seidenstrumpfband lag darin.

„Oh, Mom, danke!" Sie spürte, wie die Röte in ihre Wangen stieg. „Ich hatte wirklich noch keines. Wie konnte ich das nur vergessen haben?"

„Na gut, dann hast du jetzt eins. Das ist alles, was zählt." Ihre Mutter lächelte, während Sabrina das Strumpfband ihren Schenkel hinaufschob.

Sabrina wandte sich zurück zum Spiegel und drehte sich zum hundertsten Male. Heute war der Tag, an dem sie den Mann ihrer Träume heiraten würde, den Mann, der all ihre Träume hatte in Erfüllung gehen lassen. Heute würde sie zum Altar schreiten und Daniels Frau werden.

Bei dem Gedanken, zum Altar zu schreiten, verblasste ihr Lächeln.

Daniels Vater hatte angeboten, sie zu geleiten. Sie schätzte das Angebot, aber es würde nicht dasselbe sein, als wenn ihr eigener Vater sie führen würde.

Sie spürte eine Hand auf ihrem Unterarm und sah auf. Sie traf den Blick ihrer Mutter im Spiegel. „Er wird kommen, Schatz."

Sabrina nickte, obwohl sie es nicht glaubte. Er würde nicht kommen. „Ich glaube, wir sollten James bitten, jetzt hereinzukommen. Es ist Zeit." Sie liebte Daniels Vater. Er würde an ihrer Seite sein und sie seinem Sohn übergeben. Das musste genügen.

Raffaela nickte und ging zur Tür, als Sabrina ein zögerndes Klopfen vernahm. Raffaela öffnete die Tür. „Oh!"

Sabrina drehte sich mit einem überraschten Keuchen um. Ihr Atem verfing sich in ihrer Kehle, während sie den Mann ansah, der nun, bekleidet mit einem dunklen Anzug, weißem Hemd und einer Krawatte, im Türrahmen stand. Sie hatte ihn noch nie so gut angezogen gesehen.

„Dad", flüsterte sie und ihre Augen wurden wieder feucht. Träumte sie?

Ihre Blicke verflochten sich, als er in den Raum trat und zögernd einen Fuß vor den anderen setzte.

„Holly." Raffaela gestikulierte in Richtung Holly und die zwei verließen den Raum, schlossen die Tür hinter sich und ließen Sabrina mit ihren Eltern alleine.

„Es tut mir so leid, mein Schatz", begann ihr Vater. „Ich hätte dir glauben sollen."

Sabrina schniefte. „Oh, Dad, jetzt bist du ja da. Das ist alles, was zählt." Sie öffnete ihre Arme und ihr Vater machte die letzten Schritte, die sie voneinander trennten, und umarmte sie.

„Verzeih mir."

Sie konnte nicht antworten, weil ihr die Tränen die Stimme abschnitten. Sie nickte stattdessen und kämpfte gegen die Tränen an. Als er sie aus seiner Umarmung entließ, musterte er sie von oben bis unten.

„Du bist wunderschön. Ich bin so stolz auf dich."

Sabrina lächelte und bemerkte, dass ihre Mutter näherkam und nun eine Hand auf den Unterarm ihres Ex-Mannes legte. Er drehte sich zu ihr um.

„Du bist ein guter Vater, George. Das warst du schon immer. Wir zwei waren nur nicht füreinander bestimmt. Aber wir haben eins gut hingekriegt, stimmt's?" Ihre Mutter blickte zu Sabrina und ihre Augen schimmerten feucht.

Ihr Vater nickte. „Ja, wir haben eine wunderbare Tochter großgezogen." Dann legte er seinen Arm um seine Ex-Frau und umarmte sie kurz.

Es war die zärtlichste Geste, die sie ihre Eltern je hatte austauschen sehen.

„Es wird Zeit für die Zeremonie." Ihr Vater hielt ihr seinen Arm entgegen. „Bist du bereit?"

„Ja", sagte sie, nahm seinen dargebotenen Arm und erlaubte ihm, sie aus dem Raum hinauszuführen, während ihre Mutter ihnen folgte.

Nachdem sie die Treppe hinunter und durch den Flur gegangen waren, erreichten sie die Terrasse, die nach hinten in den Garten der Sinclairs führte. Sabrina spürte, wie sich ihr Herzschlag beschleunigte. Jetzt war alles perfekt.

Sie spürte alle Augen auf sich, als sie und ihr Vater auf den Teppich traten, der zu dem Podium, wo Daniel und der Priester mit Tim und Holly warteten, führte. Sabrina hatte nur Augen für Daniel. Er stand am Altar und lächelte, seine Augen funkelnd, und er sah in seinem maßgeschneiderten Smoking wie Adonis aus.

Sie fühlte sich, als würde sie auf einer Wolke gehen, als ihr Vater sie in Richtung ihres wartenden Bräutigams führte.

Als sie das Podium erreichten, küsste ihr Vater sie auf die Wange. „Ich bin so stolz auf dich." Dann trat er beiseite und nahm in der ersten Reihe neben ihren zukünftigen Schwiegereltern Platz.

Daniel nahm ihre Hand. „Du bist so schön, Baby. Du raubst mir den Atem."

Sie konnte kein Wort sagen, aus Angst, dass sie zu weinen anfangen musste.

Pfarrer Vincent nahm einen tiefen Atemzug und begann. „Wir sind heute hier versammelt, um Sabrina Palmer und Daniel Sinclair im heiligen Stand der Ehe zu verbinden. Die Braut und der Bräutigam haben mir mitgeteilt, dass sie ihre eigenen Ehegelübde verfasst haben."

Pfarrer Vincent nickte Daniel zu, um ihm zu signalisieren, dass er anfangen konnte.

Daniel nahm Sabrinas Hände in seine und lächelte. „Sabrina, meine Liebste, du kamst in mein Leben, als ich es am Wenigsten erwartete und am Meisten brauchte. In der kurzen Zeit, die wir uns kennen, hast du mir mehr Grund zu leben gegeben als irgendjemand anderer. Du bist der Grund, warum ich morgens aufstehen will, und der Grund, warum ich es nicht erwarten kann, nachts schlafen zu gehen."

Sabrina spürte, wie sie errötete, während die versammelten Gäste kicherten.

Daniel fuhr unbekümmert fort. „Wegen dir bin ich ein besserer Mensch." Er wandte sich zu Tim und nahm den Ring, den ihm sein Freund hinhielt. Langsam schob er ihn auf ihren Finger. „Ich verspreche dir, dich für den Rest meines Lebens zu lieben. Ich verspreche dir, dich jeden Tag zum Lächeln zu bringen, dir jede Nacht zu sagen, dass ich dich liebe, und dich niemals für selbstverständlich zu nehmen. Solange ich lebe, werde ich dich lieben und ehren."

Tränen liefen über Sabrinas Gesicht und ihre Lippen bebten. Ihre Hände zitterten und Daniel drückte sie ermutigend.

„Sabrina?", forderte der Pfarrer sie auf.

Sie nickte und wischte sich mit dem Handrücken ihr Gesicht ab. Sie nahm einen tiefen Atemzug und versuchte zu sprechen, aber ihre Stimme versagte. Sie räusperte sich und versuchte es noch einmal.

„Daniel." Ihre Stimme war zittrig. „Jedes kleine Mädchen träumt davon, ihren Ritter in glänzender Rüstung zu finden. Viele Jahre lang glaubte ich wirklich, dass ich ihn nie finden würde, doch dann traf ich dich."

Sie machte eine Pause und leckte ihre Lippen und hoffte, ihre Tränen zurückhalten zu können. „Du hast mir gezeigt, was Liebe ist. Daniel, ich habe mich in dem Moment in dich verliebt, in dem ich dich zum ersten Mal sah, ohne zu wissen, wieso es geschah. Aber jetzt weiß ich es. Denn du hast mir immer wieder bewiesen, dass du für unser

Glück kämpfen und alle Drachen für mich töten wirst. Immer, wenn ich glaube, dass ich dich nicht noch mehr lieben kann, wächst meine Liebe für dich." Ein Schluchzen entrang sich ihrer Brust, als sie den Ring von Holly entgegennahm und ihn auf Daniels Finger streifte. „Ich verspreche dir, dich zu lieben, dich zu schätzen und dich zu ehren, solange ich lebe und so wie du für unsere Liebe zu kämpfen."

Pfarrer Vincent hob seine Hände und kündigte an: „Ich erkläre Sie zu Mann und Frau. Sie dürfen die Braut jetzt küssen."

Bevor das letzte Wort die Lippen des Priesters verlassen hatte, nahm Daniels Mund Sabrinas bereits für einen tiefen Kuss gefangen. Seine Lippen waren weich und sanft, seine Zunge köstlich und drängend. Sabrina schob ihre Hand um seinen Nacken und genoss die Verbindung. Daniel schlang seine Arme um sie und zog sie an sich, bevor er für einen Augenblick ihre Lippen freigab.

„Ich liebe dich, Mrs. Sabrina Sinclair", flüsterte er und küsste sie dann wieder.

Sein Kuss machte sie schwindlig und hätte er sie nicht so fest in seinen Armen gehalten, wäre sie vermutlich gefallen. Als sie sich wieder zu ihren Gästen umdrehten, wurden sie von lächelnden Gesichtern begrüßt.

Endlich waren sie vereint. Ehemann und Ehefrau.

29

Daniel wirbelte Sabrina auf dem Tanzboden umher. Die Hochzeitsfeier mit ihrer glücklichen Familie und ihren Freunden war perfekt gewesen. Als sich der Tag zu Ende neigte, und die Sonne untergegangen war und Platz für einen funkelnden Sternenhimmel gemacht hatte, konnte Daniel es kaum erwarten, die Nacht mit seiner neuen Braut zu verbringen. Seit er sie am Arm ihres Vaters auf ihn zuschreiten gesehen hatte, hatte er sie aus ihrem wunderschönen Hochzeitskleid befreien wollen.

„Heute war ein absoluter Traum", sagte Sabrina mit einem Lächeln.

„Vollkommen perfekt", raunte er ihr ins Ohr. „Aber es ist noch nicht vorbei."

Sie lachte sanft. „Das hoffe ich doch."

„Sollen wir von hier verschwinden? Ein Wagen wartet draußen, um uns für die Hochzeitsnacht in ein Hotel zu bringen."

Sabrina sah sich um. „Wir haben noch Gäste. Wir können nicht einfach gehen."

„Es ist unsere Hochzeit. Wir können tun und lassen, was wir wollen. Außerdem erwarten alle von uns, dass wir verschwinden." Er deutete zu den Gästen, die tanzten, sich unterhielten und tranken.

„In ein Hotel, sagtest du?"

„Ja. Heute Nacht verbringen wir in einem Hotel. Ich dachte, das wäre angebrachter, als in meinem alten Zimmer in meinem Elternhaus zu bleiben. Und morgen fahren wir in unsere Flitterwochen."

Sabrina verschränkte ihre Hände hinter seinem Nacken. „Was hast du noch mal gesagt, wohin wir fahren?"

Daniel warf seinen Kopf nach hinten und lachte. „Ich habe nichts gesagt."

„Und das wirst du auch nicht, oder?"

Er schüttelte den Kopf. „Nur ein Anhaltspunkt. Es ist das schönste Ende der Welt."

Sie strich ihre Lippen über seine Wange. „Bring mich ins Bett."

„Ich dachte, du würdest mich nie darum bitten."

Kurze Zeit später lud eine Limousine sie vor einem versteckten Bed and Breakfast in Amagansett ab. Eine Flasche Champagner wartete in dem luxuriösen Zimmer auf sie, doch Daniel war nicht durstig. Alles, was er jetzt wollte, war, Sabrina zu lieben und ihre Ehe zu vollziehen.

Er krümmte seinen Finger, um sie zu sich zu locken.

Mit katzengleicher Anmut näherte sie sich ihm. Der weite Rock und die Unterröcke ihres Hochzeitskleides raschelten in der Stille des Raumes. Er weidete sich an ihrem Anblick, dem tiefen Ausschnitt ihres engen Bustiers, das ihre Brüste hochdrückte, wodurch sie noch voller wirkten als üblich, und an ihrer schlanken Taille, die sie wie eine Märchenprinzessin aussehen ließ.

Ihre Augen trafen sich und er erkannte, dass sie ihre Augen auf die gleiche Weise über ihn schweifen ließ.

Seine Hand liebkoste ihre Wange. Dann ließ er seine Finger ihren Hals entlang gleiten. Ihre Haut war heiß. Er senkte seinen Kopf und nahm ihre Lippen gefangen und küsste sie sanft, anbetend. Sekunden verstrichen und wurden zu Minuten, während sein Kuss sich vertiefte und dringlicher und fordernder wurde.

Langsam, ohne ein Wort zu sagen, fing er an, sie auszuziehen. Er war dankbar dafür, dass sie ein Hochzeitskleid mit einem Reißverschluss im Rücken gewählt hatte, und nicht eins, das Dutzende dieser kleinen, runden Knöpfe hatte, wie er es bei anderen Kleidern gesehen hatte. Zumindest konnte er so garantieren, dass ihr Kleid unversehrt blieb und er es nicht mit seinen ungeduldigen Händen zerriss.

Daniel schob das Kleid ihren Oberkörper hinunter, dann über ihre Hüften, bis es sich um ihre Füße bauschte. Sabrina trat heraus, ohne jedoch ihre Lippen von seinen zu lösen. Er zog sie wieder an sich und spürte ihre nackte Haut. Sie trug jetzt nur noch einen trägerlosen BH, ihren Slip und ihre Stöckelschuhe.

Als er seine Hände auf ihren Po gleiten ließ, prallte ein Seufzer von Sabrinas Lippen gegen seine.

Sie zerrte an seiner Smoking Jacke und zog diese von seinen Schultern. Dann arbeitete sie an seinem Hemd und zerrte daran, bis sie es schaffte, es aus seinem Hosenbund zu ziehen. Sie arbeitete ungestüm an den Knöpfen. Schnell und geschickt öffnete sie jeden davon, während er seine Fliege entknotete und sie zu Boden warf.

Das Gefühl ihrer Hände und Finger auf seiner Brust, als sie ihn von seinem Hemd befreite, ließ ihn vor Vorfreude erzittern. Dann bewegten sich ihre Hände nach unten und streiften über den Reißverschluss seiner schwarzen Hose. Er riss seine Lippen von ihr und schnappte nach Luft. Dann drückte Sabrina ihn durch den Stoff.

„Verdammt!", ächzte er.

„Ein wenig empfindlich?", murmelte die heiße Verführerin.

Er begegnete ihrem neckenden Blick. „Spiel nicht mit dem Feuer, wenn du die Hitze nicht vertragen kannst."

Daniel hob sie in seine Arme und trug sie zum Bett, wo er sie auf die frischen Laken legte. Dann legte er seine Schuhe und Socken ab und zog seine Hose und seine Boxershorts aus. Endlich konnte er wieder atmen.

Als er Sabrina ansah, bemerkte er, dass sie seinen Schwanz anstarrte, der sich nach oben bog, hart und schwer. Bereit für sie. Sie leckte sich die Lippen, als ob sie ihn kosten wollte, aber heute Nacht würde sie keine Gelegenheit dazu haben. Er würde seine Beherrschung verlieren, wenn er ihr erlaubte, ihren heißen, kleinen Mund um seinen

Schwanz zu legen, und so schnell kommen, dass alles im Nu vorbei wäre.

„Oh Gott, bist du schön." Er beugte sich über sie und schob seine Hände in ihren Slip. Sie hob sich von der Matratze ab, damit er ihren Slip über ihre schlanken Beine hinunterziehen konnte. Als er ihre Füße erreichte, streifte er ihren Tanga über ihre hochhackigen, weißen Sandalen.

„Nimm deinen BH ab", verlangte er mit einer Stimme, die mit jeder Sekunde heiserer wurde.

Er beobachtete fasziniert, wie sie hinter sich griff, den Verschluss öffnete und damit ihre Brüste aus deren Käfig befreite. Der BH landete auf dem Boden.

Sabrina sah sexier und verlockender aus, als er sie jemals gesehen hatte. Er schaute flüchtig auf ihre Sandalen. Ja, die würde sie anbehalten. Es erinnerte ihn daran, wie sie es einmal auf dem Schreibtisch ihres Ex-Chefs getan hatten, gleich nachdem sie diesen lächerlichen Vertrag unterzeichnet hatten, der sie zu seinem exklusiven Callgirl machte.

Langsam kam er über sie und stützte sich auf seinen Ellbogen und Knien ab. Automatisch spreizte sie ihre Schenkel, um Platz für ihn zu machen.

Sein Mund fand ihren, und er küsste sie tief, leidenschaftlich, sehnsüchtig, während er ihre seidene Haut streichelte. Unter seinen Fingern spürte er sie erbeben.

Ein Seufzer kam über ihre Lippen, als er unterbrach, um Luft zu holen.

„Daniel ..."

Seinen Namen über ihre Lippen kommen zu hören – flüsternd, sehnsüchtig, verlockend – sandte einen Pfeil der Begierde durch sein Inneres und direkt in seine Hoden, die sich infolgedessen zu seinem steinharten Schwanz hochzogen. Als er seine Hüften gegen ihren Unterleib drängte, erfüllte ihn die Wärme ihres Körpers und entzündete ein Feuer in seinem Körper, das nur sie löschen konnte.

„Sabrina, meine Liebste", raunte er, während er in ihren warmen und einladenden Körper eintauchte. Zentimeter um Zentimeter stieß er tiefer in sie ein, bis er bis zum Anschlag in ihr war.

Ihre Beine schlangen sich um ihn, um ihn an sich zu pressen. Er spürte, wie die Absätze ihrer Schuhe gegen seinen Po drückten und einen weiteren Stromstoß durch ihn jagten.

„Ja." Sabrinas Hände gruben sich in seine Schultern und zogen ihn für einen Kuss näher an sich.

Er hatte keine Einwände und nahm ihren Mund gefangen wie ein eindringender Barbar, wie ein Eroberer, der die Absicht hatte, den Preis, der ihm angeboten wurde, entgegenzunehmen. Er hatte sich noch nie so wild, so roh gefühlt. Endlich gehörte Sabrina ihm. Nichts konnte jetzt noch zwischen sie kommen. Sie hatten alle Hindernisse, alle Hürden überwunden, die ihnen in den Weg gelegt worden waren.

Ihre enge Scheide umklammerte ihn fest, zog seinen Schwanz tiefer in sie und drückte ihn. Daniel stieß beständig und geschickt in sie ein und trieb sich damit selbst an den Rand des Wahnsinns. Immer wieder zog er sich zurück, um sich mehr Zeit bis zum Unvermeidlichen zu erkaufen. Aber mit jeder Bewegung wurde es schwieriger, seinen Körper zu steuern und dem Drang nach Erlösung zu widerstehen. Mit Sabrina zusammen zu sein war immer so: intensiv, verzehrend und heiß. Sie erregte ihn mehr, als jede andere Frau es je getan hatte.

Ein dünner Schweißfilm hatte sich auf ihren Körpern gebildet und jedes Mal, wenn sie zusammenkamen, hallte das Geräusch ihres Liebesaktes im Raum wider. Zusammen mit unkontrollierten Atemzügen, Seufzern und Stöhnen, klang es wie eine Symphonie der Lust und der Leidenschaft. Es war ein Lied, das er nicht beenden wollte, obwohl er wusste, dass er nicht viel länger dagegen ankämpfen konnte.

An der Art und Weise, wie Sabrinas Brust sich hob und ihre Hüften sich an ihn drängten, wusste er, dass sie dem Höhepunkt so nahe war wie er. Es gab nun kein Zurückhalten mehr.

„*Per sempre.*" Für immer.

Ein sichtbarer Schauer lief durch ihren Körper und prallte gegen seinen Schwanz, als er explodierte und seinen Samen in sie ergoss.

Während ihr Körper genau wie seiner noch von den Nachwirkungen ihres Orgasmus erzitterte, bewegten sich Sabrinas Lippen.

„*Per sempre*", wiederholte sie und ihr Blick verschmolz mit seinem.

Es war ein Versprechen, das er einfordern würde.

EPILOG

Holly drehte sich um und betrachtete Paul Gilbert, der an der Bar am Ende des Zeltes darauf wartete, dass ihm der Barkeeper einen weiteren Drink mixte. Er war einer von Daniels Freunden und Mitglied des Clubs der ewigen Junggesellen, der nach Daniels heutigem Austritt nur noch aus sieben Männern bestand. Paul war ihr während des Abendessens am Tag zuvor vorgestellt worden, doch hatte sie bis jetzt kaum mehr als zehn Worte mit ihm gewechselt. Das würde sie jetzt ändern. Und nicht nur, weil Sabrina sie beschworen hatte, sie sollte nett zu ihm sein. Paul hatte Sabrina vor Kurzem aus einer hilflosen Lage gerettet, wofür sie ihm sehr dankbar war.

Mit einem Mann wie Paul würde sie jederzeit gerne ein Gespräch beginnen. Und nicht nur das. Sie wollte viel mehr.

Holly musterte ihn von oben bis unten. Sein Smoking passte perfekt und er hatte diesen glatten James-Bond-Look an sich, von dem sie immer gedacht hatte, dass nur Pierce Brosnan oder Sean Connery damit davonkommen konnten, ohne schmierig auszusehen. Sie wusste genau, wie ein Mann wie Paul im Bett sein würde. Sie wusste, wie er sie ausziehen würde, sie berühren und seinen Körper an ihren reiben würde. Wie sein Schwanz mit einem kräftigen Stoß in sie gleiten, ihre Gebärmutter berühren, sie ausfüllen und sie dehnen würde.

Sie wusste all das, wenn sie ihn nur ansah. Weil sie normalerweise Männer wie ihn mied.

Holly war es lieber, wenn ihre Kunden nur durchschnittlich im Bett waren. Das machte es einfacher, distanziert zu bleiben und Gefühle aus dem Spiel zu lassen. Deshalb wollte sie nicht mit Männern wie Paul zusammen sein. Denn dann würde sie vielleicht zum ersten Mal etwas empfinden.

Während ihre Füße sie näher zu ihm trugen und ihr Gehirn im Gegenzug versuchte, sie fernzuhalten, begann sie, ihre nächste Handlung sich selbst gegenüber zu rechtfertigen. Sie war im Urlaub. Durfte nicht jeder einen Urlaubsflirt haben? Einen One-Night-Stand, der zu nichts oder zu allem führen könnte? Selbst ein Callgirl musste die Arbeit gelegentlich vergessen, sich gehen lassen und nur tun, was das Herz ihr vorschrieb.

Hatte sie sich nicht sowieso schon entschieden, den Begleitservice zu verlassen, selbst wenn sie dies ihrer Chefin Misty noch nicht mitgeteilt hatte? Hatte sie sich nicht schon entschieden, dass sie mit all dem Schluss machen wollte? Was konnte es also schaden, mit einem Mann wie Paul zu flirten? Was war so schlimm daran, ihn wissen zu lassen, dass sie heute Nacht frei wäre, wenn er sie mit in sein Bett nehmen wollte?

Bevor sie noch eine Antwort auf ihre eigene Frage gefunden hatte, ging sie auf Paul zu. Er musste sie aus dem Augenwinkel gesehen haben, denn er drehte sich plötzlich um und lächelte sie an, wobei er ihr in die Augen schaute, anstatt das zu tun, was alle anderen Männer immer taten: ihren Busen anzustarren. Diese Tatsache verstärkte ihren Entschluss noch mehr, ihm etwas anzubieten, was sie seit Langem keinem Mann angeboten hatte.

„Holly", begrüßte Paul sie. „Es ist fast vorbei." Er zeigte in Richtung der Gäste, die ihre Sachen zusammensuchten und sich zum Gehen bereitmachten.

Holly senkte ihre Augenlider halb, ohne jedoch seinem Blick auszuweichen. „Das muss es aber nicht."

Pauls Brust hob sich plötzlich, als atmete er tief ein. „Nein, das muss es nicht." Er setzte das Glas ab, das ihm der Barkeeper gereicht hatte, und griff nach ihrer Hand. „Ich glaube nicht, dass wir schon getanzt haben."

Als er sie in seine Arme zog und Richtung Tanzfläche führte, fing Hollys Herz an, aufgeregt zu schlagen. Seine Berührung war elektrisierend. Mit einer Hand umschloss er ihre, mit der anderen berührte er ihren Rücken, um sie an seinen Körper zu drücken. Sie konnte die Wärme spüren, die von ihm ausging, und fühlte, wie sich ihr Körper erhitzte.

Als er sie in die erste Drehung eines langsamen Foxtrotts führte, suchte sie nach Worten, um ihre Nervosität zu verbergen. Das passierte ihr normalerweise nie. Sie war nicht nervös und schüchtern, wenn es um Männer ging. Warum also hatte sie das Gefühl, sie müsste die Stille zwischen ihnen überbrücken? „Sabrina verriet mir, dass du sie vor der überaus gemeinen Besitzerin eines Wäschegeschäftes gerettet hast."

„Das war nichts", behauptete Paul und lächelte.

„Sabrina bedeutete es sehr viel. Du warst für sie da, als sie jemanden brauchte. Sie ist meine beste Freundin. Du warst nett zu ihr. Das bedeutet, dass ich nett zu dir sein werde." Ihr Puls raste, als sie die Worte aussprach, von denen sie wusste, dass er sie nur auf eine einzige Art und Weise interpretieren konnte.

Paul neigte seinen Kopf zu ihrem Ohr. Sein heißer Atem sandte einen Schauer durch ihren Körper bis hinab in ihr Geschlecht. „Wie nett?"

„Sehr nett – und solange du willst." Ihr Atem stockte bei ihren gewagten Worten. Hatte sie ihren Verstand verloren und wirklich gerade einem Mann, den sie kaum kannte, eine Nacht ohne Grenzen angeboten? „Egal, wo du willst", hörte sie sich noch hinzufügen, als hätte ihr Gehirn keine Macht mehr über ihre Zunge. Jetzt war sie bestimmt zu weit gegangen!

„Was machen wir dann noch auf der Tanzfläche?", fragte er schließlich, ließ seine Hand auf ihren Po gleiten und presste sie gegen seinen Unterleib. Schon jetzt konnte sie dort einen harten Muskel spüren, einen, von dem sie hoffte, dass er im Laufe der Nacht nur noch härter und größer werden würde.

Den Beweis seiner Erregung zu spüren, gab ihr neue Zuversicht. „Sollten wir nicht zumindest zu Ende tanzen, damit uns die Leute nicht anstarren, wenn wir von hier davoneilen?"

„Holly, Holly", murmelte er, als wollte er sie züchtigen, und presste einen heißen Kuss unter ihr Ohr. Seine warmen Lippen machten Versprechen, von denen sie hoffte, dass er sie halten würde. „Wir können diesen Tanz beenden, wenn du darauf bestehst, aber ich garantiere dir, dass uns die Leute mit Sicherheit anstarren werden, wenn wir das tun. Denn ich werde nicht im Stande sein, meine Hände und meinen Mund bei mir zu behalten. Genauso wenig wie einen anderen Teil meiner Anatomie. Du hast die Wahl."

Sie spürte, wie er sein Becken an sie rieb und wusste, dass sie in Wirklichkeit keine Wahl hatte.

Holly befeuchtete ihre Lippen. „Ich tanze sowieso nicht so gerne."

„Gute Entscheidung", antwortete Paul und entließ sie aus seiner Umarmung, nur um sofort ihre Hand zu nehmen und sie zum Ausgang des Zeltes zu führen.

Es war ihr egal, wohin er sie brachte, solange etwas Weiches ihren Rücken polsterte und etwas Hartes in sie stoßen würde.

ÜBER DIE AUTORIN

Tina Folsom ist gebürtige Deutsche und lebt schon seit über 25 Jahren im englischsprachigen Ausland, seit 2001 in Kalifornien, wo sie mit einem Amerikaner verheiratet ist.

Mittlerweile hat sie 50 Bücher in Englisch sowie Dutzende in anderen Sprachen herausgegeben.

https://tinawritesromance.com/deutscheleser/
tina@tinawritesromance.com

facebook.com/TinaFolsomFans
instagram.com/authortinafolsom
youtube.com/TinaFolsomAuthor

www.ingramcontent.com/pod-product-compliance
Lightning Source LLC
Chambersburg PA
CBHW030742030726
47497CB00001B/97